시그니처

* 이 도서의 국립중앙도서관 출판예정도서목록(CIP)은 서지정보유통지원시스템 홈페이지(http://seoji.nl.go.kr)와
국가자료공동목록시스템(http://www.nl.go.kr/korisnet)에서 이용하실 수 있습니다.
(CIP제어번호: CIP2017019232)

<나비사냥> SEASON 2

시그니처

박 영 광
장 편 소 설

매드픽션

차례

1

차 문을 열자마자 빗줄기가 차 안으로 쏟아져 들어왔다. 우산이 없어 조금 기다려볼까 망설이다 놈을 만나야 할 시간이 촉박했기에 박주민 교수는 뛰어서 건물로 들어갔다. 옷과 머리는 비에 젖었고 신발의 가죽은 빗물을 깊이 빨아들였다가 토해내었다. 그녀는 빗물을 털어내지도 못하고 기다리고 있던 여자 경찰관의 안내를 받아 건물 안으로 들어갔다. 건물은 놈의 차가움에 눌려 서늘했고 긴 복도를 따라 들어간 조사실의 공기마저 바닥에 깔려 숨을 죽이고 있었다. 빗소리는 더 이상 따라오지 못하고 멈추었다. 나대철 과장과 구태만 팀장이 조사실 밖에 서 있다가 박주민 교수와 인사를 나누고 간단한 주의 사항을 설명한 후 안으로 들여보내주었다. 태석이 아니었다면 나대철 과장은 교수를 남자와 만나게 할 이유가 없었다. 조사실은 남자에게 눌려서 벽에 붙은 시계조차 입을 다물어 바늘을 움직였다.

"흐음, 오래 기다리셨나요? 조금 늦었네요."

"……."

"한국대학 박주민 교수입니다. 범죄자들의 심리를 연구하죠. 시간 내주셔서 감사합니다."

교수는 약속보다 늦은 도착에 인사를 건넸지만 남자는 관심이 없다는 듯 바닥만 보고 있었다. 무거운 분위기를 가라앉히고 서로 교감을 이어보려는 첫 시도는 남자의 침묵에 막혀버렸다. 남자는 아무런 관심도 궁금증도 보여주지 않았다. 하루 종일 계속되는 조사에 형사들도 여럿 바뀌었고 형식적인 만남의 지루함에 책상 바닥만 쳐다보고 있었다. 어차피 당신도 내 입만 쳐다보다 갈 건데. 남자의 눈이 교수에게 말했다.

관심을 보이지 않던 남자가 교수를 따라온 비 냄새에 바닥에 두었던 시선을 들어 그녀를 응시했다. 비에 젖은 머리카락에서 거리의 콘크리트와 골목의 가로등 냄새를 찾으려 했다. 차들의 라이트 빛과 경적음 그리고 사람들, 그중에서도 여자와 아이들의 목소리를 찾았다. 가녀린 비명 소리를 찾은 듯 남자의 눈은 부르르 떨리고 있었다. 이어서 고개를 책상 옆으로 빼 교수의 젖은 구두를 내려다보았다. 구두에서 흘러나온 빗물에 그때를 떠올리며 미소를 지었다.

남자의 설명하기 힘든 미소를 교수는 모른 척했다. 비와 남자 사이에 얼마나 큰 감정의 비극이 있는지 교수는 잘 알고 있었다. 남자의 시선이 구두에 고정되자 교수는 발을 뒤로 빼었다. 그 모습에 남자는 헛웃음을 띠우며 교수의 얼굴을 살폈다. 머릿속에 피가 몰려들었다.

책상을 사이에 두고 남자와 마주하고 있었지만 교수는 의자를 당기지 않고 뒤로 밀어 남자와 멀어져 있었다. 포승줄에 수갑까지 채워져 있었지만 그래도 거리를 두었다. 남자는 작은 키에 허리를 구부정하게 구부렸고 머리는 숱이 없어 번들거렸다. 언뜻 늙고 허약해 보이는 남자가 열 명이 넘는 사람들을 죽이고 그 이상의 사람들에게 치명적 상처를 입혔다는 게 믿기지 않았다. 왜소한 체형으로 어떻게 그 많은 사람을 죽일 수 있었을까. 그러나 남자의 찢어진 눈은 충분히 그럴 수 있다고 느끼게 만들었다. 먹이를 노리는 짐승의 살기를 띠었고 묶이지 않았다면 달려들어 상대의 목을 물어뜯으려 할 것 같았다. 교수는 한 번도 경험하지 못한 서늘함에 등골이 젖고 주눅이 들어버린 것을 스스로도 이해하지 못했다. 주경철을 만났을 때도 이런 느낌은 받아보지 못했는데⋯⋯.

"교수, 당신도 나를 무서워하지. 내가 죽일까 봐. 여자라서."

남자가 먼저 말을 걸어왔다. 의외였다. 오히려 질문을 받은 교수가 당황했다. 말을 하는 남자의 얼굴에서 아무런 감정을 읽어낼 수 없어 더 그랬다.

"여자니까 죽이고 싶나요?"

"죽이기 쉬우니까. 애들은 더 쉽고."

"비겁하죠, 그건."

"사자도 어린 사슴을 잡아. 왜 그런지 알잖아?"

"힘이 없으니까."

"그렇지. 정확히 말하면 죽이기 쉬우니까. 사자도 비겁한가?"

"사자는 짐승이죠."

"배가 고픈 건 마찬가지지. 나는 피를 원하고 놈은 고기를 원하고."

"그런 면으로 본다면 오히려 당신은 사자보다는 하이에나에 가까운데요. 적어도 사자는 큰 상대하고도 대적을 하니까."

"그런가? 하이에나라⋯⋯."

남자가 잠시 생각에 빠졌다. 하이에나라는 말이 거슬렸던 모양이다.

"하이에나면 어때, 어차피 피를 흘려 죽이는 것은 똑같은데. 오히려 사자보다는 내가 조금 더 영리한 거지. 쉬운 게 있는데 왜 어려운 걸 해."

남자는 못마땅한 듯 숙였던 허리를 펴며 등을 의자에 기대었다.

"죽은 사람들에게 미안하지 않나요? 어린아이들도 있었는데."

"사자가, 하이에나가 죽은 짐승에게 미안해해야 하나? 왜 미안해해야 하지?"

"당신은 짐승이 아니라 인간이에요."

교수의 목소리가 높아졌다.

"나를 인간으로 봐줘서 고맙긴 한데, 인간하고 짐승하고 뭐가 달라? 인간은 이미 오래전부터 강자가 약자를 죽이고 있었어. 교수가 그걸 모르면 안되지."

"그래서 당신이 강자라는 말인가요?"

"여자와 아이에게는."

"그건 비겁한 거죠."

"비겁해도 어쩔 수 없어. 내가 그들에게 강자라는 것은 사실이니까."

남자의 태연한 대답에 교수는 뒤로 물러났다.

"계속 사람을 죽이고 싶나요?"

"나는 피 냄새를 원해. 고기를 원하지는 않거든. 토막을 내는 어떤 놈처럼 말이야."

남자는 누군가를 연상하며 비웃었다.

"그런데 피를 보려면 죽여야 해. 당신의 피도 괜찮을 것 같아. 똑똑한 사람들은 냄새도 더 좋을 것 같은데. 당신의 가슴에서 쏟아지는 뜨거운 피를…… 가까이서 더 가까이서……."

남자가 진짜 피 냄새를 맡으려는 듯 교수의 가슴으로 다가가자 교수는 뒤로 물러나 의자에 등을 붙였다. 의자가 아니면 더 멀리 떨어지고 싶었다. 뒤에 있던 형사가 일어나 끼어들려 하자 손을 들어 괜찮다는 표시를 했고, 남자는 형사의 눈치를 살피며 비웃듯 뒤로 물러났다.

"겁이 나지? 나는 그런 눈빛이 좋아. 나를 무서워하는, 두려움에 질려 떨고 있는 눈빛을 바라보는 것은 아주 기분 좋은 일이야. 목숨을 구걸하는 그런 눈. 모두 나를 두려워하지. 죽어가면서 모두 나를 쳐다보았으니까. 살려달라고. 죽이지 말아달라고. 히히히."

남자의 기분 나쁜 웃음이 죽은 이를 비웃고 있었다.

"그리고 피 냄새를 맡았나요?"

"응, 가까이 코를 대고 냄새를 맡았지. 흠. 비릿한 그 냄새……. 머리가 깨지고 사방으로 피가 튀지. 살점이 떨어져 벽에 붙어. 바닥은 온통 끈적한 피투성이고. 비명을 지르는 입에서도 피가 모였다가 쏟아지지. 칼에 베인 손으로도 연신 살려달라고 빌어. 멍청한 년들, 그렇게 빌어도 어차피 죽는 건데."

남자가 눈을 감은 채 크게 숨을 삼켜 교수의 피를 몸속 깊이 끌고 들어갔다. 끌어들인 비릿한 향이 세포 하나하나에 전파되자 손끝이 바르르 떨려왔다. 그때 그 순간을 손은 알고 있다는 듯 반응했다. 피가 남자를 살찌우고 용기를 만들어주었다고 손은 기억했다. 피 묻은 숨이 다시 밖으로 나올 때, 남자는 눈을 떠 교수를 노려보았다.

"눈빛에 살기가 있군요."

"……."

남자는 대답하지 않고 교수를 쳐다보기만 했다. 침묵 속에 남자의 머릿속은 붉게 역동하고 있었다. 남자의 무표정한 눈빛에 소름이 돋아 누워 있던 솜털이 일제히 일어서는 것을 느꼈다. 곁에 형사가 있지 않았다면 겁에 질려 말조차 하지 못할 것 같았다. 마른침이 목을 넘어가며 딸꾹거렸다. 교수의 목이 움직이는 소리를 듣고서야 남자는 만족한 듯 미소를 지었다.

"당신은 지금 나를 죽이고 있군요?"

"이미 머리가 깨졌고 목과 가슴에서 그리고 배에서 피가 쏟아져. 비명도 지르지 못하고 빌기만 해. 살려달라고, 제발 죽이지 말라고, 더 이상 찌르지 말라고. 그러는 입에서도, 살려달라는 눈에서도 피가 새어 나오지. 물론 도와줄 사람은 아무도 없어. 우리 둘뿐이니까. 피는 걱정하지 마. 빗물이 모두 씻겨줄 거야. 아니면 불에 타 없어지든지."

"그렇게 사람들을 죽였군요?"

"죽어가는 사람들이 모두 다 그랬어. 음…… 하아…… 냄새가 좋아. 끈적하고 비릿한 그 냄새. 사람들이 좋은 향수에 미소를 짓듯 나도 느끼고 싶은 것뿐이야. 내 취향일 뿐이지. 난 지금도 진짜 피 냄새가 맡고 싶어. 바로 당신의 피. 히히히."

교수는 놈의 눈빛을 피해 고개를 돌렸다. 등에는 식은땀이 흘렀고 몸뚱이는 난도질되어 피를 흘리고 있었다.

"잡히지 않았다면요?"

"잡히지 않았다면?"

남자가 말을 멈추었다. 그리고 진짜 잡히지 않았다면 어떠했을까를 상상하는 듯했다.

"계속 죽였겠지. 이 흥분을 이어가려면. 그 새끼만 아니었으면 천 명도 더 죽일 수 있었는데."

"당신을 잡은 그 형사 말인가요?"

"그 새끼는 왜 한 번도 모습을 보이지 않지? 왜 코빼기도 비치지 않느냐고?"

"개인적 사정으로 이 수사에서 빠졌어요."

"그 여자에게 미쳐 있던데. 그래서 미친 듯이 날 찾아다녔던 거고. 그런데 내가 무서워서 도망갔나? 내가 나가면 그 새끼 피 냄새를 맡고 싶어. 물론 다음은 당신이고. 너무 서운해하지 마, 나는 무조건 여자가 먼저지만 그놈은 예외야. 그놈 때문에 순서가 바뀌었어."

남자는 자신을 잡아낸 형사에게 노골적인 반감을 드러내었다. 지금 당장 찾아가 두개골을 부숴버리고 싶다는 듯 손을 떨었다. 손은 머리보다 빨리 반응했다.

"당신은 그럴 용기가 없어요."

"뭐?"

"용기가 없다고요, 당신은."

"왜?"

"그건 당신이 더 잘 알잖아요. 당신은 강자에겐 절대로 강하지 못하다는 것을. 당신보다 힘이 센 사람에게는 그럴 용기를 내지 못하니까. 당신을 괴물로 만든 사람들에게는 복수할 생각조차 해보지 못한 겁쟁이 아닌가요? 한 번이라도 그들을 찾아가 왜 그랬냐고 물을 용기조차 없잖아요."

"히히히."

"……."

"히히히."

"왜 웃죠? 겁쟁이란 게 들켜서 창피한가요?"

"히히히, 내가 겁쟁이로 보여?"

"아닌가요? 난 그렇게 보이는데. 힘이 없어 여자들이나 공격하고 강간하는 파렴치하고 더러운 인간. 단 한 번도 힘센 사람에겐 덤벼보지도 못한 비겁한 인간. 여자도 힘들어 아이들까지 죽이려 드는 비열하고 치졸한 인간. 그게 바로 당신의 진짜 모습이죠. 저 거울 속의 추악하고 추잡한 인간이 바로 당신이에요."

교수가 벽에 걸린 거울을 가리켰다. 남자는 거울 속 자신의 모습을 들여다보았다. 거기엔 힘없고 왜소하기 짝이 없는 초라한 남자가 비쳐 있었다. 교수는 남자를 구석으로 밀어 넣어 본래의 모습을 드러나게 유도했고 남자는 거기에 걸려 가면이 벗겨지고 있었다. 속삭이듯 웅얼거리는 남자의 목소리는 작지만 살기가 섞여 서늘했다.

"히히히, 당신이 그걸 어떻게 알아? 당신같이 힘도 없는 여자가 나를 알아? 내가 그럴 거라고? 내가 무서워할 것 같아? 무서워할 것 같냐고? 누가 그래? 어떤 놈이 내가 무서워한다고 그래! 당신도 나 무시하는 거야, 무시하는 거지, 무시하는 거야. 히히히, 시발. 죽여줄까? 주둥아리를 갈기갈기 찢어서 죽여버려? 여기서? 히히히, 비겁한 게 뭔지 알고 그래? 시발. 죽여야지.

죽여버려야지. 그래, 죽이면 되잖아. 그러면 되는 거 아닌가. 히히히, 비가 오잖아. 비가 오면 사람이 죽는 거야. 빗물인지 핏물인지. 히히히."

남자는 교수가 듣고 있는지에 상관없이 혼자서 계속해서 중얼거렸다. 목소리는 높지도 낮지도 않았고 항의를 하는 것도 반항을 하는 것도 아니었다. 감정이 전혀 없는 말투에 남자가 흥분을 한 것인지 자책을 하는 것인지도 알 수 없었다. 그러나 교수의 질문에 극도의 거부감과 불편함을 드러낸 것은 맞았다. 남자는 실오라기 하나 걸치지 못한 알몸으로 치부를 그대로 드러낸 채 교수 앞에 서 있었다. 어릴 적 비가 쏟아지던 마당 웅덩이 한가운데 알몸으로 서 있는 것을 엄마가 보고 있는 것 같았다. 조사실 밖에서는 남자가 갑자기 교수를 공격할지도 몰라 긴장을 늦추지 못했다. 그러나 남자는 스스로 사그라졌다. 엄마보다 엄마 옆에 서 있는 사람이 언제나 무서웠다.

"사형수가 될 거라는 것은 알고 있죠? 그러면 더 이상 사람을 죽일 수 없어요."

"당신 나라는 나 같은 놈에게도 사형을 시키지 않아. 멍청하게 좋은 나라지. 내가 교도소에서 미안해하고 후회할 거라고 생각하겠지. 시간이 가면 내가 반성하고 교화가 될 거라고 말이야. 그런데 그건 너무 멍청한 기대 아닌가? 난 내가 잡힌 것에만 후회할 거야. 그날 그년을 죽이러 가지 않았더라면 하고 후회를 하는 거지. 그러면 그 형사 새끼를 만나지도 않았고 더 많은 사람을 죽일 수 있었는데 말이야. 당신네 나라는 내가 변할 거라 믿겠지만 난 절대 그럴 마음이 없어. 밥도 많이 먹을 거야. 운동도 할 거고 책도 많이 읽을 거야. 그래서 튼튼해지고 똑똑해지면 또 죽일 거야. 더 많이."

남자는 당신네 나라라는 표현으로 반감을 드러냈다.

"사형을 집행하지는 않는 대신 종신형이죠. 영원히 그 안에 있어야 할 겁니다. 더 이상 살인은 없어요."

"교도소 안에도 사람은 많지."

"그렇다고 하더라도 당신은 다른 사람들과 격리되어 생활할 거예요. 원천적으로 사람들과의 접촉을 차단할 겁니다. 더 이상 살인은 없어요. 다른 사람들과의 만남을 박탈당할 거니까."

"아니. 죽일 수 있어."

"누구를 죽인단 말이죠? 교도관?"

"……"

"누구?"

"ㅎㅎㅎ."

남자는 차가운 미소로 웃었다.

2

오전부터 다시 내리기 시작한 비는 오후가 되어도 그치지 않았다. 늦여름 장마의 마지막을 아쉬워하듯 비는 가늘게 오래 내렸다. 바람은 불지 않아 내리는 그대로 바닥에 떨어졌고 떨어진 빗물은 웅덩이에 고였다가 아래로 흘렀다. 배수구는 입을 크게 벌려 깊은 목구멍을 드러내었고 빗물은 순서를 지키듯 줄지어 빨려 들어갔다. 빗물은 구름을 빨아들여 회색으로 빛났고 밤이 되면서 붉은 조명을 반사시켰다. 차량의 경적 소리도 밤이 깊어지며 한산해졌고 북적이던 사람들도 어느새 빠져나가 몇몇 젊은 연인만이 우산을 쓰고 거리를 서성였다. 비가 그치면 본격적인 더위가 시작된다는 건물 전광판의 자막이 빗속에서 빛나고 있었다.

지선이 거리를 멍하니 바라보기만 한 것이 한 시간도 더 되었다. 그 안에 손님이 왔더라면 한 번쯤 일어났을 텐데 아무도 가게를 찾지 않았다. 비가 오는 탓이겠지 했지만 손님이 없어도 너무 없었다. 음악 방송을 틀어놓았다가 채널을 바꾼 게 조금 전이었다. 하루 종일 울려대는 노랫소리보다 여자 아나운서의 카랑카랑한 목소리가 더 듣기 편했다. 뉴스 채널은 정치와 경제 뉴스를 마치고 생활 뉴스로 넘어갔다. 며칠째 비옷만 입고 나오던 기상 캐스

16

터가 소품을 양산으로 바꾸었다. 장마가 끝나고 본격적인 더위가 시작된다는 소식이 그나마 위안이 되었다. 서울 동대문에서 떼어다놓은 여름옷들이 아직도 창고에 그대로 쌓여 있는데 매장에 내어놓은 옷들은 며칠이 지났는데도 그대로였다. 어쩌다 찾아온 손님들도 잠시 둘러보기만 하고 그대로 나갔다. 옷들은 폼을 내고 있어도 사람들은 관심을 주지 않았다. 관심 받지 못하는 모습이 마치 자신인 것만 같아 옷들이 더 처량해 보였다. 분명 올 여름에 인기를 끌 거라고 했는데. 옷을 다 팔지 못하면 책임진다는 말 좋은 장삿속에 두 상자나 더 떼었는데 비닐조차 뜯지 못했다. 여름이 가기 전에 모두 판다는 것은 기적에 가까워 보였다. 거기다 저번 달부터 올려 받기 시작한 가겟세를 이번 달에는 어떻게 하나 걱정이 빗물처럼 쏟아져 내렸다. 왜 벌어도 남는 게 없지? 장사를 시작하면서 생긴 지선의 궁금증은 답을 찾기 힘들었다. 더구나 은행에 남아 있는 채무는 저절로 자라나는 능력까지 월등해 답을 찾는다 해도 이 생활이 달라질 것 같지 않았다.

'이렇게 손님이 없을 줄 알았으면 일찍 닫고 미숙이 문병을 가는 건데.'

지선은 손님이 끊겨버린 저녁을 후회했다. 그래도 몇 벌은 팔 줄 알았다. 그 돈으로 문병을 갈 때 과일 바구니라도 사야겠다고 했는데 시간만 허비했다. 미숙이 병원에 있다는 소식을 들은 건 얼마 전 일이었다. 고향에서 같은 옷 장사를 하는 옥희에게 전화를 했다가 깜짝 놀랐다. 얼마 전 전국을 떠들썩하게 했던 사건의 피해자가 미숙이라는 것이었다. 고향에서 끔찍한 사건이 났다는 것은 뉴스를 보고 알고 있었다. 음악 채널만 틀어놓다가 그날도 이렇게 손님이 없어 채널을 뉴스로 바꾸어놓았었다. 그때 방송 여기저기에서 유난히도 떠들어댔었다. 시사 프로는 물론이고 사건 추적 프로그램도 특집을 잡은 듯 취재기자들은 고향을 들쑤시고 다녔고 인터넷에도 자극적인 기사는 끝을 모르고 올라왔다. 고향에서는 인심도 흉흉해지고 전국적으로 이미지가 나빠져 관광하러 오는 사람들도 줄어들게 생겼다고 옥희는 한

숨을 쉬었다. 그녀는 수다 떨 곳이 없어 힘들었다는 듯 장황하게 설명을 했다. 마치 현장에 있던 것처럼 설명은 냄새까지 느낄 정도로 생생했다. 그 중에서 피해자가 미숙이라는 것도 놀랐지만 살인마를 검거한 사람이 미숙의 오빠, 태석이라는 데 더 놀랐다. 태석이라는 이름만으로도 지선에게는 떨림이고 설렘이었다. 가슴속에서 한 번도 잊어본 적이 없는 그 이름이 전화에서 들리는 순간 심장은 고장이 난 듯 요동쳤다. 두근거리는 심장은 약을 두 번이나 더 먹고서야 진정되었다. 심장은 오래된 기억을 조금도 잊지 않았다고 쿵쾅거리며 지선을 흔들었다. 흥분한 심장을 간신히 다스리고 병원으로 달려가고 싶었지만 그러지 못했다. 안부를 물으려 전화를 하고 싶어도 선뜻 그러지 못했다. 미숙과는 자주는 아니었지만 어쩌다 전화 통화를 했고 그때마다 그녀는 어색해했다. 10년 넘게 이어져버린 어색함이었다. 통화를 하더라도 미숙은 의도적으로 지선에게 오빠 이야기는 좀처럼 하지 않았다. 지선에게만은 오빠를 숨겨야 하는 것처럼 느껴졌다. 지선이 용기를 내어 물어보기 전까지 미숙은 아무런 말도 해주지 않았다. 오빠의 소식을 전하는 것은 금기인 양 미숙은 입을 다물었다. 태석이 내려왔다는 것도 옥희를 통해 들었다. 태석의 이야기를 듣고 싶어서 아주 오랜만에 미숙에게 전화를 넣었고 다행히 전화는 받아주었다. 그리고 미안함을 품고 어렵게 물었다.

"오빠 내려왔다며……."

그 말을 꺼내기가 너무도 힘들었다. 먼저 미숙이 말을 해주길 원했지만 그녀는 절대로 먼저 말을 할 것 같지 않았다. 그래서 먼저 물었고 대답은 생각했던 것보다 더 오래 걸렸다.

"응."

듣고 싶던 그 한마디가 너무 멀었고 낯설었다. 그리고 그 뒤에는 아무 말도 이어지지 않았다. 네가 그것을 왜 묻냐고 오랜 침묵은 묻고 있었다. 전화가 끊어질 즈음, 너는 어떠냐고 미숙이 물었다. 무슨 뜻이었을까. 그 말은 지선을 오래도록 생각하게 만들었다. 다시 오빠를 만나면 어떻겠느냐는 말일까. 그냥 잘 있느냐는 말일까. 지선은 쉽게 대답하지 못했다. 미숙이 어떤 대답을 기다리는지 분간하기 힘들어 지선의 대답도 미숙만큼이나 오래 걸렸다.

"그렇지 뭐."

두 가지를 함께 할 수 있는 대답을 찾았다. 잘 있다는 것도, 오빠를 만나고 싶어 한다는 것도, 모두 중간적인 대답을 했다. 미숙이 어떻게 받아들일지는 모르겠지만 지선은 그렇게 대답을 해주어야 할 것 같았다. 다시 만나고 싶다면, 너 욕심이 많구나, 그때는 왜 그랬느냐고 속물처럼 볼지도 몰랐다. 그런데 그런 말을 듣더라도 말을 할 걸 그랬다는 후회는 전화가 끊어지고 나서야 들었다.

'미숙아, 태석 오빠를 한번 만나보면 안 될까?'

끊어진 전화기를 들고 몇 번을 다시 물었다. 뚜 소리가, 그래 그렇게 해, 네가 오래 기다렸잖아라고 대답을 해주는 것 같았다.

10년 전 그때 미숙은 지선에게 오빠를 부탁했었다. 서로 사랑하는 사이였기 때문에 둘 사이에는 아무런 문제가 없을 줄 알았고 아무리 오빠가 힘들어도 지선은 변함없이 옆에 있어줄 것으로 알았다. 검찰에서 태석을 상대로 수사가 들어갔고 다행히 혐의가 없는 것으로 풀려나기는 했지만 경찰 내부에서는 징계에 들어갔다. 강도를 검거했다고 침이 마르도록 칭찬하던 과장과 서장은 언제 그랬냐는 듯 태석과 거리를 두었고 감찰은 수시로 그를 불러 물어뜯었다. 다행히 태석이 가장 힘들어할 때 지선은 든든한 안식처가 되어주었다. 그러나 시간이 지날수록 태석은 지선의 안식처를 부담스러워했고 낯설어했다. 지선은 사랑에 확신을 가지고 있었지만 태석은 그렇지 못한 듯했다. 그는 쉽게 사랑을 포기했고 지선을 두고 서울로 가버렸다. 그가 원한 게 아니었으니 같이 가자고 할 수도 있었다. 그러나 그는 그러지 않았다.

무너진 사랑의 원인이 모두 그에게 있다고 생각했고 죄책감도 미안함도 지선이 가질 것은 아니라고 스스로를 위로했다. 그래서 미숙에게도 미안함은 없었다. 미안함보다는 오히려 원망과 미움이 더 컸지만 마음이 아픈 건 어쩔 수 없었다. 그러나 그 생각이 잘못되었다는 것을 아는 데는 얼마 걸리지 않았다.

"너네 집이 그렇게 대단하니? 아무리 오빠가 밉다고 서울로 보내버리니?"

미숙이 지선에게 따져 물었다. 지선의 아버지는 처음부터 태석을 달가워하지 않았다. 그는 자치단체장이 되자 노골적으로 태석을 멀리하기 시작했다. 태석을 지선의 애인으로 인정하려 들지 않았고 그저 고향 선후배 정도로만 받아들였다. 그리고 그가 선거에 당선되어 장이 되었을 때 태석은 이미 체면에 어울리지 않는 사람이 되어 있었다. 거기다 사고까지 쳐 징계를 받은 데다가 지방 신문에도 명예롭지 않은 경찰로 얼굴이 올라 있었다. 그의 체면에 사위로 받아준다는 것은 도저히 말도 되지 않았다. 게다가 재선에도 나가야 하는 그로서는 딸 옆에 붙어 있는 태석으로는 폼이 나지 않고 위신도 서지 않았다. 사윗감으로는 적어도 경찰 간부 정도는 되어야 했다. 그런데 지선이 태석을 포기할 것 같지는 않았다. 보지 않으면 멀어진다는 말을 그는 너무 잘 알고 있었다. 기관장 회의가 끝나고 서장과의 회식 자리에서 태석의 거취를 부탁했고 학교 후배인 서장은 그의 말을 잘 따라주었다. 징계위원회 참석자들은 서장의 지시를 그대로 적어 내었고 형식적인 말이 몇 번 오고 간 후 곧바로 전출이 확정되었다. 간단한 경고 정도로 끝이 날 것으로 예상했던 태석은 바로 다음 날 서울로 발령이 나버렸다. 뒤늦게 그 사실을 안 미숙은 그녀의 아버지는 물론이고 지선도 용서할 수 없었다. 태석이 서울로 간 것이 지선의 뜻이 아니라고 해도 어쩔 수 없이 지선과 거리를 둘 수밖에 없었다. 그래서였을까, 태석도 지선을 멀리했다. 전화도 받지 않았고 서울에 올라가도 바쁘다는 핑계로 나타나지 않았다. 쓸쓸히 버스에 올랐다가 다시 내려오기를 반복하다가 끝내 헤어지고 말았다. 태석에게 헤어지자는 말을 들은 것은 아니기 때문에 완전한 이별이라고는 생각하지 않았다. 그러나 얼마 지나지 않아 태석의 결혼 소식이 전해졌다. 지선은 여전히 태석을 그리워하는데 태석은 그렇지 않은 모양이었다. 너무 빠른 결혼 소식은 완전한 이별이었다. 더 이상 태석을 그리워해야 할 명분이 없어져버렸지만 지선은 잊으려 하지 않았다. 잘못된 게 분명 있었다.

그렇게 10년이 흘렀다. 지선은 혼자였고 태석도 혼자가 되어 돌아왔다. 다시 시작해도 될까. 미숙이 허락을 해준다면 그러고 싶었다. 이혼이라는 말이 지선에게는 다시라는 말로 들렸다. 어쩌면 잃었던 사랑이 다시 오는 것은 아닌가라고 설레게 만들었다. 심장은 다시 요동을 쳤고 알약 몇 개로는 진정이 되지 않을 만큼 흥분되었다. 다시 사랑할 수 있을까. 스스로 놀라 고개를 흔들었다. 너무 쉽게 그런 생각이 들었다는 데 자신도 놀랐다.

'내가 지금 무슨 생각을 하는 거야.'

그러나 그 생각은 좀처럼 머릿속을 떠나가지 않았다. 어느덧 지선의 마음은 10년 전 그날로 돌아가고 있었다. 그때의 감정은 지금까지 한 번도 변함이 없었다. 오빠가 그렇게 빨리 결혼만 하지 않았어도 어쩌면 난 그의 아내가 되었을지도 몰라. 아빠만 아니었어도. 감정은 어느새 아버지에 대한 원망으로 옮겨 가고 있었다.

병원까진 멀지 않았다. 택시를 타면 30분 안에 갈 수 있었다. 그런데 선뜻 가기가 망설여졌다. 미숙만 보고 오기는 미안했고 태석을 만나는 것은 두려웠다. 만나서 무슨 말부터 해야 할지도 몰랐다. 미숙에게라도 빨리 가야 하는데 무거운 마음이 좀처럼 움직여지지 않았다. 가고 싶은데, 보고 싶은데, 쉽게 되지 않았다. 긴 세월은 조금만 천천히라고 저주를 내려버린 것 같았다. 내일 가지 뭐. 지금 가도 중환자실에 있어서 보기 힘들다는데, 이번 주말에 갈까. 그렇게 미루던 게 지금까지 돼버렸다. 내일 가게 문을 열기 전에 다녀와야겠다. 지금쯤이면 미숙이 깨어났을 거야, 오빠도. 그렇게 결정을 하자 아직까지 가지 않은 게 덜 미안해졌다.

저녁을 먹어야 하는데 밥 생각은 나지도 않았다. 빈속에 약을 먹으면 속이 쓰린데. 역시 약만 먹자 속이 좋지 않았다. 손님은 더 이상 올 것 같지 않아 창고를 정리하기로 했다. 머리가 복잡하고 생각이 많을 때 했던 방법이다. 그렇게 정리를 하다 보면 머릿속도 정리가 되는지 맑아지고는 했다. 음악을 크게 틀어놓고 창고에 들어가 정리를 했다. 장마가 끝나는 오늘 하는 게 맞아 보였다. 이것도 있었네, 가져오기만 했지 꺼내지 않은 물건도 제법 있었다. 정리를 안 했으면 잊어버릴 뻔했다. 비가 와서 정리한 거니까 오히려 비가 온 게 잘된 거야. 변명치고는 괜찮았다. 빼낸 옷들을 옷걸이에 걸고 스팀다리미로 주름을 없애 행거에 걸었다. 그중 눈에 띄는 옷을 마네킹에게 입히고 신발까지 신겨놓자 저번 것보다 훨씬 나았다. 주말에 하려고 했는데 지금 해버렸으니 미숙의 병문안은 마음 편히 가도 될 것 같다. 일이 끝나자 미숙과 태석이 다시 머릿속에 들어와 빙빙 돌았다. 사실 일을 하는 중에도 머릿속은 계속 태석의 생각으로 가득 차 있었다. 아무리 밀어내려 해도 그게 되지 않았다. 미숙은 그런다고 해도 태석 오빠는 어떻게 보지? 오빠가 결혼하고 처음이니까 10년도 더 되었는데. 아직 나에게 미련이 있을까. 아니면 아무런 감정도 없을까. 지선은 태석의 감정을 조심스럽게 가늠해보려 했다. 헤어지던 그때 태석은 적극적이지 못했고 아무런 결정도 하지 않았다. 서울로 같이 가자는 말을 왜 하지 않았을까. 만약 그렇게 했다면 지금의 상황은 많이 변했겠지. 아빠를 속물이라고 욕하며 나 또한 그럴 거라고 생각한 것은 아니겠지? 그래서 나와 헤어진 걸까? 시간이 어느새 자정을 향하고 있었다. 비는 여전히 내리고 있었지만 초저녁보다는 줄어들었다. 내일 아침이면 비가 그치고 해를 볼 수 있을 것 같았다. 가게 네온들이 하나씩 꺼지고 늦은 술손님을 기다리는 주점들만 희미하게 빛을 내고 있었다. 쇼윈도 앞 전등은 그대로 켜놓은 채 가게를 나섰다. 마네킹이 입은 옷을 보고 손님이 찾아오기를 간절히 빌었고 내일이면 그렇게 될 것만 같았다. 가방 안에 넣었던 우산을 꺼내어 접이를 펴고 버스 정류장 쪽을 향해 서둘러 걸었다. 지금 가면 막차를 타고 들어갈 수 있었다.

"누나, 오늘은 늦었네요?"

"응, 손님 없어서 창고 정리를 하다 보니까 늦어버렸네. 오늘도 늦게까지 하네."

"벌 수 있을 때 많이 벌어야죠. 오늘 어땠어요?"

"비가 와서 망쳤어. 너네는?"

"저희도 뭐 마찬가지죠. 내일부터는 비가 그친다고 하고 주말이니까 손님이 좀 있겠죠."

"그래, 손님이 좀 많이 찾아주면 좋겠다. 그럼 고생해."

"잠깐 누나, 우리도 곧 문 닫을 건데 같이 소주 한잔 하고 갈래요? 경미야, 어때?"

"나는 좋은데. 언니 같이 해요."

아내가 가게 안에서 대답했다. 골목 앞 큰길가에서 청바지 가게를 하고 있는 젊은 부부는 지선이 퇴근하는 모습을 보고 말을 걸었다. 부부는 늦게까지 가게 문을 열어두었다. 아이가 생기기 전에 많이 벌어놓아야 한다는 게 이들이 늦게까지 문을 열어놓는 이유다. 거기다 부부가 같이 있으니 일찍 집에 들어가야 할 일도 없었다. 옷가게는 문을 열어놓은 만큼 물건이 팔린다는 게 이들의 장사 지론이었다.

"내일 일찍 갈 데가 있어서."

"어디요?"

"아는 오빠가 병원에 있어서 문병을 가려고."

"오빠요? 어떤 오빠?"

"그냥 있어."

"언니 입에서 남자 이야기 처음 듣는데. 그냥 오빠는 아닌 것 같아. 그렇죠? 언니 표정이 애인 만나러 가는 것 같아요."

"얘는, 그렇게 보이니?"

"진짜라니까. 안 그래, 당신?"

"봐봐, 얼굴 빨개진 거 봐. 진짠가 본데."

지선은 애인이라는 말에 얼굴이 달아올랐다. 속을 그렇게 들킬 수도 있구나 하고 놀란 표정이었다. 어느새 애인이라는 말이 기분 나쁘지 않은 말이 되어 있었다.

"그럼 내일 늦게 문 열어요?"

"응, 점심은 지나야 할 것 같아. 일찍 나오려면 너희들도 얼른 들어가, 그만하고."

"예, 우리도 정리만 하고 들어갈 거예요. 가다가 한잔 하고."

"맞아요. 비도 오고 꿀꿀하니까."

"미안, 같이 하면 좋은데. 그러면 내일 보자."

"예, 들어가세요."

부부는 한잔이라는 말에 눈을 마주치며 미소를 보였고 지선은 미안한 표정으로 인사를 건넸다. 둘은 우산을 쓰고 걸어가는 지선의 뒷모습을 오래도록 쳐다보았다.

"진짜 애인인가? 얼굴이 확 폈는데."

"그러게."

"저 누나는 나이가 들었는데도 몸매가 좋아. 당신보다 훨씬. 얼굴도 늙지 않고 예쁘고."

"결혼을 안 했으니까 그렇지. 나도 결혼하기 전에는 몸매 좋았어, 왜 이래?"

"결혼을 왜 안 해? 이혼해서 그렇지."

"애 없이 이혼하면 결혼한 것도 아니거든. 몸매도 안 망가지고."

"당신도 애는 없잖아."

"자꾸 그럴 거야!"

"농담이야. 우리도 그만 문 닫고 가자."

마지막 시내버스는 얼마 기다리지 않아 도착했다. 버스 안은 텅 비어 있었고 우산에서 떨어진 빗물로 흥건했던 바닥도 말라가고 있었다.

"비가 좀 줄어서 다행이에요. 내일이면 끝난다고 그러고."

젊은 버스 기사가 손님이 없어 심심했는지 말을 걸었다. 지선도 뒤까지 가지 않고 기사 건너편 출입구 쪽에 앉았다.

"그러게요. 새벽에 그친다고 하네요."

"이제 그만 와야죠. 언제까지 오려고."

"작년보다 더 긴 것 같아요. 더 많이 내리고."

"어제는 정말 태풍이 온 것처럼 많이 내리더니 그래도 오늘은 괜찮네요. 충장로 쪽은 물이 차서 차들이 얼마나 밀렸던지. 배수로가 감당을 못 해요. 공무원 놈들은 그런 것도 계산 못 하고 허구한 날 물난리니. 머리를 쓰는 건지 마는 건지."

"비가 오니까 장사도 안 돼요."

"뭐 하시는데요?"

"옷가게요. 장마가 오래되니까 옷이 눅눅해져서 더 그런 것 같아요."

"예, 버스도 손님 없기는 마찬가지예요. 사람들이 밖에 잘 나오지 않으니까."

버스 기사와 지선은 계속해서 장마 이야기를 하며 빗속을 달려갔다. 손님이 없어 그냥 지나치는 정류장도 있었다. 그럴 때 한 번씩 기사는 정류장을 보면서 지선을 곁눈질로 쳐다보았다. 시선을 느낀 지선은 눈이 마주칠까 창밖만 보았다.

"다음에 내려주세요."

"내리시게요?"

시선이 내린다는 말에 버스 기사는 아쉬워했다. 정류장이 가까워지자 지선이 일어났다.

"그냥 있어요. 앞문 열어줄 테니까."

"아, 고맙습니다."

"다음에 또 봬요."

"예⋯⋯."

기사는 앞문을 열고 친분이 있는 사람처럼 다시 보자는 인사까지 했다. 육중한 엔진 소리를 내며 버스는 지선의 옆을 지나갔다. 버스 백미러에 지선의 모습이 비쳤다가 점점 멀어졌다. 버스 기사는 멀어지는 지선에게 시선을 오래 두었다. 버스에서 내린 지선은 우산을 들었다. 버스가 가고 나자 주위에 불빛은 더 이상 없었다. 차들이 없는 도로는 불 꺼진 운동장처럼 조용했고 신호등만 흐리게 빛을 내며 차들을 기다리고 있었다. 정류장 옆 가로등은 비에 젖어버렸는지 눈을 감고 빛을 내지도 못했다. 늦게까지 문을 열어 시끄럽던 순댓집도 불이 꺼져 어두웠다. 빗방울이 바람과 부딪히는 소리까지 들릴 듯 사방은 무섭도록 고요했다. 골목을 따라 조금만 들어가면 되는데 그 길이 너무 멀어 보였다. 다행히 골목 안쪽으로는 가로등이 큰 눈으로 떨어지는 비를 비추고 있었다. 우산에 부딪히는 빗소리를 들으며 골목으로 걸어 들어갔다. 사방은 조용했고 빗소리가 지선을 따라 움직였다. 혼자 걸어 들어가는 골목길에 비는 계속 내렸다.

3

태석이 입원한 지 두 달이 되어가고 있었다. 미숙과 태석은 병원으로 이송되어 곧바로 수술에 들어갔고 미숙은 열네 시간이 넘는 대수술을 받아야 했다. 출혈이 심했고 두개골이 으깨어져 조각난 뼈들이 머릿속에 박혀 빼내는 데 시간이 오래 걸렸다. 다행히 생명에는 지장이 없었지만 후유증은 의사도 장담하지 못했다. 신체의 일부에 장애가 올 수도 있고 언어와 지각 능력에도 문제가 발생할 수 있다고 했다. 수술 후에도 미숙은 깨어나지 못하고 무의식 상태가 오래되었다. 회복을 장담하던 의사의 말은 의미 없는 빈말이 돼버렸다. 시간이 오래될수록 미숙의 뇌세포들이 죽어가고 있는 거라고 했다. 모두 태석의 잘못인 것 같아 지켜보는 마음은 하루도 편하지 않았다. 자신도 상처가 깊었지만 내색조차 하지 못했다. 그러다가 매제인 대준이가 아이들을 데려와 면회를 시키고 딱 하루가 더 지나 미숙은 깨어났다. 아이들의 목소리가 미숙의 의식을 깨운 건지. 의사는 충분히 그럴 수 있다고 했다. 다행히 미숙에게 후유증은 없었다. 정신도 온전히 돌아왔고 신체 어디에도 후유증은 발견되지 않았다. 다만 그날의 충격에 대한 스트레스가 장시간 동안 이어져 정신과 치료가 절대적으로 필요하다고 했다. 한번 머릿속에 각인

된 트라우마는 종양을 도려내듯 메스로 똑 하고 떼어내기는 불가능했다. 혼자 있는 것을 두려워했고 낮에도 불을 켜놓아야 할 정도로 어둠에 공포를 드러냈다. 거기다 쇠가 부딪히는 소리에는 경기를 일으키듯 소름을 느꼈다. 쇳소리와 어둡고 밀폐된 지하실이 그대로 머릿속에 머물고 있었다. 인제쯤 놈이 빠져나갈지 의사도 알지 못했다. 그들도 기억을 도려낼 수 있는 메스는 가지고 있지 않았다.

스트레스는 태석에게도 찾아왔다. 어깨뼈가 으스러진 것을 고정하고 구멍이 난 옆구리도, 흐트러진 장기도 수술을 통해 원래 자리로 찾아왔다. 그러나 머릿속은 엉망진창이었다. 그날 박창기의 지하실에서 보았던 엽기적인 모습이 머릿속에 박혀 빠져나가지 않았다. 주위에 파리들이 날아다니고 병실에서 시체가 썩고 있는 것 같아 침대 아래를 확인하고는 했다. 남자인 태석도 그러한데 미숙의 스트레스는 생각만으로도 감당하기 힘들었다. 사흘 동안이나 밀폐된 지하에 갇혀 있던 미숙에게 태석은 미안함을 감추지 못했다. 매일 정신과 치료를 하고 있지만 그날의 악몽은 미숙을 잡고 놓아주지 않았다. 사람이 세상에서 가장 무섭다는 것을 온몸에 새겨놓은 박창기를 단번에 지워내기는 힘들어 보였다.

*

"형님."

"하 형사."

태석이 퇴원을 하루 남겨둔 오후, 병실에 손님이 찾아왔다.

"형님, 잘 있었어요? 몸은 좀 어때요?"

"정수야, 과장님."

서울에서 내려온 형사과장 박기정과 후배 한정수가 음료수를 들고 병실로 들어왔다. 반가운 마음에 태석은 자리에서 일어났고 과장은 그대로 누워 있으라고 손을 저었다. 여기까지 문병을 올 줄은 몰랐다.

"몸은 좀 어때?"

"아니, 그것보다 어떻게 오셨어요. 별것도 아닌데."

"별것도 아니라니, 이 사람아. 우리는 뭐 귀 막고 사는 사람들인 줄 알아. 암튼 큰일 했어."

"형님, 서울은 난리야. 형님이 큰일을 해낼 줄 모두 알았다고. 형님 기질이 어디 가겠어!"

"큰일은 무슨……."

태석은 부끄러운 듯 말을 흐렸다. 그래도 서울에서 알아준다니 기분이 나쁘지는 않았다. 정수는 태석이 사건을 해결한 후의 직원들 이야기를 장황하게 해주었다. 이런 인재를 시골로 내려보낸 감찰 놈들이 서울 치안을 망쳐놓았다고 장난기 어린 말투로 분위기를 돋우었고 과장도 거들었다. 오랜만에 서울 동료를 만난 태석도 마음을 열고 웃어 보였다.

"이제 서울로 올라와야지. 마저 수사를 해야 하지 않겠어?"

안부 인사가 이어지고 과장이 진지하게 태석에게 말을 건넸다. 그 말을 하기 위해 온 것 같았다. 서울에서 태석이 불명예스럽게 내몰린 건 이들에게도 안타까운 일이었다.

"그게 아직……."

"아직은 뭐가 아직이야, 이 사람아. 김동수를 그냥 저렇게 활보하게 둘 거야? 놈이 언제 또다시 범행을 저지를지 몰라."

"경찰이 보고 있다는 것을 아는데 또다시 그 짓을 하겠어요?"

"그런 놈들의 습성을 몰라서 그런 거야?"

"그런 건 아닌데, 동생이 아직도 병원에 있습니다. 후유증이 생각 이상으로 심해서요. 제가 옆에 계속 있어야 할 것 같습니다. 그리고 김동수는 과장님하고 여기 정수가 할 수 있잖아요. 과장님이 그렇게 신경을 쓰시는데 해결이 되지 않겠어요. 직원들도 많고."

태석은 어렵게 거절을 했다.

"동생 일이라고 하니까 뭐 더 이상 설득을 할 수가 없구먼. 그래, 동생이 많이 안 좋아?"

"예, 좀……."

태석은 끝을 흐려 심각함을 대신했다.

"암튼 미숙 씨가 회복되면 형님은 올라오시는 거예요. 저 기다려요, 형님."

"그 전에 네가 잡아들여. 그러면 되지."

"형님이 와야 된다니까."

정수는 끝까지 태석을 끌고 서울로 올라가고 싶은 모양이었다. 한 시간쯤 지나 가야 할 때가 되자 1층 로비까지 내려가 배웅을 했다.

"몸 빨리 추스르고 서울에서 봐. 여기."

"아이 과장님, 여기까지 오신 것만 해도 어딘데, 이런 걸……."

과장이 봉투를 태석의 환자복 주머니에 밀어 넣자 태석이 몸을 뒤로 빼며 거부를 했다. 그래도 과장은 물러나지 않고 기어이 봉투를 넣었다.

"정수야, 과장님 좀 말려라. 얼른."

"예, 형님. 제가 한번 말려보겠습니다."

정수가 다가와 과장님을 잡는 척하면서 봉투 뭉치를 태석의 주머니에 밀어 넣었다.

"야, 너까지……."

"형님 빨리 회복하라고 그러지. 고마우면서. 저 말고 다른 직원들 것도 같이 있어요. 간다니까 전부 다 봉투를 만들더라고. 형님이 서울로 올지 모르니까 아부를 떠는 거지. 내가 너무 늦었다고는 했지만."

"고맙다고 전해줘라. 근데 여기까지 왔는데 과장님, 식사라도……."

"아니, 올라가야 돼. 정수야, 빨리 가자."

고마운 사람들이다. 서울에서 사고 치고 지방까지 내려왔는데 아직까지 자신을 인정해주고 힘이 되어주는 사람들이다. 로비에 서서 주차장으로 돌아가는 그들을 계속해서 바라보았다. 정수는 아쉽다는 듯 몇 번을 뒤돌아 손을 흔들었다. 서울에 있을 때처럼 여전히 밝은 정수의 모습이 보기 좋았다.

*

아침이 되자 의사들이 회진을 돌기 시작했다. 태석을 맡았던 50대 의사는 뒤로 여러 의사들을 데리고 병실을 돌아다니며 순서대로 환자를 살폈다.

"우리 하 형사님, 이제 퇴원해도 될 것 같습니다. 어깨 골절도 많이 아문 것 같고 복부도 문제가 될 건 없을 것 같아요. 앞으로 통원치료하면서 물리치료를 하고 정신과 상담은 꾸준히 하는 게 나을 겁니다. 말씀드리지 않아도 잘 알겠지만요."

"예, 감사합니다."

"아무튼 고생 많았습니다. 퇴원하면 바로 업무에 복귀하나요? 아직 운동이나 장시간 근무는 피해야 합니다."

"예, 이제 출근을 해야 할 것 같습니다. 운동할 생각은 없으니까 걱정하지 않으셔도 됩니다. 그것보다 동생은 어떻게 되나요?"

"하미숙 씨 말이죠? 하미숙 씨는 좀 더 봐야 할 것 같습니다. 머리 쪽이라 완전히 정상이 되었다고 하기는 힘들고, 몇 가지 검사를 더 해보고 결정을 해야 할 것 같아요. 그렇다고 너무 걱정할 정도는 아니니까 마음 놓으시고. 동생분도 마찬가지지만 가장 중요한 것은 육체보다도 정신이죠. 정신과 치료를 꾸준히 받아야 합니다. 당시 트라우마가 클 거예요. 여자분이니까 이겨내기가 더 힘들 겁니다. 시간도 오래 걸리고."

"예, 저도 아직 그때 기억으로 잠을 설치고는 합니다."

"형사분도 그런데 일반인인 여동생분은 오죽하겠어요."

"그럼 얼마나?"

"정신과는 제 소관이 아니라 잘 모르겠지만 몇 주는 더 지켜봐야 하시 않을까요? 가족들이 옆에서 계속 노력을 해야 더 빨리 회복을 할 것이고요. 상담을 해보면 오빠에게 의지하는 게 상당하던데요."

"알고 있습니다. 계속 옆에서 지켜야죠."

"그럼 퇴원 잘 하시고 다시 병원에 입원하는 일은 없도록 하십쇼."

"그래야죠."

의사들이 나가고 짐을 정리했다. 쓰던 물건이 원래 병원 것이었는지 태석의 것이었는지 구분이 힘들었고 모두가 자기 물건 같았다. 태석은 오랫동안 병실에 있었더니 터줏대감이 되어 있었다. 그가 들어오고 나서 잠깐씩 있다가 간 사람이 열 명이 넘었고 그보다 오래 있던 사람은 없었다. 마을을 지켜온 이장이 이사를 가는 것만 같아 방 안 사람들도 모두 아쉬워해주었다. 오랫동안 얼굴을 보던 간호사들도 서운해하기는 마찬가지였다. 간호사실에 퇴원 인사를 하러 가자 모두들 환영해주었고 병원에 들르면 꼭 놀러 오라는 인사가 오갔다. 커다란 가방에 짐을 모두 싸놓고 원무과에 가서 입원 확인서와 치료 내역서를 뽑아달라고 하였다. 두 달 치 병원비가 제법 되었다. 다행히 태석은 공상 처리가 되어 병원비는 걱정되지 않았지만 미숙은 그렇지 못했다. 검찰청에 범죄피해구조금을 신청했지만 아직까지 심사가 마무리되지 않아 치료비를 정산하지 못했다. 국가에서 범죄 피해자를 구제하기 위해 구조금을 적립해놓았지만 그것을 받아내기는 그리 쉬운 일이 아니었다. 심사가 마무리되어 치료비를 받아내려면 시간이 더 필요했다.

"미숙아."

미숙은 창밖을 보고 있다가 태석의 부름에 흠칫 놀라 어깨가 올라갔다가 내려왔다. 그러다 태석이라는 것을 알고는 대답 없이 고개를 돌렸다. 치료가 되고 있는 듯하지만 아직도 남자의 음성에 극도의 긴장감을 드러내었다. 그 것을 알기에 태석은 조심스럽게 그녀를 불렀고 다행히 태석의 음성에는 거 부 반응이 없었다. 남자는 무조건 공격적이라고 몸에 새겨져버린 공포를 벗 겨내는 데는 오랜 시간이 걸릴 것 같았다. 기억을 치유하는 데는 의사의 메 스가 소용이 없었다.

"오빠 퇴원하려고."

"……."

"매일 올게. 대준이도 매일 같이 있을 거야."

미숙은 말이 없었다. 오빠를 보면 그렇게 수다를 떨던 동생은 그날 이후 로 입을 다물어버렸다. 잔소리를 잔뜩 쏟아내야 할 그녀의 입에서 더 이상 말을 듣기는 어려울 것 같았다.

"오빠, 담배 그만 피워."

"그래, 그렇게 잔소리를 해야 우리 미숙이지."

자리에서 일어서려는 태석에게 작은 목소리로 건넨 미숙의 말이 너무도 반가웠다. 미숙의 사소한 잔소리가 더 많이 늘어나기를 빌었다.

"형님 여기 계셨네. 병실에 갔더니 벌써 나갔다고 하더구만."

마침 대준이 병실로 들어왔다.

"퇴원하기 전에 미숙이 한 번 더 보고 가려고. 내가 복직하면 옆에 있기 힘드니까 네가 더 옆에 있어야 한다는 거 알지?"

"그럼요, 형님. 인자 제가 무슨 일이 있어도 잘 보살필 테니께 걱정하지 마 셔요. 저 확실허게 변한 거 아시잖여요."

"그렇기를 바라야지."

"아따 형님, 옛날에 대준이가 아니라니까요."

"그래그래."

대준은 믿어주지 않는 태석이 야속한 듯 볼멘소리로 목소리를 높였다. 사실 그 일이 있은 후 대준은 다른 사람이 된 것처럼 완전히 변했다. 장난기도 줄었고 친구 좋아하던 버릇도 모두 지워버렸다. 일 끝나면 곧바로 집으로 돌아와 아이들을 돌보았고 매일같이 병원으로 찾아와 미숙을 간호했다. 생전 하지 않던 집 안 청소와 아이들 음식까지 한 번도 빠뜨리지 않고 성실히 해내었다. 그렇게 잔소리를 하고 뒤통수를 때려도 변하지 않던 대준이가 변해준 게 너무도 고마웠다. 더 이상 대준은 철없는 남편도 속없는 애들 아빠도 아니었다.

미숙의 손을 잡고 잘 이겨내라는 말을 몇 번을 하고도 모자라 병실 밖으로 나왔다가도 다시 들어가 손을 잡고 미숙을 걱정했다. 미숙은 병실 밖으로 나오지 못하고 문 앞에서 태석을 배웅했다. 복도에 지나는 사람들이 무서워 따라 나오지 못했다. 그런 미숙이 걱정스러워 태석은 몇 번을 뒤돌아보았다.

"아이고 형님, 인자 안 올려고 그려요. 제가 맨날 지키고 있으니까 걱정허지 마시고 어서 가셔요. 늙다리 남매를 눈물겨워 못 보것네. 여보, 형님 보내고 오께 언능 들어가."

둘을 지켜보다 답답했는지 대준은 태석을 끌고 주차장으로 나갔다.

*

태석이 퇴원한다는 말에 태석의 차를 대준이 끌고 왔다. 부서졌던 차는 대충 수리를 해서 그런지 형편없어 보이지는 않았다. 엔진 소리는 여전히 기운차게 컸다. 늙은 디젤엔진이 힘을 내려 검은 연기를 뒤로 연신 뿜어내었다. 반갑다, 똥차야. 달려보자.

답답한 광주 시내를 지나 국도를 달려 차는 영광으로 향했다. 또다시 짠

조기 냄새를 드러내며 처음 서울에서 내려올 때와 마찬가지로 고향은 말없이 태석을 맞아주었다. 경찰서 정문에서 대원이 차를 잡으려다 태석의 얼굴을 알아보고 반가운 듯 거수경례를 했다. 차에서 내려 현관으로 들어가자 상황실장이 복도로 나와 가장 먼저 맞아주었다.

"하 형사 아니어. 몸은 괜찮어. 저기 거시기 저번 일은 내가 미안허게 되었네. 그때 하도 급박허고 경황이 없어서……."

"미안하다니요, 그게 무슨 말씀이세요. 일하다 보면 그렇죠 뭐."

"그렇지? 그려. 자네가 그렇게 얘기를 혀준게 고맙네. 어서 들어가봐."

상황실장은 저번 일이 미안했는지 상황실을 비워놓고 복도로 나와 사과를 했다.

사무실로 들어가자 직원들이 기다렸다는 듯 모두 환영을 해주었다. 가장 먼저 달려온 것은 한주석 팀장이었다. 그와 직원들은 병원으로 찾아와 사과를 했다. 서운한 것도 미련도 모두 잊기로 했다. 동료들이 신뢰를 갖도록 노력했어야 했는데 그러지 못한 것을 스스로 반성했다.

"좀 더 쉬지, 이렇게 일찍 나왔어."

"다 나았어요. 그냥 멍하니 병원에 있는 것도 그렇고."

한 팀장은 태석의 어깨를 만지며 걱정해주었다. 그는 오랜 친분이 있으면서도 태석을 믿지 못했던 것이 미안하고 아쉬워 더 친근하게 대했다.

"더 쉬기는요. 좋은 일이 있는데 쉬기는 왜 쉬어요, 더 빨리 나왔어야지."

"그런가. 하긴 그렇지. 근호 니 말이 맞다."

"병원에 있어서 그런가 얼굴이 좋아졌네."

"태석이 나왔으니까 환영식을 해야지."

앙금이 있던 임근호 형사도 마음을 풀어 태석과 악수했고, 황 반장은 회식을 하자고 분위기를 띄웠다. 태석도 직원들의 환대에 고마움을 느꼈다.

"경무계에서 전화데요. 형님 특진 임용식을 한다고."

"그려, 얼른 정복 입고 올라가. 그러고 황 반장 말대로 오늘 회식을 좀 허자고. 태석이, 술 해도 되지? 병원에서 허지 말라고 혀?"

"한두 잔 정도 괜찮죠 뭐. 오늘은 제가 한턱내겠습니다."

"형님 좋은 일인데 당연히 그러셔야죠."

막내 승오는 자기가 승진을 하는 듯 기뻐하며 태석을 거들었다.

서장실은 여전히 넓고 높았다. 과장들이 서장의 옆으로 서고, 태석이 들어오자 경무계장은 행사를 시작했다.

"지금부터 특별 승진 임용식을 시작하겠습니다."

"뭐 다 아는데, 차나 한 잔씩 하지."

"서장님, 이것은 격식을 좀 차려줘야 하는데요. 사진도 좀 찍고 언론에 보도도 하고. 하 형사는 우리 경찰서의 자랑인데요."

"그려? 그러면 해야지."

송주호 수사과장이 옆에서 대충하려는 서장을 말렸다. 그 또한 태석에게 빚을 진 사람이었다. 연쇄살인 사건을 단순 가출로 무시하고 있었던 과장이었다. 비록 태석 혼자이긴 하지만 격식을 차려 임용식을 해주어야 마음이 편할 것 같았다. 살인범 검거로 특별 승진을 한다는 멘트와 함께 경위 계급장을 받아 든 서장은 하태석의 어깨에 이를 붙여주었다. 과장들이 일제히 박수를 치며 축하해주었고 태석의 얼굴은 어색한 듯 엷은 미소가 그려졌다. 경무계 직원이 사진기를 들고 포즈를 취하길 원했고, 태석을 가운데 두고 서장과 과장들이 나란히 섰다. 주먹을 움켜쥐고 파이팅까지 외치고서야 행사는 마무리되었다.

"이것을 빨리 해주고 싶었는데 자네가 병원에 있는 바람에 늦어버렸네. 병원에 누워 있는 사람 주기는 그렇고."

"감사합니다."

"나 원망 안 허제?"

"아닙니다. 무슨 말씀을."

"그려. 그리야제. 그리고 저기 경무과장, 언론사에 사진을 대문짝만 허게 내라고. 완전 훌륭한 형사라고 말이여."

서장은 저번 일이 걸리는지 농담을 걸었고 경무과장도 농담을 실어 명령을 충실히 수행하겠다고 큰 소리로 답했다. 임용식이 끝나고 과장들은 모두 서장실을 나갔다. 서장은 탁자에 차를 내어놓고 태석과 마주 앉았다.

"승진을 했으니 자리를 옮겨야 하는 것은 알고 있지?"

"예, 알고 있습니다."

"어떤 놈이 그런 것을 만들어 가지고 자네 같은 인재를 뺏겨버리는 거여. 나는 계속 데리고 있고 싶구만."

승진을 하면 경찰서를 옮겨야 한다는 내부 지침이 잘못되었다는 듯 서장은 엄살을 피웠다. 인사 지침에 직원들은 많은 불만을 가지고 있었지만, 인사 적체를 해소하기 위한 어쩔 수 없는 정책이라는 설명은 일방적이었다.

"어디로 가고 싶은가? 자네가 가고 싶은 데 어디든 보내주지."

"광주로 가고 싶습니다."

"광주? 왜?"

"동생이 병원에 있습니다. 제가 가까이에서 돌봐주고 싶습니다."

"일하면서 돌보는 게 되겠어?"

"가까이만 있어도 동생이 안심을 할 것 같습니다."

"기거할 데는 있고?"

"아니요. 여기에 조카들도 있고 해서 광주까지 출퇴근을 할까 합니다."

"그려 잉. 근디 경찰서끼리는 몰라도 지방청끼리도 바꿔지는가 모르것네. 잠깐 기다려봐."

서장은 그 자리에서 전남청 인사과에 전화를 넣었다. 어떻게든 태석을 돕고 싶은 모양이었다.

"어이, 과장 좀 바꿔봐."

직원은 곧바로 경무과장을 바꾸었다.

"그려, 광주는 안 되것어? 잉 그렇기는 한데. 여기 하태석 형사는 좀 봐줘야 하지 않것어. 청장님하고 이야기를 하면 좀 될까? 뭐여, 청장님이 지시한 것이라고. 알았어이. 그려도 한번 알아봐. 이 친구야, 사람이 허는 일인디 안 되는 것이 뭐가 있어. 빨리 알아보고 전화혀봐."

서장이 통화하는 내용을 들어서는 힘들다고 이야기하는 것 같았다.

"광주로는 들어가기가 힘들다고 하는데. 청장님이 내려와서 인사 기준을 단단히 만들어놓으셨다는구만. 전남청에서 광주청으로 들어갈라고 허는 사람이 부지기수인가 벼. 근디 걱정하지 마. 내가 더 알아보라고 혔으니까. 바로 전화가 올 것이여."

얼마 있지 않아 전화가 울렸다.

"자네 광역수사대를 갈 수 있것는가? 강력3팀장이 갑자기 병가를 내서 석 달간 자리가 빈다는데, 팀장으로 가보는 것은 어뗘? 석 달이지만 한번 들어가면 그 자리를 누가 비킬라고 허간디, 자네 자리가 돼버리는 거지. 그려도 석 달이면 동생 치료도 거운 끝나는 거 아니여. 광주로 갈라면 아무데나 가도 되잖여. 자네 정도면 팀장을 해도 충분할 것 같은데. 나이도 있고. 아직 팀장은 한 번도 안 해봤지?"

"예. 아직……."

"자네가 온다면 예외로 해서라도 팀장 자리를 준다는데. 능력이 있으니까 그런 기회도 오는 것이여."

"팀장…… 말입니까?"

"그려, 지금까지 무슨 얘기를 들은 거여."

"저야 뭐. 광주로 가기만 한다면 어떤 자리도 마다하지 않겠습니다."

"그려. 그럼 그렇게 혀. 인사 담당자한테 그렇게 얘기를 해줄 것인게. 광주가면 자네가 술 한잔 사야 혀."

"예, 서장님. 감사합니다."

"어이, 광수대 강력3팀장, 잘해봐. 나 좀 잘 봐주고."

서장은 문 앞까지 따라 나와 악수를 청했고 태석도 고개 숙여 고맙다는 인사를 했다. 당분간만이라도 미숙을 곁에 두고 일을 할 수 있다는 것이 다행이었다.

태석은 퇴원한 지 사흘 만에 직원들과 아쉬운 작별을 뒤로하고 광주로 이동했다.

4

비가 내려 날씨가 싸늘한데 남자아이는 옷이 모두 벗겨진 채 마당 한가운데 서 있었다. 열 살 남짓한 아이는 얼굴이 하얗게 질린 채 바닥에 널브러져 웅덩이에 빠졌다가 정신을 차리고 일어섰다. 방으로 들어가고 싶지만 그럴 수는 없었다. 어느 날 엄마를 따라와 아빠라고 부르라던 사람은 늘 취해 있었고 이유 없이 아이에게 화를 내었다. 이유를 알고 싶어도 남자의 무서운 얼굴에 입이 다물어져 목소리가 만들어지지 않았다. 아이는 진짜 아빠가 그립지 않았고 그 전에 있던 아빠들도 모두 그랬다. 엄마는 늘 새아빠를 데려왔고 그들은 얼마 되지 않아 다시 떠났다. 아이에겐 모두 무서운 아빠들이었고 지금의 아빠도 무섭기는 다르지 않았다. 아빠들은 모두 공격적이었고 절대로 이길 수 없는 상대였고 대적할 생각조차 하지 못하게 만들었다. 그들은 늘 술에 취해 있었고 이상하게도 그들에게 술을 가져다주는 사람은 엄마였다. 비가 내리자 엄마는 술을 사 오라고 아이를 시켰다. 아이가 비를 맞고 사 온 술을 엄마는 남자와 나누어 마셨다. 둘은 취해서 온 동네가 떠들썩할 만큼 소리를 지르며 섹스를 했다. 낮게 깔린 구름에 엄마의 신음 소리는 마을을 휘젓고 다녔지만 부끄러움은 없었다. 그 소리를 벽 너머에서 귀를 막고 들어야 했던 아이는 벽에 그 모습을 오려서 집어넣었다. 붉은 색 크레파스로 그려진 핏빛 몸통을 가위로 오려 벽에 넣었다. 알몸이 된 엄마와 남자는 벽에서도 소리를 내며 섹스를 하고 있었지만 몸뚱이에서는 피가 흐르고 있었다. 오려 붙인 그림처럼 죽어버렸으면 좋겠고 그렇게 되기를 원했다. 그때마다 그려 넣은 벽은 온통 붉은빛이었고 거기서 피가 흘러나오고 있었다. 그림을 그리다 그만 연탄을 갈아야 한다는 것을 잊어버리고 잠이 들었다. 잠에서 깨었을 때 아이의 앞에는 질에 박혔다 빠져나온 늘어진 남성을 덜렁거리는 아빠라는 자가 서 있었다. 그는 잠이 든 아이를 인정사정 없이 때리더니 옷을 모두 벗겨버렸다. 벗지 않겠다고 버티는 것을 찢어내듯 잡아당겼고 울고 있는 아이의 뺨을 내려쳤다. 아이는 반항할 수 없다는 것을 알았고 실오라기 하나 없는 알몸으로 마당에 던져졌다. 아이가 마당으로 던져진 이유는 연탄불을 꺼뜨렸다는 거였다. 남자에게 그게 그렇게 큰 일이었을까. 섹스를 끝내고 옷도 입고 있지 않은 엄마가 아이를 보았지만 고개를 돌렸다. 불 꺼진 아궁이가 아이 때문이라고 엄마가 남자에게 말했다. 술에 취한 엄마는 엄마가 아니었고 남자가 몇 번째 아빠가 되는지 아이는 생각하지 않았다. 그들은 엄마와 아빠가 아니라 암컷과 수컷일 뿐이었다.

차가운 비가 쏟아지는 마당 아래에서 아이는 알몸이 되어 서 있었다. 마당에 던져진 연탄재에 웅덩이는 검은색이었고 땅속 깊은 곳으로 이어져 있을 것 같은 웅덩이 한가운데 아이만 있었다. 아빠라고 부르라던 남자는 방으로 들어가 문을 닫아버렸고 그가 들어오라고 하기 전까지는 절대로 들어갈 수 없었다. 그렇게 했다가는 더 큰 고통이 따른다는 것을 아이는 이미 알고 있었다. 대문 앞에 매어놓은 백구는 아이를 향해 짖었다. 아이는 흰 개라 그냥 백구라고 이름을 지어주었다. 엄마는 그 이름도 알지 못한다. 백구가 계속해서 짖어도 사람들은 아무도 관심을 보이지 않았다. 옆집에서 한 번쯤 쳐다볼 만도 한데 아무도 그러지 않았다. 창문을 열어 힐끔 이쪽을 바라보고는 문을 닫아버렸다. 아이가 알몸으로 있다는 것을 알지만 문은 다시 열리지 않았다. 번개가 빠지직 하늘을 두 쪽으로 가르더니 쿠궁거리는 천둥소리가 이어졌다. 아이는 귀를 막았다. 천둥소리도 무서웠지만 다시 들려오는 방 안의 신음 소리가 더 무서웠다. 백구가 짖는 소리와 천둥소리 그리고 방 안의 신음 소리가 마당에 가득했다. 비가 그쳐야 방으로 들어갈 수 있을까. 찢어진 하늘에서 비는 끝없이 내렸고 방 안의 소리는 밤새 계속될 것 같았다. 시간이 지나자 아이는 더 이상 울지 않았고 표정도 없었다. 방문이 열리자 백구는 고개를 돌려 남자를 향해 짖었다. 남자는 몽둥이를 찾아 들고 백구에게로 다가갔고 백구는 외마디 비명을 지르고는 바닥에 쓰러졌다. 개가 시끄럽다고 엄마가 말했다. 아이에게 유일한 친구인 백구마저 엄마는 싫었던 모양이다. 남자가 고개를 돌려 아이를 내려다보았다.

잘못했어요. 다시는 안 그럴게요. 남자에게 아이는 두 손을 모아 빌었어야 했다. 그러나 그러지 않았다. 그렇게 해도 방으로 들어갈 수 없다는 것을 아이는 너무도 잘 알고 있었다. 추위에 닭살이 돋아 오들거려도 파랗게 질린 입술에 이가 부딪혀도 아이는 표정이 없었다. 턱만 추위에 떨고 있을 뿐, 죽어버린 개가 표정이 없듯 아이도 그랬다. 오랫동안 죽은 백구를 바라보던 아이는 방 안의 엄마를 생각했다. 엄마가 나를 걱정하고 있을까. 아니면 섹스만 생각하고 있을까. 표정 없는 생각이 머릿속에서 계속되었다. 남자에게 아이는 다시 맞았다. 그러나 울지도 않았고 표정이 일그러지지도 않았다. 열 살 아이의 얼굴에서 표정이 사라져버렸다. 그 안에 어떠한 감정이 도사리고 있는지 가늠하기는 힘들었다. 떨어지는 빗물 속에 백구가 흘린 피비린내가 향기처럼 좋았고 찢어진 입안에서 풍겨 오는 비린내도 좋았다. 피 냄새가 좋다는 것을 알고서야 아이는 웃었다.

5

"팀장님, 오시자마자 큰 거 하나 했는데요."

"원래 팀에서 해오던 걸 나는 그냥 거들기만 했지."

"별말씀을요. 팀장님이 작전을 잘 짰으니까 그렇게 되었죠."

광역수사대 사무실에는 웃음이 가시지 않았다. 태석이 팀장으로 오기 전부터 진행해오던 사건이었지만 그가 팀을 잘 이끌어 큰 성과를 내었다. 산에서 도박을 하던 도박꾼 80명을 일망타진한 것이다. 방범순찰대 버스 네 대에 2개 중대 160명이 산을 둘러싸고, 현장으로 잠입해 들어간 직원으로부터 상황을 모니터해가며 작전을 펼쳤다. 현장은 몰래카메라로 촬영을 해 증거로 사용했고 검거한 사람들을 조사하는 데 광역수사대 인원 전원이 투입되었다. 미숙을 곁에 두고 보려고 했는데 일 때문에 몇 번 찾아가지도 못했다. 하지만 팀장으로 직원들과 함께 일에 집중할 수 있어 좋았다.

일이 모두 끝나자 지방청의 고창수 형사과장이 사무실로 직접 찾아왔다.

"하태석 팀장, 멋지게 해결했어. 청장님도 좋아하시고 본청에서도 상을 준비하는 것 같아."

"제가 한 게 뭐가 있다고. 다 만들어놓은 거 자리만 차고 있었는데요."

"도박 사건 단속 기간인데 우리 청이 성과가 없어서 얼마나 마음 졸이고 있었는데, 이것 하나로 역전했으니 잘한 거 아니야. 경남청에서 놓친 것을 우리가 잡았다고 거기서는 난리야. 하 팀장, 이번 기회에 1팀장으로 바꾸어야겠어."

"과장님 왜 그러세요."

"농담 아니야. 실적 좋은 팀장이 1팀장을 해야 하는 거 아니야?"

"그래도 전……."

"아이고, 1팀장이 들으면 진짜인 줄 알아. 아무튼 잘했어. 언론 보도도 대대적으로 준비하고 있으니까 거 인터뷰도 하고 그래. 우리 경찰들이 애쓰고 있다는 것을 좀 표현하라고."

형사과장은 팀의 성과에 흥분한 듯 태석을 한껏 치켜세웠고 오전에 각 언론사마다 성과를 알리는 내용의 보도 자료를 배포했다.

"하 팀장, 오후에는 김대중컨벤션센터에서 학술 세미나가 있는데 거기 잠깐 참석하지. 팀장급이 가야 하는데 쉰다 생각하고 잠시 다녀와. 들을 것 없으면 출석만 찍고 오든가."

일이 끝나고 한가해지자 광역수사대장은 여유가 생긴 태석을 교육에 참석하게 했다. 태석도 일이 거의 마무리되어 세미나에 쉽게 참석할 수 있었다. 컨벤션센터에서 열리는 세미나는 국과수 서부분소장이 운영위원장으로 준비를 했고 전국에서 참가자들이 모여들었다. 국과수 연구원들과 과학수사 요원들이 주축이었고, 경찰서 형사들과 과학수사에 관심이 많은 일반인들도 다수 참석했다. 입장을 하면서 국과수에서 발간한 책자를 개인에게 한권씩 나눠 주어 받아 들었다. 영광경찰서 한주석 팀장도 참석해 구석에서 태석과 나란히 교수들의 발표를 들었다. 세미나 운영자들 소개가 있고 연구 발표가 이어졌다.

"말로는 뭘 못 해, 범인 백 명도 잡지. 안 그러냐?"

옆자리에 앉은 한 팀장이 뻔한 소리를 한다는 듯 강의하는 교수의 설명에 딴지를 걸었다.

"현실하고 학문하고는 차이가 나는 걸 모르는 거지. 자리에서 책만 보는 교수들은 말이야."

"……."

"그려, 안 그려?"

"그렇죠 뭐."

자신의 말에 동의를 받고 싶은 한 팀장은 대답 없는 태석에게 재차 물었고, 태석은 동의 아닌 동의로 짧게 대답해주었다. 사건이 끝나자 졸렸던 마음이 풀어지는지 피곤한 눈꺼풀에 강의가 귀에 들어오지 않았다. 길게 이야기하고 싶지 않은데 옆에 앉은 한 팀장은 계속해서 말을 걸어 교수의 말을 비꼬며 동의를 받으려 했다.

"목격자를 죽이겠다고 덤벼들면 그것을 경찰관이 어떻게 막아주냐고. 다 죽을 것 같다고 목격자마다 신고하면 어떻게 해. 참 내."

"가장 큰 증거를 인멸하는 거죠. 목격자이자 피해자요."

"그건 아는데, 그 많은 피해자들이 보호해달라고 하면 경찰이 남아나겠냐는 거지."

주제 발표를 하는 교수는 목격자의 진술이 얼마나 중요한지와 신변 보호에 대하여 설명했다. 미국 오클라호마에서 있었던 살인 사건을 예로 들며 무죄가 확실하던 사건을 어린 여자아이의 진술로 유죄 판결을 받았다는 내용을 사진까지 실어 실감나게 설명했다. 그러나 현장을 목격한 여자아이의 진술을 방해하려는 범인의 가족에게 아이가 목숨을 잃을 뻔했다는 마지막 말은 충격적이었다. 목격자를 제거하기 위해 화재 사고를 위장한 살인미수 사건이었다. 교수는 당시 경찰에게 신변 보호를 요청했지만 묵살당했다는 대목에 힘을 주었다. 만약 목격자가 사망했다면 피의자는 무죄로 석방되었을 것이라는 결론이었다.

"아이고, 그러니까 경찰이 어떻게 하라고. 참 내. 나는 가야것다. 사건 하던 거나 하나 더 해야지. 말로만 하는 거 누가 못 혀. 태석아, 조심히 들어가라. 먼저 간다."

"형님, 저도 가야겠네요. 도박 사건이 마무리되었는지 가봐야겠어요."

"그려, 도박꾼들 잡느라 고생했다. 암튼 너는 일을 너무 잘해. 그럼 애쓰고."

한 팀장은 강의가 현실적이지 못하다며 자리에서 일어났다.

"받은 책은 거기다 그대로 놓고 가. 책이 있으면 자리에 있는 줄 아니까. 없으면 어디 갔냐고 연락을 허더라고. 나중에 출석 체크도 안 해주고 경찰서로 연락한다니까."

태석도 한 팀장이 하는 것처럼 받은 책자를 자리에 그대로 남겨두어 사람이 있는 것처럼 해놓고 센터를 빠져나왔다. 교수의 열변은 문이 닫힌 후에도 계속 들려왔다.

*

사무실에 도착해 서류를 마무리 짓고 곧바로 회식 장소로 이동했다. 고생을 했으니 한잔 해야 한다며 대장이 자리를 마련해주었다.

회식은 늦게까지 이어졌고 태석은 마음이 편안했다. 마음 졸이며 근무했던 서울 일도 잊혀가는 것 같았고 영광에서 있었던 일도 차츰 정리가 되고 있었다. 역시 일에 빠지는 것만큼 머릿속을 맑게 해주는 것은 없었다. 머릿속을 헝클어놓았던 전처 수연도 잊혀 있었고 마음을 아프게 만든 미숙도 잠시 잊을 수 있어 좋았다. 그래서 더 일에 매달린 것이었다.

"팀장님, 어디 가세요?"

"동생한테."

"취하신 거 아니죠? 동생분한테는 술에 취해 절대 찾아가지 않는다면서요."

"그랬던가?"

태석을 따르는 막내 형사 김종현이 가게 밖으로 나가는 태석을 따라 나왔다. 동생이 납치당한 날 술에 취해 있었다고 자책하던 태석의 모습을 그는 알고 있었다. 사건을 하면서 어느덧 태석과는 정이 들어 있었다. 태석에게는 서울에서 따르던 정수 같은 동료가 생겼다는 게 큰 위안이 되었고, 종현도 태석을 직장 동료 이상으로 따라주었다.

"사실 조금밖에 안 마셨어. 며칠간 동생을 보지 못해서 얼굴 좀 보러 가려고. 많이 좋아졌나 봐. 목소리가 좋더라고."

"다행이네요. 술 안 드시는 거 봤어요. 팀장님 들어가셨다고 직원들에게 말해놓겠습니다."

"그래 주면 고맙고. 그리고 종현아, 내가 적응할 수 있게 도와줘서 고맙다."

"뭘요. 팀장님이 워낙 잘하시니까 그렇죠."

"아니야. 네가 많이 도와줘서 그렇지."

태석은 그 어느 때보다 마음이 가벼웠다.

택시에 올라타고 병원으로 향했다. 에어컨을 틀어서 그런지 차 안은 시원했다. 잠시 눈을 감았다. 이제 모두 제자리로 돌아가는 것 같아 마음이 편안했다. 수연에게서는 딱 한 번 연락이 있었다. 마음이 나서 한 것인지 아니면 딸 지영이를 생각해서 겨우 한 것인지는 알 수 없지만, 그래도 먼저 전화를 해주었다는 게 고마웠다. 그렇다고 태석을 걱정하는 따뜻한 통화는 아니었다. 쌀쌀맞기는 전과 다를 바 없었고 다만 지영이가 걱정하니까 몸조심하라는 정도였다. 정말 걱정하는 것이 아무것도 없는지. 살을 섞고 살던 사람일지라도 감정이 멀어지면 아픔도 무뎌진다는 것을 태석은 이혼과 함께 깨달아가기 시작했다. 한편으로는 그 정도로만 해준 게 미안함이 덜해서 다행이라는 생각마저 들었다. 그러나 딸 지영은 한 번쯤 보러 올라가고 싶었다. 분명 지영은 아빠가 보고 싶을 것이다. 어릴 적 지영은 제법 태석을 따랐었다.

병원의 하얀 건물은 야간 조명에 더 하얗게 빛나고 있었다. 어둠에 미숙이 겁을 내지 말라고 하얀 옷을 걸치고 있는 것 같았다. 늦은 시간이라 그런지 복도에 사람들은 없었고 형광등만 지나는 사람들을 소리 없이 쳐다볼 뿐이었다. 간호사들은 수다를 떨다가 지나는 태석을 한 번 돌아보고 다시 이야기를 이어갔고, 병실에는 야간 근무자가 조심스럽게 환자들을 살피고 있었다. 간간이 늦은 밤 드라마를 켜놓은 병실에서 텔레비전 소리가 새어 나와 복도를 떠돌았다. 미숙의 방은 불이 꺼져 있었다. 이제 불을 꺼도 무서워하지 않을 정도가 된 것일까. 항상 불을 켜놓아야 잠을 잤는데. 남자인 내가 들어갈 때 놀라지 않아야 할 텐데. 태석은 다른 때보다 더 조심히 문을 열었다. 어둠이 복도의 형광 빛에 도망치며 병실 안을 내주었다. 침대 위에 미숙은 웅크리고 있었다. 문이 열렸는데도 놀라지 않고 얼굴을 침대에 묻은 채 흐느끼고 있었다. 울고 있다니?

"미숙아! 미숙아, 왜 그래? 무슨 일이야, 무슨 일인데 그래? 무서워서 그래?"

"오빠! 오빠, 어떻게 해!"

미숙의 얼굴은 새파랗게 질려 있었다. 아직도 놈의 지하실에 갇혀 있는 것일까. 낮에는 그래도 목소리가 좋았었는데 왜 그러지?

"왜 그래? 무슨 일 있었어? 또 그놈이 쫓아온 거야?"

"아니."

"근데 왜?"

미숙은 눈물을 참으며 간신히 대답했다.

"오빠, 지선이가……."

"지선이?"

지선, 그 이름이 미숙에게서 나오자 태석은 움찔거렸다. 이미 오래전에 잊혀버린 낡은 이름이고 기억에서 멀어져버린 이름이다. 그녀와 헤어진 후로 한 번도 미숙에게서 그 이름이 나온 적은 없었다. 오히려 미숙은 의도적으로 그 이름을 태석의 앞에서는 단 한 번도 꺼낸 적이 없다. 아니, 일부러 더 피하는 것 같기도 했다. 그러다 보니 지선은 처음부터 아무 관계가 없었던 여자처럼 이미 낯선 사람이 되어 있었다. 그런데 그녀가 왜 미숙을 울게 만들었을까. 10년 만에 다시 등장한 이름이 눈물과 섞여 흘러나왔다.

"지선이가 죽을지도 모른대. 아주 많이 다쳐서. 어떡하지?"

"어떻게 다친 거래? 교통사고야?"

"나처럼 그랬대. 나처럼."

나처럼. 미숙은 힘들게 그렇게 말했다. 나처럼이라는 말이 얼마나 공포스럽고 엽기적인 것인지 태석은 알고 있었다. 그 말은 그만큼 지선이 고통스런 시간을 보내고 있다는 것이다. 멀리 떨어져 있던 그녀가 순식간에 달려와 태석의 앞에 서버렸다. 그것도 상처가 난 모습으로. 태석의 머릿속도 미숙만큼이나 충격에 빠져 허우적거렸다.

"어떻게 알았어? 누가 말했는데?"

"옥희가 전화해서 알려줬어."

미숙처럼 그랬다면 지선 역시 범죄 사건의 피해자라는 얘기였다. 그것도 심각한 상태일 게 분명했다. 강도에게 당했을까. 아니면 남녀 관계의 치정 때문일까. 오래전에 이혼을 했다고 들었는데 전남편과 무슨 일이 있었던 걸까. 그러나 곧 지선의 생각에서 태석은 빠져나왔다. 지금은 지선을 걱정해줄 때가 아니라 미숙을 달래야 할 때였다.

몸에 난 상처는 시간이 지나면 아물지만 머릿속의 통증은 시간이 흘러도 사그라지지 않는다. 콘크리트가 만들어놓은 사막 위에서 몸에 달라붙어 떨어질 줄 모르던 파리 떼와 사체가 썩어가는 냄새. 놈의 도구가 철창을 두드리는 소리. 그 모든 것이 몸에 달라붙어 매일같이 미숙을 향해 달려들고 있었다. 그런데 그 고통을 친구인 지선도 겪고 있다고 생각하자 눈물이 멈춰지지 않는 것이었다.

미숙이 그 소식을 들은 건 담당 의사가 많이 호전되었다며 웃음을 남겨놓고 돌아간 지 얼마 안 돼서였다. 지웅이 재웅이와 통화를 하고 잠을 자려 할 때였다. 전화벨 소리는 여느 때와 다르지 않았지만 미숙은 왠지 긴장이 되었었다. 친구 옥희는 떨리는 목소리로 지선에게 있었던 일을 전해주었다. 비가 내리는 그날 지선이 집 대문 앞에서 누군지도 모르는 낯선 자로부터 폭행을 당해 아직까지 깨어나지 못하고 있다는 것이다. 미숙이 병원에 들어오고 나서 얼마 후의 일이었다. 미숙은 자신이 그곳에 있었던 것처럼 고통을 느끼고 있었다. 비가 내리는 골목길에 지선이 아닌 미숙이 서 있었다.

미숙은 새벽이 되어서야 겨우 잠이 들었다. 잠들기 전까지 지선에 대해 이야기했다. 태석이 그녀를 만나보겠다는 다짐을 듣고서야 그녀는 겨우 잠이 들었다. 반드시 만나야 할 이유가 무엇인지 물었지만 미숙은 끝내 말하지 않았다. 그녀가 잠들자 태석도 잠시 눈을 붙였다. 그러나 쉽게 잠이 오지 않았다. 지선이 머릿속에 들어와 10년 전 기억을 꺼내라며 잠을 쫓는 것 같았다. 갑자기 찾아온 그녀를 신경 쓰지 않으려 해도 어쩔 수가 없는 걸 보면 감정은 오래되어도 사라지지 않는 모양이다. 태석에게 지선은 성인이 되어서의 첫사랑이었다. 좋은 기억보다 아픈 기억이 많았다.

밤새 미숙은 깊이 잠들지 못하고 뒤척거렸다. 지선의 고통이 기억을 타고 미숙에 와 있는 듯 보였다. 지선을 잊어버리고 사는 줄 알았는데 그녀에게도 지선은 아픈 상처였던 모양이다.

이른 아침 간호사가 미숙을 살필 때 태석은 사무실로 출근했다. 아침을 못 먹었지만 허기지지는 않았다. 오히려 술 먹은 배 속이 쓰려왔다. 너무 일찍 나와서 그런지 사무실에는 아무도 없었다. 이르기는 하지만 옥희에게 전화를 넣었다. 지선의 안부를 물어본 지가 10년도 더 되었다. 그렇게 물어야 할 여자도, 물어도 될 여자도 아니라고 생각하며 밀어냈던 여잔데 왜 손이 떨리지. 옥희도 미숙처럼 부르르 떨고 있는 듯했다. 말을 하는 동안에도 입술이 떨리고 소름이 돋아 있는 것을 느낄 수 있었다. 그런 옥희를 태석은 다그치듯 물었다. 취조하듯 옥희를 구석으로 밀어 넣고 따졌다. 전화를 끊고 나서 왜 흥분을 했었는지 이해하지 못했다. 지선 때문에 따지고 물을 감정이 남아 있었던가. 답은 태석에게 있었지만 입은 무겁게 침묵했다. 죽을지도 모를 정도라면 심각한 수준인 게 분명했다. 순간 태석의 머릿속이 복잡해졌다. 정확히 12년 전 그녀와 헤어지던 그때의 모습이 떠올랐다가 금세 붉은빛으로 사라져버렸다. 그때를 의식은 의도적으로 기억해내려 하지 않았다. 태석에게 지선은 그런 존재였다.

컴퓨터를 켜고 사건을 찾기 시작했다. 얼마 전에 있었던 일이라면 경찰청 사건 보고서에 있을 것이다. 태석이 병원에 있지 않았다면 그런 사건을 놓치지 않았을 것이다. 사건 관련 창으로 들어가 최근 몇 달 사이에 발생한 강력사건 보고서를 일일이 뒤지기 시작했다. 간단한 내용으로 만들어진 사건 보고서를 날짜별로 하나하나 읽어가며 찾았다. 최근부터 오래된 순으로 내용을 확인해나갔다. 보고서를 뒤진 지 30분이 좀 지났을 때 태석의 시선이 한 곳에 머물렀다. 보고서만 읽는 데도 뜨거운 피가 도로에 흘러나와 있는 것 같았다.

여자는 골목길에서 피를 흘리고 쓰러져 있었다. 비가 오는 새벽 광주시 사문동 골목길 노상이었고 죄명은 강도상해였다. 피해자가 집에 들어가려는 순간 가방을 빼앗으려고 했고 반항하자 가지고 있던 흉기로 복부와 흉부를 무차별적으로 찌르고 도망했다는 것이 사건의 개요였다. 상해도 일반 상해가 아닌 중상해가 분명했다. 현장을 목격한 시민의 빠른 신고로 다행히 여자는 살았다는 것이 보고서의 취지였다. 그러나 어디에도 범인이 검거되었다는 말은 없었다. 잡히지 않았어? 두 달이 다 되어가는데. 태석의 입에서 그 말은 저절로 새어 나왔다. 강력 사건일수록 초기 수사가 중요하다는 것은 정석이다. 초기에 잡지 못하면 장기로 빠지는 게 보통이고 그렇게 시간에 끌려 갈수록 범인을 잡기는 더더욱 어려워진다. 초기에는 형사가 시간을 끌고 가지만 나중에는 시간에 끌려 쫓기게 되고 이후에는 시간에 밀려 형사가 지쳐가는 게 일반이었다. 태석은 보고서를 수차례 읽기를 반복했다. 그리고 관련 인터넷 기사를 찾아보았지만 보고서 내용 이상으로 나온 기사는 없었다. 오히려 여자들이 연쇄적으로 실종되고 있다는 것이 주었고 이와 연관성을 확인 중이라고 보고서는 끝을 맺고 있었다. 여자들이 실종되고 있었어? 광주에서도?

시간이 지나자 직원들이 하나씩 출근하기 시작했다. 태석은 컴퓨터를 내렸다. 사건에 대한 개인적인 감정을 들키고 싶지 않았다. 막내 종현이 커피를 가지고 들어와 태석 앞에 놓았다. 태석을 존경한다는 나름대로의 표현이다.

"팀장님, 커피 드세요."

"종현아, 너 중부서 강력팀에 아는 사람 있냐? 1팀에?"

"1팀요? 1팀이라……."

"빨리 말해."

태석이 말을 끄는 종현을 다그쳤다.

"잘 모르는데, 왜요? 알려면 알 수는 있어요. 알아봐드려요?"

"아니, 되었다."

"뭔데요. 같이 알게요."

"아니야. 개인적인 거야."

태석은 말을 숨겼다.

"근데 광주에서도 여자들이 실종되고 그랬냐?"

"그럼요, 그래서 전담 팀도 만들고 그랬는데 효과는 없어요. 우리도 1팀에서 수사를 하려다가 경찰서별로 전담 팀을 만들고 하니까 그냥 두었는데요. 어디 여자들 가출하고 없어지는 게 하루 이틀 일인가요. 백 명 가출하면 범죄 연관된 여자는 한 명 있을까 말깐데."

"언제부터지?"

"뭐 전부터 있던 건데 이슈가 되기 시작한 것은 두 달 정도 되었을걸요. 아마 팀장님 사건 나고 얼마 안 있어서 그랬을 거예요. 술집 아가씨들 없어지는 게 다 선불금 떼먹으려고 사기 치고 도망친 거죠."

종현은 대수롭지 않다는 듯 커피를 들고 자기 자리로 갔다. 아침 회의가 끝나자 태석은 사무실을 나왔다. 그리고 차를 몰아 중부서로 향했다. 사건이 어떻게 진행되고 있는지, 어디까지 수사가 되고 있는지 알고 싶었다. 거기에 들렀다가 지선이 입원한 병원으로 가기로 했다. 지선의 가족들도 있을지 모르는데 사건에 대해 설명 정도는 해주어야 할 것 같았다.

6

중부서는 시내 한가운데 위치하고 있었다. 가장 많은 유흥가와 숙박업소를 끼고 있어서 강력 사건과 민원이 많은 지역이라 직원들이 회피하는 경찰서 중에 하나다. 경찰서 건물도 지은 지 30년이 넘어가고 있어 새로 지어야 하지만 마땅한 부지가 없어 그대로 쓰고 있는 중이다. 차를 타고 들어서는 정문에서부터 낡은 경찰서라는 인상이 한눈에 들어왔다. 페인트가 벗겨지고 타일이 떨어져 늙은 고래가 등에 조개 딱지를 붙이고 누워 있는 것처럼 보였다.

정문 근무를 하는 대원은 별 제지를 하지 않고 태석을 통과시켜주었다. 너무 많은 출입자에 녀석도 지친 게 분명했다. 현관에 들어서자 복도 오른쪽으로 강력팀 푯말이 벽에서 튀어나와 얼굴을 내밀고 있었다. 옆을 지나는 경찰관이 태석과 눈이 마주쳤지만 그대로 지나쳤다. 많은 민원인의 방문에 경찰관들도 무관심해 있었다. 발걸음은 푯말 아래에서 멈추었다. 눈앞에 강력팀이라고 쓰인 철제 출입문이 함부로 들어갈 수 없다고 경고하는 것 같았다. 경찰관일 때와 민원인이 되었을 때의 기분은 너무 달랐다. 매일 출입하는 문인데도 민원인 하태석에게는 차갑고 딱딱하게 느껴졌다.

"수고하십니다. 사건 때문에 물어볼 게 있어서 왔는데요."

"지금 회의 중이니까 이따가 오시죠. 오른쪽으로 가면 휴게실이 있는데."

"예, 알겠습니다."

민원인 하태석은 어색하기만 했다. 직원들은 친절해 보이지 않았고 경계해야 할 사람처럼 거리를 두는 것 같았다. 지선에 대한 회의라면 태석도 끼고 싶었지만 그럴 수는 없었다. 휴게실에 직원 몇이 나와 담배를 피우고 있었고 청소 아줌마가 정리를 하려 주위를 살폈다. 누군가의 속을 연기로 채웠을 꽁초들이 재떨이에 가득했다. 태석은 주머니를 뒤져 담배를 꺼내었다가 다시 집어넣었다. 담배 끊으라는 미숙의 잔소리가 조금은 먹혀들어가고 있었다. 30분이나 지나서야 사무실의 문은 열렸다.

"강력팀 찾아오셨죠? 무슨 일이죠?"

팀의 막내쯤 보이는 직원이 휴게실로 찾아와 태석 앞에 섰다. 지금 나가야 하니까 빨리 이야기하라는 듯 복도 끝에 서 있는 팀원들의 눈치를 살피며 말을 했다.

"최지선 씨 사건이 어떻게 되고 있는지 알고 싶어 왔습니다."

"최지선 씨요? 최지선……."

직원은 당장에 지선을 떠올리지 못했다. 벌써 형사들에게서 잊혀버린 건가. 곧바로 대답을 하지 못하는 직원을 이해할 수 없어 물끄러미 바라보았다.

"강도상해 건으로 알고 있는데요."

"아! 그거요. 근데 관계가 어떻게 되시죠?"

죄명을 알려주자 그때서야 직원은 기억해내고 관계를 물었다. 쉽게 대답해주기는 곤란하다는 표정이다. 그건 사건이 풀리지 않고 있을 때 나오는 얼굴임을 태석은 알고 있었다. 그런데 관계를 뭐라고 하지? 태석은 순간 멈추었다. 내가 지선이와 어떤 관계지? 옛 애인, 아니면 동네 오빠 정도? 뭐라고 해야 할까. 대답은 곧바로 나오지 않았다.

"좀 아는 여자입니다. 그리고 광수대 직원입니다."

그렇게 둘러대었다. 지선은 그냥 그 정도라고. 직원이라는 말도 같이 했다. 경계와 거리감을 주는 상대가 직원이라는 말에 조금은 풀어지기를 기대했는지 모른다.

"아, 직원이세요. 그런데 무슨 일로 오셨죠?"

"담당자와 이야기를 좀 하고 싶은데요."

"지금 사건 때문에 나가봐야 할 것 같은데요. 기다리고 있어서."

"잠깐이면 됩니다. 사건이 어떻게 얼마나 진행이 되고 있는지 알고 싶습니다."

"그럼, 잠깐만요. 성함이 어떻게 되시죠?"

"하태석입니다."

"하태석요? 본인이 하태석 씨 되세요?"

"예, 뭐가 잘못되었나요?"

"진짜 하태석이 맞나요?"

갑자기 직원은 정색을 하고 물었다. 이미 태석의 이름을 알고 있는 것 같았다. 사무실로 데려간 그는 밖으로 나간 직원들을 불러 들어오게 만들었다.

"팀장님, 이분이 하태석이라는데요."

밖에서 들어온 구태만 팀장은 태석의 얼굴을 살폈다. 전부터 찾고 있었는데 어디에 있다가 왔냐는 표정이었다. 구 팀장은 태석보다 나이가 세 살이 많았다. 키는 크지 않았고 대신 배가 많이 나와 허리가 둥그렇고 덩치가 있어 보였다. 형사 경력은 태석보다 오래되지 않았지만 높은 계급과 자신감에 찬 모습이 거만하기까지 했다. 거기다 최근 사건으로 스트레스가 이만저만이 아닌지 인상이 구겨져 눈은 사납도록 매서웠다.

"왜 그러시죠?"

"직원이세요?"

시비를 거는 듯한 팀장의 말투는 건조했고 취조를 하듯 팔짱을 끼고 태석을 바라보았다.

"예, 광수대 강력3팀장입니다."

"광수대요? 신분증 좀 한번 봐도 될까요?"

신분증까지 보여줘야 할 정도로 내가 중요한 사람일까. 아니면 경찰이 아닐 거라고 의심을 하는 걸까. 갑작스레 신분증을 요구하는 구 팀장의 행동에 어리둥절했다. 지갑을 꺼내 보여주려 하자 구 팀장은 빼앗아 가듯 신분증을 잡아 태석의 얼굴과 비교하며 쳐다보았다. 오히려 신분을 확인하고 서운한 표정이었다.

"저희가 하태석 씨를 찾았습니다. 왜 그런지는 아시죠?"

"저를 왜요?"

왜 나를 찾고 있었을까. 용의선상에까지 올랐다는 말인가. 태석은 왜라는 눈으로 구 팀장을 쳐다보았다.

"최지선 씨에게 남자가 있다고 했습니다. 태석 오빠라는 것만 있을 뿐 실체는 없었습니다. 아버지에게 물어도 모른다고 대답해주지 않더군요. 주위 사람들에게 물어도 만나는 사람이 있는 것 같은데 한 번도 보지 못했다고 하고요. 통신 수사에도 나와 있지 않고, 어떻게 된 겁니까? 만나던 사이인가요? 아닌가요?"

당황스러운 질문이었다. 숨겨진 남자가 나였다니. 뭐라고 대답을 해줘야 할까. 10년도 훨씬 전에 헤어진 후 한 번도 만나본 적이 없다고 말하면 뭐라고 할까. 그것보다 그 '남자'가 자신이라면 지선은 지금까지 태석을 잊지 못하고 있었다는 말 아닌가. 결혼까지 했던 여자다. 이혼했다는 얘길 듣긴 했지만 남자 친구가 나였다니. 그런데 이 사람들은 수사를 어떻게 한 거야? 태석이 오히려 묻고 싶었다.

"그것보다 자기가 남자 친구라고 하던가요?"

"그렇게 말하지는 않았습니다. 의식이 없으니까. 다만 그녀가 남겨놓은 메모에 있을 뿐이죠."

"메모요? 그리고 의식이 없다고요?"

"최지선 씨 상태도 모르면서 여기를 찾아왔단 말입니까?"

형사들이 모두 의심스러운 눈으로 태석을 살폈다. 직원이라고 해서 거두었던 의심을 다시 눈에 씌우고 바라보았다.

"그날 행적에 대해 말해줬으면 좋겠는데요."

구태만 팀장이 매섭게 태석을 노려보았다. 그러나 태석은 그 눈빛에 놀라기보다는 허탈하고 화가 났다. 지금까지 수사는 엉망인 게 분명했고 태석이 어디에서 무슨 일을 하고 있었는지조차 파악이 되어 있지 않은 것이다.

"지금 제가 용의자라도 된다는 말인가요?"

"경찰관은 사고 치지 말라는 법이라도 있어요? 다른 청에서 경찰이 사람 죽이고 도주한 것도 봤을 거 아니에요."

"뭐요? 사고를 치다니요? 지금 수사를 어떻게 했기에 사건을 문의하러 온 사람을 의심하는 겁니까? 그리고 사건 발생이 언제인데 이제야 그것을 확인한 겁니까. 확인하려 했다면 진작 했어야지. 지금까지 미뤄놓은 건가요. 제가 여기까지 찾아올 때까지요! 두 달이 넘어가는데!"

"왜 그렇게 화를 내요? 행적만 이야기해주면 될 거 아닙니까? 그날 어디에 있었는지, 최지선 씨와 관계가 어떻게 되는지 말하면 될 텐데. 뭐가 문제요? 뭐 켕기는 거 있어?"

"제가 수사 대상이 되었다는 게 어이가 없어서입니다. 정말 그게 뭔 뜻인지 모르십니까. 수사가 잘못되었다는 거죠! 엉터리!"

"뭐야!"

구태만 팀장은 이상하리만큼 예민하게 대했고 그건 태석도 마찬가지였다. 서로 고성이 오가기 시작했다. 태석은 수사가 엉망이라는 사실에 화가 났고 구태만 팀장은 묻는 말에 다른 말을 하는 태석에게 짜증이 났다.

"맞지 않습니까? 같은 청에서 근무하는 나를 찾지도 않고 이제 와서 용의자라니요. 그런 수사를 성실히 했다고 봐야 합니까?"

"그래서 지금 확인하려는 거 아니야!"

"지금 확인한 게 문제라는 것을 지적하는 겁니다."

"지금 하든 나중에 하든 수사는 우리가 하는 거지 당신이 하는 게 아니야."

"지금이라도 해서 다행이네. 나중이 되었다면 수사를 내가 했을지도 모르니까."

"뭐야!"

둘 다 한 치도 물러나지 않았다. 수사가 엉망이었다고 지적하는 태석과 웬 시비냐는 구태만 팀장의 자신감은 조금도 양보가 없었다.

"혹시 영광에서 있었던 실종 사건 담당하지 않으셨습니까?"

한 직원이 조심스레 끼어들었다.

"예, 맞는데요."

"그럼 그때 특진하시고 이번에 광역수사대로 오신 겁니까?"

"예."

"팀장님, 잠깐만."

태석을 알아본 직원이 구 팀장을 데리고 구석으로 갔다. 그제야 구 팀장은 얼굴을 누그러뜨리고 태석에게 다가왔다.

"미안하게 됐수다. 사건 때문에 머리가 복잡해서 잠시 실수를 했네. 이 건 말고도 계속 터지고 있는 유흥업소 종업원들 실종 때문에 요새 좀 정신이 없습니다. 이해해주시고, 사건 설명은 우리 김 형사에게 물어보시죠. 저희는 나가보겠습니다."

"예? 가겠다니요. 설명을 해줘야 할 것 아닙니까."

"그러니까 우리 직원이 한다고 하잖아요. 다 풀렸으니까 이제 되었어요."

"풀리기는 뭐가 풀려요? 조금 전까지 날 의심했으면서."

"그러니까 미안하다고 하잖아요. 수사하다 보면 그럴 수도 있지. 수사 안 해봤어? 그럼 설명 듣고 가세요."

형식적인 사과에 기분이 나쁜 것은 어쩔 수 없었다. 구 팀장은 의심점이 없어져버리자 오히려 아쉽다는 듯 고개를 돌렸다. 마치 씹으려던 껌이 단맛이 없어 곧바로 뱉어버리는 꼴이라 더 잡고 물어보았자 말싸움만 될 것 같았다. 팀장과 직원들이 나가고, 남은 김석훈 형사도 사과 없이 상황을 설명하기는 마찬가지였다.

"여기 서류 보이시죠. 최지선 씨 건도 문제지만 실종 건이 연속으로 나고 있어요. 거기에 매달리다 보니까 정신이 없습니다. 오늘도 과장님 모시고 서장님께 대책 보고만 두 차례 했습니다. 사건 나고 대책 보고만 50번도 넘게 했다니까요."

김 형사가 책상에 쌓여 있는 실종 사건 서류를 보여주는 모습이 최지선 씨 사건만 중요한 게 아니니까 그렇게 화낼 일이 아니다라고 말하는 것 같았다.

"직원이시니까 솔직히 말씀드릴게요. 최지선 씨 건은 현재 단서가 전혀 없습니다. 그곳에 CCTV도 없고요. 차량 블랙박스 하나 없습니다. 동종 전과자, 성범죄 우범자들까지 모두 뒤져보고 있는데 답이 안 보입니다. 원한 살 만한 사람도 아니었던 것 같고. 채무가 있기는 한데 사채는 아니고. 피해자가 깨어나서 당시 상황 정도라도 설명할 수 있으면 수사에 진전이 있을까, 그것 말고는 보이지가 않습니다."

김 형사는 사건 해결은 어렵다는 듯 캐비닛에서 서류를 꺼내어 태석 앞에 내밀었다. 그동안 많은 수사를 했는지 서류는 두꺼워져 있었다. 서류를 내미는 모습이 할 만큼 했으니 봐달라는 것보다는 이 정도 했으니 더 이상 대들지 말라는 것 같았다.

태석이 의자에 앉아 서류를 끌어당겼다. 그날의 지선을 만나러 비가 오는 사문동의 골목 안으로 걸어 들어갔다.

*

자정이 막 넘은 시간 112 상황실에 걸려 온 전화는 다른 전화와 마찬가지로 평범하게 울렸다. 벨소리 한 번에 상황실 직원은 전화기를 들었다. 누군가 듣기라도 한다는 듯 경계를 품은 남자의 목소리는 공포에 휩싸여 있었다. 털썩거리는 입술이 말을 방해하고 있었고 말투는 두려움에 사로잡혀 더 듣거렸다.

"여보세요. 사람이…… 사람이 죽어요."

"사람이 죽는다고요?"

"여자가…… 여자가 칼에 찔리고 있어요."

"칼에 찔렸다고요?"

"아니요. 누가 칼로 찌르고 있어요. 빨리…… 빨리 와주세요. 저러다 여자…… 죽어요."

남자의 다급한 목소리가 심상치 않음을 감지한 직원은 직원들 모두가 들을 수 있도록 긴급 공청을 실시했다. 남자의 목소리가 상황실에 울려 나가자 모든 직원들은 시선을 모았고 상황실장도 의자에서 등을 떼었다. 이렇게 가끔 전 직원을 긴장하게 할 전화가 걸려 올 때가 있었다.

"크게 좀 말씀해주시겠어요. 잘 안 들려요."

"여자가 죽어요. 빨리 오라고. 크게 말하면 저놈이 나를 볼지도 몰라요."

신고자와 현장의 거리가 그렇게 멀지 않은 듯했다. 큰 소리가 놈에게 들릴지도 모른다고 생각할 만큼 살인 현장을 근거리에서 보고 있는 모양이었다.

"알겠어요. 그럼 어떻게 죽는다는 말인가요?"

"어떤 미친놈이 여자를 칼로 막 찌르고 있어요."

"칼로 찔러요? 지금도요?"

"아니요. 멈추었어요. 가만히 여자를 보고 있어요. 지금은…… 멈추었는데 이런, 또 찔러요. 또 찔러. 저거 어떡해! 다시 계속 찔러요. 또 멈추었어요."

"위치가 어떻게 되세요?"

"여기가 어디지?"

다급함에 남자는 위치가 어디인지 설명하지 못했다. 눈앞의 현상은 남자의 머릿속을 하얗게 만들어버렸다.

"어디라고요?"

"여기가 그러니까, 여기가…… 여기가……."

"여보세요. 선생님, 거기가 어디인지 설명해줄래요?"

"여기는……."

"차분히 숨을 고르시고 설명해보세요."

"여기는 사문동이에요. 그러니까 버스 정류장에서 자매순댓집 골목으로 한 백 미터 정도 들어와서 다시 오른쪽으로 50미터 정도 오면 돼요. 빨리!"

"다시 한 번만 더 위치를 설명해주시겠어요?"

"미치겠네, 사람이 죽는다니까."

신고자와 대화를 하는 동안 다른 직원은 곧바로 지구대에 출동을 지시했다. 지령을 받은 순찰차가 경광등을 켜며 현장으로 달려갔고 강력팀 당직자들도 곧바로 출동했다.

현장은 여자가 흘린 피로 흥건했다. 대문 앞 처마에 비를 맞지 않은 곳은 피가 흘러나온 그대로 굳어 덩어리가 되어가고 있었고 계단 아래로는 비와 섞여 하수구로 사라지고 있었다. 마치 하수구가 손을 뻗어 여자의 피를 빨아들이고 있는 것 같았다. 여자는 현관문에 기댄 채 숨을 헐떡이고 있었다. 얼굴은 공포에 질렸고 숨을 쉴 때마다 벌어진 살에서 피가 솟아 옷으로 스며들었다. 몇 군데를 찔린 걸까. 칼을 막느라 손바닥에는 깊이 갈라진 방어흔이 드러나 있었다. 도착한 지구대 경찰관은 처참한 모습에 무엇부터 해야 할지 몰라 허둥댔다. 여자가 살았는지 죽었는지조차 구분하기 힘들었고 흘러나온 엄청난 양의 피에 입이 다물어지지 않았다. 빗물에 씻겨 나간 것까지 합한다면 몸에 있는 피가 모두 쏟아져 나온 것 같았다. 핏기가 사라진 여자는 간신히 입을 벌려 숨을 몰아쉬었고 충혈된 눈은 살려달라고 애원했다. 눈을 보고서야 경찰관은 여자가 살아 있다는 것을 알았다. 응급 차량을 기다릴 여유가 없었다. 간단히 현장 사진 몇 장을 찍고 그녀를 들어 순찰차 뒤에 실었다. 쓰러진 자리에서부터 진득한 핏줄기가 순찰차까지 따라 그려졌다가 빗물에 씻겨 또다시 하수구로 빨려 들어갔다. 쏟아지는 빗물만큼이나 많은 양의 피가 도로에 뿌려졌고 경찰관은 쏟아진 피라도 담아 가져가고 싶은 심정이었다. 순찰차는 사이렌을 울리며 빗길을 열어 병원으로 향했다. 도로에 남겨진 여자의 흔적이 비에 쓸려 사라져 갔다. 붉은 피는 빗물과 섞여 하찮은 것이 되어 여자의 것에서 아무것도 아닌 것이 되었다. 거기에는 처음부터 아무것도 없었던 것처럼, 빗물은 여자의 흔적을 가지고 하수구로 들어갔다.

움직임을 감지하는 현관 앞 센서등은 불이 꺼졌다가 형사들이 다가가면 불이 켜지기를 반복했다.

"폴리스 라인을 골목 입구부터 쳐. 아무도 들어오지 못하게 하고. 천막은 가져오는 거야? 증거가 비에 다 쓸려 가잖아!"

"과학수사팀에서 가지고 오고 있답니다."

"그 새끼들은 언제 오는 거야!"

현장에 도착한 중부서 구태만 팀장은 비 때문에 현장이 훼손되고 있는 것을 보자 소리부터 질렀다. 가정 폭력으로 부인을 인질로 잡고 있다는 신고를 처리하고 들어와 야식을 시켜 막 젓가락을 들려 할 때였다. 현장에 도착했을 때 피해자는 없었고 핏자국만이 여기가 현장이라고 알려주었다. 가로등은 멀어 대문 앞까지 비추어주지 않았고 비까지 오고 있어 희미하게 빛날 뿐이었다. 흔적이라고는 여자가 남긴 핏자국과 떨어진 가방이 전부였다. 구 팀장은 고개를 들어 사방을 둘러보았지만 현장을 보았을 CCTV는 어디에도 없었다. 골목이 좁아 차들도 없어 블랙박스를 확인하기도 힘들었다.

'좆같네, 시발. 아무것도 없네. 쌔빠지게 생겼구먼. 왜 이런 데서 이딴 사건이 발생하는 거야.'

그는 오랜 경험으로 사건 해결이 어려우리라는 것을 알았다. 힘들 거라는 생각에 욕이 절로 나왔고, 진행하고 있는 노인 살인 사건에 집중할 수 없을 거라는 짐작이 들자 현장은 눈에 들어오지 않았다. 비까지 내리자 그의 입은 조금도 친절하지 않았다.

"신고자 어디 있어? 신고자! 신고자 어디 있냐고, 시발!"

"전화를 받지 않는데요."

"뭐야! 그럼 빨리 찾아."

"주소도 없고 전화를 안 받으니까."

"이 근처일 거 아니야. 현장을 보면서 전화를 했다며. 그걸 일일이 다 설명해야 해! 집집마다 두들겨서 물어봐. 상황실에도 물어보고. 안 받는다는 소리나 하지 말고."

"알겠습니다."

"과학수사팀 언제 와!"

"다 왔답니다."

"굼벵이 같은 새끼들, 코드원 사건이면 곧바로 나와야 하는 거 아니야. 이걸 꼭 불러야 나오나. 한 번 더 전화해. 폴리스 라인을 최대한 멀리 쳐. 사람들 못 들어오게 하고."

"이미 안으로 들어왔는데요."

"빨리 쳤어야지, 인마. 뭐 하는 거야! 사람들 밀어내고 넓게 쳐. 빨리 안 해!"

짜증 섞인 말이지만 직원들은 묵묵히 따랐다. 대꾸를 했다가는 팀장의 입이 가만히 있지 않으리라는 것을 그들은 익히 알고 있었다.

"얌마! 빨리 사진부터 찍어. 최대한 많이. 구석구석 다 찍어놔. 피해자는 어떻대?"

"잘은 모르겠는데 심각한 것 같아요. 의식이 있는 건지도 모르겠고요."

"병원으로 누가 갔지?"

"정만이요."

"어떻게든 진술 받아내라고 해. 의식이 있으면 원래 알고 있던 놈인지, 누구인지, 모르면 인상착의나 말투 같은 거 자세히 듣고 이왕이면 녹음을 해놓으라고 해. 죽어버리면 끝나니까. 못 받으면 정만이 그 새끼는 내가 죽여버린다고 해. 빨리!"

"예, 바로 전화하겠습니다."

병원으로 간 최정만 형사는 최대한 진술을 받으려 노력했다. 아무 말도 남기지 못하고 죽기라도 한다면 사건은 미궁으로 빠질 가능성이 높았다. 다행히 아는 사람이라는 진술만 나오더라도 사건은 의외로 쉽게 해결될 수 있었다. 형사들은 간절히 그렇게 되기를 바랐지만 불행히도 행운은 일어나지 않았다. 피해자는 의식이 돌아오지 않았고 언제 깨어날 수 있는지도 알기 힘들어졌다. 사건은 살인미수가 아닌 강도상해라는 죄명을 달고 중부서 강력1팀에 배정되었다. 살인미수라는 보고서는 언론에 집중되기 십상이라 낮은 죄명을 우선 집어넣었고 다행히 그것은 먹혀들어갔다.

일주일 뒤 회의실 안에 형사들이 가득 찼다. 단상에 선 형사계장은 브리핑 자료를 손에 들고 형사과장이 오기를 기다렸다. 계장은 주무 팀장인 구태만 팀장을 불러 맨 앞자리에 앉도록 했다. 직원들이 모두 모이고 잠시 후 나대철 형사과장이 들어왔다. 계장이 사건 진행 상황을 간단히 브리핑하고 나 과장이 단상에 올랐다.

"자, 자료를 보도록."

나 과장은 비장한 표정으로 단상에 서서 언론사에 올라온 기사를 직원들에게 돌렸다. 기사는 모두 자극적인 제목을 달아 범인을 잡지 못하는 경찰의 무능함을 성토하고 있었다. 다행히 강도 건은 올라 있지 않았지만 노인 살인 사건이 장기화되고 미제로 남을 가능성이 높다는 지적이 기사로 작성되었다.

"인터넷 기사 봐서 알겠지만 시민들의 시선이 모두 우리를 향해 있다는 것을 명심해. 노인 살인 사건이 발생한 지 넉 달이 넘었어. 지금까지 수사에 진전이 전혀 없어. 피의자 특정은 물론이고 용의자로 볼 만한 사람도 찾아내지 못했다는 말이야. 그런데 강도 건까지 답보 상태로 언론에 나가면 우리 경찰서가 언론에 십자포화를 맞는 것은 불을 보듯 뻔해. 강도 건과 연관 지어 어떻게 나갈지 모른다고. 우선 살인 사건은 어차피 늦었으니까 조금 미뤄놓고 사문동 강도 건에 집중하도록 해. 강도 건도 원래는 살인 사건이라는 거 알지? 피해자가 아직은 죽지 않고 살아 있으니까 그나마 다행이야. 서장님이 청장님께 대책 보고 하시면서 이번 주 안으로 범인 색출해내겠다고 말씀하셨다는 거야. 서장님 얼굴에 먹칠하는 일 없도록 해. 당분간은 강도 건에 매진해서 이번 주 내로 해결할 수 있도록."

과장의 말이 나가자 여기저기서 직원들이 웅성거리기 시작했다. 이번 주 안으로 범인을 색출하라는 과장의 말은 도저히 이해할 수 없었다. 거기다 노인 살인 사건은 구태만 팀장이 어느 사건보다 집중하고 있고 조금의 성과도 보이고 있는 단계였다. 그런데 사건을 미루라는 지시에 구 팀장의 얼굴은 구겨졌다.

"과장님, 잠깐만요. 저희가 노인 살인 사건에 얼마나 공을 들이고 있는지 아시지 않습니까. 휴일도 없이 놈을 특정하기 위해 쉴 새 없이 뛰었다는 것을 모르시지 않을 겁니다. 그런데 지금 그것을 멈추라니요. 거기다 사문동은 지금까지 나온 게 아무것도 없습니다. 그런데 이번 주 안에 범인을 색출하라니요. 그게 가능하다는 말씀이십니까?"

구태만 팀장은 과장의 지시에 곧바로 불만을 표시했다. 그의 말에 과장의 얼굴이 붉게 일그러졌지만 개의치 않고 말을 계속 이어갔다.

"과장님, 최초 사건 발생했을 때 노인 건과 병행해서 수사에 착수했습니다. 사건 발생하고 집에 들어간 형사들 아무도 없습니다. 피해자 주변 인물에 대하여 수사를 진행했고 채무 관계, 원한 관계, 기타 등등 관계가 되는 사람은 모두 살펴보았습니다. 사문동 주변 CCTV, 차량 블랙박스 있는 것은 다 뒤져보았고 우범자, 전과자, 최근 출소자까지 확인한 사람은 3백 명도 넘습니다. 통신 수사로 확인한 사람까지 한다면 셀 수도 없고요. 그런데 일주일 안에 범인을 특정하라니요. 말이 됩니까? 이때는 오히려 계속 진행을 해왔던 노인 건에 매진을 해야 하지 않습니까. 사문동은 아직 피해자가 죽은 것도 아니고 현재 회복 중에 있습니다. 회복해서 진술을 들어보고 사건에 집중해도 늦지 않습니다."

구 팀장의 말에 나 과장의 얼굴이 빨개졌다. 지시한 것을 그대로 따라야 할 부하 직원이 부당함을 내세우자 체면이 깎인 과장은 화가 나면서도 달리 할 말이 없었다. 구 팀장의 말이 설득력이 있었고, 직원들이 놀고 있지 않다는 것도 과장은 알고 있었다.

"구 팀장, 지금 당장 잡으라는 뜻이 아니잖아. 그만큼 노력을 해서 특정을 할 수 있도록 신경 쓰라는 거지. 말귀를 그렇게 못 알아듣나? 살인 사건이 발생한 지가 언젠데 아직까지 해결하지 못하고 언론 기사만 계속해서 쌓이게 할 거야. 살인 사건에 대해서는 이미 시민들에게도 내성이 생겨서 시간을 끌어도 괜찮지만, 사문동 건은 최근에 발생했고 이거라도 해결을 해야 살인 사건 얘기가 좀 더 잠잠해질 것 아니야."

"그 말이 아니지 않습니까. 서장님은 당장 알아내라는 말씀이신데. 수사를 아무리 모른다고 보고를 그렇게 하시면 안 되죠. 서장님이 물어보면 그때는 장기 사건이 될 것 같다고 솔직히 말씀을 드려야 하지 않습니까."

"뭐야? 그럼 네가 가서 보고해. 서장님이 틀린 거라고 네가 하라고!"

"제 말은 그게 아니고……."

"아니긴 뭐가 아니야, 인마. 네가 그렇게 잘났어? 수사 좀 했으면 얼마나 했다고, 새끼가."

화가 난 과장은 그대로 나가버렸고 앉아 있던 형사계장이 벌떡 일어나며 목소리를 높였다.

"구태만, 너 꼭 그렇게 말대꾸를 해야 해!"

형사계장은 후배인 구 팀장을 직급 뺀 이름만 불러 나무랐다.

"그냥 그렇다고 하면 되지. 말로라도 잡겠다고 하면 되는 거 아니야. 네가 수사를 많이 했다고 지휘관을 무시해? 살인범을 잡든 골목길 강도를 잡든 잡으면 될 거 아니야. 못 잡으니까 그렇지. 이것도 아니고 저것도 아니고 대체 뭐를 하자는 거야!"

"누가 수사를 많이 했다고 했어요! 서장님이 수사를 안 해보셨으니까……."

"그만해!"

과장에 이어 형사계장까지 화를 내고 나가버리자 구 팀장은 이 상황을 이해할 수 없다는 표정이었다. 뒤에 앉아 있던 직원들은 팀장의 말에 이해는 하지만 그래도 너무했다는 생각에 고개를 숙였다. 계장의 말대로 하겠다고 대답만 하고 노인 건을 계속하면 되는 거였다. 사실 구 팀장의 머릿속에는 노인 건으로만 가득 차 있었고 사문동 건은 머리 밖에 있었다. 진전은 없는데 위에서는 당장 잡아내라고 지시를 하니 머리만 아프고 갈피도 잡히지 않았다.

*

“이 사진은 최초 출동했을 때 직원이 찍은 건가요?”

꼼짝 않고 서류 안에서 지선을 찾던 태석은 현장 사진에서 멈추었다. 처참했던 당시 사진을 보고 직원에게 물었다. 고개를 빼어 서류를 본 직원은 병원으로 옮기기 직전에 찍은 사진이라고 알려주었다. 지선이 대문 앞에 쓰러져 있고 옷은 피로 흥건하게 물들어 있었다. 시선은 어디에도 고정되지 못하고 흐릿하게 간신히 앞만 바라보았다. 열지 못한 대문이 굳게 닫힌 채 지선을 내려다보고 있었고 처마에서는 빗물이 발로 떨어지고 있었다. 대문만 열고 들어갔더라면 끔찍한 상황은 피할 수 있었을 텐데. 대문은 너무도 견고히 닫혀 있었다. 흉기는 날 길이 10센티미터 이상의 칼일 거라는 추측을 했지만 그보다 훨씬 큰 부엌칼일 가능성도 있다고 했다. 칼날이 사람의 살을 뚫고 들어가는 고통을 태석은 잘 알고 있었다. 그 고통을 수십 군데 지니고 있을 지선의 통증은 가늠하기조차 힘들었다.

지선이 메었던 가방은 빗속에 들어가 열린 채 지갑과 휴대전화가 빠져나와 떨어져 있었다. 대충 보아서는 누군가 뒤진 듯 보였다.

“없어진 물건이 있나요?”

“지갑과 휴대전화, 화장품 파우치 같은 것은 모두 그대로 있었습니다. 피해자가 의식이 없으니까 잃어버린 게 있는지 확인이 안 됩니다. 가족들하고도 오랫동안 떨어져 살아서 알 수가 없다고 하고요.”

“죄목을 강도상해로 붙였는데요?”

지갑과 휴대전화가 그대로 있었다면 금품을 노린 것도 아닌 듯 보였다. 그런데 죄명이 강도상해라니. 태석은 고개를 갸웃거렸다.

“사진에서 보면 가방이 피해자와 멀리 떨어져 있잖아요. 범인이 가져가려다 떨어뜨린 것으로 보았거든요. 그게 아니라면 그게 거기까지 떨어져 있을

리가 없잖아요."

"그것으로 방어를 하니까 놈이 잡아 던져버리진 않았을까요?"

"그럴 수도 있죠."

대답은 너무 쉽게 나왔다. 충분히 그럴 것이라고 직원도 알고 있었고 그 것 말고는 지선이 피해를 당한 이유가 설명되지 않았다.

"목격자가 있다고 했는데 조서에는 빠져 있는데요. 신고 내용만 있고."

"우연인지 모르겠지만 신고 다음 날 조사를 받기로 했는데 교통사고로 사망했습니다."

"죽어요?"

"오해하지는 마십시오. 이 사건과는 아무런 연관이 없으니까요. 혹시나 해서 현장까지 보고 사고자를 조사해보았는데 교통사고가 맞습니다. 우리 한테는 안타까운 부분이죠. 동네에는 소문까지 흉흉하게 나긴 했는데, 사 고자와 연관 짓기는 힘듭니다. 소문에 그 사람이 용의자로 지목되어서 더 난리가 났었습니다."

"난리라니요?"

"이웃집 2층에 살던 사람인데 최지선 씨를 좀 따라다녔었나 봅니다. 스토 커처럼요."

"스토커요?"

"예, 그러니까 그날도 아마 최지선 씨를 기다리다가 목격을 한 거죠."

"전혀 연관은 없는 것인가요?"

"예, 그것은 확실합니다. 그 사람을 용의자로 보고 수사를 하고 결론을 냈 으니까요."

"목격자 신고 내용에도 강도라는 증거는 없는 것 같은데……."

태석은 조사를 한 직원의 수사에 끼어드는 것 같아 조심스럽게 말을 건넸 다. 직원도 끼어들려는 태석에게 반감이 생겼는지 천장을 한 번 올려다보았다.

"그래서 다른 방향으로 수사를 진행하던 참이었습니다. 일면식도 없는 놈이 강도를 했다기보다 면식범에 의한 보복이나 치정일 수 있다는 생각에 처음부터 다시 시작을 한 겁니다."

면식범이라는 말에 태석은 고개를 들어 직원을 바라보았다. 그리고 지선의 가게 카운터 메모지를 찍은 사진을 펼쳤다.

'태석 오빠 만나는 날. 벌써 설레다니 어떻게 하지. 미쳤나 봐.'

지선이 병원에 있는 나를 만나러 오려고 했었구나. 태석은 병원에 있을 때를 떠올렸다. 지선의 글씨는 예전 그대로였다. 저 글씨 모양 그대로 손편지를 받았었다. 글씨는 설레는 지선의 모습을 말해주었다. 그러나 설레면 안 된다는 의미도 메모에는 들어가 있었다.

"이것 때문에 저에게 혐의를 두려고 했었나 보네요."

"네, 거기 보고서 작성 날짜를 보면 아시겠지만 얼마 전에 발견한 것입니다. 아버지에게 물었는데 대답을 하지 않더라고요. 알고는 있는데 말을 하지 않는 것 같기도 했고요. 그래서 가게 주변 상인들에게 물었는데 모두 모른다고 하고. 친구들에게 확인하려던 차에 찾아오신 겁니다. 저희 팀장님이 좀 예민하셔서 그러니까 잊어버리십시오. 그리고 저희가 최선을 다해 꼭 범인을 잡아보도록 하겠습니다. 장담은 하지 못하지만요."

"장담을 하지 못한다는 말은……?"

장담을 하지 못한다는 말에 태석은 고개를 돌려 직원을 쏘아보았다. 잡기 힘드니까 기다려라, 끼어들지 마라는 표현임을 태석은 알고 있었다. 벌써 손을 놓으려고? 태석의 눈빛은 직원을 보고 말했다.

"시간이 좀 걸릴지도 모른다는 뜻입니다. 솔직히 지금까지 나온 게 아무 것도 없습니다. 찾아오시기 전까지 저희는 하태석 씨에 대해 아주 많이 궁금했습니다. 용의자일 수도 있겠다고 생각했으니까요. 그런데 그것도 아니니. 처음부터 다시 할 수밖에요. 피해자는 아무 말도 하지 못하고…… 아시겠지만 그 동네에는 CCTV 한 대 설치되어 있지 않습니다. 거기다 골목이 좁아서 차량도 주차하기가 힘들어 블랙박스 확인조차 어려운 처지입니다. 이해해주십쇼. 아시잖아요?"

태석의 눈에는 직원의 엄살로 보였다. 그러나 서류를 보면 수사를 전혀 하지 않고 그대로 둔 것도 아니었다. 꽤 많은 자료를 수집하고 수사한 것이 보였다. 죄명만으로도 위에서 얼마나 목을 조였을지 알기에 뭐라고 할 수도 없었다. 그럴 위치도 되지 못했고 항의할 수 있는 가족도 아니었다. 그러나 뭔가 허전했다. 큰 상자에 묵직한 물건이 들어 있을 것 같은데 막상 들어보면 텅 빈 상자일 때의 느낌이었다. 형사들이 겉만 돌고 있다는 생각을 지울 수 없었다.

"남은 수사는 뭡니까? 어떻게 할 예정인데요?"

직원은 바로 대답하지 않았다. 우리가 알아서 하는데 왜 끼어들려고 그래, 직원의 침묵은 그렇게 말했다. 망설이는 사이 전화가 들어왔다. 팀장인 모양이다.

"좀 더 해보고, 다 보셨죠?"

매우 불편한 대답이다. 직원은 보던 서류를 거두어서 자기 앞으로 가져갔다. 이제 다 끝났으면 가보라는 것이다.

"광주로 온 지 얼마 안 되서 그러는데 동일한 수법의 범죄는 없었나요? 비슷한 거라도?"

"없습니다. 강도 건이 몇 건 더 있기는 한데 이거하고는 완전 다르죠."

"볼 수 있나요?"

"아니요. 우리 서에는 이거 하나입니다. 다른 서에 있겠죠. 어디 서인지는 저도 잘 모르겠습니다. 그러나 아직까지 연쇄라는 증거는 없습니다."

직원은 연쇄범죄라는 데는 미리 선을 그었다. 그리고 캐비닛에 서류를 모두 집어넣고 자리에서 일어났다. 이제 정말 그만 가시죠였다. 태석도 그에게 밀려 출입문으로 향해야 했다.

"그런데 실종 사건은 무슨 내용입니까? 언론에 계속 뜨던데."

"유흥업소 직원들하고 출장 안마 하는 여자들 몇이 연락이 되지 않고 있습니다. 최지선 씨 사건 이후로 계속 발생하고 있는데요. 가출 같은데 위에서는 실종으로 간주하고 수사를 하라고 해서요. 그것도 정신이 없습니다. 다 선불금 먹고 뜬 건데."

"그건 용의자가 좀 보이나요?"

"좁혀 가고 있는 중입니다."

"진전이 있나 보네요."

"어느 정도……."

직원이 말을 흐리기는 했지만 조금은 자신이 있어 보였다.

"그럼 수고하십시오."

"네, 안녕히 가십시오."

직원은 건성으로 대답하며 태석을 밀어내었다. 가라는 의미로 문 앞으로 이동하며 대답을 했다. 태석도 더 이상 그 자리에 있을 수 없어 문을 열고 인사를 했다. 그러나 밖으로 나가야 할 발이 떨어지지 않고 안에만 머물렀다. 중부서는 실종 건과 노인 살인 사건에 더 무게를 두고 있는 게 분명했다. 사건은 사건으로 덮는 게 가장 쉬운 방법이라는 것을 태석은 잘 알고 있었다. 실종 건을 해결하면 자연히 수사의 중심은 지선에게서 멀어지고 실종에 집중되어 묻히고 말 것이다. 그러다가 시간이 되면 미해결 사건으로 캐비닛에 들어가 영영 밖으로 나오지 못하게 되는 것이 사건이 묻히는 순서였다. 잘 부탁한다는 말을 하고 나올까. 그냥 돌아설까. 신경을 좀 써달라는 말도 하고 식사라도 같이 하자는 말을 하면 좀 나아질까. 곧바로 나가지 못하고 망설이는데 누군가 문을 밀며 들어왔다.

"가시게요? 뭐 수사를 더 할 게 있던가요? 있으면 광수대에 계시니까 최지선 씨 건은 거기에서 가져가죠?"

밖에 나갔던 구 팀장이 직원들과 함께 들어왔다. 시간이 되었는데 가지 않고 뭐 하고 있냐는 표정이다. 처음 취조를 하듯 덤벼들던 표정으로 다시 말을 뱉었다. 그는 태석을 가족이 아닌, 사건에 개입하려는 타 경찰서 직원으로 간주했다.

"그렇게 말씀하시니까 저도 말씀드리기 편하네요. 수사하는 것 보고 결정하겠습니다."

태석도 고개를 들었다. 시비조로 나오는 상대에게 고개를 숙이고 부탁할 필요가 없어 보였다. 오히려 자극을 주는 게 사건 해결에는 도움이 될 것 같았고, 기에 밀릴 태석도 아니었다.

"뭐요?"

"가져가라면서요. 하는 것 보고 생각해보겠다는 말입니다."

"이 친구가 뭐라고 하는 거야. 말을 그렇게밖에 못 해!"

"처음부터 그렇게 말을 하지 말아야죠. 저는 피해자 가족으로 온 건데 그런 식으로 말을 하면 안 되는 거 아닙니까. 제가 여기 싸우러 온 것도 아니고 감찰 나온 것도 아닌데 왜 그렇게 민감합니까. 가족들 입장에서 수사가 어디까지 되었는지 확인하려는 거 아닙니까."

"그럼 확인만 하지 왜 지적질을 하고 그래!"

"누가 지적을 해?"

직원에게 전화가 올 때 그렇게 대답을 했던 모양이다. 서로 민감함이 부딪쳤고 중부서와 광역수사대가 같은 사건을 가지고 맞서는 것처럼 보였다. 사건 때문에 치이던 구 팀장은 참고 있던 한계를 드러냈다. 그의 눈에 태석은 확인이 아니라 시비 걸러 온 직원이었다.

"그럼 광수대에서 왜 이 사건을 들춰보냐고!"

"광수대가 아니라 가족 입장이라고 하지 않아요!"

"가족은 무슨. 갖고 가, 갖고 가. 사건 징글징글하니까 가져가라고!"

"수사를 똑바로 해놓았어야 가져가지."

"뭐? 수사를 똑바로 해? 지금 똑바로 하라고 그랬어?"

복도에 사람들이 몰려나올 정도로 둘의 목소리는 한 치의 양보 없이 이어 졌다. 태석만큼이나 구 팀장도 성격에서 남에게 밀리지 않았다. 이미 서로에 대한 존칭도 모두 생략되었다.

"사건 내놔. 내놓으라고! 가져갈 테니까!"

"가지고 가! 석훈아, 서류 가져와. 다 줘버려!"

다행히 직원들이 구 팀장을 끌고 들어가고 태석을 밀어내는 것으로 마무 리가 되었다. 밖으로 데리고 나온 직원도 미안한 마음은 달리 없어 보였고 구 팀장과 같은 심정인 듯 표정은 떨떠름해 보였다. 그만 돌아가라는 인사 말이 이제 찾아오지 말라는 말처럼 건조했다.

7

중부서를 빠져나와 운전하는 내내 기분이 개운치 않았다. 직원이라는 말을 오히려 하지 않고 찾아가는 게 더 나았을까. 괜히 말했나? 같이 소리를 지르는 게 아닌데. 편하게 대하려 직원이라고 했던 게 악수였다. 신호등에 걸리자 창문을 내리고 담배를 꺼내었다. 이번에도 입에까지 물었다가 또다시 집어넣었다. 이 정도 감정에도 담배를 그냥 넣었으니 미숙의 잔소리는 효과가 좋았다. 머릿속은 하얀 연기 대신 다른 생각으로 들어왔다. 그건 지선이었다. 왜 그런 메모를 남겼을까. 그냥 옛 애인을 만나는 정도의 설렘이 아니었을까. 이미 10년도 훨씬 전에 끝이 났는데 그녀는 왜 지금까지 그 감정을 가지고 있을까. 사랑이 아니라 연민이겠지. 그냥 단순하게 적은 것 같은데. 미숙에게 물어보아야 할 것 같다.

병원 앞 가게에 들러 음료 세트를 집어 들었다. 그냥 빈손으로 가기가 미안했다. 다들 음료수를 사 가는지 가게 입구에는 음료가 가득 쌓여 있었다. 고민 없이 그중에 아무거나 집어 들고 계산을 했다. 문병 가는군요. 보통 그런 거 사 들고 갑니다. 계산을 하는 주인의 얼굴이 말하고 있었다.

"편지 봉투 하나 주세요."

그래도 문병인데. 이것을 받아 줄 사람은 누구일까. 그녀의 아버지? 다시는 보기 싫은 사람인데. 그녀의 아버지가 있지 않기를 바라며 엘리베이터를 타고 6층 중환자실로 올랐다. 중환자실이라는 문구가 아무도 들어오지 못하도록 지키고 있었다. 들어가려는 사람을 막는 글자지만 태석은 안에 있는 사람이 밖으로 나올 수 없다는 문구처럼 보였다. 면회 시간은 정해져 있었고 그것도 고작 20분이 전부였다. 그거면 그녀와의 비어버린 세월을 말하는 데 충분한 시간일까. 무슨 말을 해야 할지 생각조차 떠오르지 않았다. 미숙이 때문에 어쩔 수 없이 왔다고 해야 할까. 나를 보고 싶어 그런 말을 적어놓았냐고, 나는 그런 감정이 없는데 너는 왜 그런 것이냐고 물어야 할까. 10년이 넘는 시간은 노트를 펴듯 간단한 게 아니었다.

　면회 신청을 하고 대기실 의자에 앉았다. 이름만 적고 싶었지만 관계란도 채워달라고 했다. 볼펜을 잡은 손이 잠시 멈추었다. 중부서에서도 관계를 물었다. 지선을 만나려면 몇 번을 더 대답해야 할지 모를 질문이다.

　'경찰관.'

　잠시 고민으로 적어놓은 지선과의 관계다. 그렇게 적고 나자 지선은 남이 되어 있었다. 피해자와 경찰과의 관계일 뿐 그 이상의 어떠한 관계도 아닌 게 되었다. 볼펜을 놓고 명찰을 받으면서도 관계란에서 눈을 떼지 못했다. 맞게 적은 것일까. 그럴 거라고 애써 달래었다. 지선에게 미안하지만 태석은 지난 10년 동안 냉정할 만큼 기억 속에서 지선을 지우고 있었다. 지우려 했고 지워야 한다고 몇 번이나 다짐했던 10년 전 그때였다. 서울로 가면서 고향에서 있었던 모든 인연을 털어내버렸다. 어느 것 하나 가져가고 싶은 것이 없었다. 조직에 대한 서운함보다 배신감에 다시는 내려오지 말자고 다짐했고 그 다짐을 제법 잘 지켜내었다.

　시간이 가까워지자 면회를 하기 위해 가족들이 하나둘씩 나타나기 시작했다. 비어 있던 의자에 사람들이 들어차고 자리가 없어 서 있는 사람들까지 늘어갔다. 태석의 시선은 시계에 박혀 옮겨지지 않았다. 시곗바늘이 움직일 때마다 심장도 맞추어 뛰었다. 아무 사이도 아닌 경찰관과 피해자의 입장이라고 생각하려 해도 심장이 두근거렸다. 태석의 속에 지선이 살아 있었던 것일까. 스스로 의아했다. 이미 잊힌 어지인데. 기다리는 동안 지선에 대해서 아무 생각도 하지 않으려고 했지만 기다림은 어쩔 수 없이 그녀를 태석 앞에 가져다놓았다.

*

"이제 그만."

어디에서 그 말을 했는지 정확히 기억나지는 않았다. 차 안이었던 것 같기도 하고 공원 벤치였던 것 같기도 했다. 그러나 그 말은 또렷이 기억이 났다. 말을 한 사람은 태석이었고 지선은 아무런 대꾸도 하지 않았다. 이미 태석은 헤어지기를 원한다는 것을 태도로 알려주었다. 전화를 받지 않고 애타 하는 지선을 감싸주려 하지도 않았다. 그렇게 해야 할 것 같았고 그렇게 하는 것이 태석 나름대로 자존심을 지키는 것이었다. 처음에는 발령이 난다 해도 지선과 헤어질 것은 생각하지 않았었다. 그렇게 되더라도 사랑에는 변함이 없다고 자신했었다. 잘못된 수사에 타 청 발령이라는 징계를 받을 수 있다는 말에 태석은 그냥 그렇게 되는구나라고만 생각했다. 그러나 감찰을 하고 징계를 건의하였던 청문 담당관이 건네준 말은 생각지도 못한 것이었다. 그를 감싸고 도움을 주고 있을 거라고 생각했던 지선의 아버지가 오히려 그를 구석으로 몰고 있다는 데 놀라지 않을 수 없었다. 어릴 적 아버지를 잃은 태석은 지선의 아버지가 장인이라기보다는 친아버지라 생각하려고 노력했다. 그렇게 하는 것이 지선을 사랑하는 일이라고 굳게 믿었다. 그런데 왜? 태석을 걱정해주고 응원해줄 거라고 믿었던 사람이 오히려 태석을 벽에 밀어 넣고 있었다. 태석은 그 사실을 알고 곧바로 군수실에 찾아가 면담을 요청했지만 부속실에서는 그를 막았다. 몸으로 막는 그들을 밀고 들어간 태석에게 지선의 아버지는 악성 민원인을 대하듯 눈길조차 주려 하지 않았다.

"왜 그러셨습니까?"

"경찰들 입이 그렇게 싸서 어디에 쓴데. 그냥 조용히 보내면 될 걸. 하여튼 말단 공무원들 주둥이는 병아리 깃털보다 가볍다니까."

"저는 괜찮지만 지선이는 어떻게 하고요?"

"말 잘했네. 자네만 괜찮으면 돼. 지선이는 내가 알아서 하니까. 그리고 내가 지선이와 자네를 결혼시킨다고 했나? 자네가 집에 왔을 때 이미 충분히 설명을 했잖아. 그런데 왜 못 알아들어. 그건 순전히 자네 생각이지 내 생각이 아니야. 착각이 심했어. 서울로 올라가면 내려오기 힘들다는데, 이왕 올라간 거 거기에서 열심히 살아봐."

"왜 그러세요, 아버님!"

"그만하지. 나가봐야 해. 지선이와 자네는 이미 끝난 일이야."

"아버님!"

"그 아버님이라는 말이 부담스럽네. 그렇게 부르지 마. 한 가지 충고하지. 다음에 여자를 사귀거든 정치하는 사람 딸하고는 사귀지 마. 결혼도 정치거든. 자네같이 하자 있는 불량품은 나 같은 사람과는 어울리지 않아. 쓸 수 있는 물건이 많은데 왜 굳이 불량품을 써야 하지? 물건은 고쳐 쓰고 아껴 쓰면 되지만 사람은 그렇게 안 된단 말이야. 그냥 버려야지. 나는 계속 정치를 하려는 사람이네. 그럼 알아듣겠지? 지선이가 좋은 사람 만나기를 바라주게. 사랑도 형편과 분수를 봐가면서 하는 거야. 구차하게 굴지 마. 지선이 앞에서 울고불고 매달리려는 것은 아니지? 벌레 같은 짓 하지 말고 조용히 사라져. 내 말 알아들었으면 돌아가봐."

"제가 잘하겠습니다. 제발 헤어지라는 말은 하지 마십시오."

"내가 헤어지기를 원하는데 왜 그 말을 하지 말라는 건가? 헤어져."

"제발 부탁드립니다."

"조금 전 자네 어머니도 만났네. 나를 사돈이라고 부르던데 그러지 말라고 했어. 자네한테 했던 만큼 내가 충분히 말씀을 드렸는데 나이를 드셔서 그런지 말을 잘 못 알아들으시더라고. 자네가 잘 설명을 해드리게."

"저희 어머님한테 뭐라고 했습니까?"

태석의 목소리가 높아졌다. 자신이 들었을 말을 어머니도 들었을 거라는 생각에 숙였던 고개는 뻣뻣하게 세워져 있었다.

"자네 어머니에게 가서 물어봐. 알기 쉽게 설명했으니까. 더 이상 우리 딸 옆에 아드님이 없었으면 한다고 했던 것 같은데. 자네처럼 알아듣지는 못했지만 말이네."

"저한테만 하시면 되지 왜 어머니까지요!"

조금 전 매달리던 태석이 아니었다.

"그래야 자네가 더 확실히 떨어질 것 같으니까 그렇지. 그만하게. 나는 잠시 나가볼 데가 있으니까. 어이, 김 양, 여기 차 한 잔 줘. 생각 좀 하고 갈 것 같으니까."

태석의 앞에 봉투가 떨어졌다. 지선과 헤어지는 대가일까. 어머니에게 막말을 한 보상일까. 그 자리에서 움직이지 못했고 일어나려 해도 다리에 힘이 풀려 움직일 수가 없었다. 다시 설득을 해볼까도 생각했지만 어머니에게까지 그런 말을 했다고 하자 자존심이 태석을 말렸다. 인간에 대한 배신이 이렇게 가슴 아픈 것일 줄 알지 못한 게 한스러웠다. 그 시간 경찰서에서는 징계위원회가 열리고 있었다. 참석하려면 군수실을 빠져나가야 하지만 그러지 않았다. 이의 제기를 하는 것이 더 비참할 것 같았다. 이미 정해놓은 징계를 지선의 아버지 말처럼 말단 공무원이 바꾼다는 것은 불가능했다. 위원회가 금방 끝이 났는지 감사관으로부터 전화가 왔지만 받지 않았다. 정해놓은 징계는 너무도 빨랐다. 전화를 받지 않자 문자가 들어왔고 내용은 알고 있는 그대로 감봉 3개월과 서울청 발령이었다.

*

시간이 거의 되어갈 무렵 마주치지 않기를 바라던 사람이 엘리베이터에서 내렸다. 노인은 면회 신청서를 작성하고 앉을 곳을 찾아 두리번거렸다. 하얗게 머리가 세고 허리가 약간 앞으로 굽은 그는 주위의 눈치를 살피며 자리에 앉았다. 예전의 자신에 차 있던 모습은 간데없이 너무도 늙어버린 지선의 아버지 최병호였다. 시간이 태석에게 10년이 흐르는 동안 그에게는 20년도 더 흘러버린 모양이다. 그 옛날 태석을 훈계하며 지선과 헤어질 것을 강요하던 그는 초라한 촌로로 변해 있었다. 홀로 된 시골 노인이 아픈 딸을 면회하기 위해 버스를 타고 올라온 모습처럼 외로워 보였다. 그에 대한 소식은 서울에서부터 알고 있었다. 그러나 남이라고 생각했기에 동정도 연민도 느끼지 못했다. 오히려 나락으로 떨어지는 그의 소식에 희열을 느끼기까지 했다. 그만큼 태석의 기억 속에 그는 잊어버리고 싶은 과거였고 뉴스 속에 있는 사건 피의자 중 한 사람일 뿐이었다. 태석이 서울로 올라가고 1년 후 다시 선거에 나간 그는 많은 표 차이로 재선에 성공했다. 하지만 재선에 따른 자신감이 불행의 시작이었다. 2년 뒤 주위 만류를 뿌리치고 군수 자리를 내어놓고 국회의원에 출마했지만 보기 좋게 낙선하고 말았다. 지나친 자신감은 금배지가 아닌 불행을 낳았다. 막대한 선거 비용은 집안을 흔들거리게 했고 상대방에 대한 비방은 선거 후에도 따라다니며 그를 괴롭혔다. 허위 사실을 유포했다는 이유로 피선거권을 박탈당했고 막대한 벌금형을 받았다. 거기다 군수 시절에 건설업자로부터 뇌물을 받은 것이 불거져 또다시 벌금형에 감당하기 힘든 추징금을 받았다. 그때는 얼마나 급했는지 태석의 사무실에까지 연락이 왔었지만 받지 않았다. 사무실로 태석을 찾는 전화가 여러 번 왔지만 끝내 받지 않고 모른 척했다. 다행히 시간이 지나자 그 후로는 오지 않았다.

지위에 있을 때는 사람들이 넘쳐났지만 지금 그의 곁에는 아무도 없었다. 곁을 맴돌던 사람들이 그를 따른 것이 아니라 자리만 바라본 것임을 거기에서 내려오고서야 깨달았다. 너무 늦어버린 깨달음은 그에게서 너무 많은 것을 빼앗아 갔다. 불똥이 튈까 친인척들도 연락을 끊었고 막대한 빚은 청산하지 못하고 지선이 지고 있었다.

"안녕하십니까."

모른 척해야 할까. 태석은 망설이다가 피할 이유가 없다고 생각했다. 어차피 지선을 봐야 한다면 만날 수밖에 없는 사람이었다.

"어? 자네, 자네 태석이 아닌가? 어떻게 왔는가. 우리 지선이 보러 왔는가?"

"예."

"그려, 고맙네, 고마워."

노인은 태석의 손을 덥석 잡고 손등을 비볐다. 아무도 찾아오지 않는 병실을 찾아준 것에 진정 고마워했다. 하지만 노인의 어색한 행동에 태석은 계속 잡으려는 손을 뒤로 뺐다. 그가 반가워하는 것처럼 태석도 그런 것은 아니었다.

"우리 지선이가 걱정되어서 왔는가?"

그의 질문에 뭐라고 대답해야 할까. 태석은 잠시 망설였다. 그를 위로하고 싶지 않고 작은 희망도 주기 싫었다. 동생 미숙의 부탁으로 지선을 만나기 위해 어쩔 수 없이 만난 것이라고 자조했다.

"사건 때문입니다. 확인할 게 있어서."

"그런가? 내려왔다는 말은 들었는데."

"예. 요번에 광주로 왔습니다."

"서울서 완전히 내려왔구만."

사건 때문이라는 말에 노인의 목소리는 작아졌다. 태석을 구석으로 몰던 당당한 목소리는 어디에도 없었고 자식에게 죄를 진 노인만 있었다. 반가움에 말을 걸려고 했지만 태석은 다른 곳을 바라보았다. 그것을 아는지 노인은 말을 멈추었고 태석은 침묵으로 말을 막았다.

면회 시간이 되자 중환자실의 문이 열리며 안을 보여주었다. 안에 있던 사람들도 그리웠는지 시선이 모두 밖으로 나와 있었다. 교통사고를 당한 사람, 작업 중에 추락한 사람, 기계에 끼인 사람…… 모두 생명이 위중한 중증의 외상이 있는 사람들이었다. 대부분이 깁스를 여러 곳에 했고 링거도 세 개 이상씩은 줄줄이 달고 누워 있었다. 다른 병실보다 유독 강한 포르말린 냄새가, 여기는 많이 아픈 사람들이 있는 곳입니다, 라고 말을 하고 있었다.

어색하게 노인의 뒤를 따라 지선을 찾아갔다. 제일 안쪽 구석에 누워 있었고 움직임은 없었다. 호흡기를 달고 간신히 숨만 몰아쉴 뿐이었다. 의식은 돌아올 기미를 보이지 않았고 목숨을 지켜줄 장비들이 녹색 눈을 하고 옆에 붙어 숨을 쉴 수 있게 도와주고 있었다.

10년 전 모습 그대로였다. 늙을 만도 한데 조금도 그렇지 않았다. 시간을 거슬러 살아온 것처럼 태석이 몰라볼까 변하지 않고 기다렸던 모양이다. 하얀 얼굴과 좁은 어깨, 가는 팔은 그때 그대로 살조차 붙지 않았다.

'오빠 왔어? 왜 이제 와. 기다리고 있었는데.'

그렇게 말을 하는 것 같았다. 그러나 아무 말도 해줄 수 없었다. 미숙이가 가보라고 해서 왔다는 말은 너무 성의가 없어 보였다. 그런데 막상 병상에 누워 있는 지선을 바라보자 심장은 그때를 기억한다는 듯 뛰기 시작했고 몸은 달아올랐다. 그러지 말라고 심장을 달래도 놈은 태석을 무시하고 그때를 추억하려 했다.

"언제 깨어날지도 모르겠네. 병원비도 만만치 않은데. 빨리 일어나야 할 것인데 큰일이야. 매일 오는 것도 그렇고, 간병인 쓰는 것도 그렇고."

엄살을 피우는 것인지 동정을 구하는 것인지 노인은 병원비를 걱정하고 있었다. 태석은 그런 그가 한심해 보이기만 했다. 상태는 물어보지 않아도 알 수 있을 것 같았다. 붕대는 가슴과 배에 집중되어 있었고 양손에도 감겨 있었다. 놈의 흉기에 가슴과 배를 찔리고 이를 막으려다 손에도 상처가 남았다. 얼마나 무서웠을까. 어둠 속에 놈과 둘만 있었을 그때를 생각하자 태석에게도 소름이 돋아 올랐다. 침대에 붙어 있는 표찰 속 입원 날짜는 두 달이 넘어가고 있었다. 그동안 한 번도 깨지 않고 누워 있기만 했었다니. 심장에서 동정이 일기는 했지만 머릿속은 여전히 차갑게 추억을 막았다.

"놈은 잡을 수 있겠나?"

"중부서 강력팀에서 집중하고 있으니까 곧 잡힐 겁니다."

태석은 그 정도 말은 해주어도 될 것 같았다. 하지만 곧 잡힌다는 말은 하지 말걸. 허튼 희망은 절망을 낳기도 한다.

"벌써 두 달이 넘었는데 거기서는 통 소식도 없어. 처음에는 금방이라도 잡을 것처럼 설쳐대더니 지금은 수사를 하는 건지 마는 건지 알 수가 없어."

"노력을 하고 있으니까 잘될 겁니다."

기본적인 대답만 감정 없이 내뱉었다. 이미 숱하게 들었을 그 말이 위로가 되지 못한다는 것을 알지만 그렇게라도 해주어야 할 것 같았다.

"근데 확인할 것이 있다면서?"

"아, 예. 상태가 어떤지 보려고요. 진술이 가능한지……."

대충 얼버무린 게 표가 났지만 노인은 물어보지 않았다.

"바로 갈 텐가?"

노인의 느려진 목소리는 사정을 하고 있었다. 태석도 아는지 대답을 바로 하지 못했다.

"의사를 좀 만나고 오겠습니다. 상태가 어떤지 알아야 할 것 같아서요."

"그려, 그럼 나는 여기 있을라니까 다녀오소."

중환자실에서 나와 담당의를 찾아갔다. 그도 마찬가지로 태석에게 관계를 물었고 경찰관이라고 하자 형식적인 대답이 이어졌다. 계속해서 찾아오는 경찰에 반복적으로 설명했던 모양이다. 폐와 간에 손상이 심하다고 했다. 놈이 찌른 흉기는 스무 곳이 넘는 다발성 자창의 손상을 가져왔고, 과다출혈에 장기들도 모두 베어져 깊은 손상을 입었다. 장기에 괴사가 진행되지 않게 하기 위해 계속해서 항생제를 투입하고 있지만 손상이 너무 커서 쉽지 않다고 했다. 패혈증이 올 가능성이 높고 의식은 언제 돌아올지 장담하지 못했다. 깨어난다 해도 장애가 불가피하다는 말도 잊지 않았다. 얼마나 많이 다친 거니. 놈은 또 왜 그렇게 너를 괴롭힌 거야. 의사가 설명하는 동안에 태석은 지선에게 물었다.

*

"나하고 소주나 한잔 할 텐가."

"아니요. 들어가봐야 합니다. 안녕히 계십쇼."

노인은 돌아가려는 태석을 붙잡으려 했지만 태석은 조금도 망설이지 않고 거절했다. 그와는 단 몇 분도 같이 있고 싶지 않았다. 얼굴을 볼 때마다 그때의 번들거리던 얼굴이 떠올랐다.

"자네가 나를 탐탁지 않게 생각하는 것을 알고 있네. 그려도 여기까지 왔는데 술이라도 한잔 하고 가게. 내가 미안해서 그러네."

미안하다는 것은 알고 말을 하는 것일까. 태석은 그를 노려보듯 눈으로 물었다.

"오래 잡아놓지는 않을 거네. 자네가 모르는 지선이에 대해서 알려주고 싶어서 그래. 부탁이네. 다음에는 이런 일 없을 거야."

무슨 말을 하고 싶은 겁니까. 침묵으로 묻다가 노인을 따라 소줏집에 들어가 앉았다. 병원에 올 때마다 자주 들르는 곳이라며 태석을 안내했다. 막 문을 연 주인은 청소를 하다가 노인을 보고 알은체를 했다. 혼자가 아닌 둘이라는 것이 다른 날과 달랐다. 식탁 가운데 화로가 있고 그 위로 연기를 빨아들이는 연통이 코끼리 코처럼 벌름거렸다. 소주가 나오고 고기 안주가 고추장에 버무려져 화로에 올라갔다. 소주의 머리를 비틀자 끼리릭 소리를 내며 뚜껑이 열렸다. 태석은 잔을 들어 어쩔 수 없이 소주를 받았다. 소주는 벽을 긁으며 빠져나와 작은 잔에 채워졌다. 노인 혼자 잔을 따라도 태석은 그대로 두었다. 주는 것은 어쩔 수 없이 받지만 따라주고 싶지는 않았다.

"한 잔 허소."

"근무 중입니다. 잔만 받겠습니다."

"그려도 한 잔만 혀."

"안 됩니다."

태석은 건조했다. 노인이 그랬던 것처럼 태석도 그랬다. 잠시 태석의 눈치를 살피고는 노인은 혼자서 잔을 넘겼다.

"나를 많이 원망하지? 나도 후회를 많이 하네. 내가 딸아이 인생을 배려 놓았구만."

노인은 이야기를 하기가 힘들다는 듯 술을 연거푸 따라 마시고 말을 시작했다.

"자네가 서울로 가고 나서 난리가 났었네. 가기 전까지는 아무 말도 안 했었는가?"

"예, 그냥 이제 그만이라는 말만 하고 떠났습니다. 그러길 바란 것이 아닌가요?"

"그렸제. 그렸어. 그렇게 해준 게 그때는 고마웠는데 나중에는 아니더라고. 내가 자네를 떠나보낸 것을 알고는 지선이가 나를 죽일 듯 원망했었어. 얼마 지나면 괜찮겠지 했는데 되지가 않더구만. 서울에도 자네를 만나겠다고 몇 번을 올라갔었어. 한 번도 안 만나주었는가?"

"그렇게 하라고 하셨잖아요. 분수를 알라고요. 그래서 그렇게 했습니다. 잠깐 한 번 만나긴 했습니다. 결혼한다고 했고요."

"나 때미 속이 많이 꼬여 있구만."

"그러지 않은 게 이상한 것 아닌가요?"

"그래서 결혼도 그렇게 빨리 했는가?"

아니라고 말할 수 없어 침묵으로 대신했다. 그랬었다. 지선을 빨리 잊는 일이 결혼이라고 생각했고 또 실제로 그랬다. 아내 수연은 지선을 대신해서 태석의 빈자리를 빠르게 채워주었다. 그녀가 들어오는 만큼 지선의 자리는 비어갔고 마음에서 멀어졌다. 잊는 게 어려울 줄 알았는데 의외로 쉬웠다. 미안해하지 않아도 된다고 생각했고 그렇게 하는 것이 자존심을 지키는 것이라고 오기를 부렸었다. 그게 누구 때문인지 모르고 묻는 것인가요. 침묵으로 되물었다.

"지선이가 정신병원에 입원한 적도 있었네."

처음 듣는 말이었다. 정신병원이라니?

"자네가 결혼한다는 말을 듣고서 그랬네. 망상증이 걸리더라고. 밤에도 자네가 찾아왔다고 대문을 열고 나가기도 하고, 오지 않은 전화를 붙잡고 혼자서 이야기를 하더라고. 거기다 자네하고 결혼식을 준비한다고 예식장을 예약하기도 했네."

"혼자서요?"

"예식장에는 서울에 있는 자네가 바빠서 오기 힘들다고 신부 혼자서 하는 것이라고 했다더구만. 돈까지 지불했어. 자네가 없는데도 있는 것으로 착각을 하기 시작한 거야. 무슨 장애니 증후군이니 하더구만. 어쩔 수 없이 두 달을 입원시키고 나서 나아졌네."

전혀 예상치 못한 말이었고 처음 듣는 말이었다. 왜 몰랐을까. 어쩌다 미숙에게 지선을 물으면 아무 일도 없다고 했었다. 그냥 잘 지낸다고, 오빠를 잊은 것 같아라고 건조하게 말했던 미숙의 음성을 기억하고 있었다.

"왜 제가 몰랐죠?"

"자네가 모를 리가 있나? 자네 동생에게 말을 했었는데. 자네가 한번 와주면 어떨까 해서 말이야. 끝내 오지는 않았지."

미숙은 알고 있었구나. 그런데 왜 내게 말을 하지 않았지?

"모를 수도 있을 거야. 정신병원에 입원하는 게 뭐 좋은 일이라고 소문을 내겠나. 거기에 있었다는 게 여자에게는 자랑거리가 못 되지. 그리고 얼마 있으면 좋아지겠지 했지. 결혼도 했으니까."

"결혼했다는 말은 들었습니다."

"행복하지 않은 결혼이었어. 처음부터 행복할 수가 없는 시작이었네."

그 말을 하고 노인은 또다시 연거푸 술을 들이켰다. 딸의 결혼이 그에게는 아픈 상처였던 모양이다. 술을 들이켜고도 한동안 말이 없었다. 술이 아니면 감당하기 힘든 말인 듯했다.

"내가 시킨 결혼이었네. 억지였지."

"싫어했을 것 같은데요."

"좋아할 리가 있나. 내가 나쁜 놈이지. 나만 생각하고 시킨 결혼이니까. 그런데 다행인 건 사내놈이 우리 지선이를 좋아하는 거야. 농협 조합장 아들놈이었어. 그 집안 덕분에 재선도 했네. 지선이 결혼을 선거에 이용한 거야."

"잘하셨네요."

비꼬듯 태석이 대꾸했다. 그래도 된다는 듯 노인은 고개를 끄덕이며 술을 들이켰다.

"그런데 얼마 가지 못했어. 1년쯤 지났는데도 자네를 찾았어. 남편이 버젓이 있는데도. 미칠 노릇 아닌가. 서방을 태석이라고 부르는 데 좋아할 남편이, 시부모가 어디에 있겠어. 정신병이라고 해서 다시 병원에 갔어. 그러다가 이혼을 했지. 좋지 않은 일은 한꺼번에 오더구만. 내가 국회의원에 떨어지고 검찰 조사를 받을 때였으니까. 꼭 그때는 자네가 나를 저주해서 생긴 것만 같았네. 병원에서 나와서 서울을 올라가더군. 자네를 찾는다면서. 나 대신 사과를 하고 내려오겠다고 하더라고. 그게 다 자네에게 진 내 죄 때문이라면서 말이야."

"검찰 조사 받던 그때 저에게 연락을 하지 않았었나요?"

"내가 왜?"

태석의 물음에 노인은 손을 저었다. 수사를 받고 있다는 것을 알고 있을 때 사무실로 여러 번 전화가 왔었다.

"지선이가 했을 거야. 병원에서 나와 이혼을 하고 자네를 만나러 간다고 했었으니까. 그때부터 정신이 멀쩡하게 돌아왔지. 서울에서 한 번도 만나지 못했나?"

"예, 한 번도……."

그때 전화가 여러 날 걸쳐 왔었다. 그러나 태석은 한 번도 받지 않았다. 지선의 아버지로부터 전화가 온 것이라고 생각했었다. 선거법 위반으로 조사받는다는 말을 익히 들은 후라서 더더욱 전화를 받고 싶지 않았었다. 지선이라고 해도 아버지를 부탁한다는 말이 전부일 거라고 생각해서 더 피했었다. 사무실로 지선이 찾아왔다는 말에 태석은 아예 지방 출장으로 사무실에 들어가지도 않았다. 끊어진 인연에 다시 얽매이고 싶지 않았다.

"정신이 돌아와서는 울면서 그러더라고. 자네에게 미안하다고, 사과를 하고 싶다고. 나를 대신해서 말이야. 내가 잘못했는데 지가 사과를 한다고 하더라고. 그때서야 후회가 되더만. 내가 딸아이를 배려놓았구나 하고 말이야. 사실 자네하고 지선이는 잘 어울렸네. 그때만큼 지선이가 행복해했던 적이 없는 것 같아. 항상 웃었으니까. 내가 지선이 하나를 키우면서 그때가 가장 행복했다는 것을, 그때는 몰랐어. 자네가 떠난 후로 한 번도 행복해 보이지 않았네. 그때는 그걸 왜 몰랐는지 너무 후회가 많이 되네. 그때 다른 방법을 생각했어야 하는 건데."

"다른 방법이라니요?"

"아니네."

노인은 태석의 질문에 서둘러 말을 돌렸다.

"그것보다 사고 나기 전에 통화를 했는데 웃었어. 웃으면서 전화를 받더라고. 몇 년 만이었어, 내 전화에 웃은 건."

"왜요?"

"자네가 내려왔다고…… 다시 시작해보려고 했었던 모양이야. 10년 전 행복했던 그때의 목소리였어. 내가 기억을 하지, 그 웃음을."

*

노인은 취해서 돌아갔다. 술이 취해서 그런지 미안하다는 말을 계속 했다. 택시를 태워서 보내는 태석의 손에 지선의 집 열쇠가 쥐어져 있었다. 집을 볼 수 있느냐는 말에 선뜻 그는 열쇠를 주었다. 놈을 반드시 잡아주기를 간절히 원했고 그 일을 꼭 태석이 해주기를 바란다고 했다. 그는 커다란 숙제를 내주고 돌아갔다. 범인을 잡아달라는 말은 숙제가 아니었다. 그것은 중부서에서 할 일이었고 태석이 해야 할 숙제는 정말 지선이 자신을 잊지 못하고 있었는지, 자신 때문에 정신병원에까지 가야 했었는지를 확인하는 일이었다. 그게 사실이라면 그가 내준 숙제는 중부서가 아닌 태석이 해결해야 할 일이 될지도 모른다.

차는 미숙의 병원으로 향했다. 미숙은 지선이 힘들어했다는 것을 알고 있었지만 한 번도 말을 하지 않았었다. 오히려 태석을 잊고 결혼해 잘산다고 했다. 왜 그랬을까. 태석은 물어야 했다. 병실에 들어가자 미숙은 기다렸다는 듯 태석을 맞았다.

"오빠, 지선이는 어때? 많이 다쳤어? 정말 죽을지도 모르는 거야?"

"미숙아, 그것보다 묻고 싶은 게 있는데."

"왜? 많이 안 좋아?"

"미숙아."

"응? 왜?"

미숙은 대답을 하지 않고 외려 질문이 돌아오자 놀란 눈치였다.

"지선이가 정신병원에 입원했던 거 알고 있었니? 그것도 나 때문에?"

미숙은 한동안 대답을 못 했다. 얼굴은 붉어졌고 눈은 떨리기 시작했다. 침묵이 이어졌고 대답이 아닌 눈물이 흘렀다. 그게 대답임을 태석은 알았다. 미숙이가 힘들어할까 망설이던 태석은 그래도 묻기로 했다.

"결혼해서 행복하게 잘 산다고도 했었잖아. 거짓말이었니?"

"……."

"지선이 아버지가 한 말이 사실이야?"

계속해서 대답은 없었다.

"대답하기 힘들면 하지 마. 괜한 것을 물었다. 내일 다시 올게."

이제 와 어떻게 할 수 있는 것도 아닌데 괜한 질문이었다. 대답을 듣는다고 해서 바뀌는 것도 아닌데. 미숙을 힘들게 하는 것 같아 그만두었다.

"엄마가……."

태석이 뒤돌아섰을 때 미숙은 힘겹게 입을 열었다.

"엄마가 지선이네 아빠를 만나고 와서 많이 힘들어했어. 이제 오빠 어떻게 하냐고, 큰일 나는 거 아니냐고 말이야."

"어머니가?"

"엄마가 먼저 전화를 하셨나 봐. 오빠를 부탁하려고. 그러자 만나자고 했대."

"그래서?"

"오빠가 징계를 받는다는 데 엄마가 그냥 가만히 있었겠어! 가서 사정을 하셨겠지. 어떻게든 오빠를 도와달라고 말이야."

"그 사람이 뭘 노울 수가 있어서."

"엄마가 아는 사람이라고는 그 사람밖에 없잖아."

태석은 어머니가 찾아갔다는 말에 답답함을 느꼈다. 징계를 주라고 사주한 사람에게 도와달라고 찾아갔으니 보지 않아도 무슨 일이 있었는지 알 것 같았다.

"그래서?"

"그전까지 사돈어른이라고 불렀는데 갑자기 아줌마라고 부르더라는 거야. 사고 친 아들 간수 잘 하라면서 지선이에게 매달리게 하지 말라고. 하자 있는 사람하고 지선이하고는 결혼시킬 수 없다면서 말이야. 아비 없이 엄마손에만 자란 아이라 사고를 치는 거라고도 했대. 엄마가 오빠를 얼마나 힘들게 키우셨는데 그 사람에게 그런 말까지 들어야 해? 안 그래?"

태석은 자기 때문이라는 생각에 대답을 하지 못했다.

"오빠에게 말을 하지 왜 엄마에게까지 그런 말을 하는지 정말 화가 많이 났어. 당장에 따지고 싶었지만 엄마가 말렸어. 내가 얼마나 성질이 지랄 같은지는 오빠가 잘 알잖아. 내가 나서면 오빠하고 지선이가 완전히 헤어지는 것이라고. 오빠가 알아서 하게 그냥 두라고 말이야. 그런데 나는 오빠가 헤어지면 헤어졌지 그런 말까지 들어야 한다고는 생각하지 않았어. 그러고 나니까 지선이가 미워지더라고. 지선이가 아니라 걔 아빠가 미운 거였는데."

자존심이 강한 미숙이었다. 그런 그녀는 오히려 태석이 헤어지는 게 낫다고 생각했다. 그런 말까지 서슴지 않고 하는 사람이라면 결혼 후에도 태석을 힘들게 할 것이 너무도 뻔해 보였다. 이어주고 싶지 않았고 지선이 아무리 힘들어하더라도 알려주고 싶지 않았다.

"그래서 그랬어. 지선이가 힘들어한다고 하면 오빠도 힘들 것이고 또다시 고개를 숙여야 할지도 모르는데. 난 오빠가 지선이와 완전히 헤어지기를 바랐어. 지선이가 친구이기는 하지만 내 친언니도 친동생도 아니잖아. 나에게는 오빠가 더 소중해."

"이해해볼게. 어서 쉬어라."

"미안해. 난 오빠가 힘들어하지 않게 하려고 그랬던 거야."

"알아, 미숙아. 그런 게 이제 와서 무슨 소용이겠니."

"지선이가 미웠어. 그때는. 정말 정말 미웠어."

"알아."

"그런데 오빠, 지선이가 너무 불쌍해. 그리고 너무 미안해."

"네 잘못이 아니야."

"내가 그때 오빠를 만나게 했다면 이런 일이 안 생겼을지도 모르잖아. 사실 나 오빠하고 지선이가 이번에 만나서 잘되기를 빌었거든. 지선이가 만나고 싶어 하기고 했고."

미숙은 한참을 울었다. 지선이 태석과 헤어진 후 얼마나 불행한 삶을 살았는지 그녀는 알고 있었다. 불행을 알면서도 태석에게는 철저히 숨겼다. 그렇게 하는 게 태석을 지키는 것이라고 생각했지만 지선에게 끔찍한 일이 생기자 모든 게 후회되었다. 그때 그러지 않았더라면, 그때 그렇게 했다면, 늦은 가정은 미숙을 더 슬프게 만들었다.

태석은 미숙이 지쳐 잠이 들 때까지 기다렸다. 그만 가라고 밀어냈지만 태석은 조금만이라는 말로 미루었다. 그런 태석을 알기에 미숙은 잠이 든 척 베개에 고개를 묻고 코를 골았다. 작은 코 고는 소리에 태석은 자리에서 일어났다.

어느새 거리는 새벽이 되어 있었다. 잠은 사무실 당직실에 가서 자기로 했다. 경찰서 앞 편의점에 들러 캔 맥주 두 개와 오징어 다리를 사서 간이 식탁 앞에 앉아 마셨다. 속으로 들어간 맥주가 뜨거웠다. 담배를 꺼내어 물었다. 미숙의 잔소리가 더 이상 효과를 내지 못했다. 담배 연기가 깊이 빨려 들어가 오래 있다가 밖으로 나왔다.

"후……."

*

숨을 쉬기가 답답하다. 물을 먹으면 정신이 들 만도 한데 어느 누구도 나에게 물을 주지 않았다. 정신을 차렸을 때 내가 왜 여기에 있는지도 알 수 없었다. 무서운 악몽을 꾸고 자리에서 일어서려 하는데 발은 움직이지 않았고 허리에 힘도 주어지지 않았다. 이게 무슨 일이죠? 꿈이 아닌가요? 물어도 대답을 해주는 사람은 없었다. 집 침대가 아니었고 자던 방도 아니었다. 여기가 어디죠? 의사가 와서 내 몸을 한참 동안 만지고 갔고 불빛들이 왔다 갔다를 반복하고 나서 정신을 잃어버렸다. 다시 꿈을 꾼 것일까. 꿈속에서 또다시 꿈을 꾼 것만 같았다. 그렇게 다시 깊이 잠들었다가 깨어나면 원래대로 돌아오는 거겠지. 바람은 희망일 뿐이었고 다시 눈을 떠도 난 내 방으로 가지 못했다. 내 몸의 벽 안에 내가 갇혀 빠져나갈 수 없었다. 문이 어디에 있는지도 알 수 없고 창문도 없이 햇볕이 들어오지도 않는 벽에 난 갇혀버렸다. 우산을 쓰고 집 안으로 들어가기 전이었다. 누군가 뒤에서 부르는 것 같아 뒤돌아섰는데 그 후부터 기억이 없다. 남자가 나를 불렀던 것 같은데. 모르는 사람이었을까. 아는 사람이었을까. 그 남자는 그 시간에 왜 나를 만나려고 왔지? 수많은 질문은 머릿속에서 답을 찾으려 돌아다녔다. 처음엔 그랬다. 그러나 기억은 나를 무섭게 만들어버렸다. 나에게 일어난 일들을 기억은 작은 조각 하나씩 던져주며 알려주었다. 남자는 길을 물었던 게 아니고 나를 고통스럽게 만들었다는 것을 알아내었다. 남자가 나를 부르던 손짓이 손이 아니라 은빛의 기다란 쇳덩이였다는 것을 알았을 때 내 몸은 그것을 기억하는지 부르르 떨며 아파왔다. 그것이 살 속으로 들어와 나를 괴롭히던 순간이 몸서리치게 만들었고 병원으로 옮겨진 후에도 그것은 내 몸속에 그대로 박혀 나를 괴롭혔다. 누군가 곁에서 그자가 누구냐고 계속해서 물었다. 처음 보는 사람이에요라고 수십 번을 대답해도 그는 듣지 못하고 계속 묻기만 했다. 수술대 위에 알몸이 되어 올라가 열 시간이 넘는 수술에도 나는 일어나지 못했다. 수술을 받았으면 일어나야 하는데 그러지 못했고 계속 누구냐는 질문만 들려왔다. 나는 지금 가야 할 데가 있는데 내 몸이 왜 이러지? 시간은 그때 이후로 흐르기는 하는 걸까. 시계를 보고 싶어도 눈은 뜨이지 않았고 세상은 귀를 닫아버렸는지 내 질문에 모두 침묵했다. 죽은 사람처럼 얇은 눈꺼풀조차 들어 올릴 수 없었고 오직 숨 쉬는 것만이 내가 할 수 있는 전부였다. 그러나 내가 살아 있는 것은 분명했다. 배가 고팠고 심장은 뛰어 숨을 쉬었다. 물을 먹지 않았지만 소변을 밀어냈고 밥은 냄새조차 맡지 못해도 대변을 보았다. 힘을 주지 않아도 그것은 새어 나왔고 그것을 받아내는 주머니가 옆에 있었다. 처음에 느껴지던 내 배설물의 냄새가 이제는 있는지조차 모르겠다. 누군가 와서 나에게 말을 걸어주고는 내 알몸을 닦았다. 느낌은 없었지만 물기 묻은 수건이 내 몸을 만지고 있다는 것쯤은 알 수 있었다. 부끄럽다고 말해야 하는데 어떻게 하지. 왜 내 허락도 없이 내 옷을 모두 벗기고 닦아내느냐고 물어야 하는데. 내 입술은 더 이상 말을 할 수 있을 만큼 촉촉하지도 붉지도 않았다. 핏기가 빠져버린 마른 입술은 내 입이 아닌 듯했다. 이제 어떻게 해야 해요. 누구에게 물어야 하고 누가 대답을 해줄 수 있는 거야. 다시 끝이 없는 물음이 하루 종일 계속되어도 시간조차 대답을 피해버렸다. 면회가 며칠 만에 이루어졌다. 귀에 익은 목소리는 아빠였고 내 옆에서 울었다. 죽지도 않았는데 죽었다고 생각하는지 그만큼 울었다. 괜찮아요. 아빠. 아빠 잘못이 아닌걸요. 며칠만 있으면 일어날 거예요. 그러니 울지 마요.

8

남자는 계단을 올라 어두운 피시방 안으로 들어섰다. 새벽 공기를 달고 안으로 들어온 남자는 주위를 살피지 않고 곧바로 카운터로 갔다. 남자가 끌고 온 차가운 공기에 놀란 알바생은 서둘러 재떨이에 물을 부어 남자에게 건네었다. 재떨이 바닥에 깔려 있던 티슈가 몸속 깊숙이 물을 빨아들였다. 새벽 시간이라 사람들은 그리 많지 않았지만 담배 연기는 자욱했다. 구석에서 성인 동영상을 보는 사람이 있었고, 게임으로 충혈된 눈이 화면 안으로 빨려 들어갈 것 같은 사람도 있었다. 그들을 피해 남자는 구석으로 가 자리 했다. 부팅이 되는 동안 남자는 담배에 불을 붙였다. 연기가 실 모양을 하고 천장으로 올라가 붉은색 비린내를 풍겨도 아무도 알지 못했다. 마우스를 잡고 클릭을 하자 포털 사이트가 화면을 가득 채웠다. 뉴스를 검색하려던 손이 그대로 멈추었다. 시선은 화면이 아닌 손등으로 향했다. 작은 좁쌀 알갱이들이 붉은색을 하고 손등 위에 가득했다. 붉은 물감을 붓으로 뿌려놓은 것처럼 작은 알갱이들은 손등 위에서 달아나듯 속도감을 가지고 있었다. 옆 자리에 떨어진 화장지를 들어 침을 모아 발랐다. 침에 젖은 화장지로 손등을 문지르자 화장지는 금세 붉은색으로 변했다. 코를 대고 냄새를 맡자 붉은 알갱이들이 비릿한 냄새로 전해졌다. 남자의 입 끝이 차갑게 미소를 보였다. 여자는 질기게도 여기까지 따라와 울고 있었다. 여자의 울음도 살려달라는 절규도 남자에게는 소용이 없었다. 아직까지 손등 위에 남아 징징거리다니.

"화장지 드릴까요?"

옆으로 다가온 알바생이 화장지를 건네자 남자는 눈을 마주치지 않고 화장지만 받았다.

"피가 묻었나 봐요. 어디 다치셨어요?"

"피 아니니까 가서 일 봐."

남자는 과한 참견이라는 듯 신경질적으로 대답했다. 알바생은 더 이상 끼어들지 않고 자리로 돌아가며 괜한 친절이었다고 고개를 흔들었다.

'개새끼.'

남자가 고개를 돌려 카운터에 앉아 있는 알바생을 노려보았다. 여긴 사람이 너무 많아. 내가 네 목숨을 연장해준 고마움을 너는 알아야 돼. 남자의 치켜뜬 눈은 말했다.

다시 시선은 재떨이에 들어간 화장지로 향했다. 화장지가 물에 빠져 붉은 피는 다시 물로 스며들었다. 계속 맡을 수만 있다면 붉은 비린내를 더 많이 맡고 싶었다. 조금 전 여자에게서 느꼈던 비린내가 머릿속에서 빠져나가지 않았다. 냄새를 계속 가지고 있을 수는 없을까. 언젠가는 집으로 데려가 하루 종일 냄새를 맡아야겠다.

남자는 포털 사이트에서 사건을 검색하기 시작했다. 뉴스에 들어가기도 하고 검색어에 사문동 여자 살인 사건이라고 집어넣었다. 관련 뉴스 몇 건이 뜨고, 미궁에 빠져 장기화될 것이라는 기사가 오래전에 작성된 것을 보고는 흐뭇했다.

'멍청이들.'

경찰은 모두 멍청이들이고 바보들이었다.

남자가 컴퓨터를 멈추고 밖으로 나가자 알바생이 재떨이를 치우러 왔지만 아무것도 없었다. 담배꽁초도 화장지도 하나 남기지 않고 모두 가져가버렸다. 탁자 위도 말끔히 닦았는지 재 가루 하나 떨어지지 않았다. 알바생은 고개를 갸웃거리며 빈 재떨이를 들고 자리로 돌아갔다.

*

아침 회의 시간이 어떻게 지나갔는지도 모르게 끝나 있었다. 대장이 전하는 말이 하나도 귀에 들어오지 않았다. 외근을 나가겠다고 하고 곧바로 지선의 집으로 향했다. 가는 동안 태석은 혼란스러웠다. 캔 맥주 두 개에 아직도 술이 깨지 않고 취한 것처럼 머릿속에 지선은 빙빙 돌아다녔다. 빗속에서 태석을 보고 있는 것 같았고 부르는데도 빗소리 때문에 듣지 못하고 있는 것 같은 착각이 들었다.

주소를 찍은 내비게이션은 버스 정류장이 있는 큰길에서 순댓집을 돌아 오르막길로 안내를 했다. 차가 들어가기 힘들어 골목 입구에 차를 주차하고 안으로 걸어 들어갔다. 골목 양편으로 오래된 집들이 자리했고 수십 가닥의 전선을 어지럽게 허리에 매고 있는 전봇대는 줄을 지어 골목 안으로 이어졌다. 오래된 골목은 구청으로부터 아무런 도움을 받지 못하는지 바닥 곳곳에 구멍이 뚫리고 가로등도 제대로 설치되어 있지 않았다. 밤에 다시 와보아야 얼마나 어두운 곳인지 정확히 알겠지만 대충 보아도 알 것 같았다. 오르막을 올라 그녀의 집에 도착했을 때 그를 맞이한 것은 먼지가 쌓인 노란색 폴리스 라인이었다. 큰 대문 앞으로만 되어 있고 쪽문은 2층에 드나드는 사람들이 있어 설치해놓지 않았다. 주인집에서 폴리스 라인을 떼어달라고 했지만 경찰은 형사계에서 다시 볼 거라는 말로 미루었다. 2층에 살던 세입자도 그곳에서 더 이상 살기 무섭다면서 이사를 했다. 사건이 전혀 해결될 기미를 보이지 않고 시간이 흐르자 폴리스 라인에도 먼지가 쌓여갔다. 대문은 여전히 굳게 닫혀 있었고 그날 이후로 한 번도 열리지 않은 것처럼 보였다. 골목은 안으로도 이어져 있고 옆으로는 간혹 높은 집이 자리하고 있었다. 목격자가 보았다면 지선의 집 건너편 두세 번째 집 정도가 될 것 같았다.

열쇠를 자물쇠 안으로 밀어 넣자 딸깍 소리를 내며 문이 열렸다. 태석이 연 것이 아니라 지선이 열어준 것 같았다.

"오빠, 어서 와. 집 찾기가 어렵지? 동네가 좀 그래."

문을 열어준 지선이 수줍게 말을 걸었다. 대문을 열고 작은 마당을 지나 현관문을 열자 열 평 정도 되는 지선의 집이 주인 없이 태석을 맞았다. 오래 비워놓아서 그런지 빈집 냄새가 피어나고 있었다. 거실과 부엌은 소박했고 모두 정갈했다. 여기에 지선이가 살았구나. 사물 하나하나가 태석의 눈에 들어와 아프게 했다. 여기서 혼자 10년 가까이 살았구나. 바보처럼 여기서 나를 기다리고 있었니?

"열심히 살려고 했는데 잘 안 되었어. 사는 게 좀 그렇지?"

소박한 살림살이에 지선이 미안해하는 것 같아 더 보기가 미안했다. 그런데 정돈된 모습이 경찰들이 와서 증거가 될 만한 것을 찾아보았어야 하는데 그러지 않은 것 같았다. 단순 강도라고 생각해서 그랬을지도 모른다. 원한 관계에 중점을 두었다면 집 안을 뒤져 단서가 될 만한 물건들을 찾으려 했을 것이다. 부엌을 지나 안방 문을 열었다. 아침 햇볕이 창문으로 들어와 책상을 비추었다. 커튼을 뚫고 들어온 햇볕은 책상 위 액자에 반사되어 눈이 부셨다. 액자 안에서는 지선이 수줍게 웃고 있었다. 바닷가 벤치에 앉아 웃는 모습이 행복해 보였고 그때를 잊지 않으려 그 사진을 넣어놓은 모양이다. 액자 속 그녀의 모습이 태석의 기억에 있었다. 왜 이 사진을? 카메라를 들고 사진을 찍었던 사람이 바로 태석이었고 지선은 그런 태석을 바라보며 미소 지었었다.

"나와 결혼할래? 내가…… 그러니까 내가…… 너를 비추는 햇살이 될게."

"뭐라고? 다시 말해봐. 햇살? 오빠, 방금 햇살이라고 그랬어?"

"아니, 그게 아니고. 에이 몰라. 그냥 결혼하자고!"

"그냥이 어디 있어. 햇살 뭐라고 했잖아. 다시 해봐. 빨리!"

"몰라. 그냥 해봤어."

장난기 많은 지선이 행복을 움켜쥐고 물었었다. 어색했지만 용기를 내어 그렇게 말했던 것 같다. 영화처럼 흉내를 내려 연습을 하던, 수줍게 유치했던 그때다. 다른 사진도 있을 텐데. 책꽂이와 책장을 모두 뒤져보았지만 다른 사진은 전혀 보이지 않았다. 정신병원에서 돌아온 그녀가 태석의 사진을 정리한 것을 그가 알 리 없었다. 일기장이라도 있을까, 태석은 책상 여기저기를 찾아보았다. 사건을 풀 수 있는 작은 단서라도 하나 나오기를 기대하며 서랍을 열어 아래까지 깊이 살폈지만 일기장은 보이지 않았다. 그것마저 지선은 사진과 함께 태워버렸었다. 그러다 뜻밖의 수첩이 나왔다. 그런데 수첩의 가장자리가 불에 그슬려 있었다. 사진과 일기장은 태웠지만 수첩만은 차마 태울 수 없었던 모양이다. 불 속에 들어간 수첩을 지선은 맨손으로 꺼내었다. 그리고 한참을 울었었다.

'산모 수첩?'

설마? 태석은 조심스럽게 첫 장을 폈다. 산모의 이름에 그녀가 아니기를 바랐지만 예감은 틀리지 않았다. 왜 지선의 이름이? 거기에는 출산 예정일이 2001년 10월 19일이라고 적혀 있었다. 태석은 날짜를 다시 한 번 유심히 바라보았다. 출산일이 그때라면 배란일은 그보다 열 달 전일 텐데. 태석이 지선을 뿌리치고 서울로 올라간 것은 2001년 3월이었다. 얼굴이 뜨거웠다. 지선이 자신의 아이를 임신하고 있었다는 사실에 소름이 돋으며 식은땀이 났다. 그럴 리가 없는데. 수첩을 잡고 있는 손까지 떨려왔다. 뒤로 넘기자 검은색에 회색 무늬가 들어간 초음파 사진이 정성스럽게 풀칠을 해 접혀 있었다. 콩알만 한 원 안에 검은 깨알만 한 태아가 숨을 쉬고 있었다. 살아서 심장이 뛰고 있는 모습에 미소를 짓는 지선의 얼굴이 보였다. 뒤로 넘길수록 콩알은 점점 커져 땅콩 알만 해지고 밤알만 해졌다. 아이는 점점 자라고 지선의 미소도 점점 커져가고 있는 게 보였다. 그런데 사진은 밤알에서 멈추어버렸다. 뒷장이 있을 만한데 보이지 않았다. 무슨 일이 있었던 것일까. 마지막 장의 날짜는 4월이었다. 그때쯤 서울에서 지선을 만났었다. 그리고 여자가 생겼다고 말했다. 울고 떠나는 그녀를 잡으려 하지도 않았다. 네 아버지에게 당한 것에 비하면 난 얌전한 거야. 떠나는 그녀 뒤에 대고 태석은 중얼거렸다. 그때 참 치졸했었다고 스스로 인정했다. 그 후부터 없다. 왜 산모 수첩이 멈추어버린 것일까. 태석은 무슨 일이 생긴 건지 알고 싶었다. 의사를 만나봐야겠다. 수첩의 주소를 찾아가보았지만 산부인과는 없었다. 원장을 찾는 데는 시간이 걸렸다. 옛 건물주를 찾아 물었고 다행히 그는 기억을 하고 있었다. 원장은 5년 전에 시내로 자리를 옮겼다. 혼자서 병원 운영이 어렵게 되자 여러 명의 의사들이 함께 모여 개원을 했다.

*

병원을 알아내는 데 시간이 걸려 며칠이 지나서야 찾아갈 수 있었다.

"왜 부인도 없이 오셨죠? 진료를 보실 건가요?"

접수부의 간호사가 물었다. 뭐라고 대답해야 할까. 곧바로 대답이 나오지 않았다.

"아니요. 개인적으로 물어볼 게 있어서요."

"무슨 일이신데요?"

"경찰관입니다."

질문이 끝이 없을 것 같았다. 차라리 경찰관이라고 하고 공무 때문에 왔다고 하는 편이 빨리 만날 수 있을 것 같았다. 자리에 앉아 있는 산모들 얼굴에 행복이 가득해 보였다. 지선도 저렇게 앉아 있었겠지. 저들처럼 행복해했을까? 지선에게 동정이 갔다가 헤어진 아내가 어느새 마음속으로 들어왔다. 그녀와 함께 산부인과를 몇 번이나 왔었던가. 남편과 함께 온 아내들이 서로 시선을 마주치며 아이를 이야기하고 있었다. 태석은 절대로 좋은 아빠도 좋은 남편도 되지 못했었다는 것을 또다시 실감했다.

"하태석 님, 들어가세요. 원장님, 경찰관이라는데요. 물어볼 것이 있다고."

태석이 어색하게 진료실 안으로 들어갔다. 안경을 낀 여의사는 경찰관의 등장에 놀란 표정이었다.

"무슨 일이시죠?"

"죄송합니다. 확인할 게 좀 있어서요."

태석은 지선의 산모 수첩을 꺼내어 의사에게 건네었다. 그녀는 수첩을 받아 살펴보기 시작했다. '예원 산부인과'. 자신이 오래전에 운영하던 병원 이름이다. 기억을 더듬어보라는 태석의 말없는 요구에 의사는 잠시 생각에 잠겼다. 고개를 갸웃거리며 산모의 이름을 기억 속으로 집어넣었다. 다행히 희미하게 그때의 기억이 떠오르기 시작했다. 개원을 하고 얼마 되지 않아 여자가 혼자서 찾아왔다. 여자는 올 때마다 항상 혼자였다. 남편과 같이 오라고 주문을 했지만 여자는 끝내 아이를 잃을 때까지 혼자였다. 여자는 외롭게 아이를 낳는 사연 많은 미혼모 중에 한 명이었다. 하혈을 하고 응급차에 실려 병원에 찾아온 여자를 그녀는 기억하고 있었다. 감당하지 못할 스트레스와 그로 인한 거식증은 산모를 최악으로 몰았다. 제발 아이를 살려달라고 밤새 눈물을 흘리던 여자였다. 태아가 죽었다는 것을 받아들이지 않아 사흘 동안이나 죽은 태아를 배 속에 가지고 수술을 거부했던 여자였기에 의사는 또렷이 기억했다.

죽은 태아가 치명적일 수 있어 의식을 잃은 상태에서 간신히 수술을 할 수 있었다. 원래 몸이 좋지 않아 임신을 해서는 안 되는 여자였다. 설명을 해주는 의사 앞에서 태석은 죄인이었다. 아빠 없이 죽은 아이를 의사는 기억해냈고, 그 아이의 아버지가 바로 앞에 있다는 것쯤은 그녀는 쉽게 알 수 있었다. 자신을 경찰관이라고 소개하기는 했지만 의사는 태석의 어두운 표정에서 그가 아버지임을 짐작했다.

"아이가 언제 죽었나요?"

"마지막 초음파 사진을 찍고 한 달쯤 지나서였을 겁니다."

"5월?"

"5월 첫째 주 정도 될 겁니다. 달력을 보니까 5월 5일 어린이날이네요."

그때는 태석이 아내 수연과 결혼식을 한 날짜였다. 태석이 결혼한 날 지선은 유산을 했다. 얼굴이 달아오르고 가슴이 뜨거워 한동안 말이 나오지 않았다.

"그분은 임신을 해서는 안 되는 사람이었습니다. 본인이 알고 있었을 거예요."

"무슨 말씀이죠?"

"심장이 매우 좋지 않았습니다. 수술을 두 번이나 했던데요. 중고등학교 때."

"수술을요?"

"네, 가슴에 수술 흉터를 보지 못했나요?"

지선은 사랑을 나눌 때 불을 꺼주길 바랐다.

"심장에 무리가 가기 때문에 아이를 가져서는 안 되는 몸이었어요. 산모가 잘못되었을 수도 있는 상태인데 고집을 부렸습니다."

"임신하기 전부터 알고 있었다는 말인가요?"

"네, 산모가 알고 있었는데 아이 낳기를 고집했어요."

지선은 왜 그랬을까.

"그분을 사랑해주십시오. 힘든 시기를 어떻게 극복했는지는 모르지만 지금이라도 알게 되었다면 사랑만이 그때 아픔을 극복하는 길입니다."

태석은 아무런 대답도 하지 못했고 질문도 못 했다. 듣기만 했고 의사의 말은 날카로운 칼이 되어 가슴에 꽂혔다. 죄를 지은 학생이 선생님 앞에서 꾸중을 듣는 것 같았다. 꾸중을 들었으니 반성문을 써야 하는데 어떻게 써야 할지 막막하기만 했다. 제가 어떻게 하면 될까요. 용서받을 수 있을까요. 입안에서 질문은 수없이 맴돌았지만 정작 아무 말도 못 하고 병원을 나왔다. 당신이 아버지였는데 그걸 이제야 알다니 한심하군요, 태석의 뒷모습에 의사의 표정은 말했다. 지선은 왜 그때 말하지 않았을까? 지선이 병실에 누워 울고 있는 모습이 바로 앞에 있는 것만 같았다. 아이를 가지면 안 되는 몸인데 왜 그랬을까. 또 나는 결혼을 왜 그렇게 서둘러야 했을까. 그렇게 생각을 하자 헤어진 아내도 불쌍한 여자였다. 애정이 있었다고 생각했지만 돌이켜보면 그렇지 않았던 것 같다. 태석은 지선을 잊은 것이라고 억지를 썼고 그것은 불행한 결혼 생활이 되고 말았다. 껍데기만 결혼을 하고 사랑이라고 믿어왔으니 어쩌면 이혼은 당연한 거였는지 모른다. 지선도 불쌍한 여자였고 10년 동안 같이 살아준 아내 수연도 마찬가지였다.

*

내가 이렇게 누워 있던 게 얼마였지? 열흘 정도는 넘은 것 같은데. 아닌가, 한 달이던가. 생각도 기억도 그날 이후로 모두 멈추어버렸다. 시간은 숫자가 아닌 공간이 되어 텅 빈 채로 공중에 떠 있다. 어제가 오늘이고 오늘이 내일이 돼버린 빈 공간들의 반복이 내 시간의 전부였고 그것마저도 모두 한 덩어리로 뭉쳐져 뒤죽박죽이 돼버렸다. 간호사가 와서 몸에 주사를 놓고 돌아갔고 의사는 몇 마디 말을 하고 잠시 서 있다 사라졌다. 경찰이라고 했던 사람도 여러 번 내 이름을 불렀다. 나는 계속해서 대답을 하는데 그는 듣지 못하는지 부르기만 했다. 어떻게 해야 내 대답을 들려줄 수 있나요. 모두들 알아듣지 못하는지 내 몸에 주삿바늘만 길게 늘어뜨려놓았다. 그것으로 내 대답을 다 들었다고 여기는지 더 이상 묻지 않았다. 아빠도 말이 없었다. 어떻게 된 것이냐고 내가 아닌 의사에게 묻고 찾아온 형사에게 물었다. 아빠는 나와 대화하는 것을 잊어버린 모양이다. 아빠와 내가 대화를 했던 게 언제였지? 오빠를 만나러 갈 거라는 전화가 마지막이었다. 내가 먼저 한 전화는 아니었지만 그래도 대화를 했었다. 오랜만에 내 목소리가 좋다고 아빠가 좋아했다. 참 오랜만에 들어보는 아빠의 들뜬 목소리였다. 그동안 내가 기분 좋게 받은 전화가 없었으니까. 아빠는 늘 나에게 미안해하는 사람이었다. 아빠 잘못도 아닌데 아빠 잘못이라고 울었다. 아빠는 어디서부터 잘못한 것이라고 우는 걸까. 울어서 내가 일어나는 것도 아닌데 칠순이 넘은 노인네가 처량하게도 운다. 울지 않으려고 했는데. 내가 원망하는 아빠 때문에 난 울지 않아야 하는데 나도 울었다. 어릴 적 아빠 볼에 대고 비볐던 것처럼 난 아빠에게 기대어 울었다. 아빠 나 때문에 울지 말아요. 아빠가 잘못한 게 아니잖아요. 왜 내 목소리를 듣지 못해요. 왜 손을 들어 아빠를 만질 수 없죠? 아무도 대답을 해주지 않아요. 무서워요. 영원히 내 안에 갇혀 빠져나가지 못하는 것은 아니겠죠? 내 대답을 듣지 못했지만 아빠는 몸에 갇혀버린 나를 받아들였다. 의사가 말을 했던 모양이다. 이런 나를 받아들이는 데 아빠는 나보다 며칠이 더 걸렸다. 난 어쩌면 전부터 혼자였듯이 혼자가 두렵지 않았는지도 모른다. 다만 나를 바라보는 아빠가 두려웠다. 돈도 없을 텐데 무슨 돈으로 나를 병간호하겠다고 오시는 건지. 나 때문에 밥도 못 드시는 것 같은데. 그러지 마세요. 아빠. 매일 오지 않으셔도 돼요. 여전히 아빠는 대답이 없다.

태석 오빠의 목소리다. 오빠가 온 거야. 바로 내 앞에. 오빠의 음성이 잠든 나를 깨웠다. 내가 보러 가려고 했는데 오빠가 왔다. 죽었던 세포들이 아우성을 치며 일어나보라고 나를 간질였다. 고맙게도 아직 내 몸은 오빠를 기억하고 있었다. 어떻게 하지. 화장이라도 해야 할 텐데. 예쁘게 보여야 하는데. 너무 오래 잠들어 있어서 얼굴이 부어 있는 건 아니겠지. 간병인 언니라도 먼저 와서 나를 닦아 주었어야 하는 건데. 오빠가 날 보고 옛날 그대로구나라고 생각해주었으면 좋겠다. 여전히 예쁘고 나이가 들어도 예쁘게 늙었구나라고 해주었으면 좋겠다. 나를 보고 있겠지. 아빠 오빠에게 말을 시켜줘요. 오빠의 목소리를 듣고 싶어요. 나를 물어봐주세요. 변하지 않았냐고. 지금도 여전히 예뻐 보이냐고. 그렇게 보이고 싶어요. 오빠가 왔는데…… 오빠가 왔는데…… 오늘은 잠을 자지 못할 것 같다. 어떻게 잠을 잘 수 있어. 오빠가 왔는데. 내게 시간이 멈춘 것처럼 오빠도 멈추어버려. 여기 그대로 계속 있어줘. 그러면 좋겠어. 그리고 나를 불쌍하게 생각하지 마. 깨어나서 보면 되잖아. 저녁에 오면 내가 화장을 하고 오빠를 기다리고 있을게.

*

"근식아, 술 한잔 하자."

취하지 않고는 잠을 이룰 수 없을 것 같았다. 이른 저녁에 들어간 가게 안은 사람들로 가득 차 있었다. 고기 굽는 연기로 가득 찬 천장은 안개가 낀 듯 뿌옇게 내려앉았다. 대충 구석에 자리를 잡고 앉아 술부터 주문했다. 근식은 아직 도착하지 않았지만 태석은 벌써 두 병을 마셔버렸다. 그러나 조금도 취하지 않았다. 주인은 술이 아닌 맹물만 가져다주는 것 같았다. 그런 맹물에도 취기는 올라왔다. 술은 시간을 돌려 태석 앞에 지선을 데려다주었고 시간이 지날수록 지선은 더 또렷이 태석 앞에 앉아 있었다. 그녀는 울고 있었다. 왜 이제야 나를 찾아온 거냐고, 그동안 왜 한 번도 나를 찾지 않았느냐고 따지듯 눈물을 보였다. 너무 늦은 원망은 한이 되어 눈물은 계속되었다. 미안하다. 미안하다. 아무도 없는 빈 의자에 대고 태석은 쉴 새 없이 중얼거렸다.

"이 새끼, 벌써 두 병을 묵어부렀네. 주량 넘어가버렸구만. 근디 뭔 일이어. 너 혼자서 술 취허는 거 보면 무섭다. 저번에도 그랬잖여."

"그랬냐? 그러니까 빨리 와야지, 인마. 술 좀 따라봐라. 술이 조금도 취하질 않는다."

"눈이 풀렷구만 뭐가 안 취해. 아가, 여그 소주 좀 줘라이. 안주 좋은 놈허고."

근식은 소주를 받아 태석의 잔에 채웠다. 무슨 일이 있는 게 분명했다. 아무 일도 없는데 혼자서 이렇게 술을 먹을 놈이 아니었다. 아무리 센 척해도 여린 태석이었다.

"뭔 일이여. 말을 혀봐. 이 똑똑한 형이 답을 해줄라니까. 너같이 혼자 사는 놈들이 모르는 것을 나는 잘 알고 있는게. 자, 시작해봐."

"……."

"얼른! 야가 또 수줍어허는구만. 여자냐? 여자구만, 여자여. 병원 나온지 얼매나 되었다고. 그려, 곰 같은 놈도 여자는 있어야제. 니가 확 삭아버린 영감도 아닌디."

"……."

"이 새끼 심각한데. 왜 그러냐, 태석아. 너 우냐, 지금? 덩치에 안 어울리게 왜 그려?"

근식은 태석의 상태를 알지 못하고 농담을 걸었지만 대꾸가 없자 그때서야 심각함을 깨달았다. 거기다 충혈된 눈에 눈물까지 보이고 있으니 심상치 않은 일인 것은 분명했다. 태석은 대답 대신 따라준 잔을 곧바로 비웠다. 그렇게 몇 잔을 더 비우고 말은 이어졌다.

"나 지선이 보고 왔다."

"가 때미 그러는 거여? 많이 안 좋다고 허던디. 괜찮디?"

"안 좋다, 많이."

안 좋다는 말을 꺼내는 태석은 힘이 빠져 있었다.

"그런데 너 지선이가 나를 계속 찾았다는 거 알고 있었지?"

"찾았다고 가가 그러디?"

"나 때문에 정신병원에 입원했다는 것도 알고 있었냐?"

"지금 와서 뭐가 문제여. 그냥 옛날 여잔게 잊어불면 되지."

"뭐가 문제가 아니야! 인마! 심장이 터져버릴 것 같은데. 왜 나만 모르고 있었던 거야! 왜 나만! 지선이가 얼마나 힘들어했는지 여기 있는 사람들은 알았을 거 아니냐. 그런데 왜 나에게 말을 안 해준 거야, 왜? 병원에 있었던 것도, 결혼이 불행했던 것도, 왜 모두 나에게 말 안 했냐고? 너 내가 지선이 물어보면 잘 있다고 했잖아. 행복하게 잘 사니까 건들지 마라고. 그랬어, 안 그랬어? 말해봐! 빨리!"

태석의 화에 가게 안 사람들의 시선이 집중되었고, 영문도 모르는 근식을 구석으로 몰고 다그쳤다. 근식 정도는 지선에게 일이 있었다면 알려줄 줄 알았다. 그러나 그 또한 지선에 대하여는 10년 동안이나 침묵을 지켰다. 힘든 말을 꺼내야 하는지 술을 한가득 따라 들이켠 근식은 장난기를 벗고 입을 열었다.

"사실 지선이가 안되긴 안되었다. 너 가고 힘들어한다는 이야기는 몇 번 들었어. 몇 번이나 나를 찾아오기도 했고. 너하고 연락이 되지 않는다고. 어디에 있는지만 알려달라고 하더라고. 꼭 한 번 보고 전할 말이 있다고."

"그런데?"

"알려주지 않았다."

"왜?"

태석은 시비를 걸듯 왜라고 물었다.

"지선이가 오기 전에 니 동생 미숙이가 먼저 찾아왔어. 지선이 이야기를 너에게 하지 말아달라고 부탁하더라. 왜 그랬는지는 알지? 미숙이한테 물어보았겠구만."

"물어봤다."

"그려. 미숙이는 너허고 지선이가 다시 시작하는 것을 반대혔어. 니가 다시 힘들어하는 것을 보기 싫다고 말이여. 이미 넌 서울에서 새 여자도 만나고 있었고."

"만나고 있었지. 결혼도 했고."

"난 그때 미숙이가 옳다고 생각했다. 그런 결정을 하기가 쉽지 않다는 것을 내가 왜 모르것냐. 지선이허고 미숙이는 어릴 적부터 친자매처럼 붙어 댕겼는디. 그런 지선이를 밀어내기로 결정한 것을 보면 맘을 독하게 먹은 것이지. 지선이보다는 니가 우선이었을 것인게. 그래서 그럴 수 없다는 말은 차마 못 허것더라. 내가 잘못했냐?"

"……."

"오래전 일이여. 사고를 당혀서 몸이 좋지 않다고 허는데 나도 맘이 좋지는 않다."

근식은 지선의 이야기는 그만하고 싶었다.

"유산한 것도 알았냐?"

"뭔 소리여, 고것은? 가가 임신을 했었가니 유산을 혀? 그건 몰랐네. 고것을 인자 안 겨? 어떻게? 근디 누구 애기여? 니 애기여?"

"……."

"대답 없는 것 본게 맞구만. 근디 그 영감탱이가 왜 너를 그렇게 헌 것이여? 천벌을 받은 것이제. 니가 허물이 있다고 혀도 도와주는 것이 인지상정이제. 너를 헌옷 버리드기 내버리면 쓰것냐. 썩을 놈의 영감탱이. 내가 오다가다 어쩌다 한 번씩 보기는 허는디 알은체도 안 혀. 현직에 있을 때나 군수지 지금도 군수가니. 안 그려? 긍게 고향서 살도 못허고 다른 데 가 살제."

태석은 여전히 말이 없었고 대답 없는 태석을 놓고 근식은 혼자서 떠들어 대었다. 계속해서 안주도 없이 먹었던 술이 배 속을 채우고 머릿속을 채워가기 시작했다. 양손으로 얼굴을 쓸고 머리를 긁어 올렸다. 술은 더 깊은 감정 속으로 태석을 끌고 들어갔다. 그곳에서 지선은 오래전부터 살아 숨 쉬고 있었다. 없을 거라고 생각했던 그곳에 지선은 한 번도 빠져나간 적 없이 머무르고 있었다. 여전히 숨을 쉬며 기다리고 또 기다리고 있었다는 것을 태석은 이제야 깨달았다. 사랑은 잊히는 게 아니었구나. 잊은 것이라고 믿는 착각도 사랑이었다.

"근식아! 지선이 불쌍해서 어떻게 하냐. 난 아무것도 몰랐다. 지선이가 유산한 날! 그날! 내가 뭐 한지 아냐?"

"뭘 했는데?"

"그날 내가…… 내가 결혼을 했다. 내 애기를 유산한 그날 내가 수연이하고 결혼을 했다고. 내가!"

"고만혀, 인자."

"나를 원망했을 거 아니냐? 자기는 유산까지 하면서 여기서 그렇게 고생을 했는데 나는 결혼하고 애까지 낳고 살고 있었잖아. 아! 미치겠다. 나 어떻게 하냐. 지선이한테 너무 큰 죄를 진 거야. 미안하다. 미안하다, 지선아!"

"고만혀라. 이제 와서 뭐를 어떻게 허것냐? 맘이 안 좋아도 잊어부러야지."

"잊기는 어떻게 잊어!"

"그러면 어떻게 하냐?"

"어떻게든 해야지."

"뭘 해. 니가 할 게 뭐가 있다고. 미안하다고 사과라도 하게? 10년 전에 니네 아부지 때문에 헤어지긴 했는데 미안허다고. 그럴라고?"

"사과해야지. 안 되겠다. 나 지선이한테 가야겠다. 지금 가야겠어. 당장!"

태석은 자리에서 일어나 밖으로 나갔다. 머릿속에 들어간 술은 이성을 망가뜨렸고 흐물거리는 감정에 몸은 맡겨져 있었다. 술에 취한 채로 비틀거리며 차를 찾아 돌아다니기 시작했다. 쓰레기통에 걸려 앞으로 넘어지고 일어나려다 다시 넘어졌다. 그래도 차를 찾아 열쇠 구멍에 간신히 키를 넣어 문을 열고 발을 집어넣었다. 이미 태석에게 이성은 없는 듯했다.

"미쳤네. 술 묵고 어디를 가려고 그려."

"지선이한테 가야 해. 빨리. 나 지선이 보고 싶다. 지선아! 지선아! 오빠가 간다. 미안하다, 지선아. 내가 지금 사과하러 갈게."

"야가 왜 그런데. 미쳤냐? 술에 완전히 가버렸구만."

"지선아! 근식아, 지선이가 나를 부른다. 지금 오라고 부르잖아. 나 가야 해. 놔봐. 나 부르잖아, 지금. 빨리 오라고! 지선아!"

태석은 지선을 찾았다. 술은 태석을 옛날로 돌려보내고 있었고 태석도 돌아가고 싶었다.

"여보세요. 대준아, 언능 와서 느그 형님 좀 말려봐라. 빨리 와라이. 나 혼자는 요런 곰 같은 새끼를 감당을 못 허것다."

근식은 혼자서는 도저히 태석을 제지할 수 없어 대준을 찾아 전화를 했다. 대준은 바로 달려 나왔다. 술에 만취된 태석은 지선을 찾으며 몸을 가누지 못하고 있었다.

"아이고, 우리 형님도 술에 취헐 때가 있네요. 나보고 술 쫌만 먹으라고 허더만."

"그래서 좋냐, 인마."

"좋은 것은 아니고요. 걱정시럽죠. 수술허고 나온 지 얼매 되도 안 혔는디. 몸뚱아리 테스트허는 것도 아니고."

대준은 매일 잔소리만 듣다가 잔소리를 할 수 있는 기회가 된 것 같아 걱정보다는 신이 났다.

"대준아, 광주 가자. 빨리. 지선이한테."

"지선이 누나 말이여요?"

"그려, 인마. 니 마누라 친구 지선이 말이야."

"취했는데 집으로 가야 허는 거 아니여요? 광주는 요롷게 해서 어떻게 갈라고요. 한잔 더하러 가는 것은 몰라도."

"빨리 가자고, 인마!"

"야, 태석아, 너 왜 그려. 술이 취해갖고 병원을 어치게 가냐. 예의가 아닌 거여. 그리고 가는 시방 중환자실에 있담선. 들어가도 못헌당게."

근식이 태석을 말려보지만 소용이 없었고 고집을 꺾는 건 불가능해 보였다.

집으로 데려가려고 했지만 어쩔 수 없이 대준이 차를 몰아 병원으로 향했다. 그런데 정작 차에 올라타서는 말이 사라졌다. 조금 전까지 술에 취해 목소리를 높였던 태석은 온데간데없었다. 태석을 놀리려던 대준은 침묵에 싸인 태석의 분위기에 눌려 아무 말도 하지 못했다. 술에 젖어 충혈되어야 할 태석의 눈은 분노에 찬 듯 뜨겁게 빛나고 있었다. 중환자실은 여전히 교도소 담처럼 굳게 닫혀 있었다. 면회는 이루어질 수 없었고 더구나 술에 취한 사람을 들일 수는 더더욱 없었다. 태석은 대기실 의자에 앉아 유리문 건너 지선을 바라보고 있었다. 가까운 곳에서 숨을 쉬어야 태석의 심장이 그나마 제대로 움직일 수 있을 것 같았다.

'미안하다. 미안하다.'

태석은 쉼 없이 그렇게 말했다. 그의 말이 간절히 지선에게 전달되기를 바랐다. 그리고 범인을 잡아 지선이 받은 고통보다 더 큰 고통을 돌려줄 것이라고 입을 깨물었다. 밤이 깊어도 움직이지 않았다. 근식과 대준은 밖으로 나가 담배를 하나씩 피우고 들어왔다가 태석의 분위기에 눌려 인사도 하지 못하고 다시 밖으로 나왔다. 새벽 공기가 이제 제법 쌀쌀했다.

"인자 태석이 저놈 얼굴 보기 힘들것다."

"왜요, 형님?"

"자 성질에 가만히 있것냐? 지선이 저렇게 만든 놈을 가만두것어? 아직 잽히지도 않고 어떤 놈인지도 모른다는디. 눈에 불을 켜고 찾아다니것지."

"예에."

"우리는 가자. 태석이가 겁나게 아픈 사랑을 허것는디. 저거를 말려야 허는 거여, 그냥 둬야 허는 거여."

"사랑은 원래가 아픈 거여요."

"그러제. 사랑은 아프제. 집에 가서 혼나건는디, 늦게 왔다고. 안주 좋은 놈에다 맥주라도 한 병 사 가야 허까. 우리 마누라 때미 내 맘도 아프다."

9

수진은 새벽 네 시면 일어난다. 그런데 오늘은 30분이 더 지나고 일어나버렸다.

'아이, 이게 뭐야. 늦어버렸잖아. 너 왜 그러냐. 일찍 잠들라고 그랬지.'

잠에서 깨어나며 수진은 자기에게 어리광을 섞어 말했다. 그렇게 하면 잠이 더 빨리 깨는 것 같았다. 자정이 넘은 시간에 잠자리에 들었지만 곧바로 잠이 들지 않아 한 시가 넘어 잠이 들어버렸다. 늦게 일어나면 안 돼를 속으로 여러 번 되새겼지만 피곤한 몸은 생각처럼 따라주지 않았다. 고향에 계시는 부모님 생각에 서둘러 정신을 차리려고 노력했다. 시계를 보자 일어날 시간에서 30분이나 지나 있었다. 부모님에게 조금이라도 도움을 주려 새벽 알바를 시작한 지 한 달이 넘었다. 수능이 끝나고 재수를 하겠다고 했을 때 부모님은 반대하지 않았다. 수진이 한 결정에 응원을 아끼지 않았고 뒷바라지는 걱정하지 말라고 했다. 만만치 않은 재수 비용에 아빠는 걱정이 되었지만 수진에게는 내색하지 않았다. 나주에서 작은 슈퍼를 운영하는 수진의 부모님은 큰길에 생긴 마트 때문에 매출이 작년의 반으로 줄었다. 거기다 길 건너에 편의점까지 생긴다고 하니 걱정이 이만저만이 아니었다. 그래도 공부를 하겠다고 광주로 간다는 것을 만류할 수가 없었다. 부모님의 쉽지 않은 결정에 수진은 눈물을 흘렸고, 아빠는 어깨를 두드려주었다. 아빠와 함께 재수 학원을 알아보고 나서 근처 하숙집을 알아보았지만 가격이 너무 높았다. 아빠는 괜찮다고 했지만 비싼 가격에 수진은 하숙집으로 들어갈 수 없었다. 대신 아는 선배가 있는 곳으로 가겠다고 아빠 손을 잡아끌어 고시원으로 데리고 갔다. 물론 선배가 있다는 것은 아빠를 설득하기 쉽게 지어낸 말이었다. 무작정 찾아 들어간 고시원은 가격이 저렴하면서도 시설이 나쁘지 않아 다행이었다.

"아빠, 괜찮아. 여기 밥도 맛있을 것 같고, 학원은 좀 일찍 일어나서 뛰어가면 돼. 운동도 되고 좋지 뭐. 나 운동도 잘 하지 않는데. 내 다리 튼튼하잖아. 여기 봐."

수진은 아빠에게 장딴지를 보여주며 말했다. 아빠는 그런 딸을 대견해하면서도 걱정이 되어 다시 설득을 했지만 듣지 않았다.

"고시원이 불편하면 곧바로 말해야 해. 돈 걱정 하지 말고. 아빠가 좀 더 일하면 되지. 네 말대로 아빠도 조금 일찍 일어나서 장사하면 돼."

"알았어, 아빠."

고시원 아주머니에게 아빠는 부탁하고 또 부탁했다. 처음으로 부모 곁을 떠나는 딸이 걱정되지 않을 수 없었다. 주인아주머니에게 딸처럼 아껴주겠다는 다짐을 받고서야 아빠는 안심할 수 있었다. 아주머니의 후덕한 인상에 고시원을 나서는 아빠의 발걸음이 조금은 가벼울 수 있을 것 같았다. 돌아가야 하는데 조금 더 있다가 간다는 말을 계속해서 반복했다. 끝내 저녁까지 같이 먹고 나서야 자리에서 일어섰다. 수진이의 손을 잡고 아빠는 아무 말도 하지 못했다. 그냥 눈으로 사랑한다고, 그리고 미안하다고 말했다. 그러면서 구겨진 만 원짜리 몇 장을 꺼내 수진이의 주머니에 넣었다.

"엄마한테는 아빠가 이 돈 줬다고 말하지 마. 알았지?"

"돈 있어. 괜찮아, 아빠."

"적어서 그래?"

"아니야. 알면서."

"그럼 받아. 아빠 손 떨어져. 저녁에 올 때 배고프면 햄버거라도 하나씩 사 먹고 그래."

"알았어, 아빠. 이러면 내가 너무 고맙잖아."

돈에서는 양파 냄새가 났다. 양파 철이라 무안에서 떼어 온 양파를 팔아 모은 아빠의 돈이다. 수진은 그 돈을 쓸 수 없을 것 같았다.

편의점 새벽 아르바이트는 낮 시간보다 보수도 높았다. 더구나 이른 시간이라 찾는 사람도 적어 책을 볼 수도 있었고, 전날 유통이 끝나는 도시락으로 아침도 해결할 수 있어 일석이조였다. 아침 여덟 시까지 일을 하고 아홉 시 1교시가 시작하는 학원으로 가면 되는 거였다. 편의점 때문에 매출이 줄어 부모님이 고생하시는데 자기가 편의점에서 일을 하는 게 우습기도 했다.

서둘러 세수를 하고 머리를 질끈 묶고 가방을 메었다. 30분 때문에 느긋하게 걸어가도 될 거리를 뛰게 생겼다. 고시원을 나오자 새벽 거리는 안개로 축축했다. 자정쯤 잠시 지나간 비는 바닥을 적시지도 못할 만큼 적었고 대신 짙은 안개는 비가 내리듯 사방을 적시었다. 어둠은 사라질 것이 두려워 새벽안개를 꼭 끌어안고 발버둥치고 있었다. 수진은 이런 어둠과 여명이 다투는 새벽 시간을 좋아했다. 재수에 찌들었던 머리에 새벽 공기가 들어가 정화를 하는 것 같았고 아무도 없는 거리를 혼자 걷다 보면 그곳의 주인이 자신인 것만 같았다. 거리에 나오자마자 뛰었다. 아르바이트 시작 시간인 다섯 시가 다 되어가고 있었다. 사장님이 또 졸고 있을지도 모르겠다. 늘 그랬다. 깜짝 놀라게 해줘야지. 사장님도 은근히 장난을 좋아했고 공부와 일 모두 열심히 하는 수진을 예뻐해주었다. 그래서 유통기한이 거의 다되었지만 먹을 수 있는 제품을 수진에게 주었다. 먹어야 공부도 열심히 하고 일도 잘

한다는 사장님의 배려였다. 가게가 가까워지자 뛰던 것을 멈추고 습관적으로 휴대전화를 만지작거렸다. 아빠가 새벽에 공판장으로 장을 보러 가면서 전화를 하는 시간이다. 아빠는 '우리 딸'을 반복하며 잔소리를 해댈 것이다. 그 잔소리가 질리지 않는 아빠의 사랑이라는 것을 수진은 알고 있었다. 수진이도 아빠에게 지지 않고 잔소리를 할 준비를 했다. 전화가 걸려 오지 않자 먼저 전화를 걸었다. 그런데 아빠의 전화기는 신호만 갈 뿐 받지 않았다.

'아빠는 왜 전화를 안 받는 거야. 나한테는 뭐라고 하면서. 아빠, 전화 좀 받아요. 빨리!'

아빠에게 말을 걸어도 대답은 없었다.

남자는 수진이가 고시원에서 나올 때부터 있었다. 뒤를 따라오고 있었지만 수진은 의식하지 못했다. 늘 아침이면 그렇게 운동을 하러 나오는 사람들이 있었다. 그런 사람들 중에 하나일 거라고 생각했다. 그런데 돌아보면 없었다. 그냥 운동하는 사람이겠지. 대수롭지 않게 여겼다. 가게에 거의 다 왔을 때 남자는 수진에게 다가왔다. 달리기를 하며 옆을 지나치는 사람처럼 아무렇지 않게 그랬다. 너무 가까워졌다고 느꼈을 때 뒤를 돌아보았다. 그때 그는 말 대신 은빛 쇳덩이를 수진의 몸에 밀어 넣었다. 왜 그러냐는 말조차 꺼내지 못했다. 쇠는 그가 하는 말인 것 같았고 뭐라고 하는지는 알 수 없었다. 소리가 없었고 움직임만 있었다. 남자의 쇠로 된 말은 멈추지 않고 계속 이어졌다. 수진과 이야기를 하는지 수진의 몸뚱이와 이야기를 하는지도 알 수 없었다. 왜 그러세요라고 수진의 눈은 물었지만 그는 아무 대답을 해 주지 않았다. 계속해서 이어지던 그의 말이 멈추고, 그다음엔 냄새를 맡았다. 가까이 왔다가 다시 떨어져 쇠에 묻어 있는 붉은 것에 코를 대고 벌름거렸다. 냄새를 맡으려고 쇠를 넣은 건지 쇠를 넣어 붉은 것을 보려 한 건지 남자는 말이 없었다. 바닥에 쓰러져 붉은 것을 토해낼 때 그는 옆에 쭈그리고 앉아 주위를 살폈다. 피하고 싶어도 코를 내밀고 킁킁거리며 따라왔다. 숨을 쉬는 것도 힘들었고 쏟아져 나오는 피를 막을 수도 없었다. 모자 아래 있던 그의 눈이 수진을 바라보았다. 눈이 마주쳤을 때 그는 웃고 있었다. 그리고 냄새에 취해 미소를 지었다.

"아, 이제 살 것 같다."

*

태석은 아침이 되어도 움직이지 않았다. 술은 새벽에 이미 깨어 있었다. 근식과 대준은 옆에서 졸다가 돌아갔다. 같이 가자고 졸랐지만 태석은 대답조차 하지 않았다. 그들이 떠나고 나서도 중환자실 앞을 지켰다. 그렇게 해야 마음이 편했다. 집에 간다 해도 잠을 잘 수 없다는 것을 태석은 알고 있었다. 아침에 교대한 간호사들이 그 자리 그대로 날을 새운 태석을 이상한 눈으로 바라보았다. 면회 시간까지는 몇 시간이나 남았는데 어젯밤부터 와 있었다고 간호사들끼리 인수인계를 했다. 저 사람이 여자를 버리고 간 사람이군요라고 수군대는 것 같았다. 아이를 죽인 사람이고 정신병원까지 보낸 사람이 저 사람이래. 얼굴이 뜨거웠다. 보이는 모든 사람들이 자신을 비웃고 있는 것 같은 착각에 고개조차 들 수 없었다. 지선이 남겨준 숙제를 해야겠다. 그것이 지선에게 할 수 있는 유일한 반성이라는 생각이 들자 앉아 있을 수 없었다. 놈을 잡아 갈기갈기 찢어 부숴버려야지. 태석은 결심을 한 듯 자리에서 일어났다. 죄인에서 화난 짐승으로 바뀐 그의 눈빛은 당장이라도 목덜미를 잡아 뜯을 듯 이글거렸다.

사무실은 평상시와 조금도 다를 바 없었지만 태석만 긴장한 모습이었다. 아침 회의에 다른 팀장들은 모두 광역수사대장의 사무실에 들어가 있었다.

"좀 늦었네. 어서 와 앉지."

"……네."

뒤늦게 들어간 사무실에 태석은 당장 하려던 말을 집어넣고 앉았다. 대장의 아침 회의가 이어졌지만 태석은 어느 것 하나 귀에 들어오지 않았다. 회의가 끝나고 모두 밖으로 나갔지만 태석은 그대로 있었다.

"무슨 일인가? 표정으로 봐서는 간단한 일은 아닌 것 같은데."

"부탁드릴 말씀이 있습니다."

기다렸다는 듯 말을 꺼내었다.

"뭔데?"

"꼭 들어주셨으면 합니다."

"말을 해야 알지, 이 사람아. 들어봐야 들어줄 수 있을지 없을지 알지."

쉬운 부탁이 아니라는 것을 아는지 태석도 망설였다.

"뜸 들이지 말고 어서 말해봐."

"중부서에서 강도 사건으로 수사를 하고 있는 게 있습니다. 두 달이 넘었는데 아직까지 범인을 잡지 못하고 있습니다. 그 사건을 제가 맡아서 했으면 합니다."

"그게 무슨 말이야? 중부서에서 진행하고 있는 사건을 왜 자네가 해. 거기서 부탁이 들어온 거야? 우리보고 해달라고?"

"그건 아닙니다."

대장은 어떤 사건인지 내용을 잘 알지 못하지만 거절할 뜻을 보였다. 일선 경찰서에서 이미 수사하고 있는 사건을 광역수사대에서 가져와 한다는 것은 있을 수 없는 일이었다. 사건에 대해 보조 정도는 할 수 있었다. 그렇다 하더라도 주가 경찰서가 되고 광역수사대는 보조의 역할이 정석이었다. 거기다 사건을 광역수사대가 가져온다고 해도 서로의 양해가 있어야 한다. 한쪽이 일방적으로 사건을 가져가겠다고 하는 것은 월권으로 보이기 쉽고 절차상 문제가 될 수도 있었다.

"그런데 왜 자네가 하려고 하는 거지?"

"그게 좀……."

"정확히 말을 해야 내가 결정을 할 게 아닌가."

태석은 망설이다가 사실대로 말을 했다. 거짓으로 꾸밀까도 했지만 달리 변명할 수도 없었다.

"피해자가 고향 동생입니다. 중부서에서 하고는 있지만 부녀자 실종 건하고 노인 살인 사건도 같이 하고 있어서 사건에 집중하지 못하는 것 같습니다. 그래서 제가……."

"안 돼!"

대장은 태석의 말이 모두 끝나기도 전에 거절했다. 설명대로라면 들어볼 필요도 없었다.

"그게 이유가 된다고 생각하나. 아는 동생이라고 중부서 사건을 광수대로 가져오다니. 수사를 하루 이틀 한 사람도 아닌데 그런 기본적인 것도 모르나. 절대로 안 될 말이야. 그런 이유라면 더더욱 안 되지. 보면 쉽게 생각되지 않나? 광수대가 사건 못하니까 중부서에서 사건 가져가겠다고 하면 어떨 것 같아. 자네 같으면 어서 가져가세요, 하겠나?"

"그런 건 아니지만……."

"개인적 관계로 사건을 하기 시작하면 원칙은 왜 있고 관할은 왜 있나? 아는 경찰관들만 찾아가서 수사하면 되지. 말도 안 되는 소리네."

"대장님, 그러니까 부탁드리는 것 아닙니까. 수사에 진전이 없습니다. 이미 포기한 것 같다는 말입니다. 제가 하겠습니다."

"정말로 포기하면 그때 해! 중부서에서 두 손을 들고 하지 못하겠다고 가져가라고 하면 그때 가져다가 하란 말이야."

"가져오겠습니다."

"안 돼!"

"중부서에서 계속 사건을 했다가는 미제로 남을 게 뻔합니다."

"거기서 구워 먹든 삶아 먹든 그대로 둬. 왜 자네가 껴들려고 그래. 그 여자가 애인이라도 돼?"

"……아닙니다."

나 때문에 불행해진 여자입니다라고는 차마 말하지 못했다.

"대장님, 한 번 더 고려해주십시오."

"자네가 하는 행동은 중부서를 무시하는 거야. 아마 중부서에서 상당한 수사를 했겠지만 아직 성과가 없을 수도 있어. 그리고 그 정도 사안이라면 중부서 서장님도 관심이 대단할 건데, 아는 동생의 사건이라고 그걸 우리가 가지고 와? 자네가 생각해도 우습지 않나. 그리고 우리가 달란다고 줄 것도 아니지. 중부서 직원들이 안다면 광수대가 주제도 모르고 설친다고 욕을 얻어먹기 딱 좋아. 자네가 고향 동생 일이라서 신경이 쓰이는 것은 내 이해는 하겠지만, 그건 아니네. 오히려 언론에 좋은 먹잇감만 줄 수 있어. 광수대와 중부서가 같은 사건으로 힘겨루기를 하고 있다고 말이야."

"……"

"그렇게 알고 나가보게. 아직 술이 덜 깬 것 같은데 깨면 생각이 달라질 거야."

술에서 깨어나지 못해서 그런 것일까. 태석은 더 이상 뭐라고 할 수가 없었다. 감정에 너무 치우쳐 있었던 게 맞았다. 왜 대장의 말을 듣기 전까지는 그게 보이지 않았을까. 조금만 생각해보면 되는 것인데. 그러나 가슴이 답답해지고 속이 뜨거워지는 것은 어떻게 해야 할지 몰랐다. 심호흡을 여러 번 하고도 마음은 달래지지 않았다. 밖으로 나와 담배를 물었다. 다시 피우기 시작한 담배는 속으로 들어가도 태석을 달래기보다 더 답답하게 만들고 빠져나갔다.

"팀장님, 무슨 일이에요? 대장님 목소리가 크시던데."

"아니야, 아무것도."

"어제 잠 못 잤어요? 피곤해 보이는데. 이거 한 잔 드세요."

막내인 종현이 태석을 걱정하며 커피를 건넸다. 다른 팀원들도 모두 걱정스런 눈으로 바라보았다. 설명을 할까 하다 그만두었다. 개인적인 사건에 끼어들게 하고 싶지 않았다.

"오늘 별일 없어. 나가서 일들 봐. 정보원들 만나서 첩보 수집 좀 많이 하고 죄명 상관없이 입수해서 제출하라고. 큰 사건이 아니어도 좋으니까."

"예."

아침 조회를 대충 끝냈다. 통상적인 말로 마무리를 하고 직원들을 밖으로 내보냈다. 그리고 서둘러 밖으로 나섰다. 사건을 가져오는 것은 힘들어졌지만 개인적으로 알아보는 것은 문제 될 것이 없었다.

"팀장님, 어디를 그렇게 서둘러 가시려고요?"

"일 좀 보러."

"그게 아닌데요. 중부서에서 무슨 일 있었죠?"

눈치 빠른 종현이 태석에게 다가와 의심스런 눈빛으로 물었다. 대장의 목소리가 높아진 것도 중부서 강도 사건 때문이라는 것을 아는 눈치였다.

"어제 하루 종일 나가서서 어디에 계셨던 거예요? 일반 첩보 활동 간 것 같지는 않고, 저번에 물어본 중부서 일인 것 같은데 저도 좀 알려주시면 안 돼요?"

"안 돼."

"왜요? 팀장님 가족이라면서요?"

"무슨 말이야?"

차로 걸어가던 태석이 돌아서 물었다. 종현은 이미 중부서 일을 알고 있었다.

"동기가 중부서에 있어요. 팀장님이 물어보기에 혹시 아는 거 있냐고 물었더니 거기 강력팀장하고 싸우셨다면서요."

"네가 끼어들 일 아니야. 개인적인 일이니까."

"제가 그래도 광주에서 10년 넘게 일했는데요. 직원들도 정보원도 제가 더 많이 알지 않을까요? 도움이 되었으면 되었지 피해는 안 드릴게요. 중부서에 있는 그 사건, 팀장님이 가져오면 우리 사건이 되는 건데 제가 대충이라도 알고는 있어야죠. 안 그래요?"

종현은 능청맞게 태석을 도와주겠다고 나섰다. 녀석의 말대로 사건을 가져온다면 도움이 필요했다.

"너, 하고 있는 사건 없어?"

"바쁜 건 없어요. 있으면 팀장님에게 보고했죠."

"넌 그냥 옆에만 있어. 사적인 일이니까 끼어들 생각 하지 말고."

"예, 알겠습니다. 밥만 맛있는 거 사주세요."

태석은 녀석의 능청을 이기지 못하고 옆자리에 태웠다.

*

차는 시내로 들어가 지선의 가게로 향했다. 옆에 탄 종현은 묻지 않고 태석이 말을 해줄 때까지 기다렸다. 그러나 태석은 한마디도 하지 않고 운전만 할 뿐이었다.

"팀장님, 이야기를 해주셔야 하지 않을까요. 이렇게 옆에 탔는데요. 사건을 같이 하게 된 것 아닌가요?"

"그냥 옆에만 있으라고 했지."

"아니, 그래도……."

"내릴래?"

"아니요."

종현은 간결한 대답으로 태석의 말을 따랐다. 더 묻고 싶었지만 태석의 짧

124

고 무거운 답변에 더 이상 말을 잇지 못하고 창밖만 바라보며 눈치를 살폈다.

사건이 있었던 그날 가게에서부터 확인을 해야 할 것 같았다. 버스가 다니는 큰 도로를 돌아 골목으로 들어갔다. 차를 도로변에 주차하고 걸어서 상가 골목으로 들어섰다. 도로 좌우로 가게들이 즐비하게 늘어서 있었다. 구도심으로 변한 쇼핑가는 예전만 못했다. 상권이 신도시로 이전해 가면서 인구의 중심도 그쪽으로 이동하고 있었다. 가게들 몇은 문을 닫은 채로 '임대'라는 종이가 붙어 있었고, 그것조차 붙어 있지 않고 텅 비어버린 가게도 있었다. 오전이라서 그런지 지나는 사람도 드물었다. 안쪽으로 좀 더 들어가자 왼쪽에 '루비앙'이라고 쓰인 간판이 눈에 들어왔다. 가게는 주인을 잃어 문을 굳게 닫고 있었다. 쇼윈도에는 지선이 옷을 입혀놓은 마네킹이 말없이 지나는 사람들을 쳐다보고 있었고 치우지 않은 전단지가 닫힌 문 앞에 쌓여 있었다. 지선에게 찾아온 불행을 그것들이 알 리 없었다.

"옆 가게를 운영하던 최지선 씨를 알고 있나요?"

"지선 언니요?"

아동복을 정리하던 여자가 의문을 달고 대답했다. 언니라는 호칭이 가까운 사이였던 게 느껴지기는 했지만 표정과 말투는 그렇지 않을 것 같았다.

"아직도 안 잡혔어요?"

"……네."

대번에 경찰임을 알고 따지듯이 물었고 태석은 쉽게 대답해주지 못했다.

"마지막 본 날 설명을 좀 해주실래요?"

"몇 번을 말해요. 파출소에서도 오셔서 물어보고 경찰서에서도 물어보고. 도대체 얼마나 더 설명을 해야 돼요. 저는 늘 일찍 문을 닫으니까 그날 언니가 언제 갔는지 모른다고요."

"그래도 한 번만 더 설명을 해주시죠."

여자는 반복되는 질문에 짜증이 난다는 듯 고개를 돌렸다. 잡지도 못하면서 설명만 몇 번째냐고 말투는 따가웠다. 그러나 짜증이 날 것을 무릅쓰고라도 태석은 한 번 더 부탁했다.

"항상 저보다 늦게 들어가니까. 물어보면 늘 열 시쯤에 들어간다고 하더라고요. 그런데 그날은 더 늦게 들어갔나 봐요."

"그건 어떻게 아셨죠? 늦게 들어갔다는 것을."

"버스 정류장 가는 길에 청바지 가게가 있어요. 사건이 나고 거기서 들었죠."

"낮에는 만난 적 없나요?"

"그날 낮에 점심으로 김치찌개를 시켜서 같이 먹었어요. 저희 가게에서."

"특별한 점은?"

"없었어요. 그런데 두 달도 더 넘었는데 아직도 안 끝났어요? 무서워서 집에 가기도 힘들어요. 남편이 데리러 오지 않으면 늦게까지 문도 못 열어요. 계속해서 묻기만 하고 잡았다는 말은 들리지도 않고."

여자는 경찰에게 피로를 느껴 항의하듯 말했다.

"혹시 설명하지 못한 부분이 있으면 이 번호로 전화 주세요. 광역수사대 하태석 팀장입니다."

"광역수사대는 뭐 하는 데예요?"

"거기도 수사하는 데예요."

명함을 받아 든 여자는 광역수사대라는 말에 고개를 갸웃거렸다. 고맙다는 인사를 남기고, 늦게 들어가는 것을 보았다는 청바지 가게로 향했다.

"여기 거리에서 언니를 마지막 본 게 저희일걸요. 저기 앞에 정류장에서 버스를 타고 들어가거든요. 그날 막차 타고 갔을 거예요."

청바지 가게를 운영하는 젊은 부부는 옷 정리를 하면서 태석의 질문에 대답했다. 조금 전 가게보다는 친절하게 상대해주었다.

"그 누나하고 저희는 가끔 술을 먹기도 했는데. 누나가 먼저 가게 문을 닫고 저희 가게로 왔죠. 그러면 저희가 문을 닫고, 요 옆에 야식집이 있는데 거기 가서 한 잔씩 했으니까요. 그날요? 늦게 지나갔어요. 짐을 정리하느라고 늦었다고. 그리고 다음 날 문병을 간다고 했어요. 아는 오빠가 병원에 있다고. 그래서 문을 늦게 열 거라고도 했고요. 저희는 그래서 문이 닫혀 있는지 알았어요. 오후에 간식으로 고구마를 삶아서 집사람이 가지고 갔는데 그때도 문이 닫혀 있었어요. 그렇지, 여보?"

"예, 제가 오후에는 한 번씩 언니 가게로 놀러 가거든요. 비가 왔으면 가지 않을 수도 있는데 그날 아침부터 비가 그쳤잖아요. 그래서 오후 세 시쯤에 고구마를 가지고 갔는데 닫혀 있어서 좀 더 늦는가 보다 했죠. 그렇게 늦게까지 문을 닫아놓은 적이 없었거든요. 그러다가 얼마 안 있어서 경찰관들이 찾아왔어요. 언니가 강도를 당했다면서. 얼마나 깜짝 놀랐는지. 언니가 그날 얼굴이 되게 좋았거든요. 좋은 일이 있는 것처럼."

"좋은 일요?"

"예. 문병을 간다는 거예요. 느낌에는 그냥 아는 오빠는 아닌 것 같았어요. 애인이라고 해야 할까. 아무튼 좋아하는 사람 문병인 것 같았어요."

태석은 잠시 말을 멈추었다. 부부의 말에 지선이 가게 앞을 지나고 있는 것 같았다. 나를 보러 오는 게 행복이었구나. 다시 심장이 뜨거워졌다.

"언니가 남자 말은 한 번도 한 적이 없어요. 이혼했다는 말도 언니가 한 게 아니고 소문으로만 들었어요. 쫓아다니는 남자라고 하기는 좀 그런데 집 앞에 가끔 나타나는 사람이 있었대요. 이웃인데. 그거 얘기했더니 저번 경찰관 아저씨는 알던데요. 교통사고로 죽었다고. 그 사람이 신고도 했다던데. 그 사람은 아니죠? 척을 질 만한 사람도 없어요. 언니가 몸이 좀 허약하기는 한데 부지런하고 인간관계도 좋으니까요. 또 가게에만 거의 있었으니까 사람 만나기도 힘들고. 빚이 많다고는 했어요. 아버지가 진 게 많은데 그거 갚아야 하니까 더 열심히 해야 한다고요. 그런데 빚도 사채는 아니고 은행이라서 해코지할 것도 아닌데. 손님, 뭐 찾으세요?"

더 묻고 싶었지만 손님들이 밀려들어오는 바람에 가게를 나와야 했다. 사건과 관련해서 얻을 만한 정보는 없었다. 다만 지선의 일상적인 생활을 아는 것으로 만족해야 했다. 그보다 그날 얼굴이 좋았다는 말이 귓속에서 계속해서 맴돌았다. 당분간은 그 말이 태석을 괴롭힐 것은 분명해 보였다.

"병원을 찾아봐야죠? 애인일 것 같다는 그 사람, 어디서 찾죠?"

두 달 전에 병원에 있었고 최근에 중부서 사건에 대해서 물었던 태석이다. 그리고 그것 때문에 대장과 말다툼을 하던 것까지 본다면 태석이 틀림없었다. 눈치를 챘으면서도 속을 떠보려 종현은 태석에게 물었다.

"버스를 보자. 마지막 버스라니까 찾기는 쉬울 거야."

"병원은요?"

태석은 여전히 침묵이었다. 정류장에 서서 버스 시간표와 노선을 확인하면서도 태석은 병원에 대한 말이 없었다. 침묵이 대답인 듯했다. 차는 운수회사로 향했다.

"팀장님이죠? 애인일지도 모르는 사람."

"옆에만 있으라고 했지."

"좋아하던 사이였어요?"

"……."

"그것만 알려줘요. 다른 건 안 물어볼게요."

태석은 대답하지 않았다. 그것으로 설명은 될 것 같았다. 그러나 종현에게 무작정 옆에만 있으라고 하는 것도 무리가 있었다. 속에 있는 이야기가 밖으로 나오는 데 시간이 걸렸다.

"결혼까지 생각했었던 여잔데 헤어졌다. 왜 헤어졌는지까지는 설명하기 그렇고. 10년도 더 되었어. 내가 병원에 있다는 말을 듣고 문병을 오려고 했었던 모양인데. 그날 가게를 나와 집에 가다가 어떤 놈한테 해코지를 당했어. 지금 입원해 있는데 많이 안 좋다. 중부서는 수사를 하고 있다고는 하는

데 성과가 없고. 실종 건으로 성과 내고 이거는 미제로 묻으려 하는 것 같다. 그래서 내가 하려고."

짧은 설명이지만 종현은 숙연해졌다. 태석이 사건에 끼어들 만한 이유가 충분했다. 그러나 심정은 이해를 하지만 지금 하고 있는 수사는 분명 문제가 되었다. 종현은 아침에 있었던 대장의 표정으로 태석을 쳐다보았다.

"팀장님, 그런데 냉정히 말해서요, 이해는 하지만 이건 분명히 중부서 사건인데요. 우리가 무슨 근거로 사건에 매달리죠? 그리고 원칙적으로 개인적인 관계로 사건에 개입해선 안 된다는 건 잘 아시잖아요."

"너도 대장이냐?"

"중부서 직원들도 알고 있어요? 팀장님이 사건을 캐고 다니는 거요."

"알게 되겠지."

"어떻게 하시려고요. 가만히 안 있을 텐데요."

"몰라."

"대책도 없어요?"

"부딪히다 보면 같이 하자고 할지도 모르고 나한테 넘길지도 모르고."

"일부러 알라고 하는 것 같은데요."

"그럴지도."

"맞는군요. 팀장님, 일부러 연락처도 주고 광수대서 왔다는 말도 한 거네요. 알라고. 중부서에서 시비를 걸어서 일을 만들려고 하는 거죠? 맞죠? 어떻게 하려고 그래요. 미치겠네. 몰래 하는 게 아니잖아요, 그러면."

"지금이라도 차에서 내리든지."

태석은 중부서에서 딴지를 걸어주기를 바랐다. 이미 중부서에서 서류를 보았기 때문에 군이 확인하지 않아도 되었을 가게를 찾아가 소속과 연락처까지 알려주었다. 중부서에서 태석을 알아내는 것은 시간문제였다. 문제가 되면 부딪히게 될 것이고 부딪히면 사건을 광역수사대에서 할 여지가 생길 수도 있었다. 그때까지 태석은 중부서보다 더 많은 정보를 찾아내 수사 주체를 광역수사대로 돌리려 하고 있었다.

"많이 좋아하셨어요?"

"왜?"

"많이 좋아하셨으면…… 해야죠."

"실없는 놈."

"당연히 해야죠. 휴직을 내고라도. 저도 그런 애인 있었으면 좋겠네요. 시집가서 잘만 살고 있는데."

"헤어진 애인이 있었으면 좋겠다는 말이냐?"

"아니요. 문병을 와줄 그런 애인요."

"지금은 애인 없냐?"

"있었는데 헤어졌어요. 지금 만나는 애는 결혼할 애인이라고 하기는 좀 그렇고. 아직은 그냥 만나는 정도예요."

"누군데?"

"있어요. 그런데 저도 팀장님처럼 했을까요? 전 자신 없는데. 그냥 알아보는 정도로 끝났을 것 같고, 팀장님처럼 달려들지는 못했을 것 같아요."

"내가 좋아했기 때문에 하는 게 아니야."

"그럼요?"

"불쌍해서 하는 거지. 나 때문에 불행해진 것 같아서. 난 내가 불행해진 줄로만 알았는데 그게 아니었다."

태석의 목소리가 작아졌다. 그리고 침묵이 이어졌다. 지선에 대하여 말을 많이 하는 것도 죄 같았다. 혹시 문병을 오기로 하지 않았다면 퇴근이 빨랐을 수도 있었고 아니면 청바지 부부와 야식을 같이 먹었을지도 모른다. 그러면 상황이 달라지지 않았을까. 그 시간만 피했다면 범인과 만나지 않았을 수도 있다는 생각에 태석의 마음은 더 무거워졌다.

"블랙박스 영상이 있나요?"

"경찰서에서 이미 카피를 해 갔는데요."

"저희는 광역수사대에서 나왔습니다. 아직 중부서로부터 확인을 못 해서 그런데 한번 볼 수 있을까요?"

운수 회사 직원은 이상하게 생각하다 광역수사대에서 왔다는 말에 컴퓨터를 열어 블랙박스를 확인시켜주었다. 블랙박스는 정면과 내부 그리고 측면을 보여주는 세 곳으로 나뉘어 있었다. 검색창을 열어 날짜와 시간을 맞추고 플레이 버튼을 눌렀다. 시내버스 창문에는 빗물이 떨어지고 있었다. 빗물 때문에 앞은 보기 힘들었고 먼 거리는 가까이 가서야 구분이 되었다. 버스가 정류장으로 23시 50분경에 들어서고 혼자서 버스를 기다리던 지선이 차에 올랐다. 10년 만에 보는 온전한 지선의 모습이다. 이렇게 변해 있었구나. 지선은 운전석 옆 좌석에 앉아 창밖을 바라보다 운전자와 대화를 이어갔다. 버스에 손님은 없었다. 비가 와서 그런지 버스는 빈 채로 도로를 달렸다.

30분쯤 달려 지선의 집이 있는 사문동에 멈추고 앞문을 열어 지선이 내리게 해주었다. 문을 열지 마. 그냥 그대로 여기를 지나가. 태석은 기사에게 가망 없는 명령을 했다. 지선이 내려 우산을 펴는 동안 버스는 출발해 다시 도로를 달렸다. 그런데 버스 운전기사가 고개를 돌려 한참 동안 뒤를 바라보았다. 백미러로 지선을 관찰하듯 쳐다보다가 완전히 사라진 후에야 앞을 보며 운전을 했다.

"그 기사, 조사만 세 번 받았어요."

"예?"

"블랙박스만 봐서는 이상하게도 보이죠. 계속해서 쳐다보니까. 근데 그럴 수 있잖아요. 밤늦게 여자가 가니까. 거기다 여자분이 미인이라고 하더라고요. 영상을 봐도 미인이잖아요."

직원은 태석이 이상한 눈으로 기사를 쳐다보자 그를 두둔했다. 중부서에서도 기사를 의심스러워해 추궁을 했었다. 누가 보더라도 기사의 행동은 어색해 보였다.

"차고지에 늦게 들어왔다면서요?"

"20분 정도 늦었는데 손님이 없어 버스를 갓길에 세워놓고 화장실에 갔다고 하더라고요. 그건 경찰서에서 모두 확인이 되었다고 하던데요. 왜 의심받을 짓을 해가지고는."

"이분 어디 있죠?"

"휴직했어요. 조사 세 번 받더니 스트레스가 심했나 봐요. 다음 달이나 되어야 나올걸요. 경찰에서 말한 것도 제가 말한 게 전부예요. 다른 특별한 것도 없고."

추궁이 심했던 모양이다. 의심받고 있다고 생각되면 죄가 없던 사람도 긴장을 하고 진술도 제대로 하지 못할 수 있다. 그러면 의심은 더 짙어져 더 추궁을 하게 되는데, 기사는 휴직을 해야 할 만큼 힘들었던 모양이다. 태석은 다시 기사의 모습을 유심히 바라보았다. 그는 어디를 보고 있는 것일까. 기사의 시선을 따라 버스 뒤를 바라보았지만 어둠뿐이었다. 거기에 지선이 아닌 다른 누가 있는 것은 아닐까.

10

"팀장님, 잠깐만요."

"왜?"

"서부서에 한번 가보실래요?"

밖에서 통화를 마친 종현이 태석을 불렀다.

"무슨 일 있어?"

"팀장님 사건 때문에 동기들한테 전화했었거든요. 혹시 유사한 게 있나해서."

"그런데?"

"오늘 새벽에 재수생이 칼에 찔렸대요. 길에서."

"길에서? 상태는?"

"죽었어요."

"여자냐?"

"예."

"가자."

여자라는 말에 서둘러 서부서로 향했다. 길에서 여자가 죽는 것은 흔한 사건이 아니다. 정보력이 좋은 종현을 데려오길 잘했다. 두 사건의 공통점이라면 여자, 새벽, 도로, 칼이다. 대상, 시간, 장소, 흉기가 일치한다면 동일범에 의한 연쇄범죄일 가능성이 높아 보였다. 모방범이 아니라면 같은 놈이다. 그런데 왜? 의문은 거기에서 멈춰 더 이상 진전이 없었다.

현장은 이미 감식이 끝나고 정리된 상태였다. 폴리스 라인이 쳐 있기는 했지만 증거를 모두 확인한 후이기에 직원들이 지키고 있을 필요는 없었다. 대신 갓길에 세워진 지구대 순찰차가 주위를 살피고 있었다. 지나던 사람들은 힐끔 곁눈질로 쳐다볼 뿐 무심하게 지나갔다. 새벽에 여학생이 죽었다는 것을 그들은 알고 있을까. 그들에게 여학생의 죽음은 그저 남의 이야기일 뿐, 죽음은 그렇게 하찮은 거였다. 사람들의 관심은 거기에 없었고 죽은 자가 남겨놓은 흔적도 혐오스럽다며 곧 사라질 것이다. 둘은 폴리스 라인 앞에 서서 주위를 살폈다.

"어디서에서 왔어요? 우리 서 직원은 아닌 것 같은데."

순찰차 안에 앉아 있던 지구대 직원이 태석과 종현을 보고 소리쳤다.

"광수대에서 왔습니다. 서부서 직원들은 모두 들어갔나요?"

"예, 오전에 와서 확인하고 돌아갔는데, 광수대는 왜 왔어요?"

"확인할 게 좀 있어서요."

"중부서에서도 왔었는데. 같은 내용이 많이 있나 보죠?"

"중부서 직원들은 언제 왔어요?"

"조금 전에 왔다가 잠깐 보더니 경찰서로 갔습니다."

중부서 직원들도 현장을 확인하고 빠져나간 상태였다. 태석이 느끼고 있는 것을 그들도 느꼈을까. 그렇다면 더더욱 사건을 가져오기는 힘들 것 같았다. 같은 놈이라면 놈의 몸통은 커지고 있는 것이고, 각 서의 형사들이 커진 덩치를 가만히 보고만 있지는 않을 것이다. 형사들에게 큰 사건은 양면의 칼날이다. 잡기만 한다면 특진까지 바라볼 수 있는 기회지만 그러지 못하거나 다른 서에서 검거를 한다면 닭 쫓던 개 신세에 지휘부의 눈총까지 받아야 한다. 밤낮으로 뛰어 수사한 내용을 고스란히 검거 서에 넘겨주어야 하는 형사의 기분을 태석은 잘 알고 있었다. 그러기에 중부서는 사건을 더 내놓지 않을 것이 분명했고, 서부서도 마찬가지일 것이다.

태석은 노란색 폴리스 라인 안의 현장 속으로 들어갔다. 여학생에게서 떨어진 낙하혈흔이 붉은 점의 무늬가 되어 바닥에 길을 내어놓았다. 약 20미터 정도를 놈에게서 도망치려 애썼던 모양이다. 최초 위치에는 제법 많은 피가 뿌려져 있었고 이어서 핏방울은 보도블록 위를 따라가고 있었다. 마지막으로 학생이 쓰러진 곳에는 많은 피가 덩어리지어 말라 있었다.

'잔인한 놈이다.'

혈흔을 분석한 태석은 놈의 잔인함에 소름이 돋아 올랐다. 지선의 경우에는 빗물에 핏자국이 사라져 확인하지 못했지만, 이번 것은 바닥에 그대로 남아 당시의 상황을 그려볼 수 있었다. 주위는 어둡고 거리에 사람은 아무도 없었다. 여학생은 이어폰을 꽂고 앞만 보고 걸었고 뒤에서 놈이 다가오는 것을 발견하지 못했다. 곧이어 흉기에 옆구리를 찔려 바닥에 쓰러졌고 그 자리에서 그대로 일어서지 못했다. 여학생이 많은 피를 흘리고 있자 놈은 더 이상 찌르지 않았다. 이미 움직이지 못할 만큼 치명상을 입혔기 때문에 더 공격하지는 않았다. 오른쪽 옆구리다. 왼손으로 몸을 지탱했고 오른손으로 상처를 잡고 있었다. 바닥에 찍힌 피 묻은 손바닥은 왼손이었다. 그녀는 일어서지 못하고 바닥을 끌며 20미터를 기어서 갔다. 중간에 멈추어 숨을 골라 두세 걸음 간격으로 피가 쏟아졌고 그 위로 몸을 쓸어 기어갔다. 가지 못하고 쉬는 동안 놈과 여학생은 무엇을 했을까. 여학생은 도망치려 했고 놈은 따라가며 공격했다. 마지막 위치에서는 인정사정없이 칼을 집어넣었다. 몸속으로 들어가 피를 잔뜩 묻힌 칼은 허공을 저으며 피를 사방으로 날려 보냈다. 바닥엔 허공에 뱉어놓은 혈흔들이 비산되어 흩어져 있었다. 피를 덮어

쓴 신발이 발자국을 남겨놓았지만 바닥의 문양은 아무것도 없었다. 마치 의도한 것처럼 신발 바닥은 어느 것도 보여주지 않았다. 지선은 잠긴 문에 기대어 더 이상 뒤로 물러나지 못했지만 여학생은 인도 바닥을 기면서 도망치다 끝내 사망하고 말았다. 얼마나 질리도록 무서웠을까. 놈은 여학생의 숨이 끊어질 때까지 지켜보다가 어둠 속으로 사라졌다. 태석은 깊은 숨을 몰아쉬며 진정하려 애썼지만 잘 되지 않았다.

"괜찮으세요?"

숨소리에 놀란 종현이 옆으로 다가왔다. 숨이 원래대로 돌아오는 데는 그리 오래 걸리지 않았다. 더 끔찍한 장소에서 얻은 내성에 태석은 흥분을 조절할 줄 알았다.

"괜찮아. 피해자는 몇 살이야?"

"스무 살이라는데요. 편의점에서 새벽 다섯 시부터 아르바이트를 하고 재수 학원에 다닌대요."

"저기 저건가?"

학생은 편의점을 불과 백 미터도 남기지 않고 쓰러졌다. 차들이 지나는 도로 옆인데도 놈은 장소를 가리지 않았다. 다만 안개가 가득 낀 새벽임을 감안했을 수도 있다. 그 시간에는 차량이 거의 지나지 않았고 가로등도 소등을 하기 시작하는 때였다. CCTV도 버스 노선도 없었다. 놈은 계산을 하고 온 것일까. 편의점은 아무 일 없었다는 듯 50대 아주머니가 보고 있었다.

"여기 사장님 되시나요?"

"경찰이세요? 남편은 경찰서에 들어갔는데요. 저는 아무것도 몰라요. 남편 대신 가게를 보러 나온 거예요."

부인의 목소리는 겁에 질려 있었다. 죽은 사람이 이 편의점에서 일하던 여학생이라는 것이 소름 끼쳐 하는 것 같았다.

"학생이 새벽에만 일을 합니까?"

"저는 잘 몰라요. 점심이 지나서 나오니까. 일을 하던 아르바이트생이 새벽에 사고로 죽었다고 경찰서에 가봐야 한다고 해서 일찍 챙겨서 나왔죠. 저는 그 학생을 한 번도 본 적이 없어요. 문 닫고 쉬고 싶은데 편의점이라 그렇게 하지도 못하고."

여자는 점심부터 저녁까지만 일을 하고 들어갔기 때문에 아는 것이 없다는 게 맞았다. 새벽에 일을 하고 가는 여학생과는 마주칠 일이 없었다. 알고 있는 여학생이었다면 그 충격은 더 컸을 것이다.

"아르바이트생이 몇 명이나 돼요?"

"세 명이에요. 다섯 시부터 여덟 시까지 그 여학생이 일을 하고, 다시 남편이 그때부터 제가 나오는 오후까지 일을 하죠. 그러면 오후에 남편이 들어가 쉬고 다섯 시에 남자 알바가 오면 저는 집으로 가요. 저녁에는 손님이 많으니까 남편이 오후 여섯 시면 나와요. 아홉 시까지 보고 알바가 오면 내실에서 잠을 좀 자고 밤 한 시부터 일을 하다가 새벽 다섯 시에 교대를 하죠."

"여학생이 남자 친구가 있었거나 알바끼리 만나거나 이런 거 있었어요?"

"남편이 알지도 모르죠. 경찰서에서 다 설명할 거예요."

여자에게는 얻을 것이 없었다.

"그런데 우리가 그 여학생에게 보상을 해주어야 하나요? 우리가 죽인 것도 아닌데…… 가족들이 찾아와 뭐라고 할까 봐 무서워요. 얼마나 달라고 하려나."

가게와는 상관없지만 일을 하러 오다가 죽었으니 위로금 정도는 준비를 해두어야 할 것 같았다. 여학생의 죽음에 가게도 유족도 모두 상처만 남았다. 그 상처를 치료하는 게 돈뿐이라는 것도 씁쓸한 현실이다. 죽음이라는 것이 처음에는 슬픔으로 다가오지만 나중에는 돈이 그것을 대신한다.

*

가게를 나와 서부서로 향했다. 과연 서부서는 수사 방향을 어느 쪽으로 진행할 것인가. 태석은 서부서가 자기와 같은 생각이길 바라며 차를 몰았다.

"벌써 인터넷에 떴는데요. 하여튼 빨라요."

휴대전화로 인터넷 기사를 검색하던 종현이 기사가 올라 있는 것을 발견했다.

"뭐라고 났는데?"

"부모님 부담을 덜어주려 새벽 아르바이트를 하며 재수 학원에 다니던 여학생이 새벽 출근길에 무참히 살해되었다, 범인은 전혀 알 수가 없으며 원한이나 치정 관계에 대하여 집중 수사할 예정이다, 라고 되어 있는데요. 사귀는 애가 있었을까요?"

"그게 다야? 중부서 사건하고 연관성은 안 나와?"

"그건 없는데요."

"그럼 중부서로만 검색을 해봐."

"중부서라…… 없는데요. 경찰서 홍보 건 몇 개하고 실종 건만 있어요."

종현이 한참을 검색해보았지만 끼워 넣은 기사는 있어도 지선에 대한 직접 기사는 없었다. 기자들이 중부서 사건을 모르고 있는 걸까. 아니면 중부서에서 언론을 잘 통제한 걸까. 기자들이 알고 있었다면 유사성을 적어 넣었을 것이 분명한데 어디에도 없었다.

서부서로 들어서는데 입구부터 통제가 되고 있었다. 학생이 죽었다는 자극적인 내용에 기자들이 많이 찾아온 모양이다. 광수대라고 하자 입초에서 고개를 갸웃거리며 왜 광수대지 하는 표정이다. 차를 주차장에 대고 내리려 할 때 중부서 구태만 팀장과 팀원들이 현관에서 나오고 있었다. 지나간 후에 나가도 되지만 태석은 피하고 싶지 않았다. 차에서 내려 구태만 팀장과 시선이 마주치자 간단하게 서로 목례를 하고 옆을 지났다. 서로 말을 섞고 싶지 않다는 표정이고 태석도 굳이 먼저 말을 걸고 싶지는 않았다. 그러나 구 팀장은 참지 못하겠다는 듯 뒤로 돌아섰다.

"광수대가 여기에는 무슨 일이오?"

"아실 텐데요."

왜 여기저기 쑤시고 다니는 거야라고 구 팀장의 말에는 가시가 있었다.

"여기도 가족이 있는 거요? 왜 그렇게 광수대가 접수도 하지 않은 일선 경찰서 사건에 집착을 하는 건지 모르겠네. 사건을 가져가든지 아니면 공조 수사를 하겠다고 하든지."

"그건 마찬가지 아닙니까. 여기가 중부서 관할은 아닐 텐데요. 중부서에서 서부서까지 찾아오는 게 더 이상한 일 아닌가요."

구 팀장이 태석에게 가족이라는 말로 시비를 걸자 태석도 가만히 듣고만 있지 않았다.

"뭐야!"

"그러니까 두 눈 뜨고 수사를 똑바로 하세요. 실종 건에만 매달리지 말고."

"이거야 원, 광수대 무서워서 수사를 하겠나. 실종에 매달리든 강도에 매달리든 왜 당신이 수사 지휘를 하는 건데. 당신이 내 상급자야! 그리고, 사건이 커지니까 욕심이 나나? 저번에 미친놈 잡아서 특진하더니 이번에도 한번 해보겠다는 거야, 뭐야!"

구 팀장은 눈에 거슬리게 나타나는 태석 때문에 속이 꼬여 목소리가 높았다. 그렇다고 기가 죽을 태석이 아니었다.

"우리가 말을 편하게 하는 사이는 아닌 것 같은데 먼저 시작했으니까 나도 편하게 하지. 사건이 커졌다고 하는 것 보니까 다행히 저번 사건과 유사하다는 것에는 내 생각과 공통점이 있네. 그러나 특진이라는 말은 불쾌해. 그 일 때문에 내 동생이 아직도 병원에 있거든. 남의 일이라고 그렇게 쉽게 이야기하는 거 아니야. 모르고 했을 테니까 이번은 내가 한 번 참아드리지. 다음에는 그냥 듣고 있지 않을 거니까. 종현아, 가자."

"야! 엄마!"

구 팀장이 소리쳐 태석을 불렀지만 꾹 참고 그대로 안으로 들어갔다. 말싸움만 길어질 것 같아 돌아보지 않았고 중부서 직원들도 얼굴이 찌그러진 구 팀장을 데리고 차에 올랐다. 구 팀장의 눈은 끝까지 태석의 뒤통수에 있었다. 범인보다 태석이 더 싫은 듯 보였다.

서부서 강력2팀 사무실은 새벽에 일어난 사건으로 분주했고 죄명은 살인으로 접수했다. 그런데 왜 죽였는지 살인의 동기에 대해서는 결론을 내지 못하자 수사를 어디에서부터 시작해야 할지 갈피를 잡기가 어려웠다. 차량 블랙박스 하나 확보하지 못했고 목격자도 찾을 수 없는 답답한 상태였다.

"우리 딸이 정말로 죽었나요? 정말 우리 딸 수진인가요?"

"이미 확인을 하셨잖아요."

"아닐 수 있는 거잖아요. 비슷한 사람일지도 모르고."

"따님 맞아요."

수진의 아빠는 왜 자기가 여기에 있는지조차 이해하지 못하고 있는 것 같았다. 전날까지 통화를 했었는데. 화물차가 고장이 나는 바람에 새벽에 전화를 하지 못한 게 너무 한스러웠다. 전화를 했더라면, 수진이 건 전화를 받았더라면 일이 바뀌었을까. 받지 못한 전화가 살려달라는 딸의 애원인 것 같아 자기 탓이라는 아빠의 목소리에는 짙은 울음이 섞여 있었다.

"보내줘요, 제발. 우리 수진이 보러 가야 해요. 빨리요."

"죄송하지만 간단한 조사만 하고 보내드리겠습니다. 그래야 빨리 장례를 치를 수 있습니다. 저희 사정도 이해를 해주시죠."

"우리 수진이에게 무슨 일이 있다고 조사를 받는 건데요. 왜 그래요. 저 좀 보내줘요."

"죄송합니다."

아빠는 딸의 죽음을 인정하고 싶지 않은 건지 거부하는 건지 정상적인 대화조차 어려웠고, 엄마는 영안실에서 죽은 딸을 달래고 있었다. 부모님 걱정에 하숙집이 아닌 고시원으로 들어가 공부를 하던 어린 딸은 차가운 몸으로 냉장고 안에 들어가 있었다. 그것도 칼에 찔려 몸은 엉망이 돼버렸다. 불쌍한 내 새끼, 엄마가 여기 있다. 엄마가 왔어, 수진아. 손을 잡아도 딸은 일어날 줄 몰랐다. 아침까지 숨을 쉬고 전화를 걸던 딸이었는데. 눈물로 혼절을 해도 딸은 돌아오지 않았다.

"내일 오전에 부검이 들어갈 겁니다. 정확한 사인을 알아야 되니까요."

"그거 하지 않을게요. 왜 그런 걸 해요. 우리 딸이 칼에 찔려 죽었는데 거기다 또 칼을 대요? 말도 안 돼요. 그럴 수는 없어요."

아빠는 부검을 완강히 거부했다. 어찌 아비가 새끼에게 칼을 대는 데 가만히 있을 수 있을까. 차가운 도로에서 칼에 찔려 쓰러진 딸에게 또다시 칼이라니.

"경찰이 지키지도 못했으면서 부검을 하겠다고! 말도 안 되는 소리. 그런 거지 같은 짓거리가 어딨어. 안 돼! 우리 수진이 몸에 손만 대도 내가 가만히 안 있을 거니까 그렇게 알아!"

"정확한 사인을 알아야죠, 어떻게 죽었는지 알아야 수사를 하지요. 놈을 잡아야 하잖아요."

"칼에 찔려 죽었잖아! 물에 빠진 것도 아니고. 사인은 무슨 사인이야. 눈으로 보고도 몰라! 너네는 눈 없어! 눈이 없냐고, 시발!"

담당 팀장까지 나섰지만 부검이라는 말에 흥분한 아버지는 좀처럼 감정이 가라앉지 않았다. 태석도 문 앞에 서서 안으로 들어가지 못했다. 아버지의 감정에 끼어드는 것이 죄라는 생각이 들었다. 가시에 찔린 자식의 손가락만 보아도 마음이 아픈 게 부모인데 부검이라니. 그건 수사가 아니라 폭력이었다. 뜨겁게 젖은 그의 눈에서 지선의 아버지 모습이 보였다. 아버지는, 부모는 다 그런 거였다. 살인을 한 놈이 죄인이 아니라 부모가 죄인이라고. 딸에게 해주지 못한 사랑이 눈물 속에 죽어가고 있었다.

"광수대 3팀장입니다. 재수생 사망에 대해 확인 좀 하고 싶은데요."

"광수대요?"

"중부서에서 두 달 전에 강도상해 사건이 있었는데 이번 건하고 유사한 것 같아서요."

담배를 피우러 나온 서부서 팀장에게 다가갔다. 모르는 사람이 다가오는 것에 경계를 가지다가 직원이라는 말에 경계를 풀었다.

"중부서 사건은 조금 전에 보고를 받았습니다. 중부서에서도 직원들이 나와서 전에 일어난 사건에 대해서 대충 들어보았는데, 유사점이 있기는 하지만 동일범이라고 단정 짓기는 이르지 않나 싶습니다."

서부서 팀장은 조심스럽게 대답했다.

"인터넷 기사가 맞는다면, 가정이기는 하지만 시간과 장소, 흉기도 유사한 것 같던데요. 어떻습니까?"

"벌써 기사가 떴습니까? 정신이 없어서 아직 확인도 해보지 못했는데. 그건 그렇고 팀장님이 말씀하신 대로 유사한 것인지 일치하는 것인지는 좀 더 확인을 해봐야 합니다. 그러려면 부검을 해야 하는데 아버지의 반대가 완강합니다. 검시관들이 중부서 사건과도 비교를 해보았는데 명확히 답변을 하지는 못하더라고요. 정확한 것은 부검을 해봐야 알 것 같다고 하고요."

확인을 하려면 부검이 필요했다. 찔린 깊이와 베어진 길이, 각도, 횟수, 위치 등을 명확히 해야 유사한 건인지 여부도 가려질 것이다.

"여자인데 뭐가 좀 나온 게 있습니까?"

여자라는 표현으로 성폭행에 관련된 내용이 있는지를 물었다.

"정액 반응은 나오지 않았습니다. 옷도 벗겨지지 않았고요. 그보다 아직 구체적인 수사를 시작도 못 했습니다. 현장 확인하고 유족하고 발견자 조사밖에 하지 못했습니다. 나온 것도 없는데 위에서는 계속해서 보고를 해달라고 하고. 아시잖아요. 살인 사건이면 상투적으로 따라붙는 내용요. 원한이나 치정이 있는지도 확인해봐야 하는데 학생이라 있을까 싶기도 해요. 그래도 남자가 없다고 할 수도 없고, 거기다 학생이 재수생이잖아요. 수법도 잔인하고. 그래서 저희는 우선 원한 관계가 아닐까 생각합니다. 그 시간에 여자를 노리고 왔는데 금품도 강간도 목적이 아니라면 원한이죠. 그게 아니라면 그 많은 상처가 설명이 안 돼요. 똘아이라면 모를까. 잠시만요."

팀장은 걸려 온 전화에 답변을 하느라 고개를 돌렸다. 서부서에서는 원한 관계에 대한 수사에 비중을 두고 진행할 거라는 짐작이 들었다.

"제가 현장하고 검시 사진을 한번 봐도 될까요?"

"보여드리는 거야 문제가 없는데, 왜 광수대에서 그러시죠? 거기에서도 이 사건을 하기로 했나요? 중부서 사건 때문에? 동일범이라고 보시는 것 같은데 이번에는 없어진 것은 없어요. 그냥 공격만 했지."

서부서 팀장은 경계의 눈빛으로 태석을 쳐다보았다. 서부서 사건만으로 광역수사대에서 왔을 리 없었다. 태석이 오기 전 중부서 직원들이 다녀간 것이 두 사건 간에 연관이 있다는 사실을 말해주었다.

"아직 저희가 사건을 한다고 나선 것은 아닌데 한번 확인할까 해서입니다."

"중부서 팀장님이 그러던데요. 쉽게 잡힐 놈이 아니라고요. 언론에서 달려들기 전에 잡아야 하는데 어려울 거라고요. 그런데 이렇게 기사가 나가서 어쩌죠? 중부서 것도 물어보는데 대답을 해줘야 하는 건지 우리 것만 해야 하는 건지, 참."

"신경을 쓰고는 있나 보네요. 거기도."

"예?"

"아닙니다. 중부서 팀장이 생각나서."

서부서 팀장이 무슨 말인지 몰라 고개를 갸웃거리다 다시 전화를 받았다.

"잠시만요. 예, 서장님실로 바로 가겠습니다. 팀장님, 직원들에게 말해놓고 갈 테니 검시 사진 확인하세요."

서부서 팀장은 급히 서장실로 올라가며 태석이 검시 사진을 볼 수 있도록 배려해주었다. 최초 신고를 받고 출동했던 직원이 찍어놓은 사진에 여학생은 이미 사망한 후였다. 119 구급차가 출동하기는 했지만 여학생의 죽음만을 확인하고 돌아갔다. 20미터가량을 길게 흘려놓은 피가 바닥에 흥건했다. 여학생은 서서히 죽어갔던 게 분명했다. 놈은 여학생에게 몸속 깊숙이 쇠를 집어넣으며 괴롭혔다. 단번에 죽이지도 않았다. 왜 그랬을까. 찔린 상처인 자상만 스무 곳이 넘었다. 보통 원한 관계에 있는 사람들이 복수를 한다며 상대에게 많은 상처를 남긴다. 그런 경우 반드시 얼굴에도 상처를 남기기 마련이다. 그러나 그러지는 않았다. 놈은 피해자의 얼굴에는 어떠한 상처도 남기지 않았다. 왜 그랬을까. 태석은 답을 찾지 못했다. 없어진 물건도 없다면 금품을 노린 놈도 아니다. 성폭행을 노렸다면 이런 대로에서 그랬을 리도 없다. 있다면 억지로 끌고 가려는 물리적 힘이 작용했을 텐데 그것도 없다. 두 사람 사이에는 어떠한 갈등 관계도 보이지 않았고 일방적이었다. 원한 관계나 치정은 조사를 해야 할 것이지만 스무 살의 여자아이에게 이렇게 잔인하게 살인을 할 이유가 있을까. 그것도 아니라면 제2의 박창기라는 말인가. 사진을 들여다보는 태석의 얼굴은 검게 구겨지고 있었다. 사진을 통해 여학생의 몸에 난 상처와 지선에게 난 상처를 떠올려 비교를 했다. 자상이 난 위치와 각도를 볼 때 같은 놈이다. 놈은 오른손에 흉기를 쥐고 찌르기를 반복했다. 칼은 거꾸로 쥐지 않았고 앞으로 잡았으며, 허리쯤의 높이에서 앞으로 밀거나 옆으로 찔렀다. 지선에게도 여학생에게도 공격을 한 놈은 같은 놈이다. 태석이 내린 결론이었다. 그런데 칼의 크기는 달랐다. 뚫고 들어간 상처의 크기가 차이를 보였다. 전보다 작은 칼이다. 왜 칼을 바꾸었을까. 동일범이라는 사실을 숨기려 했던 것은 아닐까. 그렇다면 머리가 좋은 놈이다.

*

"팀장님, 어때요? 같은 놈이 맞아요?"

"내 생각은 그래."

휴게실에서 동기를 만나고 있던 종현은 태석이 나오는 것을 보고 현관으로 뛰어왔다.

"그럼 놈을 특정할 만하던가요? 동기 놈은 아무것도 없을 거라고 하던데요. 거기가 도로이긴 한데 새벽이라 지나는 차가 없고, 발견한 사람도 새벽에 운동하러 나온 사람이라 목격자 찾는 일도 힘들 거라고요. 거기다 안개가 가득 끼었대요. 전날 비도 왔었고."

"비가 왔었어?"

"예, 조금요."

비가 왔었다는 말에 태석은 잠시 호기심을 보이다 말았다.

"이것도 중부서 건처럼 아무것도 없는 건가요?"

"없다고 봐야지. 그런데 절대 우발적인 범죄가 아니야. 치밀하게 계획된 범죄지."

"서부서는 뭐래요? 중부서는 금품을 노린 강도라고 했잖아요."

"여기는 원한 관계로 생각하는 것 같다."

"그럼 두 사건이 다르잖아요."

"수사관들마다 사건을 분석하는 게 다르니까."

"팀장님은 같다고 보시잖아요."

"그거야 내 생각이지. 그 사람들에게 내 생각대로 수사하라고 할 수는 없는 거잖아. 그만하고 사무실로 가자."

"왜요? 사건 하겠다고 하시려고요?"

"아니야, 인마. 대장이 들어오래서 가는 거야."

"벌써 중부서에서 연락한 것은 아닐까요?"

"그럴지도 모르지."

예감은 적중했다. 사무실로 들어가자 외근을 나갔던 직원들이 들어와 있었고, 대장이 찾는다는 말 대신 손가락으로 대장의 사무실을 가리켰다. 이미 대장의 폭풍이 한 번 사무실을 쓸고 갔던 게 분명했다. 대장이 왜 그러는지는 알 것 같았다.

"내가 아침에 한 말을 벌써 잊었나? 하루도 못 가는 거야?"

"죄송합니다."

"죄송한 줄 알면서 그래? 왜 거기에 가서 기웃거리나. 중부서에서 수사 중인 사건을 왜 건드리려 하느냐고."

대장은 지시한 내용을 따르지 않는 태석에게 꼬여 있었다. 벌써 중부서에서 태석이 탐문하고 다닌다는 것을 확인하고 연락이 왔다.

"중부서는 그 사건보다 실종 건에 더 매달리고 있습니다. 빨리 해결할 의지가 없다는 말입니다. 그리고 오늘 서부서에서도 비슷한 사건이 발생했습니다. 제가 볼 때 같은 놈입니다. 놈의 수법으로 보아서 이번이 두 번째가 아닐 겁니다. 이미 여러 번 반복한 놈입니다. 서부서가 세 번째일지도 아니면 네 번째 그 이상일지도 모른단 말입니다. 제가 중부서와 서부서 모두 접수를 하고 다른 범죄가 있었는지도 찾아보겠습니다. 그래서 꼭 잡아내겠습니다."

"서부서 건이 같은 놈이라는 것을 어떻게 장담해? 중부서에서는 유사하기는 하지만 동일범은 아니라는 결론이던데."

"예?"

중부서는 벌써 사건 분석까지 마치고 보고까지 했다는 말인가. 그런데 동일범이 아니라니. 태석은 어떻게 그런 결론이 나온 것이냐는 물음으로 대장을 쳐다보았다.

"흉기가 다르다고 하던데. 맞아?"

"예, 조금의 차이는 있었습니다. 그건 부검을 해봐야 정확히 알 겁니다."

"그건 그렇다 치고, 중부서는 골목이었지만 이것은 차들이 다니는 대로라면서. 두 사건이 거리상으로도 상당한 거리고. 장소적으로도 맞지 않아."

"인적이 드문 곳을 찾은 겁니다."

"다 듣고 얘기해."

대장은 반론을 하려는 태석을 막고 말을 계속 이었다.

"자상의 패턴인데, 그것을 오른손잡이라고 가정한다면 보통 나타나는 패턴이지 완전 일치한다고 보이지 않고. 거기다 금품을 노린 것도 아니라면서. 그렇다면 여자라는 것 외에는 일치하는 게 거의 없는데 어떻게 같을 수 있지?"

"중부서 구태만 팀장에게서 보고를 받은 겁니까?"

대장이 그런 내용을 세세히 알 수는 없는 것이었다.

"누구에게 들었느냐가 중요한 게 아니고, 왜 다른 경찰서 사건에 자꾸 끼어들려고 하는지에 대해서 지적을 하는 거야. 내가 오전에 얘기했을 텐데. 사건에 개입하지 말라고. 왜 열심히 하고 있는 중부서 직원들을 자극하는 거야. 벌써 잊어버렸나? 아니면 일부러 그러는 거야?"

"중부서의 분석은 잘못된 것입니다."

"어떻게 단정 지을 수 있지? 거기는 직접 사건을 하고 있는 곳인데."

"제가 볼 때는……."

"그만해. 잘 되었든 못 되었든 그건 중부서 사정이지 우리 사정이 아니야. 죽이 되든 밥이 되든 거기에서 알아서 해. 우리가 나설 일이 아니라는 거야. 자네의 사정은 알겠지만 중부서나 서부서나 사건 진행하는 것을 지켜보자고. 중부서 형사과장이 자네를 못마땅하게 생각하고 전화 통화하는 내내 잔소리를 들어야 했지만 많이 달래놓았어. 대신 자네 이야기를 충분히 해주 었어. 왜 그렇게 신경을 쓰는지. 그랬더니 충분히 고려하고 사건 처리를 한 다고 했으니까 기다려봐. 그래도 장기 미제로 남을 것이 확실하다면 그때 고 려해보겠네."

대장은 태석을 위해 인심을 썼다는 듯 고마워하라는 표정이었다. 이 정도 로 너를 생각하는데 자꾸 트집을 잡아 늘어지지 말라는 경고이기도 했다.

"그렇게까지 이야기가 나왔다고 한다면 파견 근무라도 보내주십시오."

저는 포기할 수 없습니다라고 태석의 눈은 간절히 말하고 있었다.

"그것도 거기에서 요청이 와야지, 무작정 보내나? 거기에 형사들이 없어 서 사건을 못하는 줄 알아? 자네가 유능하다는 것은 알지만 자네만 해결할 수 있다는 생각도 버려. 내 말 명심하고. 더 이상 그 사건에 대해서는 거론하 지 말게. 나가봐."

"대장님!"

"그리고 송유관을 뚫어 기름을 유통하는 놈에 대해 첩보가 들어와서 이 형사에게 넘겼으니까 그거나 확인해봐. 첩보치고는 상당히 구체적이니까 그거에 신경 쓰라고. 그거 하고 나면 중부서 건은 해결돼 있을 거야."

"대장님!"

"그만하고 나가봐."

사무실을 나올 수밖에 없었다. 지선이 내준 숙제를 언제쯤 할 수 있을까. 깨어나 말이라도 해준다면 좋을 텐데 그녀는 움직이지 않는 나무가 되어버 렸다. 생기 없이 시들어버린 줄기에는 물이 차오르지 않았다. 직원들은 태석 의 눈치를 살폈다. 사무실에는 신경 쓰지 않고 다른 곳에만 정신을 팔고 있 는 그에게 직원들도 불만을 가지고 있었다. 대장이 그런 것처럼 팀원들도 태 석이 더 이상 중부서 사건에 매달리지 않기를 바랐다.

"팀장님, 팀장님."

"……."

"팀장님!"

"어?"

태석보다 두 살 어린 이중호 형사는 광역수사대에서 5년째로 오래된 직원이었다. 정신이 나간 태석은 몇 번을 불러서야 정신이 돌아왔다.

"무슨 생각을 그렇게 하세요? 저희가 도울 일이 있으면 언제든 말씀하세요."

"아니야, 아무 일도."

"종현이한테 들었어요. 중부서 사건 때문에 그런다고요."

"저 새끼……."

책상에 앉아 있던 종현은 모른 척 고개를 돌렸다. 태석의 사정을 직원들에게 말을 한 모양이다. 중호는 그런 태석을 돕고 싶어 먼저 말을 건넸다.

"거기 구태만 팀장을 제가 잘 알아요. 일 하나는 진짜 열성적으로 하기는 하지만 적이 많습니다."

"그게 무슨 말이야?"

"욕심이 많다는 뜻입니다. 사건 욕심도 많고 진급에 대한 욕심도 상당합니다. 경감까지 올라간 것도 모두 특진으로 했거든요."

"그럼 사문동 사건에도 집중을 하고 있다는 말인데, 왜 단서를 못 잡고 있는 거야?"

중호의 말대로라면 이미 집중을 해서 단서를 찾아야 하는데 아무것도 되어 있지 않았다.

"그건 좀 이야기가 다릅니다. 구 팀장이 수사도 오래했고 노하우도 많고 정보원도 많아요. 그런데 단점이라면 되는 사건만 한다는 겁니다. 사건 발생하고 처음에는 죽을 듯 살 듯 달려드는데 며칠 하고 사건 분석해서 안 된다고 생각이 들면 과감히 버려요. 미제로 남길 요량으로 거들떠보지도 않아요. 피해자들이 알면 서운하겠지만. 그런데 그게 잘 맞아떨어져요. 사건 났다고 해서 모두 다 잡을 수 있는 건 아니잖아요. 구 팀장 스타일이 안 되는 거에는 목숨 걸지 말고 되는 것에 집중하자입니다."

"사문동 사건은 어떻다는 거야?"

"제가 볼 때는 뒤로 밀려 있는 것 같은데요. 실종 건에 밀려서."

"그렇게 보였어."

뒤로 밀려 있을 거라는 말에 태석도 동의했다.

"제가 중부서에 있을 때 2년 정도 같이 있었는데 자존심이 아주 강합니다."

"자존심?"

"예, 자기가 하고 있는 사건에 누가 끼어드는 거 보지를 못합니다. 모두 간섭이라고 생각하는 사람이니까요. 위에 간부들도 구 팀장에게 불만이 있어도 쉽게 말을 하지 못하죠. 상사도 그런데 밑에 직원들은 오죽하겠어요. 팀장님은 아시는 분 사건이라고 생각하겠지만 구 팀장은 간섭이라고 생각할걸요. 그것도 직속도 아닌데 찾아와서 간섭을 하니 절대 고분고분하게 대답하지 않을 겁니다."

"간섭이 아니라 물어보려고 한 거야. 수사를 어떻게 하라고 요구하는 게 아니고."

"구 팀장은 절대 그렇게 생각하지 않을걸요."

지금까지 겪었던 구 팀장의 언행과 중호의 말은 일치했다.

"구 팀장 스타일대로라면 팀장님이 아시는 분 사건은 이미 손을 놓았을 것 같은데요. 강도 건에 아무것도 보이지 않는 겁니다."

"서부서로도 찾아갔던데 신경을 쓰는 게 아닐까?"

"장기로 가더라도 정보는 수집해놓아야죠. 당장은 아니지만 하나씩 모으다 보면 해결할 수도 있는 거고, 위에서 수사 자료 내놓으라면 내놓을 것도 있어야 하고. 포기했다는 생각은 안 들게 해야죠. 그보다 실종 건에 뭐가 보이니까 거기에 집중하는 거죠. 조만간 검거 보고서에 중부서 실종 건이 올라올 것 같은데요."

"포기했으면 사건을 내놓으면 되잖아. 왜 그거는 안 해?"

사건을 포기했을 거라는 말에 태석의 목소리가 높아졌다. 중부서에서 사건을 해결해주기를 조금이나마 바라고 있었는데 아니라는 생각에 화가 치밀었다.

"그렇다고 사건을 주지는 않죠. 먼저 보이는 사건부터 처리하고 나중에 하려는 것일 수도 있고. 거기다 죄명이 강도상해인데, 세잖아요. 그건 쉽게 안 주죠. 나중에 우연찮게 해결할 수도 있는 거니까요."

"시발! 못 가져오기는 왜 못 가져와!"

태석이 자리에서 벌떡 일어났다. 지선의 사건이 캐비닛에서 먼지가 쌓일 거라는 생각에 그대로 있을 수가 없었다. 이대로 있는 것은 지선에 대한 죄였다.

"팀장님! 팀장님!"

중호가 태석을 진정시켰다. 괜히 팀장의 화를 돋운 것 같아 미안스러웠다.

"잠시만요. 구 팀장 밑에 최정만이라고 아는 후배가 있는데, 정확히 사건이 어떻게 되고 있는지 알아볼게요. 정말로 사건이 뒤로 미루어지고 있는지 확인하면 되잖아요. 지금 전화 걸어볼게요."

중호는 곧바로 전화를 넣었다. 당장 확인하지 않으면 태석이 사무실을 뛰쳐나가 중부서로 향할 것 같았다. 종현과 상욱이 태석을 진정시키는 사이 통화를 시작했다.

"정만이냐, 나 중호 형이다. 요즘 어떠냐? 바쁘지? 그래, 소문은 들었어. 강도 사건하고 실종 건 때문에 바쁘다면서. 그래, 맞아. 우리 팀장님이야. 그건 그렇고, 저기 하나만 물어보자."

중호는 태석을 숨기고 지선에 대해 물어보려 했지만 이미 태석은 중부서에서 너무 큰 비중을 차지하고 있었다. 중호가 예상했던 것처럼 지선에 대한 수사는 답보 상태고 그보다 실종 건에 더 치중하고 있다고 전했다. 실종 건은 지선의 사건보다 수사할 내용이 많고 어느 정도 진전도 있다고 했다. 당연히 구 팀장이 먼저 수사를 진행할 만했다. 결론적으로 지선의 사건은 뒤로 밀려 있다는 말이었다.

"죄송합니다. 제가 괜한 말을 해가지고."

"아니야. 덕분에 구 팀장 성격을 알았으니까."

도와주려던 것이 오히려 태석에게 안타까움만 더 늘려준 꼴이 돼버렸다. 태석이 사건을 하려고 해도 중부서와 협의가 되지 않는 이상 도리가 없었고, 대장이 방법을 강구하겠다고 나서기는 했지만 의문이었다.

"팀장님, 대장님께 들으셨죠?"

중호가 서류를 가져와 태석 앞에 건네었다.

"곡성 쪽에 송유관 절도범이 있다는 첩보입니다. 송유관하고 약 2백 미터 떨어져 있는 곳에 양계장이 있나 봅니다. 그런데 닭은 한 번도 나간 적이 없는데 농장에서 일하는 사람들이 있다고 합니다. 물론 닭 울음소리도 나지 않고요. 확인해봐야 할 것 같습니다."

"그래, 확인해보기로 하고 오늘은 일찍들 들어가."

중호가 놓고 간 서류를 그대로 둔 채 태석은 여전히 침묵에 싸여 있었다. 직원들은 인사도 건네지 못하고 사무실을 빠져나갔다. 천장의 형광등만 덩그러니 태석을 내려다보고 있었다. 가끔 의자에서 삐거덕 소리가 날 뿐 사무실 안은 정적만이 계속되었다.

덩그러니 앞에 놓인 서류를 내려다보았다. 내일은 아침 일찍 직원들과 함께 현장으로 나가봐야 할 것 같았다. 첩보는 구체적이고 충분히 의심할 만한 내용이었다. 송유관공사를 찾아가 실제로 양계장이 있는 지역에서 송유관 압력이 떨어진 사실이 있는지부터 확인해야 할 것이다. 2년 전부터 양계장이 있었다고 하니 그동안 도유를 했다면 그 양이 상당할 것이다. 그런데 이렇게 정확하고 중한 사건을 왜 다른 팀이 아닌 태석의 팀에게 준 것일까. 1팀과 2팀이 있는데. 그것은 태석에게 중부서에서 손을 떼라는 경고였다. 사건을 시작하면 최소 한 달은 매달려야 할 것이고 지역도 곡성이라 광주를 자주 비워야 한다. 어쩔 수 없이 지선의 사건에선 손을 뗄 수밖에 없는 상황이 돼버렸다.

*

저녁 면회 시간에 맞추려 태석의 차는 속도를 내었다. 여름이 지나자 밤은 빨리 찾아와 하늘은 제법 어두워지기 시작했다. 다음 주부터 가을장마가 시작된다는 라디오 앵커의 마지막 인사말이 이어졌다. 하늘은 맑았지만 태석에겐 벌써 비가 내리고 있었다. 지선이 내준 숙제를 미룰 수밖에 없을 것 같았고, 대신 중부서와 서부서에서 빨리 해결해주기를 바랄 뿐이었다.

엘리베이터를 타고 중환자실로 올랐다. 언제나처럼 면회를 하려는 가족들이 중환자실 앞에 앉아 대기하고 있었다. 같은 일상인데도 처음 보는 것처럼 낯설었다. 시간이 되자 굳게 닫혀 있던 문이 열리며 면회가 시작되었다. 가족들이 애틋한 시간을 가질 때 지선의 곁에는 아무도 없었다. 그녀의 아버지는 매일 그녀를 찾지 못했다. 일부러 찾아오지 않는 것은 아니었다. 매일같이 면회를 하고 간호를 할 만큼 아버지 최병호는 금전에 여유롭지 못했다.

지선은 말없이 누워만 있었다. 하얀 눈사람이 누워 있는 것처럼 그녀의 얼굴은 창백했다. 살이 빠져버린 팔은 가늘었고 움직임은 전혀 없었다. 수줍어 그가 왔을 때만 움직이지 않는 건 아닐까. 태석은 어리석은 질문을 해보았고 또 그것이 사실이기를 빌어보기도 했다. 그녀 옆에 기계들은 빨간 눈을 껌뻑거리며 소리 없이 지켜보기만 할 뿐 친구가 되어주지는 못했다. 두 달 넘도록 꽂혀 있을 링거도 긴 바늘을 하고 그녀의 팔에 달라붙어 있을 뿐 마찬가지였다. 그녀는 넓은 병실에 혼자 떠 있는 무인도처럼 누구의 관심도 사랑도 없이 누워 있기만 했다.

"지선아, 오빠다."

목소리를 들려주면 내가 왔다는 것을 알까. 낮은 목소리로 지선을 불렀다. 서로가 사랑했던 그때 그대로 그녀의 이름을 속삭였다. 목소리에 추억을 섞으면 그녀가 대답할지도 모른다는 기대는 너무 어리석었다. 들어도 대답을 할 수 없는 것인지 아니면 듣지 못해 대답이 없는 것인지는 분간할 수 없었다. 감정이 없다고 고집을 피웠던 마음이 어느덧 설렘으로 바뀌고 있었다. 병원에서 처음 보았을 때부터였던 것 같다. 그건 너무도 갑자기였다. 사랑이 아니라 증오였다고 미련하게 우기던 감정이 모두 거짓이었다고 그녀 앞에서 무너져 내렸다. 주체할 수 없을 만큼 감정은 순식간에 바뀌어 지선을 향했다. 오랜 세월 동안 태석을 기다리고 있었다는 생각에 미안함이 애틋함으로, 다시 지켜주어야 한다는 의무감으로 바뀌었다. 그것에는 분명 그녀를 향한 사랑이 들어가 있었다.

목소리를 듣고 싶었고 손을 잡고 싶었다. 태석을 불러주길 간절히 원했지만 그녀는 목소리를 숨겨버렸다. 손을 잡아도 되느냐고 묻지는 않았다. 지선이 수줍어할지도 몰라 속으로만 물었다. 처음 연애를 하던 그때처럼 손을 잡으려는데 손이 떨려왔다. 먼저 손을 잡은 사람은 그녀였다. 그녀는 당돌하게 먼저 손을 내밀었고 망설이는 태석의 손을 끌어가듯 잡아당겼었다. 손끝에 심장이 옮겨 간 것처럼 손에서 심장이 두근거리며 뛰었다. 아직 닿지도 않은 손끝이 벌써 아려왔다. 손끝이 그녀의 손가락에 닿자 정전기가 일어나는 것처럼 온몸에 전류가 흘러 움찔거렸다. 손가락에 어깨가 들썩거렸고 손바닥이 닿자 심장이 출렁거렸다. 아직도 감정이 살아 있었다니. 태석은 스스로에게 놀랐다. 처음 그녀와 입맞춤을 하던 그때의 느낌이 손에서 전해 왔다. 손이 입술이 되어 서로가 뜨겁게 부딪혔다. 이미 그녀의 입술은 태석의 입술이 닿기 전부터 촉촉이 젖어 그를 부르고 있었다. 서로가 뜨겁게 원하고 있었다는 것을 입술 사이에서 조심스럽게 혀가 말해주었다. 그녀의 입술에 빠져 태석은 허우적거릴 수밖에 없었다. 따뜻했다. 손은 잠들지 않고 깨어 있었다. 의자를 잡아당겨 그녀의 옆에 앉았다. 둘만이 있어본 적이 언제였던가. 기억조차 희미했다.

'이제 내가 지켜줄게, 지선아. 오빠가 미안하다.'

'아니야, 오빠. 미안해하지 마.'

태석은 그렇게 말했고 지선은 수줍게 답했다. 그렇게 들은 거라고 미련하게 믿었다.

잠깐 앉아 있던 것 같은데 벌써 면회 시간이 끝나버렸다. 처음 연애를 하던 그때처럼 시간은 너무도 빨리 흘러가버렸다. 보고 있어도 보고 싶다던 오래전 유행가 가사가 다시금 태석의 마음속에 울리고 있었다. 30분은 3초보다도 짧았고 태석에게만 이기적으로 흘러가고 있었다. 시간이 이렇게 빨리 흘러본 적이 있었던가 싶을 정도로 손을 잡고 있는 지금이 금방 사라져버렸다. 손을 놓아야 하는데 놓을 수가 없었다.

'다시 올게.'

자신의 음성이 손을 통해 전해지기를 빌었다. 전해져야 할 말이 손을 놓아 멈춰버리는 것은 아닐까 걱정스러웠다. 돌아서는데도 고개는 지선을 향해 있었다. 빠져나가는 사람들 맨 뒤에 서서 가장 늦게 병실을 빠져나왔다. 다음에 다시 오겠다는 말을 남기는데도 보고 싶었다. 그렇게 해도 되는 건지 모르지만 계속 그렇게 하고 싶었다. 어수선한 감정을 간신히 움켜쥐고 밖으로 나왔다.

"자네 왔는가?"

"와 계셨습니까. 들어오시지 않고요."

"아니네. 자네가 와주어서 지선이가 오늘 좋아했겠구먼."

"예? 예."

지선의 아버지는 태석이 와 있는 것을 보고 발을 멈추었다. 지금이라도 두 사람을 만나게 해주는 것이 아비로서 마음의 짐을 덜 수 있는 기회인 것 같았다. 둘의 만남을 방해하고 싶지 않았고 그녀의 남은 시간을 태석이 채워주기를 간절히 원했다.

"그럼 이만 가보겠습니다."

"자주 와줄 수 있겠나? 엊그제 자네가 가고 나서 상태가 좋아진 것 같다고 의사가 그러더구먼."

"예……."

"그렇게 해주겠다는 말로 알아들어도 되겠지?"

"……예, 그렇게 하겠습니다."

태석의 대답은 바로 나오지 않았다. 마치 부모님에게 연애를 허락받은 것처럼 감정이 미묘했다. 상태가 좋아졌다니 계속 지선을 찾다 보면 정말 깨어날지도 모른다는 생각마저 들었다.

병원을 나오는데 가슴이 뜨거웠다. 지난 몇 년 동안 한 번도 뜨거워본 적이 없는 가슴이었다. 오히려 차갑고 건조하게 변해 모래 먼지 가득한 바람만 불었던 것 같았다. 그런데 다시 뜨거워지다니. 피곤했던 몸이 가벼워지고 부르지 않던 콧노래에 코가 가려웠다. 집으로 가는 길이 멀지 않았다. 그러다 문득 딸 지영이가 떠올랐다. 들떴던 마음은 다시 내려와 가슴을 눌렀다. 조금 전의 감정이 딸에게는 죄를 지은 것만 같았다.

서울에서 전화는 없었다. 병원에 있을 때 한 번 전화가 오고 이후로 오지 않았다. 그때 지영이에게는 걱정할까 봐 병원에 있다는 말도 하지 않았다.

지영이가 보고 싶다고 했었는데.

전화를 넣었다. 그러나 받지 않기를 바라는 전화였다. 받으면 죄를 고백해야 할 것만 같았고 태석의 감정을 알고 있을 것 같았다. 이미 이혼한 부부지만 유부남이 부정을 저지르고 있는 것처럼 마음이 묘했다. 여기서 나는 다시 시작하려고 한다고 전해주어야 하나. 당신이 남자를 만나고 있는 것처럼 나도 그렇게 하고 있다고 해야 할까. 그러니 미안해하지 말라고. 나도 그러니까. 바보 같은 말이라는 것을 알면서도 그렇게 하면 덜 미안할 것 같았다. 수연은 전화를 받지 않았다. 태석의 번호를 확인하고 그렇게 했는지도 모른다. 차라리 그게 나을지도 모르겠다.

편의점에 들러 소주 한 병을 사 들고 집으로 들어갔다. 오랜만에 들어간 원룸 방이 텅 빈 태석의 마음 같았다. 나이 마흔다섯에 메마른 빈껍데기만 남아 있는 줄 알았는데 거기에 물이 차오를 수도 있구나. 벅찬 가슴이 주체되지 않아 소주라도 집어넣어 달래야 할 것 같았다. 집에 들어왔는데 벌써 지선이 보고 싶어졌다. 어떻게 된 거지. 소주를 부어 넣자 입안에서 달콤한 향이 났다. 소주가 이렇게 달게 느껴졌던 게 언제였을까. 지선으로 가득 찬 머리가 잠이 들 수는 있을까. 지선의 무릎에서 잠이 들 때가 있었다. 귀를 만져주고 머리를 쓸어주면 그대로 잠이 들곤 했었는데. 그때는 그랬는데.

*

오빠가 왔다. 며칠 만에 다시 찾아와 옆에 앉아 나를 보고 있다. 어디를 보고 있을까. 얼마나 있다가 갈까. 면회 시간이 멈추어버렸으면 좋겠다. 그리고 얼굴이 예뻐 보였으면 좋겠다. 오빠를 다시 만난 그 겨울날의 모습처럼 예쁘다고 해주면 좋겠다. 입김이 하얗게 하얀 말을 하던 그때가 난 제일 예쁘다고 생각한다. 그때처럼 그랬으면 좋겠다. 오빠가 내 이름을 불러주고 안부를 묻는다. 고마워요, 오빠. 내 대답을 오빠가 들었으면 좋겠는데 목소리를 만들어낼 수가 없다. 내가 오빠를 기다리고 있었다는 것을 알고 있을까. 단 한 번도 난 오빠를 잊지 않았다. 그래서 내가 이렇게 불행하게 된 건지도 모른다. 오빠 몰래 나 혼자 한 사랑이 죄가 되어 오빠의 아내에게 불행이 되었을지도 모른다. 나는 오빠의 아내가 너무 부러웠다. 질투가 났었고 내가 오빠의 아내라고 혼자서 말했었다. 그리고 그녀에게 잠시만이라도 오빠를 내 곁에 있게 해달라고 말했다. 그게 죄란 것을 알지만 난 항상 듣지 못할 그녀를 향해 말했다. 안타깝게도 신은 불안한 내 소원을 들어주지 않았다. 불행하게 내가 이렇게 돼서야 그 소원을 들어주다니. 신은 불행한 나를 더 불행하게 만들어버렸다. 신을 만나게 된다면 왜 나를 이렇게 힘들게 했느냐고 따져야겠다. 오빠, 이런 나를 이해해줄 수 있나요? 말을 하지 않아도 알 수 있는 건가요? 오빠는 대답해주지 않았지만 난 알 수 있다. 대답이 내 손에서 들려왔다. 가느라져버린 내 손을 잡아주자 심장이 거기로 가버린 걸까. 심장이 내 손목에서 손바닥에서 그리고 손가락에서 뛴다. 거기에서 오빠를 만나 수줍다고 쿵쿵거린다. 이대로 일어나 오빠를 안아봤으면. 수줍던 그때로 돌아가 오빠가 나를 안아주면 좋겠다. 그냥 안고만 있어도 너무 편하고 좋을 것 같다. 아프지도 않고 슬프지도 않고. 움직이지 못한다고 말을 하지 못한다고 또 눈을 뜨지 못한다고 해도 괜찮을 것 같다. 오빠가 안아주기만 한다면. 오빠는 알까, 지금 내 숨소리가 커지고 있다는 것을. 내 병든 심장이 다시 살아보려 안간힘을 쓰며 뛰고 있다는 것을 오빠는 모르겠지. 보고 싶었어요. 너무너무 보고 싶었어요. 내 욕심에 이렇게라도 오빠가 날 봐주길 바랐나 봐요. 저 바보 같죠. 미안해요, 오빠.

11

"저기, 전화하셨죠?"

"네."

남자는 편의점 앞에서 여자를 기다리고 있었다. 기다리고 있는 사람이 한 명이라서 여자는 곧바로 남자에게 다가가 말을 걸었다. 남자는 짧게 대답했고 목소리는 낮게 깔려 있었다. 키가 작기는 했지만 얼굴이 선하게 생겨 여자는 그나마 괜찮다고 생각했다. 나이도 많지 않은 30대 중반 정도라 다행이었다. 어제는 쉰이 넘은 아저씨인 데다가 냄새도 나고 요구하는 것도 많아 힘들었다. 남자들은 왜 옷을 벗겨놓으면 짐승으로 변해버리는지 매일같이 일을 하면서도 이해가 되지 않았다. 코를 벌름거리며 발정난 개처럼 여자의 가슴과 음부만을 찾아 게걸스럽게 침을 흘려대는 꼴이 짐승인 것만 같았다. 이 남자도 다르지는 않겠다는 생각을 했지만 선한 얼굴에 마음이 조금은 편안해졌다.

"저기, 여관으로 갈까요?"

"아니요. 요 앞이 집인데 맥주 딱 한 잔씩만 하고 가는 건 어때요?"

"맥주요?"

여자는 곧바로 결정하지 못했다. 시간도 길어지고 처음 보는 남자와 술을 한다는 게 쉬운 일은 아니었다. 그러나 첫인상이 괜찮다는 점이 그만 허락을 하게 만들어버렸다.

"그러면 간단히 딱 한 잔만요."

"날씨가 맥주 한 잔 하기에 좋은 것 같지 않아요?"

"네."

마침 맥주도 한 잔 생각이 났었다. 저녁을 일찍 먹어서 그런지 선옥은 허기를 느꼈고 가을 날씨에 맥주 한 잔 정도 먹으면 좋겠다고 느꼈던 때였다. 한 잔 하자는 말에 그녀는 당신 인상이 좋아서 그러는 거예요라는 듯 미소를 지으며 응했다. 남자의 음성에 은근히 매력이 있었고 하얗게 튀어나온 목젖이 여자를 잡아끌었다.

가게에 손님은 많지 않았고 냉장고 안 맥주병이 순식간에 몸을 식힐 만큼 차가워 보였다. 빠른 박자의 음악이 차가운 가게 안을 뜨겁게 채워주고 있었다. 자리에 앉아 생맥주 두 잔을 시키고 안주는 간단히 기본 안주만을 달라고 했다. 주문을 받은 주인이 연인을 바라보는 듯 미소를 지어 보였다. 선옥은 그런 주인의 표정이 싫지 않았다. 어떤 놈은 옆에 달라붙어 치근대기도 하는데 이 남자는 친절하게 선옥을 먼저 앉게 하고 건너편에 앉았다. 주문도 물어보고 결정해주었다. 키가 작은 게 흠이기는 하지만 매너도 있고 은근히 분위기도 있어 남자 친구였으면 하는 생각마저 들게 만들었다. 그런 생각이 부끄러우면서도 들키지 않으려 덤덤한 척했다. 이렇게 남자와 단둘이 맥주를 마셔본 게 언제였던가.

"시원하게 건배할까요? 좋은 만남을 위하여!"

"좋은 만남요?"

선을 보러 나온 자리도 아닌데. 싫지는 않았다. 다음에 또 만나죠라고 말하는 것 같았다.

"저는 가끔 이렇게 한 잔씩 해요. 속이 시원하잖아요."

"사실 저도 맥주 한 잔 하고 싶다는 생각을 했는데."

"통했네요. 자, 다시 건배!"

선옥은 금세 경계가 풀리고 남자에게 다가가고 있었다. 고작 맥주 한 잔에 마음이 가다니 선옥도 놀라고 있었다. 일이 끝나면 연락해도 되느냐고 물어봐주면 좋겠다. 연락하겠다는 말을 남자가 하지 않으면 선옥이 먼저 해야겠다고까지 마음을 먹었다. 참 오랜만에 느껴보는 연애 감정에 선옥의 몸은 뜨거워지고 있었다.

"술을 잘하시네요. 한 잔 더 할까요?"

"아니요. 사장님이 기다려요. 늦게 오면 전화하거든요."

선옥은 보조개가 들어가는 미소로 정중히 거절했다. 그녀의 보조개에 남자들이 고집을 부리지 못할 거라고 정해놓은 자기최면인데, 이번에도 그 최면은 통했다. 한 잔 더 하고 싶었지만 얼굴이 붉어진 사장이 바로 옆에서 소리치고 있는 것 같아 그만두었다. 하루에 최소 세 번 이상은 뛰어주어야 한다고 협박에 가깝게 소리를 질렀었다.

남자가 먼저 일어났고 선옥은 뒤를 따랐다. 5분쯤 걸었던 것 같다. 가까운 여관으로 가기를 바랐지만 남자는 자기 집으로 선옥을 인도했다. 여관이 개인 집보다 안전하다는 것은 이곳의 불문율이다. 그런데 선옥은 알면서도 그렇게 하고 말았다. 그놈의 맥주 때문이야. 남자 때문이 아니라고 우겼다.

"미안해요, 집으로 가자고 해서."

"괜찮아요."

남자는 가끔 뒤로 돌아 미안해하는 표정을 지으며 살며시 웃었다. 이렇게 말을 해주는 사람도 없었던 것 같은데. 남자가 배려해주었던 게 언제였지라는 물음에 고등학교 때 가출하고 만났던 오빠가 생각났다.

아빠는 언제나 술에 취해 있는 폭군이었다. 집에서 계속 산다면 선옥이 아빠를 죽일지도 모른다는 생각에 집을 나왔다. 남아 있는 엄마가 불쌍해 돌아갈까도 생각했지만 악마가 있는 집으로 돌아갈 엄두를 내지 못했다. 숙식을 제공해주는 주유소에서 아르바이트를 했고 같이 일을 하던 오빠를 따라 그의 집으로 갔다. 오빠는 친절했고 그와 한 달을 살았다. 세 살이 많았던 오빠는 어른들이 다 폭력적이 아니라는 것을 알려주었다. 그러나 어느 날 오빠는 가족들에게 끌려가버렸다. 기다리라는 그의 절규가 지금도 귓가에 선했다. 그 후에 소식을 알았지만 차라리 듣지 않은 편이 나았다. 오빠는 곧바로 군대에 강제로 입대했지만 적응하지 못하고 자살했다. 그가 남긴 유서에는 선옥을 잊지 않겠다는 말과 고맙다는 말이 들어 있었다.

오빠를 만났던 그때가 선옥에겐 가장 아름다웠던 때였다. 그 후로 만난 남자들은 섹스에만 집착했다. 애정은 없었고 육체의 질펀한 접촉만 있을 뿐이었다. 남자는 다 그런 거라고, 그 후에 만나는 어떤 남자에게서도 사랑을 느낄 수 없었다. 그런데 그때 그 오빠처럼 이 남자도 친절했다. 마치 오빠 집으로 처음 따라가던 때가 떠올라 가슴이 두근거리기까지 했다. 그때도 오빠가 가끔 뒤돌아봐주었는데. 미소는 남자들의 거짓 가면이라고 해도 심장은 따라주지 않았다.

집은 원룸이었다. 거실에 탁자가 놓여 있고 구석에는 싱글 침대에 이불이 정돈되어 있었다. 집 안 청소가 깨끗하게 되어 있었지만 비린내가 풍겨 왔다. 어디서 나는 냄새지? 냄새는 화장실에서 그리고 침대 아래에서 나는 것 같았지만 확실히 어디서 나는지는 알 수 없었다. 한 가지 확실한 것은 방보다 화장실에서 더 난다는 거였다. 생선 비린내는 아니고 정육점에서 나는 고기 비린내인데, 남자에게 물어보지는 않았다. 냄새가 난다는 말에 남자의 기분이 상할지도 몰랐다. 냄새가 싫어 빨리 끝내고 가야겠다. 그런데 벽에 걸린 그림들을 보고 선옥은 생각을 바꾸었다.

"이 그림, 모두 오빠가 그린 거예요?"

"네."

벽에는 연필로 그려진 그림들이 있었고 모두 여자들이었다. 하나씩 그림을 가까이 들여다보고는 깜짝 놀랐다. 여자들은 모두 원룸 구석에 있는 침대 위에서 옷을 벗고 있었다. 침대와 그림을 번갈아 보며 비교해보자 확실히 그곳이었다. 거기다 낯이 익은 여자를 닮은 그림도 있었다. 얼마 전부터 일을 나오지 않고 있는 현주 언니하고 많이 닮아 있었지만 묻지는 않았다.

"여기 침대가 저기 저거 아니에요? 여기서 그린 것 같은데."

"맞아요. 그림을 그려달라고 부탁하는 여자들은 그려주었어요."

"저도 그려줄 수 있어요?"

"전 누드만 그려요."

남자는 선옥에게 옷을 벗어야 한다는 것을 양손을 내밀며 요구했다. 선옥은 부끄러웠지만, 그가 그려놓은 작품의 실력으로 보아 전문 화가보다 나은 것 같았다.

"모델을 해본 적이 없는데."

"옷을 벗고 제가 하라는 대로 하면 돼요."

"어떻게요?"

"편하게 누워서 저를 바라보면 되죠."

옷을 벗고 남자 앞에 있다는 게 부끄럽기는 했지만 선옥은 기꺼이 옷을 벗었다. 어차피 벗을 옷이었다. 벽에 붙어 있는 그림을 보자 쉽게 용기를 낼 수 있었다. 산부인과에서 아래를 내어 보여주는 것하고 다를 게 없다고 생각했다. 화가 앞인데 뭐. 그림을 가져가 언니들에게 보여주면 어떨까. 모두 부러워하겠지. 자랑하고 싶기도 했다.

"사무실에서 기다리지 않을까요?"

"좀 늦는다고 문자 보내면 돼요."

말이 끝나자마자 사무실에 문자를 보냈다.

"그러면 씻고 나올래요? 물기가 있는 머리카락이 좋은데."

"네, 그럴게요."

화장실로 가 문을 닫고 샤워를 했다. 문을 닫자 비린내가 더 많이 났다. 냄새는 하수구에서부터 올라왔다. 저 아래 뭐가 있는 거야. 선옥은 하수구 구멍 안을 보려고 허리를 숙였다. 여자들이 많이 왔었구나. 여자들 머리카락이 제법 있을 뿐 보이는 것은 없었다. 남자들이야 다 똑같은데 뭐. 그렇게 생각하고 몸을 씻었다. 벽에 걸린 여자들이 모두 여기서 씻었겠지? 그 사람들도 나와 같은 기분이었을까? 가슴이 뛰는 자신의 모습을 다른 사람도 했을 거라고 생각하자 마음이 편안해졌다. 남자와 관계를 할 때 늘 불을 껐었는데 누드를 그리려면 불을 켜야 하잖아. 생각만으로 유두가 단단해지고 아래가 뜨거워졌다. 남자와 침대 위에서 관계를 하는 것보다 몸이 더 달아올라 부끄럽기보다는 흥분을 하고 있다는 데 놀랐다. 숨이 점점 거칠어지는 것을 수건으로 가리고 밖으로 나왔다. 남자가 옷을 모두 벗었고 뜨겁게 발기한 남성을 그대로 가리지 않아 놀랐지만 아닌 척했다. 그 모습에 선옥은 더 뜨겁게 달아올랐다.

"수건은 아래 내려놓고 침대 위로 올라가세요."

"불을 좀 끄고 그리면 안 될까요. 이런 게 처음이라서."

"스탠드만 켜고 할게요."

"네, 그래 주면 좋을 것 같아요."

몸을 가렸던 수건을 아래로 내려놓자 커다란 가슴이 출렁이며 드러났다. 어릴 적부터 가슴이 크다는 소리를 들었던 선옥이다. 분홍빛 유두가 단단히 굳어 꽃봉오리처럼 솟았고 이를 받치는 꽃받침도 선홍빛으로 원을 그리고 있었다. 가슴은 처지지 않았고 탄탄하게 부풀어 매끈해 보였다. 가슴은 누구에게도 뒤지지 않을 만큼 자신이 있었고, 그것을 그림으로 그릴 수 있다는 말에 허리를 세워 더 앞으로 내밀었다. 허리는 적당히 들어가 있었고 아랫배는 조금 튀어나와 오히려 매력적이었다. 배꼽은 깊었고 일자로 길게 갈라졌다. 아래 풍성한 음모가 부끄러움을 가려주듯 숲을 이루어 안을 가리고 있었다. 선옥은 시작도 하지 않았는데 아래가 뜨거워지며 흥분했다. 물이 차오른 숲을 손가락을 모아 가려보았지만 흥건해진 아래에 손조차 젖어버려 미끌거렸다.

"이름이 뭐죠?"

"선옥이에요. 유선옥."

"네."

남자가 스케치북을 들고 연필을 손으로 잡았다. 그리고 도화지 맨 위에 숫자를 적었다. 이름을 쓰지 않고 숫자 8을 써놓았다. 남자의 뒷벽에 붙어 있는 누드의 마지막 숫자는 7이었다.

"무릎으로 일어서보세요. 고개는 옆으로 하고 가슴을 한 손으로 가리고요."

"이렇게요?"

"네."

포즈가 취해지자 남자는 탁자로 다가가 음악을 켰다. 'Conquest of Paradise'. 그는 그림을 그릴 때 늘 그 음악만을 틀었다. 음악은 처음부터 웅장했다. 신대륙을 향한 콜럼버스의 범선이 거친 파도를 넘고 있는 것 같았다.

해가 질 무렵 파도에 강인해진 범선의 구릿빛 선원들이 모두 밖으로 나와 벌거벗은 선옥을 바라보았다. 태양에 진갈색으로 그을린 선원들이 옷을 모두 벗어 던지고 한꺼번에 그녀에게 달려들어 그녀의 몸을 더욱더 달아오르게 만들었다. 괴성을 지르며 달려드는 뜨거워진 남성을 일제히 선옥의 몸에 쏟아내도 좋을 것 같았다. 이런 흥분을 뭐로든 가려야 했다. 목소리마저 흥분되어 뜨거워지는 것을 가리려 그에게 물었다.

"그런데 여자들이 왜 그림을 가져가지 않았어요?"

"그게 이상해요?"

"네, 저는 가져가도 되죠?"

"글쎄, 가져갈 수 있을까……."

12

  태석은 대장실로 들어가 절도 현장을 확인하러 가겠다고 보고했다. 굳이 사무실까지 들어와 보고를 하는 이유를 대장은 알고 있었다. 그래서 중부서 건에 대하여 먼저 말을 꺼냈다.

  "자네가 걱정하는 만큼 한 번 더 요청할 테니 너무 걱정하지 마. 송유관 건을 해결하는 동안 방법을 찾아볼 테니까."

  진심으로 그런 말을 하는 것일 거라고 태석은 믿었다. 골칫거리를 딴 곳으로 빼는 것이라는 생각은 갖지 않기로 했다. 대장이 어떻게 생각하고 있든 태석은 그렇게 믿고 가야 마음이라도 홀가분할 것 같았다. 그동안 중부서에서 좋은 소식이 전해지기를 간절히 빌었다.

  절도범들에게 노출되지 않기 위해 개인 차량 두 대를 이용하여 현장으로 출발했다. 도시를 빠져나온 차량은 국도를 달려 약 두 시간이 지나 현장 주변에 도착했다. 의심이 가는 양계장으로 바로 들어갈 수는 없었다. 양계장 앞은 고속국도가 지나고 있고 도로에서 양계장은 보이지 않았다. 도로 아래 터널을 지나야 양계장의 모습을 볼 수 있었다. 우선은 조심스럽게 현장을 출입하는 차량과 사람을 확인해야 했다.

"저쪽 양선리에서 저 위쪽 주산리로 송유관이 지나가고 있습니다."

현장에 대하여 정확한 내용을 듣기 위해 송유관공사에서 과장과 직원 한 명이 나와서 설명을 해주었다. 간단한 인사가 오가고 현장에 대한 설명이 이어졌다.

"언제부터 기름이 새어 나가고 있다는 것을 알게 되었습니까?"

"한두 달 정도 된 것 같습니다. 저희 곡성에 가압소가 설치되어 있어 송유관 압력을 조절하고 있는데 최근에 미세하게 압력이 떨어지는 것을 발견했습니다. 정확히 언제부터 그랬는지는 알 수 없습니다. 압력을 가하고 있는 가압소와 얼마 떨어지지 않은 곳에서 기름이 유출되고 있다면 압력이 떨어지는 것을 제대로 확인할 수 없으니까요. 그런데 수치상 확인이 되고 있다는 것은 상당한 양이 근처에서 빠져나가고 있다는 뜻입니다. 두 달만 되었다고 하더라도 그 양이 이삼십만 리터는 족히 될 것이고, 금액으로도 십억은 넘습니다."

송유관공사의 양광옥 과장은 설명을 하다가 흥분했다.

"그 정도를 빼어 저장하기도 힘들 것 같은데요."

"맞습니다. 아마 저장고도 상당한 규모로 있을 겁니다."

양 과장은 손을 과하게 움직이며 상황을 설명했다. 절도범들에게 빼앗긴 기름 때문에 스트레스를 많이 받고 있었던 모양이다. 송유관 절도가 전국적으로 기승을 부리고 있어 신고포상금까지 걸고 예방을 하고 있지만 끊이지 않았다.

"그런데 양계장일 거라고 생각하신 이유는요?"

"저희 직원들이 매일 순찰을 돕니다. 송유관 주변으로 해서 멀리는 몇 킬로미터 떨어진 곳까지도요. 호스로 1킬로미터를 연결해서 빼 간 사례도 충청도에서 있었거든요."

"순찰을 하시다가 의심을 하신 거군요?"

"그렇죠. 여기 양계장이 송유관하고는 2백 미터 정도 떨어지기는 했는데 그 정도는 훔쳐 가는 놈들에게 문제가 되지 않죠. 저희가 결정적으로 의심을 하게 된 것은 양계장으로 사람들이 드나드는 것은 보이는데 정작 닭들은 보이지 않는다는 점 때문입니다. 뭐 안을 직접 확인한 것은 아닌데 그럴 가능성이 높으니까요. 저희가 들어가서 확인할 수도 없고."

태석은 묵묵히 양 과장의 말을 들으며 어떻게 수사를 할 것인가를 고민하고 있었다. 우선 양계장으로 드나드는 사람들과 차량에 대하여 확인해야 한다. 그리고 그들이 쓰고 있는 휴대전화를 확인해야 한다. 물론 본인들 명의가 아닌 대포폰일 거라고 짐작되지만 그래도 모두 확인해야 한다. 휴대전화가 아니면 무전기를 이용하고 있을지도 모른다. 그 부분도 확인해야 한다. 그리고 기름을 빼내었더라도 처분을 해야 할 것이다. 장물을 처분해주는 업자도 분명 있을 것이다. 하루 이틀 사이에 끝날 사건이 아니었다.

"우선 숙박할 곳을 정해야 할 것 같습니다. 차에서만 지내고 있을 수도 없을 것 같고요. 왕래하는 사람들을 확인하자면 교대로 근무를 서야 할 것 같은데요."

중호가 먼저 숙식을 해결할 곳부터 찾자는 제안을 했다. 회의도 하고 휴식을 취하려면 여관방 정도는 있어야 할 것 같았다. 숙소를 정하고, 태석은 직원들과 함께 다시 현장으로 갔다. 양계장이 보이는 산 위로 올라가 망원경으로 아래를 내려다보았다. 이틀간 꼬박 보았지만 닭과 관련된 차는 한 번도 드나든 적이 없었다. 그런데도 사람들은 양계장 안으로 들어갔다가 다시 숙소로 쓰는 것으로 보이는 컨테이너 박스로 왕래가 이루어지고 있었다. 가끔 외부로 차가 나가기는 했지만 그것도 닭하고는 상관이 없었다. 이들은 다른 일을 하고 있다라는 추리가 가능했다. 시간을 더 두고 움직이는 인원의 숫자와 차량, 이동 시간 등에 대하여 정확히 기록을 하여 데이터를 만들었다. 모두 일곱 명이 일을 하고 있었고 두 시간 단위로 두 명씩 이동했다. 한 명은 조 없이 혼자서 이동하는 것으로 보아 주범일 가능성이 높았다. 산에 텐트를 치고 감시하는데 산속이라 그런지 밤이 되자 기온은 차갑게 떨어졌다. 거기다 모기는 어둠 속에서도 활발히 형사들의 피를 빨아댔다. 독한 모기약도 소용이 없었다. 죽이고 나면 또 다른 모기가 몰려와 처음과 다를 게 없었다. 양계장에서 교대를 하듯 형사들도 두세 시간 간격으로 교대를 하며 감시했다. 그러나 며칠간은 아무 일도 일어나지 않았고 다만 가끔 하우스로 들어가는 사람이 있는 게 전부였다. 아침은 산을 내려가 교대로 해장국집에서 빈속을 채워 넣었다. 놈들이 움직이지 않으면 며칠이나 이런 생활을 해야 할까. 해장국 국물이 맑아 보이지 않았다. 통신 수사를 통해 놈들이 사용 중인 휴대전화를 파악했고 차량도 분석을 마쳤다. 이제 놈들이 움직여주기만 하면 저장고와 거래처 장물애비도 찾을 수 있었다.

　잠복 열흘째 되는 날 새벽 한 시가 될 즈음 양계장 하우스 안에 불이 환히 들어왔다. 하우스 천장에 매달린 전등불이 하우스 배 속을 황금빛으로 빛내고 있었다. 커다란 검은 애벌레가 드러누워 사람들을 삼키고 있는 것 같았다. 잠시 후 애벌레 등껍질이 육중한 소리와 함께 꿈틀거렸다. 배 속에서 울려오는 차량의 엔진 소리가 고요한 시골의 새벽 공기를 흔들었다. 잠시 후 애벌레가 입을 벌려 빛을 토해내자 안에서 기름을 가득 실은 커다란 트럭이 빠져나왔다. 트럭 화물칸에는 기름을 가득 채운 탱크가 화물로 위장한 채 육중한 무게로 실려 있었다. 드디어 놈이 숨겨두었던 실체를 드러낸 것이다. 트럭이 양계장을 빠져나가자 태석은 곧바로 도로에서 대기 중이던 상욱에게 무전을 했다. 트럭이 이동하기만을 기다리던 차량의 엔진이 조용히 움직였다. 차량이 거의 없는 한적한 시골 동네라 미행하기가 어려웠다. 원래 차가 없는 동네인데 새벽 시간이라 더 없었다. 그래도 조심히 뒤를 따라가 트럭의 종착지를 알아내야 한다. 훔친 물건을 사주는 놈이 훔치려는 놈을 만들어내는 것이고 더 대범하게 만든다. 그래서 법에서도 훔친 놈보다 훔

170

친 물건을 사주는 놈의 형이 더 무겁다. 육중한 트럭 앞에 승용차가 먼저 좌우를 살피며 터널을 빠져나와 국도로 접어들었다. 어딘가로 연락을 취한 뒤 승용차가 먼저 나가고 이어서 트럭이 움직였다. 국도로 들어선 트럭이 장물을 처리하기 위해 달려가기 시작했다.

*

휴대전화가 유난히 크게 울렸다. 텔레비전을 보고 있던 성진은 소리를 줄이고 전화기를 받았다. 물론 전화는 타인 명의로 만든 대포폰이다. 경찰의 단속을 피하기 위해서는 대포폰이 기본이었고, 그것도 시간이 지나면 그때그때 바꿔주어야 꼬리를 잡히지 않았다. 폰 값도 만만치 않았지만 이 바닥에서 오래 살아남기 위해서는 어쩔 수 없었다. 그런데 경기가 계속 좋지 않고 경찰이 전단지 단속까지 하면서 손님은 매일같이 줄어들기 시작했다. 매일 반라의 여자를 집어넣은 전단지를 뿌리고는 있지만 실제 전화가 오는 것은 몇 건 되지 않았다. 처음 이 일을 시작할 때는 하루에 백 건도 넘게 전화가 걸려 왔고 아가씨를 대지 못해 손님을 놓치는 경우까지 있었다. 그때는 참 돈 벌기 쉽다라는 생각도 들었고 경찰도 우스웠다. 돈이면 경찰도 정보원이 될 수 있다고 생각하던 때였다. 집창촌에서 흘러나온 아가씨들을 끌어모아 시작한 사업은 말 그대로 대박이었다. 여자들을 많이 데리고 있는 것이 돈이고 힘이었다. 데리고 있는 만큼 돈은 들어왔고 들어온 만큼 아가씨를 늘려갔다. 그러나 지금은 그때와 사정이 달라졌다. 방송과 매스컴은 연일 뒷골목으로 들어간 불법 성매매를 단속하라고 광고질이었고 경찰은 여기에 박자를 맞추어 연일 대대적인 단속을 시작했다. 단속이 시작되면서 걸려 오던 전화 횟수도 반 아래로 줄었고 그중에서 장난전화가 반이었다. 더구나 최근에 마사지 여성만을 골라 살해한다는 유언비어까지 돌아 아가씨들마저 끊어지고 있었다. 일을 달라고 찾아오던 아가씨들도 겁을 먹고 발을 빼기 일쑤였고 있던 아가씨들마저 빠져나가기 시작했다. 결국 아가씨는 몇 남지 않았고 탕치기로 선불금만 떼이고 놓쳐버린 경우도 있었다. 잡으려고 사방으로 안테나를 깔아놓았지만 끝내 잡히지 않았다. 그렇다고 돈을 떼였다고 경찰을 찾아가 하소연할 수도 없었다.

"여보세요. 아가씨 예뻐요?"

"그럼요. 얼굴 보고 빠꾸 당한 적 없습니다. 서비스도 좋고요."

"그럼 아가씨 한 명 보내줘요."

"네, 어디로 보내드릴까요?"

"보석사우나 여탕으로 보내줘요. 때밀이가 없네. 얼굴 필요 없고 힘만 좋으면 되는데."

"얌마, 너 뭐 하는 새끼야!"

"니 애비다 개새끼야! 똑바로 살아, 시발럼아. 가시내 보지나 팔지 말고."

"얌마! 얌마! 아이 시발새끼!"

목소리가 어린 게 학생이 전단지를 주워 장난을 친 거다. 처음부터 알아봤어야 하는데 또 당하고 말았다. 진짜 손님일지도 몰라 일일이 대답을 해야 하니 이것도 스트레스였다. 장난전화도 골칫거리지만 그래도 아가씨가 없는 게 가장 큰 문제였다. 절반이 그만두었고 둘은 남자와 눈이 맞았는지 일을 나가서는 돌아오지 않았다.

"선옥이 나왔냐?"

"아니요. 어제 손님 받고 집으로 간다고 했는데. 화가를 만났다면서."

"연락 한번 해봐."

"벌써 해봤어요. 낮에 목욕탕에 같이 가자고 몇 번을 했는데 꺼져 있어요."

"얘들이 미쳤나. 현주 그년도 일을 그만한다 어쩐다 말도 없이 가버리더니. 선옥이 그년은 화가하고 눈이 맞은 거야! 시벌년들이 선불금이 얼만데 일을 그만둬. 선불금이나 다 갚고 그만둬야 할 거 아니야! 화가 새끼한테 받아서 주고 가든가. 미친년이 화가는 무슨."

"선옥이는 기다려보세요. 문자에 그림 받아 집에 간다고 했으니까. 자고 있다가 나올지도 모르잖아요."

"지금은 연락이 안 된다며. 시발년을 내가 어떻게든 잡아가지고 선불금 받아낸다. 너도 도망갈래? 내가 탕치기하고 도망간 년들하고 그년 꼬신 놈을 몇 놈이나 잡아 족쳤는지 설명했지?"

"오늘 들으면 백 번은 듣겠네. 진짜 도망간 거 잡아본 건 맞아요? 현주 좀 잡아 와봐요. 빨리요! 나도 그년한테 받을 돈 있으니까."

"너도? 얼만데?"

"만 원요. 목욕탕 값하고 구운 계란 값 내가 냈어요."

"시발년, 조용히 안 해!"

정순은 매일같이 같은 이야기만 반복하는 사장이 미덥지가 못해 장난을 걸었다.

"넌 내가 그런 것도 못 할 것 같지. 사실 내가 중부서 강력팀장을 잘 알거든. 우리 동네 형님이었으니까. 그 형님도 어릴 적에 사고 많이 쳤는데, 나보다 더 개차반이었는데 경찰이 되었어. 깡패 아니면 군인이 될 줄 알았는데 경찰이 되었단 말이야. 아무튼 그렇고, 그 형님을 내가 얼마나 많이 도와준지 아냐? 내가 잡아다준 도둑놈만 몇 놈이야."

"그런데요?"

"그런데요는 무슨 그런데요야. 내가 도와준 만큼 형님도 날 도와주었다는 말이지. 탕치기하고 도망간 연놈들 모조리 사기로 고소해서 그 형님이 다음 날 잡아다주었다니까. 알겠냐?"

성진은 중부서 강력팀장과 친하다는 것을 강조하며 여자들을 협박했다. 남아 있는 아가씨들까지 놓치고 싶지 않았다.

선옥은 끝내 나타나지 않았고 다음 날이 되어도 마찬가지였다. 또 한 명이 선불금만 챙기고 사라진 것이다. 아직 선불금의 반도 갚지 않았는데 튀다니. 계속해서 연락을 하고 수소문해보았지만 찾아내지 못했다. 그러다 그녀가 사라진 지 나흘 만에 이상한 일이 벌어졌다.

"형님, 저 성진이요. 새벽인데 죄송해요. 저기, 형님이 저번에 말한 거 있잖아요. 다른 마사지 아가씨들 몇이 없어졌다고. 실종된 거 말이에요."

성진은 새벽 시간에 전화를 거는 게 미안하기는 했지만 어쩔 수 없었다. 잠결에 받았는지 구 팀장의 목소리는 낮게 깔려 있어 조심스럽게 말을 꺼내었다. 그보다는 구 팀장에게 주눅이 들어 있다는 쪽이 맞을 것이다. 그에게 거는 전화는 어느 정도 용기가 필요했다.

"몇 시냐, 지금?"

성진이가 용감해졌구나, 넌 지금 몇 신데 나를 깨우는 거야라고 되묻고 있는 것이다.

"두 신데요."

"너 미쳤냐?"

"형님 죄송해요. 급히 드릴 말씀이 있어서……."

"죄송하면 다음에 해, 인마. 끊어!"

"잠깐, 잠깐만요. 형님이 그랬잖아요. 아가씨들이 없어지는 거에 대해서 아는 거 있으면 전화하라고."

"너는 그런 일 없다고 했잖아!"

"사실은 우리 애들도 두 명이 없어졌거든요. 근데 그게 좀 이상해요."

"뭐가 이상하다는 거야?"

"같은 놈 같거든요. 한 놈이 그런 것 같다는 말이죠."

"그걸 어떻게 알아? 한 놈인지 두 놈인지?"

"제가 그놈 목소리를 기억합니다. 전화 목소리를요."

"목소리 들어봤어?"

"그럼요. 제가 세 번 다 전화를 받았는데."

"왜 세 번이야. 두 명이 없어졌다며."

구 팀장은 세 번이라는 말에 곧바로 의문을 달았다.

"조금 전에 그놈 전화를 또 받았거든요."

"그놈이 왜 같은 사무실로 전화를 계속해? 그럴 리가 없잖아."

납치를 하는 놈이라면 똑같은 곳에 계속할 이유가 없었다.

"우리 전화기가 몇 댄데요. 옛날에 쓰던 것까지 하면 번호가 스무 개도 넘어요. 명함에 번호가 다르게 찍어 나가도 다 우리 사무실 거란 말이에요. 형사가 그것도 몰라요?"

성진은 답답하다는 듯 오히려 구 팀장에게 소리를 질렀다.

"그러니까 다른 번호라고 해도 모두 네 거라는 거 아니야. 대포 전화. 그래, 알았으니까 다음이나 얘기해봐."

구 팀장도 구미가 당긴다는 듯 전화기를 귀에 가까이 대었다.

"그놈이 오늘도 전화를 했다고요. 조금 전에요."

"전화번호가 뭐야? 같은 번호야?"

"네, 제가 조금 전 장부를 찾아보니까 같은 번호더라고요."

"불러봐."

"예?"

"전화번호 불러보라고, 인마."

구 팀장은 짜증 섞인 목소리로 성진을 다그쳤다.

"공일공 육삼삼에……."

"핸드폰이야?"

일반전화가 아니고 핸드폰 번호가 나오자 구 팀장은 신빙성이 없다는 눈치였다. 자신을 숨기려면 공중전화나 여관 전화가 안전하기 때문에 대부분 그것을 이용한다. 그래도 간혹 대포폰으로 신분을 감추고 덤벼드는 놈들이 있어 혹시나 하고 전화번호를 받아 적었다. 성진이 불러준 전화번호를 받아든 구 팀장은 곧바로 최정만 형사를 불러 확인하도록 했다. 최 형사는 지금까지 수집한 전화번호 목록에 같은 전화번호가 있는지 살펴보았다. 수십만 건의 통화 내역을 가지고 분석 중이었기에 구 팀장이 적어준 전화번호를 확인했다.

"팀장님, 있는데요. 가야동에서 9월 6일에 통화한 정보가 있습니다."

"그즈음 해서 신고 들어온 거 있어?"

"없는데요."

"그날 한 번뿐이야?"

"네, 새벽에 전화를 걸었는데요."

"그 번호 불러봐."

구 팀장은 최 형사가 불러주는 전화번호를 대충 적어 넣고 다시 성진에게 전화를 넣었다.

"너네 아가씨가 없어진 게 언제야?"

"9월 24일인데요."

"그거 말고 또?"

"네?"

"그 전에는 언제냐고, 인마."

구 팀장의 다그침에 성진은 다시 노트를 뒤지기 시작했다.

"9월 6일요."

날짜가 일치하자 구 팀장은 바로 노트에 적었던 번호로 전화를 넣었다. 두 번의 신호가 가고 곧바로 전화가 연결되었다. 전화 목소리는 그가 생각했던 그대로였다.

"예, 출장 안마입니다."

176

"이것도 네 번호냐?"

"형님, 이 번호는 어떻게 알았어요? 이 번호는 이제 손님들한테 안 돌리는데."

전화를 받은 성진은 구 팀장의 목소리에 깜짝 놀랐다.

*

"대장님, 내일 새벽에 작전을 해야 할 것 같습니다."

"오후에 사무실로 들어와. 직원들 모두 모아놓을 테니까. 와서 설명을 하라고."

"예, 두 시쯤에 가도록 하겠습니다."

대장은 태석의 전화를 받고 광역수사대 강력 두 팀과 지능 한 팀으로 해서 총 3개 팀을 대기시키고 기동대 1개 중대를 지원받았다. 태석은 중호에게 최종 점검을 지시하고 종현과 함께 사무실로 들어왔다. 다행히 낮에 잠시 쏟아져 내렸던 비는 사무실에 도착하자 멈추었다. 회의실에는 대장을 포함해 직원 삼십여 명이 작전 설명을 듣기 위해 모여 있었다.

"보고서 양식은 생략했고요, 사진으로만 설명을 드리겠습니다."

태석이 단상에 오르자 모든 시선이 그에게 쏠렸다. 보고서 없이 화면에 사진만 띄워놓고 설명에 들어갔다. 커다란 프레젠테이션 화면에 도로 사진과 멀리서 바라본 양계장 모습이 드러났다. 얼핏 보아서는 송유관 절도 현장이라고 전혀 보이지 않았다.

"여기는 곡성 읍내에서 약 10킬로미터 떨어져 있습니다. 큰 도로에서 터널을 지나 약 2백 미터 떨어진 곳입니다. 보면 아시겠지만 터널을 지나면 양계장 하우스 다섯 동이 나옵니다. 의심을 받을 것 같아 가까이서 사진 촬영을 하지는 못했지만 대충 짐작이 가실 겁니다. 여기 하우스 안에는 닭을 키우지 않습니다. 빈 하우스고요, 원래 소유자는 56세의 김연석 씨인데 작년

조류독감으로 부도를 맞고 나서 임대를 내준 것으로 보입니다. 내부가 어떻게 이루어져 있는지는 확인하지 못했습니다. 다만 어떤 식으로든 2백 미터 거리에 있는 송유관까지 연결했을 겁니다."

"예를 들자면?"

대장이 태석의 설명에 끼어들었다.

"땅굴을 팠을 수 있습니다. 하우스 다섯 동 모두 닭이 없는 것을 보면 그렇게 했을 가능성이 있습니다. 단순히 호스 연결이라면 두세 동 정도는 닭을 키우며 위장했을 수도 있는데, 다섯 동 모두가 비어 있다는 것은 규모가 클 수 있기 때문입니다."

"계속해."

"일은 보통 새벽에 하는 것으로 보입니다. 낮에는 거의 잠을 자는 것 같고요. 늦은 새벽에 탱크로리가 하우스로 들어갑니다. 간혹 오전에 들어가 대기를 할 때도 있습니다. 들어가면 하우스가 열리고요. 모두 두 대인데 훔친 기름을 실을 수 있도록 적재함에 탱크를 실어 개조했습니다. 나흘에 한 번씩 새벽이면 어김없이 기름 탱크를 위장한 트럭 두 대가 하우스를 빠져나와 약 40킬로미터 떨어진 전북 남원에 있는 대진주유소로 이동합니다. 주범인 김동철이 대리인 김기만을 바지로 내세워 경매를 받은 주유소입니다. 실제로 운영은 하지 않습니다. 왜냐하면 다른 곳보다 가격이 백 원 이상 터무니없이 높기 때문에 아무도 찾지 않습니다. 여기 카운터에 있는 이 사람이 주범인 김동철입니다. 대부분 양계장에 있고 여기에는 거의 나타나지 않는데 운 좋게 나타나 사진을 찍었습니다. 모든 일을 총괄했다고 봐도 됩니다. 동일 전과 3범에 폭력 전과가 많습니다. 충북 청양에서 기름을 빼다가 잡혀 징역 2년 6개월을 보내고 작년 봄에 출소해서 공범들을 모은 것으로 보입니다. 전에 일을 같이 했던 기술자 고영만과 판매책인 오기주를 주축으로 해서 교도소 동기 네 명을 더 끌어들였습니다. 그리고 이곳 저장고에 5만 리터 탱크 네 개가 묻혀 있고 모두 채워져 있으니까 기본 20만 리터는 보유하고 있다고 봐야 할 겁니다. 이렇게 저장된 탱크에서 일반 주유소로 20프로 내지 40프로 저렴한 가격으로 팔려 나가고 있습니다. 여기에 사용하는 2만 리터 탱크로리 차량이 바로 이 차량입니다. 개조를 해서 도색과 상표까지 완벽하게 마친 가짜 차량으로 누가 봐도 주유소 탱크로리입니다."

직원들 여기저기에서 탄성이 새어 나왔다. 정보를 수집한 것도 대단했지만 규모가 지금까지 송유관 절도 중에서는 단연 최고였다.

"초기 자금이 많이 소요되었을 텐데 김동철은 자금이 없잖아."

"그게 의문이기는 했는데 오동석이라고 광주에서 주유소를 운영하는, 바로 이 친구입니다."

태석은 인물 관계도를 화면에 띄웠다.

"김동철과 어떤 관계인지는 확인되지 않았지만 그가 자금을 모두 대었고 대신 기름을 그 대가로 공급받고 있습니다. 그의 통장에서 최초 자금이 흘러 들어간 게 확인되었고, 아마 투자한 금액은 이미 모두 뽑고도 남았을 겁니다."

"정보 수집하는 데 고생이 많았어. 그래, 작전은 어떻게 되지?"

설명을 듣던 대장이 만족한다는 듯 믿음을 보냈고 이어서 작전을 내릴 것을 지시했다. 태석도 모여 있는 인원들을 대상으로 체포 작전에 대하여 설명했다.

"우리가 검거해야 할 대상은 총 열두 명이고 압수영장을 집행할 장소도 네 군데입니다. 먼저 새벽에 작업이 이루어지고 있으니까 기름을 싣고 나가면 곧바로 양계장에 있는 인원에 대하여 검거가 들어가야 할 겁니다. 거기에 다섯 명이 있으니까 급습한 후에 다른 곳으로 연락이 가지 않도록 해야 합니다. 자기들끼리는 무전기를 사용하니까 전파하기 전에 즉시 압수해야 할 것 같고요. 이것은 저희와 강력1팀이 함께 해주셨으면 합니다. 염기철 팀장님이 도와주시면 될 것 같습니다."

"거기 모두 체포영장 나와 있어?"

염기철 팀장이 긴장된 표정으로 태석에게 물었다.

"신원이 확인된 사람이 다섯 명뿐이라시 우선 그 사람들만 받았고요. 나머지는 현행범으로 체포하시면 될 것 같습니다. 그리고 가장 주의할 사항은 내부가 어떻게 생겼는지 전혀 알 수 없다는 점입니다. 거기다 유류를 취급하는 곳이니까 화재에 대비해야 할 것 같고요."

"거기는 대비가 되어 있나?"

팔짱을 끼고 듣고 있던 대장이 물었다.

"저희가 투입됨과 동시에 곡성에서 119가 출동하기로 협조가 되어 있습니다."

"무기 같은 것은 없을까?"

"저희가 계속 살펴보기는 했는데 파악하지는 못했습니다. 혹시 모르니까 대비는 하셔야 할 것 같습니다. 다른 질문 없으면 다음으로 넘어가겠습니다."

질문이 없자 다음 사안을 설명했다.

"트럭 두 대가 나가기 전에 선발대로 승용차 두 대가 나가서 주변을 살핍니다. 한 대는 남원까지 이동하면서 순찰차가 있는지 없는지 확인하는 차량이고, 다른 한 대는 곡성 입구에 있는 옥구파출소 부근에 가 있는 것으로 보입니다. 파출소 부근으로 가는 차는 순찰차가 움직이는지 여부를 확인하는 게 목적입니다. 옥구파출소 건너 옥구초등학교 입구 쪽에 차를 대니까 그 주변에 차를 세워놓았다가 검거하면 될 겁니다. 차가 옥구를 빠져나가면 이 차량도 이동을 하니까 그때를 노려서 검거하시면 됩니다. 옥구파출소에도 연락을 해놓아서 놈들이 그쪽으로 이동했을 때 움직이지 않기로 협의가 되었습니다. 여기는 강력2팀에서 맡아주셨으면 하고, 지능1팀은 차량이 주유소에 도착하고 탱크로 주유를 시작하면 곧바로 검거에 들어가십시오. 주유소에 대해서도 바로 체포영장과 압수영장을 집행하면 될 것 같고, 나머지는 주범들을 우선 검거 후에 순차적으로 실시하면 될 것 같습니다. 지금 나눠 드리는 작전 보고서를 확인하시고 체포영장과 압수영장을 받아 가셔서 집행해주시기 바랍니다."

"놈들 성향이 어떻게 되지? 꼴통 같은 놈은 없어?"

"그렇지. 어떤 놈인지는 대충 알고 들어가야지."

검거할 때 걱정이 되는 듯 염 팀장이 물었고 대장이 거들었다.

"주유소나 이동하는 트럭 운전하는 놈들은 전과를 보았을 때 걱정하지 않아도 됩니다. 그래서 다른 팀들에게 맡겼고요. 저희가 들어갈 하우스 안에 있는 주범 마흔여섯 살 김동철이 문제입니다. 이번에 들어가면 몇 년간은 바깥구경하기 힘들 친구입니다. 눈치가 보통이 아니라서 조금만 낌새를 느껴도 우리가 접근한 것을 알아차릴 겁니다. 한때 서울에서 몸을 담았던 조폭 출신인데 이전에 검거되었을 때 직원 두 명을 괭이로 찍어서 부상을 입힌 사실이 있습니다. 그놈만 주의하면 될 것 같습니다."

"그놈이 기술잔가?"

"송유관에 관을 연결하고 기름을 빼내는 데는 공범인 고영만과 함께 우리나라 최고입니다."

영상이 꺼지고 회의실 형광등에 불이 들어왔다. 회의실에 가득 찬 형사들과 기동대 직원들 모두 일제히 일어났다. 작전 지시를 다시 한 번 물으려 형사들이 태석 주변으로 모여들었고, 태석은 일일이 설명을 하고 작전에 실패가 없도록 당부했다. 종현은 가지고 있던 영장들을 형사들에게 나눠 주었다.

주차장에는 기동대 버스와 봉고 차량이 대기하며 출발을 기다리고 있었다. 많은 숫자가 한꺼번에 저녁을 해결할 수 없을 것 같아 도시락을 준비해 차량에 올렸다. 인원 파악이 끝난 후 차량은 일제히 현장으로 출발했다. 보름 동안 고생해서 수집한 정보를 드디어 확인할 시간이 되었다. 누구보다 긴 장한 사람은 태석이었다. 그건 이번 작전 때문이 아니라 지선에 대한 중부서의 수사에 대하여 아직까지 대답이 없었기 때문이다. 대장은 작전이 끝난 후라고 현장으로 출발하는 차량 안에서도 말을 아꼈다.

"대장님, 중부서에서는 별다른 소식이 없는 것으로 알고 있는데요. 오늘 작전이 끝나고 마무리되면 수사를 할 수 있도록 해주십시오."

"지금은 이번 건만 생각하자고. 검거하고 검찰에 송치까지 완료되면 그때 정식으로 이야기하지."

"……알겠습니다."

이야기를 하자는 게 아니라 사건을 하게 해달라는 겁니다라고 입술까지 나왔던 말을 간신히 구겨 넣었다. 마무리가 되고도 답이 나오지 않는다면 태석은 그대로 있지 않을 기세다. 다부진 입술과 눈은 이미 중부서로 향하고 있었다.

차량들은 밤 아홉 시가 조금 넘어 곡성경찰서에 도착했다. 곡성경찰서에서도 길 안내를 위해 강력팀 직원들이 나왔고 송유관공사에서도 작전에 참여했다. 공사 직원들은 피해를 확인하고 구멍 난 송유관을 복구해야 하는 임무를 가지고 있었다.

"일단 현장으로 이동해서 녀석들이 밖으로 나올 때까지 기다리는 게 나을 것 같습니다."

"그래. 그럼 지금부터 모두 현장으로 이동하고, 하 팀장이 무전으로 지시를 내리면 작전을 실시하는 것으로 해."

"예. 그럼 출발하겠습니다."

작전이 시작되자 모두 차량에 올라 각자 임무를 부여받은 장소로 이동을 시작했다. 기동대 대형 버스를 제외한 일반 차량들이 일제히 경찰서를 빠져나갔다.

13

저녁 시간이 가까워질 즈음 남자는 버스표를 들고 차량에 올랐다. 등에 가방을 메기는 했지만 수건 한 장과 신문에 싼 과도가 전부였고 불심검문에 걸리더라도 수상하지 않게 사과도 하나 집어넣었다. 시외로 나가는 것은 참 오랜만이다. 이렇게 밖으로 나가면 기분이 좋았다. 방 안에 갇혀 하루 종일 빈둥대기만 했던 답답한 마음이 가벼워졌다. 오후가 되어 빗방울들은 창문을 두드려 남자에게 나오라고 손짓을 했고, 남자는 기다리고 있었다는 듯 자리에서 일어났다. 잠시 지나가는 비였지만 남자를 깨우기에는 충분했다. 어디를 가겠다고 정하지는 않았다. 버스표 자동 발권기 앞에 서서 어디로 갈 것인가를 정했다. 눈을 감고 손으로 버튼을 골라 갈 곳을 정했다. 장갑을 낀 손에 울퉁불퉁 튀어나온 버튼이 투박하게 느껴졌다. 오른쪽으로 이동했다가 다시 아래로 두 번 내려가 버튼을 눌렀다. 지익 소리를 내며 발권기에서 승차권이 떨어졌다. 곡성? 예전에도 갔었던 것 같다. 3년 전이었던가, 4년 전이었던가. 그때도 이렇게 갈 곳을 정하지 않았던 것 같다. 그때 향기를 맡았던 사람이 아이였던가? 여자였던가? 코끝에 예전의 그 냄새가 가까이 왔다가 멀어졌다. 대합실에 사람들은 많지 않았고 텔레비전 앞에 모여

명하니 앉아 있는 사람이 대부분이었다. 남자는 대합실 자리에 앉으려다 차가 들어오자 그대로 밖으로 나갔다. 버스에서 뿜어져 나오는 매연이 저녁노을과 섞여 붉은 향으로 남자를 유혹했다. 처음부터 향기에 집착한 것은 아니었다. 단지 자신 앞에서 살려달라고 비굴해지는 모습을 보고 싶었을 뿐이었다. 그렇게 하면 기분이 좋았다. 그래서 쇠를 들이밀었다. 비명 소리가 좋았고 발아래서 울부짖는 게 자기를 인정해주는 것 같았다. 상대가 흘린 붉은 것이 손등에 묻었다. 뜨거운 그것이 처음엔 싫었지만 점점 좋아지기 시작했다. 그래, 네가 이긴 거야라고 냄새는 칭찬 도장을 받듯 알려주었다. 학교를 다닐 때 한 번도 칭찬하지 않았던 선생님이 손등에 잘했어요라고 도장을 찍어준 것 같아 좋았다. 고등학교 때 담임은 더 그랬던 것 같다. 단 한 번도 칭찬하지 않고 혼만 내었다. 아이들이 남자를 놀려도 그는 지켜주지 않았고 오히려 놀려대던 친구처럼 화만 내었다. 선생님 대신 죽은 자들에게서 받은 붉은 도장은 향기가 났고, 그 향기를 맡아야 잠도 편히 잘 수 있어 더 집착했다.

차에 오르자 손님은 몇이 되지 않았다. 뒷자리 창가로 자리를 잡고 앉았다. 버스 안에 CCTV가 남자를 바라보는 것 같아 모자를 더 눌러썼다. 눈을 마주치지 않으려 창밖으로만 시선을 두고 얼굴을 들지 않았다. 승차권을 받으러 온 버스 기사에게도 남자는 얼굴을 돌리고 장갑 낀 손만 내밀었다. 이상할 만도 한데 버스표를 받아 가는 기사는 고개조차 갸웃거리지 않았다. 장갑을 끼든 마스크를 쓰든 눈이 세 개인 사람이든 표만 받으면 되는 거였다. 문이 닫히고 버스는 터미널을 빠져나가 도로 위를 달렸다. 얼마를 달려 버스는 도시를 빠져나가 산과 산 사이를 지나 시골로 들어섰다. 차가 정류장에 멈추었다. 곡성은 아니었다. 곡성을 도착하기 전 정류장이지만 남자는 일어섰다. 아직 몇 킬로미터나 남았는데 남자는 가방을 메고 내렸다. 그리고 뛰기 시작했다. 곡성까지 남은 거리를 그는 차가 아닌 뛰어서 갈 모양이다. 멍청한 경찰들은 사고가 나면 곡성터미널만 찾을 것이다.

*

시골이라서 그런지 도로에 이동하는 차량이 거의 없었다. 가로등이 아니면 길이 있는지도 모를 어둠이 도로에 깔렸다. 산과 논이 이어지는 도로를 따라 한참을 달려 현장 근처에 도착했다. 놈들을 감시하던 이중호 형사로부터 움직임이 없다는 연락을 받았다. 차량은 양계장과 멀리 떨어진 구도로 안쪽으로 주차했다. 신도로를 내면서 구도로는 사용하지 않고 있어 차량이 대기하기에는 안성맞춤인 장소였다. 다른 작전 차량들도 지시를 받은 위치에 모두 자리를 했다는 연락이 왔다. 이제 놈들이 탱크에 기름을 싣고 밖으로 나오기만 하면 작전은 시작이다. 차량의 시동과 라이트를 끄자 사방은 어둠으로 변했고 가을벌레 우는 소리에 귀가 가려웠다. 이미 시골은 벌레들로 가을이 만들어지고 있었다. 초저녁부터 풀벌레들은 쉬지 않고 목청을 울려 이제 가을이라고 소리쳤다. 하늘을 올려다보자 투명하고 가는 별들이 바닥으로 쏟아질 듯 가득했다. 이런 시골에서 범죄가 일어나고 있다는 게 이상할 정도로 사방은 너무도 평화로웠다. 시간이 자정을 넘어가자 공기가 차갑게 변하고 차량 위로 습기가 내려앉아 물기가 서렸다. 그 시각 하우스 안에서는 송유관의 뚫린 구멍으로 수만 리터의 기름이 굵은 호스를 타고 탱크로 옮겨지고 있었다.

"결혼까지 하려고 했었다고?"

"네? 네."

차 안의 고요함을 깬 건 대장이었다. 처음으로 태석에게 지선의 얘기를 물었다. 종현이 놈이 대장에게도 설명을 한 모양이다. 태석은 어색하게 대답했다.

"어떤 여자야? 예전 군수 딸이라고 하던데."

갑작스런 질문이 하나 더 던져졌다.

"좋은 여자였습니다. 제가 너무 제 자존심만 찾다가 놓쳐버린 거죠."

"현재 상태는 어떠한가?"

"조금씩 좋아지고 있으니까 곧 깨어날 것 같습니다."

"다행이구먼. 일 끝나고 빨리 찾아가봐야겠어."

대장은 안타깝다는 듯 말의 끝을 흐렸다.

"예, 빨리 가봐야죠. 중부서는 어떻습니까? 좀 진전이 있다고 하던가요?"

"그것보다 곧 깨어날 거라고 하니 범인에 대해 진술을 할 수 있겠구먼. 그렇게 되면 수사에 많은 도움이 될 거야."

대장은 태석의 질문에 엉뚱한 대답을 하고 있었다.

"깨어나더라도 바로 대화를 할 수 있는 건 아닐 겁니다."

"그렇겠지. 깨어나면 어떻게 할 거야?"

"무슨……?"

무슨 뜻인지 태석은 모르는 척 되물었다. 거기까지는 생각해보지도 않았는데 대장은 거기에 대해서 묻고 있는 것이다.

"자네, 혼자잖아."

"아직은……."

"그것 때문에 더 집착하는 거 아니야?"

"……그건 절대 아닙니다."

갑작스런 질문이었다. 뭐라고 대답을 해야 하지. 곧바로 대답하지 못했다.

"그것보다 중부서에서는 아직도……."

"그건 다음에 얘기하지. 일 끝내고 하자고."

"그 말씀은 진전이 없다고 봐야 하는 겁니까?"

"……."

대답이 없자 태석은 진전이 없다는 것으로 받아들였다.

"이번 일이 끝나면……."

제가 수사를 할 수 있게 해주십시오라고 나오려는 말을 멈추어야 했다. 무전기에서 이중호 형사의 음성이 긴박하게 울려왔기 때문이다. 대장도 무전을 듣고 태석의 얼굴을 쳐다보았다.

"팀장님, 양계장 문이 열렸습니다. 감시 차량들이 먼저 빠져나갑니다."

평소보다 30분 빠른 이동이었다. 선발대인 승용차 두 대가 빠져나와 도로에서 양 갈래로 갈라져 한 대는 옥구파출소와 경찰서를 감시하기 위해 출발했고 다른 한 대는 남원으로 가는 도로를 확인하기 위해 이동했다.

"감시 차량이 갈라졌습니다. 곧 트럭이 나올 것 같습니다. 트럭이 시야에서 사라지면 곧바로 작전에 들어가겠습니다."

"그렇게 해. 변수는 없겠지?"

"조금 빨리 빠져나왔다는 게 걸리기는 하는데 이상은 없습니다."

"시작해."

"예."

대장이 작전의 시작을 허락했고 태석은 무전으로 알렸다. 종현은 차량에 시동을 넣어 바로 하우스 안으로 들어갈 수 있게 했고 뒤에 직원들도 장비를 점검했다. 총기는 수령하지 않았다. 대신 전기 충격으로 상대를 제압할 수 있는 테이저건을 준비했지만 실제로 사용할 수 있을지 의문이었다. 휘발성이 강한 유류에 테이저건으로 인한 화재가 발생할 수도 있기 때문이었다. 형사들은 그런 최악의 상황이 발생하지 않기를 간절히 빌었다.

트럭에 시동이 걸리자 하우스의 철재와 비닐이 부르르 떨며 반응했다. 기름을 실은 차량은 육중한 무게로 바퀴를 움직였다. 하우스 문이 열리고 라이트를 켠 트럭이 눈치를 살피며 서서히 밖으로 빠져나왔다. 감시 차량에서 이상이 없다는 무전이 오자 트럭은 도로로 들어가 엔진에 힘을 높였다. 남원 방향의 감시 차량은 도로에 경찰 차량이 없는 것을 확인하며 방범 카메라를 피해 진행했고, 옥구파출소 방향으로 진행했던 차량은 옥구초등학교 앞에 정차하고 주위를 살폈다. 아무 이상이 없다는 점을 무전으로 알리고 차를 돌려 뒤를 따르려 했다. 뒤를 따라가며 이상 여부를 확인하는 게 이들의 임무였다.

"트럭이 한 대밖에 나오지 않았습니다. 기다려볼까요?"

"조금만 기다려봐."

"불이 켜지지 않습니다."

중호로부터 차량 한 대가 빠져나오지 않았다는 무전이 왔다. 늦게라도 빠져나오게 되면 앞에 경찰이 있었다는 것을 눈치챌 수도 있는 순간이었다. 태석은 결정해야 했다.

"차 소리 들려?"

"아니요. 시동을 켜지 않은 것 같습니다."

시동이 켜지지 않았다는 말에 태석은 결정했다. 안에 문제가 있기는 하지만 작전을 하는 데는 이상이 없을 것 같았다.

"1차 감시 차량 검거하세요. 도둑고양이 잡으러 사냥개는 들어갑니다."

태석이 터널을 지나며 무전으로 1차 검거할 것을 지시했다. 그의 무전에 도로변에 서 있었던 승용차와 봉고차에 시동이 걸리며 옥구파출소 건너에 정차되어 있는 승용차로 돌진해 앞뒤를 막아섰다. 서자마자 한 무더기의 사냥개들이 튀어나와 도둑고양이의 목을 물었다. 깜짝 놀란 도둑고양이가 몸을 펴며 도망치려 안간힘을 썼지만 사냥개들은 사납게 몰아붙였다. 앞뒤로 막힌 차에 발버둥을 쳐도 움직이지 못하자 무전으로 상황을 알리려 했다. 그러자 곧바로 창문이 부서져 내렸다. 무전을 보낼 시간도 없이 놈은 검거되었다.

"도둑고양이 하나 검거."

검거되었다는 소식을 접하자마자 태석이 탄 봉고차 두 대가 양계장으로 소리 죽여 들어갔다. 차가 멈추자마자 형사들이 튀어나왔다. 하우스 문을 열자 베일에 가렸던 안이 드디어 모습을 드러냈다. 하우스 두 개 동 안에는 의문의 흙이 산처럼 가득 차 있었고 다른 하우스에는 트럭이 기름을 채우지 못하고 그대로 있었다. 문제가 발생한 것은 맞아 보였다. 마지막 하우스에는 검은 호스가 지하로부터 올라와 있었고 바닥에는 커다란 구멍이 뚫려 있었다. 호스를 잡고 있던 남자가 갑작스런 경찰의 출현에 깜짝 놀라 입을 쩍 벌렸다. 테이저건의 레이저빔이 가슴에 그려지자 손을 번쩍 들어 올리고 움직이지 못했다. 태석은 입에 손가락을 가져가 소리 내지 말라는 경고를 했다. 얼어버린 남자는 아무 소리도 내지 못하고 고개를 끄덕여 대답했다.

"아래 몇 명 있어?"

"세 명……."

"또? 또 어디 있어?"

"……."

"빨리 말 안 해?"

"숙소에 두 명……."

1팀 형사들은 컨테이너 박스 안에서 야식을 먹으며 쉬고 있던 그들을 검거했다.

땅속 안은 생각지도 못했던 광경이 펼쳐져 있었다. 강원도 철책 주변에서나 보던 안보 교육용 땅굴이 앞에 놓여 있었다.

"미친 새끼들!"

땅굴은 양계장과 송유관의 거리만큼 길고 넓게 이어져 있었다. 천장은 목책으로 흙이 떨어지는 것을 방지하고 있었고 바닥에는 레일까지 깔아 흙을 나르는 데 용이하게 만들어놓았다. 이삼 미터 간격으로 전등이 설치되고 환풍 시설까지 있어 적어도 수개월은 걸렸을 것이다. 성인 두세 명이 왕복

할 정도로 파놓았으니 거기에서 나왔을 흙의 양도 상당했을 것이다. 하우스 안에 쌓인 의문의 흙이 무엇인지 알 것 같았다.

"어떻게 연락해?"

"무전기로……."

입구 쪽에 무전기가 있었고 중계기까지 설치해 안쪽과 연결이 가능하게 해놓았다.

"나오라고 무전해."

"그냥 나오라고요?"

"잠깐!"

용건도 없이 무조건 나오라고 하는 것은 놈들의 의심을 사기에 충분했다. 태석은 잠시 멈추었다.

"언제 나와?"

"송유관 연결 고리가 고장 나서 좀 걸리는데요."

"안에 김동철 있어?"

"네, 지금 작업 중인데요."

김동철이 있다면 신중하게 해야 했다. 놈은 순순히 수갑을 찰 놈이 아니다. 쉽게 결정하기 어려워 우선 기다려보기로 했다. 모든 작전이 일시에 멈추었다. 아직 트럭이 주유소로 들어갈 때까지는 시간적 여유가 있었지만 그전에 이곳을 해결해야 했다. 자칫 잘못했다가는 외부에 있는 놈들이 모두 도망칠 수도 있는 상황이었다.

"김 씨, 물 좀 가져와."

땅굴 안에서 무전이 날아왔다.

"대답해!"

"물?"

김 씨 입에 무전기를 가져다주자 어색하게 대답했다.

"그래, 두 병 가져와. 시원한 걸로."

"알았어."

놈이 오히려 태석을 도왔다. 물을 가져오라고 했으니 사람이 들어가도 눈치를 채지 못할 것이다. 대장이 목을 빼 땅굴 아래를 내려다보았다. 사다리가 놓인 검은 땅굴은 입을 크게 벌린 짐승의 목구멍 같았다.

"조심해서 검거해. 반항할지도 모르니까."

대장은 들어갈 엄두를 내지 못하는지 입구에서 말로 대신했다. 조심하라는 말은 너희들끼리 들어가서 검거해 오라는 어정쩡한 명령이었다. 그의 행동에 개의치 않는 태석은 김 씨를 끌고 안으로 들어갔다. 김 씨에게는 놈들에게 어떠한 협조도 해서는 안 된다고 다시 한 번 강조했다. 김 씨를 앞에 세우고 태석과 종현 그리고 지원 나온 형사들이 뒤를 따라 조심스럽게 들어갔다. 다행히 땅굴은 구불거리게 되어 있어 시야가 가려졌다. 반절쯤 이동했을 즈음 안에서 소리가 들려왔다. 남자 몇이 송유관에서 기름이 새고 있는 것을 어떻게 해결해야 하는지 토의하고 있었다. 고민하는 모습은 도둑이 아닌 진짜 현장 근로자들 같았다. 가까이 갈수록 바닥은 새어 나온 기름으로 축축했고 냄새도 역하게 올라오고 있었다.

"물 가져오는 데 뭐 그리 오래 걸려."

"어, 지금 가져가고 있어."

인기척을 느낀 김동철은 작업을 하다가 소리쳤고 김 씨는 어색하게 대답했다. 약간 느리고 긴장되기는 했지만 누구도 눈치채지 못할 어투였다. 하지만 예민한 김동철은 달랐다. 김 씨의 음성이 전과 다르게 떨리고 있다는 것을 곧바로 알아차렸다. 하던 일을 멈추고 그의 눈이 매섭게 좌우로 움직였고 귀를 세워 발소리를 찾으려 했다. 한 명이 아닌데.

"용섭이, 컵도 가져오고 있지?"

"어…… 어? 가져가지."

김동철이 확실하다는 듯 주위에 눈치를 주었다. 김 씨의 이름은 용섭이 아니었다. 모두들 무기를 하나씩 들어 올렸다. 쇠파이프와 파이프렌치를 손에 쥐고 허리를 구부렸다. 김동철도 짤막한 쇠파이프를 오른손에 쥐어 들고 전등불 옆으로 비켜섰다.

태석은 순간 대화가 멈추고 놈들이 움직이는 소리가 들리자 상황을 눈치 챘을 거라는 예감이 들었다. 또한 용섭이라는 이름에 김 씨의 말투가 흐려졌다는 걸 뒤늦게 깨달았다. 김 씨의 눈치가 이상해진 것을 느끼고 뒤로 빼려는 순간, 김 씨가 갑자기 소리쳤다.

"걸렸어! 튀어!"

"미친 새끼! 조용히 안 해!"

종현이 목소리를 막아보려 했지만 이미 튀어나온 말은 땅굴을 울렸다. 놈의 말이 터져 나오자마자 일제히 땅굴 안쪽으로 뛰어 들어가기 시작했다. 어차피 놈들은 안에 갇혀 나갈 곳도 없었다. 태석이 제일 앞에 서고 뒤에 종현과 기동대 직원들 네 명이 따라 뛰기 시작했다.

"뭐야!"

갑자기 불이 나가버렸다. 땅굴 안은 순식간에 어둠이 돼버리고 바로 눈앞의 것도 구분할 수가 없었다. 김동철이 전등불을 꺼버린 것이다.

뛰던 걸음을 멈추고 랜턴을 켜 들어 안쪽을 비추며 걸어 들어갔다.

"김동철! 이제 끝났다. 손 들고 밖으로 나와!"

태석의 고함에 아무 소리도 나지 않았다. 어떻게 해야 할지 몰라 망설이고 있는 것이 분명했다. 그러나 지금 이 순간이 가장 긴장된 시간이었다. 땅굴 안은 기름으로 가득 차 있는 밀폐 공간이다. 트럭으로 옮겨 가던 굵은 호스에는 기름이 가득 차 있고 안쪽 벽에는 송유관이 수십만 리터의 기름을 높은 압력으로 밀어 올리며 지나가고 있었다. 더구나 거기에서는 기름이 계속해서 새어 나와 떨어지고 있었고 그것도 인화성이 최고 높은 휘발유였다.

김동철이 자포자기하고 불이라도 붙인다면 여기는 불구덩이가 될 것이 분명했다. 바닥과 벽에서 기름 냄새가 불이 붙은 검은 연기처럼 올라와 사람들을 움켜쥐려 하고 있었다.

"팀장님! 나가는 게 낫지 않을까요? 모두 다 기름투성인데요."

"그래요, 팀장님. 밖에서 불러내는 게 낫겠습니다. 섣불리 검거하려다가 모두 다 타 죽을 수도 있겠습니다."

태석은 빨리 결정을 해야 했고 놈을 자극해서는 안 되었다. 랜턴을 들어 안을 비추자 서넛은 돼 보이는 사람들의 그림자가 있었다.

"도둑고양이 둘 검거."

남원의 주유소까지 모두 검거했다는 무전이 태석의 귀에 전해졌다. 안쪽에 있는 놈들만 잡는다면 모든 상황은 종료된다. 그런데 섣불리 다가갈 수가 없었다.

"아래 무슨 일이야? 괜찮아?"

위에 있는 대장이 불이 꺼지고 움직임이 없자 무전을 날렸다.

"놈들이 불을 끄고 움직이지 않고 있습니다."

종현이 태석 대신 대답했다.

"놈들이 어떤데?"

귓가에서 울리는 무전 소리가 소음처럼 들렸다. 걱정해주는 소리지만 도움이 되는 소리는 되지 못했다.

"소방차 대기되었습니까?"

태석이 대장의 무전에 반응을 했다. 우선은 혹시 모를 사고에 대비해야 했다. 대장은 곡성경찰서 상황실로 출동하기로 한 소방차 상태를 물었다. 그런데 소방차는 올 수가 없다는 뜻밖의 대답이 들렸다. 곡성 읍내에 화재가 발생했다는 것이다. 다른 지원 인력이라도 요구했지만 그것도 되지 않았다.

"이런 개 같은……. 하 팀장, 소방차와 지원은 없어. 그러니 우선 빠져나와. 빨리!"

그러나 태석에게서는 대답이 없었다. 이미 놈과 대화가 시작되었다.

"어이, 경찰 양반! 얘기 좀 하지!"

땅굴 끝에서 김동철이 먼저 말을 걸어왔다. 쉽게 나올 놈이 아니고 어떻게는 여기에서 빠져나가려 할 것이다.

"김동철 씨, 내 말 들립니까?"

"그래, 잘 들린다."

"오동석도 검거되었어요. 당신만 빼고 다 잡혔어. 이제 끝내고 나갑시다."

"미친놈, 내가 편하게 나갈 것 같아. 들어오기만 하면 여기 다 불질러버릴 거야."

"당신도 죽어!"

"어차피 잡혀서 교도소에서 썩어 죽으나 여기서 죽으나 똑같아. 나 혼자 못 죽지, 시발! 내가 경찰 새끼 몇 놈은 같이 데리고 갈 거야."

오히려 목소리가 높아진 사람은 태석이 아니라 김동철이었다. 태석과 종현 그리고 나머지 직원들도 어쩌지 못하고 그대로 있었다. 뒤로 물러나야 할 것 같은데 팀장인 태석이 꿈쩍도 하지 않고 있어 눈치만 보고 있었다.

"팀장님, 우선 나가죠. 대장님도 나오라고 하는데. 저놈이 어떻게 나올지 모르잖아요."

"저 안에 있는 놈들이 다 같은 생각일까? 김동철은 전과가 있어 처벌이 가중될 것을 본인이 아는 거야. 그런데 나머지는 그렇지 않아. 무전으로 땅굴 안을 모두 비출 수 있는 전등을 좀 준비해달라고 해. 뭐가 보여야 일을 하지. 그리고 다시 한 번 소방차도 요청해봐."

"팀장님은요?"

"협상을 좀 해봐야지."

"그러다가 잘못되면요?"

"그래도 해봐야지."

말을 마치고 태석은 한 걸음 앞으로 나가 안쪽을 향해 소리를 질렀다.

"고영만 씨 안에 있나요? 홍진국 씨도 있죠? 나와요. 당신들은 김동철의 꼬임에 넘어간 겁니다. 지금 나온다면 구속까지는 가지 않을 수 있어요. 그렇지만 계속 버틴다면 저희도 어쩔 수 없어요."

"무슨 개수작이야! 송유관에 불을 지르기 전에 꺼져, 빨리!"

"고영만 씨, 홍진국 씨, 거기 있는 거 압니다. 교도소에서 김동철에게 무슨 말을 들었는지 모르지만 사람 잘못 만난 겁니다."

더 이상 목소리는 없었다. 그러나 그들끼리 서로 이야기를 나누는 소리가 들려왔다. 무슨 말을 하는 것일까. 불을 붙이기란 쉽지 않다는 것을 태석은 알고 있었다.

"모두 검거되었어요. 이제 끝내고 나가야 해요. 모두 김동철의 말 듣지 마세요."

태석은 다시 한 번 설득했다.

"무슨 개수작이야! 그만하고 꺼지란 말이야. 어디서 사람을 꼬드기고 있어! 계속 그렇게 하면 진짜 불붙여버려!"

김동철은 말을 마치자마자 호스 이음새를 끊어버렸다. 그러자 압력이 풀린 호스로 휘발유가 분수를 뿜듯 쏟아져 나와 사방으로 뿌려졌다. 금세 휘발유가 동굴 안을 채워 그대로 있다가는 질식해서라도 쓰러질 판이었고, 불꽃 하나면 동굴이 날아갈 지경이 되고 있었다. 김동철은 이곳에서 끝장을 보려는 것 같았다.

"뭐 하는 짓이야. 그만둬! 다 죽일 참이야!"

고영만이 김동철의 행동을 제지하기 시작했다. 그도 사태가 최악이 되는 것은 생각하지 않고 있었던 모양이다. 그런데 김동철이 호스를 끊어 휘발유가 사방으로 튀자 생각이 달라졌다. 김동철이 진짜 불을 붙일지도 모른다는 공포감이 그를 움직이게 만들었다. 그는 김동철의 손을 잡고 막아섰다. 이때였다. 지금이 아니면 기회는 없었다. 태석이 안으로 뛰어들었다.

"종현아! 지금이다. 뛰어서 막아!"

"예!"

태석과 종현이 안으로 뛰어 들어갔다. 뒤에 지원 근무를 나온 직원들은 안으로 뛰어야 하는지 밖으로 뛰어야 하는지 여전히 갈등 중이었다. 지원을 나와 이런 긴박한 상황까지 갈 줄은 몰랐다. 잘못 뛰어들었다가 불바다 속으로 뛰어 들어간 꼴이 되기 십상이었다. 어정쩡하게 있던 그들은 밖으로 뛰어 도망쳐 나오는 홍진국을 잡아 검거하는 것으로 태석을 도왔다.

안에 있던 김동철은 휘발유를 뿌려대고 있었고 옆에 있던 고영만은 호스를 빼앗으려고 몸싸움 중이었다. 그러다 김동철은 태석이 달려오는 것을 보고 주머니에 손을 넣어 라이터를 꺼내려 하였다. 땅굴 전체가 불바다가 되기 직전이었다. 밀폐된 이곳에서 불이 붙는다면 불만 나는 것이 아니라 땅굴까지 무너질 위험에 놓여 있었다. 노란색 일회용 라이터가 김동철의 손에 잡혀 밖으로 나오자 그의 다른 손을 잡고 있었던 고영만도 놀라 그를 밀고 밖으로 뛰기 시작했다.

"미친 새끼! 라이터다!"

고영만이 김동철에게서 떨어져 밖으로 나왔고 태석은 그와 반대로 김동철에게 달려들었다. 라이터를 켜기 직전 몸을 날려 라이터를 쥔 손을 움켜쥐며 김동철의 몸뚱이를 바닥에 넘어뜨렸다. 벽에 부딪히고 바닥에 굴러도 김동철의 몸부림은 멈추지 않았다. 놈은 정말로 불을 붙일 작정을 하고 온몸에 힘을 주고 있었다. 어차피 교도소에서 평생 갇혀 사는 것보다 여기서 죽는 것이 낫다고 생각한 것이다. 압력이 올라간 호스는 살아 있는 듯 일어서 춤을 추기 시작했다. 주둥이에서는 높은 압력의 분수가 물줄기를 뽑아 올리듯 누런 휘발유가 솟구쳐 땅굴 벽을 파 들어가고 돌덩이까지 사방으로 날려 보냈다. 호스의 몸부림을 그대로 두었다가는 땅굴이 무너질지도 몰라 태석을 도우려던 종현은 호스를 잡는 데 열중했다. 혀를 날름거리며 허리를 세운 뱀처럼 호스는 종현에게 잡히지 않고 계속해서 대가리를 흔들어 벽을 무너뜨렸다. 그대로 계속되다가는 불에 타 죽거나 무너진 흙에 깔려 죽기 십 상이었다.

"김동철, 그만해! 라이터를 버려! 이제 끝났어. 그렇게 했다가 다 죽어!"

"죽어버리지 뭐!"

주먹으로 김동철의 얼굴을 가격해도 손에 쥔 라이터를 놓을 생각을 하지 않았다. 쏟아지는 휘발유 아래에서 김동철과 태석은 서로 엉켜 라이터를 놓고 힘을 주고 있었다. 흙과 휘발유가 섞여 온몸을 적시자 얼굴은 뜨거웠고 눈조차 뜨기가 어려웠다.

"악!"

"놔!"

힘으로 김동철을 이기기가 좀처럼 어려웠다. 양손을 잡고서도 해결이 되지 않았다. 그러다 태석의 손에서 놈의 손이 빠져나가고 있었다. 손이 빠지지 못하게 하려고 했지만 놈의 손은 태석을 이겨내고 있었다.

"끝났어, 개새끼야! 같이 죽어."

놈이 태석을 비웃으며 손을 빼내고 있었지만 태석은 막아내지 못했다. 이 대로라면 동굴 안은 불구덩이가 되기 직전이었다. 그러나 그대로 둘 수 없었다. 잡고 있던 손이 완전히 빠지려 할 때였다. 태석은 자라처럼 고개를 빼어 김동철의 손목을 입으로 있는 힘껏 물었다. 악어처럼 입을 쫙 벌려 손목을 으깨어버릴 듯 힘을 주었다. 뼈가 부서지는 소리가 빠드득 들려왔다.

"아!"

싸움에서 앞발이 으스러져버린 짐승의 고통 섞인 비명이었다. 으스러져 버린 김동철의 손이 바르르 떨었고 라이터는 떨어져 기름에 잠겼다.

"살인미수 추가야, 미친 새끼야."

*

"내 손목 어떻게 할 거야!"

"목이 안 비틀어진 걸 다행으로 알아. 넌 여기 있는 사람 다 죽일 뻔했어."

태석에 의해 상황이 정리되자 직원들이 뛰어 달려와 김동철을 잡아 태석에게서 떼어놓았고 들어오기를 망설이던 송유관공사 직원들도 그때서야 내려올 수 있었다. 그때까지도 종현은 날뛰는 호스를 잡고 있었고, 송유관공사 직원들이 압력을 낮추자 호스는 바람 빠진 풍선처럼 바닥에 널브러졌다.

태석은 김동철의 손목에 수갑을 채워 일으켜 세웠다. 피가 난다고 엄살을 부렸지만 태석은 아랑곳하지 않았다. 이것으로 모든 상황은 정리되었다. 기름을 온몸에 둘러쓴 태석이 김동철을 비롯해 네 명의 피의자들을 데리고 땅굴을 빠져나오자 대장이 입구에서 기다리고 있었다.

"수고했어. 일망타진했네. 모두 하 팀장이 해낸 거야. 자칫 큰일이 일어날 수도 있었는데 다행이야."

"약속을 지켜주십시오."

태석은 한마디만을 남기고 피의자들을 끌고 밖으로 나갔다. 마치 지금까지의 모든 일들이 중부서 사건 하나를 맡기 위해 진행된 것 같았다. 밖에는 이미 붙잡힌 트럭 기사를 비롯해 열두 명의 피의자들이 기동대 버스에 체포되어 앉았고 김동철은 수건으로 손목을 감는 간단한 응급처치를 받고 차에 오를 수 있었다. 피의자들을 실은 버스가 출발하고 뒤에 도착한 과학수사 직원들이 현장을 촬영하고 증거물들을 정리했다. 하우스 전체에 폴리스 라인이 쳐지고 일반인들의 출입이 차단되었다. 버스에 태석이 올라타자 커다란 기름통이 통째로 걸어 들어와 자리에 앉는 것 같았다. 뒤늦게 소방차가 한 대 오기는 했지만 이미 상황은 종료된 후였다.

사무실에 도착해 일차적으로 피의자들에 대하여 수사를 마쳤다. 김동철은 조사를 받지 못하겠다고 묵비권을 내세우며 병원부터 데려다달라고 소리를 질렀다. 다행히 으스러져버린 줄 알았던 손목은 열다섯 바늘을 꿰매는 것으로 마무리가 되었다. 그의 손목에 상처가 나지 않았다면 불바다가 되었을지도 모른다는 상상에 직원들과 다른 피의자들은 등골이 오싹해졌다. 김동철을 비롯해 주범으로 간주되는 네 명에 대해서 구속영장 서류를 작성하고 신병을 모두 유치장에 입감하자 하루를 꼬박 넘겨 새벽 두 시가 지났다. 지휘부에 사건 개요를 작성하고 종현과 중호는 오전에 있을 언론 브리핑 준비를 하도록 했다. 태석은 새벽에야 사무실을 빠져나올 수 있었다. 며칠째 지선을 찾아가지 못한 것이 걸려 잠시라도 병원에 가보고 싶었다. 비록 보지 못하더라도 중환자실 앞에 있으면 마음이 편안했다.

*

새벽 공기를 마시며 차는 도로 위를 달렸다. 창문을 열자 차가운 공기가 얼굴을 쓸고 지나갔다. 잠을 자지 못했지만 지선을 보러 간다는 생각에 정신은 더 맑아졌다. 차는 금세 병원 주차장에 와 있었다.

중환자실 앞으로 가자 당직 간호사들 둘만 자리를 하고 있었다. 밤새 환자들을 보느라 그런지 얼굴에는 피곤이라고 쓰여 있듯 눈은 흐려져 있었다. 태석은 간단히 눈인사를 하고 의자에 가 앉았다. 면회 시간이 정해져 있다는 것을 태석이 모를 리 없었다. 아침 브리핑을 하고 지휘부에 보고를 하다 보면 아침 면회 시간은 그냥 넘어갈 것이고, 오후 면회도 구속영장 관련해서 법원에서 영장실질심사에 참관하다 보면 어려울 것이다. 그래서 지금 와야 했다. 들어가 직접 보지는 못하더라도 의자에 앉아 병실을 바라보면 마음이 따뜻해졌다.

'나 왔어, 지선아.'

혼자서 중얼거렸다. 왜 오지 않았느냐고 서운해하지는 않았을까. 이렇게라도 찾아왔으니 용서해달라고 작은 목소리로 속삭였다.

'뭐하러 왔어요. 피곤할 텐데.'

그렇게 지선이 말해주는 것 같았고 그렇게 되기를 빌었다. 벽을 사이에 둔 둘의 대화는 새벽에 조용히 이루어지고 있었다.

"저, 이렇게 하면 안 되는데요, 잠시 들어갔다 오실래요?"

"예?"

"며칠 전에도 오셨는데 늦게 오시는 바람에 그냥 가셨잖아요. 잠시 시간 드릴 테니까 들어갔다 나오세요. 대신 비밀이고 조용히 하셔야 돼요."

"감사합니다."

태석을 알아본 간호사가 배려를 해주었다. 밤늦게 찾아오거나 새벽에 찾아오는 태석이 안타까웠던 모양이다. 어쩌면 지선의 아버지가 간호사들에게 이야기를 했을지도 모른다. 안타까운 사연에 간호사들도 태석을 바라보기가 안쓰러웠던 모양이다.

태석은 소리를 죽여 지선의 침상 옆에 앉았다. 다른 환자들이 보고 간호사들에게 항의할지도 몰라 더 조심스럽게 옆으로 갔다. 취침등 아래 지선은 하얗게 태석을 기다리고 있었다. 기다리다 지쳐 잠이 든 것이면 좋을 텐데. 한 번도 맞아 주지 않는 지선이 원망스러웠다. 하지만 그녀는 여전히 움직이지 못했고, 약하게 뛰는 심장만이 그녀가 아직 살아 있음을 증명하고 있었다.

작은 손을 잡아 들었다. 손을 잡아도 오래된 연인처럼 어색하지 않았다. 그녀의 손을 잡고 있으면 거기에서 고맙다는 말이 들려왔다. 미안하다는 말도 있었고 힘들지 않냐고 걱정하는 목소리도 있었다.

'이제 나를 봐주면 안 되겠니? 이제 깨어날 때도 되었잖아.'

태석이 나지막이 속삭였다.

'넌 내가 보고 싶지도 않니? 어떻게 살아왔느냐고, 왜 이제야 왔느냐고 묻고 싶지도 않아? 나는 네가 어떻게 살아왔는지 너무나 궁금한데. 왜 그렇게 말이 없어?'

대답이 없는 것에 원망은 없었다.

'자주 찾아오지 못해 미안해. 또 며칠이 지나야 할지도 몰라. 이제 놈을 잡으러 갈 거거든. 일이 끝나면 내가 할 수 있게 해준다고 약속했으니까. 널 이렇게 만든 놈을 잡아서 너에게 사과하게 만들게. 내가 꼭 그렇게 할 거야.'

병실을 나오는 태석의 얼굴이 비장했다. 또다시 새벽에 홀로 돌아가는 그의 모습을 간호사들은 안쓰럽게 쳐다보았다.

*

오빠가 오게 해달라고 빌면 그게 이루어졌다. 저녁 김 간호사님이 와서 오늘은 올까요라고 물었을 때 나는 그럼요, 오늘은 꼭 올 거예요라고 대답했었는데 그게 맞았다. 사실 그 대답을 한두 번 한 게 아니다. 김 간호사님은 매일 물었고 그때마다 난 올 거예요라고 대답했으니까. 그래서 나는 계속 거짓말쟁이가 되어가고 있다. 나에게 기다림은 시간이 아니었다. 시간은 그리움과 간절함의 덩어리가 커져가는 공간이었다. 오빠로 채워질 내 공간은 우주만큼이나 넓어 채워질 수 없을 줄 알았는데, 그 큰 공간이 하루 만에 차버렸다. 10년이 넘도록 채워지지 않던 공간인데 오빠가 내 손을 잡아준 그 순간부터 우주는 작아져버렸고 작아진 우주는 터져버릴 만큼 오빠로 가득 찼다. 공간은 시간을 넘었고 그리움은 기다림을 넘어 모두 내 안에서 나를 위로했다. 난 오빠의 손을, 숨소리를 기억하려 했다. 내 손에 닿아 그곳에서 심장 소리가 들렸던 그날, 오빠의 심장은 내 안에 들어와 내 심장 옆에서 속삭였다.

내 옆에 있겠다고 했고 나를 지켜주겠다고 했다. 나에게 남은 시간이 얼마가 될지는 모르지만 그 시간 동안 오빠는 나를 위로해주겠다고 했다. 그런데 그렇게 속삭여주고는 오지 않고 있다. 무슨 일이 있는 걸까. 빨리 오라고 부르는 게 내 욕심일까. 욕심이 아니라고 해주면 좋겠고 오빠가 그게 아니라고 대답을 해주면 좋겠다. 당연한 거라고, 그리고 네가 그리워하듯이 나도 그랬다고. 찾아오지 않는 동안 나도 네가 그립고 보고 싶었다고 해주면 좋겠다.

아무도 들어올 수 없는 병실로 오빠가 혼자서 들어왔다. 면회 시간도 아닌데. 왜 이제 온 거야. 놀라는 내 목소리를 오빠가 들었을까. 놀란 게 아니라 좋은 거야, 오빠. 너무너무. 내 얼굴에서 그렇게 봐주길 원했다. 오빠의 목소리는 낮고 차분했다. 나보고 오빠를 보라고 한다. 난 계속 보고 있는데. 병실 밖에 찾아와 대기실에 혼자 앉아 있을 때부터 난 보고 있었다는 것을 오빠는 모르나 보다. 눈은 감겨 있지만 난 오빠를 보고 있어요. 얼굴이 많이 거칠어졌네요. 잠을 자지 못했나 봐. 내 걱정을 오빠가 들을 수 있을까.

오빠가 보고 싶었어요. 오빠가 상상하는 것보다 그 이상으로 오빠가 보고 싶었어요. 너무 보고 싶어서 이렇게 병이 나버렸는지도 모르죠. 난 오빠가 어떻게 살아왔는지 궁금하지 않아요. 왜냐면 난 오빠가 언제나 내 곁에 있었다고 생각했거든요. 오빠는 알지 못했겠지만 난 그랬어요. 나 참 미련하죠. 그런 것 같아요. 여기 눕기 전에는 그렇게 생각해보지 않았는데 그런 것 같아요. 나에겐 남자라고는 오빠 하나뿐이었어요. 그건 창피하니까 말하지 않을게요. 오빠도 듣지 않았다고 해줘요.

오빠가 일어난다. 잠깐도 되지 않았는데 벌써 가려고 한다. 오빠, 나를 위해 아무것도 하지 마요. 그냥 나를 매일 찾아와줘요. 그냥 나를 위로해주고 나를 안아주기만 하면 돼요. 누가 이렇게 했든 그게 무슨 상관이야. 오히려 난 그 사람 때문에 오빠가 나에게 온 것 같은데. 오빠를 마주 보고 이야기하고 내 손을 잡아주고. 옛날 그랬던 것처럼, 어둠 속에서 오빠가 내 가슴에

202

입을 맞추었던 그때처럼 내가 오빠 옆에 있을 수 있는 시간 동안 그렇게 해
주면 좋겠다. 자주 못 올지도 모른다는 말이 나 때문이란 게 불안하다. 오빠,
나 때문에 제발 그러지 마요.

14

정복으로 갈아입은 대장은 브리핑 자료를 손에 들고 기자실로 향했다. 기자실에는 이미 현장에서 수거한 증거물들이 책상 위에 번호표와 함께 줄을 지어 늘어져 있었다. 송유관과 연결되어 있던 유압기와 무전기는 여전히 동굴 안 기름 냄새를 풍기고 있었다. 하루를 넘긴 새벽까지 조사를 하고 범죄사실이 모두 완성되자 대장은 브리핑을 준비하라는 지시를 내렸다. 새로 부임한 청장의 신조가 '홍보가 일을 살린다'는 것이었다. 일을 하고 홍보를 하지 않으면 일을 하지 않은 게 아니라 못하는 것이라는 거다. 거기에 부응하기 위해 아침 일찍 기자들에게 자료까지 배포하고 홍보에 나선 것이다. 대장은 자신에 찬 모습으로 브리핑을 시작했다. 이번 성과는 전국 뉴스에 나고도 남았다.

"이번 송유관 절도 피의 사건에 대한 브리핑을 시작하겠습니다. 이 사건 피의자 김동철 등 열두 명은 송유관 근처 양계장을 임대해 약 2백 미터의 땅굴을 파고 들어가 송유관에 구멍을 뚫어 기름을 절취하였습니다. 그리고 경매로 받은 주유소를 훔친 기름으로 직접 운영하였고, 또한 낮은 가격에 전남, 전북, 경남 일대 주유소에 약 30만 리터 시가 28억 원 상당의 기름을 납품하여 지금까지 발생한 송유관 절도 사건 중 가장 규모가 큰 것으로 파악되었습니다. 특히 수사 기관의 눈을 피하기 위해 송유관으로부터 약 2백 미터 떨어진 양계장을 임대하여 송유관에 이르는 지하 땅굴을 3개월 동안 파 들어가 접근하였습니다. 이들 중 주범인 김동철과 장물업자 등 네 명에 대하여 구속영장을 신청하였고 나머지 여덟 명에 대하여는 그 가담 정도가 적어 불구속 수사를 진행하고 있습니다. 이들은……."

대장의 브리핑은 10분을 훌쩍 넘겼다. 검거 당시 상황을 설명하려면 한 시간도 모자랄 것 같았다. 그러나 기자들이 핵심만 설명하기를 바란다는 것을 알기에 간략히 끝을 내었다.

"자, 질문 있으면 하시기 바랍니다."

많은 질문이 쏟아질 것을 대비해 예상 질문에 답안까지 만들어 준비를 했다. 그런데 기자들은 브리핑이 끝나자마자 자리를 접고 나가버렸다. 마치 끝나기만을 기다린 것 같았다.

"아니, 왜들 그렇게 서둘러 가는 거야? 어이, 남 기자, 왜 그래?"

대장이 나가고 있는 남운철 기자를 불러 물었다.

"조금 전 동촌동 노인 살인 사건 범인이 잡혔답니다. 거기다 여종업원 납치 사건도 모두 살해된 채로 발견되었다는데요. 방금 연락이 와서요. 빨리 그쪽으로 가보라고. 기자들 다 거기로 갔을 겁니다. 먼저 간 사람도 있고요."

"어디 서라고?"

"중부서요. 왜 저희보다 몰라요? 대장님, 이번 절도 건은 묻히겠는데요."

"그래도 남 기자가 잘 써줘."

"알겠습니다. 아무튼 저도 그쪽으로 갑니다. 구태만 팀장이 큰 거 하나 했는데요."

경찰이 사건을 더 모른다고 남 기자는 핀잔을 주며 밖으로 나갔다.

사람들의 관심은 절도보다는 살인 사건에 치중하기 마련이다. 그런 기사가 이목을 집중시키는 것도 사실이고 그중에서도 여자들 사건은 더 부각되기 마련이었다.

"어이, 하 팀장 어디 갔어? 중부서에서 무슨 일이 있었는지 확인 좀 해야 할 것 같은데."

"벌써 중부서로 갔는데요."

*

중부서에는 광역수사대에 있었던 기자들이 그대로 와 있었다. 아직 정식 브리핑을 준비하지 않았다는 설명이 있었지만 사안이 워낙 컸기에 기자들은 기다릴 수 없다는 듯 사무실로 찾아 들어갔다. 강력1팀의 사무실 문은 굳게 닫혀 열리지 않았다. 간혹 열리는 문틈으로 남자 한 명이 수갑을 차고 앉아 있는 모습이 보일 뿐이었다. 30대 중반의 나이에 체형은 왜소해 보였다. 밤샘 조사를 받았는지 얼굴이 초췌해 보였지만 눈빛만은 짐승보다 사나워 보였다. 복도에서는 문틈으로 보이는 남자의 작은 움직임에도 플래시를 터트렸다. 거기다 동촌동 지역 부근에서 발생한 주택가 살인 사건의 유족들이 소식을 듣고 찾아와 복도는 사람들로 가득 들어찼다. 태석은 기자들과 유족들 사이를 뚫고 안으로 들어가려 했다. 지선의 몸에 칼을 넣은 만큼 놈에게도 그렇게 하고 싶었고, 사형이라는 형보다 더 잔인한 형이 존재하기를 미련하게 기대해보기도 했다. 그러나 태석은 안으로 들어갈 수 없었다. 중부서에서 태석은 경찰관이 아니라 피해자 가족으로 분류되었다. 놈을 찾아온 유족 모두가 태석과 같은 생각으로 들어온 것이다. 그나마 지선은 아직 살아 있기라도 하지만 다른 사람들은 처참한 몰골로 이미 사망했기에 그 분노가 태석보다 더 노골적이었다.

"야 이 개새끼야! 대가리 쳐들어!"

"씨발럼아! 우리 아버지 살려내!"

곳곳에서 욕설과 고함이 이어졌다. 그것을 무시하듯 사무실 문은 더 굳게 닫혀 열리지 않았다. 안에 앉아 있는 남자는 이들의 절규를 들어도 미안함은 전혀 없어 보였다.

"광수대 하태석 팀장입니다. 놈을 좀 확인하고 싶은데요."

"잠깐만요. 팀장님, 광수대 하태석 팀장인데요."

사무실 안에 있던 직원이 태석을 알아보았다. 구태만 팀장은 태석을 안으로 들이는 대신 휴게실로 데리고 갔다. 태석은 피해자의 가족이기에 놈과 대면을 했다가 격분할지도 모를 일이고, 다른 유족들이 본다면 차별한다고 항의를 할 수도 있었다.

"팀장님, 저도 같이 들으면 안 돼요?"

"남 기자, 잠깐만. 나중에 2층에서 브리핑할 거야. 그때 얘기하자고."

"살짝 좀 알려주세요. 좀. 우리 사이에. 제가 전에도 잘 써드렸잖아요. 우리 이럴 거예요? 그러지 말고 같이 얘기하게요."

광역수사대에서 바로 넘어온 남운철 기자가 태석과 구 팀장을 따라오며 물었다. 구 팀장의 팔까지 잡으며 남 기자는 놈에 대해 알려달라고 떼를 부렸다. 구 팀장과의 대화를 방해하는 기자의 모습에 태석은 표정 관리를 하기 힘들었다. 시간이 지나도 떨어질 줄 모르는 그를 그대로 보고 있을 수 없어 팔을 잡아떼어 밖으로 밀어내었다.

"누구세요? 누군데 팔을 밀어요?"

"이 친구 왜 이래. 피해자 가족이야, 가족."

"아닌데. 낯이 익은데. 직원 아니에요?"

"피해자 가족이라니까. 아무튼 이따가 얘기해."

구 팀장은 짜증을 내려는 남 기자를 달래고 서둘러 태석을 끌었다. 뒤에 남은 남 기자는 고개를 갸웃거리며 어디서 많이 본 놈인데라는 눈으로 태석의 뒤를 쏘아보았다.

"기자는 칼이 양날인 거 모릅니까. 홍보를 해주기도 하지만 우리를 죽이기도 하죠. 특히 저기 남 기자는 조심해야 합니다."

"잘 압니다."

구 팀장은 사건 설명보다 기자를 조심해야 한다는 충고부터 해주었다. 넌 나 아니었으면 저놈한테 걸려 힘들었을 거야라는 뜻도 들어 있었다. 태석에게 말을 하는 그의 말투가 전에 만났을 때보다 훨씬 친근해져 있었다. 거기에는 승자가 패자를 위로하는 거만함이 들어 있었다. 네가 했던 지난 일을 난 다 용서하겠다. 나에게 덤벼들고 충고하려 들었던 것 모두 이해한다. 그의 눈은 자신에 차 여유로웠다.

"놈이 맞습니까? 저놈이 누군데요?"

태석의 말투도 전과 다른 고마움이 섞여 있었다. 화를 내기도 했지만 범인을 잡아준 구 팀장에게 더 이상의 감정은 없었다. 오히려 다그치고 싸우려 들었던 자신의 행동이 못나 보이고 미안했다. 그렇게까지 할 필요는 없었는데, 늦은 후회도 들었다.

"주경철이라고 서른다섯 살 먹은 놈입니다. 작년 겨울 동촌동에서 노인들을 상대로 한 살인 사건이 연쇄적으로 발생했습니다. 세 가구에서 노인 다섯 명이 죽은 사건인데 지금까지 미제로 남았었죠. 그러고는 한동안 잠잠하다가 다시 살인을 시작했습니다. 출장 마사지 종업원이 실종된 사건이 계속 발생하고 있었고, 저희는 거기에 치중해서 수사를 했었습니다."

"실종 사건을 처리하다가 잡은 거군요."

수사를 잘못했다고 다그치려 묻는 말이 아니었다. 단순히 그렇게 된 거군요라는 말투였고 구 팀장도 시비 걸지 않았다.

"결론은 그것이지만 저희가 실종 건에 대해서 시인을 받았고, 그다음으로 전에 발생한 살인 건을 추궁하던 중에 지선 씨 사건도 놈이 했을 거라는 생각에 물었더니 시인을 했습니다.”

“자신이 한 것이라고 시인했다는 말인가요?”

“네. 현장에 있지 않고는 알 수 없는 내용까지 모두 소상하게 이야기를 했습니다.”

“왜 그랬다고 하던가요?”

태석의 질문에 힘이 없었다. 가장 궁금한 것이기도 하지만 알고 싶지 않은 내용이기도 했다. 돈이 목적이었다면 단순히 돈 몇 푼 때문에 죽을 만큼 큰 상처를 입은 것이고, 성폭행을 하려고 했다면 스스로를 지키려다 큰 상처를 입은 것이었다.

“맥주 한잔 하자고 제안을 했다고 합니다. 그런데 최지선 씨가 거절을 하자 거기에 화가 났었던 모양입니다. 그래서 우발적으로 공격을 한 것이고요.”

태석이 말을 잇지 못했다. 단순히 술 한잔 하자는 말을 거절했다는 게 죽을 만큼의 상처를 입을 일인가. 깊은 원한을 가지고 있다고 하더라도 그렇게 심한 상흔을 남기지는 못할 것인데. 지선의 상처를 더 가볍게 만드는 놈의 주둥이를 찢어버리고 싶었다.

“칼을 미리 소지하고 있었다면 우발적이었다고 볼 수 없을 것 같은데요.”

“놈의 주장이 그렇다는 것입니다. 저희도 계획범죄일 가능성을 가지고 수사 중입니다.”

“아직 현장검증은 하지 않았죠?”

“지금은 긴급체포되어 있는 상태고 오전 중으로 구속영장 청구할 겁니다. 내일 오전에 영장실질심사가 이루어질 것 같고, 발부되는 대로 곧바로 현장검증을 하려고 합니다.”

“납치된 여자들은 어떻게 되었습니까?”

“모두 죽였다고 했습니다. 그 부분을 확인하기 위해 지금 바로 현장으로 가서 사체를 발굴하려고 합니다. 여덟 명을 죽였는데 모두 만국사 계곡에 묻었다고 했으니까요."

"다른 사람들에 비하면 살아 있다는 것을 놈에게 오히려 감사해야겠네요."

태석의 목소리에 힘이 없었다. 그래도 지선은 아직 살아 있었다.

"담배 하나 태우시죠."

구 팀장이 주머니에서 담배를 꺼내어 태석에게 권했다. 태석은 사양하지 않고 담배를 받아 입으로 가져가 불을 붙였다. 오랜만에 피우는 담배에 머리가 어질거렸다. 담배가 아니었더라도 머리는 어지러울 만큼 혼란스러웠다.

"저희가 한 점 의혹 없이 모두 밝혀드리겠습니다. 수사가 마무리되면 결과에 대해서 따로 연락도 드릴 테고요."

"제가 한번 만나봐도 될까요?"

"아니요. 그건 안 됩니다. 지금 조사 중이고 또 하 팀장이 지금 흥분 상태라 더욱 만나서는 안 됩니다. 현장검증까지 끝나면 시간을 만들어드리겠습니다. 워낙 사안이 커서 시간 내기가 너무 힘들 것 같습니다. 거기다 다른 유족들도 있고, 기자들까지 문 앞을 지키고 있으니까요. 그보다도 지금 바로 여자 종업원들을 암매장한 곳을 확인해야 할 것 같습니다."

예전의 까칠했던 구 팀장의 모습이 아니었다. 피해자 가족을 위로하는 베테랑 형사의 모습이었다. 그의 친절한 말투에 태석은 고마움을 느꼈다.

"구 팀장님."

"네?"

사무실로 돌아가던 구 팀장을 불렀다.

"감사합니다. 그리고 수고하셨습니다. 전에 제가 했던 무례를 용서하십시오."

"다 잊었습니다. 가족이라면 충분히 그럴 수 있죠. 조심히 돌아가세요. 연락드리겠습니다."

고맙다는 말을 해주어야 할 것 같았다. 범인을 잡지 못한 데 대해 원망이 있었던 게 사실이었다. 자신이 직접 나서서 사건을 해결하려고 했던 어리석은 일들이 모두 후회되었다. 이제 빚을 털어버리고 지선이 빨리 회복되기만을 기다릴 뿐이었다.

"팀장님, 어디세요?"

"응, 중부서다. 곧 들어가."

"빨리 들어오세요. 대장님 화가 많이 나셨어요. 떼거지로 잡아다놓고 사건 처리는 언제 할 거냐고 난리예요. 관심거리를 중부서에 뺏긴 것도 한몫했고요."

"알았다. 들어간다."

언론의 관심까지 빼앗긴 대장으로선 화가 날 만했다. 만국사 발굴 현장까지 확인을 할까 하다 그만두었다. 태석이 잡아놓은 녀석들만도 열두 명이었다. 현장검증에 압수품 관리까지 일이 산적이었다. 이제 범인이 잡혔으니 태석이 중부서에 집착할 이유도 없었다. 차는 무거운 엔진 소리를 내며 중부서 주차장을 빠져나와 병원으로 향했다. 지금 시간이면 지선의 아버지가 면회를 위해 대기하고 있을 것이다.

*

병원에 들어가자 이미 면회가 시작되었다. 지선의 옆에는 아버지가 손수건을 들고 지선의 손을 닦아내며 간호를 하고 있었다. 태석은 가까이 가려다 그만두었다. 딸과 아비의 면회 시간을 방해하고 싶지 않았다. 면회가 끝나면 그때 만나 이야기를 해주어야겠다. 밖으로 나가 의자에 앉아 면회가 끝나기를 기다렸다. 아침에 보았던 간호사가 또 오셨네요, 눈인사를 건넸다.

"자네, 들어오지 않고 여기에 있었나?"

"늦어서요. 이제 막 왔습니다. 지선이는 좋아졌나요?"

"응, 좋아지고 있어. 자네가 들어왔더라면 더 좋았을 것인데."

면회를 마치고 나온 지선의 아버지는 안타까운 눈으로 태석을 바라보았다. 계속해서 면회를 오는 그의 모습이 안쓰러웠다. 태석은 자판기 앞으로 자리를 옮겨 커피를 건넸다.

"아버님, 지선이를 폭행한 범인을 검거했습니다."

"언제?"

"어젯밤에요. 중부서 형사들이 검거를 해서 지금 조사 중에 있습니다."

"왜 그랬다고 하던가?"

묻는 그의 말투에 반가움은 없었다. 잡는다고 또 잡지 못한다고 해서 변할 것은 없었다. 누워 있는 지선이 일어나는 것도 아닌데 무슨 소용이야. 오히려 허탈감만이 더 들었다. 바람에 떨어진 꽃잎이 바람이 멈추었다고 다시 피어날 수 있는 건 아니었다.

"자세한 것은 아직 모르고요. 조사를 해봐야 압니다."

술을 한잔 하자고 했는데 이를 무시했다고 그랬답니다. 그렇게 말해줄 수는 없었다. 죽음을 걱정해야 하는 지선의 상처가 너무 가볍고 허망해 보일 것 같아 태석은 말을 삼켰다.

"아무튼 고맙네. 모두 자네가 신경을 써주어서 된 일이야."

"제가 한 일은 없어요. 중부서 형사들이 고생을 해서 검거한 것이죠."

"그래도 자네가 있어서 내가 든든했어. 고맙네. 이제 어떻게 해야 하지?"

"놈에게 금전적 보상을 받기는 힘들 겁니다. 가진 것도 없는 놈이고 또 피해자가 워낙 많아서요. 국가에서 범죄 피해자에 한해 보상을 해주는 제도가 있습니다. 거기에 신청을 해보셔야 할 것 같아요. 검찰청으로 보상 신청을 하는데 제가 알아봐드리겠습니다."

가장 바람직한 것은 죄인이 무릎을 꿇고 잘못했다고, 죽을죄를 지었다고 고개 숙여 깊이 사과를 하는 것이지만 현실은 언제나 그렇지 못했다. 당사자가 사과를 하겠다고 나설 리도 없을뿐더러 사과를 들어줄 만큼 지선의 상처가 작지도 않았다. 사건에 피해자가 갑이 되어 따질 기회는 없다. 한번 상처는 영원한 을이었다. 빌어먹을 재판이 끝나면 놈은 교도소에서 비바람을 피하고 배 속을 채우며 잠을 자겠지. 지선은 힘들게 하루를 버티고 있는데. 태석은 고대 바빌로니아의 탈리오의 법칙을 생각했다. 눈에는 눈, 이에는 이.

*

태석이 사무실에서 사건 처리를 하는 동안 텔레비전에서는 사체를 발굴하는 현장을 실시간으로 전해주고 있었다. 기자들은 앞다투어 현장을 생생하게 내보내려 안간힘을 썼고 구경을 나온 시민들도 좀 더 가까이에서 이를 보려고 현장은 아수라장이었다. 조용하던 사찰의 계곡은 금세 사람들로 가득 차 발 디딜 틈이 없어 보였다. 경찰기동대까지 출동해 사람들을 통제하고 있지만 이미 전파를 탄 소식은 삽시간에 퍼져 나가 사람들은 점점 더 늘어나기만 했다. 가족의 시체를 찾으려는 유족의 절규가 망자의 비명 소리 같아 한 편의 공포 영화를 생방송으로 전해주는 것 같았다. 시체가 발견될 때마다 공포감에 한숨이 절로 나왔다. 흙 속의 사체는 사람의 형체가 아니라 잘게 토막 난 고깃덩이로 해체되어 있었다. 더욱이 사체는 일렬로 줄을 지어 나란히 발견되었다. 온전한 사체를 옮기기 어렵자 놈은 토막을 내어 쓰레기봉투에 담아 이동을 시켰다. 기자는 놈이 타고 간 택시 기사를 어떻게 찾아내었는지 인터뷰까지 실어 내보내었다. 태석의 눈은 텔레비전 속 현장에 들어가 있었다. 머릿속에 지선은 그가 다른 일을 할 수 없도록 만들어버렸다. 지선이 저런 모양으로 발견되지 않은 게 다행이고 행운이라는 생각마저 들었다. 그렇게 해준 놈에게 고마워해야 하는 건지, 엉뚱한 생각까지 들 정도로 현장은 잔인했다.

"범인 주경철은 여덟 명의 출장 마사지 여성을 자신의 원룸에서 살해 후 십팔 조각으로 사체를 훼손하여 이곳 만국사 계곡에 유기를 했습니다. 국과 수와 과학수사센터 직원들이 현장을 확인하고 있지만 모두 주경철의 잔인한 수법에 혀를 내두를 정도입니다. 여기서 잠깐 이번 사건을 담당한 중부서 담당 팀장과 이야기를 나누어보겠습니다."

아침에 보았던 남 기자가 사건 내용을 대략 설명하고 구 팀장을 인터뷰했다.

"동촌동 노인 살인 사건과 사문동 여성 강도 사건 그리고 지금 발굴 중인 여성 등 총 열두 건에 열세 명을 살해하고 한 명에게 치명상을 입힌 희대의 살인마라고 할 수 있을 것 같습니다."

"사체는 무엇으로 훼손했습니까?"

"우선 망치를 이용해 피해자들을 살해하고 톱을 이용해 사체를 십육에서 십팔 토막으로 잘랐습니다. 이들을 쓰레기봉투에 담아 택시를 타고 이곳까지 와 땅을 파고 묻었습니다. 더욱이 마사지 종사자들은 거의 두 달 동안 여덟 명을 살해한 것으로, 일주일에 한 명씩 살해한 것으로 보입니다."

구 팀장이 말을 하는 동안 화면은 발굴 현장을 보여주고 있었고, 모자이크를 씌우기는 했으나 과학수사 요원의 손에 들려 있는 물체가 사체라는 것을 모르는 사람은 없었다. 현장에서 느껴지는 고약한 시취까지 전파를 타고 텔레비전 밖으로 흘러나오고 있는 것만 같았다.

"저런 미친 새끼가 다 있네. 완전 사이코 아닌가요?"

"저 사이코 새끼가 우리 공적을 다 뺏어 갔어. 새벽에 불렀던 기자들이 저놈 보려고 다 빠져나갔잖아. 우리가 잡은 놈들은 브리핑도 제대로 하지 못하고 그냥 끝나버리고."

이중호 형사가 아쉬운 듯 중얼거렸다. 몇 주 동안 고생한 것에 대한 보람이 중부서 사건으로 모두 가려져버리자 아쉬움이 컸던 모양이다.

"그래도 저런 놈이 빨리 잡혀서 다행이네요. 잡히지 않았다면 계속해서 살인을 저질렀을 거 아니에요. 진짜 무서운 놈이네."

"지금까지 풀지 못한 미제, 저놈이 다 해결해주겠는데요. 담당자들 속이 시원하겠어요."

"거기에 팀장님 것도 있잖아요."

종현이 팀장이라는 말을 꺼내자 직원들은 모두 태석에게 시선을 돌렸다. 그의 반응이 어떤지 보려는 것이다. 종현은 말을 잘못 꺼냈나 싶어 손으로 입을 가렸다. 그러나 태석은 아무런 반응도 보이지 않았다. 계속해서 뉴스만 집중해서 볼 뿐이었다.

계곡에서 시신이 모두 수습되고, 오후가 되자 중부경찰서 나대철 형사과장의 수사 발표가 시작되었다. 형사과장의 뒤로 푸른색 경찰 마크에 중부서라는 글자가 당당하게 카메라 앞에 얼굴을 들고 있었다. 오늘은 그렇게 당당해도 된다고 허락을 받은 듯 보였다.

"흠흠."

형사과장은 카메라를 의식한 듯 고개를 돌려 헛기침을 하고는 카메라를 쳐다보았다. 이미 주경철의 이름은 희대의 살인마라는 호칭을 받고 있어 중앙 방송부터 지방 신문까지 카메라들과 기자들로 브리핑 룸은 서 있기조차 힘들 정도였다.

"저희 중부서는 2014년 10월 4일 02시경에 저희 관할인 두천동 엘지편의점 앞 인도 상에서, 작년 2013년 겨울 동촌동에서 발생한 세 건의 노인 살인 사건으로 다섯 명을 살해하고 최근 출장 마사지 여성 여덟 명을 살해 후 사체를 훼손한 피의자 주경철을 검거하였습니다. 주경철은 마사지 여성을 집으로 유인하여 성관계 후 살해하였으며, 살해한 여성의 사체를 토막 내어 만국사 계곡에 유기한 것으로 밝혀졌습니다. 더불어 주경철은 지난 6월 사문동에서 집으로 귀가 중이던 여성을 따라가 사망에 이를 정도로 상해를 가하고 도주한 사실도 모두 자백을 하였습니다. 동촌동 노인 살인 사건에 있어서는 강도를 목적으로 한 것이 아니라 단순히 부유층에 대한 증오로 살해한 것이라고 현재 진술하고 있습니다. 거기에 대한 것은 계속 보강 수사를 진행할 예정입니다. 이상입니다."

"질문 받겠습니다."

형사과장이 간단히 사건에 대하여 브리핑을 마치자 옆에 있던 지원팀장이 기자들에게 질문할 수 있도록 했다. 이미 질문 내용은 정해놓았기 때문에 형사과장은 여유가 있었다.

"마사지 여성들을 살해한 동기는 나왔나요?"

"주경철은 여성에 대한 편협한 사고를 가지고 있는 것으로 확인이 되고 있습니다. 최근에 사귀었던 여성이 출장 마사지업에 종사하였던 것으로 보이는데, 그 여자와 헤어지게 되자 막연히 여성에 대한 분노가 있었던 것으로 보입니다. 그래서 같은 업종에 종사하는 여자들을 상대로 잔인한 범행을 저지른 것으로 보입니다."

"헤어진 애인에 대한 분노라면 직접 애인에 대한 복수는 왜 없었습니까?"

"주경철은 바보가 아닙니다. 경찰에 붙잡히지 않도록 치밀하게 준비를 했습니다. 사체를 확인하더라도 손가락의 지문을 모두 도려내었습니다. 신원을 확인할 수 없도록 말입니다. 애인을 살해한다면 분명 자신에게 혐의가 주어지고 수사가 이루어질 것을 알고 있었습니다. 그래서 다른 여성들을 복수의 대상으로 삼은 것입니다."

예상했던 질문에 과장은 자연스럽게 대답했다.

"여성들의 신분은 확인되었습니까?"

"조금 전 말씀드렸듯이 주경철이 잔인하게 지문을 모두 도려내어 신분 확인에 어려움이 있었습니다. 세 명은 확인이 되었지만 다섯 명은 확인이 되지 않고 있습니다."

"손가락을 자른 것입니까, 아니면 도려낸 것입니까?"

"예기로 모두 도려내었다고 보면 됩니다."

"장기의 일부가 없어졌다는 말도 있던데요?"

"그 부분은 국과수 부검 결과가 나온 후에 말씀드릴 수 있을 것 같습니다."

과장은 차마 그 부분까지는 설명할 수 없었는지 국과수를 핑계로 말을 돌렸다. 이상의 설명만으로도 주경철의 수법이 얼마나 잔인한지 알 수 있었다. 브리핑은 여과 없이 생중계되어 전국으로 퍼져 나갔고 이후로도 기자들의 질문이 이어졌다.

"그렇다면 사문동 여성은 어떻게 된 것입니까? 그것도 여자에 대한 막연한 혐오인가요?"

여기저기서 쏟아지듯 묻던 질문이 마무리될 즈음 남운철 기자가 손을 들어 물었다.

"그건…… 음…… 현재 조사 중에 있습니다. 그냥 분노에서 나왔다고 하지만 아직 확실한 답변을 하지 않아서."

형사과장은 예상하지 못한 질문에 답변하지 못하고 얼버무렸다.

"그건 제가 답변드리겠습니다."

구태만 팀장이 답변을 하겠다고 앞으로 나서자 시선은 모두 그에게 향했다.

"거기에 대답은, 주경철의 말을 그대로 옮긴다면 이렇습니다. 술을 한잔하자고 말을 걸었는데 싫다고 뒤돌아가는 모습이 자신을 무시하는 것 같아 칼로 찔렀다고 진술하였습니다. 아마 여자 친구와 헤어지면서 살인 충동을 느끼고 있을 때 했던 것 같습니다. 뒤에 이어지는 살인과는 조금의 차이가 있습니다."

"최초 보고서를 보면 강도 사건으로 접수를 하였던데요. 금품을 노린 범죄가 아니라 단순 충동에 의한 거라면 초동수사부터 잘못 진행되었던 것 아닌가요? 그때 제대로 수사를 했더라면 마사지 종사자 여덟 명이 죽은 사건은 발생하지 않을 수도 있었을 텐데요?"

곤혹스러운 질문이 남 기자에게서 나왔다. 아침에 있었던 일에 대한 복수인가? 그건 이미 사체 발굴 현장에서 인터뷰로 대신해주었는데. 구 팀장의 얼굴이 일그러졌고 남 기자는 미소를 지어 보였다. 그러니까 나한테 잘해야지. 그의 미소는 그렇게 말하고 있었다.

"그 부분은 조사를 더 진행한 다음에 설명을 드리도록 하겠습니다. 이상으로 주경철 살인 사건의 중간 브리핑을 마치겠습니다."

브리핑은 서둘러 마무리되었다. 전무후무한 연쇄살인 사건을 해결하고 공을 치하받으려고 했던 형사과장은 마지막 남 기자의 질문에 엉망이 된 것 같아 얼굴이 구겨졌다. 남 기자만 아니었으면 브리핑이 매끄럽게 잘 이루어졌을 것인데라는 생각에 질문을 사전에 조율하지 못한 것이 안타까웠다. 공치사가 아니라 초동수사 부실로 안타까운 목숨을 잃었다고 반대 여론이 생성될까 과장은 기자들 동향까지 확인하도록 지시했다.

*

오후에 김동철을 비롯해 네 명에 대해 구속영장이 모두 발부되었다. 영장을 집행하고 나자 그제야 한숨 돌릴 시간이 되었다. 현장검증을 내일 아침 일찍 하기로 하고 오늘은 모두 들어가 일단 쉬기로 결정했다. 술을 한잔 하자고도 했는데, 태석은 사건을 검찰에 송치한 후에 하기로 하고 직원들을 모두 퇴근시켰다. 직원들과 한잔 하고 싶은 생각도 있었지만 지선의 사건이 진행 중이라 아쉽지만 거절했다. 모두가 퇴근한 사무실에 남아 태석은 전산망을 통해 사건을 검색했다. 주경철이 저지른 것으로 발표된 주택가 노인 살인 사건이었다. 작년 겨울 부촌이라고 소문난 동촌동의 주택가 세 집에 약 보름 간격으로 괴한이 침입해 노인들 다섯 명을 살해한 사건이었다. 괴한은 호기롭게도 낮에 침입하여 집 안에 있던 70대 노인의 머리를 망치로 내리쳐 두

개골 골절상으로 모두 사망에 이르게 하였다. 최초 사건이 발생하였을 때는 강도에 의한 살인으로 조사가 이루어졌었다. 수법이 워낙 잔인했고 집 안을 뒤진 흔적이 발견되었기 때문이다. 그러나 시간이 흐르고 집 안에 없어진 물건이 없다는 것이 확인되자 금품을 노린 범죄가 아니라 살인만을 위해 집 안에 침입하였다는 결론이 나왔다. 당시 수사도 면식범의 원한 관계에 의한 살인에 초점이 맞추어져 진행되었다. 그러다 연속적으로 두 번의 살인 사건이 더 일어난 다음에야 면식범이 아니라 다른 이유가 있다는 데로 수사 방향을 틀었다. 최초 흉기는 정확히 어떤 것인지 확인되지 않았다. 다만 두개골이 부서질 정도의 무게와 달걀 정도의 직경을 가진 흉기라는 것이 전부였다. 가장 유사한 것이 손망치였고, 철물점에서 구하기 쉬운 물건이었다. 용도는 못을 박는 것보다는 벽이나 덩어리를 깨는 데 사용하는 쇳덩이였다. 5킬로그램 무게의 쇳덩이가 지름 4센티미터 정도의 직경에 가해지는 중량은 백킬로그램 이상이었다. 충분히 두개골을 부수고도 남을 살인 흉기였다. 증거는 없었다. 신발 자국도 없었고 지문은 더더욱 없었다. 장갑을 낀 흔적만이 있을 뿐이었다. 주변 CCTV에 잠깐 지나가는 모습이 찍혀 있기는 했지만 흐린 뒷모습뿐이었다. 수사 내용도 방대했다. 고인들과 조금의 연관이 있는 사람은 모두 수사선상에 올려 확인을 했었고 강도, 살인 전과자 심지어 단순 폭행 전과자들까지 모두 수사를 진행했다. 정신이상자도 대상에서 빠지지 않았고 사건 이후에 교도소에 수감된 사람들까지 빠져나가지 못했다. 주경철의 뒷모습이 당시 CCTV 화면과 매우 유사한 면이 결정적 증거였다. 그렇게 많은 수사를 하고도 잡지 못했던 놈을 구 팀장은 수사 진행 9개월 만에 검거한 것이다. 태석도 구 팀장의 검거에 엄지를 치켜세워줄 수밖에 없었다. 더구나 주경철이 지선도 공격하였다는 사실을 확인한 것은 더 놀라운 일이었다. 증거가 없다는 점을 놈이 모를 리 없는 상태에서 자백을 받아냈다는 것은 대단한 기술이었다. 사건 내용을 하나하나 확인할수록 놈이 빨리 잡혔다는 게 천만다행이었다.

그런데 사건을 확인하던 중 손에 잡히지 않는 의문이 있었다. 퍼즐을 맞추듯 모양이 온전하게 그려져야 하는데 한 곳이 계속 어긋나는 게 좀처럼 모양이 만들어지지 않았다.

'6개월 동안 놈은 왜 움직이지 않았지? 그리고 왜 살인의 방법을 바꾸었을까?'

두 개의 사건 그룹 사이에 지선의 사건이 끼어 있었다. 놈은 노인 살인 사건 이후 6개월간 잠복해 있다가 최근에 나타나 지선을 중태에 빠뜨리고 여덟 명을 살해했다. 어떤 연관성이 있는 것일까. 놈은 왜 부유한 노인만을 노리다가 여자로 바꾸어버린 것일까. 정말 애인에 대한 막연한 복수심 때문이었을까. 의문에 대한 해답은 좀처럼 찾아지지 않았다.

*

"태석아, 너는 전화를 왜 그렇게 안 받냐?"

"미안하다. 일 때문에. 그래, 무슨 일이야? 아까부터 전화했더만."

"알고는 있었는게비네. 형 광주 왔다. 한잔 하게 나와라."

"형님, 저도 같이 왔습니다."

전화 너머에서 전해 오는 목소리는 근식과 대준이었다. 이미 1차를 거하게 걸친 듯 목소리는 술에 취해 흐물거렸다.

"나 지금 사무실이다."

"사무실은 무슨 지랄 났다고 사무실이여. 형이 왔는디. 우리 돌씽 달래줄라고 왔는디 참말로 그럴 거여. 그놈도 잡혔다면서 축하를 히야지."

"나 바쁘다니까."

"이 새끼 봐라. 형님 말을 땅깔로 보네. 대준아, 니가 좀 불러봐라."

대준은 근식이 건넨 전화기를 받았다. 반드시 불러내겠다는 사명감을 가지고 있다는 듯 전화기를 받아 든 그의 얼굴은 비장했다.

"형님, 빨리 안 나오면 제가 근식이 형 데리고 그냥 집으로 넘어갑니다. 가서도 집으로 바로 안 갈 거예요. 형님 볼라고 일찍 올라왔는데 전화도 안 받고."

"너는 애들 안 돌보고 뭐하러 왔어, 인마. 미숙이는?"

"형님 만나러 간다니까 갔다 오라고 했어요. 내가 그냥 막 왔가니요. 요롷게 밖으로 나온 것이 얼마 만인디요."

부재중 통화가 있기는 했는데 광주에 와 있을 거라고 생각은 못 했었다.

"형님 안 나오면 저 다시 노름 시작합니다. 근식이 형도 데리고 같이 합니다. 저 노름 끊은 지 5개월 되는데 형님 때문에 다시 하는 거예요. 형님 여동생허고 조카들 다시 고생시킬려면 그대로 있고요."

"대준이 잘한다. 더 협박을 혀! 그려, 내가 돈 대줄 텐게 노름도 혀."

"근식이형, 가죠. 우리 형님 안 나올 것 같아요. 여그서 광주 놈들허고 쌈이나 확 혀불죠. 그러면 경찰들 올 것이고 형님도 오것죠. 안 그려요?"

"아이고, 우리 대준이가 머리도 좋네. 고런 방법이 있었구만."

"알았어. 어디 있냐?"

술에 취한 둘은 언제 그렇게 친해졌는지 쿵짝이 잘도 맞았다. 어쩔 수 없이 나갈 수밖에 없었다. 그렇지 않아도 맥주 한잔 생각이 나기는 했었다. 가게에 사람은 제법 북적거렸다. 둘은 1차를 거나하게 했는지 얼굴이 벌게진 채 장난을 치고 있었다.

"형님, 여기요."

"무슨 일로 광주까지 온 거야?"

"홀애비 좀 볼라고 왔다. 니가 하도 영광에는 오지도 않고 얼굴을 안 비춰준게. 너 연애 허냐? 어디 과부라도 하나 얻은거?"

"헛소리하고 있네."

"이 새끼 수상한데. 강한 부정은 강한 긍정이라고 허든디."

"취했냐? 대준아, 근식이랑 얼마나 먹었냐?"

"쪼오오끔요."

"이 새끼도 맛 갔네."

대준은 엄지와 검지를 작게 벌리고 실눈을 뜨며 조금 먹었다고 강조했다. 눈에는 이미 초점이 사라져 해롱거리고 있었다.

"볼일도 있고 너 얼굴 본 지도 꽤 되고 혀서 넘어왔제."

"술은 어디서 먹었냐?"

"거래처 사람들하고 간단히 저녁만 먹자고 혔는디 소주를 막 맥주잔에다가 따라줘부네, 시발럼들이. 양주도 아닌디 싼 술에 디져부러라고 허는가. 맥주라도 섞어주든가. 고거 몇 잔 묵었더니 정신이 하나도 없다. 어디 좋은 데라도 보내줄지 알았더니만 고것도 아니고. 완전히 사기당헌 기분이여."

"대준이도 같이 먹은 거냐?"

"시발, 대장이 먹는데 쫄병이 따라와야지. 야가 더 먹기는 혔지. 이 새끼 쎄데, 쎄. 데려오기를 잘혔어."

"나는 양주 사준다고 혀서 따라왔는디…… 싸디싼 쏘주로만 그냥. 배 터지것네."

"나중에 사주께, 인마."

술에서 깨어나지 못하는 대준이다.

"태석아, 오늘은 쫌만 묵어이. 아무리 니 몸뚱이가 싸구려라고 혀도 그렇게 함부로 쓰면 못써."

"고맙다, 싸구려 몸뚱이 걱정해줘서."

근식은 장난으로 태석의 건강을 걱정했다. 그러면서 잔에 술을 따라주었다.

"인자 지선이를 고롷게 만든 놈도 잡혀불었고 미숙이도 곧 퇴원을 헌다고 허니께 모두 다가 원래대로 된 것이여. 우리 태석이만 정신 차리면 된게, 우리 태석이를 위하여!"

"내가 어때서, 인마."

"아이고 형님, 우리 대장님이 그러면 그러는 거여요. 토 달지 말고, 위하여!"

"이 새끼, 완전히 네 새끼가 다 돼버렸다."

어떻게 이렇게 되었냐는 듯 태석은 근식을 바라보았다.

"워매 형님도, 새끼라니요. 대장님이제. 나한티 월급 주는 사람이 누군디. 우리 미숙이허고 지웅이 재웅이 밥 미기주는 사람이 우리 근식이 형님인디요. 나는 인자 근식이 형한티 충성을 다할라고 허고 있구만요. 대장님! 살랑해요."

"나도 살랑해! 쪽쪽!"

둘은 서로 부둥켜안고 볼에 뽀뽀까지 해댔다.

"미친놈들."

태석은 술 취한 둘이 한심하다는 듯 헛웃음을 지었다. 그래도 근식 덕분에 대준이 정신을 차리고 일을 하고 있어 다행이고 고마웠다. 미숙에게서 대준이가 옛날과 다르게 성실해지고 집에서도 잘하고 있다는 말을 들었다. 술도 거의 먹지 않고 어쩌다 근식이 사주는 술만 한 번씩 먹고 친구들과도 멀리하고 있다는 말에 근식에게는 다시 한 번 고마움을 느꼈다.

술이 오가고 지난 이야기를 하는 동안 대준은 고개를 처박고 잠이 들어버렸다. 태석도 몇 잔 했지만 취하지 않고 더 맑아지기만 했다.

"인자 어떻게 헐라고?"

근식이 장난기를 모두 거두어내고 물었다.

"무슨 뜻이냐?"

"지선이를 니가 계속 돌볼 것이냐고 묻는 거여. 가가 언제 깨어날지도 모르고 아니면 평생 그렇게 누워만 있을 것인디 니가 옆에 계속 있어야 하냐, 이 말이여."

"아직 생각 안 해봤어."

"니가 자꼬 옆에 붙어 있으면 가네 아부지가 너한티 더 의지헐 거 아니여. 짐을 니가 떠안는 거여. 니가 팔이 병신이여? 얼굴이 물짜? 아니면 나이가 늙은이냐? 왜 그런 짐짝을 니가 안고 갈라고 그려. 인지 손 띠어. 범인도 잡 혔담선."

"짐짝이라니, 말 함부로 하지 마!"

근식은 안타까워 한 말에 태석이 발끈하고 나오자 일이 이미 커져버린 것 을 느꼈다.

"오매, 이놈 봐라. 전허고 감정이 다른디. 조절 단계를 이미 넘어가버린 것 이여. 어쩌끄나, 큰일 나불었다. 이래서 내가 진작에 왔어야 허는 것인디. 한 발 늦어분 것이 아닌가 모르것네."

"무슨 소리야, 인마. 늦기는 뭐가 늦어."

"귀신을 속여라, 인마. 도둑놈 속은 니가 잘 알지 몰라도 사랑에 빠질라 는 놈 속은 내가 더 잘 안게. 진정한 사랑을 형이 몇 번을 해봤는디."

"진정한 사랑은, 헛소리 그만하고 술이나 마저 마시고 집이나 가. 대리 불 러줄 테니까."

속이 들키는 것 같아 태석은 근식을 일으켜 집으로 보내려고 했지만, 근 식은 손을 뿌리치고 그대로 앉아 남은 술을 들이켰다.

"봐봐, 이 새끼 우리 보내고 지선이 보러 갈려고 그러네. 그것이 사랑에 빠 진 거시여, 인마. 뭐시가 사랑인간디. 니가 바로 사무실로 가면 내가 잘못 안 것일 수도 있는디, 지선이한티 가면 너는 이미 빠져분 거여. 헤어 나오지 못 허는 것이제. 사랑이 그런 것이여. 니 맘대로 니가 조절이 안 되는 것이 사랑 이여. 알것냐, 이 사랑에 실패자야? 아무튼 나는 반대여."

"나도 반대요!"

얼굴을 식탁에 붙이고 잠들어 있던 대준이 잠꼬대하듯 손을 들어 올려 반대를 외쳤다.

"봐, 대준이도 반대한다고 허잖여."

"잠꼬대하는 거 가지고 무슨……."

"잠꼬대든 어쨌든 반대는 반대 아니여."

"반대요!"

"봐봐."

대준은 또다시 반대를 외쳤다.

"내가 알아서 할 거니까 빨리 넘어가. 사장님, 여기 대리 좀 불러줘요."

"다시 앉아봐. 진짜여, 태석아."

자리에 일어나려는 태석을 근식이 잡아 다시 자리에 앉혔다. 아무래도 태석의 상태가 농담을 넘어 진심인 것만 같았다.

"너 그대로 사무실로 갈 거여? 지선이헌티 갈 거여? 고것만 말혀."

"사무실로 갈 거야."

"진짜지?"

"그래."

"진짜라고 혔다이. 내가 지켜본다이."

근식은 태석에게 약속을 받아내듯 재차 물었다.

"현실을 봐라. 니가 서울에서도 결혼 생활 잘 못해서 이혼까지 허고 여기로 왔잖여. 너 한 번이라도 행복하게 살아본 적 있어? 없지? 인자 재미지게 살아봐야 허지 안것냐. 좋은 여자 만나서 재혼도 허고 말이여. 고향 왔은 게 내가 도와줄라니까. 처녀부터 막 이혼헌 여자까지 내가 줄줄이 알고 있잖아. 너는 고르기만 허면 되. 근디 왜 니가 병원에 누워 있는 지선이 수발을 들라고 그려. 니가 지선이한티 묶여버리는 것을 미숙이가가 좋아허것냐? 인자 건강이 좋아질라고 허는디 너 때미 더 안 좋아지것다."

"미숙이가 도와주라고 한 거야."

"그려, 말 잘혔어. 도와주라고 한 것이지 좋아혀라고 한 것은 아니제. 가뜩이나 니 걱정 많이 허는 동생인디, 요 사실을 알면 어쩌끄나. 그리고 지선이 가가 일어난다고 혀도 여자구실이나 헐 수 있다디. 병원에 평생 살 여자여. 안타깝지만 고것은 지기 아부지한티 맽기고 너는 다른 데를 알아봐야제. 니 남은 인생을 왜 거기다 허비를 헐라고 허냐. 너도 재미지게 살아봐야 할 거 아니여. 동생 뒤치다꺼리나 허고 병든 여자 수발이나 드면서 살래, 이 한심한 놈아!"

"이 자식이 왜 그래? 너 술 많이 먹었나?"

"아녀, 인마. 형으로서 동생이 걱정되어서 그러제. 사랑을 많이 해본 프로가 아마추어한테 충고를 허는 것이여. 나는 헐 말 다 혔은게, 나머지는 니가 생각혀. 대준아, 일어나, 인마. 가자."

"반대여!"

"이 새끼 이거 뭔 헛소리를 허고 있어. 집에 가잔게. 고것도 반대여?"

"반대여!"

"대책 없이 취해부렀네. 야를 어떻게 데리고 간댜. 쎄다고 혔더니 멍청허게 막 묵더라. 내가 잘못 봤어. 이 새끼 술만 묵는 돼지 새끼여."

대준은 입에 반대라는 말을 달고 차에 올랐고 근식은 다시 생각해보라는 말로 태석을 달랬다. 대리비를 주려는 태석을 근식은 말렸지만 태석은 억지로 대리 기사에게 돈을 밀어주었다. 자기를 보겠다고 여기까지 온 게 고마웠다. 근식은 일이 있어 왔다고 하지만 원래 자기를 보러 온 게 맞는다는 것을 태석은 알고 있었다.

"대리 부르셨죠?"

근식이 떠나는 것을 보고 있던 태석의 뒤에 다른 대리 기사가 서 있었다.

"어디로 모실까요?"

"……잠간만요."

어디로 가야 할까. 병원으로 가면 사랑에 빠져 있는 거라고 했다.

"한국병원으로 가주세요."

*

지선씨, 오빠가 왔어요. 김 간호사가 약을 주러 왔다가 속삭여주었다. 들여보내주고 싶지만 안 된다는 거 알죠. 미안해요. 하지만 가지 않고 있어요. 지선 씨가 보고 싶으신가 봐요. 언니. 저도 오빠가 왔다는 거 알고 있었어요. 알려주지 않아도 알 수 있어요. 어느새 그렇게 돼버렸어요. 술 냄새가 나요. 술이 너무 취해서 온 건 아니겠죠. 나를 만나는 게 술을 먹어야 할 수 있는 건 아니겠죠? 그런데 오빠가 지쳐 보여요. 힘이 드나 봐요. 내가 옆에 앉아 있다는 걸 오빠가 알 수 있을까요? 오빠가 올 때부터 보고 있었다고. 나 때문에 아파하지 않았으면 좋겠어요. 언니, 오빠의 표정이 좋지 않아요. 왜 그런 거죠? 무슨 일이 있는 건 아니죠?

15

"팀장님, 어제 퇴근 안 하셨어요?"

"응, 일이 좀 있어서."

태석은 중환자실 앞 의자에 앉아 있다가 새벽에 들어와 잠깐 눈을 붙였다.

"저희만 보내고 혼자 일하신 거 아니에요?

"아니야. 일찍 왔네?"

"오늘 저희 현장검증 있잖아요."

"그렇지, 준비해야겠다."

태석은 현장검증이 있다는 것을 깜빡했었다. 주경철은 태석이 해야 할 일 마저 모두 잊게 만들어버렸다.

"그런데 오전에 주경철도 현장검증 있다던데 사람들 꽤나 몰리겠어요."

종현이 태석에게 먼저 알려주고 싶은 말이었다. 주경철의 일에 신경이 곤두 서 있다는 것을 누구보다 잘 알고 있는 그였다. 태석은 말이 없었다. 주경철의 현장검증에 참관하고 싶지만 현장검증이 겹치게 생긴 것이다.

"오전에 하려면 서둘러야겠는데요."

"오전에?"

"빨리하고……"

태석은 잠시 망설였다. 그것이 무엇을 의미하는지 종현은 알고 있었지만 일정이 잡혀 있기에 서두르고 싶었다. 그때 이중호 형사가 태석의 속마음을 읽었는지 종현의 대답에 끼어들었다.

"점심 먹고 출발하는 게 나을 것 같은데요. 거리가 멀어서 오전에 갔다 오려면 빠듯하고 수갑을 채우고 점심 먹기도 애매한데, 여유 있게 점심 먹고 하는 게 나을 것 같습니다."

"그래도 되겠어? 종현이, 너는?"

"저도 중호 형님 말이 맞는 것 같은데요."

중호의 눈치에 서둘러 맞장구를 친 종현이다.

"그럼 오전에는 서류 정리를 하고 있어. 나는 잠깐 중부서에 좀 다녀올게."

사무실을 나가는 태석의 어깨가 가벼워졌다. 현장검증도 되지 않은 상황에서 개인 일을 본다는 것이 얼마나 무책임한 짓인지 태석이 모를 리 없지만 지선에 대해서만은 그 모든 게 용납이 되었다. 시간을 만들어준 종현과 중호가 고마웠다.

현장검증은 동촌동 살인 현장부터 시작되었다. 사건이 이미 매스컴을 통해 전국을 떠들썩하게 만들었기에 사람들이 몰려들었다. 각종 뉴스 채널들은 현장 상황과 스튜디오를 연결하여 실시간으로 놈의 행동을 전국으로 전파했다. 유족과 구경꾼 그리고 방송국 차량까지, 골목길은 걸어서 들어가기조차 힘들었다. 형사 차량에서 주경철이 나오기 전 기동대원들이 폴리스 라인을 잡고 골목 안에 길을 만들었다. 그러나 워낙 많은 사람들이 모여 좀처럼 길은 터지지 않았고 폴리스 라인은 반듯하지 못하고 구부러졌다. 밖에서는 성난 주민들이 욕을 해대며 주경철 나오라고 소리를 질러대었다.

"사람들이 너무 많은데요. 감정도 좋지 않고. 어떻게 할까요, 다른 데부터 먼저 갈까요?"

"다른 데도 마찬가지야. 언제 다시 와. 주경철, 괜찮지? 주경철인데 이 정도는 모여줘야지."

주경철은 오히려 미소를 지으며 사람들이 많이 모인 이 상황을 즐기고 있는 것 같았다. 마치 연예인이 된 것처럼 그의 눈은 편안해 보였고, 이것이 자기가 원하는 것이라는 듯 만족해 보였다.

구 팀장의 지시에 형사 차량의 문이 열리며 드디어 주경철이 모습을 드러내었다. 모자와 마스크를 쓴 모습에 여기저기서 욕설이 튀어나왔고 타다 만 연탄재도 날아왔다. 그만큼 놈에 대한 적개심이 크다는 것을 시민들은 표현하고 있었다. 놈의 얼굴을 가려주는 게 놈을 도와주는 건지 아니면 과시하려는 것을 방해하는 건지 알 수는 없었다. 놈은 만족스러운 듯 사람들을 비웃으며 골목 안으로 걸어 들어갔다. 태석도 사람들 사이를 어렵게 뚫고 가까이서 참관했다. 검증은 처음 망을 보던 때부터 시작하였다. 놈은 손가락을 들어 담을 넘었다는 표시를 했고, 수갑을 찬 손으로 담을 잡자 여기저기서 카메라가 터졌다. 이후 방으로 들어가 주머니에서 망치를 꺼내 들었다. 그리고 거실에서 마주친 노인을 폭행했다. 소리를 듣고 쫓아온 노인의 부인까지 망치로 두들겼다. 자신에 찬 놈의 행동은 거침없이 쏟아져 나왔다. 죄책감도 미안함도 놈에게는 없어 보였다. 모형으로 만들어 온 망치를 들어 마네킹의 머리를 내리칠 때마다 탄성과 함께 카메라 플래시가 터졌다. 이후 놈은 집을 뒤졌다. 금품을 가져가겠다는 의도는 처음부터 없었고 대신 수사에 혼선을 주려 일부러 그랬다고 했다. 사실 놈이 했던 그 행동 때문에 형사들은 강도살인이라는 죄명을 달아 수사를 했다. 처음부터 놈의 의도에 말려들어 수사의 방향을 잘못 잡았던 것이다. 기자들은 놈의 진술을 놓치지 않고 노트에 적어 내려갔다. '처음부터 잘못된 수사'라는 제목이 노트에 적혔다.

그런데 정말로 놈이 재연하는 모습 그대로 처음부터 잔인하게 사람들을 공격했을까? 놈의 설명대로가 아니라 금품을 노리려 들어왔다가 발각이 되자 겁을 먹고 노인들을 공격한 것은 아닐까? 어설픈 공격에 계속 소리를 지르는 노인을 어떻게든 조용히 만들려 수없이 공격한 것은 아닐까? 지금 재연하는 것은 이미 살인에 익숙해져버린 모습일 거라는 생각이 들었다. 지금 저 모습은 놈의 처음 모습이 아니다. 처음이 아니라 지금을, 어설픈 게 아니라 살인 기술자가 된 지금을 보여주는 것이다. 아무리 사람을 동정심 없이 마구 죽이는 살인마라 할지라도 처음은 저러지 않았을 것이다. 스스로 좀도둑이었던 그때를 마치 부자를 처단하는 응징자처럼 과대 포장해 재연하는 것이고, 모두 거기에 속아 넘어가고 있는 것이다. 태석의 눈은 지금의 놈이 아니라 10개월 전의 놈을 보려고 했다.

동촌동의 검증을 마친 주경철은 지선이 쓰러진 사문동으로 이동했다. 길게 늘어선 형사 차량들의 뒤를 따라 태석도 그곳으로 향했다. 지선의 집과 가까워질수록 숨이 가빠왔고 등에서 식은땀이 흘러내렸다. 놈이 재연하는 모습을 그대로 보고 있을 수 있을까. 생각만으로 손에서 땀이 배어 나왔다. 골목에서부터 많은 사람들이 구경 나와 있었고 방송 차량도 형사 차량을 앞질러 먼저 와 기다리고 있었다. 다른 곳의 현장검증은 태석의 머릿속에 존재하지 않았다. 오직 여기, 지선이 쓰러진 이곳만이 머릿속에 있었다.

주경철이 탄 차량이 도착하자 잠잠했던 골목이 사람들의 분노로 시끄럽게 들어찼다. 그런데 의자에 기대어 있던 놈이 눈을 뜨지 않았다.

"사람이 더 많네. 여기는 왜 이렇게 많아. 주경철, 가자."

구 팀장이 부르고 나서야 주경철은 눈을 뜨고 밖을 쳐다보았다. 조금 전 당당하게 재연을 하던 놈의 눈이 이곳에 와서는 아래로 내려와 자신감이 떨어지는 눈빛이었다. 놈이 모습을 드러내자 전과 마찬가지로 여기저기서 야유와 욕설이 튀어나왔다. 구 팀장은 직원들에게 더 신중하라고 지시를 내렸다. 동촌동은 실내에서 이루어져 주민들이 살해 현장을 보지 못했지만 이곳은 골목길로 완전히 노출이 되어 있었다. 직원이 마네킹을 들고 앞으로 걸어가는 흉내를 내자 놈은 손으로 마네킹을 가리켰다.

"네가 불렀다면서, 불러봐. 가서 등을 두드렸어? 어떻게 불렀냐고?"

"그냥 이렇게."

놈은 손을 들어 부르는 시늉을 했다.

"불렀어? 가서 잡았어?"

"그게……."

"가서 등을 잡았다면서. 어서 다가가서 등을 잡아봐."

놈이 앞으로 가 마네킹의 등을 잡는 시늉을 했다. 그러자 마네킹이 뒤를 돌아보았다.

"그래서, 그래서 어떻게 했냐고? 바로 찔렀어? 술 한잔 하자고 했다면서?"

"그게……."

"술 한잔 하자고 했다며?"

"네."

놈이 말을 잇지 못하고 머뭇거리자 구 팀장이 설명을 해주었다. 놈은 앞 현장과 다르게 시키기 전에는 행동을 하지 않고 주위를 두리번거리기만 했다. 누군가를 찾고 있다는 느낌마저 들었다.

"어디를 보는 거야? 여기 보라고. 빨리 하고 가야지."

집중하지 못하고 두리번거리자 구 팀장은 놈을 다그쳤다.

"칼은 어디에 있었어? 뒷주머니에 있다고 했잖아. 석훈아, 칼 뒷주머니에 넣어."

김석훈 형사가 모형 칼을 꺼내 주경철의 뒷주머니에 넣고 사진 촬영이 끝나자 다시 손에 칼을 쥐여 주었다.

"싫다고 하니까 어떻게 했어?"

"화가 나서 바로 가서 찔렀어요."

"어디를 먼저 찔렀어?"

"네? 그냥 찔렀어요."

"돌아보니까 배부터 찔렀잖아. 그래서 쓰러지니까 계속 찔렀고."

"네, 그때부터 그랬어요."

"자, 재연해봐."

마네킹의 배를 찌르고 쓰러지자 위에서 마구 찔러대는 시늉을 했다. 넘어져 있는 마네킹을 찌를 때서야 놈은 전과 같은 미소를 보이며 여유를 찾았다.

"계속 찔렀어? 그리고 저쪽으로 도망갔고. 됐어, 가자."

"아니요. 찌르다가 멈췄어요."

"알았으니까 가자고."

"멈췄다가 또 찔렀어요. 그리고 냄새를 맡았어요. 피 냄새를."

놈의 얼굴에서 미소가 빠져나갔다. 대신 눈이 커지며 주위를 다시 살피기 시작했다.

"뭐라는 거야, 이 새끼. 빨리 가, 인마."

"다시 찔렀어요. 그리고 피가 나오는 곳을 칼로 눌렀어요. 피가 더 나오라고."

"그만해, 인마. 가!"

"다시 피 냄새를 맡았고! 다시 찔렀고!"

놈의 목소리가 더 올라가 괴성에 가까워졌다. 완전히 놈은 그때로 빙의돼버린 것 같았다. 놈을 잡아끌어도 계속해서 소리를 질렀다. 지켜보던 주민들이 놈에게 달려들었다. 사람을 칼로 찌르고 피 냄새를 맡았다는 놈의 말에 주민들의 분노는 한계를 넘었다. 폴리스 라인이 부서지고 주민들은 놈을 이곳에서 잡아 죽여야 한다는 듯 달려들었다. 깜짝 놀란 직원들은 놈을 감싼 채 서둘러 차로 이동했다.

"팀장님, 골목길로 들어가는 것도 해야 되는데요."

"여기서 어떻게 해. 그냥 가. 골목길만 사진 찍어봐."

구 팀장은 차량에 도착하자마자 출발하도록 지시했다. 놈의 잔혹함에 시민들은 공개 처형이라도 해야 마음이 진정될 것 같았다.

"폴리스 라인이 왜 부서진 거야. 힘으로라도 버텨야 할 거 아니야!"

"사람들이 너무 많아서……."

"그거 카메라에 다 찍혔지? 또 말 나오겠네, 시발. 사전에 교육 했어, 안 했어?"

"했더라도 똑같았을 거예요. 사람들이 워낙 화가 나 있어서요."

"다음은 사람들이 더 많을 거야. 내리기 전에 동원된 직원들 교육부터 다시 시켜. 절대로 폴리스 라인이 무너져서는 안 된다고. 지금 전국에 생중계되고 있는데 망신당할 짓 하지 말자."

폴리스 라인은 사람들에 밀려 무기력하게 흐트러지고 말았다. 이제 수법이 가장 잔혹한 원룸으로 이동해야 하는데 주민들이 어떻게 나올지 걱정이었다. 구 팀장은 상황실에 지원을 더 해달라고 요청했다.

"얌마, 조서에서 했던 말만 하면 되지 왜 쓸데없는 말을 하는 거야. 네가 사람을 찔렀다는 것만 하면 돼. 이 새끼, 사람들이 있으니까 일부러 그랬지? 그게 자랑이냐?"

"자랑하려고 더 그러는 것 같아, 이 새끼. 사람 찔러 피 냄새 맡은 게 자랑거리나?"

주경철은 말이 없었다. 대신 차량 밖에서 안을 비추는 방송 카메라에 고개를 들어 미소를 지어 보였다. 사문동을 빠져나가기 직전, 처음이자 마지막으로 놈은 카메라에 눈을 들어 보였다. 카메라가 자신을 비추고 있다는 것을 느끼자 놈은 모자 아래 숨긴 눈을 들어 초점을 맞추었다. 죽은 자의 육신을 감정 없이 내려다보았을 살인마의 눈은 카메라에 잡혀 전국으로 퍼져나갔다. 놈의 눈을 본 사람들은 등골이 오싹한 소름을 느끼기에 충분했다.

＊

 형사들이 모두 빠져나가고 주민들도 일상으로 돌아갔다. 방송 차량들이 마지막 멘트를 하고 서둘러 카메라를 접어 빠져나가자 골목은 처음처럼 텅 비어 쓸쓸함마저 느끼게 했다. 그러나 골목 구석에 남은 한 사람은 움직이지 못하고 그대로 그 자리를 지켰다. 눈은 붉게 충혈되어 있었고 꽉 쥔 주먹에서는 남자의 눈물인 듯 땀까지 배어 나왔다. 살인 충동을 느낀다는 말의 의미를 깨닫게 되는 순간이었다.

"현장검증을 한다면서, 나도 가봐야 할까?"

"아니요. 제가 지금 가고 있습니다. 보시면 속만 더 상하실 거니까 제가 확인할게요."

 현장검증이 있는 지선의 집 앞으로 가고 있던 그 시간에 지선의 아버지로부터 전화가 왔다. 텔레비전을 통해 현장검증이 생중계되고 있는 모습을 본 모양이다. 참혹했던 현장을 가족이 보게 하는 것은 죄라는 생각이 그제야 들었다. 오랜 형사 생활 동안 그런 생각을 해본 적이 없었다. 다만 형식적으로 보지 않는 게 나을 거라는 말만 해주었었다. 그런데 오늘은 달랐다. 성의 없는 대답을 들려주었던 그가 가족이 되어 있었다. 딸이 칼에 찔려 쓰러지는 모습을 보고 있을 수 있는 부모가 있을까. 여동생이, 아내가 죽을 만큼 흉기에 난도질되는 모습을 오빠는, 또 남편은 그대로 보고 있을 수 있을까. 모형 칼을 들어 마네킹을 수없이 찌르는 모습을 재연할 때는 태석의 인내심이 한계를 넘어서고 있었다. 놈에게 달려가 놈이 했던 잔인함만큼 되돌려주고 싶은 생각이 머릿속에서 수없이 반복되다가 칼을 빼앗아 찌르는 상상까지 했다. 얼마나 고통스럽고 무서웠을까. 살을 찢어 피를 내게 하고 그것이 향기롭다며 코를 벌름거리는 짐승을 만난 지선이 불쌍하기만 했다. 범인은 잡혀도 회복되지 못하는 현실이 너무나 원망스러웠다.

낮인데도 골목길은 어두운 밤이었고 시간이 아무리 흘러도 계속 밤만 존재하는 것 같았다. 비는 계속 내렸고 지선에게서 빠져나온 붉은 것은 하수구를 넘어 도로 위에까지 넘쳐나고 있었다. 손을 잡아주려 해도 지선은 허우적거리기만 했다. 빗속에서 전화벨이 울렸고, 그때서야 태석은 그곳을 빠져나왔다.

"팀장님, 저희 출발하려고 하는데요. 못 오실 것 같으면 저희끼리 가고요."

"아니야. 지금 갈게."

빗물 속에 빠져 허우적대던 태석을 종현이 깨워주었다. 놈에게 마땅한 처벌이 이루어지기를 바라며 태석은 자리를 떠났다. 마땅한 처벌은 무엇일까. 사형을 받는다고 해도 놈의 목숨은 계속 유지될 것이 역겨웠다. 살아야 할 사람은 죽음을 걱정해야 하고 죽어야 할 사람은 나라에서 주는 끼니로 잔인한 배 속을 채우고 있을 것을 생각하니 구역질이 나올 것 같았다.

*

광역수사대 사무실에서는 이미 현장검증 준비를 모두 마쳤다. 송유관 절도 건에 대해서만 현장검증을 하고 장물 취급에 대해서는 하지 않기로 했다. 김동철과 공범 두 명은 차량에 올라타 있었다.

"점심은 드셨어요?"

"그냥 뭐. 피의자들은?"

"유치장에서 식사 끝나자마자 바로 데리고 나왔어요."

"그럼 출발하자."

밥을 언제 먹었는지조차 기억이 가물가물했다. 놈이 잡혔다는 말을 들은 후부터 먹지 않았던 것 같다. 그것을 아는지 종현은 태석의 식사를 걱정해주었다. 차는 시내를 빠져나가 고속도로 위를 달려 시골길로 들어섰다. 가는 내내 태석은 말이 없었고 현장에 도착해서도 그랬다. 몸은 여기에 있지만 정신은 온통 주경철에 빠져 헤어 나오지 못했다.

현장은 그대로 남아 있었다. 한적한 그곳엔 주경철 때와 같이 분노한 시민들은 없었다. 폴리스 라인을 거두고 안으로 들어가자 지하 동굴 입구에서 송유관공사 직원들이 작업 도구를 들고 서 있었다. 현장검증이 끝나면 안을 매몰하기로 했다. 간단한 인사가 오가고 검증이 시작되었다. 김동철을 데리고 동굴 안으로 내려가 들어가는 모습부터 카메라에 담았다. 손짓으로 동굴 안을 가리키게 하고 안으로 걸어 들어가는 모습을 찍었다. 끝에 도착해 송유관에 구멍을 내는 모습과 호스를 연결해 빠져나오는 기름을 조절하는 모습도 모두 재연했다. 그리고 마지막으로 김동철이 불을 지르겠다고 위협을 하던 모습으로 모든 현장검증은 끝이 났다.

"아따! 팀장님은 진짜로 내 손을 물어서 끊어버릴려고 했는갑소?"

"……."

"왜 대답도 안 헌데. 내 손목을 물었으면서."

"라이터를 놓지 않았다면 그렇게 했을 겁니다."

재연을 마치고 김동철이 농담처럼 말을 건네었지만 태석의 목소리는 건조했다.

"진짜 붙일라고 한 것은 아닌디."

"그것은 법정에 가서 설명하세요. 저는 그럴 의도가 충분했다고 판단했으니까."

"팀장님도 참 까칠하시네. 그렇다고 그렇게 정색을 할 것은 아니잖아요."

"사람 목숨이 달렸던 문제예요. 그렇게 쉽게 이야기할 게 아니죠. 김동철 씨만 죽을 거라면 그냥 두었을 겁니다. 불에 타 죽든 말든 상관하지 않는데 다른 사람들이 있었잖아요. 가족들이 있고 걱정하는 사람들이 있고."

김동철은 농담이었지만 태석은 전혀 그렇지 않았다. 그때 정말 라이터에 불이라도 붙였다면 직원들은 물론이고 김동철과 공범들까지 모두 동굴 안에서 개죽음을 당할 뻔했었다. 그런 일을 농담처럼 하고 있는 그를 이해할수 없었다. 새로 드러난 범죄는 없어서 이것으로 마무리를 하고 사건은 검찰로 송치될 것이다. 김동철은 죄가 무거워 오랫동안 교도소에 있어야 할 것으로 보였다.

"우리는 기자들이 안 오는가. 죄다 주경철이 그놈한테 가불었구만. 아침에 유치장에서 뉴스를 본게 그놈 때미 대한민국이 난리가 나불었드만."

"왜요? 서운해요?"

종현이 혼자 중얼거리고 있는 김동철의 말에 대꾸했다.

"뉴스에 나왔은게 웬만한 사람은 다 볼 거 아닌가. 내가 나오는 것을 그 새끼가 봐야 허는디."

"누가요?"

"노칠구라고, 나한테 도둑질을 처음 알려준 놈이 있거든. 그 새끼가 나를 보고 반성을 해야 혀. 뉴스에 나왔으면 어디선가 봤을 것인디. 그러면 지가 잘못했다는 것을 알 것이고 면회라도 한 번 오것지. 내 인생을 요롷게 망쳐버린 놈인게. 그 새끼만 안 만났어도 내가 이렇게 살지는 않을 것인디."

"그 사람 지금은 뭐 해요?"

"어디서 또 그런 짓 허고 있것지. 그 새끼도 정신 차려야 허는디 아직도 못차렸을 것이여. 근디 그놈은 아직도 잡범이고 나는 아조 큰 놈이 되불었제. 그놈이 보면 쫄 거여, 아마."

"간단한 신문 기사는 날 거예요."

"그것으로 되간디. 주경철이같이 텔레비전으로다가 때려버려야지. 내가 아직 그 정도는 안 되는게 벼."

"나오면 또 할 거예요?"

"인자 안 히야지. 들어가면 늙은이가 돼가지고 나올 것인디 힘이 있가니."

태석의 눈이 뜨였다. 출발해서부터 돌아가는 내내 눈을 감고 있었고 머릿속에서는 계속해서 주경철의 현장검증이 떠다니고 있었다. 마지막에 놈은 왜 미소를 지었을까. 그것도 카메라를 응시하면서. 마스크를 쓰기는 했지만 분명 놈은 미소를 지으며 카메라를 응시했다. 동촌동에서는 카메라를 의식하고 직접 얼굴이 드러나는 것은 피했었는데, 사문동에서는 왜? 답을 찾지 못했는데 그 답을 김동철이 찾아준 것 같아 갑자기 눈이 뜨였다.

"김동철 씨, 갑자기 왜 그런 생각을 했어요?"

"아따, 까칠하신 우리 팀장님이 나하고는 말도 안 헐 것 같더만 말을 붙이네."

"다른 말 집어치우고, 왜 그런 생각을 했냐고?"

"예?"

다른 말에 태석은 목소리를 높였다.

"그 새끼가 나를 보고 알아봤으면 하는 거죠. 창피하기는 하지만, 다른 사람은 몰라도 내가 너 땜시 이렇게 되불었다, 너는 아직도 좆만 하지만 나는 너무 커버렸다, 이런 거 아니것어요. 그놈 아니면 내가 뭐 텔레비전에 비치는 것을 좋아허것어요."

"종현아, 빨리 가자."

어제부터 좀처럼 맞출 수 없었던 퍼즐 조각 하나를 찾아내어 빈 공간을 채울 수 있겠다라는 생각이 들었다.

태석은 사무실로 돌아오자마자 텔레비전을 켜고 주경철 관련 뉴스를 찾았다. 뉴스에서는 여전히 주경철의 기사로 도배가 되어 있었다. 방송국에 초대된 전문 패널들이 놈을 분석하기 시작했다. 사이코패스라는 말부터 성격파탄자, 변태성욕자, 희대의 살인마 등 갖가지 타이틀을 달고 패널들은 시청률을 올릴 수 있는 자극적인 의견들을 쏟아내고 있었다. 그러나 태석은 거기에는 아무 관심이 없었다. 그가 찾고 있는 것은 현장검증 당시의 촬영된 모습이었다. 텔레비전에서 찾을 수 없자 태석은 인터넷을 뒤져 실시간으로 올라온 현장 뉴스를 찾아내었다. 주경철이 현장검증을 하던 모습이 방송사마다 다른 방향에서 촬영되어 올라와 있었다. 동촌동과 지선의 집에서 그리고 원룸과 마지막 암매장 장소에서의 모습이 모두 담겨 조회수를 올리고 있었다.

태석은 지선의 집 앞에서 찍은 화면을 집중해서 보고 또 보고 있었다. 거기에서만 놈은 카메라를 응시했다. 그리고 미소까지 지어 보였다. 그러나 다른 곳에서는 전혀 그러지 않았다. 네 군데서 현장검증을 했는데 그곳에서만 카메라를 응시하며 미소를 보이고 있었다. 그 화면은 얼굴만 캡처가 되어 따로 기사가 나기도 했다. 해답은 김동철의 말에서 찾으려 했다. 누군가에게 보내는 일종의 메시지가 아닐까? 놈에게 살인을 가르쳐준 자에게 내가 이렇게 사람을 죽였으니 봐달라는 뜻이었을까?

"왜 그러세요, 뭐가 있어요?"

"아니, 아무것도 아니야."

모니터 화면을 반복해서 넘겨 보고 있는 태석의 행동에 종현이 끼어들었다. 종현은 태석에게 어떤 식으로든 도움을 주고 싶어 했지만, 태석은 지선의 일에 다른 사람들까지 끼어들게 하고 싶지 않았다. 사건이 아무래도 이상하다. 놈이 노인들을 살해했다는 증거는 현장 CCTV에 찍힌 놈의 뒷모습이었다. 그것은 현장 주변에 놈이 있었다는 증거가 되어 놈은 자백을 했다. 그리고 여성들은 놈의 원룸에서 나온 혈흔과 만국사 계곡에서 나온 사체가 있는 만큼 명확한 증거가 확보되어 인정할 수밖에 없었다. 그런데 지선은 달랐다. 놈의 자백 외에는 아무런 증거가 없었다. 그런데 왜 놈은 순순히 시인했을까? 다른 미제 사건에 대하여는 증거가 없다면 모두 부인을 하면서 왜 지선만은 시인을 했는지 의문은 풀리지 않았다. 하지 않았다고 부인했다면 확인이 불가능한 사건이었다. 연쇄살인범들이 잠복기를 갖는다는 건 이미 정설로 증명이 되어 있었다. 놈도 최초 살인이 멈추고 약 6개월간 잠복기를 보내다가 다시 시작했다. 여성의 사체를 훼손할 만큼 잔인한 수법으로 돌변했으면서 왜 중간에 지선이 끼어 있던 것인지 쉽게 납득이 가지 않았다. 주택에 침입해 살인을 하다가 골목 노상에서 그리고 다시 집 안 원룸으로 장소가 이동했다. 굳이 집 안에서만 살인을 하던 놈이 왜 딱 한 번 외부에서, 그것도 비가 오는 날 골목길에서 그랬을까. 놈의 심리를 알아야 한다. 살인자의 심리를 가장 잘 아는 사람이 누구일까. 태석은 내부망의 수사 분야 전문가들을 찾아보았다. 그중 한국대학 박주민 교수가 최근 쓴 논문이 사진과 함께 올라와 있었다. '연쇄살인자에 대한 연구'라는 제목을 단 논문에는 방문객이 남겨놓은 댓글도 상당히 남아 있었다. 교수는 범죄심리학을 전공하고 현장에서 프로파일러로 근무하다가 지금은 대학에서 강의를 하고 있었다. 현장을 떠났지만 여전히 경찰청과 관계를 맺고 자문위원으로 활발히 활동 중이었다.

"박주민 교수님과 통화를 하고 싶은데요."

"교수님은 강의 가셔서 자리에 안 계시는데요."

"광주청 광역수사대 하태석 팀장에게 전화 왔었다고 전해주시겠어요?"

"예, 알겠습니다. 잠시만요. 마침 들어오시네요."

다행히 그녀와 통화가 되었다.

"네, 박주민입니다."

태석은 간단히 자기소개를 하고 주경철에 대하여 설명하였다. 그리고 그에 대한 자문을 구하고 있다는 말을 하자 그녀는 흔쾌히 태석의 말을 경청해주었다.

"아직 수사 중인 내용인데, 앞뒤의 연결된 사건에 최지선 씨의 사건이 있습니다. 연쇄살인자에게는 자기만의 패턴, 즉 연쇄살인자의 서명이라고 불리는 시그니처(signature)가 존재합니다. 그것은 놈만이 남기는 독특한 흔적으로 거의 바뀌지 않죠. 아니면 자기도 모르는 사이에 남겨진 것이라고 할 수도 있고요. 그런데 제가 보기로는, 최초 놈이 남겼던 서명 행위는 망치였던 것 같습니다. 아마 두개골을 부수는 것이 놈의 서명이었겠죠. 그런데 약 6개월 후 여자를 칼로 찔러 중상해를 가한 후 얼마 지나지 않아 유흥업소 종업원을 유인해 다시 원래 망치로 살해하였습니다. 죽은 여성들의 사체를 훼손하는 것으로 놈의 서명이 완성된 것으로 보이고요. 그런데 문제는 중간에 낀 여자 한 명입니다. 과도기로 보아야 할까요, 아니면 완전히 다른 범죄인가요? 그것을 구별해낼 수 있을까요?"

박주민 교수는 대답을 망설였다. 이런 식의 문제 제기를 한 사람은 처음이었기 때문이다. 하지만 태석이 말한 사건들에 대하여는 모두 알고 있었기 때문에 정리하는 데 시간은 그리 길게 들지 않았다.

"사건은 지금 전국을 떠들썩하게 하고 있는 주경철 사건이잖아요. 노인 상대 살인 사건은 제가 자료를 가지고 있습니다. 최지선 씨인가요, 그분 것도요. 그런데 아직 사체가 훼손된 여성들 자료는 가지고 있지 않습니다. 그것을 보아야 정확히 답변드릴 수 있을 것 같은데요."

"그건 제가 바로 보내드리겠습니다."

교수는 즉답을 하지 못했고 대신 자료를 보고 판단하겠다는 말로 대신했다. 그런데 태석은 가지고 있지도 않은 자료를 보내주겠다고 말을 하고는 전화를 끊었다. 옆자리에서 태석의 전화를 듣고 있던 종현이 태석의 시선을 피해 밖으로 나가려 했다.

"종현아!"

"잠깐 일이 있어서……."

"나 좀 보고 가."

"바쁜데."

"도와준다며. 주경철 보고서하고 사진 좀 보자."

"그걸 어떻게요?"

"그러니까 너한테 부탁하는 거 아니야. 거기 동기도 있다면서."

"아이, 수사 서류를 몰래 빼내는 것은 아니죠."

어렵다고 고개를 흔들던 종현은 그래도 태석의 부탁을 잘 수행해 주었다. 사건 보고서와 현장 상황이 찍힌 사진들을 구해 교수에게 보내주었다. 태석은 교수에게 전화해 서둘러줄 것을 요구했다. 그런 모습을 지켜보던 종현은 이해할 수 없다는 듯 고개를 저었다.

"팀장님이 너무 예민해서 그래요. 왜 자꾸 다른 생각을 하세요, 범인도 잡혔는데."

"내가 예민해 보이냐?"

"그럼요. 다 끝났는데 너무 집착하시는 거 아니에요? 좀 쉬셔야겠어요."

맞는 말 같았다. 송유관 절도 건 때문에 쉬지 않고 달려왔고, 다시 범인이 잡힌 지선의 일로 에너지를 낭비하고 있었다. 박주민 교수의 말을 마지막으로 들어보고 결정을 하기로 마음먹었다.

"그래, 먼저 들어가 쉬어야겠다."

태석도 자기가 너무 예민하다는 것을 느끼고 있었다. 자기과시를 위해 놈은 얼마든지 그럴 수 있었다. 구 팀장도 놈이 과시욕이 넘쳐난다고 말을 했었다. 형사들에게 계급장을 하나씩 더 올려주겠다고 허풍을 떨었다는 말을 익히 알고 있었다. 놈은 전 국민을 상대로 카메라에 대고 과시를 하고 있는 건지도 모른다. 그때가 우연히도 지선의 집 앞이었던 것이고.

*

태석은 면회 시간에 맞추어 병원으로 향했다. 지선의 아버지는 지선의 손과 발을 닦아 주고 마른 입술에 물기를 적셔주고 있었다.

"자네 왔는가?"

"예."

"그놈이 이렇게 만든 것이 맞어?"

"예."

"쳐 죽일 놈. 이렇게 죽지 않고 아직 살아 있으니까 고마워해야 허는 거여, 뭐여. 우리 지선이만 불쌍허지."

태석은 한동안 그의 깊은 한숨을 들어줘야 했다. 현장을 보았더라면 그의 입은 더 걸쭉한 욕들을 내뱉으며 어그러진 감정을 토로했을 것이다.

잠시 후 담당 의사가 침대로 다가와 지선을 살폈다. 환갑을 얼마 남겨놓지 않은 나이 든 의사는 다른 환자를 모두 보고 마지막으로 그녀에게 왔다. 오랜 경륜이 환자를 보는 순서까지 정해놓아 버렸다. 마지막으로 찾아온 이유가 얼굴에서 충분히 설명되었다. 상태가 좋지 않다는 것을 말 대신 침묵으로 설명하고 있었다. 무슨 말이든 해주기를 기다렸지만 그는 그냥 돌아갔다. 왜 그러는지는 알고 있지요, 그의 등은 그렇게 말하고 있었다.

"기다려보죠."

전부터 반복하듯 의사가 남긴 유일한 말이었다. 위로가 되지 못할 것을 알면서도 마땅히 해줄 말이 없었을 것이다. 좋아지고 있다는 지선의 아버지의 말은 사실이 아니라는 것을 알 것 같았다. 태석이 의사를 따라가 잡았다.

"상태가 어떻습니까?"

"기다려보는 수밖에요. 달리……."

"정확히요?"

"……좋지는 않습니다."

"어떻게 될 것 같습니까?"

"……차 한잔 하시겠소?"

대답이 또다시 없어졌다. 대신 그는 태석을 사무실로 데려갔다. 호전이 없는 것에 대한 미안함일 거라고 태석은 생각했다. 나이 든 의사는 커피를 타 태석 앞에 내밀었다.

"오늘 현장검증하던데요. 그런 놈에게 걸려 지금까지 살아 있다는 것도 대단한 겁니다."

이번에는 태석이 말이 없었다.

"경찰이라고 하시던데, 제가 국제대학교 법의학 수업에 강의를 나갑니다. 경찰수사연수원에도 초빙되어 서너 번 강의를 해준 적도 있지요. 죄송하지만 제가 최지선 씨 사건을 가지고 수업을 한 사실이 있습니다. 물론 인권 침해로 걱정하실 만한 부분은 없습니다. 그런 경우도 있다는 정도였지요. 놈이 빨리 잡혀 정말 다행입니다. 그러지 않았다면 더 많은 희생자가 생겼을 테니까요."

"예, 중부경찰서에서 놈을 잡았습니다. 그런데 아직 살아 있는 사람을 법의학 수업 자료로 쓴다는 것은 적절하지 않은 것 같습니다. 한 번도 그런 일을 들어본 적이 없고요. 가지고 있는 자료는 폐기해주십시오."

지선이 죽은 사람처럼 수업의 자료로 쓰였다는 게 불쾌했다.

"아니요. 구두로만 설명을 했을 뿐입니다. 그런 자료는 절대로 나가서는 안 되지요. 오해는 하지 마십시오. 다만 저는 경찰관이시기에 참고를 하라고 말씀드리는 것입니다."

"참고는 하겠는데 가족으로서 듣기에는 불쾌합니다."

"이런, 기분을 상하게 했다면 죄송합니다. 저는 다만 법의학적 소견을 설명하고 경찰관으로서 참고를 하라는 뜻으로 말씀드린 겁니다."

"제가 참고할 게 있습니까?"

죄송하다는 말에 태석은 감정을 추슬렀다. 만약 지선이 사망한다면 그녀의 사인에 대하여 정확한 분석을 위해 중부서에서는 분명 부검을 하자고 할 것이다. 하지만 담당의가 법의학적 소양을 가지고 있고 이에 대한 소견을 말할 수 있다면 부검은 피할 수 있을 것이다. 생각이 거기에 미치자 기분이 불쾌한 것만은 아니었다.

"가슴과 목 아래, 배, 모두 스물세 곳을 찔렸습니다. 정확히 하자면 가슴에 일곱 곳, 옆구리에 여덟 곳, 복부에 네 곳, 양 손바닥에 네 곳입니다. 상당한 양의 혈액이 흘러내렸죠. 도착해서 수혈한 양이 교통사고 피해자보다도 두 배가 더 들어갔습니다. 피를 흘린 시간이 얼마나 걸렸는지는 정확히 알 수 없습니다. 다만 오랫동안이었다는 것은 맞습니다."

"깊이가 얼마나 될까요?"

"깊지는 않습니다. 바로 죽일 마음은 없었던 것 같아요. 그게 아니라면 천천히 죽어가기를 바란 것일 수도 있고요. 최지선 씨로서는 상당한 고통이었을 것이고 공포였을 겁니다. 제가 당시 현장을 목격했다고 생각만 해도 소름이 돋을 것 같습니다. 사람이 서서히 죽어가는 것을 보며 고통을 주고 있었으니까요. 그것도 칼이라는 흉기로 쓰러져 있는 사람을 계속해서 멈추지 않고 찔렀으니까. 아마 정신을 잃고 싶어도 그러지 못했을 겁니다. 정신 잃을 정도가 되면 또 찔렀을 것이니까요. 방어도 소용이 없었던 것으로 보입니다. 손바닥에 방어를 하다 생긴 상처가 상당했습니다. 최지선 씨 이후 살해당한 사람들은 고통 면에서는 조금 덜 했을 겁니다. 둔기를 이용해 단번에 죽였을 거니까요. 거기다 사체 훼손까지. 그런데 놈이 왜 수법을 바꾸었는지를 모르겠어요. 연쇄살인을 하는 사람들의 특성 중 하나가 살인 후 잠복기를 갖는다는 것입니다. 그런데 이 친구는 독특하게도 약 6개월간 잠복기를 거쳐 다시 나타난 현장의 시그니처가 완전히 변했어요. 망치에서 칼로. 처음 시도한 것인데 말이죠. 더 이상한 것은 시그니처가 그 사건 직후에 또다시 바뀐다는 겁니다. 망치로. 그렇게 급속하게 변화를 주는 경우는 거의 드문데……."

"그런 사례가 있습니까? 저도 교수님과 마찬가지로 그 부분에 대하여 의문을 가지고 전문가에게 자문을 구한 상태입니다. 저의 경험으로도 그런 경우는 없었으니까요."

태석은 어느새 의사의 설명에 몰입해 있었다.

"제가 아는 한은 아직까지 없습니다. 조금의 변화는 있어도 이렇게 급격하게 변한 것은 저도 처음입니다. 변했다가 다시 원상태로 돌아간다? 이건 생각을 좀 해볼 일입니다. 살인자의 서명은 그렇게 쉽게 바뀌는 게 아닙니다."

담당의가 남겨준 마지막 말은 쇠몽둥이로 태석의 머리를 후려친 것 같은 충격을 주었다. 그의 말에서 퍼즐을 또 하나 찾은 듯한 표정이었다. 태석은 자리에서 일어나 곧바로 밖으로 나갔다. 지금 이렇게 있을 시간이 없었다.

"교수님, 놈은 변하지 않았습니다. 다만 변했다고 생각하는 형사들이 있는 겁니다."

태석의 말에 의사는 고개를 갸웃거리며 밖으로 나가는 태석을 바라보았다.

16

태석의 머릿속은 복잡했다. 지선의 다음으로 서부서 사건이 있었다. 그것의 형태는 지선과 같은 패턴이었고 같은 사람의 소행이었다. 물론 동일범이라는 것은 태석만의 생각이었지만 확신하고 있었다. 두 사건에 다른 점이 있다면, 서부서 학생은 죽었고 지선은 아직 살아 있다는 것이다. 그런데 주경철은 왜 서부서 건은 자기가 했다고 하지 않지? 날짜가 수상하다. 마사지 여성을 처음 살해한 날은 재수생 살인 날짜보다 훨씬 앞에 있었다. 살인의 패턴을 바꾸었다면 마사지 여성은 재수생보다 뒤에 있어야 한다. 그런데 그러지 않았다. 그건 패턴이 바뀌지 않았다는 것인데······. 태석은 흥분했다. 갑자기 목이 뜨거워지고 손이 부르르 떨려왔다. 차는 속도를 더 높여 상황실로 달려갔다.

상황실 직원에게 사문동 사건 당시 신고 내용을 듣고 싶다고 하자 의아한 얼굴로 태석을 쳐다보았다. 그건 이미 검거를 했잖아요라고 고개를 갸웃거리는 것으로 묻고 있었다.

"사건이 워낙 크니까 광수대에서도 같이 하나 보죠?"

"······네."

대답을 어떻게 해주어야 할까 고민하던 태석에게 그는 고맙게도 대답을 대신 했다.

　"휴대전화로 녹음하면 될 것 같은데요."

　신고자의 음성을 반복해 듣고 있는 태석이 답답했는지 직원이 끼어들어 조언을 했다. 맞는 말이라 태석은 휴대전화를 꺼내 녹음했다. 처음 지선을 찌르고 있다는 범인의 행동은 주경철이 말한 것과 일치했다.

　―여자가 죽어요. 빨리 오라고. 크게 말하면 저놈이 나를 볼지도 몰라요. 봐요. 지금 쳐다보잖아. 나와 눈이 마주친 것 같은데.

　―알겠어요. 그럼 어떻게 죽는다는 말인가요?

　―어떤 미친놈이 여자를 칼로 막 찌르고 있어요.

　―칼로 찔러요? 지금도요?

　―아니요. 멈추었어요. 가만히 여자를 보고 있어요. 지금은…… 멈추었는데 이런, 또 찔러요. 또 찔러. 저거 어떡해! 다시 계속 찔러요. 여자가 죽겠어요.

　―위치가 어떻게 되세요?

　―여기가 어디지?

　―어디라고요?"

　―여기가 그러니까, 여기가…… 여기가…….

　―여보세요. 선생님, 거기가 어디인지 설명해줄래요?

　―여기는…….

　―차분히 숨을 고르시고 설명해보세요.

　―여기는 사문동이에요. 그러니까 버스 정류장에서 자매순댓집 골목으로 한 백 미터 정도 들어와서 다시 오른쪽으로 50미터 정도 오면 돼요. 빨리!

　―다시 한 번만 더 위치를 설명해주시겠어요?

─미치겠네, 사람이 죽는다니까.

신고자는 마치 자신이 칼에 찔리고 있는 듯한 충격에 빠져 다급한 목소리로 울부짖었다.

─놈이 골목 안쪽으로 도망갔어요. 도망가 버렸다고, 시발!

─여보세요. 여보세요. 말씀하세요. 전화 끊어졌나?

잠시 침묵이 흘렀다.

─놈이 밖으로 다시 뛰어 도망가네요. 빨리, 빨리 와주세요.

전화는 끊어졌고 신고자는 불의의 교통사고로 사망해버렸다. 태석은 신고자의 마지막 말이 걸렸다. 정신이 없었을 것인데 방향을 바꾸어 다시 도망가다니. 이해하기 힘든 설명인데, 거기다 자신을 쳐다본다는 말까지. 확인해봐야겠다. 태석은 현장으로 차를 몰았다.

"누구세요?"

"경찰관입니다. 문 좀 열어주세요."

"잠깐 기다리세요."

집주인인 나이 든 여자가 귀찮다는 듯 밖으로 나와 문을 열어주었다. 위아래로 살피려 하는 틈도 없이 태석은 계단을 뛰어 위층으로 올랐다. 덩치큰 사내가 밀고 들어오자 여자는 옆으로 비켜설 수밖에 없었다. 위층에는 새로 부부가 이사를 와 방은 채워져 있었다.

"죄송합니다. 잠시 들어가도 될까요?"

"무슨……"

태석은 다시 방 안으로 들어가 신고자가 보았을 그곳으로 가 서보았다. 애를 안고 들어온 남자는 무슨 일이냐는 듯 태석을 바라보았지만 태석은 눈을 부릅뜨고 밖을 내다보았다. 태석의 모습에 남자는 말도 걸지 못하고 그냥 바라보기만 했다. 따라 올라온 집주인이 대신 설명을 해주었다. 60이 넘은 여자는 수다를 떨듯 입을 쉬지 않았다.

"그러니까 전에 여기 살던 사람이 괜한 신고를 해가지고. 그래서 죽었는지도 몰라. 하여튼 남의 집 일에 끼어드는 게 아닌데 말이야. 옛날 말이 하나도 틀린 게 없어. 나도 죽는 거 아니야? 끼어들면 안 되는데."

방에서는 골목 전체가 보이는 것이 아니었다. 그렇다고 신고자가 밖으로 나가서 보았을 리 없다. 그날은 비가 오는 날이었고 놈이 볼까 조심스럽게 신고를 했던 것을 보면 목격한 곳은 집 안이다. 놈이 신고자를 본다고 했다. 멀리서 여기를 본다고 느꼈다면 고개를 돌렸다는 것이다.

—봐요. 지금 쳐다보잖아. 나와 눈이 마주친 것 같은데.

태석은 녹음한 내용을 재생해 반복해서 들어가며 신고자가 서 있었을 위치를 이리저리 움직이며 찾았다. 창문에서 한 걸음 정도 떨어진 오른쪽이 신고자가 서 있던 자리였고, 그곳에 서서 현장을 내려다보았다. 밤에 불이 꺼진 방이라면 절대로 보일 리 없다. 이곳이 아니라 이쪽 방향을 본 것이다. 왜 돌아보았을까? 뭘 보려고? 뭐가 있었기에? 왜?

—놈이 밖으로 다시 뛰어 도망가네요. 빨리, 빨리 와주세요.

골목 안으로 들어갔다가 왜 다시 나왔을까? 골목 안으로 들어가 역문동으로 넘어가면 그만인데. 신고가 되어 경찰이 오더라도 골목 입구 쪽에서 올 텐데 굳이 그쪽으로 도망을 갈 이유는 없다. 자신감이었을까. 경찰들이 곧 도착할 것을 충분히 예상할 수 있는데 굳이 입구 쪽으로 뛰어간 이유가 뭐지? 태석이 난간 아래를 내려다보자 집주인도 무슨 일인가 하고 같이 내려다보았다. 그러면서 태석의 행동을 이해하지 못하겠다는 듯 고개를 갸웃거렸다. 고맙다는 인사를 짧게 남기고 태석은 집에서 나와 골목 안으로 걸어 들어갔다. 끝이 막혔을 것처럼 좁아지던 골목이 다시 넓어져 큰 골목으로 들어섰다. 돌아올 이유가 없다. 경찰이 들어온다면 큰 도로를 따라 들어오지 골목길을 따라 먼 곳에서 들어오지 않는다는 것을 놈이 모를 리 없다. 놈은 분명 그대로 이곳을 빠져나갔다. 그렇다면 신고자가 골목 입구로 빠져

나갔다고 생각하는 이유는 무엇이지? 신고자가 본 사람이 주경철이 맞는 걸까? 태석은 마지막으로 지선이 쓰러졌던 대문으로 가 범인이 되어 서 보았다. 대문 아래로 가자 센서등이 태석을 감지하고 켜졌다. 잠시 후 센서등은 움직임을 감지하지 못하고 꺼졌다. 밝음이 사라지고 어둠이 태석을 덮자 멀리 가로등 빛을 빼고는 어둠으로 들어찼다. 어둠 속에서 어둠을 보았다. 그리고 범인이 되어 칼을 들고 쓰러져 있는 지선을 공격하다가 고개를 돌려 신고자가 있는 골목 입구 쪽을 보았다. 왜? 왜 공격을 멈추고 그곳을 보았을까? 거기에 뭐가 있어서? 누가 있어서? 의문은 계속해서 태석에게 묻고 대답을 구했다. 어두운 담벼락에 누가 서 있었다면, 그래서 놈이 그곳을 본 것이라면. 신고자가 자신을 바라본다고 착각했던 그 집 아래 담벼락……. 거기에 누가 있었어. 드디어 태석이 찾던 퍼즐이 그곳에 있었다. 왜 주경철이 미소를 지었는지. 왜 신고자가 그렇게 신고를 했는지. 태석은 이제야 그 이유를 알 수 있을 것 같았다.

"여보세요."

"저 박주민입니다. 통화 가능하신가요?"

사건에 대한 프로파일을 요구했던 박주민 교수에게서 전화가 들어왔다. 태석도 마지막으로 확인을 하고 싶어 전화를 걸려고 하던 참이었다.

"네, 교수님. 마침 저도 전화를 걸려고 했습니다. 확인하고 싶은 게 있거든요."

"확인하려 한 게 뭐죠?"

"먼저 말씀하시죠. 듣고 말씀드릴게요."

"분석 결과를 설명해드리려고요. 좀 의아해하실 것 같기도 해서 서면으로 보내기 전에 설명을 드리는 게 나을 것 같아서 전화를 드렸습니다."

박주민 교수는 예상했던 평범한 결과가 아니라는 것을 조심스럽게 꺼내었다.

"제 분석 결과는, 먼저 있었던 동촌동 노인 살인 사건과 나중에 일어난 마사지 여성 살인 사건은 동일성을 찾아볼 수 있지만, 가운데 끼어 있는 사문동 사건은 동일하다거나 유사한 점을 찾을 수 없었어요. 쉽게 말씀드리면 사문동 사건은 별개라는 겁니다. 물론 피의자가 자백을 한 사안이라 제 분석에 신빙성이 좀 떨어지기는 하지만요."

"아닙니다. 계속 말씀해보십쇼."

들고 싶었던 이야기를 교수가 해주고 있는 것 같았다. 혼자만의 판단이 아니었구나라는 생각에 태석이 맞춘 퍼즐에 확신이 들어가고 있었다.

"우선 범죄 현장은 피의자의 성격이나 성향이 그대로 반영된다고 보시면 됩니다. 그런 것으로 보았을 때 주경철은 혼란스럽지 않고 체계적인 성격을 가지고 있다고 판단됩니다. 대상자를 물색하는 방법이라든지 범행 도구로 망치를 사용했던 것, 무차별적인 공격, 잔인성, 공간의 동일성 등을 보았을 때 주경철은 동촌동 사건과 마사지 여성 사건에서는 일관성과 반복성을 보입니다. 그 수법이 조금 더 잔혹해지기는 했지만 유형은 일관되고 반복적이죠. 다만 변한 거라고는 그 잔혹함이 폭발적으로 변했다는 거죠. 중간에 긴 사문동 건만 빼고요. 그건 유사점이나 연관성을 아무리 찾으려 해도 힘들어요. 완전히 다른 사람의 성격으로 바뀌는 다중인격체가 아니라면 바뀔 수 없는 형태였어요. 그런 것으로 봐서……. 여보세요, 여보세요? 하 팀장님, 제 이야기 듣고 계세요?"

"예, 놈은 아직 잡히지 않았습니다."

"네? 무슨 말씀이죠?"

"교수님, 프로파일을 한 번만 더 부탁드리겠습니다. 주경철이 아니고 다른 사람을요."

*

구 팀장을 만나야 한다. 그리고 그에게 이 사실을 알리고 재수사를 요구해야 한다. 그러나 그가 이미 현장검증까지 마친 사건에 내해서 납득을 할수 있을까? 오히려 태석을 이상하게 볼지도 모른다. 그래도 설명해야 한다. 아니, 왜 그랬는지 주경철 그놈에게 물어야겠다. 태석의 낡은 코란도 차량이 속력을 내었다. 가는 도중에 전화벨이 울렸다.

"팀장님, 저 종현인데요."

"응, 무슨 일 있냐?"

"팀장님, 조금 뒤에 주경철 사건 중간 수사 결과 발표가 있답니다."

"뭐?"

"중부서 형사과장이 주경철 관련 중간 수사 결과 발표를 한다고요."

"그걸 왜 밤에 해?"

"이상하긴 하지만 사람들 관심이 워낙 많으니까 그런대요. 아무래도 팀장님이 아셔야 할 것 같아서요."

"브리핑에 지선에 대한 것도 있겠지?"

"당연하죠."

"그건 그 새끼가 한 게 아니야. 그건 다시 수사해야 해!"

"예? 그놈이 한 게 아니라니요?"

"중부서에 갔다 와서 내가 설명해줄게, 우선 끊어봐. 구 팀장하고 통화를 해야겠다."

"지금 중부서 가시는 거예요?"

주경철은 담벼락 아래서 그놈을 목격했을 뿐이다. 악마가 악마를 만나 서로에게 인사를 했던 거야. '너도 사람을 죽이는구나. 너는 이렇게 죽일 수 있니?'라는 물음에 주경철은 토막 살인이라는 엽기적 살인으로 대답을 한 것

254

이고, 그것을 텔레비전을 통해 전달한 것이다. 서로가 경쟁을 하듯, '너보다 더 잔인한 놈은 나라고. 잘 보고 있냐?'라는 메시지를 카메라를 통해 내보낸 것이다. 생각이 여기에 미치자 몸은 전율이 오듯 뜨거워졌다. 주경철보다 더 잔인한 놈이 지금 어딘가에서 이 상황을 보며 경찰을 비웃고 있을 생각을 하니 가슴이 답답하고 터질 것 같았다.

"저 광수대 하태석입니다. 구 팀장님, 수사 결과 발표에서 최지선 건은 다음으로 미루시죠. 그 건은 확인을 더 해보시고 하는 게 나을 것 같습니다."

개새끼야, 네 수사는 엉터리였어라는 말이 목까지 차올랐지만 태석은 참고 정중히 말을 건네었다. 주경철을 잡은 것만으로 존중받아야 하는 성과이기에 존대를 하였지만 태석에게 돌아오는 대답에 존중은 없었다.

"사건을 빼라니 무슨 말을 하는 거야?"

"주경철은 최지선 사건의 범인이 아닙니다. 놈은 아직 잡히지 않았단 말입니다!"

"뭐야, 시발. 말 같은 소리를 해!"

"제가 설명을 하겠습니다. 조금만 기다려주시죠."

"당신 설명 들을 생각 없어. 브리핑 때문에 바쁘니까 나중에 통화합시다."

"여보세요. 여보세요! 시발럼, 개좆같이 수사를 해놓고는."

전화는 끊어져버렸고 다시 걸어보아도 받지 않았다. 당연한 반응일 거라고 생각했다. 태석은 더 속력을 높여 중부서로 향했다.

"발표 내용은 어떻게 잘 준비가 되었어?"

"예, 다 되었습니다. 조금만 정리를 하면 될 것 같습니다."

사건 개요를 정리하고 있던 구 팀장이 자리에서 일어나 나대철 형사과장을 맞았다.

"증거물은 어떻게 되었어?"

"예, 모두 단상 앞으로 정리를 해놓았습니다. 흉기하고 신발하고요. 놈이 그런 누드도 모두 가져와서 번호대로 정리를 했습니다."

"한눈에 쏙 들어오게 해야 돼. 사람들의 관심이 한 번에 쏠리도록 말이
야. 본청장님도 생중계로 보고 계시니까."

"걱정하지 않으셔도 됩니다."

과장은 사실의 전달보다 청장이 보고 있는 게 더 중요해 보였다.

"그런데 그 최지선인가 하는 피해자 상태는 어때?"

"아직도 의식이 돌아오지 않은 것 같은데 식물인간 상태가 아닌가 생각됩
니다. 회복은 불가능하다고 하는 것 같습니다."

"미친놈한테 걸렸긴 한데 그래도 살았어."

경찰서를 뚫고 들어가듯 차량은 정문을 지나 주차장에 멈추었다. 정문을
지키던 대원들이 놀라서 쫓아왔다가 돌아갔다.

자정이 가까워진 시간인데도 기자들은 강력팀 사무실 앞에 자리를 깔고
있었다. 중간 수사 결과를 발표한다는 소식이 전해졌기에 생방송을 준비하
느라 방송사들은 바삐 움직였다. 밤에 한다는 데 불만도 많았지만 전 국민
의 초관심사가 쏠려 있기에 군말 없이 경찰서로 몰려들었고, 몇몇 방송사는
현관에서 곧 중간 수사 결과가 발표된다는 소식까지 실시간으로 내보내고
있었다. 이미 방송에서는 희대의 살인마라는 호칭을 주어 역대 어느 살인자
보다 급수가 높아져 있었다. 비교할 대상이 없어 국내가 아닌 국외에서 상
대를 찾아 비교하기 시작했고 시청률을 잡으려 앞다투어 취재에 나섰다.

"20분 후에 2층 대회의실에서 브리핑이 있습니다. 그곳으로 모두 이동해
주십쇼."

경찰서 강력계장이 복도에 늘어선 기자들에게 브리핑을 예고하자 바닥에
앉아 대기하던 기자들이 모두 일어나 분주히 2층으로 이동했다. 기자들이
계단을 오르는 모습에 태석의 마음은 바빠졌다. 브리핑 내용에 지선의 사건
이 들어가 있을 것이 분명했기 때문이다.

"구 팀장님 좀 만나겠습니다."

"지금 브리핑 준비 때문에 바쁜데요. 다음에 만나시죠."

강력팀 사무실로 들어가려다 직원에게 제지를 당했다.

"지금 브리핑이 문제가 아니라 수사가 잘못되었어요. 브리핑을 해서는 안 되니까 빨리 만나야 한다고! 문 열어봐!"

"안 된다니까요."

태석의 목소리에 주변에 있던 기자들의 시선이 한꺼번에 집중되었다. 안에 있던 구 팀장의 귀에도 태석의 음성이 들렸다. 그것도 수사가 잘못되었다는 말이 화살이 되어 귀를 뚫었다.

"들어오라고 해. 그리고 문 닫아버려. 아무도 못 들어오게."

주경철을 검거한 후 한숨도 자지 못하고 수사를 진행해 왔는데 담당자도 아닌 타 관서 직원이 수사가 잘못되었다는 말을 쏟아내자 구 팀장뿐 아니라 직원들 전체가 술렁거렸다.

"그게 무슨 말이야, 수사가 잘못되었다니. 지금 놈을 우리가 잡으니까 배가 아파 한번 질러보는 거야, 뭐야! 씨발. 내가 당신 마누라 다쳤다고 해서 그렇게 노력해서 잡아놓았는데 수사가 잘못돼? 그래, 뭐가 잘못된 거야! 말해봐, 한번!"

구 팀장은 지선을 마누라라고 불렀다. 진짜 마누라도 아닌데 남편인 척한다는 힐난이었다. 그만큼 태석의 말에 화가 올라 있었다.

"노인들 살인 사건과 유흥업소 종사자들은 주경철이 한 것이 맞습니다. 그러나 최지선 상해 사건은 놈이 아닙니다. 놈은 아직 잡히지 않았어요. 수사를 다시 해야 합니다."

"시발, 어처구니가 없구먼. 이 양반이 뭐라고 하는 거야, 지금! 니들도 들었냐?"

구 팀장은 비아냥거리며 고개를 실룩거렸다.

"놈이 아직 잡히지 않았다고 했습니다. 최지선 사건만은 놈이 아니라고요. 브리핑에서 그 내용을 빼고 재수사를 해야 한다고!"

높아진 목소리에 직원들은 하던 일을 멈추고 태석에게 집중했다. 검거 후 며칠 동안을 한 번도 쉬지 못하고 꼬박 밤을 새워 일했는데 그 모두를 폄하하는 것 같아 기분이 불쾌해지고 있었다.

"아직 잡히지 않은 놈은 그날 최지선에게 상해를 가하고 있었고, 그 모습을 주경철이 보게 된 겁니다. 그래서 주경철이 패턴을 바꾸었던 것이고요. 전하고 살인 방법과 대상이 완전히 다르잖아요. 그리고 오늘 현장검증 때 놈의 얼굴을 보셨죠? 놈이 카메라를 응시한 것은 사문동 검증 때뿐입니다. 왜 그랬겠어요?"

"뭐라는 거야. 누가 누구를 봐? 소설을 써도 작작하셔. 술 먹은 거 아니야? 저기 유치장에 들어 있는 놈이, 그러니까 어떤 놈이 사람을 찌르는 것을 우연히 보고 열 받아서 더 지랄같이 사람을 죽이고 다녔다는 말이야? 그거야?"

"네, 맞아요. 그겁니다."

"미쳤어. 완전히 미쳤구먼. 마누라가 다치니까 별별 상상을 다 하네. 이봐, 하 팀장님, 제가 당신 마누라 칼로 찌른 놈 잡아서 저기 유치장에 곱게 넣어놓았어요. 고맙다는 말은 하지 않아도 되니까 그런 말도 안 되는 미친 소리는 집어치우시고 병원 가서 간호나 더 하세요. 나머지는 우리가 알아서 할 테니까. 시발!"

구 팀장은 어처구니없다는 표정을 짓다가 버럭 소리를 질렀다.

"주경철이 잡히지 않은 놈에게 신호를 보낸 겁니다. 자기가 놈보다 한 수 위라는 것을 자랑한 것이라니까요!"

"왜 하지도 않은 일로 자랑을 해! 말이 된다고 생각해! 그리고 현장검증하는 것 못 봤어? 자기가 자백하고 현장검증까지 했는데 그게 쇼라는 거야!"

"맞아요. 쇼입니다, 쇼! 놈은 쇼를 한 거예요."

"야, 나 미치겠다. 무슨 이런 개뼈다귀 같은 새끼가 있어. 광수대 팀장이라고 하니까 잘 좀 봐주려고 했더니 완전 똘아이 아니야. 얌마, 말도 안 되는 이야기 할 거면 가. 가라고! 내가 공적 조서에 네가 도움 줬다고 한 줄 써줄 테니까. 그런 거라면 이제 그만 가봐."

"시발! 수사가 엉터리라고, 지금! 개좆같이 수사를 해놓고 무슨 공적이야! 다시 수사하라고!"

"이 새끼가 말을 함부로 막하네."

구 팀장이 태석의 멱살을 잡았다. 몇 마디만 더 했다가는 주먹도 올라갈 태세였다. 태석도 머리끝까지 올라온 감정을 주체하기 힘들었다. 그러나 여기서 같은 반응을 보였다가는 일을 그르친다는 것을 태석은 알고 있었다. 태석이 반응하지 않자 구 팀장이 멱살을 놓았다.

"다시 차근히 생각해보세요. 오늘 사문동 현장검증 때 이상하지 않았습니까. 자발적으로 재연한 게 아니라 팀장님이 지시하는 대로 따라 한 거잖아요. 자기가 알아서 설명을 했던 다른 곳하고 다르잖아요."

"뭐야, 시발! 그만해! 미친 짓도 정도껏 해!"

"수사가 잘못되었다고, 시발! 그러니까 최지선 건은 다시 수사하라고!"

"못 봐주겠네. 야, 뭐 해, 빨리 밖으로 빼. 당신, 사무실 밖에서는 허튼소리 하지 마. 기자들이 매달려서 당신 가만히 안 둘지도 몰라. 헛소리했다가 개망신당하지 말고 조용히 돌아가."

"그럼 서부서 사건은 어떻게 된 것입니까? 마사지 여성 살해 후에 서부서 학생 살인 사건이 있잖아. 그건 어떻게 설명할 거냐고? 살인의 패턴이 쉽게 바뀌지 않는다는 것은 구 팀장도 잘 알잖아요. 그럼 서부서는?"

"미치겠네. 하 팀장님, 서부서 사건은 같은 사건이 아니에요. 그건 서부서 가서 따져요. 그건 거기에서 추적하고 있으니까. 주경철이 한 게 아닙니다.

아시겠어요? 유능하신 하 팀장님 나가신다. 보내드려라."

"주경철에게 물어봐. 나랑 같이 가서 물어보자고!"

"물어보기는 뭘 물어봐. 내가 백번도 더 물어봤구먼."

"같이 가자니까!"

"내가 왜 가. 당신이나 실컷 만나. 이제 그만 가세요. 가라고. 제발."

구 팀장의 말에 직원들은 태석을 밖으로 밀어내었다. 구 팀장이 아니어도 직원들은 태석을 밀어내고 싶었다. 태석의 말에 반박을 하고 싶어 하는 직원들이 넘쳐났다. 그들에게 서부서 건은 같은 사건이 아니었다.

"조심히 가십시오."

"이제 오지 마십시오."

불만 섞인 말투의 인사가 태석을 멀리 밀어내었다. 태석이 밖으로 나오자 철문은 굳게 닫혀 들어오지 말라고 경고했다.

"시발, 헤어진 마누라가 보험이라도 많이 들어놓은 거야, 뭐야. 왜 저래, 저 새끼."

"미신 믿고 그러는 거 아닙니까? 점쟁이가 아니라고 했다는 둥 하는 거."

"처음 찾아올 때부터 똘아이 같더라고요."

"완전 똘아이구먼. 영광에서도 저 지랄을 하니까 직원들이 안 도와줬지."

태석을 놀리는 막말이 문을 뚫고 나와 귀에 부딪혔다. 기자들은 모두 브리핑실에 올라가 복도는 텅 비어 있었다. 태석은 유치장으로 향했다. 놈의 입에서 말이 나온다면 구 팀장도 믿고 다시 수사를 진행하겠지.

태석을 밖으로 내보내고 구 팀장은 브리핑 자료를 정리했다. 동촌동 노인 살인 사건과 최지선 그리고 마사지 여성들의 살인 사건이 주경철이 저지른 살인 사건의 전모라고 적었다. 그리고 연관성이 있을 수 있다는 미제 사건에 대하여도 면밀히 조사하고 있다는 말로 마무리를 할 예정이다. 현장 사진과 검증 모습을 프레젠테이션으로 보여줄 것이고 흉기와 운동화, 피 묻은 옷가지를 증거물로 보여줄 것이다. 원고는 팀장의 손에서 과장으로 넘어갔다. 과장실에서 원고를 받아 든 나대철 과장은 만족한 듯 고개를 끄덕였다. 공영방송과 케이블 채널, 중앙지 신문기자들까지 브리핑실에 가득 찼다는 보고에 과장의 표정은 상기되었다. 2층 사무실에서 주차장을 내려다보았다. 방송 차량이 가득 차고 관계자들이 분주히 움직이고 있는 모습에 만족감은 더 올라갔다. 생방송으로 나간다는 말에 본청장까지 전화를 걸어 실수하지 말라는 격려를 보내왔다. 이 사건으로 자신의 앞날에 서광이 비치고 있었다. 서장이 직접 브리핑을 해야 하는 게 아니냐는 말도 있었지만, 주무 과장이 하는 게 모양새가 좋다는 의견이 많아 나대철 과장이 하기로 했다. 대신 서장은 중앙지 기자와 인터뷰를 하는 것으로 브리핑을 대신했다. 민생 치안에 누구보다 앞장섰다는 제목으로 기사를 내주기로 했다.

노크가 울리더니 강력계장이 고개를 내밀어 준비가 되었다는 말을 전했다. 나 과장은 자리에서 일어나 브리핑실로 이동했다. 그의 뒤로 구 팀장과 다른 팀장들이 줄을 지어 따랐다. 문이 열리고 과장이 들어가자 카메라 플래시가 쉴 새 없이 터졌다. 먼저 심야 시간에 중간 수사 결과를 발표하는 게 이례적이지만 시민들의 궁금증을 해소한다는 의미로 이해해달라는 양해부터 시작되었다.

"저희 중부서 강력팀 형사들은 최초 동촌동 노인 연쇄살인 사건부터 접수를 해서 인원 25명으로 전담반을 꾸려 수사를 진행하여 왔습니다. 모두 50만 건의 통신 자료와 차량 16만 대, 전과자와 우범자 3천2백 명, 관계인 780명을 상대로 끊임없는 수사를 진행하여 왔습니다. 그 결과 수상한 행동을 보이는 사람이 있다는 첩보를 입수하여 범인인 주경철을 특정해내었습니다. 피의자의 주거지를 압수수색한 결과 주경철이 범행 도구로 사용했던 흉기 여섯 점과 사체를 담았던 가방, 음식물 쓰레기봉투 그리고 경찰 관련 자료 일체를 압수하였습니다. 피의자는 경찰의 수사를 따돌리기 위해 경찰

수사 진행 상황과 수사 방법 등에도 많은 자료를 수집하며 몰두했던 것으로 보입니다. 거기다 마사지 여성들을 죽이기 전에 그녀들의 모습을 그림으로 그려놓는 엽기적인 행태도 보였습니다."

과장이 목소리를 높이고 손을 들어 제스처를 할 때마다 카메라 플래시는 쉴 새 없이 터졌다.

*

"사건 담당자 외에는 아무도 접견하지 못하게 하라는 지시가 있다니까요."

"잠깐이면 된다고요."

"진짜 말 못 알아듣네. 지금 이 시간에 와서 무슨 접견이에요. 안 되니까 내일 공문 가지고 와요. 공문이 있어도 될까 말까 한데 무슨."

태석은 유치장 앞에서 주경철을 만나겠다고 접견을 요청했지만 유치팀장은 절대 그럴 수 없다고 맞서고 있었다.

"강력팀에서 만나도 된다고 했습니다."

"누가 된다고 했는데요?"

"구태만 팀장이 만나도 좋다고 했습니다. 확인해보세요."

"구 팀장이요?"

유치팀장은 믿지 못하겠다는 듯 전화를 걸어 내용을 확인하면서 태석이 유치장 문을 부술 것 같다는 말을 덧붙였다. 연락을 받은 직원이 브리핑장의 구 팀장에게 귓속말로 전해주었다.

"미친 새끼."

당장 쫓아가 그만 지랄하고 꺼지라고 하고 싶지만 브리핑 중이라 그럴 수는 없었다.

"들여보내줘."

262

네 마음대로 해보라는 식이었다. 다만 혹시 이곳까지 쫓아오는 일은 절대로 없어야 하고, 혹시 기자와 마주치는 일도 없게 하라고 일러두었다. 미친놈 때문에 코를 빠뜨릴 수는 없었다.

"들어가세요."

구 팀장의 허가가 있었다는 말에 태석은 안으로 들어갈 수 있었다. 두꺼운 철문은 이중으로 유치인들을 막고 있었다. 아무도 밖으로 빠져나갈 수 없다는 듯 무거운 철문은 말없는 문지기가 되어 차갑게 서 있었다. 유치장 안은 넓은 공간에 쇠창살로 칸막이가 되어 있었다. 몇몇은 드러누워 잠을 자고 있었고 몇은 텔레비전을 보고 있었다. 몸만 갇혀 있을 뿐 행동은 자유스러웠다. 철창 밖 벽에 붙어 있는 텔레비전은 늦은 시간에도 빛을 내고 있었다. 구석에 위치한 방에 주경철은 혼자 있었다. 다른 유치인들이 주경철과는 같은 방을 쓰지 못하겠다고 거부했고, 그 또한 그러기를 원했다. 혼자 있는 것이 특별 대우를 받는 것 같아 더 좋았다.

"주경철! 주경철!"

생중계가 시작되자 주경철은 일어나 텔레비전에 시선을 고정했다. 태석의 부름에 고개를 돌렸다가 관심 없다는 듯 텔레비전 속으로 시선을 집어넣었다.

"주경철! 나 봐. 나 보라고. 왜 그랬어? 왜 그랬는지 대답해!"

태석은 주경철을 부르고 있었지만 그는 여전히 텔레비전에 집중하고 있었다. 바로 앞에서 부르는데도 시선을 주지 않았다.

"사문동 최 모 여인 강도상해 사건도 피의자 주경철이 저지른 것으로 최종 확인이 되었습니다. 집으로 돌아가고 있던 피해자를 약 50미터가량 쫓아가 흉기로 무참히 상해를 가하고 도주하였다고 본인이 모두 자백하였습니다. 그리고……."

주경철은 텔레비전을 보며 미소를 지어 보였다. 놈이 왜 웃는 거야? 왜?

무슨 내용을 들었기에? 머리 위에 매달린 텔레비전을 뒤돌아본 태석은 그 때서야 놈의 의도를 알았다. 뉴스에서는 형사과장이 지선에 대한 무차별적 공격을 주경철이 저지른 것이라고 발표하고 있었다.

"이게 네가 의도한 거냐? 하지도 않은 짓을 왜 네가 했다고 해! 네가 한 게 아니잖아!"

태석의 말에 순간 미소가 사라진 주경철은 태석에게 다가와 물끄러미 쳐 다보기만 했다. 그냥 바라보기만 할 뿐 말이 없었다. 속을 들켜버린 것에 놀 라기도 했지만 자존심이 상했다. 다른 경찰들과 달리 사실을 알고 떠드는 이놈은, 바로 그놈이다.

"사문동 사건은 네가 한 게 아닌데 왜 네가 했다고 하는 거야? 놈은 어디 있어? 진짜 칼질을 한 놈은 어디에 있냐고?"

"나 당신 알아. 당신이 올지도 모른다고 생각은 했었어."

"뭐?"

"텔레비전에서 봤지. 영광에서 있었던 일을 알고 있거든. 몸이 많이 좋아 졌구면."

전국을 떠들썩하게 만들었던 태석을 주경철은 기억하고 있었다. 그의 주 거지에서 압수수색을 진행했을 때 태석의 기사는 스크랩이 되어 그의 파일 에 끼워져 있었다. 드디어 상대를 만났다는 듯 그의 눈은 빛났다.

"진작 당신이 나를 수사했어야지. 왜 이제 온 거야? 나 정도는 당신이 해 야 하는 거 아니야?"

"건방 떠는 말 집어치우고, 왜 하지도 않은 일을 네가 했다고 떠들어대는 지 말하란 말이야!"

"그걸 나한테 물으면 어떻게 해. 당신이 찾아야지."

이번엔 태석이 멈추었다. 놈의 입에서 자기가 한 일이 아니라는 자백이 나 온 것이다. 속삭이듯 말하고 있어 주위에서는 듣기 힘들었지만 태석은 분명이 들었다.

"놈이 네 흉내라도 내기를 바라는 거야?"

"그놈은 이제 내 상대가 안 돼. 내가 한 짓 알잖아. 흉내라도 낼 수 있겠어? 호호호."

"미친 새끼! 진짜였어!"

놈의 잔인한 웃음에 태석은 절로 욕이 튀어나왔다.

"지켜봐야지. 나를 보고 얼마나 변할지. 그래 봤자지만. 제일 멋진 작품은 내가 다 해버렸는데. 나보다 더 과감할 수 있을까? 이제 놈은 할 게 없어. 해 봤자 칼질이나 몇 번 더 하지 않겠어?"

"여기서 놈에게 사람을 죽이라고 하고 있구나. 너보다 더 잔인하게 하라고."

"역시 똑똑하시네. 멍청이들 중에 당신 같은 사람도 있어야지. 하루 종일 내 입만 쳐다보고 있는 놈들만 있어서 재미가 없어. 내 말 한마디에 넘어가는 꼴 하고는. 내가 말하지 않으면 저 사람들 일 못 해. 아는 게 없으니까. 한심하지."

"사문동은 네가 아니라고 말해. 놈은 다른 데 있으니까 잡아야 한다고."

"내가 왜? 어차피 사형인데 그거 하나 내가 더 했다고 변하는 게 있을까? 거기다 아직 죽은 것도 아닌데. 살아 있다며. 그건 내가 한 것에 비하면 죄도 아니지. 병신 같은 놈. 난 죽인 줄 알았네. 그런 머저리 같은 놈한테 겁을 먹은 내가 병신이지. 사람 하나 제대로 죽일 줄 모르는 놈인데. 그런데 이제 나보다는 놈이 더 괴로울 거야. 더 무서울 거고. 놈이 적어도 나 같은 놈이라면 당장 오늘부터라도 형사님들이 슬슬 바빠질걸. 가만히 있지는 않을 거야. 보니까 비도 온다던데. 나가봐야지, 빨리. 뭐 해?"

"놈은 어떤 놈이야? 말해! 말하라고!"

주경철은 더 이상 말을 하지 않고 뒤로 물러나 안으로 들어가 어두운 곳에 앉았다. 태석이 불러도 미소만 지을 뿐 나오지 않았다.

"문 열어! 여기 문 열어줘요. 방금 이놈이 자기가 한 일이 아니라고 말했습니다. 어서요! 놈을 알고 있어요. 알고 있다고!"

"그만하세요. 정식으로 접견 요청하고 만나세요. 유치장에서 이러면 안 됩니다."

"놔봐요. 문 열어봐. 조금 전에 말하는 거 들었잖아요. 못 들었어요? 주경철! 말해. 네가 한 일이 아니라고 어서 말해! 놈이 밖에 있다고. 너만큼 위험한 놈이라고!"

주경철을 다그쳤지만 대답 없이 뒤로 물러났고 태석을 말리는 직원들만 안절부절못했다. 유치인들도 모두 일어났고 상황실에서 CCTV를 보고 무슨 일인지 전화가 걸려 왔다.

"하 팀장! 그만해!"

어느새 구 팀장이 유치장으로 들어와 있었다.

17

밤이 되자 하늘에 구름이 끼기 시작했다. 한두 방울 떨어지던 비가 소리를 내기 시작하더니 콩을 볶듯 우두두거리며 거리를 두들겼다. 땅이 통곡을 하며 사람이 죽을 거라고 거세게 경고하고 있었다. 운동복 차림의 남자가 빗속을 뛰어 건물 입구로 들어와 비를 피했다. 장시간 동안 뛰어왔는지 남자에게선 숨을 고르는 호흡 소리와 땀 냄새가 동시에 배어 나왔다. 집을 나와 계속해서 달렸다. 달리기는 남자의 심장을 튼튼하게 해주고 손과 발을 단단하게 해주는 무기였다. 강한 자에 대항하지 말고 멀어지는 게 남자의 몸을 지켜내는 방법이라고 비겁한 세상은 알려 주었다. 남자보다 약한 것은 많았고 약한 것을 짓밟을 힘 정도는 충분히 가지고 있었다. 약자에게만 강하다는 점이 비겁하다는 것을 남자는 받아들이지 않았고, 오히려 그게 가장 완벽한 현실이라고 스스로를 위로했다. 현실에서 약자가 강하기 위해서는 더 약한 자를 찾으면 되는 거였다. 멍청한 세상은 처음부터 그랬다.

더 달릴 수 있었지만 드세진 비에 멈추어 섰다. 그치겠지 했는데 양이 더 많아져 온몸이 젖어버렸다. 그보다 달리기를 멈춘 이유는 따로 있었다. 수상한 놈이 경찰에 잡혔는데 역대 살인자 중에서 최고라는 뉴스가 계속해서 떠다니고 있었고, 전광판과 텔레비전은 온통 그놈 이야기뿐이었다. 대체 어떤 놈이기에. 그런데 잡힌 걸 보면 덜떨어진 놈인 건 확실했다. 계단을 오르는 운동화가 바닥을 적셨다. 빗속부터 따라온 남자의 젖은 발자국이 계속 이어졌다. 남자는 바닥에서 올라오는 물비린내에 희열을 느끼며 냄새를 빨아들였다. 피시방 문을 열자 며칠 전 보았던 알바생이 그대로 있었다. 재떨이에 화장지를 깔고 분무기로 물을 뿌려 남자의 뒤를 따랐다. 남자는 제일 구석에 자리를 했고 알바생은 모니터 앞에 재떨이를 놓아주었다.

"필요한 거 없으세요?"

"없어."

"네."

알바생은 남자의 짧은 대답에 더 짧은 대답을 남기고 돌아섰다. 작은 키에 별 볼일 없어 보이는 놈의 반말에 길게 대답해주고 싶지 않았다. 돌아서다 남자의 손을 바라보았다. 오늘은 아무것도 안 묻었네. 며칠 전 손에 뿌려진 붉은빛을 알바생은 기억하고 있었다.

알바생이 자신의 손을 본다는 것을 남자는 느낄 수 있었다. 그래서일까, 손은 부르르 떨며 발버둥 치려 했다. 간신히 주먹을 쥐어 손을 안정시키고 담배를 꺼내 라이터를 켰다. 젖은 손에 물기가 있어 서너 번을 켜고도 불이 붙지 않자 손은 더 요동을 치려 했다. 떨리는 손을 화장지에 비벼 물기를 없애고서야 담배에 불을 붙일 수 있었다. 연기가 속을 채우자 그때서야 안정이 되었다. 자리에 앉은 알바생을 힐끗 쳐다보고는 시선을 모니터 화면에 고정했다. 피시방에는 CCTV가 너무 많았고 여기에 왔다 간 것을 경찰은 쉽게 알 수 있을 것이다. 다음에 죽일 기회가 생기겠지.

인터넷을 켜고 뉴스 창을 열었다. 메인 뉴스뿐만 아니라 검색어 순위에 어떤 놈이 자리를 하고 있었다. 검색 순위에 올라 있는 중부서 형사과장의 중간 수사 결과 방송 동영상을 플레이했다. 화면은 형사과장이 브리핑실로 들어올 때부터 시작되었다. 그 뒤로 강력팀장들이 나란히 줄을 서 따라 들어왔고, 화면은 형사과장에게 고정이 되어 브리핑이 시작되었다. 동촌동 노인 살인 사건의 범인이 주경철이라는 말과 함께 당시 범행 상황을 설명했다. 그리고 사문동 최 모 여인 상해 사건과 마사지 종사자들에 대한 살인이 모두 주경철이 했다는 결론을 말했다. 사문동 상해 사건은 마우스를 이동해 몇 번을 반복해 듣고 나서 뒤로 넘겼다. 미친 새끼! 경찰은 바보구먼. 헛웃음과 비웃음을 담배 연기와 함께 쏟아내었다.

남자는 다시 검색을 했다. 현장검증을 하는 모습도 모두 유튜브를 통해 볼 수 있었다. 카메라 기자들이 따라가며 주경철을 밀착해 취재하고 있었다. 남자는 사문동 행인 강도 현장이라고 쓰인 동영상을 열었다. 골목길이었고 몰려든 사람의 입에서는 욕이 쏟아지고 있었다. 골목은 충분히 눈에 익어 알 수 있었다. 그날 밤 이후로도 몇 번을 가본 적이 있다. 남자는 그곳에서 여자를 만났다. 일부러 여자를 기다린 것은 아니었고, 혼자 가는 것을 보고 따라가 뜨거운 피 냄새를 느꼈다. 그런데 그곳에서 주경철이 자기가 한 일이라고 태연하게 설명하고 있었다. 그리고 재연이 끝나자 차로 올라 카메라를 의도하듯 응시했다. 주경철의 눈은 남자를 비웃었다. 남자와 주경철의 눈이 화면 속에서 마주쳤다. 그날 그 밤 그 빗속에서 마주쳤던 것처럼 눈은 서로를 탐색하며 서로에게 인사를 했다.

'미친 새끼!'

남자가 마주친 눈에 대고 건넨 첫마디였다. 화면은 정지된 채 마스크와 모자 사이에 드러난 눈은 계속해서 남자를 응시했다. 아직도 골목길에서 비 맞고 다니다가 사람들 죽이냐? 주경철의 눈은 모자와 마스크 사이에서 남자를 비웃고 있었다.

'뭐라는 거야? 그래서 네가 나보다 한 수 위라는 거야? 멍청하게 잡힌 주제에.'

눈싸움에서 지지 않으려 남자는 눈을 더 부릅떴다.

*

저녁 무렵 편의점에서 돈을 찾고 돌아설 때였다. 뒤에 있던 젊은 녀석들 둘이 문제였다. 한 놈은 키가 보통 사람보다 머리 하나쯤 더 있었고 다른 한 놈은 어깨가 하나는 더 있는 것처럼 덩치가 좋았다. 놈들은 취해 있었다. 남자는 그대로 지나치려고 했는데 덩치 큰 녀석이 남자를 잡았다.

"아저씨, 바닥에 커피 안 보여?"

"……."

"아저씨가 쳤잖아, 가방으로!"

"사과해!"

키 큰 놈까지 다가와 사과하라고 소리를 질렀다.

"안 부딪쳤는데……요."

남자는 자기보다 한참 어려 보이는 아이들에게 반말을 해야 할지 망설였다.

"뭐야, 내가 거짓말을 한다는 거야!"

"아니, 그건 아니고……."

남자의 목소리는 놈들에게 주눅 들어 기어들어가고 있었다.

"미안해요."

"말로만? 말로만 그러냐고?"

돈을 달라는 말인 것 같았다. 남자는 만 원을 그들에게 내밀었다.

"우리가 거지야? 거지냐고?"

"……."

"아저씨, 장난이야. 장난이라고. 히히히."

"와, 이 아저씨 완전 쫄았어. 완전히."

"얼굴 봐. 겁에 질렸네. 우리 그렇게 무서운 사람 아닌데. 아저씨, 미안해. 장난이야, 장난."

 "모자 좋다. 에이, 괜히 벗겼네. 빨리 써요. 장난이야. 얼굴 빨개지지 말고."

 모자를 빼앗았다가 번들거리는 머리를 보고 다시 돌려주었다. 남자의 얼굴이 붉어지자 놈들은 장난이라며 배를 잡고 웃었다. 남자는 순간 가방 안에 든 은빛 쇳덩이를 생각했다. 쇠로 놈들의 배를 찌르는 상상을 했지만 곧바로 그만두었다. 놈들은 너무 강하고 놈들과 싸운다는 것은 생각하기도 힘든 이야기였다. 편의점을 나오는데도 놈들의 장난은 계속되었다. 주변에서 안쓰럽다는 듯 쳐다보지만 오히려 그 시선이 더 싫었다. 빨리 집으로 가야겠다. 남자는 서둘러 집으로 갔다. 가는 동안에도 심장은 두근거리며 터져버릴 것 같았다. 방으로 들어가 숨을 고르려 해도 뜨거워진 심장은 좀처럼 진정될 기미를 보이지 않았다. 그대로 있을 수 없어 가방에서 은빛 쇳덩이를 빼어 밖으로 나왔다. 처음부터 집에 들어가지 말걸 그랬다. 놈들을 찾아다니는 것은 아니다. 화풀이는 약한 것에다 하면 되는 거였다. 놈들도 약한 나를 건드린 거잖아. 그렇게 하면 돼. 가장 편한 구실이었다. 당장 누군가를 죽여 그에게서 흘러나오는 피 냄새로 온몸을 적시고 싶었다. 떨어지는 빗물의 비릿한 물비린내로는 흥분을 가라앉힐 수 없었다. 자기 심장을 찢어서라도 피 냄새를 맡아야 멈출 것 같았다. 정신없이 주위를 떠났다. 혼자 있는 사람만 있다면 남자든 여자든 상관없었다. 이왕이면 공격하기 쉬운 여자이기를 바랐고 어린아이면 더 좋았다. 큰길을 따라 걷고 있었고 거리에 사람은 아무도 없었다. 사문동으로 들어서 얼마 되지 않았을 때 버스가 정류장에 멈추었다가 출발했다. 버스가 가고 나자 여자 혼자 우산을 쓰고 골목으로 들어가고 있었다. 그 여자뿐이었다. 남자를 내려다보는 CCTV도 없었고 가로등도 어두운 눈으로 간신히 골목을 비추고 있었다. 멀리서 누군가 걸어오고 있었지만 골목 안으로 따라 들어오지 않는다면 여자를 관심 있게 볼 사람은 아무도 없었다. 늦으면 여자가 집으로 들어가버릴지도 모른다. 골목으로 들어서자 손이 먼저 떨려오기 시작했다. 칼을 든 손은 주체하지 못할 만큼 쇳덩이를 밀어 넣고 싶다고 발버둥 쳤다. 여자가 가방에 손을 넣어 열쇠를 꺼내는 것은 집이 가까워졌다는 것이다. 그대로 집으로 들어가게 할수 없다. 뛰어 달려가 여자의 어깨를 두들겼다. 여자는 겁에 질린 채 고개를 돌렸고 화장품 냄새가 남자에게 전해졌다. 냄새가 괜찮아 미소까지 보여주었는데 여자의 얼굴이 구겨지다니. 두려움에 떨고 있는 얼굴도 나쁘지 않지만 피 냄새가 더 자극적이라는 것은 몸이 더 잘 알고 있었다. 비명 소리가 나기 전에 긴 쇳덩이가 여자를 향했다. 깊이 집어넣지는 않았다. 쓰러지는 것을 바란 것이 아니고 많은 피를 흘려주기를 바랐다. 기대에 맞게 여자는 비명 대신 많은 피를 흘려주었다. 어둠 속에서 붉은 피 냄새가 바닥에서부터 올라와 남자를 감쌌다. 빗물에 냄새가 씻겨 내려갈 즈음 남자는 다시 쇳덩이를 여자에게 밀어 넣었다. 그럴 때마다 대문에 센서등이 불을 켜 여자의 표정을 남자에게 전해주었다. 살려달라는 말을 하고 있는 것 같았지만 남자에게는 아무런 표정이 없었다. 쇳덩이는 계속해서 여자를 괴롭혔다. 남자의 얼굴이 드디어 편안해졌다. 피 냄새에 안정을 찾았고, 편의점에서 당한 굴욕도 조금씩 사라져 갔다. 그런데 누가 날 보고 있다. 누구지? 곁눈질에 낯선놈이 걸렸다. 놈은 입구 쪽 담벼락 아래에서 남자를 계속해서 바라보고 있었다. 소리를 지르고 도망을 가거나 경찰에 신고를 할 만도 한데 놈은 그대로 서서 바라보기만 했다. 남자는 놈에게서 피 냄새를 느꼈다. 사람을 죽여본 자만이 뿜을 수 있는 냄새를 놈도 뱉어내고 있었다. 그러나 놈은 고작 사자가 먹이를 먹고 자리를 비켜주기를 바라는 하이에나 정도밖에 돼 보이지 않았다. 놈도 그것을 인정하는지 가까이 다가오지 못하고 멀리서 보기만 했다. 몸을 서서히 움직여 고개를 놈에게로 돌렸다. 그래도 놈은 움직이지 않고 그대로 있었다. 너도 이런 거 좋아하는구나. 남자가 살에 쇳덩이를 박아

272

놓은 채 건너편 남자에게 눈인사를 건넸다. 난 피 냄새가 좋아. 빗물처럼 여자에게서 피가 쏟아져. 그런데 빗물에 씻기는 게 난 너무 싫어. 어딘가에 담아서 계속 냄새를 맡을 수 없을까? 너도 그러니? 남자가 눈으로 물어도 낯선 놈은 바라보기만 했다. 놈은 두려워하고 있었다. 남자가 놈에게 낯선 게 아니라 놈이 남자를 낯설어했고 소름이 돋아 있었다. 놈이 남자에게 공포를 느끼고 있다는 것을 남자는 알았다. 여자는 쓰러져 더 이상 피를 흘리지 않았다. 몸속에 있던 피를 모두 흘려놓은 모양이다. 포식자는 더 이상 먹이에게서 얻을 게 없다는 것을 느끼자 더 이상 곁에 있을 필요가 없었다. 대신 기다리고 있는 하이에나에게 자리를 넘겼다. 죽이고 싶으면 죽이고 뜯어 먹고 싶으면 그렇게 해. 놈에게 옅은 미소를 남겨놓고 골목 안으로 자리를 벗어났다. 골목 안에서 돌아보았을 때 놈은 담벼락 아래 서 있다가 골목 입구 쪽으로 도망치듯 사라졌다.

*

'그 새끼구나.'

그날 담벼락 아래 서서 나를 바라보던 그놈. 남자는 흥분하기 시작했다. 모니터 속에 놈은 비웃음으로 남자를 쏘아보고 있었다.

'아직도 길바닥에서 그러고 있니?'

놈은 카메라에 대고 짧은 순간 비웃음을 보내고 있었다. 다른 화면을 클릭해도 여전히 놈은 남자에게 속삭였다. 보지 않으려고 해도, 화면을 계속 돌려도 놈은 쫓아다니며 비웃었다. 남자를 쏘아보던 주경철의 눈이 주먹만해지더니 머리만 해졌다가 다시 모니터 화면 전체가 되어 남자를 계속해서 노려보았다. 미친 새끼! 남자는 자리에서 일어났다. 전처럼 남자가 사라진 자리에는 먼지 하나 남아 있지 않았다.

'나를 보라고? 그러니까 어쩌라고? 미친 새끼, 사람을 그렇게 죽이면 뭐해. 잡혔는데. 난 안 잡혔어! 내가 아직 밖에 있다는 것을 보여줄게. 네가 겁쟁이였다는 것을 멍청한 경찰도 알게 해줄 거야. 내가 여기에 있는데 저놈을 범인이라고 하다니. 한심한 놈들.'

남자는 계단을 내려오면서 혼자서 중얼거렸다. 계단을 올라오던 사람들이 이상한 눈으로 쳐다보았지만 중얼거리는 것을 멈추지 않았다.

'네가 사람을 그렇게 죽이면 내가 놀랄 줄 알았냐. 아니야. 병신아, 너는 병신같이 그렇게 되었지만 나는 아니라고. 나는 완전범죄를 하고 있는 거야. 너같이 어설프게 할 줄 알았냐?'

남자의 중얼거림은 비가 오는 거리로 들어가서도 멈추지 않았다. 두두둑 모자 창으로 비 떨어지는 소리가 놈의 잔소리 같아 남자의 목소리는 더 커졌다.

'앞으로 천 명은 더 죽이고 내가 너를 만나줄게. 알았냐? 내가 들어가서 네놈한테 말해줄 테니까. 그것도 아주 오랜 후겠지만 그때까지 죽지 말고 살아나 있어라.'

서서히 걷던 걸음에 속도가 붙었다. 그러고는 골목길로 뛰어서 사라져 갔다. 남자의 손이 다시 떨리기 시작했다. 바닥에 떨어져 우두두거리는 빗방울들이 곧 사람이 죽을 거라고 곡을 했다.

18

밖으로 나오자 주경철이 말한 것처럼 비가 오기 시작했다. 또다시 구 팀장에게 망신을 당하고 나와야 했지만 머릿속은 온통 주경철의 마지막 말뿐이었다.

'놈이 적어도 나 같은 놈이라면 당장 오늘부터라도 형사님들이 슬슬 바빠질걸. 가만히 있지는 않을 거야. 보니까 비도 온다던데. 나가봐야지, 빨리. 뭐 해?'

주경철이 했던 그 말이 태석의 귀를 물어뜯었다. 주경철이 그놈을 보고 자극받아 상상하기도 힘든 범죄를 저질렀던 것처럼, 이번엔 반대로 자극을 한 것은 주경철이다. 그의 뉴스가 실시간으로 생중계되어 전국으로 퍼져 나갔다. 그놈이 보지 않았을 리 없다. 어떻게 해야 하나. 태석의 머릿속은 복잡했다.

"대장님, 하태석입니다."

늦은 밤 태석의 전화에 대장은 조금의 믿음도 갖지 않았다. 아직 잡히지 않은 사문동 사건의 진범 때문에 주경철이 엽기적인 살인을 저질렀다는 말에는 침묵으로 듣기만 했다. 다만 밤이 늦었으니 내일 이야기하자는 말로 마무리를 지었다. 대신 상황실에 순찰을 강화해달라는 말과 함께 혹시 살인 사건이 접수되면 하태석 팀장에게 연락해주라는 부탁을 해두었다. 태석의 귀에는 도시의 어디선가 살려달라는 비명 소리가 들려오고 있었다. 피로 범벅이 되어버린 집과 으깨어진 죽은 이의 영혼이 사무실을 떠다니고 있는 것 같았다. 창문을 쉴 새 없이 두드리는 빗방울은 밤새 계속되었다. 새벽이 지나서야 빗줄기가 줄어들고 여명이 들어오기 시작했다. 전화기는 울리지 않았다. 살인 없이 새벽이 지나간 걸까. 아니면 아직 신고가 되지 않은 것은 아닐까. 불안을 떨쳐버릴 수 없었다. 복도에 사람들의 소리가 들리기 시작하고 청소 아주머니의 걸레질 소리가 바닥을 메워가고 있었다. 가장 먼저 사무실에 출근한 것은 막내 종현이었다.

"팀장님, 또 들어가지 않으신 거예요?"

거칠어진 얼굴의 태석을 보고 종현은 걱정스런 표정을 지어 보였지만 태석은 말이 없었다.

"어제 중부서에서 또 무슨 일이 있으신 건가요? 정말 진범이 따로 있다고 생각하세요? 중간 수사 결과를 보니까 그놈이 맞는 것 같던데요."

"종현아, 어제 말했지만 진범이 따로 있다. 이거 한번 볼래."

태석의 목소리는 거부할 수 없는 무게로 종현을 끌어당겼고, 태석은 지금껏 수사했던 것과 주경철과의 어제 일을 보고서로 작성해 내밀었다. A4 용지 다섯 장에 걸친 내용은 종현으로 하여금 놀라움과 의문이 동시에 들게 만들었다. 태석의 보고서에 따르면 아직 잡히지 않고 활보 중인 알 수 없는 피의자가 따로 있다는 것이고, 주경철이 그를 만난 적이 있다는 것이다. 사문동 최지선 사건은 주경철도 자기가 한 짓이 아니라고 태석에게 시인을 했다. 다만 그것을 태석에게는 자백을 했지만 중부서 형사들에게는 입을 닫고 있다는 게 문제였다. 그리고 앞으로 살인 사건이 연속해서 날 것이라는 게 핵심이었다.

"팀장님, 저는 팀장님과 같이 일을 한 지 얼마 되지 않지만 사건 해결하는 모습을 보고 정말 수사를 잘하시고 유능하시다고 생각합니다. 거기다 최지선 씨 관련해서 저와 함께 몇 번 탐문도 해보았잖습니까. 하지만……."

"믿지 못하겠다는 말이지?"

"사실 좀……."

종현은 믿기 힘들다는 말을 에둘러 말을 아끼는 것으로 대신했다.

"근데 진짜 주경철이 팀장님에게는 말했어요? 자기가 아니라고?"

"응. 말했다. 그런데 놈이 다시 입을 닫았어. 아무 말도 하지 않을 거야."

"그러면 그 말을 들은 사람이 팀장님밖에 없는 거예요?"

"그렇게 되는 거지."

"이제 어떻게 하시려고요?"

"수사해야지. 이미 접수했다."

"예? 접수를 했다고요?"

종현의 목소리가 갑자기 커졌고 태석의 컴퓨터 수사 창에는 이미 사건이 등록되어 올라와 있었다. 사건을 접수했다는 것이 얼마나 큰 파장을 가져올지는 불을 보듯 뻔한 일이었다. 이미 매스컴을 통해 수사 결과까지 발표한 마당에 그것이 잘못된 것이라고 뒤엎는 초유의 일이 발생하게 생겼다. 만약 언론에라도 나간다면 파장은 전국을 강타할 것이 분명했다. 지금 대한민국 최고의 관심인 주경철에게 손을 대는 것이다. 태석의 말대로라면 주경철보다 더 용의주도하고 잔인한 놈이 거리를 활보하고 있다는 뜻이 되고, 유흥업소 종사자들에 대한 수사까지 신뢰를 잃을 수 있는 일이었다.

"대장님이 알고 계세요?"

"아니, 아침에 오시면 말씀드려야지. 대충은 알고 계실 거야."

"팀장님!"

종현의 얼굴이 걱정과 안타까움으로 붉어졌다. 어떻게 이 사태를 해결하려고 하는 것인지.

"팀장님, 일찍 나오셨네요."

중호와 상욱, 정국이 동시에 문을 열고 사무실로 출근했다. 자리로 가 앉으려다 종현의 구겨진 얼굴을 보고 태석의 책상으로 모두 다가왔다. 종현의 얼굴이 심각한 표정을 짓는 날은 거의 없기 때문이다.

"무슨 일 있어?"

중호가 물었고, 상욱과 정국이 태석과 종현 둘의 얼굴을 번갈아 보며 눈치를 살폈다.

"말해도 돼요?"

"말해. 어차피 같이 수사해야 하니까."

"뭔데요? 첩보가 심각한 거 들어왔어? 뭐야?"

중호는 첩보가 들어온 것으로 생각하고 대수롭지 않게 물었다. 종현은 태석이 작성한 보고서를 건네었다. 모두가 고개를 모으고 보고서를 읽기 시작했다. 읽어 내려가면서 한 번씩 팀장의 눈치를 살폈고, 다 읽고 나서는 어떻게 하시려고요라는 눈으로 태석을 바라보았다.

"이미 접수까지 하셨대요."

"예? 진짜요?"

"나를 믿지 못하면 같이 하지 않아도 돼. 하지만 믿는다면 나를 도와줘. 결과가 어떻게 나올지도 모르고 장담하기도 힘들어. 하지만 책임은 모두 내가 지겠다. 어떡할래? 종현이?"

가장 먼저 사실을 안 종현에게 물었다.

"제가 뭐……. 팀장님을 따라야죠. 팀장님인데."

"고맙다. 중호는?"

팀원 중 가장 고참인 중호에게 물었다.

"대장님을 설득할 수 있겠어요? 접수한 거 삭제하라고 할 수도 있는데."

"내가 삭제 않을 거야. 사건은 이미 접수되었고 수사는 지금부터 바로 시작될 거다."

"접수가 되어서 시작한다면 따라야죠. 종현이 말대로 팀인데요. 형님은 팀장이고요."

"저희도 중호 형님과 생각이 같습니다. 팀장님이 하신다면 저희는 따르겠습니다. 뭐 책임은 팀장님이 지시면 되니까."

"뭐?"

"농담입니다. 그런데 아침부터 힘들 것 같은데요."

대장을 염두에 두고 상욱이 걱정스런 말투로 건네었다. 말이 씨가 되었을까. 곧바로 서무 담당 직원에게서 전화가 들어왔다. 예상하고 있었다는 듯 태석은 전화를 받았다.

"팀장님, 최지선 씨 사건을 접수하셨어요? 어떻게 하시려고. 지금 당장 대장님 사무실로 들어오…… 아, 아니요. 지금 그리로 가고 계십니다."

말이 떨어지자마자 사무실 문이 쿵 소리를 내며 열렸고 대장이 붉어진 얼굴을 하고 쳐들어왔다. 수사는 절대 불가라고 얼굴엔 쓰여 있었다.

"하 팀장! 당장 삭제해! 미친 짓도 정도껏 해야지. 내가 아침에 이야기해보자고 했잖아. 그런데 사건을 먼저 접수해버려? 나와 상의를 해야지. 내게 일방적으로 통보하는 거야, 뭐야!"

"지금까지 수차례 설명을 했는데 아직도 모자랍니까? 상의를 했으면 접수하라고 하실 겁니까? 아니지 않습니까?"

"그건 내가 결정할 일이지, 자네가 생각할 일이 아니야. 승낙을 하고 안 하고는 지휘관인 나의 소관이야. 그리고 결정을 따를 의무는 당연히 자네에게 있는 것이고."

"어떠한 결정을 내리셔도 저는 수사를 하겠습니다."

"자네…… 정말 그렇게 할 거야!"

"수사하겠습니다."

"놈이 잡혀서 브리핑까지 한 사건을 어떻게 다시 해! 정신 좀 차려!"

"……."

"하태석!"

"하겠습니다!"

태석이 꺾지 않으리라는 것을 대장은 알고 있었다. 수사를 하겠다는 말을 계속 미루어왔지만 그 한계점에 와 있다는 것을 태석의 눈빛에서 읽을 수 있었다.

"음……. 충분히 나를 설득할 수 있으면. 하지만 주경철, 그놈이 스스로 자백하지 않는 이상 절대로 불가야."

태석이 강하게 나오자 대장은 한발 물러났다.

"보고서를 읽어보셨습니까? 메일로 넣어드렸는데."

"아직."

"종현아, 드려."

종현이 들고 있던 보고서를 대장에게 전해주었다. 대장은 불신에 찬 눈으로 그 자리에 서서 보고서를 읽어가기 시작했다. 읽어 내려갈수록 중호가 그랬던 것처럼 보고서와 태석을 번갈아 보기를 반복했다. 읽어본 내용을 다시 읽어보고 또 읽어 내렸다.

"이거 장담할 수 있나?"

대장이 건넨 말투는 조금 전과 달랐다.

"예."

태석은 확신에 찬 목소리로 힘을 주어 대답했다.

"주경철의 다른 범죄는 모두 맞지만 사문동만은 아니라는 말인데. 미안하지만 하 팀장의 감정이 치우쳐 그런 것은 아닐까? 옛 애인이라는……."

"그렇지 않습니다. 보고서에 적은 것처럼 5년 내 사건을 모두 검색해보았는데 광주를 중심으로 나주, 담양, 곡성을 비롯해서 전북으로 순창, 남원, 고창 그리고 경상도로 함양과 진주에서도 같다고 할 수는 없지만 다수의 비슷한 사건이 존재합니다. 분명 유사성이 보입니다. 수사를 진행한다면 이 부분을 확인해보겠습니다. 거기다 최지선이 지금은 살아 있지만 원래는 살인을 목적으로 했을 겁니다. 아직까지 살아서 살인죄가 적용되지 않은 것뿐이지 강도상해가 아니라 살인미수입니다. 놈은 아직 잡히지 않았습니다. 어제 분명히 살인 사건이 있었을 겁니다. 아직 발견되지 않아 신고가 되지 않은 것뿐입니다. 또 사건이 터져야 제 말을 믿으시겠습니까?"

"음……."

대장은 잠시 깊은 생각에 잠기었다. 어떤 결정을 내려야 할지 난감했고 당장 결론을 내리기가 어려웠다. 수사를 진행한다는 게 얼마나 큰 파장을 몰고 올지를 대장은 너무도 잘 알고 있었다. 몇 년 전 다른 지방청에서 있었던 트럭 기사 살인 사건이 이와 비슷한 경우였다. 재판까지 끝나 교도소에서 복역하고 있는 사건을 다른 경찰서에서 진범을 잡아 재수사에 들어간다고 발표를 한 적이 있었다. 형이 확정되어 교도소에 들어간 피의자가 진범이 아니라는 초유의 사태에 검찰도 법원도 당황하기는 마찬가지였다. 결과는 참담하게도 진범을 잡았다는 경찰서는 과장부터 징계를 받고 대기 발령을 받았으며 직원들까지 인사 조치를 당해야 했다. 진범이 따로 있었다고 하더라도 이미 형이 확정된 피의자를 되돌릴 수는 없었고 수사관들만 대량 징계를 받아야 했다. 교도소에 있는 범인이 진범이 아니라면 검찰도 법원도 모두 멍청이 짓을 한 꼴이 되는 것이다. 그것을 그대로 지켜보고 인정할 기관들이 아니었다. 대신 누군가는 책임을 져야 했다. 당연히 처음 부실한 수사를 진행한 경찰이 책임을 져야 하지만, 실제로 징계를 받은 것은 진범을 잡은 경찰서였다. 진범은 유유히 경찰서를 걸어 나가 자취를 감추어버렸다. 자신이 진범이라고 자백을 하였던 범인의 말은 의미 없는 빈말이 되어버린 것이다.

그것을 대장은 너무 잘 알고 있었다. 혼자 결정할 수 없어 누군가에게 자문을 구해야 할 것 같았다. 대장은 잠시만이라는 말을 남기고 사무실로 들어갔다. 그리고 영광경찰서로 전화를 넣었다. 선배인 영광서 송주호 수사과장과 통화를 하기 위해서였다. 과연 태석을 믿어도 되는 것인지 확신이 서지 않았고 결정을 하기가 어려웠다. 믿는다고 해도 광역수사대로 향할 날 선 지탄을 자신이 방어를 할 수 있을지가 관건이었다. 대장은 사건보다 태석에 대한 확신이 필요했다.

"내가 처음 그 친구에 대해서 알지 못할 때 그렇게 생각했었지. 산적같이 생긴 놈이 지시도 잘 따르지 않고 자기 확신만 믿고 떠드는 꼴이 불쾌했었으니까. 그런데 그 친구가 일에 대한 열정이 강해서 그렇지 사람이 모난 게 아니야. 윗사람 물먹여야겠다라는 생각을 가지고 있는 친구는 아니라는 말이야. 전에는 아니었지만 지금의 나라면 믿어보겠어. 지난번 일로 난 누구보다 믿음을 가지고 있어. 우리 서장님도 마찬가지고. 도움이 필요하면 말해. 서장님에게 말해서라도 도와줄 테니까. 광수대장, 일이 잘못되면 책임은 물론 피할 수 없지. 그러나 가장 큰 책임은 하태석 팀장에게 있는데, 그 친구가 일 벌이고 나서 양손 들어버릴 사람은 아니지. 책임감이 강한 사람이야. 그 친구가 아무 생각 없이 그렇게 나서겠어? 믿어봐. 잘못되어도 책임은 그 친구가 질 거야. 자네에게 책임져달라고 할 친구가 아니야. 서울에서 징계도 그 친구 혼자 안고 내려온 거야."

송주호 과장은 태석에 대한 절대적 믿음을 보여주었다. 무엇보다 책임은 당사자인 태석이 질 것이라는 말에 결론을 내릴 수 있었다. 대장은 태석을 중심으로 사건을 진행하도록 허락했다. 태석의 얼굴이 붉게 상기되었다. 드디어 지선이 내준 숙제를 시작할 수 있게 되었다. 대장은 태석과 팀원들을 사무실로 불러들였다. 그리고 사건의 위험도에 대하여 다시 한 번 강조했다. 반드시 성과를 내야 할 것이며 다른 부서에서 절대 사건 내용을 알지 못하도록 주의를 하라는 당부를 잊지 않았다. 주위에 알려지면 그에 대한 후폭풍이 만만치 않을 것이라는 사실을 모두가 잘 알고 있었다. 그러나 그 당부를 말하자마자 사무실의 전화벨이 울렸다. 불길한 예감이 맞지 않기를 바랐지만 언제나 그 일은 정확히도 들어맞았다. 전화벨 소리가 중부서의 화난 목소리 같았다.

"중부서 형사과장인데, 광수대장? 김한종?"

"예, 선배님."

나대철 형사과장은 김한종 광역수사대장의 선배였다. 말투부터 따지는 투로 보아 접수 내용을 확인한 모양이다. 대장의 표정이 구겨졌다.

"정신이 있는 거야, 없는 거야?"

"무슨 말씀인지?"

대장은 모르는 척 물었다.

"하태석, 그 친구 말이야. 어제 우리 서에 와서 미친 짓을 하더니 아침에 사건을 접수해! 부하 직원이 그런 미친 짓을 하면 지휘관이 바로잡아줘야 할 거 아니야. 너는 뭐 하는 놈이야!"

"선배님, 죄송하지만 말씀이 좀 지나치십니다. 제가 검토를 해보니 수사가 필요할 것이라고 생각이 들어서 허락했습니다."

"뭐야! 얌마, 김한종! 너 나 물먹이려고 작정했어! 너 왜 그래? 내가 어제 수사 결과 발표하는 거 봤어, 못 봤어?"

"봤습니다."

"그런데 대답을 그렇게 해!"

"선배님, 죄송합니다. 회의가 있어서 끊어야 할 것 같습니다. 그리고 사건은 저희들이 최대한 조용히 처리하도록 진행하겠습니다."

"야, 김한종! 얌마!"

"끊겠습니다."

대장은 전화기에서 목소리가 계속 들려오는데도 전화를 그대로 끊어버렸다. 허락을 한 이상 이미 쏟아진 물이었다.

"그렇게 끊으셔도 괜찮겠습니까?"

"뭐 다음에 술 한잔 하면서 풀어야지."

"고맙습니다, 대장님."

"고맙기는. 진범을 잡으면 되지. 하 팀장이 꼭 해내리라고 믿고 또 진범이 따로 있다는 말도 믿어보겠어."

대장이 웃으면서 이야기를 했지만 속은 타고 있다는 것을 태석은 모르지 않았다. 지금까지 태석의 요구를 계속 미루어오던 것에 대한 미안함이었는지는 모르겠지만, 태석으로서는 너무도 고마운 일이었다. 대장마저 등을 보였다면 힘겨운 싸움이 될 수밖에 없었기 때문이다. 대장에게 태석은 진심으로 고개를 숙여 고맙다는 인사를 했다. 인사를 마치자마자 곧바로 태석의 전화가 울렸다. 모르는 전화였지만 어느 정도 예상은 되었다. 노기에 찬 목소리의 나대철 형사과장이었다. 목소리만으로도 화가 얼마나 치솟아 있는지는 짐작이 가고도 남았다. 나 과장은 태석에게 지금 당장 중부서로 오라고 지시했다. 대장이 말렸지만 태석은 자리에서 일어났다. 어차피 서로 알게 되었기에 어느 정도 설명이 필요할 것으로 보였고, 피할 수도 없는 일이었다. 대장이 설득되었다면 중부서도 설득이 가능할 것이라는 말을 남기고 중부서로 향했다. 중호가 같이 가겠다고 따라나서주었다. 이제부터 시작이었다. 잡히지 않은 놈과의 싸움이 시작되었다고 생각하자 심장이 뜨거워졌다. 태석에게는 놈을 잡는 것이 범인 검거가 아니라 지선을 대신한 응징이고 복수였다. 종현과 상욱은 벌써 수사를 시작했다. 태석이 작성해놓은 보고서대로 수사할 내용을 정리하기 시작했고, 곧바로 필요한 영장을 신청할 준비를 했다. 버스 기사부터 목격자, 주변 사람들까지, 지선에 대한 사건은 처음부터 완전히 다시 시작할 것이고 중부서 수사는 참고만 하기로 했다.

차가 중부경찰서로 들어서자마자 눈치가 이상했다. 입초에서부터 하태석이라는 말에 대원은 바로 전화를 걸어 태석이 도착했다는 말을 강력팀에게 전했다. 주차장에 차를 대자마자 구 팀장이 현관 밖으로 뛰어나왔다. 주차를 하고 있는 동안에도 구 팀장은 시비를 걸려는 듯 옆으로 다가와 쏘아보고 있었다. 태석은 심호흡을 한 번 하고 차 문을 열었다.

"뭐야, 너. 너 뭐냐고!"

"말 함부로 하지 마시죠."

"함부로? 참 내, 당장 내가 할 말이 많지만 우리 과장님이 데려오라고 하니까 내가 지금은 참는데…… 과장님 만나고 봐."

태석은 말을 아꼈다. 어느 말이든지 그에게는 들리지 않을 것이고 설득이나 타협은 애초부터 불가능했다. 복도를 지나는 동안 강력팀 직원들이 나와 태석을 쏘아보았다. 그들에게도 태석은 가시 같은 존재였다.

구 팀장이 과장실 노크를 하고 문을 열었다. 태석이 모습을 보이자 소파에 앉아 있던 나 과장의 붉어진 얼굴이 더 붉어졌다.

"너 뭐야! 우리 서 물먹이려고 작정한 거야! 이런 미친 친구가 다 있어. 생긴 것은 멀쩡하게 생겨가지고. 뭐 말할 것도 없어. 당장 사건 삭제해. 알았어? 해도 우리가 해. 왜 너네가 같은 사건을 접수해서 범인이 아니라고 지랄을 하는 거야! 왜 그래? 그렇게 튀어보고 싶어!"

"그렇게는 안 됩니다."

"뭐야! 너 뭐라고 했어?"

"안 된다고 했습니다."

"얌마! 너 뭐 하는 새끼야. 영광에서 사건 하나 해결했다고 윗사람들이 다 우스워 보이는 거야! 그래? 광수대장, 그 새끼부터 글러먹어가지고. 선배가 말을 하면 들어 처먹어야 할 거 아냐! 뭐? 조용히 처리해? 싸가지 없는 새끼!"

형사과장은 대답할 틈도 없이 마구 쏟아내었다.

"삭제를 안 하면 어떻게 할 건데?"

"수사를 진행할 겁니다. 사문동 사건 외에는 모두 주경철이 한 것이 맞습니다. 저는 다만 그 사건만 다른 범인이 있다는 것을 말씀드리는 겁니다."

"답답한 친구구먼. 그건 이미 현장검증까지 끝낸 사건이고 어제 내가 방송에 중간발표까지 했잖아. 지가 했다고 말을 하는데 그게 왜 아니야. 자백만큼 더 큰 증거가 어디 있어?"

"말 그대로 자백뿐입니다. 흉기도 옷도 아직 증명된 것이 없지 않습니까."

태석이 지지 않고 과장에게 대꾸했다. 그러나 시간만 흘러갈 뿐 두꺼운 벽을 두고 이야기하는 것 같았다.

"무슨 개똥딴지같은 소리야!"

구 팀장이 끼어들었다.

"현장검증하고 놈의 집에서 옷가지와 흉기를 찾아서 국과수에 보낸 상태야. 아직 결과가 나오지는 않았지만 긴급으로 했기 때문에 모레쯤이면 정확한 증거를 확보하게 된다는 말이야. 자백에 증거까지 있는데 무슨 소리를 하는 건지 모르겠네."

"저는 국과수 감정 결과에 사문동은 확인되지 않을 것이라고 확신합니다. 주경철의 옷가지와 흉기에서 피해자 최지선의 DNA가 발견된다면 곧바로 종결하겠습니다. 하지만 그렇지 않다면 계속 수사를 진행할 겁니다."

"그래서 뭐야! 우리 수사가 틀렸다, 지금 그 말 하고 있는 거잖아!"

태석은 말을 하고 싶었지만 멈추었다. 어떠한 말로도 설득할 수 없고 화만 더 돋울 것이다.

"같이 수사를 하면 안 되겠습니까? 아직 잡히지 않은 범인이 언제 또다시 범죄를 저지를지 모릅니다. 아마 어제 또 다른 살인 사건이 발생했을 겁니다. 놈은 유치장에 있는 주경철이 텔레비전을 통해 보낸 메시지를 받고 범죄를 저질렀을 것이 분명합니다. 전보다 더 잔인할 것이고 더 용의주도하게 변할 거라는 말입니다."

"미쳤구먼, 미쳤어. 이런 새끼가 무슨 수사를 한다고 광수대까지 집어넣은 거야. 인사 담당이 어떤 새끼야. 그 새끼부터 조져야 돼. 직원 파악도 안하고 서류로만 발령 내는 그 새끼를 죽여야겠구먼. 팀장 경험도 없는 새끼를 여기다 집어넣어놓으니까 이런 소설을 쓰고 있지. 시발."

"수사를 같이……."

"다 끝난 사건 수사를 왜 너네 광수대하고 같이 해? 나가! 꼴도 보기 싫으니까. 가서 삶아 먹든 구워 먹든 알아서 해. 대신 성과가 없으면 내가 반드시 그 책임은 물을 거니까 알아서 해. 실체가 있어야 성과가 있지, 똘아이 새끼야."

나 과장은 더 이상 듣지 못하겠다는 듯 고개를 저었다. 그리고 손가락으로 가리켜 밖으로 나가라는 지시를 했다. 어젯밤에 살인 사건이 또 발생했을 것이라는 태석의 말에 이놈은 미친 놈이다라고 결론을 내렸다.

태석은 구 팀장과 함께 밖으로 나왔다. 구 팀장은 전보다 더 구겨진 얼굴로 노려보았다.

"하 팀장, 나하고 원수졌어? 내가 하 팀장 봐서 최지선 씨 사건 집중해가지고 주경철이 붙잡았잖아. 모두 자백했고, 현장검증 끝났고. 뭐가 문제야. 이제 그만할 때도 안 되었어?"

"최지선 씨 사건은 아닙니다. 몇 번을 말씀드립니까?"

"깝깝한 사람이네. 어떻게 더 설명을 해. 초등학생이야? 내가 조서 받은 거라도 가져다 읽어줘야 믿을 거야?"

구 팀장의 목소리는 고성으로 변해 다그치듯 태석을 몰아붙였다.

"주경철에게 다시 물어보셨어요? 놈이 하지 않았다고 저에게 말했다고 했잖아요."

"그런 소설 같은 말 하지 말고! 주경철이 그런 말을 왜 당신한테 해! 내가 몇 번을 확인했는데 그런 말 한 적 없다고 하잖아. 하 팀장이 유치장에서 나가고 내가 잡아놓고 정말 백 번도 더 물었을 거야. 없어도 있다고 할 만큼 물었다고. 그런데 아니라잖아. 그런 말 한 적 없다고. 그렇게 말할 이유도 없다고! 최지선 씨를 칼로 찔렀다고 자백을 했고, 이 깝깝한 사람아!"

"다시 한 번 물어봐요. 놈에게 속고 있는 거니까."

"가! 가버려. 시발, 설득을 하면 변하는 게 있어야지. 깝깝하구먼."

구 팀장은 더 이상 태석을 설득하는 것이 불가능하다고 생각하는지 뒤로 물러가라는 손짓을 했다. 나 과장이 하던 행동과 똑같았다.

"사건을 하든 말든 우리는 그대로 검찰에 송치를 할 테니까. 가봐."

구 팀장은 뒤도 돌아보지 않고 사무실로 들어가버렸다. 태석 혼자 현관에 남아 들어가고 있는 구 팀장의 뒷모습을 물끄러미 바라보았다. 끝내 구 팀장의 생각은 바뀌지 않았다.

"하태석 형사님, 저번에 몰라봬서 죄송합니다."

"누구시죠?"

"저번에 보았던 남운철 기자입니다. 기억하시죠?"

태석에게 다가온 남 기자는 정중히 인사를 했다.

"광수대에서 왜 그렇게 중부서를 자주 찾아오시는지 모르겠네요. 주경철 사건 때문에 그런 건가요? 두 분이 왜 다투시는 건지……."

"아닙니다. 수고하십시오."

주경철이 잡혔을 때 복도에서 만났던 남운철 기자가 태석에게 다가와 알은체를 했다. 기자들에 대해 좋은 인상을 가지고 있지 않은 태석은 더 이상의 대꾸 없이 건물을 빠져나갔다. 남 기자는 더 물으려 했지만 친절하지 않는 태석 때문에 얼굴이 구겨졌다.

*

미연은 세 살 영민이를 어린이집에 보내고 불러온 배를 끌어안고 마트에서 찬거리를 사 다듬기 시작했다. 며칠 전 엄마 집에 갔다가 냉장고가 텅 빈 것을 보고 밑반찬을 해주어야겠다고 생각했었는데 계속 미루다 오늘에야 실천을 했다. 예전 엄마의 냉장고는 늘 반찬과 과일로 넘쳐 있었다. 언제나 푸짐했고 정과 웃음이 쌓여 있는 기름진 음식 창고였다. 미연이 처음 남편을 데리고 집에 왔을 때도 냉장고는 푸짐한 음식을 내주었고, 영민이가 태어나 집에서 산후 조리를 할 때도 냉장고는 미연에게 젖이 잘 나도록 미역국과 산모 음식을 끊임없이 내주었다. 그런데 아버지가 병원 치료를 받기 시작하면서부터 엄마의 냉장고는 가난해지기 시작했다. 뇌졸중으로 쓰러진 아버지 옆에는 늘 엄마가 붙어 있어야 했다. 쌓여가는 병원비와 간호로 냉장고는 텅 빈 공간으로 남아 지친 엄마의 마음처럼 차가운 냉기만 채워져 있었다. 엄마는 그나마 병원에서 아버지와 요기를 하면 되지만 동생 미진은 그러지 못했다. 아버지 때문에 대학을 휴학하고 아르바이트를 시작했다. 졸업까지 마지막 한 학기만을 남겨놓았지만 학비를 벌겠다고 낮에는 도서관에서 일했고 저녁에는 마트 계산 코너에서 일했다. 미연이 대출을 받아준다고 해도 동생은 언니에게 이미 많은 빚이 있다는 것을 알기에 거절했다. 형부가 다니던 회사가 부도 직전이라 벌써 반년째 월급을 받지 못하고 있다는 것을 미진은 알고 있었다. 반년만 일하면 한 학기 등록금은 벌 수 있다고 큰소리치는 미진이의 상기된 얼굴에서 대견함보다는 미안함이 더 앞서는 미연이었다. 동생에게 뭔가 해주고 싶은데 어린 아들 영민과 예상치 못했던 임신 때문에 아무것도 해주지 못하는 자신의 처지가 너무도 가혹하게만 느껴졌다. 아이를 가질 생각은 전혀 하지 않았고 영민이가 어린이집에 들어갈 정도가 되면 취업을 할 예정이었다. 그런데 규칙적이지 못한 생리에 병원에 찾아갔다가 임신이란 것을 알고는 밤새 울었었다. 힘들어진 남편 회사 때문에 영민이도 힘들었는데 또다시 아이라니. 아이를 지우기로 결심했었지만 남편의 생각은 달랐다. 지우겠다는 아내에게 사랑한다는 말로 위로와 격려를 했고, 그의 설득에 복둥이라는 태명으로 벌써 임신 7개월이 되었다. 태명 때문인지 남편의 월급도 소급해서 조금씩 지급이 되기 시작했고 연말쯤이면 회사가 정상으로 돌아갈 거라는 희망적인 소식까지 전해졌다. 살림에 조금의 여유가 생기자 그때서야 미연은 동생을 생각할 수 있게 되었다.

미진이 점심에는 도시락을 싸 가고 저녁은 집에 와서 먹고 나간다는 것을 잘 알고 있기에 찬거리를 만들어주기로 했다. 영민이를 다른 날보다 일찍 놀이방에 맡기고 골목 장터에서 찬거리를 사 와 미진이가 좋아하는 장조림과 오징어 짠지를 만들었고 쇠고기 국거리는 엄마 집에 가서 끓여놓기로 했다. 저녁에 집에 와 냉장고를 열고 깜짝 놀랄 동생의 모습을 생각하자 왜 진작 이렇게 못 해주었는지 미안하기만 했다.

'미진아, 고생이 많지? 언니가 미안해. 우리 동생 맛있는 반찬도 많이 해주고 용돈도 줘야 하는데 언니가 사는 게 좀 그러네. 올해만 고생하고 내년에는 다시 복학해서 졸업해야지. 네 형부도 내년에는 회사가 좋아질 거고 영민이도 많이 크니까 복둥이 낳고 나면 나도 곧바로 돈 벌러 나갈 거야. 그때는 내가 용돈 줄 테니까 아르바이트 같은 거 하지 말고 취직 공부 열심히 해서 좋은 직장 들어가. 직장에 들어간 네 모습을 보면 아빠도 기운을 차리실 거야. 엄마도 네가 꼭 그러기를 바랄 거고. 너 좋아하는 장조림하고 오징어 짠지 해놓았다. 물에 대충 말아 먹지 말고. 건강 생각해서 밥은 거르지 말고 먹도록 해. 떨어지면 언니가 또 해 올 테니까. 언니가 늘 미안해하는 거 알지? 사랑한다는 것도. 미진이 네가 내 동생인 게 너무너무 행복해. 대견한 내 동생 미진이. 곧 행복한 날이 올 거야. 그날까지 우리 조금만 참자. 우리 미진이 파이팅! 아자 아자!'

짧게 적은 편지에 깜짝 놀랄 동생의 모습을 생각하자 기분이 좋았다. 반찬을 플라스틱 용기에 담고 쇠고기와 함께 종이 가방에 넣어 들어보자 무게가 제법 되었다. 가을 햇볕에 시원한 바람이 미연의 볼을 쓰다듬으며 참 잘했어라고 속삭여주는 것 같았다. 어젯밤에 내린 비는 도망치듯 사라져버리고 곳곳에 생긴 웅덩이가 비가 왔던 사실을 알려주었다. 부른 배를 움켜쥐고 버스에 올랐다.

삐리리.

친정집을 세 정거장쯤 남겨놓았을 때 전화가 울렸다. 알지 못하는 번호였다.

"저기, 이동환 씨 보호자 되시죠? 예, 한국병원 간호사실인데요. 오늘 어머니가 나오시지 않나요? 아버님이 계속 찾으시고, 간병하실 분이 옆에 계셔야 할 것 같은데요. 어머님께 전화를 드렸는데 받지 않으시네요. 이미진이 동생인가요? 그분 전화기는 꺼져 있고요. 예, 확인하고 전화 주세요. 그리고 식사나 화장실 때문이라도 보호자분이 오셔야 해요."

엄마가 아직까지 병원에 가지 않을 리 없는데…… 왜 그러지? 전화를 끊자마자 미연은 엄마에게 전화를 넣었다. 병원에서 말한 대로 전화는 되지 않았다. 신호가 계속해서 가다가 음성을 남기라는 기계음으로 넘어갔다. 거기다 미진은 아예 전화기가 꺼져 있었다. 지금 시간이면 도서관에서 일을 하고 있을 텐데. 전화기가 방전되었다는 것을 모르고 있나. 집으로 전화를 넣어도 받지 않기는 마찬가지였다. 시간이 지날수록 미연의 마음이 바빠지기 시작했다. 세 정거장을 가는 데 세 시간은 족히 걸린 것 같았다. 버스에서 내려 뛰어가듯 집으로 향했다. 골목길로 들어서 한참을 들어가야 친정집이었다.

대문은 다섯 세대가 살고 있어 누구든 들어갈 수 있게 열어놓았다. 친정집은 1층에 있었고 2층은 주인집이었다.

"엄마! 엄마!"

초인종을 눌러도 대답이 없고 문까지 두드렸는데도 인기척이 없었다. 미연을 주겠다며 열쇠를 하나 파놓는다고 엄마가 늘 말했는데 미루다 가지 못했다. 열쇠는 현관문 옆으로 세 번째 화분 밑에 늘 놓아두었는데 없었다. 외출을 했다면 분명 여기에 있는데…… 왜 없지? 열쇠가 없다는 것은 집에 사람이 있다는 이야긴데. 현관문 옆으로 돌아 부엌 쪽으로 가 창문이 열려 있는지 보았다. 엄마가 매일 잠가놓기는 하지만 생선을 굽고 나면 가끔 창문을 열어놓기도 했다. 방범창 안으로 손을 넣어 창문을 밀어보았다. 먼지가 많이 쌓여 뻑뻑해진 창문을 힘겹게 옆으로 밀었다. 다행히 잠가놓지 않았다. 한 뼘 정도로 창문이 열려 안을 들여다보려 했지만 키가 작아 보이지 않자 현관 앞에 놓인 의자를 힘들게 옮겨 왔다. 의자에 오르자 부엌과 거실 쪽이 보였다. 전등불이 켜져 있었고 엄마와 동생의 모습은 없었다.

"엄마! 미진아!"

불길한 생각에 미연의 목소리에는 벌써 눈물이 섞여 있었다. 몇 번을 더 불러보고 대답이 없자 내려오려 하다가 뭔가를 보았다. 거실 바닥 안쪽으로 미진의 손바닥이 펼쳐진 채 끝이 보였다. 잠을 자는 걸 거야, 그런데 왜 불러도 대답이 없는 거야.

"미진아! 미진아! 일어나 봐, 왜 그래!"

*

중부서 현관을 나오자 중호가 밖에서 기다리고 있었다.

"어떻게 되었습니까. 괜찮으신 거죠?"

"뭐 이 정도 욕먹을 것은 각오했는데. 가자. 이제 수사해봐야지."

차에 오르자 태석은 노트를 꺼내 수사를 진행하여야 할 것에 대해 정리했다. 무엇부터 수사를 해야 할지, 막막한 사막에서 오아시스를 찾기란 쉽지 않을 것이다. 차는 서둘러 광역수사대 사무실로 향했다. 곁눈질로 태석을 바라보던 중호가 걱정스런 눈빛으로 그를 쳐다보았다.

"형님."

"왜?"

"조금 전에 나올 때 남운철 기자가 있던데요. 그 기자 알아요?"

"아니, 왜?"

태석은 노트에 계획을 적어가며 대충 대답했다. 중호의 말이 귀에 잘 들어오지 않았다.

"그 기자 조심해야 해요. 절대 우리 경찰에게 좋은 기사 써주지 않는 기자예요. 그 친구 때문에 애먹은 형사들 많습니다."

"그래?"

중호의 말에 집중하지 못하고 되묻는 말에도 그다지 궁금증은 없어 보였다. 무엇보다 지금 생각하며 적고 있는 수사 계획이 더 중요했다.

"이번에 주경철을 잡아서 그렇지만, 잡기 전에 그 친구가 비판 기사를 몇 개 썼는데요, 형사들이 유족보다도 오히려 그 친구 눈치를 더 보았을걸요."

"어차피 기자들이 하는 일이 그런 거 아니야? 그리고 걱정하지 마, 기자들에게는 이미 내성이 생겨 있으니까."

태석은 대수롭지 않다는 듯 웃어 넘겼다.

사무실로 들어서자 직원들이 컴퓨터 모니터 앞에 모여 있었다. 지금쯤이면 지시한 내용을 확인하기 위해 정신이 없을 텐데 이상한 분위기였다. 거기다 다른 팀원들까지 달려와 모니터를 유심히 살피고 있었다. 태석이 들어서자 모두 안타까운 눈으로 말없이 쳐다보기만 했다. 그가 움직이는 대로 시선이 향했고, 컴퓨터로 다가가자 모두 자리를 비켜주었다. 대체 어떤 기사가 떴기에, 태석은 모니터를 주시했다. 포털 사이트 메인 화면과 검색 순위에 광역수사대가 올라와 있었다. 이제 어떻게 할 것인가. 시작도 하기 전에 커다란 벽이 앞을 가로막았다.

'사문동 사건! 주경철은 범인이 아니다.'

기사 내용은 주경철이 범인이 아니며 진범은 아직 잡히지 않았다는 내용이었지만 무엇보다 가장 중요한 것은 이를 광역수사대에서 재수사를 진행하고 있다는 것이었다. 아직 시작도 안 했는데. 기사 아래 담당 기자의 이름이 있었다. 조금 전 만난 남운철 기자였다. 불과 30분 만에 기사가 쓰여 포털 사이트 메인에 올라와 있었고, 검색 순위도 상위에 올라와 관련 기사들 여러 개가 달라붙어 있었다. 기사가 기사를 낳고 확대 재생산되고 있었다. 어떻게 확인도 없이 기사 하나로 다른 기사가 또 쓰일 수 있는지. 서울에서 악몽이 다시 살아나는 것 같았다. 댓글도 순식간에 넘쳐나기 시작했고 경찰을 비웃는 내용 일색이었다.

사무실 전화벨이 일제히 울렸다. 벨소리는 너희는 이번 수사 못 해라고 비웃고 있었다.

"예, 아직 구체적으로 말씀드리기는 그렇고요. 지금 바쁘니까 끊겠습니다."

"아직요. 아직입니다."

"확인 중에 있습니다. 예, 잠깐 기다리세요."

언론사들로부터 전화가 계속해서 들어오기 시작했다. 이렇게 뜯어먹기 좋은 기사를 기자들이 놓칠 리 없었다. 종현과 정국은 언론사로부터 걸려오는 전화에 대해 일일이 대꾸할 수 없었다. 전화를 끊고는 모두 태석을 바라보았다. 남운철 기자를 만났을 때 그는 이미 과장과 다투는 것을 알고 있었던 것일까? 이제 곧 지휘부에서 전화가 올 것이다. 중부서에도 확인 전화가 빗발칠 것은 보지 않아도 알 수 있었고, 지휘부는 이를 정리할 필요가 있을 것이다. 태석은 답답하기만 했다. 지금 당장 수사를 해도 늦었다고 생각이 드는데 또 끌려가 사정을 해야 하게 생겼다. 여지없이 전화기는 울렸다.

"팀장님, 청장님 부속실이라는데요."

294

태석은 조심스럽게 전화를 받았다. 부속실장은 차분하지만 경고하듯 청장님의 심기가 매우 불편하다는 말을 전해주었다. 그리고 지금 당장 광역수사대장과 함께 청장실로 들어오라는 말도 차분하려 애쓰는 말투로 전해주었다. 부속실장이 화가 날 일은 아니었다. 지금 가장 화가 나는 사람은 태석이고 그다음으로는 중부서 구 팀장일 것이다. 사무실까지 악에 받친 고함소리가 들리는 듯했다.

"하 팀장!"

"예?"

대장이 사무실로 들어와 태석을 불렀다. 그는 여전히 태석을 신뢰하고 있을까. 그렇지 않다고 해도 원망스러운 일은 아니라고 스스로 위로했다.

"전화 못 받았어? 자료 준비해서 가자고."

"예?"

"수사 안 할 거야? 빨리 보고하고 시작해야지. 다른 사람들 뭐 해. 하기로 한 것 빨리 해야지. 청장실에 갔다 올 때까지 자료 준비해."

대장은 의외로 담담했다. 지시를 받은 게 있는 것처럼.

"준비되었어?"

"예?"

"내게 덤벼들던 것처럼만 해. 그럼 수사할 수 있을 거야."

대장은 수사를 하겠다고 목소리를 높이던 태석의 모습을 잊지 못하고 있는 것 같았다.

"청장님께는 그렇게 못 하죠."

"자넨 할 거 같은데."

"그래요? 또 모르죠."

엘리베이터가 열리고 부속실로 들어가자 여직원이 일어나 인사를 했다.

"청장님이 일 때문에 급히 나가셨는데요. 혹시 중부서에서 오셨어요?"

"아니, 광수대입니다."

"형사과장님실로 오시랍니다."

"중부서도 오기로 되어 있습니까?"

"네."

여직원의 대답은 간단했다. 청장이 갑작스런 일로 서울에 올라가면서 형사과장에게 일을 맡기고 간 것이다. 뭐라고 지시를 하고 갔을까. 형사과장도 어차피 청장의 지시에 따르는 사람이다. 두 사람은 다시 형사과장실로 향했다.

"광수대장입니다."

문을 두드리고 곧바로 안으로 들어갔다. 고창수 형사과장은 아무 말도 하지 않고 컴퓨터 모니터에 집중하고 있었다. 이미 책상 위에는 프린터로 출력한 인터넷 기사 여러 장이 놓여 있었다. 대충 보아도 네댓 장은 되었고 제목도 가지가지였다. 갈팡질팡 경찰 수사, 스스로 신뢰를 잃어버린 경찰, 경찰 집안싸움부터 챙겨라, 기자들은 제목도 잘 만든다. 태석 때문에 경찰은 집안싸움에 무능한 경찰이 되어 있었다. 왜 태석이 주경철 사건에 개입하게 되었는지는 기삿거리가 되지 못했다.

과장은 두 사람이 사무실로 들어온 것에 관심조차 보이지 않았다. 무거운 침묵이 계속되었다. 과장이 말이 없자 대장도 태석도 시계 소리만 계속 듣고 있었다. 잠시 후 복도에서 발소리가 들려오더니 문 앞에 와서 멈추었다. 노크 소리와 함께 중부서 형사과장이 구 팀장과 함께 들어왔다. 안에 태석이 있는 것을 보고 불편한 시선을 감추지 않았다. 나대철 과장은 노려보았고 김한종 대장은 고개를 틀어 어색함을 피했다. 다시 침묵이 흘렀다. 모니터만을 바라보는 고창수 과장의 머릿속이 얼마나 복잡할지는 모두 짐작하고 있었다. 전화가 울렸다. 과장은 숨을 들이쉬며 전화기를 들어 올렸다. 전화는 서울 본청에서 걸려 왔다.

"예, 국장님."

과장은 대꾸 없이 듣기만 했다. 감히 수사국장에게 대꾸를 한다는 것은 힘든 일이었고 그럴 일도 없었다. 예라는 대답만 여러 차례 반복하고 전화를 끊은 과장은 소파로 와 앉았다. 왼쪽으로 광역수사대를 두고 오른쪽으로 중부서가 자리했다.

"기사들 다 봤어?"

"예."

광역수사대장이 짧고 차분하게 대답했다.

"미친놈하고 그놈을 믿는 지휘관 때문에 우리 경찰이 욕을 얻어먹는 겁니다."

나대철 과장이 작정했다는 듯 말을 뱉어내었다.

"직원이 근거도 없이 날뛰면 지휘관이 걸러줘야 하는데 같이 설치고 있으니……. 지금 있는 그대로 두면 우리 경찰이 얼마나 유능하고 뛰어난지 언론에서 저절로 칭찬을 할 텐데. 이젠 뭐 끝났습니다. 과장님이 결정을 해주시죠. 끝까지 수사를 하겠다고 어떤 놈이 날뛰고 있으니까요."

"말씀이 너무 지나치십니다. 근거도 없이 날뛴다는 말은 좀……."

"그만들 해!"

고창수 과장이 신경질적으로 소리치자 나대철 과장은 말을 멈추었다. 그렇지만 곧바로 다시 시작했다. 어떻게든 태석을 내리까고 싶어 했다.

"날뛴 게 아니면 이성적으로 차분하게 대처를 한 게 그 모양이야? 일부러 언론에 흘린 것도 광수대 아닌가 싶어. 그렇지 않아?"

"선배님! 너무 앞서 나가시는 거 아닙니까. 일부러 흘렸다는 말씀은 좀 지나치십니다. 그리고 하 팀장도 그럴 만한 근거가 있으니까 그런 거 아닙니까."

대장은 광수대라는 말보다 하 팀장이라는 말로 범위를 좁혔다.

"근거는 무슨. 우리가 받아주지 않으니까 더럽고 치사하게 언론에 흘린 거 아니야!"

"흘리다니요. 중부서에서 언론 관리를 못 하니까 그런 거죠."

"작정하고 그런 짓을 하면 어떻게 막습니까?"

"작정하다니요?"

이번엔 구 팀장까지 끼어들었고 태석도 물러나지 않았다.

"조용히 안 해! 내가 허수아비로 보여? 이 친구들이 여기서도 지랄이네. 내가 안 보여! 팀장들은 나가 있어!"

고창수 과장은 팀장들까지 그대로 두었다가는 말이 길어지고 언쟁만 높아질 것 같아 둘을 밖으로 빼었다. 복도로 나가도 둘은 말이 없었다. 어차피 말이 통하지 않는 사람이라고 서로를 피해 멀리 거리를 두었다. 구 팀장은 무슨 말이 오갈지 예상이 간다는 듯 먼저 말을 걸었다.

"수사를 하라고 할 것 같아?"

"예?"

"자네, 수사 못 해. 이미 결정 난 거 모르겠어? 우리 지휘부가 자기 살 깎아 먹는 거 봤어? 절대 그런 짓 안 해."

"무슨 말입니까?"

"수사를 진행해보았자 조직에 이득이 없다는 말이야. 해만 되지. 말도 안 되는 소리지만 설사 하 팀장의 말대로 진범이 따로 있다고 해도 조직으로서는 부담이야. 이미 어제 중간 수사 결과로 확인을 했잖아. 그것을 뒤엎고 수사를 다시 진행한다? 범인이 따로 있다? 있다고 한들 그건 상처뿐인 영광인데 그걸 해? 지휘부는 그런 걸 원하지 않아. 지휘부는 자네나 나처럼 수사를 하는 곳이 아니야. 정치를 하는 곳이지. 자네가 유능하든 내가 유능하든 그건 관심이 없어. 내가 잡나 자네가 잡나 상관이 없이 잡은 자체가 중요한 거야. 그때부터 윗사람들이 바빠지지. 잡기 전에는 우리가 바쁘지만 위는 반대야. 왜 그런지 알아? 그때부터 정치의 시작이거든. 우리 경찰을 포장해야 하니까. 주경철이 같은 놈은 자네가 나서기 전까지 좋은 포장지로 화려하게

298

포장이 되어 있었어. 선물을 들고 그보다 더 윗사람들에게 주고 칭찬을 받을 때인데 그걸 자네가 찢어버린 거지. 새로 포장할 선물의 내용은 중요하지 않아. 포장지가 찢어졌다는 게 중요한 거지. 현 상황이 말이야. 자네가 얼마나 큰일을 벌였는지 이제 알 것 같은가? 정치판에서 본다면 자네는 절대로 수사하지 못해. 자네가 판을 엎어버렸거든."

"아직도 그렇게 생각하십니까?"

"이봐, 하 팀장, 자네나 나나 우리는 윗사람들이 굴려먹는 똑같은 도구야. 자기들 정치에 맞느냐 안 맞느냐가 중요하지, 자네가 잡느냐 내가 잡느냐가 중요한 게 아니야. 아직도 무슨 말인지 모르겠어? 아마 우리 이름도 잘 모를 걸, 그냥 중부서와 광수대야. 정치에 누가 적합하냐만 있는 거지. 자네 때문에 조금 너덜너덜해지기는 했지만 우리 것으로 가는 게 맞다고 결론 내릴 거야. 더 지저분해지는 것은 바라지 않을 테니까."

구 팀장은 여전히 자신에 차 있었고 재수사를 맡기지 않을 것이라고 단정했다.

"주경철과 얘기는 해보셨어요?"

"했지. 그놈이 자네 놀린 거라고 하더군. 찾아와서 이상한 소리 하니까 그냥 들어줬다는구먼. 그놈 말에 훅 넘어가기는. 자네도 순진해. 그런 놈 말을 다 믿고."

할 말이 없었다. 정말 놈이 그렇게 말했을까? 정말 태석을 가지고 논 것일까?

"자네는 수사를 처음부터 다시 배워야겠어. 순진하게 범인의 말을 믿으니까 지금과 같은 대형 사고를 치는 거야."

"한 가지 구 팀장님이 확인하지 않은 게 있는데요. 저는 놈에게 우연히 들은 게 아니라 그 내용을 확인하러 갔던 겁니다. 놈이 그렇게 말하지 않았더라도 저는 수사를 했을 겁니다. 놈이 어떻게 말을 했건 상관이 없었다는 말입니다. 정치라고 하셨는데, 수사하는 분은 그렇게 말하는 게 아닙니다. 언젠가 구 팀장님도 그 위치에 가실 텐데 그때도 우리가 도구에 불과하다고 이용하실 건가요?"

"뭐야, 지금 나를 훈계하는 거야!"

"훈계가 아니라 충고입니다."

"그게 그거 아니야!"

구 팀장이 발끈하고 앞으로 다가섰다. 둘의 눈빛이 중간에서 튀었다.

"들어오시랍니다."

대장과 과장은 심각한 표정으로 고개를 돌리고 있었고 그중 더 일그러져 있는 사람은 나대철 과장이었다. 고창수 과장은 팀장들이 자리에 앉자 헛기침을 하고 말을 이었다.

"전적으로 내가 내린 결론이야. 여기에 더 이상 토를 달지 않기를 바라네. 한마디 더 한다면, 위 지휘부와도 이야기가 끝난 사안이야. 내 말에 이의가 있다면 정식으로 청문을 통해 항의하고 그러지 않으면 항명으로 간주하겠어. 두 사람 모두 동의하나?"

"예."

구 팀장과 태석이 동시에 대답했다. 구 팀장은 결론에 자신한다는 듯 목소리에 힘이 더 들어가 있었다.

"구태만 팀장, 구속 기한이 얼마 남았지?"

"오늘이 4일째입니다. 6일 남았습니다."

"오늘까지 하면 7일이구먼."

과장은 주경철의 구속 기한을 계산했다. 그가 긴급체포된 지 오늘로 4일째다. 6일 후면 사건 서류 일체를 검찰청으로 넘겨야 한다. 10일은 경찰이 범인을 체포하고 구속해 수사할 수 있는 법률상의 시한이었다. 6일 후면 어떤 식으로든 주경철에 관한 사건을 검찰로 넘겨야 하고, 그의 신병 또한 검찰 소관이 된다.

"결론 내리겠네. 광수대의 하태석 팀장."

"예."

태석이 고개를 돌려 무거운 눈으로 고창수 과장을 쳐다보았다.

"자네에게 오늘을 포함한 구속 기한인 7일간의 시간을 주겠어. 그 안에 자네가 범인이라고 생각하는 놈을 검거해. 그러지 못하면 지금 그대로 검찰에 송치하겠네. 단, 조건은 있어. 거기에 대한 책임을 물어야 한다는 것이지. 단순 경고 수준은 아닐 거야. 자네 경력에 치명적일 수 있어. 그래도 하겠나?"

"예. 하겠습니다."

"과장님!"

중부서에서 당연히 반발이 나왔다.

"가만히 있어. 내 얘기 아직 안 끝났잖아. 범인이 있든 없든 그건 상관하지 않겠어. 어느 정도 자료가 있으니까 광수대장도 수사를 진행한다고 했을 것이고. 다만 이후부터는 언론 기관에 모든 수사 사항을 비밀에 붙여. 절대 광수대에서 수사가 진행된다는 것을 알려서는 안 돼. 만약 범인이 검거되더라도 마찬가지야. 수사를 하기는 하지만 공은 세워줄 수 없다는 이야기야. 왜 그런지는 알겠지? 해봐야 상처뿐이야. 광수대에서 잡았다고 광고하면 중부서는 어떻게 되는지 알지? 그리고 반대로 실체가 없다고 한다면 그건 다시 광수대의 무능을 알리는 것뿐이야. 양쪽 모두 상처뿐이라는 거지. 지휘부도 마찬가지야."

"과장님! 지금 광수대 미친 짓을 그대로 믿는다는 말인가요?"

"중부서도 들어. 사건은 그대로 진행해. 다만 검찰에 넘기는 것은 기다려줘야겠지."

"사안이 커서 검찰에서 사건을 빨리 달라고 할 수도 있는데요."

"안 주면 되지. 기한을 지켜서 보내겠다고 해. 그리고 언론 보도는 여기서 접어. 괜히 기자들이 달려들어서 추측성 기사를 써댈 테니까 아예 빌미를 주지 말라고. 중부서는 주경철의 여죄 수사에 집중하고 기한 내 광수대에서 성과가 없으면 그대로 송치해."

"있으면요?"

구 팀장이 앞으로 몸을 내밀며 물었다.

"있을 거라고 생각하나 보지?"

구 팀장이 자기가 한 말에 실수가 있음을 깨달았다. 있으면 어떻게 할 거냐고 묻는 게 우둔한 질문이 되어버렸다. 대답도 하지 못하고 그대로 집어넣었다.

"내가 지시한 대로 해. 이게 최선이라고 보네. 그리고 중부서에서 사문동 건으로 수사한 자료가 있을 테니 그건 광수대와 공유해."

드디어 태석이 중부서 눈치를 보지 않고 수사를 시작하게 되자 얼굴이 상기되어 붉어졌다. 지선이 내준 숙제에 연필 하나를 드는 데도 시간이 이렇게 오래 걸렸다.

"팀장들은 나가고 둘은 좀 남아봐."

고창수 과장은 태석과 구 팀장을 내보냈다.

"광수대장, 내가 광수대를 믿고 사건을 맡긴 게 아니라는 거 알지?"

"예."

대장이 짧게 대답했다. 고창수 과장이 무슨 말을 하는지 알고 있다는 표정이었다.

"나 과장이 서운한 게 뭔 줄 알아. 그렇지만 이미 언론에 나가버렸잖아. 그것 하나 단속을 못 해가지고 이런 사단을 만드나? 뭐 한 거야? 어차피 이렇게 된 거, 이게 최선이야."

"만약이지만 광수대에서 이상한 놈이라도 만들어서 가져오면 어떻게 합니까?"

나대철 과장이 미심쩍은 듯 고창수 과장을 쳐다보자 헛웃음을 보이는 고 과장이다.

"이 사람아, 이런 일 한두 번 겪어봐? 이미 광수대장과 이야기 끝났어. 여기 한종이가 괜히 수사를 지시했겠어. 뒷일까지 다 보고 한 거지. 이러고 보면 나 과장이 김한종이보다 순진한 것 같아. 어차피 언론에 나간 거 어떻게든 막아야 할 거 아닌가. 있지도 않겠지만 만약에 범인이 진짜 따로 있다고 쳐. 광수대가 잡으면 어떻게 되겠어? 경찰은 난리가 나는 거야. 그걸 그대로 내보내는 게 현명한 정치가 아니야. 아직도 모르겠어?"

나 과장이 무슨 뜻인지 모르겠다는 듯 고개를 갸웃거리자 광역수사대장이 나섰다.

"만약 저희가 잡아도 저희가 잡은 게 아니라는 말씀입니다. 공은 이미 정해져 있다는 말씀이죠. 선배님은 사건 끝나면 술 한잔 사셔야 합니다. 저에게 고맙다고 하셔야 할걸요."

그때서야 나 과장의 얼굴에도 미소가 보였다.

19

　사무실로 돌아오자 대장은 직원들 모두를 모았다. 강력팀 모두와 지능팀까지 20명에 가까운 직원들이 대장의 지시로 한곳에 모였다. 언론은 온통 광역수사대로 향해 있었다. 주경철이 저지른 다른 범죄들보다도 이제는 최지선 사건이 최대 이슈가 되어 있었고, 그 중심에 태석이 있었다.

　"지금 막 형사과장님과 이야기를 하고 나온 상태다. 하태석 팀장이 진행하려는 것은 언론에 모두 비밀이다. 이미 나간 기사는 어쩔 수 없지만 나머지는 모두 불문에 붙인다. 언론에서 전화가 오면 수사하는 것은 없다고 하고, 혹시 계속 전화가 오면 나한테 돌려줘. 내가 대답할 테니까. 그리고 무엇보다 사문동 사건의 진범은 따로 있다는 게 하태석 팀장의 생각이고 나도 여기에 동의한 상태야. 그래서 우리가 반드시 놈을 검거해야 해. 수사를 진행할 수 있는 시간은 많지 않다. 지휘부에서 오늘을 포함해 딱 7일간의 시간을 주었어. 알겠지만 주경철의 구속 기한이야. 7일이 짧은 시간이기는 하지만 긴 시간일 수도 있어. 모두 하태석 팀장을 도와 진범을 잡을 수 있도록 해. 질문 있나?"

　대장이 말을 하기는 했지만 다른 팀에서는 태석에게 의구심을 가지고 있었다. 이미 범인이 잡힌 사건에서 다른 범인이 있다고 재수사를 한다는 데 쉽게 동의할 수는 없었다.

"그 시간에 잡는다는 게 가능할까요? 실체가 있는지조차 정확한 게 아니지 않습니까?"

"못 잡으면 어떻게 되는데요?"

"헛것 쫓는 거 아닙니까? 있지도 않은?"

불만도 있었지만 같은 사무실 직원들로서 걱정도 있었다. 아직 다른 직원들까지 설득이 된 것은 아니었다.

"그 부분에 대해서는 하 팀장, 자네가 설명해."

태석이 자리에서 일어나 직원들을 둘러보았다.

"먼저 물의를 일으킨 점은 죄송스럽게 생각합니다. 하지만 분명 놈은 존재합니다. 자료를 보시면 아시겠지만 저뿐만 아니라 박주민 교수라고 범죄심리학 전문 박사도 주경철이 최지선의 범인이라는 데는 회의적이었습니다. 그리고 최지선을 치료 중인 염상수 박사도 같은 말을 했었고요. 이를 근거로 저는 범인이 따로 있다고 확신합니다."

"그럼 놈을 잡으려면 어떻게 해야 하지?"

확신하지 않았지만 반은 동의를 하는 질문이었다.

"놈을 부르기 쉽게 엑스라고 한다면, 어제 분명 주경철은 텔레비전을 통해서 엑스에게 메시지를 보냈습니다. 엑스가 텔레비전을 보았다면 어제 살인을 저질렀을 겁니다. 그냥 그대로 넘어갔을 놈이 아닙니다. 어떤 식으로든 실체를 곧 드러낼 겁니다."

"신고된 것은 없는데?"

"분명 살인이 있었을 것이고 아직 신고가 되지 않았을 겁니다. 놈은 내가 여기에 있다라고 어떤 식으로든 보여줄 겁니다."

숨을 고르고 계속 이어갔다.

"주경철이 엽기적인 살인을 저지른 건 맞습니다. 그러나 엑스는 주경철보다 한 수 위입니다. 왜냐면 놈은 아직 잡히지 않았으니까요."

"그 엑스라는 놈 수법이 길에서 죽인다면서. 그런 경우라면 이미 발견이 되었을 텐데. 길에서 죽은 게 아직까지 신고가 되지 않았다는 것은 실체가 없기 때문이 아닐까. 그리고 설사 살인 사건이 있었고 발견이 되지 않았다고 해도 엑스가 저질렀다는 것을 어떻게 증명하지?"

"발견이 되지 않았다고 하더라도 그걸 놈이 저질렀다고 단정할 수는 없잖아."

"그리고 목적이 뭐지? 동기가 있을 거 아닌가?"

1팀장 염기철과 2팀장 최정민이 번갈아가며 태석에게 이의 제기를 했다.

"그 부분에 대해서는 저도 설명할 수 없지만 단 한 가지, 엑스가 저지른 살인이 맞는지 추정해볼 수 있는 방법은 있습니다. 먼저 무동기 범죄, 즉 묻지마 범죄일 가능성이 제일 높습니다. 망자와는 아무런 연관성이 없다는 것이죠. 지금 잡혀 있는 주경철과 같이 부자에 대한 원망이나 또는 여자에 대한 혐오 같은 부분이 있을 수도 있겠지만, 지금 당장은 동기가 없다는 겁니다. 그리고 피해자가 약자인 여자일 것이고 또 하나는 몸에 많은 상처를 낸다는 것입니다. 놈은 무슨 이유인지는 모르지만 피해자가 많은 피를 흘리는 것을 좋아합니다. 그만큼 잔인한 게 가장 큰 특징입니다."

"잔인한 걸로 치면 주경철을 따라가겠어?"

"어쩌면 엑스는 피에 흥분을 하거나 집착을 하는 건지도 모릅니다. 최지선도 그랬고 서부서 아르바이트 학생도 그랬습니다."

"두 사건 모두 동일범이라고 확신하나 보지?"

염기철 팀장이 두 사건의 연관성이 확인되지 않았다는 것을 걸고 넘어가려 했다. 서부서에서 진행하는 사건이 최지선 사건과 연관 있다고 발표된 적은 없었다. 그러나 태석은 동일범에 의한 사건이라고 확신하고 있었기 때문에 그에 대한 설명이 필요했다.

띠리링.

사무실 전화기가 불길하게 울렸다. 어제 죽은 자가 사건을 해결해달라는 울음소리 같았다. 태석이 말을 멈추고 전화기를 쳐다보았다. 종현이 수화기를 들어 올렸다.

"예? 예, 예, 알겠습니다."

종현이 심각한 표정으로 태석을 바라보았다. 태석도 설명을 멈추고 종현을 쳐다보았다.

"팀장님, 살인 사건입니다."

"언제?"

"어젯밤으로 추정한다는데요."

태석의 예언은 적중했다. 직원들의 표정도 심각하게 변해 진범이 아직 거리에 있을 수 있다는 생각이 머릿속에 들어차기 시작했다.

"하 팀장, 뭐 해. 빨리 나가봐."

대장은 태석에게 수사의 시작을 알렸다.

"놈이 방송을 본 거야. 가자."

태석은 놈의 살인이 다시 시작되고 있다는 데 소름을 느끼며 서둘러 현장으로 출발했다. 이제 수사를 허락받은 이상 잠시도 그대로 있을 수 없었다. 7일의 시간 동안 어떤 일이 있어도 놈을 잡을 것이다.

"팀장님, 같이 나갈까요?"

"아니, 정국이와 상욱이는 사무실에 남아서 자료를 찾아줘. 우선 최근 10년간으로 해서 광주, 전남, 경상남북도, 전북까지 살인 사건 중에 미제로 남아 있는 사건을 찾아서 해당 서에 자료를 요청해주고, 중부서에서 통신 수사를 한 게 있을 거야. 우리가 달라고 하면 주기로 했으니까 그것을 좀 받아서 분석을 해줘야겠어."

"아니, 팀장들 이리 와봐."

팀 안에서 몇 명 되지 않는 인원으로 사건을 해결하려고 하자 대장이 나서주었다.

"하 팀장, 분석하려는 양이 많으면 힘이 드니까 나누어서 하자고. 1팀에서 전에 발생한 건에 대해서 수집해서 넘겨주라고. 그리고 통신 내역 분석은 2팀에서 맡아서 해줘. 수집과 분석을 최대한 빨리 해주라고. 무엇보다 시간이 부족하니까. 하 팀장은 팀원들과 함께 현장으로 가. 그렇게 해야지 그걸 몇 명이서 어떻게 해. 그래도 어제 발생한 사건이 수집할 정보가 제일 많을 텐데 거기에 집중해야지."

차는 속도를 내어 동부서 관할로 이동했다. 태석이 예견한 대로 엑스가 살인을 저지른 것인지는 현장을 보면 알 수 있을 것이다. 엑스가 어설프게 증거를 흘리거나 하지는 않았겠지만 조그만 단서라도 남겨 숙제를 해결하길 원했다.

*

골목길에서부터 이곳이 현장이구나라고 느낄 정도로 경찰차와 소방차, 구급차에 주민들까지 엉켜 좁은 골목 안은 아수라장이 되어 있었다. 차를 멀리 세워두고 골목길로 걸어 들어갔다. 벌써 몇몇 방송사는 현장에 나와 취재를 준비하고 있었다. 그들도 이미 광역수사대의 재수사를 알고 있었기 때문에 관심이 더 가는 부분이었다. 다행히 광역수사대 직원들의 얼굴을 아는 기자들은 없었다.

집 주변으로 폴리스 라인이 넓게 쳐 있고 안에서는 과학수사 직원들이 감식 중에 있었다. 아직 사체는 치우지 않았고 유족으로 보이는 임산부는 집 앞에 쪼그리고 앉아 울고 있었다. 그녀를 위로해줄 가족은 아직 도착하지 않은 것 같았다. 여자 경찰이 어깨에 손을 올려주었지만 위로가 되지는 못했다. 엄마와 동생을 보겠다고 격렬하게 항의해도 여직원은 물러서지 않고 그녀를 막아섰다. 임산부에게 보여줘서는 절대 안 된다는 것은 사체를 보면 충분히 이해할 수 있었다. 안으로 들어가지 못하는 여자는 엄마와 동생의 이름을 부르며 오열했다. 문 하나를 사이에 두고 삶과 죽음이 나뉘어 울부짖고 있었다. 죽은 자도 죽어버린 몸으로 서러워하고 있었고 산 사람도 죽은 자를 놓지 않으려 발버둥 쳤다.

태석이 안으로 들어가려 하자 파출소 직원이 앞을 막아섰다. 신분증을 보여주고서야 안으로 들어갈 수 있었다. 그런데 왜 광역수사대에서 여기를 나오냐는 시선은 안으로 들어가는 내내 뒤통수를 따라왔다.

현관에서 덧신을 신발 위에 신고 안으로 들어갔다. 현관 문턱을 넘어 들어가자마자 피비린내가 진동했다. 그건 죽은 자가 억울함을 알리는 비명 소리였다. 냄새는 태석을 붙잡고 어제 일을 설명하려 울부짖었다. 이들에게 비명을 지르게 한 놈은 엑스일까. 태석은 놈의 흔적을 찾기 위해 주변을 살폈다. 일반 현장보다 많은 양의 피와 진득한 피 냄새. 실외에서는 피 냄새를 그렇게 느끼지 못했지만 집 안에서는 코를 가려야 할 정도로 냄새가 역겨웠다. 비린내는 밖으로 나가지 못하고 안으로만 맴돌았고, 바닥은 사체에서 흘러나온 피가 딱딱하게 말라 번들거렸다.

거실에 쓰러져 있는 사람은 20대 초반으로 되어 보이는 앳된 여자였다. 현관에서 거실로 들어가는 여자를 뒤에서 둔기로 때려 앞으로 쓰러뜨렸다. 뒷머리 부분이 함몰되어 있었고 갈라진 사이로 뇌수가 흘러내렸다. 거실을 모두 덮고도 남을 많은 양의 피를 흘렸다. 움직일 수 없는 상태에서도 둔기로 계속해서 때린 것으로 보였다. 옷은 그대로 입혀져 성폭행의 흔적은 없었다. 그런데 왜? 대답은 찾을 수 없었고 놈의 대가리 속은 어떻게 생겼기에 이렇게 잔혹한 거야라는 허탈함만 있었다. 그런데 엑스가 맞을까. 태석은 혼란스러웠다. 완전히 변해버린 장소와 전과 확연히 달라진 흉기 그리고 수법.

모두가 달라졌다. 그렇다면 어떻게 놈이라고 단정할 수 있지? 스스로에게 질문을 던져보지만 본인도 엑스라고 대답하기가 힘들었다. 오히려 주경철이 동촌동에서 벌였던 살인 사건과 유사했다. 선입견이고 편견일지라도 엑스라고 단정을 짓고 바라보자. 놈이라고. 태석은 다른 생각을 완전히 배제하고 놈의 시선으로만 보기로 했다. 비록 그 생각이 위험할지라도 7일만 그렇게 보기로 했다. 그래야만 이 사건을 해결할 수 있을 거라고 위로했고 또 위로받았다. 깊이 감았던 눈을 뜨고 놈의 눈으로 현장을 보기 시작했다. 그러자 엑스가 남겨놓은 서명이 거기에 있었다.

주경철의 메시지에 대한 답은 즉각적이고 참혹했다. 놈의 메시지는 엑스에게 분노를 일으키기 충분했던 것으로 보였다. 엑스가 수법을 완전히 바꾼 것은 주경철에게 어떤 식으로든 답을 한 것이다. 그러나 그 대답은 더 폭발적으로 변했고, 완전히 다른 수법으로 유사점조차 찾기 힘들도록 만들어버렸다. 오히려 주경철을 따라 한 것 같은 느낌마저 들었다.

태석은 방 안으로 고개를 돌렸다 그곳에서도 피 냄새는 진동했지만 불에 탄 냄새가 하나 더 섞여 흘러나오고 있었다. 엄마로 보이는 50대 중반의 여자가 바닥에 쓰러져 있었다. 아마 안방에서 나오려다 놀란 상태 그대로 놈의 공격을 받았을 것이다. 쓰러진 후에 딸과 같이 계속 머리를 공격당했고 몸 위로 옷가지를 던지고 불을 질러 버렸다. 다행히 문이 닫혀 있어서 자연 소화되어 더 이상 번지지 않았다.

놈이 이제 집으로 들어왔다. 거리에서만 움직이던 놈이 집에까지 발을 들여놓았고 불까지 질렀다. 어쩌면 놈은 밖에서보다 안에서 피 냄새를 더 진하게 맡을 수 있다는 것을 생각해냈을지도 모른다. 비바람에도 피 냄새는 집 안에 갇혀 흘러가지 못하고 머물러 있었다. 그 안에서 코를 벌려 피 냄새를 빨아들이고 몸 안이 피로 가득 채워졌을 즈음 불을 지르고 밖으로 나갔을 것이다. 불은 놈이 나가고 난 후 남은 피 냄새를 빨아들이며 번져 나갔다.

동부서 직원들은 원한 관계에 의한 살인으로 결론을 내려가고 있었다. 누가 보아도 처음부터 살인이 목적인 놈이다. 우발적으로 저질렀다고 보기에는 너무 참혹했고 원한이 아니면 저렇게 죽일 수 없었다. 어떤 수사관이 오더라도 그렇게 결론을 내렸을 것이고 동부서도 그 범위를 벗어나지 않았다.

"광수대에서 여기까지 무슨 일로 나오셨습니까? 이게 사문동 사건과 관련이 있나요?"

동부서 강력팀장이 연관성을 물었다. 이미 경찰들 사이에서는 소문이 퍼져 있었다. 그래서 그도 이 사건과 사문동 사건이 연관되었을까 고민했지만 아니다로 결론지었다. 이 사건은 완전히 다른 사건이고 이미 용의자도 있었다.

"관련이 있는지 확인해보려고 나왔습니다. 팀장님은 어떻게 보십니까?"

"남편이 병원에 있는 사이 아주머니에게 남자가 생긴 모양이에요. 집에도 들락거릴 정도였는데 현재 연락이 되지 않고 있습니다. 남자가 폭력적이었다는 말이 있고요. 전에도 다투는 소리를 들었다고 하더라고요. 이미 형사들이 놈을 추적하고 있습니다. 사건이 발생하고 저희가 제일 먼저 연락한 사람인데, 현장으로 오겠다고 하고는 도망쳤습니다."

"네에……."

태석은 대답을 길게 하고 더 이상 질문을 할 수 없었다. 강력팀장의 의도를 알았기 때문이다. 그의 말투는 여기는 광역수사대와 상관없으니 이제 그만 가보세요라는 말을 에둘러 하고 있는 거였다. 그것을 빨리 눈치채주기를 바라듯 전화기를 들고 추적 상황을 직원들에게 물었다. 대전으로 이동 중이라는 말을 태석이 들으라는 듯 과장되게 흘렸다. 이 정도면 끝난 거 아닌가요라고 그의 목소리는 말하고 있었다.

"그런데 범행 도구는 찾았나요?"

"아니요. 찾지는 못했습니다. 가져가지 않았을까요?"

"바로 부검하실 거죠?"

"내일 아침에 할 것 같습니다."

태석은 그의 의도에 지적을 하고 싶지 않아 그대로 밖으로 나왔다. 여자는 계속 울고 있었고 남편으로 보이는 사람이 그녀를 부축한 채 상황을 묻고 있었다. 또다시 여자가 확인하려 하자 경찰들이 앞을 가로막았다. 잔인한 현장을 유족에게 그대로 보여주는 것은 폭력과 같은 것이다. 더구나 여자는 임산부였다. 여자 대신 남편이 안으로 들어가 현장을 확인했다. 현장 모습은 그에게도 한동안 날카로운 칼이 되어 괴롭힐 것이다. 남편의 오열을 들으며 현장을 빠져나왔다. 골목을 빠져나와 차량에 올라타자 현장 주변을 살피던 직원들이 하나씩 차에 올랐다.

"팀장님, 안은 어떻습니까? 외부에는 CCTV 하나 없는데요. 자동차 블랙박스도 설치된 차량이 없었고요. 두 대가 있어서 동부서 직원이 확인했다는데 메모리 용량이 부족해서 어젯밤은 볼 수가 없다더라고요. 그리고 한 대는 운행 때만 녹화가 된답니다."

"며칠 전에도 집에서 남자와 다투는 소리를 들었다는데요. 남자가 있었던 모양입니다. 기동민이라고 마흔여덟 살인데, 전 부인과도 헤어진 이유가 상습폭행이었다는데요. 전 부인도 죽인다고 해서 아이들을 데리고 서울로 도망을 가서 살고 있답니다. 모두 그놈을 용의자로 보는 것 같은데요. 거의 확신입니다."

"남자 놈이 최근에는 죽은 딸에게 추근대었나 봐요. 그래서 다툼이 일어난 것 같고. 죽은 엄마가 헤어지자고 계속 요구를 했는데 남자가 받아주지 않았었고요."

외부 상황을 살피고 들어온 중호와 상욱이 보고했다. 모두 치정에 의한 살인으로 결론이 나고 있었다. 보통 이런 사건은 공식에 있듯 뻔한 스토리였다. 사랑이라고 생각하는 쪽과 집착이라고 생각하는 쪽은 상대의 감정을 알았을 때 서로 배신이라고 결론짓고 추궁하거나 이유를 따진다. 둘이 타협

하고 공동으로 내리는 결론은 없다. 각자가 자신의 결론을 받아들이길 원하지만 대부분 받아들이지 못하고 극단적 선택을 하게 되며, 끝은 대부분 비극이다.

"팀장님, 이거는 연관이 없지 않을까요? 남자 놈이 연락도 안 되고 지금 추적 중이라는데. 오늘 안으로 잡을 수 있을 것 같다고 하던데요."

"그리고 수법도 완전히 달라요. 범행 도구도 칼이 아니고요. 거기다 장소도 길바닥이 아니라 집 안이고. 이건 아닌 것 같은데요. 이미 용의자도 있고."

용의자가 내연남으로 집중이 되고 수법도 다르게 나타나자 태석은 혼란스러웠다. 그러나 현장을 보고 난 후의 느낌을 직원들에게 전달할 필요를 느꼈다.

"아니, 이건 분명 놈이 저지른 거야. 수법을 보지 말고 주위를 봐봐. 사건 현장을."

"현장요?"

"그래, 놈은 골목을 걸어 주택가로 들어가던 여자를 따라가서 범행을 저질렀어. 다만 집 안으로 따라 들어갔다는 게 전과 다르기는 하지만. 그리고 주변에 CCTV가 없어. 차량 블랙박스도 의식했을 거야. 그래서 차량이 주차하기 힘든 골목길을 선택한 것이고. 장소는 전과 비슷해. 다만 수법이 문제인데, 그건 엑스가 주경철로 인해 진화하기 시작한 거라고 봐. 종현이, 혈흔 위에 찍힌 발자국 봤어?"

"아니요."

태석은 거실에 딸이 흘려놓은 혈액 위로 찍힌 발자국을 유심히 관찰했다. 분명 발자국인데 문양이 없었다. 신발조차 특정되는 위험을 막은 것이다.

"바닥을 모두 뜯어냈어. 일반인이 할 수 있는 게 아니야. 계획된 것이지. 서부서 편의점 아르바이트생 사건이 있잖아. 그때 여학생의 혈흔 위에 찍힌 발자국. 그것도 문양이 없어. 같은 놈이야. 수법은 분명 변했어. 그러나 장소는 변하지 않았어. 골목에서 집 안으로 따라 들어온 것뿐이야. 대신 집 안으로 들어오면서 철저히 준비를 했을 거야. 아마 당분간은 이 수법으로 갈 가능성이 높다고 봐. 흉기도 바꿨어. 칼이 아니야. 뭉텅한 쇠뭉치로 머리를 박살내고 있어. 더 많은 피를 볼 수 있는 것으로."

"보통은 수법을 그렇게 쉽게 바꾸지 않는데요."

중호는 납득이 되지 않는다는 듯 물었다.

"자네 말대로 보통은 그렇지. 그렇지만 엑스는 보통이 아니야. 아직까지 잡히지 않았잖아. 그리고 더 자극적이고 폭발적으로 변했어. 주경철 그놈에게 자극을 받은 게 분명해."

태석은 확신을 가지고 말했고 직원들도 의구심이 들기는 했지만 태석의 설명에 고개를 끄덕였다. 그러나 완전히 확신을 갖지는 못했다.

"일단 팀장님 말대로 동일범이라고 하고요. 이제 우리는 뭘 할까요?"

"동부서는 사망자 주변인을 중심으로 조사할 거야. 우선 연락되지 않는 남자부터 할 거고. 그 조사 하는 데 며칠은 걸릴 거라고. 잘못된 수사를 진행하고 있지만 거기를 설득하는 데는 너무 많은 에너지가 필요해. 쫓고 있는 놈을 잡아 별 볼일 없었다는 것을 알면 그때쯤 우리 말을 들어줄지도 모르지. 우리는 완전히 제삼자라고 생각하고 일을 해야 해. 사문동과 일치한다고 생각하고 추적을 시작하자고. 우선 이곳으로 접근할 수 있는 모든 방범 카메라와 차량 블랙박스를 모아야 해. 주변으로 없으면 좀 더 넓혀서. 거기에도 없으면 또 넓혀서. 계속 확장을 해가자고. 놈이 골목길 주변에서는 찍히지 않았겠지만 여기를 벗어나서까지 빠져나가지는 못했을 거야. 그리고 놈이 살고 있을 만한 곳을 찾아보자고. 놈은 분명 시내 어딘가에 살고 있어."

"우리로서는 안 되는데요, 그렇게 하려면 인원이 더 있어야 합니다. 골목길엔 카메라가 없지만 외곽으로 확대하면 한두 개가 아닐 텐데."

"우선 중호와 종현이가 남아서 그것을 좀 해주고, 2팀에 부탁을 해볼게."

태석은 곧바로 사무실에 전화를 넣어 사건 주변 영상을 모아달라고 부탁했고, 대장은 2팀 직원들과 함께 동부서 관할 지구대에서도 영상을 최대한 많이 모을 수 있도록 협조를 요청했다.

전화를 마치고 차량을 출발하려고 할 때 방송사 차량이 골목 안으로 들어와 취재 준비를 하기 위해 장비를 내리고 있었다. 조수석에 타고 있던 남운철 기자가 태석을 알아보고는 차량으로 다가왔다. 광역수사대 사건을 기사로 올린 장본인으로 태석을 곤란하게 한 사람이지만 미안한 표정은 어디에도 없었다.

중호와 종현이 내리려 할 때 태석의 창문을 남 기자가 두드렸다.

"잠깐, 내리지 마."

문을 열려는 둘을 태석은 말렸다. 또 어떤 기사를 만들어낼지, 기사 하나로 수사가 막힐 뻔했기에 남 기자에 대해서는 대비를 해야 했다.

"팀장님, 광수대가 여기까지 무슨 일입니까? 여기는 동부서 관할인데. 광수대가 올 것까지는 없을 것 같은데요. 이것이 사문동 사건과 연관이 있는 거 아닙니까? 있다면 연쇄범죄인데요."

"확인할 게 있어서요."

"확인이 되셨어요? 그럼 연쇄범죄가 맞나요?"

"그렇게 막 넘겨짚어서 기사 쓰지 마세요. 덕분에 고생은 충분히 했으니까."

"그게 거짓 기사는 아니지 않습니까. 팀장님하고 중부서하고 갈등 관계에 있는 것도 맞고. 저는 있는 그대로 보도를 했을 뿐입니다. 팀장님이 하고 있는 사건이고요."

"추측성 기사는 사절이니까 아무거나 갖다가 쓰지 마세요."

"팀장님, 저 아무거나 쓰지 않아요. 근거가 있는 것만 쓰죠."

"몰래 엿들어 쓰는 것도 하지 마세요. 그것 때문에 수사 자체를 하지 못할 수도 있었으니까."

"팀장님, 저에게 서운한 거 많으신가 봐요. 제가 나중에 꼭 한번 도와드릴 게요."

태석은 대충 인사를 마무리하고 자리를 떠났다. 남 기자는 더 물으려 했지만 출발하는 차를 막을 수는 없었다.

"되게 뻑뻑하네."

남 기자는 떠나는 태석의 차를 오랫동안 쳐다보았다.

저녁 시간이 다 되어서 태석은 직원들과 함께 사무실로 들어왔다. 인터넷은 오전보다 더 시끄럽게 변해 있었다. 조금 전 동부서 사건이 검색 순위 상위에 올라 있고 관련 기사가 줄을 이었다. 동부서는 사건이 나자마자 사문동 사건과는 무관하다는 브리핑 기사를 올렸고 대부분 거기에 수긍하는 분위기였다. 형사들이 용의자를 추적하고 있다는 기사도 순위에 올라 있었고, 사건이 장기화될 때는 용의자를 공개수배한다는 내용까지 있어 기사는 더욱 신빙성 있어 보였다. 인터넷에 수많은 기사가 있지만 어떤 것이 진실을 말하고 있는지 태석은 분간하기 힘들었다. 언론이 맞는다면 태석은 틀린 것이고 태석이 맞는다면 그 많은 기사는 모두 거짓인 꼴이다.

"여기 분석해놓은 거."

염기철 팀장이 두꺼운 서류 뭉치를 태석에게 건넸다. 모두 새로 프린트를 해서 그런지 종이가 뻣뻣했다. 최정민 팀장도 중부서에서 받은 자료와 통신 수사 자료를 정리해서 태석에게 건네었다. 그도 잘해보라는 말을 잊지 않았다.

"모으고 나니까 새삼 느낀 건데 미제 사건이 생각보다 많네. 광주도 있지만 부근 지역도 많더라고. 모두 자네가 말한 엑스라는 놈하고 연관이 있는지 없는지는 모르지만, 잘해봐. 살인 사건 말고 강도나 상해 건도 몇 건이 있어."

"감사합니다."

"그리고 국과수에도 연관된 사건 명단을 보내봤어. 대부분 부검을 그쪽에서 했으니까 관련성을 분석할 수 있을 거야. 분석하는 데 최소 며칠은 걸린다고 하니까 기다려봐야 할 거 같은데 시간이 촉박하네."

"거기까지는 생각해보지 못했는데, 고맙습니다."

염기철 팀장에게서 건네받은 서류를 책상 위에 펼쳐놓았다. 살인 사건은 태석이 확인했던 것보다 많은 여섯 건이었고 강도와 상해 사건은 그보다 많은 아홉 건이었다. 제일 오래된 것은 6년 전 광주 동부에서 있었던 사건이고 가장 최근 것이 얼마 전 곡성에서 난 사건이었다. 곡성은 날짜를 확인해보니 송유관 절도범 김동철을 검거하던 그날이었다. 그때 곡성서 직원들이 왜 지원을 해주지 못했는지 알 것 같았다. 그리고 그날 소방차들도 오지 않았다. 김동철이 송유관에 불을 지르겠다고 협박하던 그때 아찔하게도 소방차까지 지원되지 않았던 것을 기억했다. 그때 곡성에 불이 났었다고 했는데.

곡성서에서 받아본 서류는 간략했다. 시간은 새벽이었고 곡성 시내 골목길에서 30대 여성을 칼로 무참히 살해한 사건이었다. 여자는 헌옷 수거함 뒤에서 사망했고 수거함에서 불이 발화해서 주차된 차량으로 번진 것이었다. 처음에는 소방에서도 사람이 쓰러져 있다는 것은 알지 못하고 진화에 나섰다가 도중에 발견했다.

"종현아, 가자."

"예? 어디요?"

"곡성에."

저녁은 가면서 차에서 대충 해결하기로 하고 차를 출발시켰다.

20

비가 올 듯 날씨는 흐렸다. 버스에서 내린 남자는 한 시간 가까이 뛴 것 같았다. 아무도 보지 않도록 주의했고 본다고 하더라도 운동을 하는 사람으로 보이게 주위를 살피며 뛰었다. 될 수 있으면 큰 도로를 타지 않고 차량이 덜 다니는 작은 길을 택했다. 달리는 동안 경찰기동대 버스가 국도를 따라 지나기는 했지만 곡성 읍내까지 들어가는 동안 더 이상 경찰은 없었다. 읍내에 들어서자 뛰는 것을 멈추고 걷기 시작했다. 땀이 모자를 적시고 목덜미를 타고 내려와 붉어진 목이 번들거렸다. 물병을 꺼내 마시자 타들어가던 속이 안정되었다. 힘이 넘치는 게 몇 킬로미터는 더 뛸 수 있을 것 같았다. 마라톤으로 만들어진 심장과 두 다리가 무쇠처럼 단단했고 당장에 누군가 쫓아오더라도 거리를 두는 것은 일도 아니었다. 먹는 것도 늘 건강을 생각해서 식단을 짰다. 고기는 되도록 멀리했고 과일과 영양식을 했다. 많이 먹는 것보다 에너지가 많은 음식을 적게 여러 번 먹는 게 건강에 더 좋다는 것을 알고부터는 음식에도 계획을 세워 실천했다. 매일같이 하는 운동에 체구가 작아도 다부지게 변한 몸이 스스로를 위로했다. 허기를 느끼자 가져온 빵으로 저녁을 대신했다. 물과 빵을 미리 챙겨 마트도 편의점에도 들어가지 않았다. 내가 여기에 왔었다는 것을 아무도 모르게 해. 그가 정한 철칙이었다. 경찰들이 가장 먼저 영상 자료를 찾는다는 것을 남자는 알고 있었다. 가로등과 전봇대를 쳐다보며 CCTV가 설치된 곳을 모두 비켜 갔고 일반인들이 개인적으로 설치한 것도 비켜서 빠져나갔다. 지나치는 사람과 눈도 마주치지 않았고 부딪힐 것 같으면 미리 비켜섰다. 그곳에서 그는 그림자처럼 누구의 눈에도 띄지 않았다. 수사가 진행되어 수상한 사람을 보지 못했냐는 질문에 어느 누구도 그의 모습을 떠올리지 못할 것이다.

남자는 몇 시간째 대상을 찾아 나섰지만 좀처럼 조건에 맞는 사람을 찾지 못했다. 지리감이 떨어지는 이곳에서 사람을 찾아다니는 것은 효율성이 떨어졌고, 자칫 눈에 띌 위험이 있다고 생각되자 적당히 기다릴 만한 골목길을 찾아다녔다. 누구의 눈에도 보이지 않을 안전한 곳에 터를 잡아 사냥감이 나타나기를 기다리는 게 에너지와 시간을 훨씬 아낄 수 있을 것 같았다. 그렇게 몇 군데 골목을 돌아다니다가 드디어 사냥터를 찾아내었다. 구부러진 골목길은 작은 몸 하나 보이지 않게 숨어 있을 만했다. 남자를 내려다보고 있는 CCTV도 없었고 허름한 차량이 주차되어 있기는 했지만 블랙박스도 없었다. 남자의 존재를 기억할 것은 어둠과 구부러진 골목길뿐이었다. 불이 나간 가로등은 눈이 멀어 아래는 더 어두웠다. 이제 기다리기만 하면 된다. 성인 남자는 상대하기 버거웠다. 도망치는 것은 자신이 있지만 대항하는 것은 두려웠다. 상대의 공격에는 어떻게 대적해야 할지 알지 못했고 한 번도 그래본 적이 없었다. 그러나 여자와 아이는 대적하지 않아도 되었다. 먼저 겁을 먹고 주눅이 들어 살려달라고 빌기 일쑤였다. 남자가 강하다는 것을 바로 인정해주었기 때문에 언제나 대상은 여자였다.

내가 왜 사람을 죽이지? 만약에 잡히면 무엇 때문에 죽였다고 할까? 고민을 해본 적이 있었다. 답답해서, 그냥 좋아서, 아무리 생각해도 변명 같기만 하고 유치해 보였다. 그러다가 어느 날 전혀 유치하지도 멍청해 보이지도 않는 말을 찾았다. 말을 찾았다기보다는 살인의 이유를 알았다는 표현이 맞을 것이다. 그것은 뜨거운 피 냄새가 좋아서였다. 훨씬 세련돼 보였고 목적이 있어 보여 좋았다. 사람을 죽이고 냄새를 맡지 않으면 오히려 머리가 더 복잡했고 초조했다. 젊은 아가씨를 죽였던 것 같다. 죽지 않아 계속해서 찔렀고 여자의 피는 남자의 손과 옷에 흔적을 남겼다. 그런데 집으로 돌아와 방 안에 퍼진 피 냄새에 흥분하기 시작했다. 피 냄새가 방 안에 차고 코를 자극하자 흥분을 감출 수 없어 피가 마르지 않은 손으로 자위를 했다. 죽어가는 여자에게서 뿜어져 나오는 붉은 향은 남자를 유혹해 오르가슴을 느끼게 하는 향수와 같았다. 그때부터였던 것 같다. 붉은 향은 뿌리칠 수 없는 유혹이 되어 남자를 잡고 놓아주지 않았다. 남자는 피 냄새에 중독되었다.

시간이 흐르지 않고 멈추었다. 밤공기가 차갑게 변해 서늘했고 가로등도 눈을 감았다. 어둠 속에서 초조해질 즈음 골목 아래에서 여자가 올라오고 있었다. 여자의 걸음걸이는 정상이었지만 전화를 하면서 높아진 목소리는 술에 취해 있는 게 분명했다. 남자는 술 취한 여자가 더 좋았다. 술 취한 여자는 주위를 잘 살피지 않아 다가가기가 쉬웠고 경계가 허술했다. 짐승이 처놓은 그물 속으로 먹잇감이 가까이 오고 있었다. 조금만 더, 조금만 더 가까이. 남자의 눈이 반짝이기 시작했고 손에 쥔 은빛 쇳덩이가 살기를 뿜으며 빛을 내었다. 쇳덩이는 여자의 심장에 박히기를 바라며 부르르 떨기 시작했다.

"오빠!"

"야! 빨리 좀 다녀. 왜 이렇게 늦어."

"직원들이 한 잔만 더 하자고 해서."

"미친 새끼들, 남편 있는 여자를 새벽까지 잡아놓는 놈들이 어디 있어? 시발 새끼들. 소장 전화번호 대봐. 다 죽여버릴라니까."

"소장은 왜? 내가 좋아서 따라갔어. 회사 욕하지 마."

"뭐야! 미친 새끼들 편드는 거야!"

"아니야, 또 먹는다는 것을 간신히 뿌리치고 왔지. 오빠 보려고."

"당장 그만 회사 때려치워, 개 같은 새끼들."

"오빠, 미안. 그러지 마. 응?"

"에이, 시발 새끼들!"

남편은 계속해서 욕을 해대었고 여자는 남편을 말리려 어리광을 부렸다. 직장을 잃고 신경질적으로 변하는 남편의 모습이 안쓰럽고 불쌍해 보였다. 결혼한 지 3년이 넘었지만 아이가 없어 신혼이라고 생각하는 오연주는 회사 회식을 마치고 서둘러 집으로 오고 있었다. 몇 번이나 빨리 들어오라고 소리치는 남편 권오준을 무시할 수 없었다. 동료들에게서 찾는 전화가 계속해서 왔지만 속이 안 좋아 집으로 왔다고 둘러대었다. 그것도 모르는지 권오준은 전화에 대고 계속해서 소리를 질러대었다. 원망스럽기는 했지만 사랑하니까라고 생각하고 골목을 오르며 남편에게 전화를 했다. 집에서 기다리던 그는 튀어나오듯 달려 나왔다. 사랑은 점점 집착이 되어가고 있었다.

"오빠, 한잔 더 할까?"

"내려가서?"

"아니, 집에서. 오빠가 술 사 와. 사 오는 동안 씻고 있을게. 알지?"

"싫어. 어디까지 갔다 오라고. 그냥 가!"

"한잔 더해, 빨리 사 와!"

"아이 시발, 네가 올라오면서 사 오지."

"빨리 오라니까 그랬지."

"알았어. 금방 갔다 올게."

두 사람의 대화는 아직도 신혼이었다. 권오준의 화를 풀어주는 데 섹스만 한 것이 없었고, 오연주도 술기운에 남편을 원하고 있었다.

아내의 말에 화가 풀린 권오준은 골목 아래로 뛰어가듯 내려갔고 그런 뒷

모습이 귀여웠다. 남편의 모습이 보이지 않자 여자는 뒤로 돌아서려 했다. 그런데 이상하게 옆구리가 뜨거웠고 돌아설 수가 없었다. 뜨거워진 옆구리는 다시 그 옆이 뜨거웠고, 또 그 옆이 계속해서 옮겨 가며 뜨거웠다. 벌이 문 것은 아닌데 그보다 백 배 천 배는 더 뜨거웠다. 뜨거운 것은 배 속에서부터 뿜어져 몸을 타고 바닥으로 쏟아져 내렸다. 여자가 움직일 때마다 붉은 발자국이 그려졌고 뒤에는 벌이 아니라 짐승이 붙어 있었다. 웃고 있는 남자의 눈빛을 보았을 때 비명을 질러야 했지만, 목에서는 숨조차 쉬기 힘들었다. 다른 사람들도 다 그랬다는 듯 남자는 여유를 보였다. 짐승은 여자의 몸으로 들어갔다 나온 쇳덩이를 들어 올려 여자에게 보였다. 놈을 밀어내고 싶어도 되지 않았고 남편을 부르려 해도 골목을 돌아 사라져버린 후였다. 놈을 피하려 헌옷 수거함 뒤 작은 공간으로 기어 들어갔다. 아이들이 숨바꼭질을 할 때 찾지 못할 만큼의 공간이 뒤에 있었다. 거기로 들어가면 놈이 멀어질까. 그러나 기어가고 있는 여자 옆으로 짐승은 쪼그리고 앉아 코를 벌름거렸다. 붉은 물기가 바닥에 두툼하게 깔리자 만족한 듯 미소를 지었다. 비린내는 언제나 남자를 위로했고 한 번도 기대를 저버리지 않았다. 짐승의 물건이 흥분되어 아랫도리가 뻐근해지고 뜨거워졌다. 계속해서 피 냄새를 빨아들이고 싶지만 남편이 올 시간이 되자 자리에서 일어나야 했다. 짐승의 시선이 헌옷 수거함으로 옮겨 갔다.

권오준은 맥주에 오징어를 사 가지고 돌아오다 불이 활활 타오르고 있는 헌옷 수거함을 보았다. 쌓여 있던 옷가지와 고무로 된 수거함은 불꽃을 더욱 맹렬히 타오르게 만들었다. 아내에게 전화를 넣었다.

'왜 안 받아, 불 좀 보라고 하려고 했는데, 와, 불 장난 아니다. 어디서 전화기가 울리는데?'

멀리서 소방차 사이렌 소리가 요란했다. 어둠 속으로 들어간 남자가 하늘을 올려다보았다. 비가 올 듯한데 끝내 비는 오지 않았다.

*

"아직까지 단서는 전혀 없습니다."

밤중이 되어 찾아간 곡성경찰서 담당 직원이 전해주는 첫마디는 공허했다. 정말 아무것도 없는 것일까, 아니면 알려주려 하지 않는 것일까. 태석은 사소한 단서가 될 만한 것이라도 물었지만 돌아오는 답변은 비어 있었다. 그의 무표정한 얼굴은 아무것도 없어요라고 허탈하게 말하고 있었다. 오히려 광역수사대가 여기까지 왜 왔죠라고 묻는 표정이 더 진지해 보였다.

"결혼한 지 3년이 넘었고요. 아이는 없습니다. 다만 2개월 된 태아가 배 속에 있었습니다. 부검으로 확인이 되었죠. 여자도 몰랐고 남편도 그것은 몰랐던 것 같아요. 산부인과 기록이 없는 걸 보면요. 여자가 보험을 하는데 회식을 자주 하고 술을 많이 하니까 남편과 사이가 좋지 않았어요. 남편이 백수니까 더 그랬겠죠. 남편 권오준은 전기 배선 일을 하는데 올 초쯤에 술 먹고 직장 상사와 싸움을 하고 쫓겨난 후로 변변한 일을 갖지 못했습니다. 살림은 거의 아내 오연주가 보험사에서 일하면서 다 했죠. 사이가 아주 나쁜 것은 아니었는데 아내가 보험 때문에 남자 고객들과 자주 술자리를 하고 늦게 들어오는 데 불만이 많았었고요. 부부싸움도 잦았고 그날도 회식을 하고 늦게 들어오니까 전화에 대고 싸웠나 보더라고요. 그래서 집에 빨리 들어간 거고요. 같이 일하는 언니가 흥분한 전화 목소리를 옆에서 듣고 빨리 들어가라고 했대요. 안 들어온다고 소리를 지르니까. 보내면서도 걱정을 많이 했었나 봐요. 혹시 무슨 일이 생기는 것은 아닌가 하고요."

직원의 말을 들어보면 남편이 범인이었다.

"아내 앞으로 보험은요?"

보험금을 노린 범죄라면 엑스와는 완전히 다른 사건이었다.

"상당한 액수가 있습니다. 수령자는 모두 남편이고, 그래서 의심을 했죠."

직원의 설명은 남편을 범인으로 지목하고 강도 높은 수사를 했지만 아무런 혐의점을 찾지 못했다는 것이다. 그렇다고 그에 대한 의심을 완전히 떨쳐낸 것은 아니었다. 왜냐하면 남편 외에는 아무것도 나온 것이 없었기 때문이다. 피해자가 원한을 지고 있는 사람도 없었으며 금전 거래도 깨끗했고 남자관계도 복잡하지 않았다. 남편을 상대로 거짓말탐지기까지 했지만 형사들의 짐작과는 반대로 진실 반응을 보였다. 주변 일대 카메라를 모두 뒤졌지만 범행 시간에 용의자로 볼 만한 사람은 찾지 못했고, 찍힌 사람들을 일일이 모두 확인했지만 연관성은 없었다. 전과자, 정신이상자, 우범자에 군대에서 휴가 나온 군인까지 조사를 했지만 성과는 없었다. 오로지 남는 사람은 남편뿐이었고, 남편에 대한 결정적 증거를 아직까지 찾지 못했다는 게 형사들의 결론이었다.

"외지에서 왔을 가능성은 없었나요? 광주에서 왔다든가."

태석이 엑스를 염두에 두고 물었다.

"당일 곡성으로 들어오는 모든 차량에 대하여 확인을 했지만 혐의를 둘만한 차량은 찾지 못했습니다. 버스를 타고 왔을 가능성도 있어서 버스터미널에 설치된 CCTV를 다 뒤져보았지만 나오지 않았습니다. 일주일 전 것까지 모두 확보를 해서 일일이 직원들 한 명씩 붙어서 확인했는데 찾지 못했습니다."

"터미널은 곡성 읍내를 말하는 것인가요?"

"그렇죠. 외곽에서 오는 것은 모두 그 터미널로 들어오니까."

"전에 내렸을 수도 있잖아요."

"전이라면 옥과인데, 여기서 10킬로미터도 더 떨어져 있습니다. 거기서 여기까지는 어떻게 오라고요. 택시도 확인을 했는데 없어요. 그럼 뛰어서요? 그럴 가능성은 거의 없죠."

가능성이 없다는 말에 태석도 이의를 달지 않았다.

현장을 알려달라는 부탁에 직원은 형사 차량을 타고 출발했고 태석과 종현은 뒤를 따랐다. 골목 입구에서 차를 세워두고 걸어서 올라갔다. 골목에는 어둠이 더 빨리 오는 것 같았고 새로 전구를 모두 교체한 가로등은 잘못을 뉘우친 듯 뜨거운 눈으로 골목을 비추고 있었다.

"전구를 싹 다 갈았다고 하더라고요. 사건 나고 동네에서 항의를 해서 가장 밝은 LED 등으로요. 진작 그렇게 갈아놓지. 사고 나면 뒷북치기 바쁘다니까요. 차가 들어갈 수는 있는데 돌려서 나오기가 힘들어요. 그냥 아래에 주차하고 가는 게 빠릅니다."

직원은 가로등을 올려다보는 태석에게 설명을 하고 앞장서서 걸었다.

"여기입니다."

폴리스 라인이 걷히지 않은, 사람들 이동이 뜸한 골목길이었다. 가로등에 비친 폴리스 라인이 더 노랗게 바람에 흔들거리며 비닐 소리를 내었다. 좁은 골목길, 빛을 잃어버렸던 가로등, 오래된 전봇대가 주렁주렁 달고 있는 낡은 전선들. 그곳은 지선이 쓰러진 곳 그리고 오늘 발생했던 동부서 모녀 살인 사건의 골목과 너무도 비슷한 환경이었다. 소름이 끼쳐왔다. 태석의 눈에 가로등이 꺼지고 어둠에 찬 골목길로 바뀌었다. 엑스가 골목 안에서 여자를 날카로운 쇳덩이로 수없이 찌르고 있었다. 쓰러져 발버둥 치는 여자를 따라가며 괴롭혔고 여자에게서 나오는 붉은 피에 엑스는 흥분했다. 죽어가는 여자를 두고 헌옷 수거함에 눈길이 간 놈은 옷가지에 불을 붙여 여자에게 던져놓고 골목길을 빠져나갔다.

"팀장님, 이제 저도 비슷한 것 같다는 생각이 드는데요."

종현도 사건 현장의 분위기가 전 사건과 비슷하다는 것을 깨닫기 시작했다. 고무로 만들어진 헌옷 수거함은 절반이 타고 아래는 우그러져 불에 탄 짐승이 웅크리고 있는 것처럼 보였다. 여자는 불을 모두 끈 후에야 수거함 뒤에서 발견되었다. 불은 소방차가 늦어 바로 끄지 못했다. 광역수사대의 지원 요청에 송유관으로 출동을 하던 소방차는 화재 신고를 받고 가던 길을 돌아 골목으로 달려왔다.

"살인 사건 중에 미제 사건이 또 있죠? 곡성에 한 건이 더 있는 것으로 아는데."

"그건 왜요? 벌써 미제로 종결한 지 5년도 넘었는데."

사무실로 다시 돌아와 미제 사건에 대하여 질문하자 직원의 얼굴이 더 구겨졌다. 배를 내밀고 앉아 있던 의자에서 일어나 오래된 캐비닛으로 안내했다.

서류는 모두 열두 권으로 나뉘어 있었고 페이지 수로 3천 페이지가 넘어가 있었다. 이미 오래전에 미제로 편철되어 낡은 캐비닛 안에서 잠들어 누렇게 먼지까지 쌓여 있었다.

"그것 때문에 형사들 몇 명이 나갔는지 모릅니다. 이번 사건도 그렇게 될까 봐 걱정입니다. 저도 다음 인사 때 나가버릴까 생각 중이거든요."

"직원들을 힘들게 했나 보죠?"

"수사과 직원들뿐만 아니라 지구대, 파출소 할 것 없이 경찰서 전체가 힘들었어요. 사건 프로그램 제작하는 방송국에서도 여러 차례 왔고요. 유족들이 경찰청이며 청와대까지 찾아가지 않은 곳이 없습니다. 그때 강력팀 직원이 유족에게 말 함부로 했다가 털렸고요. 인사 때마다 담당자가 바뀌었습니다. 아마 그때 광수대에서도 직원들 몇이 지원을 나왔었죠."

"형사님은 안 나갔네요."

"저는 그때 교통조사반에 있다가 잠잠해진 후에 이곳으로 옮겼습니다. 아, 그랬는데 이번에 또 터지니 그때의 악몽이 되살아나는 것 같네요. 그런데 왜 이 사건을…… 연관이 있나요? 거기까지는 생각하지 않았는데."

"아니요. 그냥 확인을 해보려고요."

태석은 대충 대답을 얼버무렸고 직원도 더 이상 묻지 않았다. 책상에 앉아 서류를 들여다보기 시작했다. 작성된 서류의 두께만 보아도 얼마나 많은 공을 들였을까 짐작이 갔다. 잡지 못한 그놈을 담당 형사는 얼마나 피가 마르게 보고 싶었을까. 미제 사건으로 피의자를 특정할 수 없어 새로운 단서가 발견되었을 때 다시 수사를 개시한다는 짧은 문구가 먼저 눈에 들어왔다. 만약 같은 놈이라면 6년 동안 묵혀 있던 이 사건은 다시 시작해야 할 것이다. 첫 장을 넘기자 발생 보고서가 그날의 참혹한 상태를 말해주었다. 2006년 6월 23일 금요일 자정. 그날은 독일월드컵 경기 중 한국과 스위스의 경기가 있던 날이었다. 피해자 신유미는 호프집에서 친구들과 경기를 보며 술을 마시다가 집으로 간다며 혼자 나갔다. 그러나 나간 지 5분 만에 신유미는 가슴과 배에 피를 흘리며 가게 안으로 뛰어 들어와 쓰러졌다. 친구들이 곧바로 119에 신고해 병원으로 옮겼지만 사망했다. 경찰은 곧바로 주변 일대를 대대적으로 수색했다. 그러나 아무런 단서도 찾지 못했고 범인과 만났을 장소만 알아내었다. 현장 사진으로 보아 골목길은 아니었고 차가 다니는 도로였다. 범인은 도로변에 주차되어 있던 트럭 뒤에 있었던 것으로 추측했고, 호프집에서 나와 걸어가고 있는 신유미의 가슴과 배를 여섯 차례 찔러 살해했다. 여자는 놈에게서 도망을 쳐 호프집으로 돌아와 친구들에게 살려달라고 말을 하고는 죽었다. 부검한 결과 흉기는 과도 정도의 칼이었고 사인은 다발성 자창에 의한 실혈사였다. 그때 신유미의 나이 겨우 23세였다. 목격자도 없었고 놈을 특정할 아무런 단서도 없었다.

"그날 비가 왔나요?"

"소나기가 몇 차례 왔었습니다. 그래서 최초 공격을 당한 장소를 찾기가 힘들었고요. 비에 쓸려 가서요."

그날 비가 내렸었다. 지선이 당한 날 비가 왔던 것처럼.

"엑스가 한 것 같습니까?"

돌아가던 차 안에서 종현이 물었다. 현장은 골목길도 아니었고 여자가 바로 사망한 것도 아니었다. 공통점은 피해자가 여자라는 것과 흉기가 칼이라는 것 외에는 없었다. 흉기가 같기는 하지만 지금과 같이 스무 군데 넘을 정도로 많은 공격이 있지는 않았다.

"모르겠어. 그런데 너무 오래되었다. 엑스가 아닐 수도 있어. 아니면 살인에 서툴렀던 어설픈 엑스일 수도 있고. 그런데 수사를 정말 많이 했다. 할 수 있는 수사는 다 했다고 봐. 통신 수사부터 CCTV, 주변인, 전과자들까지. 그런데……."

"그런데요?"

태석이 말을 멈추고 생각에 잠겼다.

"곡성으로 들어온 차량에 대해 모두 수사를 했어. 택시와 트럭까지. 그런데 그때와 지금 공통으로 나오는 차량은 없어. 한 가지를 빼고는."

"한 가지요? 그게 뭔데요?"

"버스."

"버스요?"

"그래, 그런데 6년 전 그때도, 그리고 지금도 버스에서 내리는 사람만 확인을 했지 정작 타는 사람은 하지 않았어."

"무슨 말이에요?"

"이번에 발생한 것도 곡성터미널에서 내리는 사람은 조사가 되었는데 처음 탔던 사람들은 확인하지 않았어. 이것도 마찬가지고."

"처음 탔던 사람요?"

"그래, 버스를 처음 탔던 사람! 광주에서."

21

　자정이 다 되어 사무실에 도착했다. 종현을 내려놓고 태석은 미숙이 있는 병원으로 향했다. 지선에 대한 수사를 시작했다고 잠깐만이라도 얼굴을 보고 말하고 싶었다. 광주로 온 이유가 동생을 돌보겠다는 것이었는데 오히려 영광에 있을 때보다도 더 만나지 못한 것 같아 미안했다. 불이 꺼진 상점들 사이를 지나며 태석은 문을 연 제과점이 없나 찾았다. 미숙이 크림빵을 좋아하는데 사다 주고 싶었다. 터미널에 가면 있겠다. 태석은 차를 고속버스터미널로 향했다. 다행히 새벽 승객까지 맞이하려는지 제과점 한 곳이 문을 열고 있었다. 크림빵을 종이 팩 두 개에 넣고 나오는데 머리 위에 있는 CCTV가 눈에 들어왔다. 누군가 광주에서 버스를 타고 이동을 했다면 이곳을 거쳐야 한다. 태석은 터미널 관계자 사무실에 갔지만 문이 굳게 닫혀 있었다. 이미 퇴근을 했고 당직자는 보이지 않았다. 어쩔 수 없이 다음에 다시 오기로 하고 병원으로 향했다.

　자정을 넘어가자 병원도 모두 잠이 들었다. 병실에 불이 꺼졌고 복도와 간호사실만 불이 들어와 있었다. 붉은 글씨의 응급실도 쉬는지 고요했다. 복도를 지나 여성 병동으로 들어서자 간호사가 고개를 돌려 태석을 바라보았다.

"늦으셨네요."

간호사가 먼저 태석을 알아보았다. 두 달 동안이나 매일같이 이곳을 찾았던 태석을 간호사가 기억하지 못할 리 없었다.

"지금 다 주무시는데. 제가 한번 미숙 씨 자고 있나 봐드릴까요?"

"아니요. 그냥 지나는 길에 잠깐 들렀어요."

태석은 사 가지고 온 종이 팩을 건네었다.

"하나는 간호사님들 드시고 하나는 미숙이에게 좀 전해주시겠어요."

"저희 것도 사 오셨어요? 매번 고마워서 어쩌죠. 잠깐만요. 제가 좀 갔다 와볼게요. 잠을 안 주무실 때도 있더라고요."

간호사는 자리에서 일어나 병실로 갔다. 상태가 많이 좋아져 미숙은 일반 병실로 자리를 옮겼다. 텔레비전이 켜져 있고 몇이 이야기를 나누는데 미숙은 말없이 그들의 이야기만 듣고 있었다. 그렇게 사람들이 떠드는 소리가 편안하고 좋았다.

"미숙 씨, 오빠 왔어요."

"예?"

"오빠 면회 왔다고요."

미숙의 얼굴이 더 밝아졌다. 매일같이 찾아오던 오빠가 지선의 일 때문에 자주 못 오자 서운한 마음도 있었다. 서둘러 자리에서 일어나 휴게실로 향했다.

"오빠!"

한결 밝은 목소리로 태석을 불렀다. 어둠 속에서 많이 빠져나온 것 같아 좋았다. 찾아올 때마다 조금씩 좋아지는 모습을 목소리에서 알 수 있었다.

"얼굴이 많이 좋아졌네. 다행이다. 목소리도 좋고."

"바쁠 텐데 어떻게 왔어?"

"사무실로 들어가다가. 몸은 많이 좋아졌지?"

"나는 괜찮아. 오빠는? 얼굴이 안 좋다. 일이 힘든가 봐."

"힘들기는, 내 걱정은 하지 말고 네 걱정이나 해. 빨리 퇴원해서 집에 가야지. 지웅이 재웅이가 고생하네. 대준이도 그렇고."

"그러게……."

남매는 서로를 위로했다. 지웅이 재웅이라는 말에 미숙이 잠시 말이 멈추었다. 아이들에게 빨리 가고 싶지만 영광으로 돌아간다는 두려움이 아물지 않은 상처로 남아 있었다.

"지선이는 들렀다 왔어?"

"아니. 너부터 보고. 그리고 지선이 사건 오빠가 시작했어. 놈을 꼭 잡을 거야."

"지선이가 고마워할 거야. 근데 지선이 먼저 보고 오지……. 오빠!"

"응?"

"나보다 지선이부터 봐. 그래야 오빠가 후회하지 않을 거야."

태석은 미숙이 말하는 후회의 의미를 알고 있었다. 그래서 더 대답하지 못했다.

"오빠, 지선이하고 나하고 오빠 처음 찾아갔을 때 기억나?"

"술 사달라고? 너는 도망가버리고."

"응."

*

그날은 세상에 종말이 올지도 모른다고 떠들썩하던 1999년 마지막 날이었다. 20세기의 마지막을 기념하듯 가는 눈발이 거리를 날아다니며 아쉬워했다. 미숙이 집을 나가 광주에서 눈이 맞은 대준이를 데리고 집으로 들어온 지 얼마 있지 않아서였다.

"오빠, 술 사줘."

전화 목소리는 연말 분위기를 탔는지 흥분해 있었다.

"오빠 출장 가야 돼."

"친구랑 같이 왔단 말이야. 빨리."

파트너인 한주석 팀장이 팀원이었을 때 둘은 같이 서울로 출장을 가려고 나서던 참이었다. 한 해의 마지막 날인데도 불구하고 조기를 차떼기로 훔쳐 간 놈들이 서울 노량진시장에서 처분할 거라는 첩보가 있어 확인하기 위해서였다. 친구와 같이 경찰서 앞으로 왔다는 말에 태석은 용돈이나 주어 보내려고 나갔다. 그런데 거기에 지선이 서 있었다. 어릴 적 집에 자주 놀러 오던 지선이 서울로 올라간 후 다시 온 것이다. 얼마 만일까. 10년도 넘은 것 같았다. 초등학교 때까지 보았었는데. 처음엔 알아보지 못했다. 키는 커졌고 동그랗던 얼굴은 갸름해졌다. 짧았던 머리는 긴 생머리가 되었고 잠바에 청바지를 입은 지선은 예쁜 숙녀가 되어 서 있었다. 길을 가다 보면 남자들이 한 번씩 고개를 돌려 쳐다볼 만한 외모였다. 그러나 태석에게는 그저 여동생 친구일 뿐이었다. 주머니에 있는 돈만 주고 들어오려고 하는데 지선이 당돌하게 태석을 불렀다. 그때도 태석은 지선을 알아보지 못했다.

"오빠, 저예요. 지선이."

"지선이?"

돌아섰던 고개를 다시 돌렸다.

"옛날에 우리 집에 매일 놀러 왔던 지선이 몰라?"

"알지. 그런데 이렇게 큰 거야? 몰라보겠다."

미숙이 지선을 알아보지 못하는 태석을 다그쳤다. 정말로 태석은 전혀 알아보지 못했다. 그냥 같이 미용을 배우는 친구겠구나 했는데 지선이라는 말에 깜짝 놀랐다. 지선은 미숙과 매일 같이 붙어 다니던 아이였다.

"그 못생긴 지선이가 이렇게 컸구나! 이빨에 철조망도 모두 걷어냈네."

"예?"

작은 키와 치아 교정기에 싸여 있던 삐뚤거리던 이가 생각났었다. 그 교정기 때문에 더 어려 보였던 지선이었기에 바로 알아보지 못했다. 지선의 놀란 눈이 더 귀여워 보였다.

"아니, 그건 아닌데. 아버지는 작년에 내려오셨잖아. 너는 이번에 내려온 거니?"

"예, 아버지는 사업을 정리하시고 먼저 내려오셨죠."

"응, 그래. 그럼 저녁 맛있게 먹어. 같이 먹지는 못할 것 같으니까."

"왜요? 같이 먹어요."

"출장 간다니까."

"오늘 먹어야 해요. 오늘 아니면 안 되는데."

"왜?"

태석은 우연히 만난 거라고 생각했다. 미숙과 지선이 오랜만에 만나 저녁을 먹으려다가 태석을 잠깐 찾아온 것으로 보였을 뿐이다. 사람의 감정을 알아내는 것은 쉬운 일이 아니다. 그러나 그때 간절하게 바라보는 지선의 눈을 외면하기 힘들었다. 그래서 그런지 그날 태석은 서울에 올라가지 않았다.

*

"지선이가 왜 어릴 적 매일 우리 집에 온 줄 알아?"

"왜?"

오빠를 보려고 왔던 거야라는 말이 나올지를 알면서도 왜라고 물었다. 그것이 아니기를 바라는 마음이 맞을 것이다.

"오빠도 알고 있잖아. 오빠 때문이라는 거, 오빠 보려고 왔던 거. 사실 지선이가 초등학교 때부터 이상할 만큼 오빠 좋아했어. 나를 만나면 온통 오빠 이야기뿐이었으니까. 오빠 때문에 나를 좋아하는 거라고 착각할 정도였어. 어릴 적 학교에 혼자 남은 나 찾으러 오빠가 왔을 때 옆에 계속 있었던게 지선이였어. 지선이 아빠가 와서 지선이 데리고 가고 나만 남아서 오빠하고 갔지만, 사실 그때 나 혼자 있던 시간은 얼마 안 되었어. 오빠가 온다고하면 늘 지선이는 내 옆에 있었으니까."

"알아."

"그날 오빠를 만나겠다고 서울에서 내려온 것도?"

"응."

*

경찰서 앞에서 지선을 보고 있던 그때 갑자기 눈이 내리기 시작했다. 일기예보에도 없던 눈이었다. 전국적으로 대부분 맑을 것이라는 예보가 있었음에도 이상하게 눈이 쏟아지기 시작했다.

"오빠, 저녁만 같이 먹어요. 오빠 본 지 10년도 더 되었잖아요."

"다음에 보면 되지."

"오늘 아니면 힘들 것 같아서 그래요. 제발요. 예?"

"안 되는데……. 잠깐만 기다려봐."

정말로 오늘이 아니면 안 될 것 같은 지선의 눈빛을 거절하기는 힘들었다. 마침 눈도 내려 핑계를 댈 명목까지 생겨주었다. 태석은 사무실로 들어가한주석 형사에게 눈이 와서 서울까지 가기는 무리라고 설득했다. 거래가 내일 새벽인데 어떻게 하느냐고 펄쩍 뛰었지만 내리는 눈을 보고는 연기를 했다. 그러나 눈보다는 태석을 찾아온 지선을 알아본 형사들의 장난기가 더통했다. 직원들이 조기보다 총각의 연애가 먼저라고 바람을 넣어주었기 때문이다.

영광에서 가장 분위기가 좋은 레스토랑으로 자리를 마련했다. 10년이 넘는 시간 만에 자신을 찾아온 미숙의 친구에게 대접이 소홀해서는 안 될 것 같았다. 둘에게 저녁을 대접하고 늦게라도 서울로 출발하면 될 것 같았다.

"미숙이는 어디 갔어? 화장실 갔니?"

레스토랑에 도착했을 때 미숙은 없고 지선만 앉아 있었다. 주위를 둘러보아도 없었고 식탁에는 물 잔이 두 개만 놓여 있었다. 자리도 눈에 띄지 않는 구석에 잡고 있었다. 마치 연인들이 몰래 데이트를 즐기는 자리 같아 태석은 먼저 미숙을 찾았다.

"아니요. 배가 아프다고 집에 갔어요. 도저히 저녁을 못 먹겠다고."

"뭐야, 그럼 너하고 나만 같이 먹는 거야? 이것이 기합이 빠져가지고. 밥 사달라고 오빠 출장도 못 가게 막더니 도망을 가? 기다려봐."

태석은 자리에 없는 미숙 때문에 적잖이 당황했다. 미숙이 빠지고 둘이 저녁을 먹는다면 그건 영락없는 연인들의 데이트였다. 미숙이 없다는 말에 태석은 울렁증이 오고 오줌이 마려웠다. 아무리 동생 친구라고 하지만 성인이 된 지선은 이미 여자였고, 그것도 너무 예쁜 여자였다. 여자와 단둘이 저녁을 먹어본 적이 없는 태석은 손바닥에 땀이 나며 긴장하기 시작했다. 이 긴장을 풀어줄 사람은 미숙뿐이라 곧바로 전화를 걸었다.

"야! 하미숙! 빨리 안 나와? 오빠가 저녁 사준다고 하면 죽었다가도 깨서 나와야지. 뭐? 벌써 죽었다고? 야, 장난치지 말고 빨리 와라. 미숙아! 하미숙!"

정말로 죽어가는 목소리로 미숙은 전화를 끊어버렸다. 다시 걸어보았지만 받지 않았고 어쩔 수 없이 매제가 된 대준이에게 걸어도 받지 않는 건 마찬가지였다. 처음부터 계획적이었다는 느낌을 감출 수 없었지만 어쩔 수 없이 둘만 먹어야 할 것 같았다. 느낌이 이상했다. 미숙이 나오지 않는다는 것은 둘이 식사를 하게 만들었다는 것인데, 그렇다면 지선에게 태석에 대한 특별한 감정이 있다는 뜻인가? 그러나 쉽게 그 생각에 동의가 가지 않았다.

10년 만에 처음 보았는데 갑자기 감정이 만들어질 리도 없었다.

"지선아, 네가 전화해봐."

"몇 번 했는데 안 돼요."

지선은 전화를 할 생각조차 없는 것 같았다. 어릴 적 태석만 보면 수줍어하던 지선이 아니라 당돌한 아가씨가 되어 있었다. 태석은 다시 전화를 더 걸어보았지만 여전히 받지 않았다. 전화기를 들었다 내렸다를 반복하고 물도 없는 물 잔을 몇 번이나 입에 가져다 대었다. 그 모습을 계속 바라보던 지선이 눈치가 없다는 듯 태석을 말렸다.

"오빠, 여자랑 밥 처음 먹어보죠?"

"뭐? 아니야, 아니야. 나 많아."

"많아요?"

"아니, 꼭 그런 건 아니고."

긴장한 탓에 말까지 꼬였다.

"그런데 왜 그렇게 긴장해요?"

"밖에 있다 들어오니까 답답해서 그렇지. 그리고 미숙이한테 밥도 한번 사주고 싶어서."

"오빠, 되게 눈치 없어요. 그래서 어떻게 형사를 해요?"

"무슨 말이야, 그게?"

"미숙이가 왜 안 나오겠어요. 우리 데이트하는 거예요. 미숙이는 자리를 만들어준 거고."

"왜?"

"제가 오빠 좋아하니까요. 왜요? 그러면 안 돼요?"

다시 채운 물이 목에 콱 막혀 쏟을 뻔했다. 만난 지 한 시간도 되지 않았고 10년이 넘어서 만난 여동생의 친구가 갑자기 좋아한다고 고백을 하니 당황스러웠다. 그것도 장난이 아니고 너무 진지했다. 지선은 맑은 눈으로 시선을 피하려는 태석과 눈을 마주치려 했다.

"지선아, 우리 만난 지 아직 한 시간도 안 되었거든. 어떻게 10년도 전에 보고 오늘 처음 보는데 갑자기 좋아한다는 말이 나오냐. 너 술 먹고 왔니?"

"저 술 안 먹었는데요. 그리고 오빠, 지금 말한 감정 거짓말 아니에요. 오늘 처음 좋아한 게 아니라 저 오빠 10년 전부터 계속 좋아했어요. 지금까지."

표정을 보아서는 분명 장난이 아니었다. 천연스럽게 말을 하고 있지만 너무 진지했고 거짓말이 아닌 것 같아 더 당황스러웠다.

"야, 그만해. 장난은 그만하고 저녁이나 먹자."

"장난 아닌데."

"그만해."

태석은 서둘러 말을 돌렸다. 그대로 두었다가는 지선이 계속해서 속이 울렁거리는 말만 할 것 같았다. 웨이터를 불러 메뉴판을 받았다.

"웨이터 아저씨, 우리 두 사람 잘 어울리죠?"

"뭔 소리 하는 거야, 지선아."

"아저씨, 우리가 결혼하면 누가 손해 볼 것 같아요?"

"야야!"

지선의 말에 웨이터는 뭐라고 답할지 망설였다.

"아저씨분이 땡잡은 것 같은데요. 너무 예쁘셔서."

"그렇죠? 저 예쁘죠?"

할 말을 잃었다는 듯 태석은 말문이 막혔다.

음식이 나오자 태석은 말없이 식사만 했고 그 모습을 지선은 물끄러미 바라보기만 했다. 그녀가 음식도 먹지 않고 보고만 있다는 것을 의식하고서는 먹는 걸 멈추었다.

"밥 못 먹겠다. 너 왜 그러니?"

"오빠, 저 곧 미국으로 유학 가기로 돼 있어요. 그런데 가지 않기로 했어요."

"뭐? 그런데 그런 결정을 언제 했어? 오랫동안 준비했을 텐데."

"조금전요. 오빠 만나고. 아니, 오빠 밥 먹는 거 보고."

태석은 조금 전이라는 말에 또다시 먹던 음식을 쏟아낼 뻔했다.

"무슨 말이야. 장난치지 말고."

"장난 아니에요. 그런 것 가지고 장난을 쳐요? 미국 유학 가는 비용이 얼만데."

"장난 아니면?"

"유학보다는 사랑을 선택한 거죠. 얼마나 로맨틱해요. 운명 같은 거죠. 아버지의 뜻을 물리치고 첫사랑을 택한 스물네 살 당돌한 아가씨의 선택. 비운의 주인공이 될 것인가, 행운의 아가씨가 될 것인가. 멋지지 않아요? 로맨틱 소설 같죠? 그런데 오빠가 주인공인 것 같은데, 내가 아니라."

"너 원래 이렇게 맹랑하니?"

"원래는 아닌데 사랑 앞에서는 뭐 저도 제 감정을 주체하지 못한다고나 할까. 10년 동안 감추었던 감정이 폭발한 거라고 보면 될 것 같기도 하고."

"알았어. 운명 같은 네 사랑을 축하하며 난 들어가봐야겠다."

태석은 그때 지선의 운명 같은 사랑이 자신이라는 것을 알지 못했다. 그리고 유학이라는 말도 모두 지선이 지어낸 이야기로만 알았다.

"오빠, 내일도 만나러 갈게요. 내일은 뭐 사주실 거예요?"

"나 출장 가. 못 만나."

"갔다 와서 보면 되죠. 운명이 그렇게 쉽게 결정되는 것은 아니니까. 운명도 만들 수 있는 거예요. 오빠는 아니라고 하겠지만. 내일 또 봐야 돼요. 알았죠, 오빠?"

지선은 사무실로 들어가는 태석의 뒤에 대고도 운명 타령을 했다. 차가 출발하고 태석은 뒤돌아보지 않았다. 어차피 거기에 지선이 서 있을 게 뻔했다. 다만 룸미러를 통해 바라보았을 뿐이다. 그런데 거울 속 그녀는 얼굴을 직접 보고 있을 때처럼 행복해 보이지 않았다.

*

태석은 미숙에게 잘 자라는 말을 남겨놓고 병원을 나섰다.

"오빠, 지선이 많이 찾아줘. 오빠가 후회할지도 모르잖아."

미숙이 한 말은 무겁고 날카롭게 가슴을 눌렀다. 후회할지도 모른다는 미숙의 말이 귀에서 계속 맴돌았다. 놈을 잡겠다고 뛰어다니는 것보다 차라리 지선의 옆에 있는 게 나을까. 차를 멈추고 크림빵 상자를 쳐다보았다. 미숙은 받지 않았고 대신 지선에게 가져가기를 원했다. 사실 크림빵을 좋아하던 것은 지선이었다. 매일 지선이 크림빵을 가져와 미숙에게 주던 게 미숙도 그 맛에 익숙해져 크림빵만 먹었다. 어린 지선이 입술에 크림을 묻힌 채 태석을 쳐다보았을 때를 잊을 수 없었다. 그 모습을 보고 가슴이 뛰는 것을 어린 태석은 어쩌지 못했다. 그래서 그 모습을 보고 단 한 번 크림빵을 지선에게 건네준 적이 있었다. 그 후였던 것 같다. 지선은 늘 미숙에게 크림빵을 사다 주었다. 왜냐면 미숙은 빵을 먹지 않고 집으로 가져왔기 때문이다. 그러면 그것을 태석이 먹을 테니까.

지선이 음식을 먹지 못한다는 것을 알면서도 미숙은 한사코 태석에게 크림빵을 들려 보냈다. 병원 주차장이 텅 비어 건물 가까운 자리에 차를 세워두고 걸어 들어갔다. 모두 돌아가고 야간 당직자들만 남아 환자들을 보고 있었다. 엘리베이터를 타고 6층으로 오르자 텅 빈 벤치에 병원의 포르말린 향만 가득했다. 언제쯤 지선은 저 냄새에서 빠져나올 수 있을까. 간호사가 태석을 알아보았다. 들고 있던 크림빵 상자를 간호사는 손사래를 하다가 계속된 권유에 고맙다고 받아 들었다. 안 받겠다고 해서 멈출 태석도 아니었다. 그들이 먹어주는 게 지선이 먹는 것 같아 마음이 편했다. 의자에 앉아 잠시 눈을 감았다. 여기에 며칠이나 더 올 수 있을까. 오늘 하루가 아무 수확도 없이 훌쩍 사라져버렸다. 7일, 168시간 중에서 24시간이 허무하게 지나가자 숨이 막혀왔다. 엑스는 물이 되어 손가락 사이로 흘러내렸고 그림자가 되어 허공을 떠다녔다. 남은 시간 동안 뭐를 해야 하지? 시간은 잠시도 쉬었다 갈 마음이 없어 보였다. 지선아, 나에게 그놈을 알려줄 수 없겠니. 너를 이렇게 만든 놈을 잡을 수 있도록. 제발.

"잠깐만 들어갔다가 나오실래요? 조용히요. 아시죠?"

간호사가 태석에게 다가와 잠깐 동안의 면회를 허락해주었다. 단 5분만 있다가 빨리 나와야 한다는 조건이었다. 태석은 잠들어 있는 환자들 사이를 조심스럽게 지나가 안으로 들어갔다. 잠든 새벽에 이들을 깨우는 게 얼마나 큰 잘못인지, 이들에게도 폐가 되지만 허락해준 간호사에게 더 큰 폐가 된다는 것을 잘 알고 있었다. 지선의 머리 위에 작은 취침등이 졸린 눈으로 내려다보고 있었다. 취침등 아래 지선은 여전히 잠이 들어 있었다. 예전의 당돌하고 자신에 차 있던 모습이 아른거렸다. 손을 잡아 심장 소리를 들었다. 손에 심장이 있는 것처럼 거기에서 두근거렸다. 먼저 손을 잡고 팔짱을 끼던 지선이었다. 입 맞추어달라고 졸랐고 안아달라고 어리광을 부렸었다. 태석의 옷을 사 들고 와 무작정 입어보라고 떼를 쓰던 아이였는데. 그런데 왜 이렇게 되어버렸을까.

"오빠, 저녁 먹어요."

"지선아, 오빠 서울 왔다고 했잖아."

"제가 저녁 먹으러 오겠다고 했잖아요. 잊었어요?"

"그런 억지가 어디 있니?"

"기다릴 거예요. 저녁 먹기로 했으니까."

"지금 내려가면 자정은 되어야 할 거야."

"그래도 기다릴게요."

그때 지선은 막무가내였다. 분명 전날 저녁을 사주고 나올 때 서울에 간다는 말을 했었다. 그런데도 지선은 경찰서 앞에 찾아와 태석을 기다렸다. 기다리지 말라고 해도 지선은 기다린다고 했다. 자정이 다 되어 급하게 내려왔을 때 지선은 창백해진 얼굴로 서 있었다. 얼굴이 하얗게 변해 있었고 입술은 추위에 떨어 파랗게 멍이 들어버린 것 같았다.

"오빠 봤으니까 갈게요."

"지선아, 너 이렇게 미련한 애니?"

"제가 오빠 좋아하는 거 이제 알겠죠?"

태석은 창백해져버린 지선의 얼굴을 보고 아무 말도 할 수 없었다. 지선은 태석이 10년이 넘은 사랑이었다는 것을 알아주길 원했다. 그리고 지선은 한동안 찾아오지 않았다.

*

깨어 있지만 눈은 떠지지가 않는다. 감긴 눈에 빛이 밝지 않은 것을 보니 밤인 것 같은데. 저녁에 간호사 언니가 와서 링거를 갈아주고 간 후에 불빛이 사라졌다. 그 후로 오지 않았고 주변에 사람들에게서 항상 들려오던 수다도 지금은 멈추었다. 대신 밤새 안녕하지 못한 사람들의 모습을 지켜볼 벽시계의 코 고는 소리가 잔잔히 들려왔다. 내 목숨을 지켜주려는 장비들의 기계음도 낮에는 사람들의 소음에 섞여 들리지 않다가도 밤이 되면 시끄럽게 들려왔다. 녀석들은 숨을 죽이고 있다가도 밤이 되면 떠들어대었다. 어서 깨어나 밖으로 나가라고 수다를 떨지만 한 번도 대답을 해주지 못했다. 미안하다. 내가 깨어나면 너희에게 가장 먼저 말을 걸어줄게. 우리는 이미 오래전부터 친구가 되어 있었다고 말이야. 하루 종일 조잘대는 너희들의 수다가 고맙다.

오늘 오빠가 와줄까. 어제는 오지 않았는데. 무슨 일이 있는 것은 아니겠지. 오빠가 매일 나를 보러 오면 좋겠다. 그리고 오지 않는 날은 왜 오지 않는지 미리 말을 해주면 좋겠다. 그래야 기다리지 않아도 되니까. 오빠가 하루 만에 오는지 이틀 만에 오는지도 구별하기가 힘들다. 내가 기다리는 시간이 한 시간이었는지 두 시간이었는지 그것부터 가늠이 가지 않는다. 머릿속에 시계를 그려보려 하지만 그림만 그려질 뿐, 바늘을 움직이려 해보지만 녀석도 나처럼 되어버렸는지 움직이지 않는다. 지금 온다면 오빠가 몇 시에 오는 걸까. 시간을 알려면 시계가 움직이는 초침의 숫자를 세어야 할까.

보고 싶다. 듣고 싶다. 그리고 만지고 싶다. 들린다. 발소리. 무거우면서 조심스러운 그 발걸음. 오빠가 왔다.

'지선아, 오빠 왔다.'

오빠가 불러주는 그 목소리가 좋다. 여러 번 계속해서 내 이름을 불러주면 좋겠다. 목소리에도 온도가 있다면 태석 오빠의 목소리는 39도 정도가 될 것 같다. 너무 뜨겁지 않고 따뜻한 그런 온도. 잘 데워진 온탕에 들어가 있는 편안함이 태석 오빠의 목소리다. 남들이 들을까 아주 작게 말을 했지만 난 들을 수 있다.

손을 잡아주세요. 내 목소리를 들었을까. 오빠가 조심스럽게 내 손을 잡아주었다. 내 손이 부서져버릴지도 모른다는 생각을 하는 것일까. 조심스럽게 내 손에 깍지를 끼어 깊이 잡아주었다. 내 숨소리가 거칠어진 것을 오빠가 알까. 난 갑자기 부끄러워졌다. 내가 오빠를 더 사랑하고 있다는 것을 들켜버릴까 봐 겁난다. 그런 내가 천박해 보이지는 않겠지. 예전에 내가 먼저 사랑한다고 말하고 내가 먼저 안아달라고 했는데. 감정을 너무 지나치게 표현했던 걸까. 오빠, 그때는 내가 그럴 수밖에 없었어요. 오빠에게 내 마음을 빨리 보였어야 했거든요. 그래서 이렇게 만들어버린 걸까요.

오빠의 손이 떨린다. 울고 있는 걸까. 내게 미안해하면 안 되는데. 내 숨소리가 갑자기 거칠어졌다. 심장이 뜨거워 터져버릴 것 같은데 어떻게 하지.

일어나서 오빠를 안아주고 싶다. 오빠가 힘들어할 때 내가 안아 주었었는데. 그러면 아이처럼 내 안에서 울먹이며 꿈틀거렸었다. 그렇게 해주고 싶은데……

'지선아, 또 올게.'

더 있었으면……. 벽에서 졸고 있던 시간이 오빠가 오면 왜 그리 정신을 차리고 빨리도 뛰어가는지. 잘 가라는 내 인사를 오빠가 받고 갔으면 좋겠다. 또 온다는 말에 나는 기다린다. 나는 점점 더 기다림에 익숙해져가고 있으니까. 이미 익숙해 있던 기다림에 더 익숙해가겠지.

'잘 가, 오빠.'

또 얼마를 기다려야 하지. 다시 시간은 벽 그 자리에 멈추어 굳어버렸다.

22

　남자는 버스를 탔다. 오늘도 도시 안을 돌아다니기로 마음먹어 가방은 챙기지 않았다. 모자를 눌러쓰고 주머니에 장갑이 있을 뿐이었다. 아이들조차 가지고 다니는 휴대전화도 그에게는 없었다. 버스도 카드를 사용하지 않고 늘 현금으로 계산했고 머리 위 CCTV를 피해 고개도 들지 않았다. 사물을 만질 일이 있으면 장갑을 꼈고 담배꽁초도 주머니에 가지고 있다가 하수구 깊은 곳에 버렸다. 침도 아무 곳에 뱉지 않았고 대소변도 집에서만 보았다. 사소한 것이라도 흔적을 남기지 않았고 그것 때문에 지금까지 거리를 걸어 다닐 수 있다고 굳게 믿었다. 인터넷 기사와 과학수사 잡지는 범인들의 수법을 설명하고 있었지만 이를 반대로 보면 경찰에 잡히지 않는 방법을 알려주었다. 오늘도 정한 곳은 없었다. 그러나 그놈을 숨겨놓았던 곳은 들러야 하니까 동산동 주변이 될 것 같다. 버스 안 라디오에서 아나운서는 주경철을 설명했다. 희대의 살인마라는 말과 함께 경찰대 교수까지 전화 인터뷰를 실어 길게도 내보냈다. 그러나 남자가 저지른 모녀 살인에 대해서는 용의자를 추적 중이라는 짧은 몇 마디뿐이었다. 겨우 이 정도로 기사를 끝내버리다니. 기분 나쁜 일이었다. 주경철이 비웃을 것만 같아 남자는 자신이 한 일로 주경철을 뉴스에서 지워버리고 싶었다. 그러려면 놈보다 더 센 게 필요했다. 동산동까지는 세 정거장이 남았지만 남자는 버스에서 내렸고 학생들 여럿이 뒤따라 내렸다. 여학생들이 대부분이었지만 남자는 신경 쓰지 않았다. 가장 이상적인 대상이지만 버스 안의 CCTV가 보고 있었다는 것을 의식했다. 여학생들의 수다 소리가 남자를 흥분하게 만들어 버스에서 내리자마자 뛰기 시작했다. 흥분된 감정이 사라지기 전에 더 큰 흥분을 맛보고 싶었다. 도로를 따라 뛰다가 골목 안으로 들어가 낯익은 장소가 나타나자 걷기 시작했다. 어디였지? 골목의 담벼락 주변을 서성이며 남자는 그놈을 찾기 시작했다. 그놈은 담벼락 뒤 공간에 검정 비닐봉투에 싸여 있었다. 비닐봉투 안에는 죽은 이의 피를 둘러쓴 묵직한 쇠뭉치가 차갑게 주인을 기다리고 있었다. 차량을 들어 올릴 때 사용하는 복수대의 무게에 남자는 만족한 듯 미소를 지었다. 저승사자에게 지팡이가 있다면 이 정도쯤은 되지 않을까. 놈에게 두개골이 부서지는 느낌이 너무 좋았고 놈을 딸려 나오는 선혈이 허공에 모양을 그리는 것도 좋았다. 칼에서 느끼던 감정보다 훨씬 흥분하게 만들어 바꾸길 잘한 것 같았다. 벌써 손이 떨려왔다. 남자의 심장보다 더 빨리 반응하는 게 그의 손이었다. 손은 사람을 죽이는 느낌에 익숙해져 이제는 즐기려 들었다. 어서 사람을 찾아 죽이라고 명령을 하듯 잡아 든 복수대에 힘이 들어갔다. 주위에 사람이 없었다. 비가 오려 하자 모두 집으로 들어가버린 것일까. 골목길을 계속 맴돌았지만 사냥감은 어디에도 없었다. 남자가 멈추었다. 그리고 집을 골랐다. 따라 들어갈 여자가 없다면 그런 집을 찾으면 되었다. 조용한 골목에서 소리를 찾았다. 여자들만이 있는 소리. 행복한 목소리면 더 좋았다. 그가 싫어하는 단어는 어릴 적부터 정해져 있었다. 행복, 웃음, 희망, 즐거움. 모두 그가 증오하는 단어다. 그가 누릴 수 없는 것은 그가 무너뜨려야 할 대상이 되어버린 지 오래다. 그것을 불행과 절망으로 바꾸는 데는 그리 오랜 시간이 필요하지 않았다. 2층 주택에서 들려오는 아이들의 웃음소리가 남자에게는 소음일 뿐이었다.

"언니! 그 옷 내가 입고 간다고."

"먼저 일어나 입고 가는 사람이 임자야. 네가 입고 싶으면 나보다 먼저 일어나."

"나는 아직 어려서 못 입잖아. 입고 싶은데. 이이잉!"

"지우는 조금만 크면 다 입을 수 있어. 울지 말고."

밤늦게 돌아온 아버지와 어머니는 친척에게서 얻어 온 옷을 아이들에게 펼쳐놓았다. 이제 갓 대학생이 된 맏언니와 고등학생 여동생이 서로 옷을 입겠다고 싸우다가, 막내의 하소연에 웃음소리가 창을 타고 넘어 골목길로 흘러갔다. 가난하지만 늘 행복한 집이라고 주변에 소문이 난 지우네 집이다. 좋은 옷을 사주지 못하는 엄마는 얻어 온 옷으로도 아이들이 행복해하는 것에 감사함을 느꼈다. 티 없이 자라준 아이들이 새 옷이 아니라고 생떼를 부리지 않아 고마웠다. 아빠도 그 모습을 흐뭇해하면서도 미안함에 가슴이 아리기도 했다. 사소한 것에 고마워하고 작은 일에도 감동받는 아이들이 고맙기만 했다. 아이들의 웃음은 가난을 잊게 만들어주고 부족함을 풍족함으로 세뇌시키는 놀라운 힘을 가지고 있었다.

"이제 자야지. 그만 장난치고 빨리 양치하고 들어가."

"알았어요."

"엄마, 언니가 안 자요. 자꾸 무서운 얘기만 하고."

"선우야, 동생들 자게 장난 그만해."

"내가 장난치는 거 아니에요. 연우, 너 거짓말하지 마."

"내가 언제! 엄마, 언니가 거짓말해요."

"나 엄마랑 잘 거야."

"아빠하고 같이 새벽에 일 나가야 해. 지우는 언니들이랑 같이 자."

새벽 시장으로 일을 나가야 하는 아빠와 엄마는 막내를 언니들과 자게 했다. 잠이 들어가는지 웃음소리도 줄어들었다. 골목길도 가로등과 함께 잠이 들어 고요해지기 시작했다.

골목 어둠 속에 들어가 있던 남자가 가로등 아래로 모습을 드러내었다. 고개를 들어 2층을 올려다보고는 담을 넘었다. 창문을 잠그지 않고 잔다는 것은 남자가 들어와주기를 바라는 것이다. 요망한 것들이라고 남자는 생각했다. 잠든 어린 여자아이가 여럿이 코를 골고 있었고 옆으로 언니가 동생에게 팔을 얹고 잠이 들어 있었다. 인기척에 깬 막내 지우가 깜짝 놀란 눈으로 남자를 바라보았다. 겁에 질려 목소리는 목에서 막혀 소리가 되지 못했다.

"쉿! 너 참 예쁘게 생겼다."

달빛에 악마가 웃고 있었다.

＊

그대로 손을 잡고 앉아만 있다가 나왔다. 그냥 아무 말 없이 그대로 있는 게 좋았다. 말을 걸어보다가 미안한 마음이 들킬까 조심히 손을 놓았다. 밖으로 나오자 바닥이 젖어 있었다. 비가 잠깐 내렸었던 모양이다. 주차장의 차 위에도 잠시 지나간 빗방울의 흔적이 남아 있었다. 차 문을 열고 들어가려 할 때 119 구급차 한 대가 급한 속도로 응급실로 들어가고 있었고 뒤를 순찰차 한 대와 형사 차량 한 대가 따라 들어왔다. 무슨 일일까. 교통사고에 순찰차가 따라붙는 경우는 종종 있지만 형사 차가 붙는 것은 강력 사건일 가능성이 높았다. 차량으로 올라타려던 태석은 느낌이 좋지 않았다. 엑스가 또다시 살인을 벌인 게 아닐까?

차 시동을 끄고 응급실로 걸음을 옮겼다. 여자아이는 중고등학생쯤 되어 보였다. 의식을 잃어버린 아이를 의사들은 살려내려 안간힘을 썼지만 아이의 숨소리는 점점 더 가늘어지고 있었다. 머리에는 심한 상처를 입어 붉은 선혈이 가득했다.

"사고인가요?"

"예? 무슨 일이시죠?"

"광수대 3팀장입니다."

"아, 예."

담당 형사로 보이는 사람에게 묻자 고개를 갸웃거리며 대답하지 않았다.

"다른 사람들은요?"

태석은 그렇게 물었다. 여자아이 혼자서 병원으로 오고 주변에 가족이 없다면 남은 가족에게 큰 문제가 있다는 것이다.

"모두 죽었습니다. 불에 타서."

모두라는 말은 둘 이상이라는 뜻이다. 아이 옆에 있어야 할 사람은 아빠와 엄마다. 부모도 죽었고 형제가 있었다면 그들도 모두 죽었다는 말인가? 여자아이도 힘겨워 보였다. 왜? 왜? 또다시 엑스가 저지른 일일까? 어린아이는 왜 또 죽어가야 하는지. 단지 주경철의 메시지에 대한 답이라면 그건 너무 잔혹했다.

새벽 시간임에도 현장에는 구경하는 사람들로 가득 찼다. 화재 현장에서 사망자가 나왔다는 말에 중부서 형사과장과 비상소집된 강력팀 형사들까지 골목길을 채우고 있었다. 바닥은 온통 검은 물바다가 되어 질척거렸다. 소방차를 빠져나온 소방수는 살아 있는 불꽃을 찾아 진화하기 바빴다. 불을 끄던 소방관은 바닥에서 올라오는 그을음 냄새에 주변을 살피며 소방수를 뿌렸다. 그것은 화염 속에 웅크리고 있는 사람의 냄새였다. 정확히 여자인지 아니면 어린 남자인지 확인되지 않지만 체구가 작은 사체가 웅크린 자세로 바닥에 널브러져 있었다. 불을 끄던 소방관은 밖으로 사체가 있다는 것을 알리고 조심스럽게 소방수를 뿌렸다. 사체가 있다는 말에 처음 도착한 지구대 경찰관은 서둘러 상황실에 사망자가 있다고 전했다. 사망자 소식에 강력팀 형사들은 과학수사팀과 함께 현장으로 달려왔다. 화염과 소방수에 현장이 훼손될까 직원들은 안절부절못했다. 잔불을 정리하고 소방관들이 빠져나오자 형사들과 과학수사팀이 안으로 들어갔다. 바닥에 쓰러져 반쯤 타버린 사체는 모두 세 구였다. 병원으로 간 둘째 딸이 살아나지 못한다면 일가족 네 명이 사망하는 것이다. 화염에 싸여 몸이 타버린 사체는 곧바로 사인을 알아보기 어려웠다. 모두 부검을 해야만 그 사인이 정확히 밝혀질 것으로 보였다. 그래도 이들이 살아 있는 상태였는지 아닌지를 분간하기 위해 콧속에 그을음을 확인해봐야 했다. 불이 나기 전 사망했다면 콧속에 그을음이 없겠지만 살아 있었다면 불 속에서 들이쉰 숨으로 콧속이 검게 변해 있을 것이다.

사체는 거실에 한 구가 있고 작은 방에 두 구가 있었다. 사체들은 열경직 현상으로 근육이 수축하여 엎드린 자세에서 권투 선수의 모습처럼 양손을 가슴으로 모으고 있었다.

중부서 나대철 형사과장이 보는 앞에서 과학수사팀장은 사체의 콧속으로 긴 면봉을 집어넣어 그을음을 확인했다. 먼저 거실에 쓰러져 있는 사체의 비강 안쪽 깊숙이 들어간 면봉은 아무것도 묻지 않고 깨끗하게 빠져나왔다. 화재 당시에 이미 죽은 상태였다는 의미다.

"살인 사건이잖아."

아무것도 묻어 나오지 않는 면봉을 보고 나대철 형사과장이 심각한 표정으로 중얼거렸다. 시선이 모두 강력팀장을 향했고 그는 말이 없었다. 과학수사 요원은 다시 장갑 낀 손으로 머리를 더듬거려 다른 사인이 있는지 확인했다.

"뒤통수와 정수리가 함몰되었습니다. 쇠망치 같은 둔기로 두들겨 맞은 것 같은데요."

"뭐야? 그제 있었던 동부서 사건하고 같잖아."

"그거, 광수대 하태석 팀장이 동일 범죄라고 떠들던 건데요. 일어날 거라고 하니까 진짜 일어났던 사건이고요."

"조용히 못 해!"

구태만 팀장이 과학수사 요원의 입을 막았다. 절대 같은 사건일 수 없었고 같은 사건이어서도 안 되었다. 절대 인정할 수 없는 일이 일어나고 있다는 것을 구태만 팀장도 알고 있었다. 그러나 이것은 태석이 쫓고 있는 사문동 사건과는 완전히 다르다. 다만 하태석이 일어날 거라고 예상했던 동부서 사건과 유사한 것일 뿐이었다. 하태석이 예견을 해서 맞기는 했지만 이 사건과는 별개였다. 구태만 팀장은 하태석의 수사에 동의해줄 수 없었다.

"팀장, 잠깐 나 좀 봐."

나 과장은 구 팀장을 끌고 밖으로 나왔다. 대책을 세워야 했고, 그것은 이 사건을 하태석의 사건으로 만들어줘서는 안 되는 것이었다. 보일러실로 돌아가는 모퉁이에서 주변에 사람이 있는지 확인하고 둘은 조용히 대화를 이었다.

"하태석, 그놈 마누라 사건하고 같은 거야?"

"아니요. 전혀 아닙니다."

"그럼 그제 있었던 동부서 사건은?"

"그것하고는 유사합니다. 그때 하태석이가 살인 사건이 발생할 것이라고 워낙 떠들어대서요. 동부서에서 자료를 받아서 확인해보았습니다."

"여기서 얼마 떨어지지 않았잖아."

"거리상은 그런데 거기는 동부서 관할입니다."

강력팀장도 동부서 사건과 유사하다는 데에는 동의했다. 주택 안에서 발생했고 여자 두 명이 둔기에 의해서 살해되었다. 안방에 불을 질렀는데 자연 소화되어 큰불은 없었다. 흉기와 화재 그리고 여자 사망자. 일치한다는 것은 부정할 수 없었다.

"저번 것하고 같은 건이라고 하면 언론이 가만있지 않을 거야. 하태석이가 주장했던 게 사실이라고 떠들어대면 우리 수사까지 신뢰를 잃을 수 있어."

"그렇게는 안 될 겁니다. 왜냐하면 이 사건은 엄밀히 따지면 다른 사건이고 용의자도 있습니다."

"용의자? 누군데?"

"그건……."

"무슨 일이야?"

밖이 소란스러웠다. 누군가 현장으로 들어오려다가 폴리스 라인을 지키던 직원이 막아서자 실랑이가 일어난 모양이다. 과장이 말을 멈추고 고개를 밖으로 돌렸다.

"남편이랍니다."

현관문을 지키던 직원이 과장의 말에 대답을 했다. 정신이 반쯤 나간 남편의 절규가 어두운 골목길 사이를 파고들었다.

"남편? 어디 있다가 이제 오는 거야?"

"용의자입니다."

"남편이 왜? 하태석 때문에 짜 맞추면 안 돼!"

"그럴 리가 있겠습니까. 알리바이를 확인해야 하지만 가족을 살해할 가능성과 동기는 충분합니다."

*

새벽에 피시방을 찾아온 남자에게서는 불에 그슬린 냄새가 나고 있었다. 불을 피우고 들어온 사람이거나 아니면 불 옆에 있다가 온 사람이었다. 알바생은 재떨이에 물을 부어 자리에 가져다주었다. 가까이 가자 고기를 구운 냄새가 진했다.

남자는 담배에 불을 붙이고 깊이 빨아들였다. 긴장이 풀어지는지 남자는 한동안 계속해서 담배를 빨아들였다. 담배 필터에 붉은 기운이 있는 것을 남자는 유심히 바라보다가 시선을 손가락으로 옮겼다. 여자들의 피다. 질기게도 여기까지 따라오다니. 남자는 손가락을 입에 넣고 눈알을 떨어가며 빨았다. 연거푸 담배 두 개비를 더 피우고 남자는 컴퓨터를 켰다. 놈이 보낸 메시지에 대답을 해줄 차례였고 그건 놈보다 더 잔혹해야 했다. 곧바로 포털 사이트에 들어가 사건 사고를 찾아보았다. 뉴스는 아직도 빌어먹을 주경철로 온통 도배가 되어 있었다. 그의 기사가 올라 있을 때마다 댓글이 수백 수천 개씩 달렸다. 좋은 글이 달려 있을 리 없었다. 댓글을 하나하나 읽어 내려가다 남자도 하나쯤 달고 싶어졌다. 머저리 같은 새끼, 넌 나를 절대로 따라올 수 없어. 검색을 하다 놈의 눈이 클로즈업된 사진에서 멈추었다. 검은 모자에 마스크를 쓴 주경철은 카메라를 피하지 않고 눈으로 말을 하고 있었다. 다시 한 번 놈의 눈을 보자 남자는 또다시 화가 치밀어 올랐다. 너 아직도 비 오는 날 길바닥에 있냐라고 놈의 눈은 비웃고 있었다. 저 눈 때문에 불과 며칠 사이에 여섯 명을 죽였다. 이 정도로도 놈의 메시지에 대한 답으로는 충분하지 못했다. 언젠가 놈을 만나면 너에 대한 답이 이것이었다고 고개를 숙이게 만들 만큼은 되어야 했다.

'머저리 새끼!'

그날 골목에서 멍청한 모습으로 바라보던 것을 잊지 않았다. 그런 놈의 말을 믿고 수사를 마친 경찰들은 더 멍청한 게 분명했다. 내가 죽인 사람이 몇 명인데. 한심한 경찰들이다.

동부서 관할에서 엄마와 딸을 죽였다. 동부경찰서 살인 사건이라고 검색을 하자 중앙지도 아닌 지방지 기사만 두 건이 올라왔다. 대부분의 기사들이 주경철에만 집중되어 있고 남자에게서는 멀어져 있었다. 그래도 기사 내용은 만족스러웠다. 유력한 용의자인 내연남은 내연녀의 딸에게 추근대다가 이를 말리는 것에 앙심을 품고 살인을 했을 것이라는 기사였다.

자리에서 일어서 나가려 할 때 기사 하나가 눈에 들어왔다. 더 이상 주경철의 기사에는 관심이 없었지만 한 가지 기사는 확인해야 했다. 머리기사는 '사문동 주택가 골목길 살인범은 주경철이 아니다'였다. 광역수사대가 중부서 수사를 뒤엎고 재수사에 들어간다는 내용에 남자의 손은 살기를 느낄 때처럼 떨려왔다. 도둑질을 하고 속을 들켜버린 느낌이었고 누군가 자신을 훔쳐보고 있는 것 같았다. 기사에는 낯설지 않은 이름이 있었다. '하태석'. 그의 이름을 스크랩한 적이 있었다. 몇 달 전 그는 인터넷에 가장 유명한 경찰관으로 올라와 있었고 그의 기사를 유심히 읽었었다. 그나마 경찰 중에 야무진 놈이 있다고 생각했었는데 놈은 영광이 아닌 광주에 와 있었다. 게다가 범인은 주경철이 아니라고 발표하고 수사를 하기 시작했다. 이자가 나를 아는 걸까? 어떻게 해야 할까? 대수롭지 않게 생각하려 했지만 손바닥엔 땀이 배어 나왔다. 하태석을 피하는 건 어려운 게 아니었다. 다시 변하면 되는 거였다. 다른 범죄로 포장하면 경찰들은 멍청해서 전과 상관없는 범죄라고 유난을 떨 것이다. 그래도 주의를 해야겠다.

피곤이 몰려왔다. 화장지를 뜯어 앉아 있던 탁자를 모두 닦아내고 마지막으로 재떨이에 있던 담배꽁초를 화장지에 싸 주머니에 넣고 자리에서 일어났다. 주머니에는 정액이 담겨 있는 콘돔이 끝이 묶인 채 들어가 있었다. 밖으로 나오자 새벽 공기가 제법 차가웠다. 이제 완전히 가을인가 보다. 길거리 하수구에 담배꽁초와 함께 콘돔을 집어넣었다. 영원히 찾지 못할 그곳으로 그의 유전자를 보냈다.

비가 떨어지기 시작했다. 비가 오기를 바란 건 아닌데 이상하게 비가 오던 날 사람을 많이 죽였던 것 같다. 처음 사람을 죽이고 싶다고 느꼈을 때가 검은 웅덩이에서 비를 맞으면서였다. 옷이 모두 벗겨진 채 비를 맞으며, 아빠라고 부르라던 어른이 죽여놓은 개의 피비린내를 맡았다. 비를 맞고 싶어 사람을 죽였던 건지 사람을 죽이고 비를 맞고 싶었던 건지 구별하기 힘들었다. 그저 비가 올 것 같은 날은 더 사람을 죽이고 싶은 마음이 들었고 나중에는 약속처럼 그렇게 되었다. 비는 사람을 죽이라고 울려대는 곡소리처럼 땅에 부딪혀 울어대었다. 그리고 몸에 달라붙은 여자들의 비명과 절규를 씻겨내는 것 같아 좋았다. 편의점을 지나다가 남자의 기사가 실린 지방지를 보고 안으로 들어갔다. 물론 고개는 들지 않았고, 졸고 있던 알바생은 동전만 받아 들고 다시 졸기 시작했다. 바닥에 묻어진 핏물이 발자국이 되어 남았지만 알바생은 관심이 없었다. 빨리 집에 가고 싶다. 방 안으로 들어가다가 주인집 방문이 잠시 열렸다 잠기는 것을 느꼈다. 여기도 이제 떠날 때가 된 것 같다. 조용히 집 안으로 들어가 옷을 모두 벗고 신문을 펴 사건 기사를 오려내었다. 가위로 가로세로를 자르고 풀을 발랐다. 사진엔 죽은 자들이 들어가 있었고 거기에서 울며 살려달라고 애원했다. 소리 없는 아우성이 사진 속에서 시끄러웠고 울부짖는 그 소리가 좋았다. 죽은 자들을 찢어내 벽에 붙여 넣었다. 오래전에 죽은 자들이 채운 벽면의 귀퉁이에 어제 죽은 자들이 자리를 잡았다. 벽 전체를 죽은 자들의 기사로 모두 채우고 싶다는 욕망에 더 많이 죽여야겠다는 생각을 했다. 벽을 모두 채우려면 천 명은 죽여야 하는데 여기는 너무 좁다. 이제 여기를 떠나 서울로 가야 할 것 같다. 죽어 있는 저들의 벽을 서울로 옮겨 새로 죽은 자들로 채워나가고 싶었다. 살인의 완성은 죽은 자를 벽에 넣는 것으로 끝이 났다. 남자는 벽을 바라보며 사람을 죽이던 그때로 돌아갔다. 그 흥분을 그대로 느끼고 싶어 벽을 바라보며 자위를 했다. 사건이 미궁이라는 말에 흥분을 감추지 못했다. 학교에서는 한 번도 받아보지 못한 칭찬을 신문이 해주었다.

23

새벽 공기가 소방수에 젖어 골목을 메우고 있었고 가로등도 젖은 채로 아래를 비추고 있었다. 죽은 자의 냄새가 화염에서 살고자 했던 아이들의 비명 소리가 되어 하소연했다. 얼마나 무서웠을까. 얼마나 고통스러웠을까. 태석은 아이들의 비명을 몸으로 받아내며 종현과 함께 안을 확인하려 했다. 들어가려는 태석과 종현을 중부서 직원이 막아섰다. 나대철 과장은 태석이 나타날 것을 예상하고 지시를 내려놓았다.

"안에 구태만 팀장 있죠? 구태만 팀장님! 구태만 팀장님!"

태석이 들어가지 못하자 안에 있는 팀장을 불렀다. 태석의 소리를 듣고 구태만 팀장이 귀찮다는 듯 밖으로 나왔다. 올 것을 알고는 있었지만 막상 나타나자 부담스러웠다.

"광수대에서 여기까지 또 웬일이야. 여기는 중부서 관할이야. 광수대라고 막 들어오면 안 되지. 관할이 먼저인 거 몰라?"

"몇 명이 죽었습니까?"

"그것보다 여기는 자네가 있을 데가 아니라는 게 더 중요한데."

구태만 팀장은 대답도 하지 않고 태석을 밀어내려고만 했다.

"또 여자들인가요?"

"그건 알아서 뭐하게? 우리가 할 거니까 가라고! 나중에 보고서 나오면 그거 참조하라고."

"지금 이게 관할 따지고 할 사건입니까? 같이 해도 잡을까 말까인데. 아직 놈은 잡히지 않았다고 몇 번을 말합니까!"

"이봐, 이건 완전 다른 범죄야. 저기 골목길에서 칼에 찔려 죽은 게 아니라 집 안에서, 그것도 칼이 아니라 쇠몽둥이로 맞아 죽었다고. 거기다 불까지 지르고. 이게 왜 같은 범죄야?"

"놈이 변했어요. 놈은 변하고 있다고요. 점점 더 잔인한 괴물로 변하고 진화하고 있어요. 같이 잡아요, 구 팀장님! 같은 놈입니다. 알고 있잖아요?"

"가, 가라고. 빨리! 우리 관할 사건은 우리가 할 테니까. 자네 마누라 사건이나 신경 써. 지금 여기 와서 이럴 시간 없잖아. 며칠 남지 않았어. 검찰로 넘겨야 할 서류를 자네 때문에 넘기지도 못하고 가지고 있다는 것만 알아."

구 팀장은 손을 저어 밖으로 빼라는 지시를 했고 직원들은 곧바로 태석을 밖으로 밀어내었다. 그러나 태석은 밀려나지 않았다. 안에서 새어 나오는 절규를 그대로 무시하고 넘어갈 수는 없었다.

"구 팀장님! 잠깐 얘기 좀 해요. 관할 따질 때가 아니라니까! 잠깐만 봐봐요, 좀! 봐보라고!"

태석은 자신을 잡고 있는 직원들에게 사정을 해보았지만 그들은 완강했다. 한 발자국도 안으로 들여보내주면 큰일이라도 나는 듯 벽을 치고 있었다.

"이미 용의자를 잡아서 사무실로 데리고 갔습니다."

"누구요? 누군데요?"

태석을 잡고 있던 직원이 답답한지 말을 해주었다.

"애들 아버지요."

"뭐요?"

태석은 그 말에 갑자기 흥분해서 안으로 뛰어 들어갔다. 뒤따라 직원들이 갔지만 이미 나 과장과 구 팀장 앞에 태석이 섰다.

"이게 어떻게 아버지가 범인이 될 수 있습니까? 지금 범인이 따로 있다는 것을 알고 있지 않습니까?"

"근무 똑바로 못 해! 아무도 들어오지 못하게 하라고 했잖아!"

나 과장은 오히려 직원들에게 화를 내었다.

"뭐 하자는 거야, 지금. 하 팀장, 이건 월권이야. 광수대라고 해서 관할 경찰서를 넘어서 수사할 수는 없어! 주제를 알고 덤벼들라고. 그리고 우리가 수사하는 데 자네 지휘를 받아야 하는 거야? 의심스러운 사람이 있으면 확인을 해보는 게 당연한 거 아닌가."

"그래도 이건 아니잖아요. 애들 아버지가 용의자라니요?"

"하 팀장, 잘 들어. 항상 부인과 같이 나가던 남편이 혼자서 나갔어. 부인은 그대로 두고. 시장에 혼자 나온 남편이 안절부절못하며 일을 하지 못했다는 증언도 있어. 거기다 아이들 앞으로 보험도 상당해. 빚이 많은데도 불구하고 말이야. 그럼 의심할 만한 것 아닌가? 더 설명해줘? 남편에게 다른 여자가 있었다는 것도 말할까? 보험금이 상당한데 그게 모두 최근에 가입한 것도? 수령자가 아버지인 것도 말해줘야 돼? 어디까지 자네에게 설명을 해줘야 하는 거야. 아닌 것도 자네 거에 맞추기라도 하라는 거야!"

"그 정도로 가족을 모두 죽일 수 있다고 생각하는 겁니까?"

"의심은 해봐야지. 이제 그만하고 나가. 여긴 우리 소관이니까 자네는 빠지라고. 몇 번을 말해! 빨리 내보내, 현장 훼손되니까."

"구 팀장님!"

태석은 다시 밖으로 끌려 나왔다. 수사가 엉터리로 흘러가고 있다는 것을 알면서도 할 수 있는 일이 없다는 게 허망했다. 안을 살펴볼 수만 있다면 동부서 사건과 동일한 건인지, 엑스의 범행인지 정확히 알 수 있을 것이지만 들어가지도 못하고 멈추어야 했다.

"잠깐만 들어가겠습니다. 잠깐만요."

태석은 다시 들어가기 위해 막아선 직원들을 설득하려 들었고 그런 태석을 직원들은 무시하고 대꾸조차 해주지 않았다.

그때 주머니 속 전화벨이 계속해서 울었지만 태석은 전화 받을 정신이 아니었다. 전화가 꺼지고 다시 종현의 전화가 울었다. 그의 얼굴이 어두워졌고 예라는 대답만 반복했다.

"팀장님, 대장님인데 여기는 철수를 하라는데요. 사건은 중부서에서 하고 자료를 받아 보라고요. 가시죠. 어서요."

어쩔 수 없이 발길을 돌려 차에 올라타자 얼굴이 화끈거렸다. 구 팀장이 사건을 바라보는 시선과 태석의 시선은 너무 차이가 났다. 그러나 최종 보고서에서 분명 달라질 것이다. 사무실로 들어가 간단히 보고서를 만들고 의자에 기대 눈을 붙였다. 잠은 오지 않았다.

어젯밤 일을 알고 있는지 직원들이 일찍 출근했다. 직원들의 소리에 태석은 의자에서 잠이 깨었다.

"팀장님, 숙직실에 가서 주무시라니깐……."

"괜찮아. 너는 어디 가서 잤어?"

"저는 소파에서 좀 잤죠."

"네가 들어가 자지 그랬어."

"그건 그렇고 여기 어젯밤 사건 보고서 나왔습니다. 한번 보시죠."

서류를 건네는 종현의 얼굴이 구겨져 있었다. 피곤에 눈을 크게 껌뻑이고 나서 서류를 잡아 들었다. 방화살인 사건이라는 제목으로 보고서가 작성되어 있었다. 시간은 새벽 두 시가 조금 못 된 시간이었고 장소는 중부경찰서 관할의 우산동 골목 주택 2층이었다. 사망자는 세 명으로 엄마와 큰딸 그리고 막내가 죽었다. 엄마는 이미 둔기에 두개골이 함몰되면서 사망했고 딸들은 불이 나지 않았다면 살 수도 있었다. 모두 태석이 죽인 것 같아 한숨이 길게 빠져나오고 눈이 붉게 충혈되어 튀어나오려 했다.

"시발 새끼!"

태석의 욕에 직원들의 시선이 모두 그에게 향했다. 용의자가 엑스가 아닌 아이들의 아버지로 되어 있었다. 사건 당시 아버지가 현장에 없었다는 것과 엄마를 깨워 같이 일을 나갔어야 하는데 그러지 않고 혼자서 나갔다는 것이다. 그리고 결정적으로 내연의 여자가 있고 보험을 최근에 집중적으로 넣었다는 게 이유였다. 납득할 수 없는 수사에 태석은 자리에서 벌떡 일어났다. 그때 사무실로 전화가 걸려 왔다. 종현이 받아서 태석에게 눈치를 했다.

"팀장님, 남운철 기자라고 하는데요. 어제 일 좀 물어보고 싶다고요. 현장 나간 것을 어떻게 알고 걸어왔네요."

"바꿔봐."

어차피 중부서에 항의를 해도 무시만 당할 것이 뻔했다. 차라리 언론에 잘못된 수사를 지적하고 바로잡도록 만드는 편이 나을 것 같았다.

"예, 전화 바꿨습니다. 잠깐, 잠깐만요. 회의만 마치고 이 번호로 전화 드리겠습니다."

이야기를 하려고 할 때 대장이 태석을 찾았다.

*

지방청 형사과장 사무실에는 중부서 나대철 과장이 들어가 앉아 있었다. 둘의 대화는 아주 오랜 친구를 만난 것처럼 화기애애했다.

"주경철이는 어떻게 되어가고 있나?"

"그놈이 2년 전 강도를 저지른 게 한 건 있는데 그것도 자백을 했습니다. 현장에서 나온 증거물하고 놈이 했다는 자백이 일치합니다. 그것까지 추가

해서 송치하는 데 아무 문제가 없습니다. 지금 방송사 한 군데서 특집 방송을 하나 준비 중에 있습니다. 최초 사건 접수부터 검거까지 다큐멘터리로 제작을 하자고 제의가 들어왔는데, 어떻게 할지 모르겠습니다."

나 과장은 은근히 자랑을 하면서 고 과장의 의중을 들어보려 했다. 고 과장은 반색을 했다.

"아니, 이 사람아, 그런 것을 뭐 물어보고 해. 당연히 해야지. 그런 좋은 기회를 마다할 이유가 없지. 지금은 하태석이 때문에 청장님 마음이 불편하기는 하지만 방송이 나가고 나면 좋아하실 거고. 자네 경찰서에 큰 선물이 갈지도 모르지. 물론 자네 성과도 올라가는 것이고. 연말에 승진해야지."

"제가 뭐 한 게 있다고 승진까지……."

"무슨 소리야, 이 사람아. 자네 같은 사람이 앞서 나가야 우리 경찰이 발전하는 거야."

"뭐, 과장님이 잘 봐주시니까 그렇죠."

"이 사람이 또, 허허."

두 사람은 서로에게 칭찬을 돌려가며 웃었다.

"그런데 과장님, 저희 것을 빨리 송치하면 안 될까요. 더 이상 수사할 것도 없고. 더구나 하태석이는 계속 우리 수사가 잘못되었다고 엉뚱한 소리나 하고 있는데요. 그러다가 그 친구가 미친 척하고 언론에라도 헛소리를 하면 이번 좋은 사건이 묻힐까 봐 걱정입니다."

나 과장은 어리광을 부리듯 앓는 소리를 했다. 사건을 빨리 검찰로 넘기고 칭찬을 받고 싶은데 시간이 밀리고 하태석이 기웃대는 게 영 마땅치 않았다.

"언론에 헛소리하는 일은 없을 거야. 저번에 광수대장에게 지시하는 거 못 들었어? 송치 전까지 언론에는 절대로 한마디도 하지 말라고."

"듣기는 했지만……."

"지금 나고 있는 사건이 주경철과 맞물려가서는 안 돼. 잘 정리를 해. 괜히 잡티가 끼어서 빛이 바래면 안 되네. 이번 일로 우리 청의 위상이 얼마나 높아졌는지 알지? 서울 본청 회의에 올라가서도 내가 얼마나 어깨를 펴고 다니는데."

"그렇다고 해도 정리를 좀 해주십시오."

"그렇게 조바심 낼 거 없잖아. 자네들 수사엔 아무 문제 없다며."

"그렇기는 하지만……."

"사실 나도 그러고 싶지만 이번 건은 내가 지시한 게 아니야. 내가 결정을 했다면 수사 자체를 하지 못하게 했겠지."

"예? 그게 무슨 말씀인지?"

나 과장은 눈이 휘둥그레져 고 과장을 쳐다보았다.

"본청장님으로부터 내려온 지시야. 그 친구가 서울에서 생활을 잘했었나 봐. 전에 있던 경찰서 과장이 나서서 도와준 것 같아. 아마 직접 청장님께 부탁을 한 모양이야. 거기 형사과장이 청장님하고 막역하다는 소문이 있어. 이제 며칠 남지 않았잖아. 나도 위에 할 말은 있어야지. 안 그러나?"

"저도 과장님이 왜 그런 결정을 했는지 의아하기는 했습니다."

"아무튼 하태석이 하는 수사는 며칠 있으면 끝나니까 그다음 준비를 잘해. 혹시라도 하태석의 의도대로 된다면 그에 대한 대비도 하고."

나 과장의 눈이 빛났다가 다시 흐려졌다. 고 과장은 광역수사대장에게 전화를 넣었다. 그리고 언론에 대해 다시 한 번 차단을 지시했다.

*

마음이 급해진 태석은 유사 범죄로 분류되고 미제로 남아 있는 사건을 집어 들었다. 엑스가 진화를 하고 있는 것이라면 전에 발생한 미제 사건들

중 놈이 저지른 게 있을 것이다. 그리고 분명 유사점이 있을 것이고 실오라기 하나라도 증거를 남겨놓았을 것이다. 태석이 찾아야 할 것은 그것이었다. 주경철이 저지른 범죄를 빼고 엑스가 저질렀을 것으로 예상되는 열일곱 건의 사건이 있었다. 사망 사건도 있었고 강도 사건도, 상해 사건도 있었다. 광주를 중심으로 남원, 순창, 고창, 나주, 곡성, 함양, 영광 등에서 최근 5년 사이에 계속해서 나고 있었다. 전북청, 전남청, 광주청, 경남청에 있는 사건 열일곱 건이 모두 미제다. 그중에 여덟 건은 강도 사건이고 세 건은 상해 사건 그리고 여섯 건이 살인 사건이다. 5년 전부터 이렇게 많이 발생한 줄 모르고 있었다. 누군가 이를 종합해서 체계적으로 확인해놓은 것이 없었다. 각 청마다 보고서도 따로였고 결과도 따로 작성되어 취합되지 못했다. 연쇄범죄일 가능성에 대해 의문을 갖고 자료를 정리한 것이 없어 이를 정리해야 했다. 사건을 정확히 알려면 담당자를 만나야 한다. 공문으로 관련 서류를 확인해달라고 했지만 회신이 오는 데 얼마나 시간이 걸릴지 알 수 없었다. 태석은 조를 나누어 담당 직원들을 직접 만나 단서가 될 만한 것들을 수집하고 자료를 받아 오라고 지시했다.

전북 고창은 4년 전이었다. 담당 형사는 광주에서 여기까지 왔느냐는 의아한 표정이었다.

"벌써 4년이나 지났는디. 그때 난리도 아니었구만요. 내가 태어나서 그렇게 많은 기자들 만나보기는 처음인게. 지방지 기자만 보다가 그때 중앙 기자들을 다 봐불었네. 뭐 별 차이도 없기는 하든디. 전과자들, 정신이상자들, 모두 확인을 해보았는디 알 수가 없었구만요. 그때 학생 하나를 긴급체포한 적이 있는디 고걸로 난리가 나불었제요. 지가 혔다고 허니까 그것을 믿고 체포혔다가, 부모들 오고 학교에서도 오고 멱살까지 잽히고 싸웠죠. 결국 학생이 겁을 묵고 거짓말을 헌 것으로 끝이 났지만 말요. 그때 CCTV하고 블랙박스 영상입니다. 참고가 될지는 모르것지만요. 이거는 당시 현장 사진이고, 도움이 될란지는 모르것지만 광수대에서라도 해결을 혀주면 고맙죠."

담당자는 그때 기억이 아찔하다는 듯 고개를 절레절레 흔들었다.

경남 함양은 2년 전이었다. 비교적 최근이었고, 그곳도 의아해하기는 마찬가지였다.

"집에 자매가 있었는데 둘 다 죽었십니다. 아부지가 의심돼서 아부지도 조사했고. 남자 친구, 사돈에 팔촌까지 확인하지 않은 사람이 없십니다. 집 안 전체를 신상 털기 다 했으니까예. 그래도 안 나왔십니다. 이 정도 했으면 상 줘야 되는 긴데. 서류 보이시죠? 이제 그만하고 싶습니다. 이것 때문에 우리 부서 다 나갔십니다. 잡지 못했다는 자괴감도 들고, 매일 찾아오는 가족들 보기도 그렇고 해가. 내만 남고 다 나가뿔고. 저도 다음번에 나갈라고 합니다. 도저히 못 버티겠어예. 들어올려는 사람도 없고. 저렇게 큰 미제 사건을 두고 누가 들어올라 하겠십니까. 지금도 가족들이 찾아와서 하소연하는데. 광주 광수대에서는 뭐 짚이는 게 있는가예? 여기 영상 자료하고 참고할 만한 것을 사본을 했십니다. 참고해가 꼭 잡아주소. 이거 해결해야 우리 수사과에도 사람들이 들어올라고 할 낀데."

팀이 다시 모아질 수 있도록 광역수사대에서라도 해결을 해달라는 부탁이었다.

전북 순창으로 가도 반응은 똑같았다. 불과 1년 전이었다.

"아침에 일을 하는 아줌마인디요. 야쿠르트 아줌마요. 증말 열심히 사는 부부였는디. 아줌마 죽고 아저씨도 폐인이 되더니 저번 달에 농약을 마셔버려가지고 아직까지 의식이 없어요. 아저씨가 그랬다는 말도 있는디 그건 그분을 모르고 하는 말이고. 정말 끔찍이도 두 분 사이가 좋았어요. 그러니까 음독까지 혔제. 원한 살 만한 사람도 없고. 팀장님이 나갔어요. 언론하고 대판 싸우고 나갔죠. 우리는 놈을 잡겠다고 밤낮 가리지 않고 일하고 집에도 못 들어갔는디 무능하다고만 하니까. 팀장이 약으로 버티다가 못 버티고 나갔구만요. 건강이 나빠졌다고 말은 허는디 사실은 스트레스를 이겨내지 못하니까. 이 사건 이제 미제로 남길려고 그려요. 고인에게는 미안하지만 요것이 사람 잡는 사건이랑게요."

태석은 종현과 함께 영광으로 내려갔다. 거기에서도 오래된 미제 사건이 있었다는 것을 이번에 처음 알았다.

"형님."

"아이고, 지방청 광수대 팀장님께서 여기까지 어떻게 오셨어."

"태석이 왔나?"

"태석 형님 오셨어요."

강력팀 사무실 직원들이 반갑게 맞아주었다. 예전의 앙금은 이미 풀린 지 오래였다. 단체로 문병을 오고 발령받기 전 술자리를 하면서 모두 털어버렸다. 사무실은 여전하였고 변한 것이 없이, 태석의 자리에는 새로운 직원이 앉아 있었다.

"왔으니까 과장님께 인사드려."

한주석 팀장은 태석을 데리고 과장실로 들어갔다. 자리에 앉아 있던 송주호 과장도 일어나 태석을 반겼다. 태석을 못마땅해하던 그때의 과장이 아니었다.

"이야기는 들었어. 이제 며칠 남았나?"

"4일이 남았습니다."

"자네 대장이 전화해서 자네를 믿어도 되냐고 묻더구먼."

"예?"

"믿어보라고 했어. 신뢰할 만하다고."

"감사합니다."

"일을 꼭 자네 손으로 끝내야 한다고 생각하지 말게. 밖에서 보기로는 다 같은 경찰이야. 자네도 경찰이고 중부서도 경찰이야. 자네가 끝내도 경찰이

한 것이고 중부서에서 끝내도 경찰이 한 거야. 윗선은 그렇다네. 그렇게 정치를 하는 사람들이고. 사건은 수사를 하는 직원들이 한 거야. 하태석 자네가 한 것이 아니고. 무슨 말인지 알겠나?"

과장은 심각한 표정으로 태석을 바라보았다. 이미 지휘부에서 정해질 과정을 알고 있었기 때문에 태석이 표적이 되지 않기를 바라고 있었다.

"예."

"절대로 자네를 특별하게 생각해주지 않아. 윗선은 현장 직원들과 달라. 실수에 절대로 관대하지 않지. 오히려 그것으로 자신들의 방패를 삼고 말아. 남은 4일 동안 놈을 반드시 찾게. 찾지 못하면 자네가 쌓은 명성이 모두 허물어질 거야. 찾아야 본전이지만 아니라면 자네에겐 가혹할 거네. 그게 지금의 자네 상태야."

태석은 말이 없었다. 과장의 충고가 겉으로 흘려보내기에는 바늘이 가득했다. 그러나 진심으로 자신을 위해주고 있다는 것은 느낄 수 있었다.

"나가봐. 그리고 팀장은 하 팀장 잘 도와주고. 동네 형님이잖아."

"그럼요. 제가 도와줘야죠."

한주석 팀장은 과장이 하는 말을 알아들을 수는 없었지만 태석을 도와주라는 지시가 좋은 뜻인 것만은 분명하다고 생각했다.

"과장님 말이 무슨 뜻이야?"

"뭐, 그냥 사건 잘 해결하라는 거죠. 형님, 4년 전쯤에 강도 사건이 하나 있었죠? 그거 어떻게 처리되었어요?"

말이 나오자마자 한 팀장은 골치가 아프다는 듯 인상을 찌푸렸다.

"그거 발생 보고랑 해서 보내주었는데. 승오야, 그거 광수대로 안 보내줬냐?"

"보내주었는데요."

"서류는 받아보았는데 자세히 알고 싶어서 그렇죠."

"그려, 니가 좀 해결해 줘라. 이미 포기한 사건이지만."

태석의 말에 진승오 형사가 이미 미제가 되어 캐비닛에 들어가 있는 서류를 꺼내 왔다. 두께가 상당해 오랫동안 수사를 한 것으로 보였다. 담당을 했던 형사는 사건에 치여 강력팀을 떠나버렸고, 승오가 받아 몇 달 수사를 하다가 미제로 철을 해 집어넣어놓은 것이다. 사람이 죽은 것은 아니었다. 그러나 그 충격에 여자는 정신이 나가 바깥출입을 하지 못하고 있었다. 없는 형편에 정신과 치료는 해보지도 못하고 남편도 떠나버렸다. 여자는 다른 사람의 도움 없이는 살 수 없는 신세가 되어 일흔이 넘는 노모가 돌보고 있었다.

"살았다면 당시 상황을 진술했을 텐데요."

"진술 못 해. 정신이 갔어. 사고 당시에 치료를 제대로 받았어야 하는데 그러지 못한 거지. 병원 치료를 대여섯 달 했지, 아마. 병원에 여러 차례 찾아가서 놈에 대해 물었는데 모른대."

태석은 직접 만나보고 싶어 한 팀장과 함께 그녀를 찾아갔다. 차를 몰아 30분이 넘게 달려 도착했다. 마을에 사람은 없었고 집은 정리가 전혀 되어 있지 않아 음산하기까지 했다. 여자는 혼자 마당에 앉아 있었다. 멍하니 앞만 바라보고 가끔 하늘을 올려다보기도 했지만 정확히 무엇을 쳐다보고 있는지 알 수가 없었다. 마당에 서서 여자를 보고 있어도 여자는 반응이 없었다. 놈이 남긴 상처는 몸이 아니라 정신을 가져가버렸다.

"저기, 오순옥 씨, 경찰관입니다. 뭐 좀 여쭤봐도 돼요?"

"……"

"오순옥 씨?"

그녀에게선 아무런 대답도 듣지 못했다. 엑스가 남긴 상처는 그녀를 살아 있어도 산 사람이 아니게 만들었다. 태석은 한참 동안 오순옥을 바라보았다. 그녀에게서 지선의 모습이 보였다. 지선이 깨어나도 저런 모습이 되어버릴까. 사람조차 알아보지 못하는. 지선에게 모르는 사람이 되어버릴까 봐

안타까웠다. 영혼은 없고 껍데기만 있을 뿐이었다.

"우리 딸을 빙신을 만들어놓은 놈은 잡아주지도 못하는 경찰이 여그를 뭐허러 온 것이여!"

대문으로 들어서는 일흔이 넘은 노파는 경찰에게 단단히 화가 나 있었다.

"놈을 잡아 오기 전까지는 여그 오지 말란 말이여, 여그를 뭐허러 와. 느그들이 데려다 돌봐줄 거 아니면 오지럴 마. 뭔 놈의 조사만 허고는 잡도 못혀. 꺼져. 꺼지란 말이여!"

노파의 화에 동네를 빠져나와야만 했다. 여자는 노파의 화에도 여전히 반응이 없었다.

돌아가는 차 안에서 여자를 생각했다. 뭘 보았을까. 뭐가 그렇게 여자에게서 말을 빼앗아 가버린 것일까. 태석은 다시 지선을 생각했다. 말을 하지 못하더라도, 정신이 없더라도 잠에서 깨어 태석을 봐주길 빌었다.

수법이 모두 다르고 금품을 노린 범죄도 아니었다. 모두 동일 건으로 볼 수 있을까. 목격자. 생존자는 몇이 있기는 하지만 아무도 기억해내지 못하고 있었다. 그렇다면 진술을 해줄 수 있는 사람은 누가 있을까. 현장을 목격하고 정신이 살아 있는 사람. 태석은 오랜 생각에 잠겨 있다가 갑자기 손뼉을 쳤다.

"종현아, 중부서 유치장으로 가자."

"왜요?"

"주경철을 만나보게."

"그 새끼를 왜요?"

차는 중앙선을 넘어 유턴을 했다. 놈은 엑스를 목격한 유일한 사람이다. 다른 생존자는 공격을 당해 아무것도 기억해내지 못하지만 놈은 옆에서 지켜본 놈이다. 면회를 거절할지도 모르지만 기다려보기로 했다. 유치장 직원에게 면회 신청서를 작성해 밀어 넣었다. 고개를 갸웃거리던 직원은 놈이 만나줄까요라고 중얼거리며 들어갔다. 다행히 놈은 태석의 면회에 응했다.

커다란 투명 창문을 사이에 두고 주경철과 마주했다. 놈은 태석을 알아보았다. 유일하게 자신의 속을 들여다보고 있는 경찰관이라는 게 기분이 좋지 않았지만 자신을 알아주는 것 같아 좋기도 했다. 놈은 죄를 지어 반성을 하고 있는 게 아니었다. 희대의 살인마라는 이름에 어울리려 하는지 면회실을 들어올 때부터 거드름을 피우고 있었다. 유치장이나 교도소는 놈을 교화시킬 수 있는 곳이 아니었다. 단지 놈을 잡고 있는 것뿐. 가족들이 망자를 눈물로 기억할 때 놈은 그때를 회상하며 배를 채우고 잠을 잘 것이다.

"유능한 형사님 오셨네."

"카메라에 대고 뭐라고 한 거야?"

"뭐?"

"네가 밖에 있는 그놈에게 뭐라고 했기에 놈이 너처럼 변하고 있는 거야? 네가 잡히기 전에는 이렇게까지 잔인하지 않았어. 그런데 이제 너보다 더 잔인하게 변하고 있어."

잔인하게 변했다는 말에 주경철은 미소까지 지어 보였다. 거만해진 놈은 턱을 팔로 괴고 태석을 한심하다는 듯 쳐다보았다.

"짐승이 잔인한 건 당연한 거 아닌가? 사람이 아닌데. 나 같은 부류를 반사회성 인격장애라고 오늘 면회를 해준 범죄심리학 전문가라는 분이 말을 하던데. 말이 좋아서 인격장애지 사실은 그게 짐승이라는 거 아닌가? 사람이 아닌 거지. 짐승은 같은 종속들도 잡아서 질근질근 씹어서 먹으니까. 흐흐흐."

"말장난하지 말고, 뭐라고 메시지를 보냈냐고?"

태석의 고함에 주경철은 움찔 놀랐다가 다시 평정심을 찾았다.

"사람 먹어봤어?"

"미친 새끼!"

"맛있어. 산 사람은 말이야."

"그만둬, 미친 새끼야."

"이렇게 씹어 먹었지."

놈은 고기를 씹고 있다는 듯 입을 벌려 이를 부딪치며 먹는 흉내를 내었다.

"개새끼! 들어가!"

태석은 더 이상 듣지 못하겠다는 듯 자리에서 일어나 뒤돌아섰다. 놈의 말은 미친놈이 지껄이는 자기과시에 불과했다.

"너는 나한테 안 돼라고 했지. 네가 더 잔인한 줄 알지만 사실은 내가 한 수 위라고. 맞는 이야기이기도 하고."

놈이 정색을 하고 말을 이었고 태석이 다시 돌아섰다.

"그랬더니 자기가 한 수 더 위라고 지랄을 하네. 그래 봤자 내 흉내 내는 것뿐인데."

"흉내?"

"흉내라도 내야지. 자기가 하던 대로 하면 나를 못 따라오는데. 따라오려면 놈도 변해야 하고. 작은 칼 하나 가지고 비 내리는 골목길에서 서성대는 건 그만해야지. 안 그래?"

엑스는 메시지를 받고 수법을 바꿔 계속 살인을 하고 있었다. 엑스는 주경철과 다를 게 하나 없는 놈이고, 더 잔인하게 변한 것이 확실했다.

"그럼 이제라도 중부서 형사들에게 네가 한 게 아니라고 말해. 너 같은 놈이 밖에 또 있다고! 내가 놈을 잡아다 여기 유치장에 넣어줄게."

"그럴 필요 없어. 나도 놈이 얼마나 더 버티고 변하는지 보고 싶거든. 그렇게 말했다간 다른 형사들까지 달려들어 바로 잡힐지도 모르는데. 그럼 재미도 없고."

주경철은 이제 엑스가 잡히지 않고 변하는 모습을 지켜보고 싶어 했다.

"놈이 어디 있을까 말해봐. 누구야? 넌 알지? 나이가 몇 살이나 먹은 새끼야? 어디 살아?"

"그걸 어떻게 알아? 나도 잠시 한 번 본 것뿐인데. 이만 끝."

"말하고 들어가! 주경철! 너도 너보다 더 잔인한 놈이 있다는 게 싫잖아! 네가 최고이고 싶은 거 아니야? 내가 잡아줄게. 누구야!"

"우리 같은 놈은 강자하고는 절대 싸우지 않아. 왜 지는 싸움을 해. 밖에 널린 게 나보다 약한 것들인데. 그런데 놈이 어떻게 메시지를 보았을까?"

"뭐?"

"흐흐, 메시지……."

"주경철! 주경철!"

주경철은 알 수 없는 미소를 남겨놓고 들어가버렸다. 면회실을 나와 유치 장 안으로 들어가려고 했지만 중부서 직원들이 막아섰다. 태석은 이 중부 서에서만큼은 유치장 내부로 들어가는 것이 금지되어 있었다.

*

면회를 하고 숙제가 하나 늘었다.

'메시지.'

주경철이 남기고 들어간 마지막 말을 태석은 돌아오는 내내 수백 번 되뇌 었지만 의미를 알 수 없었다. 수수께끼 같은 그 말의 뜻이 무엇일까?

사무실에 들어오자 각 서에서 받아 온 서류들로 책상이 가득했다. 이 모 든 것을 어떻게 정리하지? 그리고 이 안에서 놈을 어떻게 찾을 수 있을까? 태석의 물음에, 절대로 찾을 수 없다고 서류들은 입과 눈을 꽁꽁 가리고 있 는 것 같았다. 모두 엑스가 한 사건일 수도 있고 아닐 수도 있지만 태석은 그 안에서 엑스의 흔적을 찾으려 하였다. 이미 중호와 상욱이 서류를 정리하며 공통점을 찾아가고 있었다.

"들어오셨어요. 뭐 좀 나온 게 있습니까?"

중호 말에 태석은 대답이 없었다. 태석은 여전히 메시지란 말에 빠져 허우적거리고 있었다.

"종현아, 뭐 없냐?"

"예, 없어요. 팀장님이 주경철이 면회 갔다 온 것 말고는."

"그 새끼를? 왜?"

"몰라요. 팀장님만 만났으니까."

종현은 자기는 아무것도 모른다는 듯 양손을 들어 보였다.

"그 새끼가 무슨 말 해요?"

중호가 태석에게 물었지만 태석은 듣지 못한 듯 자리에 앉자마자 생각에 빠졌다. 더 말을 걸어보려다 생각을 방해하는 것 같아 말을 멈추었다.

"오늘 이거 정리하려면 밤새워야 할 것 같으니까 야식이나 하나 시켜 먹고 하자. 종현아, 뭐 먹고 싶은 거 없냐?"

"먹고 싶은 거야 많죠."

"족발 먹을래? 저번에 먹어보니까 맛있던데."

"좋죠. 그거나 먹고 일 시작해야겠어요."

"그래, 족발이다. 팀장님, 족발 하나 시키겠습니다."

여전히 태석은 말이 없었다. 태석은 유치장에서 나온 후로 주경철이 남긴 마지막 말을 계속해서 되짚어보고 있었다. 엑스는 주경철의 메시지를 보고 변한 것이 확실했다. 보았다면 텔레비전일 텐데. 그것이 문제가 될 것은 아니었다.

"저는 족발이 오기 전까지 인터넷에 무슨 기사가 떴는지 좀 살펴보겠습니다."

종현은 자리에 앉아 인터넷을 뒤지기 시작했다. 인터넷 검색창에 중부서라는 검색어를 넣자 여러 기사가 한꺼번에 올라왔다. 가장 뜨거운 기삿거리인 주경철부터 어제 일어난 방화살인까지 기사는 줄을 지어 올라와 있었고, 방송사 동영상 뉴스도 여러 편 게시되어 있었다.

"광수대와 중부서 간에 싸움이 났다고 아직도 기사가 있네요. 뭐야, 이건. 어제 쓴 거잖아. 동부서에서 발생한 모녀 살인 사건은 전과 완전 다른 것으로 유사점을 찾기 힘들어 지금까지 광수대에서 주장하고 있는 연쇄살인과는 연관이 없는 것이라고 경찰 관계자는 밝혔다. 특히 광수대에서 계속 동일범이라고 주장하고 있으나 현재까지 나온 범행 수법으로 보아서는 동일범으로 보기 어렵다는 게 전문가들의 의견이다. 이런 기사는 어떤 새끼가 내는 거야? 우리한테는 한번 물어보지 않고. 이런 기사가 수두룩하네. 몇 개야!"

"기자들이 다 현장 나가보고 기사 쓰는 줄 아냐? 기사를 보고 기사 쓰는 기자들도 많아. 그러니까 계속 같은 내용으로 기사가 올라오는 거지."

"그러니까 읽다 보면 다 같은 기사라니까."

종현의 말에 중호와 상욱이 동조를 하듯 한마디씩 했다. 그들의 말에 생각에 잠겨 있던 태석의 눈이 빛났다. 그러고는 벌떡 일어나 종현에게 다가갔다.

"기사. 그래, 인터넷 기사. 주경철의 집에 텔레비전이 없었지?"

"주경철요? 갑자기 주경철은 왜요?"

"없었어. 그런데 놈은 자기를 수사하고 있다는 정보를 모두 알고 있었어."

"인터넷을 보고 알았겠죠. 집에 텔레비전 대신 컴퓨터가 있었으니까요. 유튜브에도 얼마나 많은 동영상이 올라오는데요."

"그거야! 기사! 주경철은 정보를 텔레비전이 아닌 인터넷에서 얻었어. 엑스도 그러리라는 것을 안 거야. 그래서 자신의 얼굴을 엑스가 정확히 보리라는 것을 안 거고."

태석은 흥분해서 말문이 막혀 곧바로 다음 말을 이어 나가지 못했다. 커다란 수수께끼를 풀어낸 것만 같았다.

"기사요?"

"그래, 기사. 인터넷에 기사가 나간 날을 찾아봐. 어서. 날짜를 다 뽑아봐. 가져온 사건들이 언론에 난 게 있을 거야. 그것을 비교해보라고, 빨리!"

"저기 쌓여 있는 저 사건들 말인가요?"

"그래, 저 사건들이 언론에 난 것을 찾아보라고."

"신문 사설까지 포함할까요?"

"같이 확인해봐."

태석은 미제 사건으로 모았던 열일곱 건에 대하여 인터넷에 기사가 올랐는지 여부를 모두 비교해보았다. 기사가 난 것을 프린트해서 모으자 모두 서른여덟 건의 기사가 나갔다. 그중에 중복되는 기사를 모두 빼자 여섯 번이었다. 모두 같은 기사가 계속 반복되어 재생산된 것들이 대부분이었고, 발생 사건 열일곱 건 중에 여섯 건이었고 그것을 다시 기사가 나간 날과 나가지 않은 날을 비교해보자 세 건에서 네 건 정도의 차이를 보였다. 보통 세 건에서 네 건 정도 사건이 발생했을 때쯤 기사가 났었다. 열일곱 건이 모두 기사가 나간 게 아니었다.

"기사가 나기 전까지 수법이 어떤가 봐봐."

사건 발생 보고서를 기사가 났던 날짜 전후로 비교해보자 놀라운 결과가 드러났다. 장소는 모두 다르지만 기사가 났던 날을 기준으로 수법이 변해 있었다. 처음 초등학생을 대상으로 했던 사건은 곧바로 언론에 나서 더 이상 초등학생을 대상으로 한 범죄는 없었다. 다음은 초저녁 도로에서 여자를 공격하는 것이었다. 이것은 세 건이나 있었지만 마지막 범행이 '아스팔트 위 의문의 살인 사건'이라는 제목으로 취재되어 방송을 타자 자취를 감추었다. 그러다가 다시 새벽으로 시간을 바꾸어 놈은 흉기를 들어 골목길에서 강도를 벌였고, 이것은 네 번 계속되다가 '골목길의 검은 그림자'라는 제목으로 기사가 나가면서 사라졌다. 그 뒤로 단순 상해가 여러 번 반복되다가 갑자기 범행이 1년 넘게 나타나지 않았다. 일종의 잠복기를 거쳤는지 모르지만 범행은 발생하지 않았다. 그러다가 놈의 흉기는 더 크고 긴 것으로 바뀌었고 피해자들을 무차별적으로 공격했다. 이것도 세 건이 계속되었고, 그중에 지선도 있었고 편의점 아르바이트 여학생도 있었다. 아르바이트 여학생이 기사화되고 나서 잠시 휴식기를 거치다가 곡성에서 불을 지르는 수법으로 변하더니, 그것이 다시 기사가 되어 나간 후 놈은 이제 집으로 들어가기 시작했고 흉기도 변했다. 가장 뚜렷한 변화를 보인 시점이 바로 주경철의 체포 후였다. 체포 후 많은 기사가 나가고 나서 엑스의 수법은 폭발적인 분노를 가진 사람처럼 잔인하게 변했다.

"엑스는 범행이 기사화되면 곧바로 수법을 바꾸었어. 동일범이라는 것과 연쇄 사건이라는 것, 이 두 가지를 피해 가기 위한 거지. 전혀 다른 방식으로 자신의 존재를 계속해서 숨겨왔던 거라고. 놈은 자기 기사를 모두 읽고 있어. 수집하고 있다고 봐야지. 놈은 그냥 단순한 범죄자가 아니다. 인터넷과 신문 사설을 통해 범죄 유형을 계속해서 바꾸고 있어. 이번에도 기사가 나갔어. 그렇다면 놈은 수법을 또다시 바꿀 거야. 어떻게 바꿀지는 아무도 몰라. 놈은 항상 인터넷을 검색하고 있어."

"날씨도 영향이 있는지 모르겠지만 비가 오는 날이 많았는데요."

"증거가 남지 않는다는 이유도 있겠지. 놈은 모두 집 밖에서 공격을 했으니까 빗물이 증거를 모두 지워주었던 거고, 놈도 그것을 알았을 거야."

"충분히 그럴 수도 있겠는데요."

"마지막 기사가 뭐지?"

태석의 말에 모두가 기사를 찾는 데 열중했다. 최후로 난 기사, 바로 세 모녀를 살해하고 방화를 한 사건이다.

"중부서에서 하고 있는 세 모녀 살인 사건인데요. '여자만 노리는 살인자인가, 아니면 가족을 살해한 비정한 아버지인가?'라는 기사가 마지막입니다. 아마 중부서에서 아버지를 용의자로 본다는 것 때문이 아닐까요?"

아버지가 범인이 아니라는 사실은 하루 이틀이면 밝혀질 것이다. 이미 서부서 모녀 살인 사건도 내연남의 소행이 아니라고 결론이 나서 체포되었다가 바로 다음 날 풀려났다. 태석은 다급해졌다. 놈이 인터넷 기사를 본다면 거기에 해답이 있을 것이다.

"종현아, 사이버수사대에 전화해서 이런 기사를 누가 검색하는지 알아봐."

"네?"

태석의 지시는 현실적으로 불가능한 숙제였다. 기사를 검색한 사람을 어떻게 알아낼 수 있다는 말인지 종현은 이해하지 못했다. 이렇게 기사를 검색하는 사람이 한두 사람이 아니라 수천수만 명일 것이라는 점을 태석이 모를 리 없었다.

"그런 것은 없죠. 어떻게 있어요. 수만 명일 텐데."

"물어봐, 빨리. 지역을 광주로 좁혀서라도."

"지금요?"

"팀장님, 지금 새벽 한 시입니다."

"그건 상식적으로도 불가능합니다. 팀장님."

"그래도 물어봐. 사이버수사대는 다른 방법이 있을지도 모르잖아."

태석은 이미 이성을 상실한 것 같았다. 직원들 모두가 말려도 오기를 피웠고 굽히지 않았다. 그 심정을 종현이 알기 때문에 사이버수사대 사무실에 전화를 넣었다. 벨소리에 잠에서 깨어난 당직자가 잠긴 목소리로 전화를 받았다. 그리고 되돌아온 대답은 생각했던 것보다 더 화가 나 있었다.

"어떤 미친 새끼가 그런 게 검색이 된대? 똘아이 아니냐? 너네 팀장 미친 거 아니야? 그런 기사 읽는 사람이 대한민국에 한두 명이야? 그런 것까지 검색이 되면, 범인이 누구냐고 검색해도 되겠다."

직원이 얼마나 큰 소리로 했는지 전화기 너머에서 들려오는 소리가 모두 그대로 태석에게 전달되었다. 그때서야 태석은 정신을 차렸고 현실적으로 불가능하다는 것을 인정했다.

"미안, 미안. 내가 잠시 흥분했었나 보다. 야식 도착하면 먹고 좀 쉬어. 계산은 내가 할게. 미안하다, 종현아."

"아니에요. 언젠가는 그런 것도 검색이 되겠죠."

태석은 그대로 밖으로 나왔다. 흥분을 누그러뜨릴 필요가 있었다. 현관에 나와 담배를 물었다. 그러나 불을 붙이지는 않았다. 오토바이 헬멧을 그대로 쓰고 배달원이 지나가자 태석은 돈을 건네었다. 잠시 뒤 종현이 태석을 찾으러 밖으로 나왔다.

"팀장님."

"……먼저 먹어. 난 조금 있다 들어갈게."

태석의 목소리에 자신감이 없었다. 조금 전 놈이 수법을 바꾸는 이유에 대해 알아내었을 때의 자신감은 사라져버린 후였다. 태석이 시간에 쫓기고 있다는 것을 종현은 알 수 있었다. 이제 겨우 3일이 남았지만 범인은 그려지지 않았다.

*

"법의학실 좀 부탁드립니다."

국과수 교환실에서 단음의 멜로디가 몇 번 반복된 후 남자가 전화를 받았다.

"예, 법의학실입니다."

"과장님과 통화를 할 수 있을까요?"

"무슨 일이시죠?"

"문의드릴 게 있어서요."

"혹시 광주청 광역수사대 아닙니까?"

"예, 맞는데요."

남자는 반갑다는 듯 전화를 받아서 과장에게 전달했다. 먼저 전화를 하려고 했던 모양이다. 광역수사대로부터 분석 의뢰가 들어왔을 때 어떤 것을 분석해달라고 하는지 알 수가 없었다. 이미 종결된 살인 사건을 분석해달라는 것은 생소했기 때문이다.

"김동성 법의학 과장입니다."

"안녕하십니까. 광주청 광수대 하태석 팀장입니다."

"예, 그렇지 않아도 통화를 한번 하고 싶었습니다."

태석은 정중히 인사를 하고 사건에 대하여 설명했다. 김동성 과장은 계속 듣기만 했다. 이런 경우는 처음이라서 주문자가 무엇을 원하는지를 잘 알아야 하기 때문이다. 문의가 들어온 후 우선 부검을 했던 열두 구의 사체에 대한 검안 기록을 일일이 확인해보았다. 태석이 의뢰한 사건 중 자신이 부검한 것은 다섯 건이었고 나머지는 전에 있던 과장들이 했던 것이라 서류를 보지 않고는 내용을 알 수 없었다. 우선 자신이 부검했던 다섯 구에 대해서는 어느 정도 결론을 내어놓고 있었다.

"그러니까 열두 구의 사체가 모두 동일범의 소행일 수 있냐는 것인가요?"

"예, 그렇습니다."

어려운 질문에 너무 쉽게 대답을 하는 태석의 목소리에 다급함이 있었다.

"우선 저는 동일범일 가능성이 있다고 생각합니다. 다만 제가 부검했던 것에 한해서지만 말입니다. 전에 했던 것은 저는 장담을 하지 못합니다. 제가 한 것이 아니기 때문에. 그러나 가능성이 전혀 없다고는 하지 않겠습니다."

"모두 동일범일 가능성이 있다는 말씀인가요?"

"그건 아닙니다. 세 구는 완전히 다른 형태고요. 그것은 전혀 연관성을 찾지 못했습니다."

"세 구는 어떤 사건이죠? 그것은 저희도 우선 제외를 하겠습니다."

"예, 그건 공문으로 보내드릴 거고요. 우선 같은 사건으로 보는 사체에 대해서 설명하겠습니다. 부검을 할 때 사체 안에 남아 있는 피가 상당히 적었습니다. 사망 당시 많이 흘렸다는 이야기죠. 얼마나 흘렸는지는 정확히 알 수 없습니다. 다만 그렇다는 말씀을 드립니다. 모두 칼로 했던 자창의 상처는 급소를 정확히 찌른 것은 없습니다. 망자들이 오랜 시간 동안 살아 있으면서 많은 피를 흘렸다는 것입니다. 사인은 모두 실혈사입니다. 피를 대량으로 흘려 쇼크사한 것이죠. 칼로 만들어진 상흔의 패턴도 비슷해요. 그런데 이번에 난 사건은 거의 두개골이 함몰되었습니다. 거기에서도 피는 대량으로 흘렸죠. 부검할 때 담당 형사들이 제공한 현장 사진을 보면 다량의 피가 있습니다. 그리고 발자국이 있는데, 아마 죽어가는 사람을 보고 있었던 게 아닌가 생각이 됩니다. 사진을 보면 아시겠지만 피해자를 정면으로 바라보는 방향의 발자국입니다. 다른 범인들 같으면 이런 발자국 남기기 힘듭니다. 도망가기 바쁘니까요. 그런데 이건 정확히 정면에서 서서 바라본 겁니다. 사람이 죽어가는 것을요. 어쩌면 사람이 죽어가면서 버둥거리는 모습을 즐기는 것일지도 모릅니다. 우선 이것으로 대충 정리를 해서 보내드릴게요. 오늘 또 세 모녀 부검이 있어서요. 통화는 오래하지 못할 것 같습니다."

"네, 감사합니다. 또 참고할 게 없을까요?"

김동성 과장의 말은 충격적이었지만 태석은 태연히 받아들였다. 지선을 치료하고 있는 담당 의사도 이와 비슷한 이야기를 했었다. 그리고 엑스가 주경철 정도의 괴물일 거라고는 짐작을 했었고, 주경철보다 더 치밀한 놈이라는 것은 확실했다.

"제가 말한 것은 우선 부검 소견으로만 전달을 한 것이고요. 범인의 심리를 알고 싶다면 제가 소개시켜드릴 수 있는 분이 있는데요."

"감사합니다. 그분이 누구시죠?"

"한국대학의 범죄심리학 박주민 교수입니다. 경찰관 출신이고요. 방송에도 여러 번 출연한 분입니다. 그분이 우리나라에서는 범죄자의 심리를 가장 잘 안다고 할 수 있는데, 그분에게 물어보면 어떨까요? 사실 저도 이런 질문은 처음이라서 자문을 구하기는 했습니다."

"박주민 교수요."

"알고 계신가요?"

"예, 이미 의뢰를 해놓았습니다."

답변을 주기로 했던 그녀는 아직까지 답이 없었다. 곧바로 전화를 넣었다. 전화 너머에서 들려오는 여자의 목소리는 당당하고 카랑카랑했다. 자신에 찬 목소리에 태석도 믿음이 갔다. 학생들 수업을 준비하던 교수는 책을 옆에 끼고 전화를 받았다.

"전화가 없으셔서 사건이 해결되고 있나 했습니다. 우선 저번에 보내주신 자료하고 국과수에서 받은 자료를 다시 보고 있어요. 어제 주경철도 제가 가서 심리 상담을 했었죠. 전형적인 폭발적 사이코패스입니다. 쉽게 말씀드리면 인간이 아니라 미친놈이란 뜻이죠. 자료를 모두 분석을 하는 데 일주일 정도 시간이 걸릴 것 같습니다."

"일주일은 안 됩니다. 하루밖에는 시간을 드릴 수 없습니다. 놈을 잡는 데 남은 시간은 이제 겨우 3일뿐입니다. 그 시간이 지나면 사건은 종결해야 합니다."

태석은 기다릴 수 없다는 말을 돌려서 하지 않고 직접 거론했다.

"하루요? 말도 안 돼."

교수는 한심하다는 듯 말을 튕겨내듯 뱉었다.

"말이 안 되지만 며칠 후면 소용이 없습니다. 부탁드리겠습니다."

"형사님, 말씀을 하신다고 분석이 뚝딱 되는 게 아닙니다. 수업도 들어가야 하고."

"부탁드리겠습니다. 교수님께서 꼭 해주시리라고 믿습니다."

태석의 목소리는 부탁이 아니라 명령 같았다. 박주민 교수도 보통 때 같으면 거절을 할 수 있었지만 이상하게 태석의 목소리에는 거절이 힘들었다. 그만큼 다급해 보였다.

"연구해보겠습니다. 제가 되는 대로 휴대전화로 전화를 드릴게요."

태석은 시간에 쫓기는 것을 최대한 늦추기 위해 사건을 나누었다. 먼저 연관된 사건의 통신 자료와 영상 자료를 비교하고 분석할 필요가 있었다. 그리고 미루고 있던 터미널 내 CCTV를 확인해야 했다. 태석은 1팀과 2팀에서 지원받은 인력과 함께 자료를 비교 분석하고, 터미널에는 종현과 중호를 보냈다. 기대가 크지 않았는데 터미널로 간 지 다섯 시간 정도 지나 종현으로부터 연락이 왔다. 그의 목소리는 흥분되어 있었다. 형사들이 작은 단서라도 찾았을 때 들을 수 있는 절제된 흥분이었다.

"팀장님, 버스는 3일밖에 저장이 되지 않아서 이미 삭제가 되었습니다. 다른 것은 이미 곡성경찰서에서 받아 가서 거기에서 확인이 되는데요. 곡성으로 가는 버스가 총 네 대인데 그중에 한 대인 9331호 버스는 고장이 나서 확인이 안 됩니다. 그날 이동했던 차량이 맞고요. 그 차에 탔던 사람들은 확인이 불가능합니다. 대신 의심 가는 놈이 한 놈 있습니다. 9331호를 탔다고 확신을 할 수는 없는데, 곡성으로 가는 버스 방향의 부스로 걸어가는 모습이 있습니다. 모자를 눌러썼고요. 손에 장갑을 낀 것 같아요. 멀기는 하지만 그렇게 보입니다."

오전부터 터미널 상황실에 앉아 눈이 아프도록 관찰해 찾은 결과였다. 검은 모자를 눌러쓴 남자는 무인 발권기에서 표를 받아 버스를 타는 곳으로 이동했지만 어떤 차량에 올라탔는지는 알 수 없었다. 다만 곡성으로 가는 버스가 정차된 방향이라는 것이었다.

"그럼 곡성이라고 가정하고 차가 이동한 경로를 따라서 놈이 타고 이동했는지 확인해봐. 있다면 바로 연락을 하고."

태석도 종현만큼이나 흥분하고 있었다. 조금이라도 의심이 가는 사람이 있다는 것은 수사할 여지가 있다는 것이다. 수사는 드디어 활기를 찾았다. 태석은 받아 온 서류를 분석하고 있는 1팀과 2팀 직원에게 검은색 모자를 눌러쓴 사람이 영상이나 서류에 있는지 여부를 확인하도록 지시했다. 종현에게서 휴대전화로 전송받은 CCTV 사진도 출력해 비교할 수 있도록 나누어 주었다. 사진 속 남자는 키가 크지 않았고 마른 체구였다. 그가 메고 있는 가방 안에 뭐가 들었을까? 종현은 다시 두 시간이 지나 연락을 주었고 조금 더 흥분되어 있었다.

"팀장님, 모자를 쓴 놈이 곡성 가는 버스를 탄 게 맞습니다. 그런데 곡성까지 가지 않고 그 전인 옥과에서 내렸어요. 옥과터미널 내부에 있는 CCTV에서 확인했습니다."

"얼굴 나와?"

"아니요. 모자 때문에 보이지 않아요. CCTV를 의식하는지 고개를 들지 않습니다."

"그럼 그놈이 어느 방향으로 갔는지 주변을 확인해봐."

종현에게 걸려 오는 전화에 태석은 그대로 있을 수 없었다. 차를 몰아 상욱과 함께 놈이 내렸다는 옥과로 달려갔다. 제발 엑스가 그놈이기를 간절히 빌며 종적을 확인할 단서를 남겨놓았기를 바랐다. 놈이 옥과에서 내려 택시를 타거나 다시 마을버스를 타고 곡성으로 이동했을 가능성이 있었다. 그 점은 이미 곡성경찰서에서 확인을 했지만 완벽하게 했다고 볼 수는 없었다. 옥과에 도착해서 지나간 곳은 주유소였다. 주유소 사무실 구석에서 종현과 중호가 도로 쪽으로 난 CCTV를 보고 있었다. 놈을 놓칠지 몰라 속도를 높여서 보지도 못하고 조금 빠른 정도로만 보며 집중을 했다. 태석이 들어가 간단한 설명을 듣고 같이 CCTV에 집중했다. 작은 주유소 사무실이 경찰

로 가득 찼다. 친절한 주유소 사장이 커피를 타 와 자기 조카도 경찰이라고
자랑을 늘어놓았다.

"지나간다. 역시 얼굴은 안 보이네요. 어둡기도 하고."

"완전 마라토너인데요. 빨라요. 화면을 빨리 돌렸다가는 놓치겠습니다."

"같은 놈입니다. 검은색 모자에 가방을 메었고요. 손에 장갑은 벗은 것
같습니다."

"사장님, 이쪽으로 가면 어디가 나옵니까?"

태석이 문 앞에 서 있던 사장에게 묻자 그는 손가락으로 산 너머를 가리
켰다.

"곡성이제. 산을 넘어서 10킬로미터 정도 가면 곡성이여. 근디 거그까지
뛰어가까. 겁나게 먼디."

사장은 뛰어가기에는 멀다는 표정이었다.

동영상을 USB에 다운로드하고 화면을 정지시켜 사진 촬영을 해서 사무
실로 전송했다. 화면이 흐려 놈을 특정하기는 힘들었지만 알고 있는 사람이
라면 사진을 보고 알아볼 수 있을 정도는 되었다. 차는 주유소를 나와 곡성
으로 출발했다. 그러나 놈의 흔적은 주유소가 마지막이었다. 어디로 간 것
일까. 가던 길에 CCTV가 설치된 농협과 주유소가 몇 군데 있었지만 전혀
촬영되지 않았다. 곡성으로 가지 않은 것일까. 다시 돌아왔을 것을 생각해
사건 발생 후 영상도 모두 확인해보았지만 발견되지 않았다. 헛것을 쫓고 있
는 것은 아닌지, 산에서 길을 잃어버린 것 같았다. 놈이 맞는지조차 확신이
들지 않았다.

"버스표!"

"예?"

"그날 곡성에서 내린 사람과 버스 기사가 받은 곡성 표 숫자를 비교해봐.
곡성에서 내린 사람은 몇 명이지?"

"열여덟 명이 곡성터미널에서 내렸습니다. 터미널 CCTV에 찍힌 건요."

"버스표는?"

"이상한데요. 버스 기사가 가지고 있던 곡성 표는 열아홉 장입니다."

"누군가 곡성 표를 끊고도 곡성에서 내리지 않았어. 그 전에 내린 거지. 목적지는 곡성이었고."

*

파도 소리가 들리는 벤치였다. 사람들은 없었고 가을날 풀벌레들이 일찍부터 노래를 부르고 있었다. 붉어진 바다는 뜨거운 해를 삼키며 부글거렸다. 붉은 노을 속에 지선이 너무도 아름다웠기에 일부러 그 시간을 기다려서 한 것은 아니지만 태석은 지선에게 청혼을 했다. 연습했던 대로 되지 않아 어색했지만 지선은 장난스레 넘기면서도 웃음 뒤에 울었다. 울음이 얼마나 오래 계속되었는지 태석은 지선을 달래는 데 시간이 걸렸다. 밤이 되어 별이 보일 때까지 벤치에 앉아 어깨에 지선의 고개를 올려놓았다. 지선은 여러 번 태석의 사랑을 확인하려 했고 영원히 변치 않을 거라는 다짐을 수십 번 되풀이하고서야 청혼을 받아들였다. 태석은 지선의 남편이 되기로 했고 지선은 아내가 되어 영원히 사랑할 거라고 했다.

태석이 지선의 아버지를 정식으로 만난 때는 지선의 아버지가 군수에 당선된 직후였다. 지선은 태석을 아빠에게 소개하고 싶어 했고 매일 잠바만 입고 다니던 그를 양복으로 갖추어 입게 했다. 경찰관 면접을 볼 때 입었던 철 지난 양복이지만 세탁소에서 막 다려서 입은 양복은 그런대로 봐줄 만했다. 양복을 새로 사주겠다는 지선의 말을 뿌리치고 선택한 옷이었다. 지선은 일곱 시에 시간을 맞추어 5분 전에 오라고 했고 미리 그녀가 전해준 고급 양주를 들고 오라고 했다. 아빠가 제일 좋아하는 술이라며 오전에 가져다준

술이었다. 아무렇지도 않다고 하면서도 그녀는 이상하게 안절부절못했다.

"오빠, 우리 아빠 만나는 거 겁나지 않지?"

"뭐가 겁나? 그리고 아버지가 날 좋아하신다고 했잖아."

"그렇지. 아빠가 오빠를 얼마나 좋아하는데. 빨리 데려오라는 것을 계속 미루었다고."

"그러면 뭐."

태석은 자신감 있다는 듯 미소를 보였고 지선은 파이팅이라고 눈을 찡긋했다.

대문을 두드렸을 때 가장 먼저 밖으로 나올 줄 알았던 지선은 나오지 않고 대신 징 소리를 내며 대문만 열렸다. 안으로 들어가자 그녀의 아버지 최병호 군수가 서 있었고 인사를 나눈 후에야 뒤늦게 지선이 방에서 나왔다. 그녀는 여전히 뒤에서 미소를 지어 보였고 파이팅이라고 주먹을 쥐어 보였다. 그러나 그녀의 미소가 젖어 있었다는 것을 태석은 알지 못했다.

"어서 오게. 시간에 맞추어 왔구먼."

"예, 일이 좀 있었는데 다른 직원에게 맡기고 왔습니다."

"이런, 일이 많이 바쁘구먼. 몸 상하겠어."

최 군수는 다정하게 태석을 걱정해주었다. 그런 최 군수에게 아버지 같은 고마움을 느꼈다.

"아빠, 오빠가 선물 가져왔잖아요. 뭐예요, 오빠?"

"빈손으로 오기가 그래서 술을 한 병 가져왔습니다."

"뭐, 그런 것을. 그냥 오지. 자, 식사하러 가지."

최 군수는 부엌으로 태석을 안내했다. 식탁에는 많은 음식이 차려져 있지는 않았지만 그런대로 준비한 티가 날 만큼은 되었다. 최 군수가 앉고 맞은 편에 태석이 자리에 앉았다. 지선이 태석의 바로 옆에 붙어 앉자 최 군수의 표정이 좋지 않았다.

"우리 지선이가 음식 준비하느라 고생이 많았네. 시켜서 먹자고 해도 말을 안 들어."

"지선이가요?"

"모두 내가 만들었으니까 하나도 남김없이 다 먹어야 돼."

지선은 자기가 만든 음식에 대견하다는 듯 어깨를 들어 보였다.

"지선이 엄마가 있었으면 음식이 더 좋았을 건데."

"아닙니다. 충분히 많은데요."

엄마라는 말에 지선은 무표정한 모습으로 밥을 먹었다. 오히려 최 군수를 못마땅한 듯 쳐다보았다.

"고 서장은 잘 있지?"

"예, 서장님이야 뭐 잘 계시죠."

"그 친구가 내 고등학교 후배야. 군대도 ROTC 후배지. 내 말이라면 껌뻑 죽어. 말 안 들으면 그놈이 죽지. 전방에 있을 때 내가 많이 돌봐줬거든."

"그건 몰랐는데요."

"이제 알면 되지 뭐."

최 군수의 말은 친근감이 아니라 마치 경고처럼 들렸다.

"오빠, 이거 먹어봐. 고기를 제일 좋은 거로 달래서 한 거야."

지선은 갈비를 집어 태석의 밥그릇에 올렸다.

"내가 먹을게."

"먹기는, 잘 못 먹으니까 그렇지. 얼른 먹어, 오빠."

지선은 부담스러울 만큼 태석을 옆에서 챙겼다. 최 군수에게 마치 내가 이만큼 오빠를 사랑해요라고 보여주려는 것 같았다.

식사를 마치고 거실 탁자에 최 군수와 단둘이 앉았다. 지선이 바로 옆에 앉았지만 최 군수는 음식을 치우라고 지선을 부엌으로 보냈다. 가지 않겠다고 했지만 최 군수는 지선을 떨어뜨려놓았다.

"아빠, 좋은 말 많이 해주세요. 꼭요."

지선은 최 군수에게 간곡히 부탁을 하듯 간절한 눈으로 말하고 부엌으로 갔다. 지선의 모습이 보이지 않자 최 군수는 앞으로 굽혔던 허리를 뒤로 젖혀 의자에 등을 기대었다.

"내가 자네를 좋아한다고 생각하나?"

"예?"

"지선이가 간곡히 원해서 이렇게 되기는 했지만 내가 자네를 좋아할 거라는 착각은 하지 않았으면 좋겠네."

태석은 아무 말도 할 수 없었다. 너무도 뜻밖의 말이었고 지선은 늘 아버지가 그를 좋아한다고 말을 해왔기 때문이다.

"난 우리 딸이 상처 받는 거 보고 싶지 않아. 그래서 오늘 이 자리도 만들었던 것이고."

"……."

"자네에게 부탁이 있네. 자연스럽게 헤어져줬으면 좋겠어. 자연스럽게."

"무슨 말씀인지……?"

"그것을 설명해야 하나? 내가 자네를 멀리한 게 아니라 자네가 싫어서 헤어지는 것으로 해달라는 거야. 그래야 우리 지선이가 나 때문이라고 생각하지 않을 것 아닌가. 내가 섭섭하지 않게 해주겠네. 고 서장에게 말해서 좋은 일 있도록 해주겠어. 계속 잠바 입고 밖에서 뛰어다니는 일만 할 수 있어? 승진도 해야지. 내가 도와주겠네."

최 군수의 말투는 부드러우면서 무서웠다. 지선이 자리에 와서도 그의 말투는 변함이 없었고, 오히려 더 무섭도록 친절했다.

"지선아, 이 친구가 어떻게 내가 좋아하는 것을 알고 그 술을 가져온 거야?"

"아빠는, 제가 좀 코치를 했죠. 아빠는 그 술만 마신다고. 좀 비싸서 그렇지. 오빠가 큰돈 썼으니까 아빠가 다음에는 오빠한테 한턱 쏴야 돼요."

"그러지 뭐."

지선이 보기에 그날은 너무도 화목한 저녁이었다. 그러나 지선은 이틀 후 태석을 울면서 찾아왔다.

24

"팀장님, 통신 자료를 분석한 것 중에서 공통으로 발견된 전화번호가 마흔여덟 개 있습니다. 그중에서 전과 조회를 해서 뽑아 보니까 최종적으로 두 명이 의심이 갑니다. 성폭력 전과가 있는데 확인해보시는 게 나을 것 같은데요. 두 사람이 아니면 더 이상 통신 수사로는 찾을 만한 사람이 없습니다."

곡성에서 길을 잃고 하루를 헤매던 태석에게 사무실에서 걸려 온 전화는 그를 다시 흥분하게 만들었다. 남자가 곡성 방향으로 간 것은 분명한데 주유소 이후로는 행적이 전혀 나오지 않았다. 골목길까지 모두 뒤지고 구멍가게 CCTV까지 확인했지만 놈은 어디에도 없었다. 의심 가는 두 명의 사진을 보아서는 옥과에서 사라진 그놈과 체격이 비슷해 보였다. 곧바로 그들의 인적 사항을 받아 속력을 내어 곡성을 빠져나왔다.

먼저 찾아간 곳은 고산동의 주택가였다. 이층집이 주소지로 나오는 양상우는 나이 42세에 폭력 전과 3범과 성폭력 전과도 두 개 있었다. 옆으로 난 계단으로 2층에 올라가 보았지만 양상우는 없었다. 창문을 보려 해도 커튼으로 꽁꽁 가려 뭔가 숨기고 있는 게 분명했다. 아래 주인집에 묻자 정확히 무슨 일을 하는지는 알지 못한다고 했다. 주유소와 터미널에서 찍힌 영상을 주인에게 보여주었지만 모르겠다는 말만 들었다.

"집 안을 다 가려놓은 게 이상한데요."

"안에 뭔가 숨기고 싶은 게 있나 보지."

안을 살피는 종현과 중호가 창문의 빈틈을 찾으며 중얼거렸다.

"저녁까지 기다리기는 힘든데. 전화 걸어봐."

태석은 오랫동안 기다려줄 만큼 시간이 여유롭지 않았다. 그런데 놈은 더 의심이 가게 전화를 받지 않았다. 계속해서 거는 것도 눈치를 채고 도망갈 빌미를 주기 때문에 더 이상 걸 수도 없었다. 태석은 다시 시계를 내려다보았다.

"이놈은 저녁에 다시 와보고, 다른 놈 있는 데부터 가보자."

2층에서 내려와 출발을 하려고 할 때 작은 트럭 한 대가 골목으로 들어와 차를 대었다.

"잠깐, 저거 양상우인데."

"모자도 썼어요."

모자를 보고 동시에 쏟아낸 말이었다.

형사들이 트럭으로 다가가자 차에서 내리려던 놈이 갑자기 차에 다시 올라탔다. 중호가 바로 달려가 차 문을 열고 놈을 끌어내었다.

"양상우 씨, 경찰입니다."

"왜요?"

"왜 내리려다 다시 타? 도망을 가려고?"

"아니에요. 언제요? 회사에 놓고 온 게 있어서……."

양상우는 갑작스런 경찰의 출현에 깜짝 놀라는 눈치였다. 겉으로 티가 나지 않게 하려 심호흡을 하고 있었지만 손가락 끝이 떨리는 것은 어쩔 수 없었다.

"양상우 씨, 휴대전화 2725번 쓰고 있죠?"

"아니요. 저는 그 번호 안 쓰는데요."

"휴대전화 어디 있어요?"

"없어요."

양상우가 전화가 없다고 잡아떼자 형사들은 잠시 당황했다. 그러나 그 거짓말은 곧바로 들통이 나버렸다. 전화를 걸자 조수석 글러브박스에서 전화가 울렸다.

"왜 거짓말 해?"

"……갑자기 물어보니까 착각했어요."

"그게 말이 된다고 생각해? 차를 한번 보자."

"왜요?"

차를 본다는 말에 양상우는 거부감을 드러내었다. 그러나 이미 형사들이 차 안을 확인하고 있었고 양상우도 가만히 있었다. 차를 다 보고 종현이 고개를 가로저었다.

"집을 봐봐."

집이라는 말에 양상우가 갑자기 떨기 시작했다. 차까지는 순순히 보여줄 수 있지만 집은 안 된다고 완강히 거부했다.

"왜 그러는데요? 이유나 알고 하게요."

"양상우 씨는 살인 사건 용의자입니다. 협조해주세요."

"예? 제가 무슨 살인을 해요. 미쳤구먼."

이유를 듣고 나서 양상우의 목소리는 갑자기 당당하게 커졌다. 처음 기가 죽어 얼버무리던 모습이 사라지고 말도 되지 않는 소리를 한다는 듯 소리를 질렀다. 그런다고 태석이 물러날 것도 아니었다. 양상우를 빨리 확인하고, 혐의가 없으면 바로 털고 이동해야 했다. 엑스가 아닌 것만 확인하면 되는 거였고 시간을 허비할 이유도 없었다.

"영장도 없이 아무 집이나 막 뒤져도 돼요? 경찰이면 막 들어가도 되냐고요?"

"그러니까 동의를 받고 들어가려고 하잖아. 거부하는 이유가 뭔데?"

양상우가 그렇게 말을 할수록 의심이 더 가고 있었다. 수색을 거부하는 이유를 추궁하자 커졌던 목소리가 다시 작아졌다. 말을 하면서도 이마에서 땀을 비 오듯 쏟아내며 안절부절못했다. 강제로 들어가겠다고 중호가 엄포를 놓아도 문 앞에 서서 들어갈 수 없다고 버티었다.

"가까운 열쇠공에 전화해, 뚫고 들어가게."

열쇠공에 전화를 하라는 태석의 말에 양상우의 얼굴이 더 구겨졌다. 도망갈 구석을 찾았지만 앞뒤로 막아선 형사들 사이를 빠져나가는 것은 불가능했다.

"3분이면 온답니다."

종현은 열쇠공이 곧 도착할 것이라고 과장되게 알렸다.

"잠깐만, 집이 좀 지저분해서 그런 건데 제가 먼저 들어가서 치우고요. 좀 더러워서."

놈은 말을 마치고 안으로 들어가더니 바로 문을 잠그려 들었다. 그것을 그대로 두고 볼 형사들이 아니었다.

"문 열어! 이거 뭐야, 미친 새끼."

"똘아이 변태 새끼 아니야."

놈이 숨겨놓은 게 살인의 흔적일지도 모른다는 생각은 실소로 변해버렸다. 놈의 거실과 방을 보고는 웃음밖에 나오지 않았다. 집 안은 온통 여자 팬티와 브래지어로 둘러싸여 있었다. 그것도 새것이 아니라 모두 입던 것을 훔쳐 온 것들이었다. 양상우가 왜 문을 막고 안으로 들어가지 못하게 했는지 그리고 커튼으로 안을 볼 수 없게 가려놓았는지 알 것 같았다. 그에 대한 의구심을 털기 위해서 절도 혐의로 긴급체포하고 집 안을 수색했다. 장롱 안에서 여성용 속옷 두 박스가 나왔고, 침대 위에 이불로 덮어놓은 속옷도

양이 엄청났다.

"팀장님, 지구대에서 곧 오겠답니다. 속옷 절도 건으로 작년부터 접수된 것만 쉰 건이 넘는다는데요. 빨랫줄에 걸린 게 모두 없어졌다고요. 초등학생 것부터 할머니 것까지 닥치는 대로 집어 갔나 봐요."

수갑을 차고 쭈그려 앉은 양상우는 고개를 들지 못했다. 엑스가 잡아준 속옷 절도범이었다. 동네를 속 썩이던 여자 속옷 절도범은 그렇게 억울하게 검거가 되었다.

지구대에서 순찰차 두 대가 전화를 하자마자 달려왔다. 속옷 절도범 때문에 주민들에게 1년 가까이를 시달리고 있었는데 범인을 데려가라는 전화는 축복과도 같았다. 주민들로부터 듣던 무능하고 대책조차 없다는 원성이 드디어 해결되었기 때문이다. 휴가 중이던 지구대장까지 소식을 듣고 현장으로 나왔다. 양상우를 인계하고 시간에 쫓기어 효자동으로 이동했다. 아까운 시간을 속옷 절도범에 빼앗긴 게 화가 났다. 시계를 쳐다보는 태석의 얼굴이 점점 더 심각해지고 있었다. 밤이 되어가고 있었고 4일째 하루도 끝나가고 있었다.

오성식의 전화기는 꺼져 있었다. 그래서 놈의 주소지인 효자동 주택가에서 전화가 걸리기를 기다렸다. 여덟 시가 되자 통화가 되었다.

"여보세요. 골드마사지입니다."

전화기 너머에서 전해 오는 목소리는 카랑카랑한 여자의 목소리였다. 마사지라는 말에 놀라기도 했지만, 태석은 곧바로 목을 가다듬고 태연히 연기를 했다.

"마사지죠. 여관으로 한 분 보내주세요."

"어디신데요."

길 건너 황금장 여관이 눈에 들어왔다.

"효자동 황금장 여관 203호입니다."

"예, 20분 뒤에 도착할 겁니다. 가격은 15만 원이고요. 카드는 안 됩니다."

"예. 빨리 와주세요."

불법 마사지업소 전화라면 오성식이 사용하고 있는 전화가 아닐 가능성이 99프로였다. 명의만 오성식으로 되어 있는 대포폰일 것이다. 차를 여관에 세우고 주인에게 협조를 받아 203호에서 여자가 오기를 기다렸다. 봉고차 한 대가 여관 앞으로 왔다. 차 문이 열리고 30대 초반의 여자가 분홍 팬티가 보일 것 같은 미니스커트 차림으로 차에서 내렸다. 차 안에는 같은 복장을 한 여자 한 명이 더 있었다.

"빨리 끝내고 나와. 30분이면 되지?"

"오빠는, 들어가봐야 알지."

"아무튼 빨리 끝내, 이년아."

"알았어. 술 먹은 놈만 아니면 빨리 나올게."

여자는 짜증을 내듯 뒤로 돌아서 여관으로 들어갔다. 살인마 주경철에도 불법 마사지는 사라지지 않았다. 카운터를 지나 엘리베이터에 올랐다. 한 층만 올라가는데도 여자는 엘리베이터를 이용했다. 거울에 얼굴을 이리저리 살피고 203호로 향했다. 노크를 하고 곧장 문을 열었다.

"오빠, 마사지 왔어요."

여자를 내려놓고 골목을 돌아 나가려는 봉고차를 형사들의 차량이 가로막았다.

"내려!"

"예?"

"경찰이야. 빨리!"

실랑이도 없었다. 태석의 얼굴에 운전하던 남자는 기가 죽어 아무것도 하지 못했다. 종현이 여관에서 여자를 데리고 나오자 봉고차가 출발했다. 조수석에는 태석이 올라탔고 뒤에는 여자들과는 종현이 탔다. 뒤따라서 중호가 차를 몰고 왔다. 차는 약 15분 정도를 달려 어떤 원룸 건물 앞에 도착했다.

"사무실이 몇 층이야? 객실은 몇 개?"

운전을 하던 남자는 물어도 곧바로 대답을 하지 못했다. 다시 몇 번을 물었지만 입을 꽉 막고 말이 없었다.

"전부 다예요."

"다?"

뒤에 있던 아가씨가 대신 대답을 했다. 건물 전체가 성매매업소인 것이다. 1층 주차장에 2층 사무실이 있고 3층과 4층 원룸 여덟 개를 모두 성매매를 할 수 있게 만들어놓은 것이다. 남자가 아무 말도 하지 못할 정도가 맞았다. 원룸 건물 전체를 임대해 사용한 지 반년이 넘도록 단속된 적이 없었다. 그만큼 단속에는 자신이 있었던 것인데, 남자는 긴 한숨을 쉬었다. 자신이 경찰을 끌고 여기까지 온 꼴이 된 것이다.

"여기 관할이 어디지?"

"남부서인데요."

"남부서 여청계에 연락해. 얌마, 출입구 비밀번호 뭐야?"

태석은 곧장 사무실로 들어갔다. 태석이 찾아야 할 전화를 사용하고 있는 놈이 안에 있기 때문이다. 입구의 비밀번호를 누르고 계단을 올라 사무실 문을 열려고 하자 건장한 남자가 안에서 나왔다.

"무슨 일로……."

"들어가, 새끼야!"

태석이 놈의 멱살을 잡아 안으로 밀어 던져버리자 놈은 사무실 바닥으로 날아가 떨어졌다. 다시 일어나 태석에게 다가왔지만 태석의 힘에 밀려 다시 뒤로 떨어졌다. 의자에 앉아 있던 놈도 일어서려다가 태석의 손에 가슴이 밀려 일어서지도 못했다. 건장한 두 녀석이 태석의 기세에 눌려 아무 말도 하지 못했고, 여자 두 명이 소파에 앉아 출장 나갈 준비를 하고 있었다.

"경찰이야. 그대로 있어. 어떤 새끼 거야, 뒤 번호 5663이?"

"예?"

바로 대답을 하지 못하자 태석은 전화를 걸었다. 책상 위에 있던 전화가 울리자 태석이 받으라고 턱짓을 했다. 의자에 앉았던 마른 녀석이 전화를 받았다.

"네 거야?"

"예."

"이름 뭐야?"

전화를 끊고 전화기를 든 마른 놈에게 물었다. 놈에게서 나온 이름은 이미 예상한 것과 같이 오성식이 아니었다. 대포폰을 구입해 쓰고 있었다.

"언제부터 썼어?"

"뭘요?"

"전화 말이야!"

태석에게는 성매매가 중요한 게 아니었다.

"이거요? 그러니까 이게……."

"빨리 대답 안 해!"

"이제 두 달 됐어요."

"7월 5일에는 누가 쓰고 있었어?"

"그건 모르죠. 저는 두 달밖에 안 되었는데."

"어디서 났어? 빨리 대답 안 해?"

"고찬석이라고……."

태석은 밖으로 놈을 끌고 나왔다. 밖은 이미 남부서 여성청소년계 직원들과 지구대 순찰차들이 도착했고 피의자 이송 콤비 버스까지 대기하고 있었다. 여성청소년계 직원들이 안으로 들어가 방을 뒤져 성매매 중이던 남성 세 명과 여자 여섯 명을 검거했다.

"이놈은 저희가 잠깐 데리고 가겠습니다."

"그러시죠. 이 사람들 조사하는 데도 시간이 좀 걸릴 것 같으니까요."

여성청소년계장은 고맙다는 듯 두 손으로 태석의 손을 잡고 악수를 건네었다. 성매매 특별 단속 기간에 음지로 숨은 성매매업소를 단속하라는 지침이 내려왔지만 아직까지 실적이 한 건도 없었기 때문이다. 거기다 원룸을 개조해 성매매를 하고 있는 것은 단속이 어렵고 찾아내기도 힘들어 고맙기 그지없었다. 규모가 큰 것도 성과지만, 태석이 단속 성과에는 전혀 관심이 없다는 것도 고마운 일이 아닐 수 없었다.

또다시 태석은 시계를 내려다보았다. 시간은 이제 자정이 가까워지고 있었다. 제발 이번에 찾아가는 놈이 엑스이기를 빌었다.

차는 전자상가로 들어섰다. 가게들은 문을 닫고 대부분 불이 꺼져 있었다. 간혹 셔터를 내려놓은 가게의 문틈으로 빛이 새어 나오기도 했지만 대부분 문을 닫아 빈 건물처럼 보였다.

"집에 갔을 텐데요."

"가게에 있을 거라며. 그 새끼, 가게에서 먹고 자고 하지?"

"……"

"맞잖아."

"예."

태석은 놈의 머리 위에 있어 거짓말도 통하지 않았다. 놈을 앞세워 찾아간 상가는 셔터를 내렸어도 문틈으로 빛이 새어 나오고 있었다. 가까이 다가가 안을 들여다보자 남자들 대여섯이 탁자 앞에 앉아 있었다. 탁자 위에는 5만 원권 현금이 가득했고 망을 보는 사람은 없었다.

"전화 넣어."

"예?"

"너 왔다고 전화하라고."

"예? 예."

무슨 뜻으로 하는 말인지 알아챈 놈은 망설이다가 전화를 걸었다. 신호음이 가자 곧 가게 안에서 울리는 전화벨 소리가 밖으로 빠져나왔다. 상대는 기분이 좋은 듯 목소리를 높였다.

"시발럼아! 보지 팔아서 돈 많이 벌었냐? 보지 판 돈 여기서 뺑튀기하게? 그게 되겠냐? 여기 푼돈 가지고는 들어오지도 못한다는 거 알지? 알았다. 문 열어놓을게 들어와."

전화기를 들고서 자리에서 일어난 고찬석은 문틈으로 밖을 살폈다. 밖에 전화기를 든 마른 녀석이 가방을 들고 서 있는 것을 보고 셔터 문고리를 잡아 열었다. 기다리고 있었다는 듯 중호가 셔터를 들어 올렸고, 태석은 안으로 뛰어 들어갔다.

"움직이지 마, 그대로 있어!"

"뭐야!"

전화기를 들고 있던 고찬석이 앞을 가로막았지만 태석의 힘에는 상대가 되지 못했다. 곧바로 팔을 꺾고 뒤통수를 잡아 원탁에 머리를 내리쩍었다. 쿵 소리를 내며 놈의 머리가 원탁에 달라붙었다. 비명을 질렀지만 소용이 없었고 오히려 꺾인 팔이 더 비틀어졌다.

"너희는 지금 도박 혐의로 현행범 체포된 거야. 진술을 거부할 수 있고 변호사로부터 조력을 받을 권리가 있어. 알았어?"

탁자 위에는 밖에서 보았던 것보다 훨씬 많은 돈이 있었다. 만 원권과 5만 원권까지 합쳐 수천만 원은 족히 넘어 보였다. 그러나 그건 태석의 관심 사안이 아니었다. 탁자에서 떨어뜨려 벽으로 놈들을 세워놓았다.

"네가 이 새끼한테 핸드폰 만들어줬어?"

"……예?"

도박을 묻는 게 아니라서 고찬석의 대답은 느렸다.

"7월 5일에 쓰던 사람이 누구야? 너야?"

"예, 제가 썼는데요. 제가 4월에 만들어서 서너 달 쓰다가 저놈이 핸드폰 하나 달라고 해서 그거 줬어요."

"네가 쓴 거 확실해? 오성식은 누구야?"

"그 사람은 상관없어요. 제가 10만 원 주고 명의를 사 왔으니까."

"그걸 어떻게 믿어."

"장애인이에요. 움직이지도 못하는."

카피해놓은 장애인 등록증을 보고 나서야 태석은 의심을 풀었다. 하지만 전화를 사용했다는 놈을 그대로 둘 수 없었고 혐의를 모두 확인해야 했다. 놈의 차를 수색하고 집까지 찾아가 확인했지만 혐의를 둘 만한 것은 아무것도 발견되지 않았다.

또 허무하게 하루가 지나가버렸다. 편의점에서 간단히 요기를 하고 차는 사무실로 향했다.

"팀장님, 왜 그렇게 이 사건에 집착을 하십니까?"

"……."

"그렇게 좋아하시는데 왜 결혼은 하지 않으셨어요?"

*

"오빠, 여행 가자."

"무슨 여행?"

눈물을 머금고 찾아온 지선은 갑자기 여행 이야기를 꺼내었다.

"그것보다 왜 그래? 울었어?"

"갑자기 오빠가 보고 싶잖아."

"그런다고 울어?"

"보고 싶으면 눈물도 나는 거지. 사랑은 원래 그렇게 뜨거운 거야."

지선은 눈물을 머금은 채 웃었다. 아직 농담할 여유가 있다면 괜찮은 것으로 보였다. 그녀의 집을 방문하고 어깨에 힘이 떨어진 것을 눈치챈 것일까. 태석은 최 군수가 했던 말을 어떻게 전해야 할까 고민이 깊어졌다. 그러나 지선은 너무도 해맑게 태석을 바라보고 있었고, 그녀에게 헤어지자는 말을 하는 것이 죄처럼 여겨졌다.

"내 생일이니까 여행을 가자는 거지. 보통 이런 거는 남자가 가자고 하는 거야. 그것도 몰라, 오빠? 내가 다 알려주어야 돼? 배가 들어가는 곳으로 갔다가 배가 끊겼다고 하는 거라고. 그렇게 남자하고 여자가 첫날밤을 민박집에서 보내는 거지. 배가 끊겨 어쩔 수가 없다고 하면서 말이야. 술도 한잔 하고. 그러면서 여자인 내가 무너지는 거지."

"하하하."

정말 그렇게 하라는 것인지 그런 것도 있다는 것인지 태석은 헛웃음이 났다. 지선이 의도한 대로 태석과 지선은 여행을 떠났다. 태석은 어떻게든 지선이 상처 받지 않게 말을 하는 게 숙제였다. 바다가 보이고 파도 소리가 계속해서 들리는 곳이었다. 식당과 숙소가 같이 마련된 가게로 결정해 들어갔다. 바닷가를 걸을 때도 지선은 말이 없었다. 여행을 가자고 조를 때처럼 밝지 않았다. 술을 먹자고 먼저 제안한 것도 지선이었다. 한 잔만 먹어도 얼굴이 빨개지고 힘들어하던 지선이 연거푸 석 잔을 먹어버렸다. 무슨 일이 있었던 것 같은데. 지선은 말이 없었다.

"오빠, 사랑해."

술 취한 지선의 얼굴은 예뻤다. 저렇게 예쁜 애가 왜 나를 좋아하지? 좋아하는 것도 깜짝 놀랄 만큼 너무 좋아하고 있었다. 태석도 믿기 힘들 만큼 지선은 태석에게 잘해주었고 사랑에 행복해했다. 그런 그녀에게 헤어져야 한다는 말을 하기는 너무 힘들었다. 텔레비전 사극에서 대갓집 아가씨가 돌쇠에게 멀리 도망가 살자고 하던 내용이 유치하게도 이해가 되었다.

"지선아."

"잠깐, 오빠. 오늘은 내 생일이거든. 오빠는 내 이야기만 들어. 하고 싶은 이야기가 있어도. 알았지? 제발. 오늘만은 그랬으면 좋겠어."

"내가 무슨 말 하려는지 알아?"

"알아, 아니까 오늘은 하지 마. 나만 말할 거야."

"그래, 알았어."

"오빠는 무슨 일이 있어도 내 말만 들어. 아빠가 무슨 말을 해도. 알았지? 딴생각하면 안 돼."

태석의 속마음을 정말 알고 있을까. 지선은 그윽한 눈으로 태석을 바라보며 속삭였다. 그날 지선은 몸을 이기지 못할 만큼 많은 술을 먹었다. 그것을 지켜보던 태석도 많은 술을 먹었다. 숙소로 들어가는데 지선을 업을 수밖에 없었다. 지선의 취한 몸이 아래로만 쏟아져 내리려 했다. 이불을 깔고 지선을 눕혔다. 술에 취한 그녀는 얼굴이 붉게 달아올라 사랑스러웠다. 그런 지선의 옆에 술이 취해 같이 눕는 게 죄스러웠다. 무식한 돌쇠가 술 취한 아가씨를 넘보려 하는 것 같아 미안했다. 그러나 일어서려 할 때 지선은 태석을 잡아끌어 그녀의 안으로 데리고 들어갔다. 태석은 순백색의 살결 속으로 빨려 들어가 허우적거렸다.

"오빠, 정말 사랑해. 꼭 내 곁에 있어줘야 해. 그러지 않으면 난 죽을 거야. 약속해줘."

"지선아, 오빠는……."

"아무 말 하지 말라고 했지. 그냥 고개만 끄덕이면 돼."

"지선아."

"오늘은 제발……."

지선의 몸 안으로 들어간 태석은 밤새 사랑을 나누었다. 부끄러움을 가리려 지선은 불을 꺼달라고 했고 창문으로 들어오는 불빛도 가려주기를 원했다. 방 안은 사랑의 향기와 소음만 있을 뿐이었다. 서툰 둘의 사랑을 애틋한 눈으로 밤은 바라봐주었고 지선의 부끄러움을 소중히 가려주었다. 남자의 사랑은 격렬했고 여자의 사랑은 수줍었다. 남자가 사랑한다고 말했고 여자는 고개를 끄덕이며 남자를 끌어당겼다. 남자는 여자 안에서 남자가 되었고 여자는 남자 안에서 여자가 되었다. 여자의 서툰 사랑이 수줍어 보였다.

커튼 사이를 뚫고 들어온 아침 햇살이 태석의 눈을 간지럽혔다. 눈이 떠진 태석은 옆에서 잠들어 있는 지선을 찾으려 했다. 그런데 지선은 없었다. 바닷가로 바람을 쐬러 간 것일까. 태석은 지선을 찾아 밖으로 나왔다. 시원한 바닷바람이 잠을 잘 잤느냐고 물었고 태석은 미소로 대답했다. 이제 나는 절대로 지선과 헤어질 수 없어. 바람에게 다짐을 말했다. 그러나 태석의 행복은 오래가지 않았다. 바닷가를 모두 뒤져도 지선은 어디에도 없었다. 찾을 수가 없었고 전화를 걸어보아도 받지 않았다.

"아침 일찍 택시를 불러달라고 해서 그거 타고 갔는데. 싸운 거야? 얼굴이 안 좋던데. 아픈 것 같기도 하고."

해변을 돌아보고 들어온 태석에게 주인은 그렇게 헤어지기도 한다는 표정으로 대답해주었다. 왜 그랬을까. 해답을 찾을 수 없었다.

집으로 돌아와서도 지선은 연락이 되지 않았다. 며칠이 지나 걱정되는 마음에 최 군수를 찾아갔다. 전화로 물어보기가 어려웠다.

"지선인 서울에 갔네. 며칠간 오지 못할 거야."

"무슨 일로……?"

"지선이 생일에 같이 있었다는 것을 알고 있네. 내 경고가 말로만 그치지 않을 거야."

최 군수의 얼굴은 더 구겨져 있었다.

25.

"팀장님, 세 모녀 살인 사건 부검 결과가 나왔습니다."

아침 일찍 종현은 부검 결과서를 가져와 태석에게 보였다. 피곤에서 간신히 빠져나와 결과서를 확인했다.

"둔기로 머리를 집중적으로 맞았습니다. 두개골이 함몰되었고요."

두개골은 부서져 움푹 파여 있었다. 부검 사진은 당시 얼마나 끔찍했는지 그리고 여자아이들이 얼마나 큰 공포를 느꼈을지 보여주고 있었다.

"성폭행의 흔적은 발견되지 않았는데요. 이상한 게 입에서 젤 성분이 나왔어요."

"젤?"

"예, 주로 콘돔에 쓰이는 것이라고 하는데요."

"개새끼."

놈은 콘돔을 끼고 음부가 아닌 아이들의 입에 대고 그 짓을 한 것이다. 반드시 놈을 잡아 죽여버려야 할 이유가 하나 더 생겼다.

"놈은 자신의 유전자를 철저하게 남기지 않으려는 놈이야."

다시 결과서를 보고 있을 때 박주민 교수로부터 전화가 왔다.

"하태석 팀장님, 덕분에 날을 꼬박 새웠습니다. 오늘 수업은 모두 휴강을 해야 할 것 같아요."

"부탁드린 지 이틀이 넘었습니다."

"예? 이것도 간신히 분석한 겁니다. 그렇게 말씀하시면 안 되죠."

이틀간 날을 새워가며 분석했는데도 늦었다는 말을 듣자 교수는 짜증이 났다. 그러나 곧바로 태석이 사과를 해 화는 누그러졌다. 태석이 민감해져 있다는 점을 이해한 것이다.

"우선 새로 보내주신 자료는 모두 보았습니다. 그것을 토대로 침입 시간과 장소, 도주로, 침입 후에 피의자 행동이나 공격, 그리고 머무른 시간과 살인을 한 후의 행동 등에 대해서 정리를 해보았습니다. 피해자의 연령은 다양했습니다. 우선 여자들이 가장 많았고요, 남자도 있었지만 어린아이였습니다. 그것을 보면 피의자는 상대를 쉽게 제압하려고 여자와 아이만 노린 것을 알 수 있습니다. 왜 그랬을까요?"

박주민 교수는 태석에게 물었다. 그러나 답변을 기다리지 않고 곧바로 스스로 대답했다.

"그건 범인의 신체가 크지 않다는 겁니다. 키는 165센티미터 이하고 몸무게도 50킬로그램 이하일 정도로 왜소할 겁니다. 자신이 작기 때문에 상대를 자기보다 왜소하고 힘이 없는 사람들로 고른 거죠. 작은 키와 덩치에 콤플렉스가 있을 가능성이 높아요. 그리고 공격적인 면에서 피해자와 갈등 관계가 보이지 않습니다. 보통은 두 사람 사이에 말다툼이 있었다든지 거친 몸싸움이 있었다든지 하는 상황이 전개되어야 하는데, 전혀 그렇지 않았어요. 그건 두 사람 사이에 아무런 인과관계가 없었고 살인만을 목적으로 했다는 것을 의미합니다. 마치 영화에서 킬러가 살인만 하고 현장을 빠져나가는 것처럼요. 그리고 특이한 사실은 용의자가 살인 후 피해자들 주변에 상당한 시간을 머물렀다는 점입니다. 그건 저로서도 이해하기 힘든 부분이라

뭐라고 결론을 낼 수는 없었습니다. 물건을 훔치거나 빼앗아 가기 위해 그런 것으로 보이지는 않고요. 굳이 예상을 해보자면 피해자가 죽어가는 모습을 감상했다고 할까요. 서서히 죽어가는 모습을 지켜본 후에 자리를 빠져나갔을 시간 정도가 됩니다."

"연령대를 예상해본다면요?"

"20대 후반에서 30대 초반 정도의 남성으로 추정됩니다. 그리고 평상시 매우 공격적이고요. 학교 생활기록부를 확인하면 아마도 학교생활 중 다수의 폭력 사건에서 가해자였을 가능성이 높고요. 그리고 하나 더, 외모 콤플렉스가 있을 가능성도 높아요."

"외모 콤플렉스요?"

"네, 자기 외모에 혐오감을 가지고 있을 수 있습니다. 외부로 드러나는 외모에 심각한 장애가 있어 거기서 오는 스트레스도 한몫을 했을 것으로 생각됩니다."

"그렇다고……."

"그것이 결정적 이유가 아니라 가중시켰다는 점을 말씀드리는 것입니다. 그리고 대인 관계는 활발하지 못할 것 같고. 가정환경은 예상하시겠지만 유대관계나 경제적으로 모두 좋지 않을 겁니다. 한부모가정이나 아니면 결손가정일 가능성이 높아요. 거기다가 어릴 적 부모에게 학대를 당해 사회에 대하여 공격적일 가능성도 높아요. 성적 학대를 당했을 가능성도 있고 학교폭력의 가해자이면서 희생자였을 가능성도 없지 않아 있습니다. 가정생활이 그랬으니까 직장은 구하지 못했을 것이고 결혼도 하지 못했을 겁니다. 폭력적인 가정의 모습을 보고 자랐기 때문에 결혼에 대한 거부감이 있을 것이고, 무엇보다 여자를 사귀고 공감을 할 능력이 되지 못할 겁니다. 성매매나 강간처럼 강제로 하는 것이 아니라면 섹스도 할 수 없을 거고요. 직장이 있다면 사무직보다는 단순노동에 종사할 가능성이 높습니다. 직장을 가졌다

하더라도 그리 오래 일할 수 있는 능력의 소유자는 아니고, 아마 길게 일하는 사람은 아닐 겁니다. 직장이 없을 때는 절도나 강도를 통하여 돈을 구했을 것이고요. 아마도 절도 전과나 강도 전과가 있을 겁니다."

"제가 사건을 분석해보았는데, 인터넷과 신문을 보고 수법을 바꾸고 있습니다. 그 정도면 똑똑한 편 아닌가요?"

"수법을 바꾼다고요?"

"예, 제가 메일로 분석한 결과를 보내드리겠습니다."

"저도 지금까지 말씀드린 것을 보내드릴게요. 그런데 의외인데요. 저는 그 정도 지적 수준은 되지 못할 거라고 생각했는데. 다시 분석해보겠습니다."

전화가 끊어지고 태석의 계정으로 교수의 분석 결과가 도착했다. 가장 눈에 띄는 것은 학창 시절부터 가해자였을 가능성이 높고 학교에서도 관심 학생으로 분류되었을 것이라는 분석이었다. 학교를 상대로 조사해볼까? 나이가 20대 후반에서 30대 초반이고 그중에 학교 폭력 가해자로 지도를 받던 전력이 있는 학생들을 추려낸다면? 그러나 그러기에는 시간이 너무 촉박했다. 얼마 후 박 교수에게서 다시 전화가 왔다.

"보고서 다 읽어보았습니다. 결론부터 말씀드리면 놈은 보기보다 상당한 지적 수준을 가지고 있는 것 같습니다. 단순한 범죄자는 아닌 듯 보이고요. 팀장님 말씀처럼 범행을 저지르고 기사가 나기를 기다리는 것 같아요. 기사가 나지 않으면 오히려 분노를 가질 수도 있고요. 자신의 행동에 타인이, 즉 언론 등이 반응을 해주기를 바라고 있어요. 자기과시욕이 있어 보이고요. 주경철만큼요. 그래서 더 잔인한 수법으로 옮겨 가는 것일 수 있습니다. 주경철의 자극에 폭발적으로 변하고 있는 것도 어느 정도 설득력이 있어 보입니다. 잡게 되면 제가 심리 분석을 해보고 싶습니다."

"잡힌다면 검찰로 송치하기 전에 꼭 만나게 해드리겠습니다."

"그 약속, 꼭 이루어지기를 기대할게요. 물론 팀장님이 잡으셔야 이루어지겠죠? 그리고 좀 더 분석을 해보아야겠지만 대충 보고서를 볼 때 놈은 살인에 순서를 두고 있는 것 같아요. 첫 번째는 젊은 여자, 두 번째는 어린아이, 세 번째는 나이 든 여자."

"성인 남자는요?"

"없어요. 성인 남자는 자신보다 강하다고 생각하고 있어요. 어릴 적 트라우마일 수도 있고. 범죄자에게 트라우마라는 말이 어울리지는 않지만요."

*

아빠라고 부르라던 사람은 또다시 아이를 때렸다. 그도 때렸고 그 전의 아빠도 때렸다. 아빠라는 족속들은 모두 아이를 가혹하게 때렸다. 아이는 또 웅덩이에 처박혔다. 울지 않는다고 더 맞았다. 억지로 울어야 하는지 아이는 묻고 있었지만 그 말없는 무표정한 질문이 남자를 더 화나게 만들었다. 남자가 죽인 개의 입에서 흘러나오는 붉은 피가 웅덩이로 빨려 들어와 검은 물과 섞였다. 붉은 물결을 비가 때렸고 검은 웅덩이는 붉은 핏덩이가 되어 아이를 달래었다. 그 후에도 아이는 웅덩이에 처박혔지만 아무도 손을 내밀지 않았다. 빗속에서 바라본 엄마는 남자 앞에서 웃고 있었다. 여자들은 다 저렇구나. 아이는 돌을 들어 방 안으로 뛰어 들어가고 싶었지만 남자 때문에 그럴 수 없었다. 언젠가 웅덩이에서 돌을 빼어 엄마에게 가야겠다.

학교에서 돌아올 때 아이의 볼은 부어 있었고 입술을 찢어져 피가 흘렀다. 씻지 않는 아이에게서 냄새가 심하다는 게 맞은 이유였다. 학교에서 친구들이 아이의 바지를 벗겨 바닥에 놓고 오줌을 누었고, 그것을 다시 아이에게 입혔다. 오줌 묻은 바지를 그대로 입고 집으로 왔다. 학교에서 아이는 한마디 대꾸도 하지 못했고 미리 포기했다. 그래도 친구들은 아빠라고 불리는 사람보다 덜하였고 참을 만했다. 학교라도 보내주니 고마워해야 할까. 실컷 때리고 쉬는 시간을 주는 건지, 아니면 그때라도 네 꼴을 보지 않아 좋다는 것인지 알 수 없었다. 동네에 들어올 때 옆집 아저씨가 또 불렀다. 혼자 살고 있는 아저씨는 손짓으로 아이를 따라오라고 했고 맞고 싶지 않아 시키는 대로 했다. 산으로 아이를 끌고 데려간 그는 바지를 내렸다. 사타구니 안에 아이의 얼굴을 집어넣고 괴성을 질렀다. 입안에 들어온 물컹거리는 그것을 깨물어버리고 싶었지만 그렇게 하지 못했고 거기서 흘러나온 진득거리는 액체를 뱉지도 못하게 했다. 저녁 무렵 울면서 집으로 와도 맞아줄 사람은 없었다. 건넌방 안에서는 엄마와 아빠라는 사람의 섹스 소리가 귀를 잡아 뜯듯 아이를 짓눌렀다. 귀에서 입에서 눈에서 피가 쏟아져 내렸다. 아무리 닦아도 피는 계속해서 흘렀고 방 안이 모두 흥건할 정도로 가득 들어찼다. 피들은 웅덩이가 되어 아이를 끌어당겼고 안에는 죽은 개도 빨려 들어왔다. 문이 열리고 사람들이 들어왔다. 엄마도 들어왔고 아빠라는 사람과 학교 형들과 친구들, 동네 아저씨들 모두가 들어와 웅덩이에 빠진 아이를 보고 웃었다. 아이는 그들에게 대항할 힘이 없었다. 모두가 자기보다 컸고 자기보다 힘이 세었다. 힘이 센 남자들은 절대로 싸울 수 없는 벽이었다.

남자는 새벽에 잠을 깨었다. 꿈은 언제나 잔인했다. 땀에 젖은 머리카락이 한 움큼 빠져 머릿속이 번들거렸다. 빗물이 창문을 두드리고 있었다.

26

지방청 형사과장이 태석을 불렀다. 오늘 밤을 포함해 사건 기일 3일을 남겨놓고 점검을 하고 싶었다. 그러나 사실은 본인의 뜻보다 중부서 나대철 형사과장의 부탁에 밀려 확인하는 것이다. 태석이 말한 대로 사문동 사건 관련해서 주경철에게 압수한 옷가지에서 최지선의 DNA는 나오지 않았다. 그리고 세 모녀 살인 사건의 용의자로 지목한 아버지도 혐의점을 찾지 못해 풀어주었다. 거기다 서부서 모녀 살인 사건도 용의자였던 내연남이 결백을 주장하며 경찰서로 찾아왔고 알리바이가 확실하자 혐의 확인이 어려웠다. 모두 태석이 주장한 그대로였다. 수사가 태석이 말한 대로 흘러가자 나대철 형사과장은 초조해지기 시작했다. 구태만 팀장에게 태석의 수사 내용을 확인해보라고 해도 그는 여전히 자신의 수사만을 확신했다. 거기다 연쇄적으로 터지던 속옷 절도 건과 원룸 성매매, 수천만 원대 도박까지, 간밤에 태석에게 잡힌 사람만 스무 명이 넘었다. 정말 태석이 말한 것처럼 진범이 따로 있을 수 있다는 위기감까지 들었다. 그래서 어쩔 수 없이 지방청 형사과장에게 부탁을 해 태석의 수사 내용을 살펴달라고 한 것이다.

"중간 수사 보고서는 작성했나?"

"예, 여기 있습니다."

태석이 서류철에서 꺼낸 것은 광주터미널과 옥과주유소에서 찍힌 엑스의 사진 두 장이 전부였다. 얼굴도 알아볼 수 없고 멀리서 검은 모자를 쓴 남자가 찍혔을 뿐이었다. 이를 설명해줄 간단한 서류조차 없었다. 이건 보고가 아니라 무시였다.

"달랑 사진 두 장인가?"

"이번 사건의 유력한 용의자입니다."

"이게 전분가? 사건 진행 상황을 보고하라고 했지, 사진 두 장 들고 올 거면 여기 왜 온 거야? 간단히 설명하는 자료라도 있어야 할 거 아니야. 상사에 대한 예의가 고작 이거야?"

"아직 놈의 인적 사항은 확인되지 않았습니다. 단 1분이라도 시간이 있다면 놈이 어떤 놈인지 밝히는 데 시간을 쓰고 싶습니다. 형식에 맞춘 보고서 만드는 게 아니고요."

시간이 촉박한 상황에서 중간 수사를 보고하라고 할 때부터 태석의 기분은 상해 있었다. 지금 이 시점에서 보고를 받을 상황도 아니었고 뻔히 중부서에서 알고 싶어 한다는 것을 짐작할 수 있었다.

"그러니까 바빠서 보고서 만들 시간이 없다는 건가?"

"중부서와 협조하면 되는 것입니다. 이렇게 뒤에서 엿볼 게 아니라요."

"뭐야! 지금 내가 중부서 시다바리 노릇 하고 있다는 말이야?"

"아니라고는 말씀 못 드리겠습니다."

"이 친구 막나가는구면. 빽 좀 있다는 건가? 그래, 해보자. 이틀 뒤에 보자고. 무슨 일이 있어도 넌 책임을 져야 할 거야. 가!"

"네."

태석은 변명도 부탁도 없이 그대로 문을 닫고 나왔지만 뒤통수가 뜨거운 것은 어쩔 수 없었다. 사무실로 돌아가려 차에 올랐을 때 전화가 걸려 왔다.

지선의 아버지였다.

"태석입니다."

"병원으로 좀 와주겠나?"

"지금요?"

"응."

"무슨 일 있나요?"

"와보면 알 걸세."

전화 속 목소리는 흥분되어 있었다. 손목시계가 열 시를 넘어가고 있었다. 사무실로 가던 차를 돌려 병원으로 갔다. 병원 주차장엔 차들이 거의 빠져 나가고 없었다. 엘리베이터에 올라 중환자실 앞에 내리자 사람들은 아무도 없었다. 대기실 의자에 앉아 안에 있는 지선을 생각했다. 같은 공간에 있다 는 것만으로 마음이 편안했다.

"최지선 씨 보호자 되시죠?"

안면은 있지만 이야기를 해보지 않았던 간호사가 물었다.

"예."

"최지선 씨 일반 병실로 옮겼어요. 상태가 호전돼서요. 전화 못 받으셨어 요? 아버님이 좋아서 여기저기 전화하시던데."

"아, 그래요."

"5층으로 내려가시면 아마 만나실 수 있을 거예요."

말이 끝나자마자 계단으로 뛰어 내려갔다. 5층으로 내려가자 사람들이 많이 모여 있었다. 지선의 가족들이 소식을 듣고 모여들었다. 어둡기만 할 줄 알았던 가족들의 얼굴이 모두 환하게 변해 웃음소리가 복도까지 전해지 고 있었다. 태석도 안으로 들어가려고 살펴보다가 지선의 아버지와 눈이 마 주쳤다. 태석을 알아보고 그가 환하게 웃으며 밖으로 나왔다.

"아니, 이 사람아, 왜 이제 오는 거야?"

"저는 아직 중환자실에 있는 줄 알고 거기로 갔었습니다."

"몰랐구먼. 오후에 이쪽으로 옮겼어. 상태가 좋으니까 가족들이 많이 볼 수 있게 해주라고 하더라고. 부랴부랴 식구들 다 불렀네."

"어떻게, 말이라도 하나요?"

"에이, 그 정도는 아니고. 정신이 들어왔다 나갔다 해. 아직 완전히 들어온 것은 아니야. 차츰 좋아지겠지."

"그럼 저도 한번……"

깨어 있는 지선을 보고 싶었다.

"조금 후에 친척들이 모두 돌아가면 그때 보는 게 어떻겠나. 그보다 자네, 나와 소주 한잔 하겠나? 기분이 좋아서 가만히 있을 수가 없구먼."

"아직 근무 중이라……"

"그럼 요 앞 벤치에서 나만 몇 잔 먹겠네. 한잔 안 할 수가 없어."

가로등 아래 벤치에 남자 둘이 앉았다. 지선의 아버지는 편의점에서 소주 두 병을 사 와 태석의 잔에 따르고 자신의 잔을 채웠다. 곧바로 한 잔을 들이켜고, 다시 잔을 채워 들이켰다. 연거푸 두 잔을 마시고 담배까지 한 대를 모두 피우고서도 말이 없었다. 하려는 말이 쉽게 꺼내기 힘든 말인 것 같았다. 그가 다시 술을 따르려 하자 태석이 말렸다.

"자네에게 힘든 부탁인 거 알지만 들어주었으면 좋겠네."

"무슨 부탁을……?"

부탁이라는 말에 태석은 망설였다. 다시 잔을 채워 마시려는 것을 태석이 따라주고 같이 들이켰다. 힘든 부탁인 것 같아 예의를 지켜주어야 할 것 같았다. 노인의 입은 한참 후에 떨어졌다.

"우리 지선이가 깨어나거든 자네가 거두어줄 수 없겠나? 내가 이런 결정을 10년 전에만 했더라도 이런 일이 없을 수도 있었을 텐데. 염치없는 부탁이란 거 아네. 그런데 자네밖에 없어."

태석은 망설였다. 쉽게 대답해줄 수 있는 말이 아니었다.

"나도 이제 나이 들어 몸이 성치 않고, 옆에서 돌볼 수 있는 가족이라고 는 나밖에 없는 아이야. 그건 자네도 알고 있잖나."

"저는……."

어떻게 대답을 해야 할지 몰라 '저는……'에서 멈추어버렸다. 뒷말을 이어가야 하는데 곧바로 대답이 빠져나오지 않았다. 이번엔 태석이 술을 들이켰다. 놈이 들어가 속에 있는 마음을 끌어내 줄지는 모르지만 변명 정도는 할 수 있게 만들어줄 것 같았다.

"하나 태우게."

"네."

담배를 받아서 그대로 연기를 들이켰다. 하얀 연기를 모두 들이켜고 나자 술과 섞여 드디어 속에 있던 말이 어렵게 밖으로 나왔다.

"제가 거두어도 될까요? 자격이 있을까요?"

"무슨 말인가. 자격이 있을 거라니. 그렇게만 해준다면 내가 평생 그 은혜 잊지 않겠네. 내가 무릎 꿇고 전에 일 사과하라면 하지."

말이 끝나자마자 태석에게 무릎을 꿇으려 했고 태석은 서둘러 그의 몸을 잡았다.

"이러지 않으셔도 됩니다. 그렇게 하겠습니다."

대답은 조용히 그리고 느리게 나왔다. 이 대답을 10년 전에 할 수 있었다면 얼마나 좋았을까. 너무 늦었지만 대답에서 향기가 나기를 빌었다.

"고맙네. 그리고 미안하네. 내가 너무 미련했었어. 용서해주게나."

"용서라니요."

"늦었지만 이제라도 고맙고. 내가 지선이에게 이 소식을 전해주어도 되겠지? 자, 가세. 우리 지선이를 봐야지."

안으로 들어가자 가족들이 더 늘어나 있었다. 먼 친척들까지 지선이 좋아졌다는 말에 한걸음에 달려온 모양이다. 오늘이 마치 기념일인 듯 모여 있었고 누군가 성가를 불러주기도 했다.

"큰아버님, 빨리 들어오셔요. 어디 갔다 오셔요?"

"어, 밖에 좀."

지선의 아버지가 태석을 돌아보았다.

"여기서 좀 기다리게. 금방 들어갔다 나올 테니."

지선의 아버지가 들어가고, 그를 불렀던 사내가 태석을 위아래로 쳐다보았다. 여기 무슨 일로 왔냐는 표정이었다. 눈이 마주친 태석은 어색한 듯 뒤로 물러나 벤치로 돌아가 앉았다. 한참이 지나도 노인은 나오지 않았다. 들어가 깨어난 지선을 보고 싶었지만 가족들 사이로 끼어드는 것은 어려웠다. 지선이 깨어난 것을 축하하는 목소리가 높았다. 오늘은 보지 못할 것 같았다. 조금 더 기다려보다 밖으로 나왔다.

*

"근식아, 술 한잔 하자."

"그려, 잘되었다. 글 안해도 내가 광주로 넘어왔는디 너를 볼까 말까 했다. 여그 대준이도 같이 왔으니까 술 한잔 묵자. 근디 바쁘담선 괜찮은 거여? 며칠 남도 안 혔다고 헌 것 같은디."

"오늘은 한잔 먹어야겠다. 좋은 일이 있어서."

"그렇게. 목소리가 좋구만."

태석의 목소리는 들떠 있었다. 다행히 근식이 광주에 있었다. 술을 먹은 탓에 택시를 타고 약속 장소로 가자 벌써 근식은 대준과 함께 와 있었다. 앉자마자 술을 시켜 들이켰다.

"너, 좋은 일 있냐? 표정이 좋은디."

"그렇게요. 간만에 보는 좋은 얼굴인디요. 형님, 무슨 일 있다요?"

"그렇게 보이냐?"

"근디 술은 조금만 먹어라. 난 니가 술을 묵을 때마다 무섭다."

근식의 잔소리에도 태석은 몇 잔을 더 들이켰다.

"너는 인마, 지웅이랑 재웅이 어떻게 하고 밤늦게 여기 온 거야."

"엄마가 집으로 왔구만요. 엄마가 있은게 내가 좀 돌아다니제요. 가들만 두고 나오가니요."

"그래, 사돈은 잘 계시고?"

"아따, 우리 형님이 우리 엄마를 다 물어보네. 고맙구만요. 근디 형님, 술 취했는갑네요. 고런 것을 물어본 것이."

술이 취한 게 맞았다. 지방청 형사과장이 보고를 하라는 말에 저녁도 먹지 않았었다. 빈속에 들어간 술은 태석을 빨리 흩트려놓았다. 태석도 그러지 말아야 한다고 자신을 붙들고 싶었지만 도저히 술 없이는 오늘 밤을 넘길 수 없을 것 같았다.

"인자 하고 싶은 말 혀봐라. 뜸 들이지 말고. 우리도 영광으로 넘어가야지."

역시 근식이었다. 태석의 속을 투명한 어항 속을 들여다보듯 빤히 바라보고 있었다. 태석은 잠시의 망설임도 없이 선포를 하듯 자세를 가다듬고 속에 말을 꺼내었다.

"나 지선이하고 결혼할 거다. 축하해줘라."

태석의 말에 침묵이 흘렀다. 술잔을 넘기려던 근식은 멈추었고 대준도 먹던 안주를 뱉었다.

"왜 그래? 홀아비가 재혼한다는데."

"야가 미쳤는갑네. 야, 느그 형님이 드디어 미쳐부렀는갑다. 축하헌다, 대준아. 느그 형님 미쳐버린 거."

"형님, 왜 그려서요. 평생 병상에 누워 있을 사람을 미기 살릴라고 헌데

414

요. 옛날에 연애를 좀 혔다고 혀도 그러면 안 되지요."

두 사람은 모두 태석의 말에 놀라기도 했지만 절대 동의할 수 없는 말이었다.

"너, 이 새끼, 말 그따위로밖에 못 해! 평생 병상에 누워 있을 사람이라니! 개새끼가."

"형님, 형님허고 저는 같은 식구여요. 넘덜이면 그런 말 안 허죠. 근디 식구게 이런 말을 허는 거여요. 형님이 고생헐 것이 뻔헌게."

"얌마!"

"태석아, 왜 그려, 인마. 다 너를 걱정헌게 그러제. 나도 그런데 니 매제면 더 그러제. 안 그러것냐. 나도 뭐라고 헐란디 말을 못 허것네. 내가 혔다가는 주먹으로 때리불것다. 근디 그런 결정을 언제 헌 것이여. 지금까징은 말이 없었잖이여."

"오늘 결정했다. 지선이가 오늘 깨어나서 결정을 한 거야."

"가가 깨어났다냐? 그려도 고런 결정을 너무 성급허게 허는 거 아니여?"

태석의 목소리가 높아지자 근식이 말렸다. 그가 말리는 사이 대준은 미숙에게 전화를 걸었다.

"여보, 당신 오빠가 미쳤는갑네. 지선이 누나랑 결혼을 허것댜. 술을 묵드만 여그서 선포를 허네. 결혼을 허것다고. 그게 말이나 된다고 생각허는가. 당신이 좀 말려보소. 뭐여? 당신까지 왜 그려. 우리는 정신을 채리야지. 옴마."

"왜 그냐? 미숙이 난리가 났지, 지그 오빠 미쳤다고?"

"아니요. 그러라는데요. 근디 그러라고는 허는디 엄청시리 울어불어요. 좋다는 거여, 싫다는 거여. 분간을 못 허것네."

"지 오빠 불쌍허서 근갑다. 그라도 그러제, 오빠 동생이 다 미쳐부렀구나. 야들을 어떻게 설득을 히야 허끄나. 내가 사람 설득허고 납득시키는 데는 도산디, 야는 좀 힘들것다. 얌마, 내 얘기 좀 들어봐. 너를 적극적으로 걱정하는 형의 말을 들어보란 말이여. 전화는 나중에 허고. 끊어봐."

이번에는 태석이 전화를 넣었다. 어디로 거는 것인지 알 수 없었지만 곧 알았다. 서울에 있는 아내 수연이었다. 이 시간에 술 취해 전화를 하면 안 될 건데라고 근식은 생각했지만 통화는 이루어졌다. 불같은 그녀가 가만히 듣고 있지 않을 것이다. 혀까지 꼬부라진 전 남편의 술주정을 그대로 들어줄 여자가 아니었다.

"수연아, 미안하다. 오빠가 진짜 미안하다."

"뭐야, 술 먹었어? 이제 미쳤구나. 용기 있네."

"수연아!"

"끊으라고. 술 먹었으면 곱게 들어가서. 옛날 마누라 잡고 신세 한탄하지 말고. 끊어!"

"잠깐, 잠깐만. 끊지 말고 내 얘기 좀 들어봐. 제발."

"제발? 당신이 그런 말도 쓸 줄 알아?"

제발이라는 말을 써본 적이 없었다. 수연은 그 말에 놀라 전화를 내려놓지 않았다. 술이 취하긴 했지만 무슨 말을 하고 싶어 하는 건지 궁금하기도 했다.

"내가 정말 미안하다. 나 때문에 너도 힘들어했다는 거 알아. 우린 결혼하지 말았어야 하는데. 내가 너무 이기적이었다. 내가 정말 무릎 꿇고 사과할게."

"왜 그래, 평상시처럼 해. 그렇게 한다고 우리가 뭐 달라져!"

"달라져달라고 그러는 게 아니야. 정말 미안해서 그래. 수연아, 미안해. 내가 정말 큰 죄인이었다. 네가 왜 힘들어했을지 이제 알 것 같아. 미안하고, 우리 딸 지영이에게는 너보다 몇 갑절 더 미안해. 내가 잘못했어. 평생 사죄하는 마음으로 살게. 진심이다. 그리고 그 친구하고 당신이 행복하게 잘살기를 진정으로 바랄게."

태석은 흐르는 눈물을 감추지 못했다. 전화기를 귀에 대고 한 손으로 계속해서 눈물을 훔쳤다. 코와 입에서도 콧물과 침이 멈추지 않았다. 모두 자신 때문이었다. 한 번 실수가 서울로 가게 만들었고 그 화풀이를 지선에게 했던 게 문제였다. 지선도 불쌍했고 그 자리를 대신한 아내 수연도 불쌍했다. 그녀를 사랑한다고 했지만 마음속에서는 사랑하지 않았음을 이제야 알게 되었다. 애정 없는 결혼이었고, 외로웠을 그녀의 시간들이 안쓰러웠다. 미안하다는 말은 계속되었고 듣고 있던 수연도 마음이 안 좋은지 일찍 들어가라는 말로 위로하고 전화를 끊었다. 전화가 끊어진 뒤에도 태석의 사과와 눈물을 계속되었다. 옆에서 지켜보던 두 사람은 심각한 눈으로 태석을 바라보았다.

"형님, 왜 그려요, 이상한 사람같이. 결혼하면 좋은 일인디 그렇게 울면 어떻게 혀요."

"태석아, 왜 그냐. 나이가 든게 술을 눈이로 묵은 거여, 뭐여. 일헐 때는 소도 때려잡게 생긴 놈이 술만 묵으면 이상혀져버려. 나이가 든게 없던 감성이 예민해진갑네. 수연이헌티 그렇게 미안허면 가헌티 가면 되제, 왜 지선이헌티 갈려고 그려. 거그다 지 마누라 남자 친구까지 생각해주는 놈이 어디가 있어. 참 이상헌 놈이네."

"근식아! 나 한번 도와줘라. 잘살아볼게."

"그려도……."

"근식아!"

"긍게 수연이한티 가라고. 왜 저짝으로 갈라고 그려. 몸이 배려버린 애한티."

"근식아, 인마!"

태석은 재차 소리를 질러 근식을 윽박질렀다.

"알았어. 축하해줄게. 축하는 해주는데…… 아니다. 그리고 그렇게 울 일은 아니제."

"형님, 그만 울어요."

근식은 하고 싶은 말이 있어도 속으로 넣고 멈추었다. 그때 전화가 울렸다.

"여보세요. 예, 아버님. 예? 기자가 왔다고요? 지금 갈게요."

태석은 인사도 없이 그 자리를 빠져나갔다.

＊

술이 덜 깬 상태로 사무실로 들어갔다. 눈은 이글거렸고 입은 무겁게 닫혀 있었다. 이틀 남은 시간 동안 반드시 놈을 잡아내겠다는 각오가 보지 않아도 알 수 있었다. 이제 결혼을 하기로 한 이상 남의 일이 아니었고 아내의 일이고 남편의 일이 되어 있었다. 직원들도 태석의 눈빛에서 어제와 오늘이 다름을 느꼈다. 안개 속에 숨어 있는 놈의 전단지를 만들었다. 전단지에는 놈의 수법과 놈의 행동 패턴을 적었다. 터미널과 버스에서 찍힌 희미한 사진을 넣어 배포하겠다고 들고 들어간 태석에게, 대장은 이를 하지 못하도록 했다.

"배포는 힘들어."

"왜요?"

"이건 경찰의 수사가 잘못되었다는 것을 시인하는 꼴이야. 다른 방법을 찾아봐."

"대장님!"

"지금 잡혀 있는 놈은 뭐야? 시민들은 그놈이라고 생각하고 있는데 광수대에서 그놈이 아닙니다라고 떠드는 꼴이야. 말이 된다고 생각해?"

"그놈이 아니라 다른 놈이 있단 말입니다."

"그러니까 그건 우리만 알고 수사를 하자고. 왜 시민들에게 떠들어. 잡고 나서 밝혀도 늦지 않아. 다른 방법을 찾아봐."

대장은 더 이상 말이 없었다. 전단지를 돌리는 것은 말 그대로 중부서의 주경철이 범인이 아니라고 떠드는 것이고, 더 나아가 지금 수사 중인 서부서

와 중부서의 사건도 마찬가지였다. 그것을 그대로 둘 수는 없었다. 대장실에서 고성이 오가고, 태석은 허탈하게 나왔다. 들고 들어갔던 서류와 전단지를 책상 위에 던져버렸다. 종이들이 사방으로 튕겨 나갔고 모여 있던 직원들은 태석의 눈치를 살피며 말을 아꼈다. 거친 숨소리가 속에서 터져 나오는 분노를 간신히 잡고 버티고 있다는 것을 느낄 수 있었다. 분노가 놈을 잡아주지 않을 것이고 의욕이 시간을 늘려주지 않을 것이다.

"놈은 혼자야. 그리고 지금까지 통신 수사로 드러나지 않은 것을 보면 놈은 전화가 없다. 차도 없을 가능성이 높아. 전화가 가입되어 있지 않은 전과자를 찾아. 차가 등록되어 있지 않은 전과자도 모두 확인해!"

"팀장님, 시간이 없습니다. 이틀밖에 시간이 없는데 어떻게 모두 확인합니까. 그걸 확인하는 데 일주일은 걸립니다."

"그래도 확인해! 지금 할 수 있는 게 그것뿐이야."

"불가능하다고요!"

태석의 다그침에 상욱이 참고 있던 화를 터트렸다. 태석이 수사를 하는데 지금까지 고분고분 따라준 것도 대단한 일이었지만 드디어 한계를 드러내었다. 아침에 술까지 취해 들어와 직원들과 상의도 없이 전단지를 만들게 하고, 배포를 할 수 없게 되자 이제는 시간 내 불가능한 수사를 지시하고 있었다.

"팀장님! 지금 놈을 잡자고 하는데 솔직히 우리는 놈이 있는지부터 의구심이 듭니다. 이건 개인적인 수사인지 아니면 정말 흉악한 연쇄살인범을 잡기 위한 것인지도 모르겠다고요. 며칠째 집에도 못 들어가고 인정도 받지 못하는 수사를 하고 있지 않습니까. 전단지 하나 못 붙이는."

"놈은 있어. 분명히. CCTV에 찍혔잖아."

"그놈이 정말 그놈인지 실체가 없잖아요. 그냥 배낭 메고 달리기 좋아하는 놈일 수도 있고요. 지금까지 나온 게 아무것도 없어요. 닷새 동안 한 번도 쉬지 않고 매달렸는데 겨우 사진 두 장이 전부입니다. 이 정도 해서 안 나오면 없는 겁니다. 지금 없는 놈을 쫓는 거라고요. 진짜는 지금 들어가 있는 주경철이에요, 팀장님."

상욱이 중부서 구 팀장과 같은 말을 하자 이야기를 들어주던 태석의 태도도 변했다.

"무슨 소릴 하는 거야. 주경철이라니. 그놈은 아니라고 했잖아. 몇 번을 말해!"

"주경철이 아니라는 것도 팀장님의 주장일 뿐이잖아요. 안 그래요? 누가 동의를 해주고 있습니까?"

"같이 현장을 보았잖아. 모르겠어? 같은 풍경, 같은 냄새를 맡지 못했어? 종현이는 느꼈다고 하잖아. 증거도 일부 있고. 놈은 분명히 있어. 지금도 활보하고 있다고."

종현이라는 말에 상욱이 종현을 돌아보았다.

"너, 맞아? 느꼈어?"

뭐라고 대답을 해야 할지 종현의 표정은 난감했다.

"저는……"

종현은 느꼈던 대로 태석의 말에 동조를 하고 싶었지만 태석보다 훨씬 오랜 시간 함께 근무했던 상욱의 태도에 곧바로 대답이 나오지 않았다.

"대답해, 인마!"

"형님한테는 죄송한데, 저는 팀장님하고 같은 생각인데요."

종현은 어렵게 태석에게 힘을 실어주었다. 그러나 종현의 대답에 상욱은 어이가 없다는 표정을 지었다.

"종현이는 몰라도 저는 아직 확신이 없어요. 그러니까 팀장님 생각만 너무 강요하지 마세요. 아침에 술까지 먹고 들어와서 말도 안 되는 수사를 지시하는 게 이해가 가지 않습니다. 위를 설득할 게 아니라 저부터 설득하세요."

"오상욱, 그만해!"

중호가 상욱을 막아섰다. 고참인 그가 중재를 해야 할 것 같았다.

"에이, 시발."

상욱은 그대로 밖으로 나가버렸다. 태석도 이런 경우는 처음이었다. 자신의 수사를 믿고 따라오고 있는 줄만 알았던 상욱이 이런 반응을 보이자 태석은 당황했다. 윗사람에게 수사가 잘못되었다고 자신이 지적했을 때 그 사람들의 기분이 이런 것이었구나라고 처음으로 느꼈다.

"종현아, 따라가봐. 팀장님이 이해하시죠. 상욱이가 집에도 못 들어가고 하니까 예민해진 것 같아요. 집사람하고 사이가 요즘 더 안 좋아진 것 같더라고요."

"자네도 그렇게 생각해?"

"무슨 말씀인지……."

"실체가 없는 것 같냐는 말이야."

"이틀 남았습니다. 그때까지는 수사를 해봐야죠."

중호도 에둘러 대답을 했고 태석도 더 이상 묻지 않았다. 다만 직원들에게마저 신뢰를 주지 못했다는 자괴감이 들 뿐이었다.

종현은 밖으로 나가 상욱을 달래었다.

"형님, 왜 그래요. 지금 잘하고 있잖아요. 저는 팀장님 믿어요. 그리고 놈이 지금 밖에 있다는 것도 믿고요."

"알아. 나도 믿는데 위에서 안 도와주니까 화가 나서 그랬어. 집사람도 그렇고."

"형수가 뭐라고 그래요?"

"몰라, 요즘 신경이 예민해. 막내가 학교에서 넘어져 다치고. 집안이 엉망이야."

"말하고 들어가지 그랬어요."

"다들 못 들어가고 있는데 어떻게 들어가. 어제 팀장님 나가서 안 들어오는 거 알았으면 집에 갔다 오는 건데."

"말했으면 팀장님이 가라고 했죠. 잠깐이라도 갔다 오지 그랬어요. 이틀만 지나면 끝이에요. 잡든 잡지 못하든 끝나는 거니까 비벼보죠."

"아이 시발, 내가 수사를 그만두든지 해야지."

"왜 그래요."

"먼저 들어가라. 난 담배 하나 피우고 들어갈게."

"화 풀린 거죠?"

"그래, 인마."

상욱이 한참 후에도 들어오지 않자 태석이 밖으로 나왔다.

"상욱아, 미안하다. 그런데 이틀만 날 믿어주면 안 되겠냐?"

"제가 죄송해요. 제가 신경이 좀 날카로워진 것 같아서…… 막내가 다쳐서요."

"인마, 그럼 들어갔어야지. 너는 못 들어가고 나만 어제 술까지 먹었으니……."

"아니에요. 제가 죄송합니다."

상욱은 미안하다고 고개를 숙였지만 더 미안한 것은 태석이었다. 그래도 상욱이 이해를 해주어서 다행이었다.

다시 회의가 진행되었다. 태석은 상욱이 말한 것을 받아들였다. 지금 그 방대한 자료를 확인할 시간은 없었다.

"첫째, 놈에게 차가 없다. 장소를 이동할 때 버스를 타고 왔거나 뛰어왔을 가능성이 높아. 박주민 교수의 분석을 보면 놈은 지적 수준은 있으나 일용직 노동자나 단순 작업의 노동에 종사할 가능성이 높다고 했어. 생활 형편이 나은 편도 아니고 결혼도 하지 못했을 거야. 그렇다면 고시원이나 원룸에 살고 있을 가능성이 높아. 고산동 고시촌이나 자영동 원룸촌에 살 가능성이 있지. 여관에서 달방을 살 수도 있고."

"광주에 주소를 둔 전과자는 모두 조사했지만 연관성을 확인하기는 어려웠습니다. 그렇다면 주소가 이쪽으로 되어 있지 않은 사람일 가능성도 있다고 보는데요."

"그렇지. 왜 그 생각을 못 했지? 그중에 전화도 차도 없는 사람."

중호가 의견을 내자 태석은 곧바로 반응했다. 잊고 있었던 부분을 찾은 것 같았다.

"고산동과 자영동만 도움을 요청하는 게 어떨까요. 우리가 수사를 하고 있다는 것은 모든 경찰서가 다 알고 있는데 대장님 말처럼 숨기는 것은 그렇고. 두 군데만이라도 도움을 요청해도 될 것 같은데요. 이제 시간이 없습니다. 팀장님, 선택을 해야 합니다. 광주 전체를 할 시간은 없어요."

시간상 선택을 해야 했다. 광주 전체를 수색할 수는 없었고 두 곳이 아닌 다른 곳에 있다면 그것은 역량 이상이었다. 태석은 결정을 하지 못하고 망설였다.

"팀장님."

침묵을 깨고 태석은 결정을 했다. 두 파출소에만 공문을 보냈다. 인상착의와 특징 등을 적어 이에 부합되는 수상한 사람이 파출소 관내에 있는지 여부를 통보해달라고 했다. 직원들은 공문을 보내고 곧바로 고산동으로 이동했다. 고시원과 원룸 그리고 여관 중에서도 장기 투숙하는 사람을 일일이 발로 뛰어 찾아내어야 한다.

고산동이 자영동보다 더 유력했다. 고산동은 고시촌과 원룸촌이 더 밀집해 있어 노동자나 고시생이 많이 살고 있는 곳이었다. 대충 잡아도 건물만 2백 동은 넘을 것 같았다. 두 명씩 짝을 지어 건물마다 방문을 해 엑스를 찾기로 했다. 전화도 차도 없는, 그리고 주소가 광주가 아닌 놈이다.

"사장님, 혹시 이 사진에 나온 사람 투숙하고 있지 않나요?"

"사진 한번 잘 봐주세요. 혹시 여기에 전화가 없거나 주소가 타지인 사람 없나요?"

태석과 종현은 번갈아가며 사장들에게 물었다. 그러나 만나는 사장들마다 모두 고개를 갸웃거리며 모르겠다는 표시를 했다.

"거의 다 타지 사람이지, 여기 사는 사람들이 뭐 이런 데 살겠어요."

"그래도 주소는 옮기잖아요."

"안 옮긴 사람도 더 많아요."

"계약서를 한번 봐도 될까요?"

건물마다 들어가 반복되는 질문이었다. 계약서를 받아 들고 조회기를 통해 일일이 얼굴 사진을 확인하고 전과와 수배 여부도 확인했다. 한 건물에 들어가 확인하는 데 빨리해야 20분이었고 그것도 사장이 협조를 해야 가능했다. 고시원과 원룸, 여관을 모두 보려면 적어도 일주일은 더 필요할 듯 보였지만 어쩔 수 없었다. 태석은 여기에 마지막 희망을 갖고 건물마다 들어가 꼼꼼히 확인을 했다. 뒤따르는 종현은 태석이 얼마나 놈을 잡고 싶어 하는지 알 것 같았다.

"안 되겠다, 종현아. 시간이 없어. 한 명씩 돌아다니자. 두 명이 돌아다니는 것도 안 되겠다."

시간이 없자 모두 나뉘어 각자 돌아다니고 수상한 놈이 발견되면 모여 확인하기로 했다. 점심시간이 넘어가고 있었지만 누구 하나 밥을 먹자는 말을 꺼내지 못했다. 정신없이 찾아다니는 태석을 알기에 말을 꺼내기가 힘들었다. 각자 전단지를 들고 돌아다니고 있던 그때 종현의 전화가 울렸다. 전화는 파출소에서 왔다.

"팀장님, 고산파출소에서 연락이 왔는데요. 영원원룸이라는 데에 보내준 공문하고 비슷한 사람이 있다고 하는데요."

종현이 전화를 받고 흥분한 목소리로 전했다.

＊

원룸은 골목길 뒤쪽 후미진 곳에 자리하고 있었다. 주변보다 허름한 곳이었고 그래서 가격도 다른 곳보다 저렴했다. 태석의 차가 원룸 앞에 서자 안에 있던 파출소 직원이 다가왔다.

"광수대에서 나오셨어요?"

"예."

직원은 전단지를 들고 남 사장에게 안내했다. 남 사장은 사무실로 쓰는 작은 방에 앉아 있었다.

"광수대에서 나왔습니다. 아는 사람인가요?"

"205호에 있는 사람 같기는 한데, 본 지가 좀 되었거든."

"모자를 자주 썼나요?"

"거의 모자를 쓰고 다닌다고 봐야지. 나도 벗은 거 딱 한 번 봤으니까. 정수리가 비었더라고. 그래서 더 쓰고 다니는가."

"일은요?"

"노가다나 허는가 보더라고. 고정적으로 일 나가는 것은 아닌 것 같고. 근데 작아서 노가다도 허기가 그러것는데. 삐쩍 말라서 힘도 없어 보여."

남 사장은 한참 동안 전단지를 보면서도 고개를 갸웃거렸다. 맞는 것 같기도 하고 아니 것 같기도 하고 확신을 하지 못했다. 태석은 우선 계약서를 보여줄 것을 요청했다. 사장은 서류함을 여기저기 뒤지다가 계약서를 찾아 태석에 내밀었다.

"유정기? 80년생? 종현아, 이거 조회해봐."

"그런데 이놈이 맞는다면 진짜 주민번호를 썼을까요?"

상욱은 정상적인 주민번호를 적지 않았을 것이라는 의구심을 제기했다.

"주민번호는 맞을 거여. 내가 주민등록증을 받아서 맞게 적는지 보았으니까."

"얼굴하고 비교했어요?"

"똑같했다니까. 등록증이 오래되기는 했지만."

사장은 자신이 직접 확인했다고 강조했다. 종현이 주민번호를 확인하다
얼굴이 일그러졌다. 조회기 화면이 붉은 글씨로 바뀌었다.

"팀장님?"

"왜?"

"수배자입니다."

조회기를 내려다보던 종현이 태석에게만 조용히 사실을 알렸다.

"죄명은?"

"죄명이…… 존속살인입니다."

모두가 종현을 쳐다보았다. 그리고 한동안 말이 없었다.

"수배서가 어디야?"

"서울 성북경찰선데요."

"사무실에 전화해서 내용이 뭔지 빨리 확인해보라고 해."

"예."

살인으로 수배되어 있다면 어떤 내용인지 확인해야 했다. 성북경찰서에
서도 자신들이 수배해놓은 범인이 광주의 원룸에 있었던 것이 확인되면 곧
바로 내려올 것이다. 드디어 놈과 대면을 한 것 같았고 지금까지 찾던 놈이
유정기라는 확신이 들기 시작했다.

"여기 사진 한번 다시 보세요. 그 사람이 맞는지."

태석은 수배된 얼굴을 남 사장에 내밀었다.

"이상허네. 아닌 것 같은데. 이 얼굴은 머리가 많잖아."

"주민등록증 사진을 보았다면서요?"

"그때는 모자 벗었을 때를 못 봤으니까 그랬지."

남 사장은 사진을 보고는 한발 뒤로 뺐었다.

"여기 적힌 전화번호 전화 돼요?"

"없는 번호여. 몇 번을 했는데."

"번호가 없어요? 차는요?"

"차도 없어. 맨날 뛰어다니기만 하던데."

"뛰어다녀요?"

"마라톤 선수인지 알었어, 나는."

옥과에서 찍힌 CCTV의 놈도 뛰고 있었다. 차도 없다는 말에 태석은 심장이 조여오기 시작했다. 주소지가 광주가 아니고 전화와 차도 없다. 거기다 이미 살인죄로 수배가 걸려 있는 놈이다. 모든 게 놈을 추정했던 단서들과 일치해 가고 있었다.

"이상한 점은 없었습니까?"

"이상한 게 중요한 게 아니라, 지금 방값이 다섯 달이 밀렸는데 주지 않고 있으니까 그게 문제지. 어떻게 하면 돈을 받을 수 있을까 고민을 하고 있는데 비슷한 놈 전단지를 들고 왔기에 말을 한 거지. 빨리 놈을 찾아서 내 돈을 주란 말이여. 나는 그놈이 어떤 놈인지 상관없고, 돈 받고 짐이나 빨리 뺐으면 좋겠다 이 말이지."

남 사장에게는 경찰에 협조를 하려는 것보다 받지 못한 월세가 더 중요한 일이었다.

"지금 어디에 있어요?"

"모르지. 나도 본 지가 몇 달도 더 된다고 했잖어. 방에는 없어. 그건 확실해."

"왜 그렇게 생각하죠?"

"가는 새벽이면 나가는 놈인디 벌써 한 달째 못 봤어. 수도도 돌아가지 않고."

남 사장은 유정기가 없다는 것을 확신했지만 태석은 신중해야 했다.

"CCTV 없어요?"

"없는데."

"저건 뭐예요?"

"가짜여."

CCTV는 모형으로 달려 있었다. 태석이 올라가 유정기의 방인 205호 앞으로 갔다. 코를 벌리고 놈의 냄새를 맡으려 했다. 많은 사람을 죽인 놈이라면 죽은 자들의 냄새가 배어 있을 것이고 죽은 자들이 그가 살인자라고 알려줄 것 같았다. 그러나 아무런 흔적도 찾을 수 없었다. 그들은 죽은 후에도 놈을 두려워하고 있는 걸까. 가만히 귀를 기울여 안에서 들려오는 소리를 찾았다. 정신을 집중해 들어보았지만 죽은 자들의 아우성은 없었다. 살인자의 빈집일까. 아니면 그냥 빈집일까.

"두드려볼까요?"

"잠깐 멈춰봐."

놈이 안에 있는데도 없는 척 나오지 않는다면 그건 더 큰 문제였다. 남 사장을 시켜 돈 문제 때문에 찾아온 척 문을 두드리라고 했지만 열리지 않았다. 강제로 문을 뜯고 들어갈 수는 없었다. 예비 키를 물었지만 없다고 해 어쩔 수 없이 물러나야 했다.

"내가 가지고 있었으면 진작에 들어가버렸지. 딱 그 방만 열쇠가 없네. 있었던 것 같은데."

남 사장은 열쇠 꾸러미를 들고 열심히 뒤져보지만 이상하게 그 열쇠만 없었다. 성북경찰서에서 발부된 체포영장으로 뜯고 들어가자고 했지만 놈이 없을 가능성도 생각해야 했다.

"팀장님이 오전에 말했던 사항들과 모두 일치하는 놈인데요. 주소도 여기가 아니고 차도 없고 휴대전화도 없고요. 더욱이 살인으로 수배까지 있고. 놈이 맞는 것 같습니다."

"이놈이 가장 유력합니다. 팀장님, 결정하시죠."

직원들은 다른 용의자들을 더 확인할 여유가 없다는 것을 에둘러 말하고 있었다. 태석도 결정을 해야 했다. 아직 확인하지 못한 놈이 다른 원룸에 있다면 그것은 영원히 태석의 손에서 빠져나가는 거였다. 지금 내리는 결정이 제발 맞아주기를. 결정을 내린 태석은 수배 사진을 다시 남 사장에게 보여주고 그의 눈빛을 읽었다.

"다시 한 번 보세요!"

"이놈이 왜 그렇게 중요한 놈인데 그려? 얼마나 나쁜 놈이간디? 사람이라도 죽였어? 고런 인물도 못 되것드만. 돈이나 띠묵을지 알았지."

"그 느낌이었어요? 사진을 볼 때?"

"뭔 소리여, 그것이. 그놈이라고 헌게 고렇게 보이는구만."

남 사장은 확신을 하지 못하고 이 일로 놈에게 해코지를 당할까 망설이고 있는 거였다. 그의 눈빛을 읽은 이상 좀 더 명확한 증거를 찾아야 한다.

사무실에 전화를 걸어 유정기 앞으로 된 모든 자료를 확인하도록 했다. 그리고 놈의 앞으로 등록된 휴대전화가 있는지 확인하고, 있다면 위치 추적까지 영장을 집행하도록 했다. 그리고 무엇보다 서둘러 서울 성북경찰서에서 자료를 받도록 했다. 사무실에서 가장 먼저 알려온 것은 유정기가 서울로 전입하기 전 장성에 주소를 두고 있었다는 것이었다. 중호와 상욱을 원룸에 남겨 혹시 놈이 들어올 때를 기다리도록 하고, 태석은 종현과 함께 놈이 살았던 장성으로 가보기로 했다. 그곳에 가면 놈이 어떤 놈인지 알 수 있을 것이다.

*

차는 속도를 내어 장성으로 향했다. 신호가 있었지만 지켜지지 않았다.

그것을 지키기에는 시간이 촉박했다. 태석의 마음이 급하다는 것을 알기에 종현은 더욱 속도를 내었다. 유정기가 살았던 곳은 장성에서도 한참을 들어간 시골이었다. 마을의 규모가 제법 크기는 했지만 모두 도시로 빠져나가고 실제 사는 가구는 몇 가구 되지 않았다. 낯선 자들의 출현에 마을회관 앞에 모여 있던 노인들은 의심스런 눈으로 쳐다보았다.

"어디서 온 사람들이여?"

"광주에서 왔습니다. 어르신, 유정기가 여기에 살죠?"

"정기?"

"가가 누구지?"

"그 미친 여편네가 키우던 애기 아니여. 네 번짼가 다섯 번짼가 데려온 남자의 애기."

"몰라, 하도 많헌게."

"정기는 몰라도 가네 엄마는 있어. 그런디 만나도 소용없을 것인디. 맛탱이가 가불었은게."

"그게 무슨 말씀이죠?"

"술에 미쳤다는 것이지. 가보면 알어."

"근디 경찰이 오랜만에 오네."

오래전 서울에서 경찰들이 찾아왔을 것이지만 시간이 오래되어 그 후로는 없었던 모양이다. 녀석도 수배가 되어 있으니 고향으로 오기는 힘들었을 것이다. 노인들은 대충 손을 들어 안쪽으로 들어가라고 가르쳐주었다. 골목을 따라 들어가자 파란색 대문이 나왔다. 오래된 대문은 열린 채로 고정되어 녹이 슬어 있었다. 마당은 연탄재를 깨놓아 온통 검은색이었다. 타다 만 연탄도 으깨어져 검은 땅이 되어 있었고 마당 가운데는 빗물에 검은 웅덩이가 만들어져 깊이를 알 수 없었다. 물은 연탄을 뒤집어써 검은색 물감 같았고, 그래서 그런지 집 전체가 검어 보였다. 대문 오른쪽으로 개집이 있고 중

430

간 덩치의 하얀 개가 태석을 보고 짖어대었다. 개를 피해 마당 안으로 들어갔다. 바닥의 연탄재가 푸석거렸다. 맨발로 걸었다가는 발바닥이 온통 검정색이 될 것 같았다.

"누구여? 사람도 없는디 미친놈들이네."

밖에 나갔다가 대문을 들어서는 나이 든 여자의 손에는 소주병 두 개가 들려 있었다. 나이는 쉰이 조금 넘었지만 외모는 이미 환갑을 넘어가고 있었고 뼈에 가죽만 남아 살아 있는 유령을 보는 것 같았다. 여자는 술에 만취해 있었고 몸조차 제대로 가누지 못했다. 잠을 오랫동안 자지 못했는지 눈 아래가 타들어간 듯 검었고 눈알은 충혈되어 붉은 금이 가 있었다.

"아주머니, 유정기 어디 있어요?"

"미친놈들이 왜 그 새끼를 물어?"

"경찰입니다."

경찰이라는 말에 여자의 얼굴이 검게 변해 경계를 하듯 붉은 눈알을 흔들었다.

"그런 새끼 몰라."

"서울에 있어요?"

"모른다고. 왜 나한테 묻는 거여? 내 새끼도 아닌디. 쌍놈의 새끼들, 모르니까 가! 가라고!"

여자가 말을 할 때마다 입안에서 술과 음식물이 썩어가는 냄새가 가득 풍겼다. 여자의 속은 이미 썩어 검게 변한 물들이 출렁거리고 있는 것 같았다.

"누가 왔어?"

"신경 쓰지 말고 잠이나 퍼자, 남자구실도 못 허는 새끼가."

"뭐여!"

"문 닫고 잠이나 자라고! 개문둥아. 잔소리허라고 데려다놓은 거 아닌게. 여그는 경찰이댜."

여자의 버럭 소리에 남자는 열었던 문을 잡아당겼다.

"전화번호 좀 알려주세요."

그래도 가족에게는 진짜 사용하는 전화번호를 알려주었을 것이다.

"그 새끼 전화를 내가 어떻게 알아."

"아드님 아니세요?"

"그 새끼 내 아들 아니여. 내 배로 난 새끼도 아닌디."

"배고파!"

다시 방 안의 늙은 남자가 소리를 질렀다. 그도 이미 술에 취해 있었다.

"시끄러, 밥만 처먹는 병신 새끼야. 이 사람들 간 다음에 줄 탱게 나오지 마라고."

여자는 까르륵 술병의 뚜껑을 돌려서 땄다. 그러고는 마루 구석에 있던 맥주 컵을 잡아 한 컵 가득 따라서 한 번에 들이켰다. 마룻바닥에 떨어진 멸치 몇 마리가 있자 그것을 안주로 삼았다. 이미 술에 취해 있으면서도 더 취하려 드는 것 같았다.

"정기가 사람을 죽였다는 것은 알고 있죠? 그것 때문에 경찰들이 많이 왔을 텐데."

"그 새끼가 사람을 죽여? 니들은 다 빙신이여, 빙신!"

"이미 수배도 내려졌어요."

"그렁게 니들은 빙신이란 말이여. 암것도 모르는 것들이. 죽인 게 아니라 죽은 거지."

"죽어요?"

태석이 여자의 마지막 말을 잡았다. 그러나 여자는 입을 닫았고 다시 물어도 대답은 없었다.

"어디서 뭐 하는지 몰라요?"

"문둥이들아, 가가 허기는 뭘 허것어. 빙신 짓거리 그만허고 가란 말이여!"

"형제는 없어요?"

"없어."

"호적에 정상규라고 있던데, 상규도 아주머니 아들인가요?"

"……가, 그만!"

"상규 몰라요?"

상규라는 이름에 여자는 붉은 눈알이 튀어나올 듯 태석을 노려보았다. 그 눈은 놀라서 바라보는 눈이 아니라 겁에 질린 눈이었다. 여자는 또다시 입을 닫아 버렸고 붉은 눈은 굵은 실금이 가며 더 붉어졌다. 상규라는 이름에 여자가 왜 반응을 하는 것일까? 더 이상 물어도 대답이 나올 것 같지 않았다. 여자는 다시 술을 먹기 시작했고 조금 전보다 더 빨리 들이켰다.

"상규 방은 어디예요? 저긴가요?"

"상규는 없으니까 가라고! 상규는 여기 없어. 니들도 오늘 여기 온 거 아니여."

"왜요?"

"아니면 아니지, 왜는 무슨 왜여! 가라고! 가란 말이여, 문둥이 새끼들아!"

여자는 태석과 종현을 밖으로 밀어내었다. 안을 둘러보려 해도 그녀는 막무가내였다. 어쩔 수 없이 집을 나와 돌아가야 했다. 그러나 정상규에 대한 여자의 반응이 태석의 뇌리에서 씻겨 나가지 않았다. 유정기를 알아보려 했지만 오히려 정상규가 더 궁금해졌다. 정상규를 머리에 담았다가 어쩔 수 없이 광주로 향했다.

"사무실에서 휴대전화로 보낸 자료를 보면 정상규는 유정기하고 남남입니다. 주소는 장성으로 되어 있고. 그런데 전과가 많아요. 폭력이 세 개에 성추행까지 있습니다. 최근에는 담양에서 절도 사건으로 불구속 수사를 받은 사실이 있는데요."

"담양에서?"

"예, 현금 40만 원을 훔쳤다는데요. 피해금은 회수되지 못했고요."

고개를 갸웃거리고는 다시 정상규로 생각은 옮겨 갔다.

"여자는 살인으로 수배까지 된 유정기에는 반응이 없었어. 그런데 왜 정상규를 말하니까 당황하지? 겁먹은 것처럼 말이야."

"당황한 것까지는 모르겠는데 말이 사라졌죠. 근데 유정기는 전과가 없습니다. 아무것도."

"정상규가 걸리는데."

"팀장님, 살인으로 수배된 유정기가 더 유력하지 않을까요?"

"그런데 여자 말을 들어보면 유정기를 이미 죽은 사람으로 취급하는 것 같았어. 그렇지 않니?"

태석의 머릿속에는 여자가 한 말이 계속 맴돌고 있었다. 여자는 유정기가 죽인 게 아니라 죽은 거라고 했고, 죽은 사람이 무슨 일을 하겠느냐고 비웃고 있는 것 같았다.

"종현아, 차 돌려봐. 마을에 가서 다시 확인 좀 해보자."

태석은 머릿속에 들어찬 정상규가 빠져나가지 않아 광주로 돌아갈 수 없었다. 차는 가던 길을 돌려 다시 마을로 향했고, 마을회관 앞에 있던 노인들이 왜 또 왔냐는 눈빛을 보냈다.

"할머니, 상규가 어디 있는지 알아요?"

"상규? 그 이상한 놈 말이여?"

"이상하다니요? 뭐가요?"

"애가 좀 비리비리해. 말도 없고 힘아리도 없고. 어른들을 봐도 인사도 잘 안 해."

"상규가 오면 가네 엄마가 무서라 해. 아들인디 무섭다고 허더라고. 얼마 전에도 왔다 갔는가 잠을 못 자고 술만 먹더라고. 술이 아니면 못 잔대. 뭐

술 먹은 거는 하루 이틀이 아니지만. 술도 그놈 때문에 먹는 거여."

상규 이야기에 할머니 한 명이 태석에게 다가와 귀에 대고 누가 들어서는 안 된다는 듯 속삭였다.

"왜요?"

태석도 조용히 물었다.

"어릴 때 가를 상규 엄마가 데리고 있던 남자들이 많이 때렸거든. 가 엄마가 남자가 많혔어. 근디 오는 놈마다 가를 때렸은게. 상규 엄마가 가를 미와라 혔거든. 딸린 혹이라고. 정기 가보다 인물도 못난 데다 애가 왜소허거든. 힘아리도 없고. 그런디 고것보다는 서방들이 가를 다 싫어헌게 더 그랬것지. 친애미면 그러면 안 되는디. 상규 친아부지가 미와서 그런다는 말도 있고 혔는디, 고것은 말을 안 헌게 모르고."

어릴 적 상규가 계부로부터 학대를 당하였다는 게 노인들의 말이었다. 한번 말이 나오자 여기저기서 목격담을 늘어놓았지만 금기를 말하듯 목소리는 낮았다.

"우리도 헐 말은 없는 거여. 그냥 그대로 내비둬버렸으니까. 집안일에 끼어들기가 그러잖여. 상규가 잘살고 있는가 모르것네. 불쌍헌 애긴디. 한번씩 가끔 찾아오는가 보던데. 지금은 가가 커버려서 엄마가 무서라 허더라고. 인자 애기가 아니잖여."

"지금 같이 사는 남자는 누구예요?"

"어디서 저 같은 놈을 하나 데려왔는디, 무선게 데려왔댜."

태석은 쉽게 이해가 가지 않았다.

"상규 어매가 혼자 있는 것이 무섭대. 상규가 집으로 찾아올까 봐. 그래서 가져다놓은 거여. 무섭다고. 지대로 된 사람이면 그런 술주정뱅이 여자한테 안 오지."

어떤 놈이기에 친엄마가 두려워하는 존재가 되었을까. 노인들을 뒤로하고 태석과 종현은 다시 그녀의 집을 찾았다. 개는 전부터 계속 짖고 있었다.

"조용히 안 해, 개새끼야!"

방 안에서 술 취한 남자의 목소리가 문틈을 뚫고 나왔지만 개는 창고 쪽을 향해 짖고 있었다. 마당으로 들어간 태석은 방문에 내고 여자를 불렀다. 그러나 대답은 없었고 남자만 방 안에 누운 채 방문을 열었다.

"어디 가셨어요?"

"몰러, 고것을 내가 어떻게 알아. 그것보다 거기 술 좀 줘. 묵다 남은 거 있잖여. 안으로 좀 밀어서 줘봐."

남자는 밖으로 나올 생각을 하지 않고 여자가 남긴 술에 욕심을 내고 있었다. 태석이 손을 밀어 문지방 앞까지 술병을 밀어주었다. 그러자 남자가 몸을 끌고 밖으로 나왔다. 팔꿈치로 바닥을 짚고 배를 끌며 밖으로 나와 술병을 잡아 들고 벌컥대며 술을 마셨다. 병을 빠져나오는 술을 넘기지 못해 줄줄줄 턱과 목을 타고 바닥에 떨어트렸다. 그는 사람이 아니라 마치 술에 굶주린 짐승 같았다. 남자는 하체를 쓰지 못하고 있었다. 남자구실도 못 하는 놈이라고 욕하던 여자의 말이 떠올랐고 무서워서 데려다놓았다는 노인들 말까지 생각났다. 여자는 상규에 대한 극도의 공포심에 싸여 있던 게 맞았다. 얼마나 무서웠으면…….

"팀장님!"

27

 남자는 엄마를 어떻게 죽일까 고민했다. 그 생각은 마당에서 비를 맞으며 서 있을 때마다 한 번도 변함이 없이 머릿속에 있었다. 진짜 죽여야겠다고 마음먹은 것은 군대를 다녀온 후부터였다. 군대도 남자를 감싸주지 않았고 그곳도 아저씨를 따라 산으로 끌려가던 어릴 적과 별반 다르지 않았다. 남자를 끌고 가는 고참이 있었고 그가 시키는 대로 모두 다 해주었다. 엉덩이를 내주었고 물컹거리는 것을 입에 넣었다. 그래서 조금 나아졌지만 고참이 되자 후배들은 더러운 놈이라고 남자를 끌고 가 때렸다. 어느 누구도 남자의 편이 되어주는 사람은 없었다. 그게 다 엄마 때문이었다. 남자는 엄마를 왜 죽여야 하는지 이유를 찾았다. 자신을 보호해주어야 할 엄마는 한 번도 그렇게 해주지 않았다. 남자에게 기억이 존재하기 시작한 다섯 살 때에도 엄마는 아들인 남자를 사랑하지 않았다. 엄마의 옆에는 언제나 어른들이 있었고 그들은 자신을 아빠라고 부르라고 했다가도 진짜 아빠라고 부르면 화를 내듯 노려보았다. 그래서 아빠라고도 불러보지 못했다. 엄마는 어린 남자가 보는 앞에서도 섹스를 했다. 부끄럽다는 것을 잊은 듯 엄마는 술에 취해 괴성을 지르며 섹스를 했다. 엄마에게 남자는 너무 많았다. 수치심을 모르는 엄마를 동네 사람들이 수군대는 게 싫었고 그것에 아랑곳하지 않고 섹스에 몰두하는 엄마는 더 싫었다. 그녀가 데려온 어른 중에는 어린 남자를 이상하게 좋아하는 짐승도 있었다. 엄마가 밖에 나간 사이 어른은 남자를 끌고 산으로 갔다. 도망치고 싶었지만 그러지 못했다. 엄마가 돌아왔을 때 어른이 나쁜 사람이라고 말했지만 듣지 않았다. 오히려 다른 데 가서 말하지 말라고 입을 막았고 아들의 고통에 침묵했다. 엄마는 아빠가 된 어른이 어린 남자를 괴롭히고 있을 때 말릴 수 있었으면서도 그러지 않았다. 엄마는 보호자가 아니라 방관자였고 가장 가혹한 가해자였다. 엄마에게 말한 내용은 고스란히 어른에게 전해져 마당 검은 웅덩이에 처박혀 맞아야 했다. 밤새 울어도 엄마는 어린 남자의 옆으로 오지 않았다. 그날도 엄마는 섹스를 했다. 어느 날 다른 어른이 집으로 들어왔고 그를 따라온 남자아이가 있었다. 남자아이는 남자보다 어렸지만 남자에게 형처럼 굴었다. 어른들은 언제나 데려온 남자아이 편이었고 남자는 여전히 말조차 할 수 없는 존재였다. 새 물건은 언제나 남자아이가 먼저 썼고 헌것이 되어야 남자가 가질 수 있었다. 남자아이가 미웠지만 남자는 어쩔 수 없다는 것을 쉽게 받아들였다. 비가 많이 오던 날 엄마는 남자의 소중한 것을 전과 같이 또 죽였다. 길을 잃은 어린 개를 집으로 데려와 키웠다. 녀석의 몸은 작았고 잘 먹지 못해 힘도 없어 자기를 보는 것 같았다. 녀석은 어린 남자에게 유일한 친구였고 말 상대였다. 학교도 집도 견디기 힘들기는 마찬가지였지만, 남자는 집에 오는 것을 싫어하지는 않았다. 집에 오면 그래도 친구가 있었으니까. 그런 친구를 엄마가 데려온 어른이 죽였다. 어른과 함께 온 남자아이가 개가 매일 자기를 향해 짖는다고 말을 한 직후 개는 죽었다. 비가 오던 그날 친구는 몽둥이에 맞아 죽었고, 그것을 어른과 남자아이는 웃으면서 지켜보고 있었다. 녀석의 피가 웅덩이로 흘러 들어와 남자는 친구의 붉은 피를 또 뒤집어썼다. 비가 내려 피를 씻어주기는 했지만 남자는 여전히 구덩이에서 허우적대었다. 그 안에서 남자는 웃고 있는 그들을 보았다. 비가 오면 피 냄새가 났고 피 냄새를 씻으려 비를 맞았다. 그래도 피는 씻기지 않았고, 오히려 피 냄새가 향기롭다는 것을 알게 되었다. 비는 언제나 창문을 두드려 피를 씻으라고 말을 걸었다. 처음엔 대답하지 않았지만 지금은 그런 비를 기다렸다. 비를 맞을 때마다 엄마의 죄를 생각했고 엄마의 죄를 생각하면 비가 왔다. 남자가 어른이 되었을 때 집에는 엄마만 있고 모두 떠나버렸다. 이유가 남자에게 있다고 엄마는 소리쳤지만 남자는 이해하지 못했다. 엄마는 자기 죄를 뉘우치지 않고 있었다. 언제부터 나는 괴물이 되었을까? 나는 왜 괴물이 되었지? 방 안에 홀로 앉아 스스로에게 물어보기도 했다. 명쾌한 대답을 기대한 것은 아니지만 남자가 내린 결론은 모든 게 엄마 잘못이었고 여자의 잘못이었다. 그래서 엄마를 죽이기로 했다. 다른 여자들처럼 단번에 죽이지는 않을 거다. 엄마가 잘못을 알게 서서히 죽여야 하고, 내가 무서움에 울었듯 엄마도 그렇게 되어야 한다. 엄마가 낳은 아들이 얼마나 잔인한 괴물이 되어 있는지 알려주었다. 어릴 적 엄마가 아무렇게나 방치해버린 아들이 죽은 자들을 모아 벽에 묻어주고 있다고 말했다. 경찰이 찾아오면 그 괴물을 낳은 사람이 엄마라는 것을 세상 사람들 모두가 알게 될 것이다. 엄마, 이젠 엄마가 무서워할 차례야.

*

여자는 창고 안에서 음독을 했다. 구급대원들이 도착했어도 여자를 살릴 수는 없었다. 여자의 몸으로 들어간 녹색의 고농축성 농약은 빠르게 혈관으로 빨려 들어가 여자의 몸을 마비시키고 심장을 물어뜯었다. 발견이 빨랐더라도 여자는 사망했을 것이라고 구급대원은 건조하게 전달했다. 경찰서 과학수사반과 함께 달려온 검안의도 사인을 농약에 의한 파라쿼트 중독

사라고 결론 내렸다. 바닥에 널브러진 여자는 농약 한 병을 다 들이켰고 반 병 분량을 바닥에 토해내고 죽었다. 먹은 게 없었는지 토사물에는 술과 농약뿐이었다. 움푹 들어간 눈은 감기지 않고 공포에 질려 있었다. 여자는 뭐가 그렇게 두려웠던 것일까. 농약 한 병을 모두 들이켤 만큼 두려웠던 건 무엇일까.

"팀장님, 이거요."

노트를 발견한 종현이 안을 들여다보다가 태석을 불렀다. 노트에는 여자가 써놓은 글자가 삐뚤거리며 반복되고 있었다.

"벽이 무섭다. 무슨 뜻이지?"

"그러게요."

태석은 고개를 갸웃거리며 벽 쪽을 쳐다보았지만 거기엔 벽에 기댄 술 취한 남자만 있었다. 남자는 여자와 같은 방을 쓰지 않았다. 왜 자기를 데려다 놓았는지도 모르겠다고 남자는 술에 취해 답했다. 남자는 집을 지키는 개가 된 것 같다고 했고, 이제 어떻게 해야 하냐고 흐느꼈다. 죽은 여자를 슬퍼하는 것이 아니라 갈 곳 없는 신세 때문에 울었다. 여자는 남자를 같이 살기 위해 데려온 것이 아니라 혼자 있는 것이 무서워 데려온 거였다. 남자는 그를 본 적이 있다고 했다. 짖어야 할 개도 그가 나타나면 개집으로 들어가 오줌을 지리며 벌벌 떨었다고 했다. 여자는 어찌할 바를 몰라 남자의 방 안으로 들어와 문을 꼭 닫고 있었고 그는 엄마라고 몇 번 부르고 돌아갔다고 했다. 다시 온다는 말을 남기고 돌아갔지만 여자는 집 안에서 나오지 못했다. '나도 죽일지 몰라, 그놈이.' 여자는 그렇게 말했다고 했다. 그런데 얼굴을 보지 못해 그게 유정기인지 정상규인지는 분간하지 못했다.

사망 경위를 조사한다고 장성경찰서 직원들이 집 안을 수색하기 시작했다. 태석도 들어가 정상규와 유정기의 흔적을 찾으려 했다. 집 안은 정리 정돈이 전혀 되지 않은 쓰레기 집이었다. 술병이 뒹굴고 먹다 남은 안주들이 말라 곰팡이가 피어 있었다. 쓰레기장을 뒤지듯 집 안을 수색해 둘의 흔적을 찾으려 했지만 어디에도 흔적은 없었다. 사진 한 장 찍어놓은 것이 없었고 노트 하나 앨범 하나도 없었다. 어릴 적부터 그의 존재는 없어야 한다고 하는 것처럼, 흔적은 어디에도 없었다. 엄마에게 정상규는 아들이었을까, 아들이 아니어야 할 존재였을까. 태석의 머릿속은 혼란스러웠다. 정상규의 흔적을 찾고 있는 모습을 장성경찰서 직원들이 이상한 눈으로 쳐다보았다. 그들의 눈은 '왜 여기에 광역수사대가 와 있는 거죠?'라고 묻고 있었다.

"정상규는 여기 가끔 왔던 모양인데요. 유정기는 수배가 된 이후로 오지 않았고요. 올 이유도 없었겠지만."

"그러면 여자가 무서워했던 사람은 정상규라는 건데……."

"할머니들이 그러는데 유정기는 어릴 적에 여기를 떠났다는데요. 자기 아버지랑. 집에는 아주머니와 정상규 둘만 있었대요."

"두 사람 사이에 무슨 일이 있었던 거지?"

태석은 다시 생각에 잠기었다. 유정기를 확인하기 위해 찾아왔다가 새로운 인물이 앞을 가로막았다. 원룸에 살았던 사람은 유정기가 맞는 것일까. 10년 동안 수배를 피해 도망 중이던 유정기가 계속해서 살인을 하고 있다고 봐야 할까. 그것도 광주 시내 한복판에서? 왜라는 질문을 계속해서 하고 있지만 답은 찾아내지 못했다.

"팀장님, 그런데 장성에는 미제 사건이 없습니다. 여기는 광주하고도 가까운데 사건이 없어요. 바로 옆 영광과 담양에도 있는데요."

"여기는 자기를 알아보는 사람이 있을지도 모른다고 생각한 게 아닐까. 그래서 여기서는 범행을 저지르지 않은 거지."

주경철도 여자에 대한 증오와 혐오감을 가지고 있었지만 정작 그 혐오를 갖게 한 전 애인은 죽이지 않았다. 이유는 간단했다. 전 애인을 죽이면 의심이 자신을 향하리라는 것을 알았기 때문이다. 정상규나 유정기가 범인이라고 한다면 그들도 아마 그렇게 생각했을 것이다. 광주라면 백만이 넘는 사람들 중에 한 명이지만 장성이라면 겨우 3만 명 중에 한 명이다.

"놈이 우리가 쫓는 살인범이라는 증거는 아무것도 없어요. 거기다 놈의 사진 한 장 없고. 어떻게 생겼는지조차 알 수가 없습니다."

"학교에 가보자. 놈이 다닌 학교에는 뭐가 있겠지."

"유정기는요?"

"그건 서울 성북서에서 가지고 있을 거야. 우리는 정상규를 보자. 그리고 사무실에 전화해서 정상규 전과 내용이 구체적으로 뭔지 확인해봐. 어쩌면 우리가 찾아야 할 사람은 유정기가 아니라 정상규일지도 몰라."

태석은 장성 읍내로 향했다. 정상규의 학교 생활기록부를 보면 놈의 성향 정도는 알 수 있을 것 같았다. 박주민 교수가 말한 것과 같이 학교 폭력에 많이 노출되어 있고 폭력적인 성향과 가해자라는 것이 확인된다면 적어도 놈이 범인일 수 있다는 간접증거는 될 것 같았다. 학교는 농업고등학교에서 생명과학고등학교라는 이름으로 바뀌어 있었다. 저녁 시간이 되었는지 남녀 학생들이 교복을 입은 채 식사를 하기 위해 밖으로 나오고 있었다. 차를 교무실 앞에 멈추었고 곧바로 안으로 들어갔다.

"졸업생 중에 확인하고 싶은 사람이 있어서 왔습니다."

"졸업생요? 몇 년도 졸업생인지?"

"1999년입니다. 15년 전인데요."

"꽤 오래되었네요."

광역수사대에서 나왔다는 말에 학생부 교사는 고개를 갸웃거리며 행정실로 가 정상규의 학생기록부를 가지고 왔다. 낡은 서류에는 증명사진 한 장이 붙어 있었다. 처음으로 접하는 놈의 얼굴이 태석을 덮치듯 다가왔다. 놈의 사진을 보면 한눈에 알아볼 거라고 생각했지만 그러지 못했다. 사진 속 정상규는 아무런 표정 없이 앞을 바라보고 있었다. 얼굴에는 평화도 안

정도 없었고 그렇다고 분노도 화도 없었다. 어떠한 표정도 읽을 수 없는 해석 불가의 얼굴이었다. 머리는 나이 든 아저씨처럼 듬성듬성했고 이마가 정수리까지 넘어갈 정도로 넓어 보였다. 만약 CCTV의 놈과 일치한다면 놈이 왜 모자를 쓰고 다니는지 이해할 만했다. 키가 작았고 몸무게도 얼마 나가지 않았다. 외형으로 보아서는 학교 폭력 가해자로 보이지는 않았다.

"조용한 성격이며 학생들과 잘 어울리지는 못하지만 근면한 편임이라고 써 있는데요. 뭐 평범한 것 아닌가요?"

"폭력적인 부분은 없어?"

"없는데요. 키나 몸무게로 봐서는 때린 게 아니고 맞고 다녔겠는데요. 그런데 또 모르죠. 작다고 사납지 말라는 법은 없으니까. 아무튼 그런 내용은 없어요. 그런데 어울리지 못한다는 말은 따돌림을 당했다는 말을 에둘러 적어놓은 거 아닐까요? 학교에 적응을 잘 하지 못한 것일 수 있습니다."

태석은 유심히 학생기록부를 살폈다. 뭔가 놓친 게 있을 것이다. 행동특성란에 기재된 부분에 특이한 것이 있었다.

'남의 고통을 잘 이해하지 못하고 공감 능력이 떨어짐'이라고 적혀 있었다. 고통을 이해하지 못하고 공감 능력이 떨어진다는 말이 무슨 뜻일까? 확인을 하고 싶었다.

"학교에 고영석 선생님이 계신가요? 3학년 때 담임 선생님으로 되어 있는데."

"교감 선생님요? 담임이셨군요. 아직 퇴근 전일 텐데요. 교감실에 계실 겁니다."

태석은 생활기록부를 들고 교감실로 찾아갔다. 고영석 교감은 다행히 퇴근하지 않았다. 태석의 등장에 웬 경찰이 왔느냐는 표정이었고, 학생들 중에 누가 사고를 쳤구나 하는 것 같았다.

"광역수사대면 광주에서 오신 건가요? 멀리서 무슨 일로……?"

"선생님 제자였던 정상규에 대해서 알고 싶습니다."

"예? 누구요?"

"선생님께서 3학년때 담임을 맡으셨던 정상규요. 15년 전에."

"아, 그 정상규요."

정상규의 이름이 나오자 교감의 얼굴은 흙빛으로 변했다. 그렇게 좋은 기억으로 남아 있는 학생이 아님은 분명했다.

"상규는 평범한 학생은 아니었습니다. 그래서 아이들이 많이 놀리고 힘들어했죠. 학교생활을 힘들어했을 것입니다."

"힘들어했을 거라는 말씀은 무슨 뜻이죠? 가해자가 아니었나요?"

교감의 답변은 쉽게 이해할 수 있는 말이 아니었다.

"상규는 가해자가 아니라 피해자입니다. 아이들의 놀림의 대상이었죠. 왜소하고 이마가 넓고 머리숱이 적어 놀림감이 되고는 했습니다. 그런데 사실 상규는 힘들어한 적이 없었어요. 아이들이 놀리고 때리고 해도 표정이 없었습니다. 그래서 더 놀리기도 했는데 개의치 않았어요."

"폭력적이지 않았습니까?"

"가해자였냐는 말씀인데, 조금 전에도 말했듯이 아닙니다. 피해자라고 봐야 할 겁니다. 외형에서도 느껴지듯이 말도 없고 소심해서 아이들에게 대항하지 못했습니다."

"한 번도 폭력적인 게 보이지 않았습니까?"

"네, 학교에서는 그런 모습을 보인 적이 없습니다. 나중에는 아이들이 오히려 녀석을 무서워했다고 봐야 할 겁니다. 표정 없는 얼굴이 얼마나 무서운 것인가를 아이들이 느꼈으니까요."

교감의 말은 박주민 교수와 상반되었다. 학교 폭력의 가해자였을 가능성이 매우 높다고 진단을 내렸었는데 오히려 피해자라니. 엑스와는 거리가 먼 걸까. 폭력성이 전혀 없었던 사람이 사람을 죽이고 불을 지를 만큼 잔인하게 변할 수 있을까. 태석이 교감의 눈을 응시하며 진실을 찾아내려 하자 교감의 눈이 아래로 향했다.

"도움이 되지 못해 죄송합니다. 조심히 올라가십시오."

교감은 문 앞에서 태석을 밀어내듯 쫓아내었다. 더 이상 해줄 말도 없고 도움을 주고 싶은 마음도 없어 보였다. 그에게 상규는 큰 존재가 아니었던 모양이다.

"선생님도 느끼셨습니까?"

"뭘 말씀인가요?"

"표정 없는 그의 얼굴에서 두려움을요. 학생들이 느꼈던."

"아니요. 저는 학생이 아니라 교사인데요."

교감은 애써 평정심을 잃지 않으려 했다. 그러나 그의 얼굴은 곧 구겨졌고 그도 두려움을 느꼈을 거란 추측이 들었다.

"정말로 상규가 친구들에게 대항하지 못했나요?"

"못했죠. 친구들은 자기보다 힘도 세고 덩치도 훨씬 좋은데요. 생활기록부를 보셨잖아요. 키와 몸무게가 얼마나 작은지. 어디 되겠던가요. 나중이 돼서야 아이들이 놈을 피한 거죠. 표정이 없으니까."

"선생님은 그래서 뭘 하셨습니까?"

교감은 태석의 도발적인 질문에 말을 멈추었다. 무슨 일을 했냐고 묻다니 비위가 상했다. 15년 전의 일을 묻는 것에 기억을 돌려 대답을 해준 것도 어디인데. 경찰 놈들은 매너가 없었다. 그래도 교감으로서 품위를 지켰다.

"아무리 경찰이라도 그런 질문은 곤란합니다. 못 들은 걸로 하죠. 더 이상 답변해줄 말 없으니까 돌아가십쇼."

빌어먹을 경찰 놈을 처음부터 들이지 말았어야 했다. 태석을 밀어내고 문을 닫으려 했다. 경찰들이 학교를 찾아와 기분 좋은 일은 한 번도 없었다. 15년 전 그때도 그랬었다. 경찰들은 담임 교사인 자기에게 모든 책임을 물으려 했었다.

"그래서 어린아이들을 때렸나요? 자기보다 약하고 더 왜소한 학생을?"

"예? 무슨 말씀인지?"

"그건 왜 학교 폭력으로 기록해놓지 않으셨습니까? 엄연히 폭행을 했는데."

태석은 교감의 정곡을 찔렀다. 교감은 눈이 흐려지고 낯빛이 흙빛을 넘어 하얗게 변했다. 태석은 정상규의 범죄 사실에 대하여 이미 사무실로부터 연락을 받아 알고 있었다. 교감이 사실을 말해주기를 바랐다.

"학생들만을 대상으로 한 범죄였습니다."

"그건 우리 학교 아이들을 때린 것이 아니니까 기록할 필요가 없었던 겁니다. 학생의 장래를 생각해서 그럴 필요까지는 없죠."

"다른 학교 아이들을 때리면 폭력이 아니라는 뜻인가요?"

"그게 아니라……."

"다른 학교가 어디입니까? 말씀해보세요. 학생이 누굽니까?"

"근처의 초등학생들을……."

교감은 죄인이 된 듯 말이 멈추어 속으로 들어가고 있었다.

"고등학생이 초등학생을 때렸다는 말입니까?"

교감은 곧바로 대답하지 못했다. 침을 깊이 삼키고서야 대답이 어렵게 나왔다. 15년 전 그때도 경찰과 부모들이 몰려와 교감을 다그쳤었다.

"그놈은 자기 또래나 선배에게 당하면 그 복수를 어린아이들에게 했어요. 어린아이들에게 녀석은 강자였으니까. 남자아이들보다는 여자아이를……. 내가 말려보기는 했지만 되지 않았습니다. 내게 맞고 가서도 그 한풀이를 다시 아이들에게 했으니까요. 경찰도 그건 막지 못했어요. 나한테만 뭐라고 할 게 못 되죠. 경찰도 못 막았는데."

"그래도 잘못된 것을 지적하셔야죠."

"놈은 그럴 때마다 궤변을 늘어놓았어요."

"궤변요?"

"어린아이들을 때리면 안 된다고 누가 정해놓은 거냐고 묻더군요. 자기는 힘이 없는데 그럼 계속 맞기만 해야 하느냐는 거지요. 강한 놈이 약한 놈을 때리는 것은 당연한 건데 그게 왜 문제가 되느냐는 겁니다. 어린아이들에게 자신은 강한 놈이라는 거지요. 자기는 강한 놈을 이기지 못하니까 약한 놈을 공격한다는 겁니다. 자기에게 당한 그 아이들에게는 더 어린 아이를 때리라고 했다는군요. 자기가 그러는 것처럼. 그놈은 강한 놈들에겐 아예 덤빌 생각조차 하지 않는 놈입니다."

피해자들은 여자들이 대부분이고 어린아이까지 있었다. 놈에게 그들은 한없이 작고 약한 존재들이었다. 제대로 대항 한 번 해보지 못하고 겁을 먹고 죽음을 맞아야 했다.

"부모님은요?"

"혹시 집에 가보셨다면 그런 질문은 필요가 없다는 것을 알 겁니다."

"가봤습니다."

"그럼 물어볼 것도 없겠군요. 집안이 엉망이니까. 상규의 엄마는 술집에서 일을 했고 아이를 돌볼 수 없었습니다. 아빠가 되어주겠다고 찾아온 사람은 많았지만 아이가 딸린 술집 여자와 살려고 오는 사람 중에 정상적인 사람은 드물겠죠."

"혼자 기를 수는 없었나요?"

"상규의 어머니는 아들인 상규가 무섭다고 했습니다. 언젠가 자기를 죽일지도 모른다고요. 학교에 찾아와 저에게 상담을 했던 기억이 납니다. 그래서 다른 남자들을 집으로 데려왔던 것이죠. 상규로부터 자기를 지키기 위해서요."

"상규 어머니는 죽었습니다. 조금 전에요."

"죽어요?"

"예, 자살했습니다."

"자살요? 그렇다면 상규가 왔다 갔을 겁니다."

교감은 자살했다는 말에 소름이 돋는지 얼굴이 흙빛으로 변해 대답했다.

"여기 이것이 저희가 찾아다니는 용의자입니다. 정상규가 맞는지 확인해 주시죠."

태석은 옥과주유소에서 찍힌 사진을 교감에게 보여주었다. 어쩌면 교감은 15년 전 고등학생이었던 정상규의 모습을 알아볼지도 모른다. 교감은 사진을 받아 들자마자 손을 바르르 떨었다.

"사람을 죽였나요?"

"예."

"여자인가요?"

"대부분요."

"대부분이라면?"

"열 명이 넘습니다."

"……이 사람은 상규가 맞습니다. 오래되었지만 알 수 있습니다. 그때도 이렇게 모자를 쓰고 다녔습니다."

사진 속의 인물이 정상규라는 증언이 나왔다. 드디어 놈이 태석의 손으로 들어오고 있었다.

"상규가 그림을 그렸습니다. 낙서겠지 했는데 너무 잔인해서 나무란 적이 있습니다."

"뭘 그렸습니까?"

"자기 엄마를 죽이는 그림이었습니다. 그것을 벽에 붙인다고 하더군요."

차는 다시 정상규의 집으로 향했다. 도착하자마자 태석은 정상규가 쓰던 방으로 뛰어 들어갔다. 벽지 넘어 그 안에는 죽은 엄마 수십 명이 피를 흘리고 있었다.

28

서울 성북경찰서 강력팀 사무실로 광주청 광역수사대에서 전화가 걸려왔다. 유정기의 사건에 대하여 알고 싶다는 전화 내용을 처음에는 이해하지 못했다.

"유정기요? 그게 누구지? 유정기 사건 가지고 있는 사람 있어?"

전화를 받은 성북서 형사는 다른 형사들에게 사건을 물었다.

"담당자가 한지욱 형사고요. 수배를 내린 것은 2002년입니다."

성북서 직원이 사건에 대하여 알지 못해 담당자와 수배 연도를 알려주자 그때서야 내용을 알 수 있었다.

"한지욱 형사면 성북서에 계시다가 강남서로 가셨는데. 그런데 무슨 일이죠?"

유정기의 서류는 종결 처리되어 이미 검찰청으로 송치가 된 지 10년이 넘었다. 유정기 앞으로 발부된 체포영장만이 철이 되어 캐비닛 안에서 잠을 자고 있었다. 살인자인 유정기의 흔적이 광주에서 발견되었다는 말에 팀장은 직원들을 집합시켰다. 장기 미제 사건 전담 팀에서도 손을 놓은 사건이지만 놈의 흔적이 발견되었다면 즉시 확인을 해야 할 사안이었다. 노민우 강력

2팀장은 과장에게 보고하고 직원들과 함께 광주로 출발했다. 10년 전 한지욱 형사와 함께 유정기를 찾기 위해 몇 달 동안 집에 들어가지도 못하고 전국을 헤매던 기억에 이번에는 잡아야겠다는 생각이 간절했다.

신고는 새벽에 들어왔다. 신고자는 울면서 전화를 했고 목소리는 무슨 말을 하는지도 알 수 없을 정도로 흥분해 있었다. 형사들이 현장으로 갔을 때는 파출소 직원들이 먼저 도착해 현장을 보전하고 있었다. 나이가 많이 들어 보이는 남자는 방바닥에 누운 채로 죽어 있었다. 두개골이 함몰된 채로 누운 자세 그대로였다. 피 냄새보다 술 냄새가 더 짙은 것으로 보아 남자는 술을 퍽이나 많이 먹었던 모양이다. 반항 한 번 해보지 못하고 죽어 아마 잠들어 있는 상태에서 공격을 당한 것으로 보였다. 신고자는 그의 양아들이라고 소개를 했고, 새벽에 일을 하고 들어오다가 동생이 급하게 집을 나가는 것을 보고 방으로 들어가보니 양아버지가 죽어 있었다고 진술했다. 사건은 쉽게 해결될 거라고 생각했었다. 그런데 그 사건이 10년도 더 지난 지금까지 해결되지 않았다. 피의자로 지목된 동생은 이후로 소재가 확인되지 않았고, 신고자이자 목격자인 양아들도 몇 개월 후 사라져버렸다. 피의자가 전에 살았던 전남 장성으로 양어머니를 찾아갔다. 그녀는 다른 남자와 함께 살고 있었고, 서울 일에 대해 설명하고 물었지만 경찰에 협조를 했다가는 큰일이 나는 것처럼 입을 굳게 다물었다. 그렇게 10년이 흘러버렸다.

중부서 형사과 사무실은 긴장감이 높아졌다. 주경철에 대한 서류를 책상 위에 쌓아놓고 송치할 시간만을 기다리고 있던 중에 날아든 소식은 서류의 일부를 변경해야 할지도 모르는 사안이었다.

"팀장님, 하태석이가 살인범을 특정한 것 같습니다."

"웃기고 있네. 그게 누군데?"

"유정기라고요, 11년 전에 서울 성북경찰서에서 존속살인 혐의로 수배를 내려놓은 놈이 있었나 봅니다. 그놈이 광주에 있었나 봐요. 흔적이 나왔고요. 서울 성북경찰서에서도 전담 팀을 꾸려서 출발을 했다는데요."

"무슨 소리야, 그게?"

구 팀장의 얼굴은 다시 구겨졌다. 책상 위에 올려진 3천 페이지가 넘는 수사 서류에 하태석이 똥을 싸지르고 있는 것 같았다.

"구 팀장 어디 있어?"

얼굴이 상기된 나대철 과장이 사무실로 급하게 들어왔다. 그는 성북경찰서에서 직접 연락을 받았다. 후배 과장으로부터 수배자를 검거하는 데 협조해달라는 부탁 전화였다. 이미 광역수사대에서 놈을 찾고 있다는 말까지 듣고 나자 나 과장의 얼굴은 달아올랐다.

"시벌, 하태석이 말대로 범인이 따로 있는 거 아니야? 우리 관내에서 살인으로 수배된 놈이 설치고 다니고 있었단 말이야?"

"수배자 놈이 그렇게 하고 다녔다는 증거는 없습니다."

"안 했다는 증거도 없어! 서울에서 죽인 놈이 여기서는 못 죽이나!"

"지금 나가서 확인해보겠습니다."

"확인은 무슨 확인이야. 가서 그 수배자 놈을 잡아 와. 여관방 벽을 뚫어서라도 하태석이보다 먼저 잡아서 사건을 모두 넘기라고 해. 그 새끼가 잡았다가는 여기 이 사건 서류 새로 작성하고 사건 결과 브리핑을 다시 해야 할지도 몰라. 빨리 나가서 잡아 와!"

"알겠습니다."

그놈이 결국 나를 엿 먹이는구나. 구 팀장과 직원들은 유정기 사진을 들고 원룸으로 향했다.

*

태석의 차는 광주로 향했다. 당장이라도 놈의 방을 보고 싶었다. 안에는 유정기가 아니라 정상규의 흔적이 있을 것이다. 왜 정상규는 유정기로 살려고 했을까? 살인으로 수배가 된 유정기와 그가 살해했다는 아버지는 어떻게 된 것일까? 왜 정상규가 유정기의 주민등록증을 가지고 다니는 것이지? 머릿속은 다시 복잡해지고 있었다. 생각에 잠겨 있을 때 박주빈 교수로부터 전화가 걸려 왔다. 태석은 따져 묻고 싶었다.

"그렇지 않아도 전화를 하려고 했습니다. 교수님의 분석이 잘못된 것 같습니다."

"죄송합니다. 저도 그것 때문에 전화를 드렸습니다. 제가 피의자 심리를 잘못 분석한 것 같아요. 피의자는 외형적으로 절대 강자가 아닙니다. 물론 약자 앞에서는 강자가 되지만 강자 앞에서는 그렇지 않다는 말씀입니다. 전에 말씀드린 것처럼 피해자들의 면면을 보았을 때 피의자를 힘으로 쉽게 제압할 수 있는 사람은 아무도 없었고 모두 피의자가 제압 가능한 사람들만 골랐습니다. 그것도 여자만으로요. 그건 어릴 적부터 학습이 된 것 같습니다. 강자와는 절대로 마주하지 않는다는. 그리고 학교에서도 아마 가해자보다는 피해자였을 가능성이 높습니다. 피해를 본 후에 오히려 분노의 표출이 약자에게 향했을 가능성이 높고 정도도 매우 가학적이지 않았을까 생각됩니다."

태석이 원하던 답이 교수에게서도 나왔다. 이제 정황들이 정상규로 향하고 있었다.

"그것 때문에 전화를 드리려고 했는데 교수님도 답을 찾으셨군요. 맞습니다. 놈은 가해자가 아니라 피해자였습니다. 다만 또래에서요. 그는 피해자이기도 하지만 가해자이기도 했습니다. 그것도 매우 강한."

"강하다는 말은?"

"어린아이들을 감금하고 폭행했습니다. 성폭행도 있었고요. 모두 자기보다 약한 어린아이들을 대상으로 한 범죄라서 드러나지 않은 것 같습니다.

특히 여자아이들은 부모들이 숨기려고 들어서 사건이 되지 않았습니다."

"가정환경은 어떻던가요?"

"최악입니다. 교수님, 오래 통화하기는 힘들 것 같고요. 검거 후에 면담을 하도록 해드리겠습니다. 자세한 설명도 그때 드리겠습니다."

박주민 교수는 새로운 형태의 범죄 유형에 관심을 가지고 있어 많은 것을 물어보고 싶었지만, 태석은 학술적 분석에는 관심이 없었다.

"지금 바로 압수수색검증영장을 신청해. 시간이 없으니까 검찰청에서 기다렸다가 발부되면 곧바로 찾아서 전화해. 주소는 유정기 명의로 계약을 했던 원룸으로 하고. 집행을 할 때 과학수사팀하고 함께 확인을 해야겠다. 그리고 사진을 보내줄 테니까 남 사장에게 확인해봐. 15년 전 사진이라 확인하기는 쉽지 않겠지만 비교 좀 해봐."

"팀장님, 그게 문제가 아니고요, 지금 여기 서울 성북경찰서에서 중부서 형사들과 함께 찾아왔습니다. 물론 구 팀장도 왔고요. 자기들이 받아놓은 체포영장으로 지금 원룸을 보겠다고 하고 무엇보다 저희보고 여기서 철수하라는데요."

"뭐?"

"어떻게 할까요?"

"미친놈들, 우리가 찾아야 할 사람은 유정기가 아니야. 정상규지. 내가 갈 때까지 원룸에는 절대 들어갈 수 없다고 해. 안에 있지도 않은데 영장은 무슨 영장이야!"

"그래도 집행을 하겠다고 하는데."

"어떻게든 막아!"

태석은 서둘러 원룸으로 향했다. 시간은 이미 한밤중이 되어가고 있었고 어두운 거리를 네온사인들이 비추고 있었다. 골목 안 원룸 앞에는 성북서와 중부서 형사 차량이 주차되어 있었고 유정기 방 앞에는 구 팀장과 성북서 노민우 팀장이 한편이 되어 열쇠공을 불러놓고 대치 중이었다.

"뭐야?"

태석이 원룸 문 앞으로 다가가 중호에게 묻자 곧바로 모든 시선이 태석에게 향했다.

"하 팀장, 왜 영장 집행을 막는 거야? 당신이 지금 공무를 방해하고 있다는 거 알아?"

"안에 유정기가 없는데 어떻게 유정기의 체포영장으로 방 안을 들어가요? 그게 말이 됩니까?"

"있으면 어떻게 하려고. 죽어 있는지 어떤지 모르잖아."

태석 때문에 원룸 안으로 들어가지 못하고 있는 게 화가 난 구 팀장이었다.

"안에 없습니다. 그리고 있다고 해도 유정기가 아닙니다. 유정기 명의를 도용한 다른 사람이라고요. 그런데 어떻게 영장을 집행해요?"

"얼씨구, 왜 한발 뒤로 물러나는 거야? 지금 살인범이 안에 있고 그놈이 새벽마다 연쇄적으로 사람을 죽이고 다녔다고 시나리오 다 써놓은 거 아니었어?"

"비아냥거리지 마세요. 절차대로 하자는 겁니다. 기다려보세요. 저희가 신청한 압수영장이 곧 발부되니까 그걸로 하면 됩니다. 그리고 누가 유정기를 연쇄범으로 특정했다고 했어요?"

"누가 절차를 무시하고 있는지 모르겠네. 아저씨, 여기 문 좀 따봐요. 비켜!"

"아직 기다려보라고요!"

"안에 있는 놈이 범인이라며, 확인하자는데 왜 그래? 막상 확인하려니까 아닌 것 같아서 그래? 자신감이 떨어지나 보지?"

구 팀장의 비아냥거림은 갈수록 더 노골적으로 변했다. 구 팀장이 열쇠공에게 문을 열도록 지시하자 열쇠공이 공구함을 들고 앞으로 나서려 했다.

그러자 태석은 다시 막아섰다.

"노민우 팀장입니다. 저희는 유정기가 여기에 살았는지 여부만 확인하면 됩니다. 팀장님 말대로 유정기가 아니라면 저희는 바로 철수하겠습니다."

노민우 팀장은 둘 사이에 끼고 싶지 않다는 듯 유정기 여부만 확인하고 물러나겠다는 입장을 전했다.

"유정기를 찾기 위해 왔다면 잘못 오셨습니다. 유정기는 안에 없으니까 성북서 영장으로는 안 되고요. 저희가 압수영장을 곧 받을 테니까 그것으로 확인하고 철수하시면 될 겁니다."

"무슨 말씀이죠?"

"205호는 유정기가 쓰는 방이 아닙니다. 그리고 있지도 않을 거고요. 유정기의 이름을 도용해서 저 방을 쓴 겁니다. 잠깐만요."

태석에게 걸려 온 전화가 기다렸던 대답을 들려주었다. 창문으로 아래를 내려다보자 과학수사 차량이 현관 앞에 도착해 장비를 챙겨 계단을 오르고 있었다. 압수영장이 발부되었다는 것을 원룸 남 사장에게 알리고 문을 강제로 열고 들어가기로 했다. 열쇠공이 드릴을 이용해 자물통에 구멍을 뚫고 드라이버를 넣어 옆으로 밀어내자 철컹 소리를 내며 자물통이 떨어져 나왔다. 드디어 놈의 속살이 드러나는 순간이었다. 오랫동안 잠겨 있던 철문이 덩 소리를 내며 안을 보여주었다. 구 팀장이 비집고 안으로 들어가자 빈집 냄새가 먼저 전해져 왔다. 불을 켜자 낡은 형광등이 눈을 두세 번 껌벅이고 불이 들어왔다. 남 사장도 안으로 고개를 밀어 넣었다.

"뭐여. 이 새끼 돈도 안 내고 날른 거여?"

방 안은 텅 비어 있었다. 비운 지 오래되었는지 빈집 냄새가 짙게 나고 있었지만 방금 방을 치운 듯 먼지 하나 남아 있지 않았다. 작은 쓰레기 조각 하나 있지 않을 만큼 말끔하게 치워져 있었다. 신발에 비닐봉투를 쓰고 안으로 들어갔다. 작은 증거물이라도 오염되지 않게 최대한 신경을 썼다. 분명히 안에는 놈의 흔적과 피해자들의 유전자가 남아 있을 것이다.

"뭐야, 아무것도 없잖아."

가장 먼저 들어간 구 팀장이 텅 빈 방을 보고 투덜거렸다. 그는 여기저기를 둘러보고는 오히려 아무것도 없는 것이 더 잘되었다는 표정이었다.

"벽이 왜 이려, 미친놈이 벽지를 다 오려 가부렀네. 똘아이 새끼 아니여!"

놈은 왜 벽지를 떼어 갔지? 태석은 벽지를 살폈다. 벽에 발라져 있어야 할 벽지가 가로세로 2미터 정도 잘려 사라져버렸다. 거기에 무엇이 있었을까.

"인자 돈 받기는 글러부렀네. 이 새끼를 진작에 경찰에 신고를 했어야 했는데."

일찍 신고를 했더라면, 놈을 빨리 알았더라면. 태석도 그의 가정에 공감을 했다. 이제 겨우 하루를 남겨놓고 놈을 찾았는데. 놈을 어디 가서 잡을 수 있을까.

"팀장님, 감식을 하겠습니다."

감식반이 방 안으로 들어가 정밀 감식을 시작하였다. 하얀색 위생복으로 머리부터 발끝까지 감싼 감식반 두 명이 인류가 처음 달에 착륙해 주위를 살피듯 집중했고 카메라 플래시가 쉴 새 없이 터졌다. 조그만 혈흔이라도 찾아내기를 간절히 원했고 죽은 자들이 남긴 흔적이 놈을 범인이라고 알려주기를 빌었다. 한 시간쯤 지나자 감식반 직원들이 밖으로 나왔다.

"팀장님, 죄송한데 아무것도 없습니다. 완전 새 건물로 들어온 것 같은 느낌입니다. 이런 경우는 저희도 처음 보는데요. 머리카락 하나라도 나오는 게 정상인데 그것조차 없습니다. 세정제를 이용해서 흔적을 모두 지운 것 같습니다. 완벽하게."

"지문 하나도 없던가요?"

"화장실과 싱크대도 모두 확인했는데, 없습니다. 완벽하게 정리를 하고 간 것 같습니다. 아마 락스를 적신 물수건으로 닦지 않았나 싶은데요. 철저하게 지웠습니다."

"혈흔은?"

"더더욱 없습니다. 수챗구멍에 락스를 통째로 부은 것 같습니다. 오래전인 것 같은데 아직도 락스 냄새가 납니다."

현장은 그대로 보존을 해놓고 밖으로 나왔다. 아무도 들어가지 못하도록 문에는 폴리스 라인으로 표시를 했다. 태석은 낮에 다시 한 번 정밀하게 감식을 하자고 부탁했고 감식반들도 장비를 더 갖추고 직원도 더 데리고 와보겠다고 했다. 그들도 아무것도 찾아내지 못한 것에 자존심이 상해 있었다.

"저희는 돌아가겠습니다. 유정기에 대한 정보가 있으면 알려주시기 바랍니다. 그리고 유정기 자료를 원하신다고 해서 대충 정리한 것입니다. 참고하십시오."

노민우 팀장은 태석에게 서류를 전달하고 서울로 올라갔다. 유정기에 대한 정보가 없는 한 광주에 오래 머물 수는 없었다. 유정기의 행방을 확인할 단서가 아무것도 없는 시점에 무작정 찾아다니는 것도 한계가 있었다. 태석이 말한 것처럼 유정기가 실제 거주를 한 것이라고 단정할 수도 없어 광주청에 맡겨두는 수밖에 없었다.

인사를 나누고 주위를 살폈을 때 구 팀장은 이미 자리를 뜨고 없었다. 그는 처음 원룸 문이 열렸을 때 안을 확인하고는 곧바로 자리를 떴다. 올 필요도 없었는데 괜히 여기까지 왔다는 표정이었다.

놈은 벽지를 잘라 어디로 갔을까? 태석은 뜬눈으로 밤을 새웠다. 잠은 오지 않았고 오직 놈에 대한 생각뿐이었다. 잠을 잔다는 것은 지선에게 죄였다. 그녀에게 한 약속을 지킬 수 있는 시간도 이제 하루밖에 남지 않았다. 잠을 자려고 해도 안 되었고 오는 잠을 그대로 두어서도 안 되었다. 태석의 마음은 밤거리에서 놈을 찾고 있었다.

남자가 피시방에 들어선 것은 자정이 막 넘어서였다. 얼마를 달렸는지 온몸은 땀에 절어 있었다. 운동을 하고 나서 흘리는 땀은 참 기분 좋았다. 등을 타고 아래로 내려가는 땀방울의 간질거림이 좋았고 목을 뜨겁게 달구는 숨 차오름이 계속되기를 원했다. 오늘은 사람을 죽이지 않았다. 다만 다음에 죽일 사람을 찾아 길을 탐색한 게 전부였다. 골목길은 더 깊이 들어가보았고 큰 도로는 지나는 사람들을 감시하는 카메라가 어디에 있는지 살피며 움직였다. 카메라가 많은 곳은 더 이상 가지 않기로 했다. 다시 뉴스를 검색했다. 엄마와 자매를 죽인 세 모녀 살인 사건은 아버지가 용의자라는 뉴스가 여전히 그대로 있었다. 직접증거가 없어 풀려나기는 했지만 경찰은 여전히 그에게 용의점을 두고 있다고 했다. 내가 이긴 거야. 남자의 얼굴에 미소가 그어졌다. 이제 자신의 범죄는 모두 완벽해지고 있었다. 완전범죄로 자신의 모습이 완성되어가고 있는 것 같아 좋았다. 뉴스를 더 검색하다가 새벽이되자 잠이 왔다. 사람을 죽여도 잠을 자는 데 문제가 없었다. 오히려 사람을 죽여야 더 편안히 잠을 잤다. 이제 들어가 잠을 자야겠다. 자고 나면 나는 더 튼튼해지고 단단해지겠지. 내일은 또 어떻게 사람을 죽이지? 화장지로 탁자를 닦고 피우던 담배꽁초를 화장지에 싸서 주머니에 넣었다.

29

밤새 머릿속은 정상규로 가득 차 있었다. 정상규는 자신의 이름이 노출되는 것을 극도로 꺼렸다. 경찰 수사를 받을 때를 빼고는 모두 유정기 이름을 썼다. 밤새 정상규의 담임이었던 교감의 진술을 토대로 피의자를 정상규로 특정하여 체포영장을 신청했다. 정상규에 대해서 수사를 할 수 있는 시간은 이제 하루뿐이어서 잡을 수 있다고 확신할 수 없었다. 수사를 며칠만이라도 늘릴 수 있다면이란 생각에 나온 결론은 영장 신청이었다. 정상규를 범인으로 한 체포영장이 발부된다면 형사과장도 청장도 태석의 수사를 멈추게 할 수 없을 것이다. 직원들이 자고 있던 시간 혼자서 만든 체포영장 신청서는 소명 자료로 전화번호부 열 권 분량의 수사 서류가 첨부되었다. 그것은 정상규가 범인이라고 소리 없이 외치고 있었다. 그 절규를 검사와 판사가 받아줄지는 미지수였다. 그들도 이미 범인이 주경철이라고 단정하고 있을 것이다. 태석의 마음을 아는지 날이 밝기도 전에 당직실에 잠들어 있던 중호와 상욱이 일어나 세면을 했고 종현과 정국도 책상에 있다가 화장실로 갔다. 직원들이 씻고 자리로 오는 사이 태석은 밖으로 나가 담배를 꺼내 한 대를 피웠다. 미숙의 잔소리도 태석의 초조함을 막을 수는 없었다. 그것마저 없다면 시간의 촉박함을 달랠 길이 없었다. 오늘 하루다. 반드시 놈을 잡아 내겠다는 각오를 다지며 안으로 들어갔다. 직원들은 모두 책상에 앉아 태석이 들어오기를 기다리고 있었다. 오늘이 마지막이라는 것을 알기에 정신을 더 집중했다.

"놈은 약 두세 달 전쯤에 이사를 갔고 시내 어디선가 살고 있어. 아마 원룸이나 고시원으로 갔겠지. 거기에 증거가 있고 놈이 있어."

"뜯어 간 벽지도 있겠죠?"

"그렇겠지. 시간이 없다. 오늘 반드시 놈을 찾아야 해. 오늘 잡지 못한다면 더 이상 수사를 진행할 수가 없어."

"체포영장이 발부되면요?"

"그때는 달라지지. 검사와 판사가 주경철이 아닌 정상규에게 혐의가 있다고 인정한 것이 되니까 수사를 계속 끌고 갈 수 있다고 봐야지."

태석의 목소리는 비장했지만 자신감은 떨어져 있었다. 은행에 정상규와 유정기의 명의로 된 계좌가 개설되었는지 확인하고 병원도 확인하기 시작했다. 병원 진료도 분명 했을 것이다. 종현과 중호에게 서둘러 관계 기관에 공문을 보내게 하고, 태석은 상욱과 함께 어제와 마찬가지로 도시로 나갔다. 고산동과 자영동의 원룸과 여관을 집중적으로 돌아다니며 정상규를 찾기 시작했다. 두 동 외에는 생각지도 못했고 일반 주택의 월세방은 더더욱 그랬다. 시간은 너무도 빨리 지나가고 있었다.

"팀장님, 유정기 이름으로 얼마 전에 참외과에서 진료를 받은 사실이 있습니다."

"뭐? 거기가 어디야?"

점심이 될 무렵, 사막에서 오아시스를 찾은 듯 태석은 종현의 전화를 받자마자 참외과의원으로 이동했다. 다시 정상규가 손에 잡혀가고 있는 것 같았다.

"유정기가 이 사람이 맞습니까?"

태석은 CCTV에 찍힌 사진을 원장에게 보여주었다. 그는 고개를 갸웃거리다가 확신에 찬 듯 대답했다.

"맞는 것 같은데요. 유정기 씨가 손가락이 칼에 베어 찾아왔습니다. 검지가 찢어져서 열여덟 바늘을 꿰맸습니다."

"모자를 썼었나요?"

"예, 벗지는 않았습니다."

불행히도 병원 CCTV는 용량이 부족해 2주만 저장이 되어서 병원 진료 모습은 확인할 수 없었다. 그러나 유정기의 이름을 한 정상규가 여기에 왔다 간 것은 확실했다. 진료 날짜를 보자 그날은 지선이 사고를 당한 다음 날이었다. 놈은 그날 상처를 입었었다. 놈에게는 다행스럽게도 상처에서 빠져나온 유전자가 빗물에 모두 씻겨 간 그날이었다. 중부서에서 병원 진료 여부만 확인했어도. 엉망으로 수사를 한 구 팀장이 원망스러웠다.

병원 주변과 근처 여관을 모두 찾아보자. 태석은 다시 밖으로 나갔고, 공문을 모두 보내고 나온 종현과 중호가 합류했다. 이제 발로 뛰는 일만 남았다.

태석과 직원들은 닥치는 대로 뒤지기 시작했다. 마트 고객 센터에 고객으로 등록되어 있는지부터 미용실과 커피숍, 비디오 가게까지 회원으로 등록된 것이 있는지 찾았고 치킨, 피자 가게까지 회원 이름을 확인했다. 고시원과 독서실, 찜질방과 목욕탕에도 찾아갔고 공인중개사 사무실까지 찾아가 계약자 중에 있었는지 확인했다. 오후가 되자 시계는 점점 태석을 밀어내고 있었다. 손에 잡혀오던 정상규였는데 시간은 놈을 막고 서 있었다. 시간은 태석의 편이 되어주지 않았다. 땀이 비 오듯 쏟아졌다. 점심도 먹지 않았고 먹은 거라고는 여관에서 얻어 마신 생수 한 병이 전부였다. 태석의 얼굴에 표정은 이미 사라진 후였다. 아마 태석의 표정이 사냥감을 찾는 정상규의 표정일 것이다. 상기된 태석의 눈은 귀신의 눈으로 변해가고 있었다.

"팀장님…… 검찰에서 체포영장이 기각되었습니다. 검찰도 주경철을 범인으로 보는 데 의심이 없는 것 같습니다."

영장이 기각되었다는 종현의 말소리는 맥이 풀려 있었다. 영장마저 기각된 이상 정상규는 물이 되어 태석의 손을 빠져나가 더 이상 움켜쥘 수 없는 존재가 되어버렸다.

"어디 있어? 어디 있는 거야! 정상규! 어디 있어! 어디 있어, 개새끼야!"

드디어 태석이 폭발했다. 건물 밖으로 나온 태석이 골목을 향해 소리를 질렀다. 목이 터질 듯 외쳐대는 그 소리에 분노가 폭발하고 있었다.

"시발, 개새끼들! 얼마나 수사를 해야 내 말을 믿어주는 거야! 지선을 찌른 건 주경철이 아니라 정상규라고, 시발럼들아!"

"팀장님……."

"저기 원룸으로 들어가보자."

태석은 종현의 뒷말을 들을 생각도 하지 않고 바로 골목 안에 있는 원룸으로 뛰어갔다. 그리고 원룸 사장을 찾아 사진을 보이며 확인해줄 것을 요청했다. 그것이 더 이상 소용없음을 종현은 설명해주고 싶었지만 말을 잇지 못했다.

"몰라요."

"잘 좀 봐봐요! 이런 사람이 여기에 있는지 잘 좀 보란 말이에요. 어서!"

"아, 이 사람이 어디서 짜증을 내고 지랄이야!"

"이 새끼가 여기에 살 수도 있으니까 봐달란 말이야. 왜 보지도 않고 모른다고 하냐고!"

"시발, 경찰이면 다야! 없어! 없다고!"

"보기는 했어! 봐달라고 하니까 보기는 했냐고! 이 새끼가 사람을 죽이고 다닌다고!"

나이가 어려 보이는 남자 사장은 처음 태석이 들어갈 때부터 거들먹거리며 성의 없이 대답을 했다. 태석은 그의 태도보다 보지도 않고 대답하는 데 화가 났다. 종현이 말리지 않으면 싸움이 날 판이 되었다. 평소 같으면 그냥 넘어갈 일이 시간에 밀려 초조해하던 태석을 터트리고 말았다.

"당신이 경찰인지 신분증이라도 보여줬어? 어디서 지랄이야."

"지랄? 내가 이 새끼 잡는 게 지랄로 보여! 사람 죽인 놈 잡으러 다니는 게 지랄이야! 욕 들어가면서 이 새끼 잡으러 다닌 게 지랄이냐고!"

"그러든 말든 그건 당신 일이고, 내가 뭘 잘못이냐고!"

"팀장님! 팀장님! 그러지 마세요."

종현의 전화에 달려온 중호와 상욱이 태석을 말렸고 원룸 사장도 만만치 않았다. 밖으로 끌려 나가면서도 태석은 어떻게든 설득도 안 될 설명을 하려고 들었다.

그 시간 중호는 중부서로부터 전화를 받았다. 그리고 고개가 바닥으로 떨어졌다. 일주일 동안 정신없이 실체가 없던 엑스를 찾아다녔었고 드디어 어제 엑스가 정상규라는 것을 밝혀내었다. 이제 놈을 잡기만 하면 되는데 전화는 그것이 모두 끝이라고 말했다.

"팀장님, 끝났습니다. 사건이 검찰청으로 송치되었답니다. 모두 주경철이 한 것으로 해서요."

중호의 말을 듣고 태석은 멈추었다. 그러나 듣고 싶지 않은 말은 듣지 않은 거였다. 태석의 전화도 울렸다. 그러나 받지 않았다. 수사를 중단하라는 전화는 받을 수 없었다.

"다시 사진 좀 봐! 정상규라고 나이는 34세고. 키가 작고 평소 모자를 쓰고 다닌다니까!"

"뭘 더 보냐고!"

"팀장님, 제발! 이제 그만하세요."

"……."

"팀장님……."

"다시 봐봐요. 제발! 이 새끼라고!"

*

사무실로 돌아가는 차 안에서 아무도 말이 없었다. 말을 하는 게 태석에게 죄가 되는 것 같았다. 차에서 내려서도 태석은 조용히 사무실로 올라갔다. 담배 하나라도 피우고 올라갈 만한데 그러지 않았다. 책상 앞에는 주경철의 사건 송치서 사본이 놓여 있었다. 피의자는 구속된 주경철로 되어 있었고 여자와 노인 열세 명을 죽이고 사문동 최지선을 죽이려다 미수에 그쳤다는 내용이 들어 있었다. 사건은 끝이 났고 범인은 주경철로 마무리되었다. 아무 일도 없었던 것처럼 서류는 놈이 범인이라고 지목하고 있었다. 범인은 따로 있다고 그렇게 외쳤는데 왜 저들은 아니라고 고개를 갸웃거리는지 이해가 되지 않았다.

태석의 자리에 전화가 울렸다. 그러나 받지 않았고 받을 생각도 없는 것 같았다. 종현이 당겨 잡았다가 태석을 불렀다.

"팀장님, 대장님입니다."

종현의 부름에 겨우 생각에서 빠져나와 전화를 넘겨받았다.

"그동안 고생 많았어. 형사과장님도 비록 성과는 없었지만 도박 건하고 성매매범들을 잡은 것은 큰 성과라고 치하하셨어. 이제 모두 끝났네. 경찰 자존심이 걸린 문제였어. 설사 자네가 맞는다고 쳐. 우리가 수사한 것을 우리가 뒤엎는 것하고 뭐가 다른가. 누가 잡으면 어때. 사건은 이제 끝났으니까 종결하라고."

"놈이 나왔습니다. 분명 정상규 그놈은 아직도 거리에서 어떻게 하면 사람을 죽일까 배회하고 있다고요. 아직 해결되지 않은 살인 사건이 많이 있습니다. 그것은 어떻게 할 겁니까? 정상규와 같이 살았던 유정기가 존속살인으로 수배되어 있습니다. 뭔가 잘못된 게 있다고 보이지 않습니까?"

"그건 담당 서에서 모두 하고 있어. 서울 성북서하고 중부서, 동부서 모두 하고 있고. 그리고 자네가 쫓는 놈과 연관이 있다고 할 수도 없잖아. 영장도 기각되었고. 혐의가 확실하다면 법원에서 영장을 발부했겠지."

"그건……."

"그만하고 사건 종결해. 그리고 다른 사건은 모두 해당 서에서 진행할 거야. 이미 지휘부에서 결정한 일이야. 자네와 약속도 했었고. 지금이 오히려 잘된 거야. 자네가 정말로 잡아도 문제가 되었어."

"예? 무슨 말씀인지?"

태석은 대장의 말을 이해할 수 없어 물었지만 대답은 없었다.

"이제 모두 잊어버리고 다시 큰일을 하자고. 지금은 정부에서 주도하고 있는 4대악 해결에 집중할 때야. 거기에 대한 첩보가 여러 개 들어온 게 있으니까 그것 먼저 해. 지금 지휘부의 시선은 온통 4대악에 있어. 불량식품에 치중하자고. 큰 거 하나 하면 이번 과오는 징계 없이 넘어갈 수도 있다는 거 명심하고. 기자들도 그런 거 아니면 기사도 잘 안 써준다는 것을 모르나."

할 말이 없었다. 이미 대장은 사건에서 손을 떼었고 출구 전략을 찾고 있는 중이었다. 그대로 전화를 끊었다. 끊기 전 전화 너머에서 들려오는 소리는 듣고 싶지 않은 목소리였다.

"그 친구 뭐라는 거야. 말 안 들으면 내가 전화하고."

"아닙니다. 제가 알아듣게 말했습니다."

광역수사대장이 있는 일식집에 지방청 고창수 과장과 중부서 나대철 과장 그리고 구태만 팀장이 같이 모여 있었다. 태석은 그들에게 한심한 친구가 되어 있었다.

사무실에 있던 직원들도 힘이 빠져 모두 손을 놓고 태석의 눈치만 보고 있었다. 이제 태석도 정리를 해주어야 했다.

"그동안 애썼어. 오늘은 일찍 들어가. 가족들하고 같이 시간을 보내라고. 내일은 주말이니까 푹 쉬고."

"팀장님, 술이나 한잔 하시죠."

"아니. 그냥 좀 있을게."

태석의 자리는 이미 한밤중인 것처럼 어두워 보였다. 말이 사라진 그에게 다시 말을 거는 게 미안한지 직원들은 조용히 짐을 챙겨 사무실을 나갔다. 침묵만이 태석과 남아 대화를 했다.

30

"아, 이 자식은 집에 사는 거시여, 마는 거시여."

"왜 그래요, 또 없어요?"

"이 새끼 벌써 날른 거 아니여?"

"방에는 있었다면서요."

"밖에서 보기에는 없는디. 저번처럼 들어가볼 수도 없고."

"내버려둬요. 그냥 방 하나 없다고 치면 되지. 괜히 신경 쓰면 당신만 힘 빠져요."

방 사장의 혼잣말에 누워 있던 부인이 고개를 돌리며 말했다. 벌써 몇 번째 찾아갔지만 갈 때마다 세입자는 보이지 않았다.

건설업을 하다가 은퇴한 방 사장은 가지고 있던 자본금과 연금을 모두 찾아 이 건물을 사들였다. 구도심에 위치한 5층짜리 낡은 여관 건물은 30년이 넘어 겉으로 보기에도 나이 많은 늙은 할아비 같아 보였다. 워낙 낡은 건물이라 거들떠보는 사람들이 없어 매물로 나온 가격보다도 싸게 살 수 있었다. 한 달에 걸쳐 내부 수리를 하고 외벽도 새로 손을 보자 30년의 세월이 조금은 줄어들어 보였다. 돈을 아끼려 날림으로 공사를 해서 그런지 세련되어 보이거나 현대적으로 보이지도 않았다. 거기다 아직 영업허가가 나지 않아 간판을 만들어놓고도 달지 못했다. 조명까지는 모두 달아놓았는데 간판이 없었다. 구청 담당자에게 뒷돈을 좀 줘야 허가를 내주려는지 허가가 나오려면 몇 달은 더 기다려야 한다는 것이다. 하자가 있기는 했지만 그것이 이렇게 발목을 잡을 줄은 몰랐다. 그래도 집을 그대로 비워놓을 수는 없어 부동산에 방을 내놓았는데, 허가가 나지 않았다는 말에 사람들이 찾아오는 게 시원찮았다. 오더라도 좁은 방과 오래된 건물 때문에 쉽게 계약을 하지 않았고 무엇보다 보증금을 어떻게 믿고 주느냐는 게 가장 큰 이유였다. 그래서 주변의 다른 원룸보다 가격을 훨씬 낮게 내놓았는데도 더디기만 했다. 월세가 주변과 비슷한 대신 보증금이 낮아 목돈이 없는 사람들이 쉽게 들어오리라 생각했는데 그렇지도 않았다. 3년만 지나고 나면 본전을 빼고 순익을 올릴 수 있을 거라 기대했지만 3년이 아니라 30년이 지나도 회복하기는 힘들 것 같았다. 몸이 약한 부인을 간호하면서 노후를 편안히 보낼 수 있는 일을 찾다가 선택한 것이었지만 자기가 병들 것 같았다.

남자가 찾아온 건 넉 달 전 저녁 무렵이었다. 계단과 복도를 대충 청소하고 내려와 방으로 가려는데 누군가 뒤에 서 있었다. 키는 작았고 덩치도 왜소해 보였다. 가방 하나와 두루마리 종이를 들고 방을 구한다고 했다. 얼마만에 들어보는 기분 좋은 말이었던지, 방 사장은 얼굴에 한껏 웃음을 띠었다. 남자를 데리고 305호로 안내를 해주었다. 남자는 대충 고개를 돌려 살피더니 가방과 두루마리를 내려놓았다.

"얼마나 사시려고? 최소 6개월은 살아야 하는데."

방 사장의 눈에 남자는 오래 살 것 같지 않았다.

"무슨 일 하는 사람이오?"

"……."

뭐야, 내 말을 무시하는 거야? 벙어리야? 남자는 말이 없었다. 더 묻고 싶

468

었지만 멈추어야 했다. 더구나 검은 모자에 가린 남자와 눈이 마주쳤을 때 섬뜩하게 얼굴에 표정이 없었다. 얼굴을 마주했을 때 감정이 드러나야 하는데 그런 게 없었다. 마치 정면만을 고정하고 있는 밀랍 인형이나 오래된 사진관의 증명사진 같았다. 뭐 하는 새낀데 대답이 없어.

"한 달이면 얼마입니까?"

"한 달? 한 달이면 20만 원이지. 보증금 2백만 원에."

"우선 40만 원. 다음 달에 보증금도 같이 드릴게요."

남자가 주머니에서 돈을 꺼내 방 사장에게 건네었다. 40만 원이면 두 달 치 값이었다.

"안 돼, 그렇게는. 보증금이 다른 데보다 반은 적은데, 그것 없이는 최소한 6개월 치는 줘야지."

"안 되면 돈 주세요. 다른 데 알아볼 테니까."

사정하는 것도 없었다. 내려놓았던 짐을 다시 들어 올리더니 돈을 돌려달라고 손을 내밀었다. 안 된다고 하면 돈을 조금이라도 더 내놓을 줄 알았는데. 방 사장은 당황했다.

"다음 달에 꼭 줄 수 있어?"

"……"

"꼭 줘야 돼."

"예."

남자는 사정도 하지 않았고 길게 대답도 하지 않았다. 방을 비워두느니 채워두는 게 나을 것 같았다. 남자와 1년을 하기로 하고 계약서를 썼다. 물론 다음 달에 보증금과 월세를 모두 준다는 조건도 집어넣었다. 둘은 바닥에 앉아 계약서를 작성하고 한 장씩 나눠 가졌다. 열쇠를 건네주고 나오는데 이상하게 등이 시렸다. 그런데 한 달 후에 남자를 만나 돈을 받으려 해도 남자가 없었다. 언젠가는 밤늦게 들어온 것을 확인하고 찾아갔다가 손이 찢어져 피가 나고 있는 것을 보고 말을 하려다 그만 멈추었다. 눈빛이 얼마나 차 갑던지 잘못 말을 걸었다가는 자기가 피를 흘릴지도 모른다는 생각까지 들 었다. 그 후로 만나면 이야기를 해보려 해도 좀처럼 만날 수가 없었다. 넉 달 이 흘렀지만 남자는 보증금도 월세도 주지 않았다. 빈방이 아까워 받아주었 던 게 이렇게 속을 썩일 줄은 몰랐다. 돈을 달라고 찾아가도 다음 달에 준다 는 말뿐이었다. 말을 하는 표정이 얼마나 차갑던지 그 후로는 말도 붙이기 힘들었고, 살고 있는지 몰래 확인하려 들어갔다가 죽일 듯 달려드는 남자에 게 혼이 난 적도 있었다.

*

"어이, 정만이 아니여, 여기서 근무혀?"

슈퍼 앞에서 순찰차에 오르는 나이 든 경찰관을 보고 방 사장이 소리쳤다.

"방 사장님 아닌가요?"

방 사장은 반갑게 유정만 경위에게 다가갔고 유 경위도 오랜만이라는 듯 손을 내밀었다. 방 사장이 나주에서 일을 할 때 유 경위도 그곳에 있었다. 아 파트 짓는 공사를 했는데 건축자재를 하루아침에 2톤을 잃어버렸고, 그때 현장에 나왔던 경찰관이 유 경위였다. 그 인연으로 해서 가끔 만나고 인사 도 했었는데 유 경위가 발령이 나 다른 곳으로 가면서 연락이 끊어졌었다.

"어떻게 지내셨어요?"

"뭐 그냥 그렇지. 노후에 편하게 있으려고 원룸 사업을 시작했는데 이것 도 사업이라고 골치가 아프네."

"원룸 하세요? 이 건물인가요?"

유 경위가 방 사장 뒤로 새로 지은 신식 원룸 건물을 가리키며 물었다.

"아니여, 요 뒤에 오래된 여관 하나를 리모델링해서 하고 있어. 이렇게 좋으면 사람들을 금방 채우게. 원룸이라고 허기는 좀 그렇고. 방도 작고 시설도 좀 오래돼서. 사실은 아직 허가가 안 났어."

방 사장은 허가가 나지 않았다는 말을 귀에 대고 조용히 속삭였고 유 경위도 이해를 한다는 듯 고개를 끄덕였다. 간단한 안부가 오간 후에 방 사장은 골칫거리인 305호 얘기를 했다.

"그런데 우리 원룸에 방세를 안 내는 놈이 있는데 어떻게 안 될랑가? 이놈을 만나려고 해도 새벽에만 댕긴게 잘 안 만나지고. 만나도 얼굴에 표정이 없는 것이 무서워서 말도 못 하것고."

"이미 날른 거 아니에요?"

"아니여, 살고 있어. 혹시나 해서 내가 열고 들어갔다가 안에 있는 것 보고 깜짝 놀랐어. 나를 얼매나 잡아먹을라고 허는가. 그때 놈 눈깔을 본게 잘못허면 죽이것데. 주거침입이라고 신고를 헌다고 혀서 내가 사정을 혔제. 내가 고놈 때문에 더런 꼴 많이 봤네. 아니, 집에 있으면 두드릴 때 나와봐야 할 거 아니여. 가만히 있다가 문을 끌른게 지랄을 허네."

"그렇게 함부로 들어가면 안 돼요. 오히려 그런 것을 이용해먹는 놈들이 있다니까요."

"근데 돈을 안 내고 있으니까 짐을 다 빼버려도 되는 거 아니여?"

방 사장은 마음 같아서는 당장에 짐을 밖으로 던져버리고 싶었다.

"안 돼요. 그러다가 진짜 주거침입으로 걸려들지도 몰라요. 그런 놈들이 그런 것을 더 유도를 한다니까요. 그렇게 하면 안 되고, 어쩐다, 허가도 안 난 건물인데."

"어떻게 방법이 없것어? 인상이 안 좋아서 들이기 싫었는데 이렇게 꼬여버리네. 보증금이 없으니까 언제 야밤에 도망을 가버릴지도 모르고."

"일단 제가 지금은 들어가야 하니까 한번 알아볼게요. 어떻게 해야 내보낼 수 있는지."

"꼭 알아봐줘야 혀이. 얼른 들어가 봐. 비도 올라고 허는데. 아, 그러고 연락처 좀 줘. 전에 전화번호가 바뀌었더만."

순찰차는 경광등을 켜고 골목을 빠져나갔다. 빠져나가는 자리 뒤로 빗방울이 우두둑 떨어지기 시작했다. 날씨는 우중충해도 방 사장은 기분이 좋았다. 잘하면 유 경위가 놈을 쫓아내주고 돈도 받아줄 수도 있을 것 같았다. 곧바로 부인에게 자랑하러 뛰어갔다.

*

"팀장님, 파출소 직원이 첩보를 썼는데요. 고시원에서 돈을 안 줘 내보내려 해도 만날 수가 없다고 막연하게 쓴 게 있는데……."

중호와 상욱은 퇴근을 했고 종현도 짐을 챙기다가 지구대에 있는 동기로부터 전화를 받았다. 메일로 넘어온 보고서를 종현은 대충 내용을 읽어보았지만 이미 수사를 접은 사안이라 보고하기가 애매했다. 보고서를 들고 태석에게 가자 그는 비가 떨어지는 창가를 쳐다보고 있었다. 어깨가 무거워 보였고 표정은 한없이 슬퍼 보였다. 더 이상 수사를 진행하지 않는다는 종결 보고서를 작성하는 컴퓨터 화면이 태석의 눈치를 보며 반짝이고 있었다. 내용은 마무리가 되었고 대장에게 결재만 올리면 끝이 났다. 태석이 마음을 비우고 모두 내려놓았다는 것을 느낄 수 있었다. 그것이 태석에게 얼마나 힘든 일인지 종현은 짐작하고도 남았다. 이제 남은 건 책임이고 그것이 또 얼마나 태석을 괴롭힐지는 알 수 없었다. 팀장에서 물러나 일선 서로 발령 낼 것이라는 말이 있었고, 내근 자리로 옮겨 더 이상 수사를 할 수 없을 것이라는 말도 있었다. 당장 내일 징계위원회가 열릴 것이다. 그것은 이미 태석이 각오하고 있던 부분이었고 약속까지 했었다. 거기에 대한 불만은 없었지만 놈을 잡지 못했다는 패배감은 태석을 더 힘들게 만들었다. 지휘부는 실체가 없는

헛것을 태석의 고집으로 쫓은 것이라고 결론을 내려놓았다. 이제 태석에게
도 실체는 없어 보였다. 정말 헛것을 쫓은 것인지, 없던 것을 있다고 계속 우
겼던 것은 아닌지 분간이 되지 않았다. 종현은 태석의 모습에 말을 붙이지
못하고 자리에 파출소 보고서만 내려놓았다.

"종현아, 이거 뭐냐?"

조금 전 설명을 했음에도 서류를 본 태석은 아무것도 듣지 못했다는 듯
물었다. 가방을 싸던 종현이 민망하다는 듯 태석을 바라보았다.

"조금 전에 설명드렸는데……."

"내가 정신이 없다. 얼른 들어가고 내일은 푹 쉬어라. 애인하고 놀러도 가
고. 정연 씨가 나 너무 뭐라고 하지 않게 말 잘해주고. 남자 친구를 너무 혹
사시킨다고 원망하면 안 되니까. 그리고 내가 너무 미안하다. 믿어줘서 고맙
고. 징계위원회 끝나면 소주 한잔 하자."

"오늘은 어떠세요? 한잔 하기 좋은 날씬데."

"일이 있다. 가볼 데가 있어서."

"병원에 가시게요? 상태가 좋아졌다면서요. 축하드려요."

"……고맙다."

축하드린다는 말에 태석은 곧바로 대답을 하지 못하고 어렵게 대답했다.

종현이 나가고 나자 태석도 가방을 집어 들었다. 오늘은 꼭 지선에게 가야
할 일이 있었다. 서류를 대충 정리하고 마지막으로 컴퓨터 커서를 눌렀다.
잠시 망설임은 있었지만 보고서 결재가 대장에게 올라갔고 이제 모든 수사
는 끝이 났다. 이제 엑스는 없다. 엑스가 저질렀다고 믿는 사건은 주경철이
저지른 사건이 되어 검찰로 넘어갔고, 현재 진행 중이라고 생각하는 모든 사
건은 관할 서에서 조사할 것이다. 담당자가 있는 사건을 모두 자기가 하겠다
고 설쳐댔던 게 허망하고 우스웠다. 사무실의 문을 닫는데 손이 뜨거웠다.
문이 닫힘과 동시에 지선의 사건도 닫히고 영원히 태석에게 미제로 남을 것

시그니처 473

이다. 복도를 걸어 나올 때 사무실의 전화가 요란하게 울렸다. 그냥 가려고 계단까지 갔다가 다시 사무실로 들어갔다. 전화는 종현의 자리에서 울렸다.

"종현아, 나와 볼래?"

"김 형사 찾으세요? 퇴근했습니다."

"그럼 오늘 안 나오나요?"

성운파출소에서 걸려 온 전화는 종현의 동기였다. 유정만 경위에게 말을 듣고 광역수사대를 불러서 해결해주겠다고 큰소리를 쳐놓은 상태라 목소리가 우렁찼다가 줄어들었다.

"퇴근해서 힘들 것 같은데요. 그런데 무슨 일이죠?"

"고시원에 이상한 놈이 있다고 했더니 종현이가 확인하겠다고 했거든요."

"네."

"거기 사는 놈인데 수상한 것 같아서 내용을 보내주었습니다."

전화기를 붙잡고 태석은 서랍을 열어 조금 전에 집어넣었던 보고서를 꺼내어 들었다. 상대가 말하는 동안 태석은 내용을 읽어 내려가고 있었다.

"살기 시작한 게 언제죠?"

"넉 달 전쯤 된다고 들었는데요."

"넉 달요?"

"예, 나올 수 있나요?"

"……"

곧바로 대답은 나오지 않았다.

"여보세요. 여보세요."

"……지금 나가보겠습니다."

성운동이라면 고산동과 자연동의 끝에 붙어 있는 동네다. 거기는 처음부터 배제시켰던 동네고 파출소에도 공문을 보내지 않았다. 가능성은 떨어지지만 들어가는 길에 한번 들러보는 것도 문제될 것은 없었다.

"팀장님, 같이 가셔야죠."

주차장에 종현이 서 있었다. 왜 가지 않고 있지? 나간 지가 언제인데.

"성운파출소에서 전화 왔죠? 제 동기예요."

"혹시 네가?"

"팀장님이 걸려든 거죠. 안 가시겠다고 했으면 저도 안 갔을 거예요."

확인해보고 싶은 것은 태석보다 종현이 더 강했다. 허탈해하는 태석에게 끝났다고 말한 것은 종현이었지만 어느새 그도 엑스에게 집착하고 있었다. 종현을 태우고 차가 주차장을 나갈 즈음 또 한 대의 차가 주차장에서 빠져나왔다.

"저희도 같이 가야죠."

"중호하고 상욱이도 안 갔어?"

"팀장님, 저도 있습니다."

정국이 뒷자리에서 고개를 내밀었다.

"이놈만 딱 확인하고 그만하려고요."

이미 간 줄 알았던 직원들이 모두 밖에서 기다리고 있었다. 태석은 고맙다는 말밖에 할 수 있는 말이 없었다. 비는 멈추어 바닥의 물기를 밟으며 두 대의 차는 현장으로 향했다.

*

간판이 없는 고시원 앞에 파출소 직원 둘이 나와 있었다. 차에서 내려 간단한 인사를 하고 안으로 들어갔다. 2층으로 올라가 문을 두드리자 방 사장이 밖으로 나왔다.

"뭔 일이여, 요 밤중에. 아따, 경찰들이 대단허내. 잠깐 말을 혔는디 요렇게 형사들이 와불고. 근디 와도 너무 늦게 와불었네."

잠옷으로 갈아입은 방 사장은 경찰이 찾아와 반갑다고 하면서도 늦은 시간에 온 것에 기분이 언짢아했다. 아픈 부인이 놀랄까 서둘러 밖으로 나왔다. 신고하지 말고 그냥 내버려두라고 당부하던 부인이기 때문이다.

"이 사람인가요?"

"뭔디 다짜고짜 사진을 주는 거여."

"확인해보세요."

종현이 터미널에서 찍힌 사진과 정상규의 고등학교 사진을 꺼내자 방 사장은 뺏어 가듯 사진을 가지고 가 확인을 했다. 안경을 이마 위로 들었다가 내렸다가를 반복하며 사진을 살폈다. 그러고는 확신을 한다는 듯 느낌에 대한 답을 했다.

"그려, 이놈이여. 확실혀. 어릴 적 사진 같은디. 느낌이 딱 이거여."

방 사장의 대답에 모두가 태석을 쳐다보았다. 제발 이번은 맞기를. 그들의 눈빛은 간절했다.

"뭐 하는 사람 같던가요?"

"잘은 모르것는디. 운동하는 사람 아니여? 달리기 선수 같던디. 맨날 뛰댕기더라고. 몇 킬로씩 맨날 뛰댕기는 것 같애. 표정이 똑같네. 이놈이여."

방 사장은 집이 아닌 도로에서 남자가 뛰는 모습을 보았던 게 생각났다.

"이 사람하고 쓴 계약서가 어디 있죠?"

태석이 계약서를 요구하자 방으로 들어가 계약서를 찾아서 나왔다. 계약서는 대충 날려 쓴 글씨로 작성되어 있었다. 그런데 유정기로 되어 있을 것으로 예상했던 계약서의 이름이 다른 사람이었다.

"유정기가 아닌데요? 정상규도 아니고."

종현이 힘 빠진 듯 물었다. 사장은 사진 속 인물이 맞는다고 했는데 잘못 본 것일까. 계약서가 유정기나 정상규였다면 놈의 실체가 드러나는 거였는데. 아쉽다는 듯 바람 빠진 목소리를 내었다. 놈이 왜 바꾼 거지? 태석은 주민번호를 유심히 살폈다.

"주민번호 조회를 해봐. 어떤 놈인지."

"없는 번호입니다."

예상했다는 듯 태석은 아무런 동요도 없었다. 대신 계약서에 적힌 전화번호로 바로 전화를 걸었다. 신호가 세 번 가고 상대방이 전화를 받았다. 30대 여자는 낯선 남자의 목소리에 경계를 했다. 경찰관이라고 이야기를 하고 지역을 묻자 강원도라고 했다. 가짜 전화번호에 놀라움도 없었다.

"종현아, 정상규가 고산동에서 계약서 써놓은 거 사진으로 찍어놓았지?"

"예, 여기요."

종현이 휴대전화로 찍어놓은 정상규의 계약서를 찾아 화면에 띄우자 두 가지를 놓고 비교해보았다. 숫자의 모양과 자음 모음을 따로따로 바라보자 판단하기가 어렵지 않았다.

"글씨체가 똑같아요. 팀장님, 정상규입니다."

종현이 확신하듯 말을 했고 태석은 다시 한 번 신중히 계약서를 비교했다. 두 계약서의 필체가 거의 일치했다. 드디어 손에 정상규가 잡히고 있었다.

"마지막 본 게 언제인가요?"

"얼마 안 되어. 저녁에 쓰레기 내어놓을 때 보았는데."

"오늘 저녁에 말인가요?"

"그렇지, 쓰레기를 들고 나가다 던져놓더라고. 썩을 놈의 새끼."

"쓰레기요?"

"검정 거에다 그냥 버려서 내가 규격 봉투에 다시 집어넣어서 버려놓았는디. 규격 봉투가 아니면 가지가덜 안 헌게 내가 치워놓았제. 그대로 두면 고양이가 끌어서 아주 더러워진게."

방 사장은 남자가 나갈 때 방 안 창문으로 내려다보았다. 계단을 내려오는 소리만 들어도 놈이라는 것을 귀는 익히 알고 있었다. 규격 봉투에 내어놓으라고 얘기를 했었는데도 놈은 제대로 지키지 않았다.

종현이 뛰어 내려가 규격 봉투 안에 검은색 쓰레기가 있는 봉투를 찾아 현관으로 들고 들어왔다. 봉투를 뜯자 신문에 싸인 과일 껍질과 편의점 포장 족발이 나왔다.

"잘도 처먹네, 썩을 놈. 음식물은 따로 버려야 한다니까 또 싸서 버렸네. 냄새나게."

방 사장은 음식 냄새에 짜증을 내었다. 태석은 음식물 쓰레기를 싼 신문을 들어 올렸다.

"그 새끼, 신문은 따로 안 보는디."

구독하지 않는다면 편의점에서 산 신문일 것이다. 날짜는 어제였고 사회면을 찾자 그곳에 기사를 오려낸 부분이 있었다. 종현은 서둘러 휴대전화로 기사를 찾기 시작했다. 잠시 후 신문 원안을 그대로 보여주는 창을 화면에 띄워 태석에게 보여주었다.

'일가족 방화살인 사건, 용의자는 아버지인가? 여자만 노리는 사이코인가?'

도려내진 부분에 있어야 할 기사는 바로 이것이었다.

"팀장님이 예상했던 대로입니다. 놈은 기사를 스크랩하고 있었어요."

태석은 밖으로 뛰어나가 건물을 올려다보았다. 골목 뒷길에 있어 잘 보이지 않는 무허가 임대 건물. 간판도 달지 못하고 전화번호 등록도 못 한 채 골목 뒤에 숨어 있듯 떨어져 있는 고시원. 그렇게 찾으려 해도 찾지 못한 이유가 있었다. 놈은 이름을 속이고 여기에 숨어들어 있었다.

태석의 마음이 바빠졌다. 종결되었다고 하지만 놈이 확인된 이상 그대로 있을 수 없었다. 놈을 만나야 한다. 태석과 종현이 방으로 찾아가려 하자 방 사장은 둘을 말렸다.

"인자 새벽이나 돼야 올 것이여. 자정 전에 들어온 것을 못 봤은게. 새벽에 계단 오르는 소리 들으면 알제. 왔구나 허는 것을. 긍게 쬐께만 빨리 왔어도 그놈을 보는 것인디. 내가 빨리 말을 헐 것인지 그렸네. 근디 그놈이 죄를 지기는 혔제? 평범한 놈은 아니었어, 좌우지간. 먼 죄여? 아따 궁굼해 죽것네."

"확인해봐야 해요."

"뭐를 그려, 인자 다 나왔구만. 내가 암 말도 안 헐라니까 말을 히봐. 주경철이 같은 그런 놈은 아닐 거 아니여. 여자를 데리고 오지는 않았은게. 뭐여? 도둑놈이제? 밤에 나간 거 본게 딱 도둑놈이여. 밤이슬 맞고 다니는 놈이 다 도둑놈이제. 그렇지?"

방 사장은 말하지 않아도 다 알고 있다는 듯 알은체를 했다. 종현은 방 사장의 집에 살고 있는 그놈이 열두 명을 죽이고 아홉 명에게 중상해를 입힌 살인마라는 것을 말해주어야 할까 고민했다.

태석은 집을 보기 위해 305호로 올라갔다. 영장이 없어 들어가지는 못하더라도 위치는 확인해야 했다. 3층에 위치한 방은 번호 키에 철문으로 막혀 있었다.

"이거 번호 알아요?"

"모르지. 내가 어떻게 알아. 그놈이 바꿔놓았을 것인디."

"전자키가 있잖아요."

종현이 따지듯 물었다. 그도 안으로 들어가고 싶은 마음이 먼저 앞섰다.

"그거 뺏겨버렸는디."

"왜요?"

방 사장은 곤란하다는 듯 머리를 긁적거렸다.

"내가 한 번 들어갔다가 걸렸거든. 그때 뺏어 가버렸어. 하도 그놈이 돈도 안 주고 보이지도 않은게 내가 안을 봐야것다 허고 들어갔는디, 썩을 놈이 옷을 완전히 홀라당 벗고 누워 있더라고. 혼자서 지랄을 하는가 자지가 빠딱 섰더랑게. 마약을 허는 놈인가, 눈깔이 완전히 돌아버려서 무서워서 혼났네. 방에서 냄시도 고약시럽게 나고. 뭔 짐승 하나가 썩고 있는 것 같기도 허고. 썩을 놈이 집을 더럽게 쓰고 있는 것이 지랄 같구만."

방 사장은 그때의 기분을 기억하고 싶지 않다는 듯 얼굴을 찡그렸다. 기억 나는 거라곤 방 안이 어두웠고 기분이 몹시 좋지 않았다는 것이 전부였다.

"안다고 혀도 그렇게 막 들어가면 불법 아니여? 그리고 열쇠공이 올 수도 없는 시간이여."

방 사장의 말대로 영장도 없이 무작정 안으로 뚫고 들어갈 수는 없었다. 방 사장은 놈이 신고를 했다고 해코지라도 할까 걱정이고, 열쇠를 뜯으면 누가 변상해야 할지도 걱정이었다.

비가 다시 쏟아지기 시작하는지 복도의 열린 창문을 통해 빗소리가 세차게 들려왔다. 도로에서 빗물이 바퀴에 밟히는 소리가 튀어 올라 건물로 들어왔다. 방 사장은 비가 들이치자 창문을 닫았고 빗소리는 더 이상 들려오지 않았다.

"종현아, 비가 오는 날이 몇 번이었지?"

"열일곱 건 중에 열두 번이 비가 오는 날이었고, 그중에 사망 사건이 난 날은 아홉 번이었습니다. 그리고 어제는 비가 오지 않았습니다. 살인도 없었고요."

종현의 말을 들으며 태석은 비가 쏟아지는 밖을 내다보았다. 비가 오면 살인을 한다는 게 수학 문제처럼 답이 딱 떨어지는 것은 아니지만, 가능성은 정답에 가까워 있었다. 비가 놈을 살인으로 불러내는 것인지 놈이 비를 기다려 살인을 하려는 것인지는 알 수 없지만 둘이 밀접하다는 것은 확실했다. 폭발적으로 변한 엑스는 빗속 어딘가에 숨어 대상을 찾아 사냥에 나설 것이다. 검은 나방이 나무의 수액을 빨아들이듯 놈은 또다시 연약한 여자의 목숨을 빨아들이려 할 것이다. 비가 오는 지금이 살인을 하는 시간이다. 얼마 남지 않았거나 아니면 벌써 했을지도 모른다. 태석은 마음이 급했다.

"광역수사대 3팀장 하태석 경위입니다."

태석은 지방청 상황실로 전화를 넣었다. 어떻게든 놈의 살인을 막아야 한다.

"오늘 밤 살인 사건이 일어날 수도 있습니다."

"예? 누구라고요?"

태석은 차분히 다시 설명을 했지만 상대는 재차 확인을 하고 노트에 내용을 받아 적었다.

"놈의 이름은 정상규, 나이는 34세입니다. 소지하고 있는 주민등록증이 유정기의 것일 수도 있습니다. 키는 160센티미터 정도에 마른 체격으로 검정색 모자를 썼습니다. 지금 검문검색과 순찰을 강화해주세요. 달리기에 매우 능숙합니다. 충분히 도망칠 수 있는 놈이니까 놓친다면 다시 잡기가 매우 힘들지도 모릅니다."

"그러니까 이 사람이 살인 용의자라는 겁니까?"

"예, 지금 거리에 있다는 말입니다."

"제가 바로 답변은 못 드리고, 실장님께 보고를 하고 알려드리겠습니다."

상황실 직원은 보고를 먼저 해보겠다는 말로 전화를 끊었다. 그가 내용을 그대로 믿고 오늘 밤 근무하는 직원들에게 전파를 해줄 것인가는 의문이었다. 태석은 무전기를 켜고 조금 전 관련 내용이 무전으로 전파가 되는지 확인하려 했지만 시간이 지나도 무전은 나오지 않았다.

"팀장님, 저희는 어떻게 할까요? 주변이라도 찾아보는 게 어떻겠어요?"

무전으로 답변이 나오기를 기다리는 동안 중호와 상욱이 근처를 찾아보려 하자 태석은 말렸다. 거리를 돌아다니고 있는 놈을 찾는다는 것은 불가능한 일이고 전에 발생한 사건 장소와의 거리는 10킬로미터 이상이었다. 놈은 자신의 은신처와 상당한 거리에서 범행을 할 것이고 일이 끝나면 집으로 들어올 것이다. 그때 체포를 하고 방을 수색해 증거를 수집하면 되었다. 방 안에는 죽은 자들이 흔적을 남겨놓았을 것이다.

"어디로 갔는지 확인이 힘들어. 우리는 여기서 놈이 돌아올 때까지 기다리자. 놈이 눈치챌지도 모르니까 중호하고 상욱이, 정국이는 방 사장님하고 같이 방으로 들어가 사장님, 그래도 되겠죠? 우리는 밖에 있다가 놈이 나타나면 신호를 할 테니까 놈이 집으로 들어갈 때 잡자고."

"그놈이 무슨 잘못을 한 놈인데 그냥 밖에서 계속 기다려? 내가 들어오면 알려주면 되지. 안 그려? 우리 마누라가 경찰 싫어허는디 방까지 들어올려고 그래. 안 돼. 내가 알려줄게. 알려준다고!"

방 사장은 방에서 기다린다는 말에 반감을 드러내었다. 무엇보다 부인이 화를 내고 신고한 것이 들킬 게 걱정이었다.

"열두 명을 죽인 놈입니다."

"뭐?"

"열두 명을 죽이고 아홉 명에게 중상해를 입힌 살인자라고요. 사장님이 돈을 받고 싶어 하는 그 사람이요. 그냥 갈까요?"

"뭐? 아니지? 겁줄려는 거지?"

"진짜입니다."

"커피 묵는가? 언능 가서 커피라도 끓여야것네. 사다놓은 것이 있을 것이여."

방 사장은 형사들을 앞질러 뛰듯 방으로 갔다.

세 사람은 방 사장을 따라 방으로 들어갔고 태석은 종현과 함께 고시원 앞 구석에 차를 주차하고 기다렸다. 새벽에 들어온다면 적어도 두세 시간은 더 있어야 했다. 과연 오늘도 살인을 하고 들어올까. 어제 언론에 놈의 사건이 노출된 것을 알고 있다면 수법을 또 바꿀까. 그런데 기다리던 무전은 좀처럼 나오지 않았다.

삐리릭, 휴대전화가 울렸다. 번호로 보아서 상황실에서 걸려 온 전화였다.

"112 종합상황실장입니다. 하태석 팀장이 맞습니까?"

상대의 목소리는 침착했다. 보고를 받은 상황실장이 직접 태석에게 전화를 걸어왔다. 살인 사건이 일어날 것이라고 예고를 하는 게 보통 사안은 아니었다.

"충분한 근거를 가지고 상황실로 연락한 것이겠죠?"

"예, 지금 설명을 드릴까요?"

"그럴 것까지는 없고, 당장 일어날 수 있을 것이라고 하는 근거가 있다면 먼저 선 지령을 하고 후에 보고를 받겠습니다. 하태석 팀장의 일은 익히 들어서 알고 있는데……."

상황실장의 말은 멈추었다가 침묵으로 이어졌다. 신뢰를 한다는 것인지 그렇지 않다는 것인지 알 수 없었다. 하지만 태석의 느낌은 지금 당장만은 신뢰를 한다는 침묵으로 들렸다.

"보고는 아침에 따로 받도록 하고 좀 더 정확한 정보를 우리 상황실 직원에게 알려주면 전파를 할게요."

상황실장의 마지막 목소리는 오히려 태석에게 부탁을 하고 있었다. 순찰차들과 야간 당직자들을 모두 총괄하는 상황실장은 며칠 사이에 살인 사건이 연달아 나고 있다는 것을 누구보다 잘 알고 있었다. 또다시 살인 사건이 날까 노심초사하던 그에게 살인자를 공개한 태석은 신뢰가 가지 않을 수 없었다. 다만 오늘이 무사히 지나간다면 직원들을 동원한 근거를 태석은 제시해야 할 것은 분명했다. 정상규의 사진을 상황실로 전송했고 곧 모든 야간 직원들에게 일괄 전송되었다. 전화가 끊긴 후 얼마 되지 않아 상황실은 전 직원을 상대로 일제 지령을 내렸다. 무전은 정상규를 발견 즉시 긴급체포하라고 명령했다. 무전이 반복되고서야 태석은 흥분했던 마음을 진정시킬 수 있었다. 이제 놈을 잡는 데 경찰관 수백 명이 같이하게 되었다.

비는 계속해서 떨어졌다. 오히려 처음보다 더 굵어져 와이퍼 움직이는 속

도가 더 빨라졌다. 시동은 꺼놓은 상태로 침묵이 이어졌다. 유리창에 김이
서리자 종현이 수건을 꺼내어 창문을 닦았다. 두두둑 비 떨어지는 소리가
천장과 보닛에서 전해졌다. 바닥에서는 떨어진 비들이 모여 물결을 만들어
하수구로 빨려 들어갔다. 죽은 자들이 흘려놓은 핏물인 듯 가로등에 비추
인 빗물은 붉어 보였다.

"팀장님은 놈에게 왜 그렇게 집착을 해요? 그분 때문에 그래요?"

"……"

"나타나면 어떻게 하실 거예요?"

"무슨 말이야?"

"그놈이 나타나면 팀장님이 가만히 있지 않을 것 같아서요."

"죽여버릴 거야."

"예?"

"죽여버린다고."

태석의 목소리는 건조했다. 마른 풀잎 사이를 지나는 바람처럼 감정 없이
차가웠다.

31

초저녁부터 조금씩 내리던 비가 점점 굵어졌다. 또다시 빗소리는 남자를 부르고 있었다.

'내가 왔잖아. 나갈 시간이야. 넌 내가 오면 늘 마당 한가운데 서 있었잖아. 네 죽은 개가 흘려놓은 피 냄새를 맡고 싶지 않니? 어서 나가봐. 뭐 해?'

열어놓은 창문으로 비가 찾아와 속삭였다. 창에 부딪혀 부서진 빗방울에서 비린내가 올라와 창문 틈을 타고 안으로 들어왔다. 물비린내는 남자를 부르는 향수 같았고 거기에 붉은색을 더하면 황홀할 것 같았다. 붉은색은 유혹이 되어 남자를 빗속 골목길로 끌어내었다. 어쩌면 창문으로 들어온 비린내가 자신을 끌고 나가주기를 바랐는지도 모른다. 벗고 있던 옷을 입고 모자도 눌러썼다. 벽을 쳐다보고는 끝에 또 하나를 채울 시간이 되었다는 것을 알았다. 숨은 벌써부터 흥분되어 거칠게 새어 나왔다. 밖으로 나가려다 신발장에 놓인 검정 비닐봉투를 들었다. 남자를 살찌우고 피가 흐르게 만들어준 음식을 남자는 늘 고마워했다. 어제 먹은 편의점 돼지 족발 뼈들이 신문지에 싸여 굴러다니며 두두둑 소리를 내었다. 밖으로 나와 하늘을 보자 검은 구름이 전체를 덮고 아래로 비를 쏟아내고 있었다. 검은 구름이 검은 웅덩이 같았다. 검은 웅덩이 안에서 비를 맞고 있던 그때처럼 남자는 흥분하기 시작했다. 비가 모자 창에 떨어져 목덜미를 타고 안으로 흘러들어오는 게 좋았다. 심장이 쿵쾅거리고 혈관의 온도가 높아지기 시작했다. 오늘은 어디로 갈까. 빗소리가 더 크게 들리는 곳으로, 구름이 더 짙게 내려앉은 곳으로 향했다. 한참을 달려 혈관의 뜨거워진 피들이 살갗을 뚫고 나올려 할 즈음 남자는 걸음을 멈추었다. 담벼락 뒤에 숨겨두었던 쇠뭉치가 비를 맞아 차가워져 있었다. 놈도 뜨겁게 해달라고 아우성치고 있었다. 남자의 손에 쥐어지자 전기가 흐르듯 손은 바르르 떨었다. 남자의 피가 쇠뭉치로 흘러 들어가 한 몸이 되어 같이 숨을 쉬었다. 숨소리가 손에서 들렸고 비명 소리도 손에서 시작되었다. 남자의 머릿속은 어제의 기사를 기억했다. 비정상적으로 여자만 노리는 성향의 사이코일 가능성이 있다는 기사가 머릿속을 자극하고 있었다. 기자 놈은 왜 그딴 기사를 쓴 걸까. 빗물이 속옷으로 들어와 불알이 젖고 있는 불쾌한 느낌이었다. 또 여자라면 그 기자 놈도 또 여자만 노리는 연쇄 사이코가 확실하다고 쓰겠지. 생각이 거기에 미치자 오늘은 여자를 넘어서고 싶었다. 어차피 잠들어 있으면 남자와 여자가 다를 게 없었고, 정신이 든 남자라면 대항할 수 없지만 잠든 것은 쇠뭉치로 으깨버리면 그만이었다. 10년 전 그때 그 사람도 잠을 자고 있었고 그의 아들도 마찬가지였다. 죽은 짐승을 몽둥이로 뭉개는 것은 그리 어려운 일이 아니었다.

*

자정이 막 넘은 시간 상황실에 전화가 요란스럽게 울렸다. 놈이 모습을 드러낸 듯 상황실장은 자리에서 일어나 침을 삼켰다. 창문에 빗물이 끈적하게 흘러내리고 있었다.

"어떤 놈이 우리 애를 죽이려고 그래요. 빨리 와줘요. 야 이 새끼야!"

전화는 그것으로 끝이었다. 다만 전화는 꺼지지 않고 그대로 현장을 들려주었다. 공청을 통해 전 직원이 현장 상황을 들을 수 있도록 하자 스피커를 통해 난투극이 벌어지고 있는 현장이 눈으로 그려지듯 들려왔다. 사람들이 엉켜 뒹구는 소리와 가재도구들이 무너지는 소리 그리고 고통스런 비명과 욕설이 마구 섞여 현장이 얼마나 위급한 상황인지 들려주었다. 주소가 어디인지는 알 수 없었다. 상황실장이 서둘러 걸려 온 전화의 위치를 파악하라고 지시하자, 관성동 주변으로 확인되었다. 관할 서인 중부서 가용 순찰차 모두를 그곳으로 보내고 중부서 형사들도 모두 소집해 현장으로 보냈다. 주소는 알 수 없고 빨리 현장을 찾으라는 지령이었다. 십여 대의 순찰차들이 관성동 주변으로 모여들었고 형사 당직자들과 타격대까지 출동하자 순식간에 일대가 경찰로 들어찼다. 마음이 놓이지 않는지 상황실장은 다른 경찰서 순찰차들까지 최소 숫자만을 남기고 관성동으로 집결시켰고, 골목마다 들어찬 순찰차들이 현장을 찾기 위해 집집마다 수색을 실시했다.

형사과장과 저녁을 먹고 들어온 구 팀장은 당직실에서 잠을 자다가 상황에 놀라 잠이 깨었다. 얼굴이 잔뜩 찌푸려진 그는 직원들과 함께 관성동 골목으로 차량을 몰았다.

"상황실장이 어떤 새긴데 순찰차를 다 모이게 한 거야. 우리 차도 못 나가게."

"이게 다 하태석 그 새끼 때문입니다."

"그게 무슨 말이야?"

구 팀장이 무슨 뜻인지 몰라 물었다.

"하태석 그 새끼가 오늘 살인 사건이 일어날 거라고 상황실장에게 전화를 했답니다. 비가 오니까 사건이 난다고."

"상황실장은 그 말을 믿은 거야?"

"안 믿을 수가 없죠. 지금 일주일 사이에 두 건이나 나버렸는데요. 오늘까지 나면 세 건째인데, 정신이 없잖아요. 어린애가 말을 해도 믿을걸요."

"똑같은 놈이구먼. 지금도 하태석 그 새끼는 제 마누라 찌른 놈이 살인을 계속하고 있다고 믿나 보지. 미친 새끼. 사건 송치된 지가 언젠데."

하태석에 대한 비웃음은 계속되었다.

"검찰로 사건을 넘기니까 그나마 기분이 낫네요."

"송치도 했으니까 내일쯤 해서 회식 한번 하자. 오늘이 당직만 아니었으면 벌써 한잔 하고 있을 건데. 그치?"

"좋죠. 이제 팀장님 특진만 남았네요. 하태석 그 새끼 때문에 늦어져버리기는 했지만."

"배 아파서 재 뿌리는 것도 아니고 뭐 하는 짓인지."

직원들은 모두 구 팀장을 위로했고 그나마 기분이 풀어진다는 표정이었다.

"애들 아버지가 채무가 좀 있더라고요. 부인 몰래 썼던 게 있던데. 그것 때문에 그러지 않았을까요?"

"얼만데?"

"5천만 원 정도 되죠. 보험금을 받으면 모두 해결되는 거고."

"충분히 죽일 수 있지, 그 정도면. 그 보험설계사를 집중적으로 알아봐."

세 모녀 살인 사건에서 여전히 그들은 아버지에게 혐의를 두고 있었다. 구 팀장은 고개를 옆으로 틀어 비 오는 검은 하늘을 쳐다보았다.

"팀장님, 저기."

"왜?"

"저기 사람이 손짓하잖아요. 우리를 부르는 것 같은데요."

형사 차량은 빠르게 남자에게 다가갔다. 무작정 경찰을 끌고 남자는 집으로 들어갔다. 남자를 따라 집 안으로 들어가자 방 안은 온통 붉은 피로 미끌거렸다. 피비린내가 물비린내와 섞여 더 역했다. 바닥 한쪽에는 쇠몽둥이가 떨어져 있고 장갑을 낀 왜소한 남자가 무릎을 꿇고 고개를 바닥에 떨어뜨리고 있었다. 얼굴을 보자 주먹으로 얼마를 맞았는지 피범벅이 되었고,

아직도 입과 코에서 피가 줄줄 흘러내리고 있었다. 그러나 그 많은 피를 흘린 사람은 왜소한 남자가 아니라 머리에 수건을 대고 있는 젊은 남자였다. 무릎이 꿇린 왜소한 남자보다 덩치가 배는 더 되는 것 같았고 찢어진 이마에서 많은 피를 흘려놓았다. 잠을 자다가 갑자기 맞은 쇠뭉치에 이마는 길게 찢어져 내렸지만 정신을 잃지는 않았다. 곧바로 깨어 왜소한 남자에게 대항했다. 불 꺼진 상태에서 상처 입은 몸으로 대항하기는 힘들었지만 상대는 생각보다 힘이 없었다. 쇠뭉치에 많은 힘이 실렸다면 한 방에 사망할 수도 있었을 텐데, 왜소한 남자는 그럴 힘도 없었던 모양이다. 그래도 상처 입은 몸으로 싸우기는 힘들었고 도망가려는 왜소한 남자를 붙잡고 있기도 어려웠다. 그러다가 옆방에서 달려온 아버지까지 끼어들자 왜소한 남자는 그때서야 간신히 제압되었다. 왜소한 남자는 머리숱이 듬성듬성해 마흔은 훨씬 넘어 보였고 모자는 벗겨져 바닥에 떨어져 있었다.

"강도 새끼 아냐?"

"이 사람 알아요?"

"몰라요. 처음 보는 사람인데요."

"얌마, 너 이 집에 뭐 하려고 들어왔어?"

말이 없었다.

"돈 훔치러 들어온 거 아니야? 이 새끼 입을 꽉 막았구먼."

"팀장님, 어떻게 할까요?"

"상황실에 검거했다고 보고해. 상황 종료했으니까 쓸데없는 순찰차들 다 빼라고. 그리고 하태석이 말한 그놈 아니라고 해. 그냥 단순 강도라고. 피해자 빨리 구급차 불러서 병원으로 보내고 이놈은 데리고 가."

왜소한 남자는 태석이 말한 정상규와는 완전히 거리가 멀었다. 놈은 늘 여자만을 노리는 놈이었지 남자에게 덤벼드는 놈이 아니었다. 거기다 흉기도 달랐고 장소도 골목길이 아닌 집 안이었다.

"얌마, 너 이름 뭐야?"

"뭐냐고, 새끼야. 이름 묻잖아?"

"빨리 말 안 해! 몸뚱이 뒤져봐."

몸을 뒤진다는 말에 남자는 망설였다.

"……유정기."

"유정기. 유정기?"

유정기라는 말에 직원이 구태만 팀장의 귀에 속삭였다.

"하태석이 말한 그놈인데요. 본명은 정상규인데 유정기라는 가명을 쓸지
도 모른다고요."

"진짜야?"

"예."

"물어볼까요?"

"내가 물어볼게."

단순하게 생각하던 구 팀장의 표정이 무겁게 변했다. 그는 남자 앞에 쪼
그리고 앉아 눈을 마주쳤다. 남자의 얼굴을 대한 구 팀장은 기분이 서늘했
다. 겁을 먹고 떨고 있을 줄만 알았던 남자의 얼굴은 겁을 먹지도 서글퍼하
지도 않았다. 무엇을 생각하고 있는지, 자기의 상황을 이해는 하고 있는 것
인지조차 알 수 없는 표정이 없는 얼굴이었다. 굳이 찾으려 한다면 오히려
주위 사람들을 비웃고 있는 것 같은 느낌마저 들었다. 구 팀장은 놈을 떠보
기로 했다. 태석이 주장했던 것을 믿는 건 아니지만 확인을 한다고 손해 볼
것은 없었다.

"너 정상규지?"

"예?"

"넌 유정기 아니야. 정상규지. 상규야, 너 이제 끝났어. 너 2층 주택에 들
어가 엄마하고 아이들 해서 모두 세 명 죽였잖아. 왜 그랬어?"

"……."

"너 맞잖아."

"네 명인데."

"뭐?"

처음엔 대답이 없다가 담담하게 흘러나온 그 말에 구 팀장은 곧바로 다시 물었다. 사망자는 세 명이고 한 명은 의식불명의 위중한 상태였다. 남자의 목소리에 위기감은 없었고 평범한 사실을 설명하듯 담담하게 말을 이었다. 눈조차 떨리지 않았다.

"네 명이라고요."

"너야? 아이들 아빠 아니야?"

증거를 발견하지 못한 것이지 여전히 아버지를 용의자로 보고 그에게 초점을 맞추어 수사를 진행 중이었다. 그런데 놈이 범인이라면 지금 수사는 완전히 방향을 잘못 잡은 엉터리였고, 태석의 수사가 제대로 된 수사였다.

"아저씨가 나간 다음에 들어갔어요."

"누가? 네가 들어간 거야?"

"……."

"대답해, 인마!"

"……예."

남자의 대답이 느리게 나오기는 했지만 너무도 담담하게 말해 오히려 듣는 형사들이 더 흥분했다.

"그러면 그보다 이틀 전에 엄마하고 딸하고 죽인 것도 너냐?"

"불이 왜 꺼진 거예요?"

"불? 그 불, 네가 지른 거야?"

"……."

"너 저걸로 그랬어? 저걸로 머리를 때린 거야?"

구 팀장이 바닥에 떨어져 있는 쇠뭉치를 가리키자 남자는 고개를 끄덕였다. 이제 땀이 나고 긴장하는 것은 구 팀장이었다. 태석은 모두 같은 놈이라고 했고 구 팀장은 모두 연관이 없는 사람들이라고 했다. 그런데 놈은 남의 이야기처럼 담담하게 시인을 하고 있었다. 진짜 범인이 따로 있었던 건가? 구 팀장의 입안이 싸늘하게 말라 먼지가 날 것 같았다. 그렇다면 태석이 그렇게도 잡고자 했던 사문동 범인이 맞는지 물어야 했다. 자신의 바닥을 보여주는 것 같아 묻고 싶지 않은 질문이었지만 확인하고 싶었고, 그 대답만은 나오지 않기를 바랐다.

"사문동, 그것도 너야? 너 아니지? 그건 주경철이지?"

"대문 앞에서 죽은 여자 말인가요?"

"그래, 그 여자."

남자는 그때 웃었다. 그 웃음의 의미가 뭘까. 알고 있는 것일까. 그를 둘러싸고 있는 중부서 형사들의 눈이 모두 남자의 입을 향했다. 주경철의 입만 바라보던 그때와 똑같았다.

"몰라요. 그놈이 알겠죠. 다 보았으니까."

"뭐라고? 방금 뭐라고 했어?"

"모른다고요."

"그놈이 보았다고 했잖아, 방금!"

"그런 적 없어요."

"뭐가, 인마!"

몇 번을 다그쳤지만 남자는 입을 다물었다. 더 이상을 말을 하지 않았고 물어도 말을 옆으로 돌렸다. 사문동 당사자라는 말이 직접 나오지는 않았지만 느낌은 그것도 내가 했어요였다. 구 팀장은 주위를 돌아보고 다시 남자를 바라보았다. 쇳덩이는 방금 생긴 핏자국이 아닌 말라붙어 딱지가 된 혈흔이 있어 다른 범죄를 의심하게 했고 검은색 장갑도 평범해 보이지 않았다. 거기다 남자가 신고 들어온 운동화의 바닥도 칼로 무늬를 깎아 모두 지워낸 것이었다. 구 팀장은 주경철에게서 느꼈던 연쇄범죄의 냄새를 느낄 수 있었다. 놈은 주경철만큼이나 위험한 놈이고 그보다 더 심각할 수 있다는 생각이 들었다. 빌어먹을 하태석이 맞았다. 구 팀장의 머릿속은 복잡했다. 그러나 놈은 자신이 잡고 있고 지금부터 해결하면 되는 거였다. 하태석은 나중이었다.

"이 새끼 데리고 가. 현장 사진 정확히 찍고 저 쇳덩이하고 장갑, 저기 떨어진 모자 도두 압수해. 병원에 따라가서 피해자 조서 받아 오고. 광주청, 전남청, 전북청에 미제로 남아 있던 살인 사건, 진행 중인 사건, 강도상해 사건 모두 수집해. 오늘 밤에 조사하고 곧바로 유치장에 집어넣게."

"그거 모두 하태석이 가지고 있을 건데요."

"그럼 가서 모두 가져와."

"예?"

"이놈은 우리 거야. 사건 다 내놓으라고 해. 이제부터 우리가 하니까 손 떼라고. 사건은 잡은 놈이 하는 거야. 소리만 지르던 놈이 아니라. 안 내놓겠다고 하면 뺏어서라도 가져와!"

"예, 알겠습니다."

주경철만큼 큰 대어를 그대로 넘겨줄 수는 없었다. 남자의 손에 구 팀장이 전해준 수갑이 채워졌다. 수갑 열쇠 구멍 옆으로 매직으로 적은 숫자가 있었다.

"101번이다."

"예?"

"네가 101번째 내 수갑을 차는 놈이라고. 100번은 주경철이었어. 나 아무나 내 수갑 채우지 않아. 넌 내가 선택한 놈이라는 뜻이야."

구 팀장의 수갑에 101이라는 숫자가 거만하게 느껴졌다. 수갑이 채워지고 현장에 있던 증거물을 모두 압수해 차에 올랐다. 수갑이 채워질 때 남자는 고개를 들어 최정만 형사와 눈을 마주쳤다. 무표정한 눈을 가진 남자와 눈이 마주친 최 형사는 기분이 좋지 않았다. 주머니를 뒤지자 낡은 지갑 하나가 나왔고 거기에는 유정기의 주민등록증이 들어 있었다. 그 나이면 흔하게 있을 법한 신용카드와 체크카드 하나 없었고 휴대전화도 없었다. 가지고 있는 거라고는 현금 2만 원이 전부였다. 버스비도 카드가 아닌 현금으로 지불하고 있었다.

"유정기는 누구냐?"

"……."

"이미 죽었지?"

유정기를 찾는 구 팀장의 질문에 남자는 아무 대답이 없었다. 그러나 죽었냐는 질문에는 힐끔 구 팀장의 얼굴을 쳐다보고는 고개를 돌렸다. 구 팀장은 그 눈빛을 잊을 수 없었다.

"상규야, 너 저걸로만 사람 죽였냐?"

구 팀장이 친근하게 남자를 불렀다. 마치 동네 형이 후배를 부르는 것 같았다. 벽을 쳐놓은 남자의 경계를 풀려는 말투에 걸려들기를 빌었다.

"아니요."

상규라는 부름에 남자는 대답을 했다. 이제 자신이 정상규라는 사실을 인정한 것이다. 구 팀장은 말투가 먹혀들어가자 만족한다는 듯 어깨를 들먹거리며 거드름을 보였다.

"그러면?"

"제가 여기서 대답을 해도 증거능력이 없잖아요. 했다고 해도 검찰 가서 부인하면 그만이고. 그게 경찰 수사의 한계 아닌가요?"

남자는 생각보다 똑똑했다. 그냥 어쩌다 집에 들어간 강도가 아니었고 구 팀장의 말투에 걸려든 것도 아니었다.

"야, 이 새끼 똑똑하네. 너 그런 거 어떻게 알았어?"

"흠……."

"그런데 너 어떡하냐? 네가 죽이려고 했던 사문동 여자 살아 있어. 깨어 났고 곧 수사팀에 진술을 할 거라는데. 인상착의도 모두 기억하고 있다고. 피해자가 너를 지목할 건데 그건 가장 큰 증거야. 넌 끝났어. 이제 모두 정리 하고 들어가자."

구 팀장은 인터넷 기사까지 찾아서 보여주었다. 남자는 휴대폰을 받아 기 사를 확인했다. 뇌사 상태에 빠져 있던 사문동 희생자가 깨어나 당시 상황 을 모두 기억해내었다는 기사는 바로 어제 오전에 나온 소식이었다. 그것을 보고 놈의 심리가 변하기를 기대했다. 그러나 표정은 여전히 변화가 없었다. 오히려 알고 있다는 표정 같았다.

"알아요. 그런데 이 여자 어디 병원에 있어요?"

"한국병원에 있어. 면회라도 가게?"

"합의라도 하려면 알아야죠. 이름이……."

"최지선인데, 그건 알 거 없고. 그렇게 만들어놓고 합의가 되겠냐?"

"진짜 진술을 할 수 있는 상태인가요?"

"그래, 인마. 아마 내일 아침이면 인터뷰를 할 거야. 내가 네 얼굴 찍어서 가지고 갈 거고."

남자는 얼굴을 찍어서 가지고 간다는 말에 고개를 숙였다. 구 팀장이 휴 대전화로 전송받은 정상규의 고등학교 증명사진을 보고 정상규에게 보여주 었다. 사진 밑에는 정상규라는 이름이 선명하게 쓰여 있었다.

"너지? 정상규."

남자는 사진을 받아 보았다. 어릴 적 사진 속의 정상규는 지금보다 우울 해 보였다. 남들은 표정을 읽을 수 없어도 남자는 어린 정상규에게서 분노 를 볼 수 있었다. 그때부터 잘못되었던 것 같다. 학교는 그래도 집보다는 나

앉어. 집에 사람이 있어도 그에겐 빈집이었다. 빈집은 시끄러웠고 남자에게 잔인했다.

남자의 어깨가 아래로 내려왔다. 더 이상 숨길 게 없었고 숨기고 싶지 않았다.

"완전범죄는 끝났네."

"뭐?"

"완전범죄는 여기서 끝났다고요."

*

태석은 무전에도 움직이지 않았다. 종현은 빨리 현장으로 가자고 소리까지 질렀지만 태석은 오히려 더 꿈쩍이지 않았다.

"팀장님, 정상규일 것 같은데 저희도 가야 하지 않을까요?"

"아니야. 그대로 있어. 가보았자 우리도 놈이 어디 있는지 몰라. 정상규라고 할 수도 없고. 그리고 거기는 순찰차들하고 중부서 형사들이 수색을 하고 있잖아. 우리가 간다고 해도 잡을 수 있는 것도 아니고. 나한테 직접 안 걸린 게 어쩌면 다행일지도 몰라. 내가 그 새끼 죽일 수도 있어."

"진짜 죽일 거예요?"

"……."

태석의 침묵은 정말로 죽일 것 같은 살기를 가지고 있었다. 잠시 후 종현의 전화벨이 울렸다.

"팀장님, 중부서 구태만 팀장이 놈을 검거했답니다. 정상규가 맞답니다. 지금 경찰서로 이동 중이라는데요."

"……."

조금 전 침묵과는 달라진 침묵이었다. 비록 지선이 내준 숙제를 직접 하지는 못했지만 잡을 수 있도록 결정적 역할을 한 것은 분명했다. 그러나 잡고 나니 마음이 더 허전했다. 숙제가 끝나면 마음이 뜨거워질 것 같았는데 오히려 텅 빈 것처럼 바람만 불었다. 비 내리는 거리가 그의 마음인 것처럼 비는 태석 안에서도 내리고 있었다. 놈을 잡았다고 해서 변하는 것은 없었다. 하늘은 여전히 우울했고 어두운 거리는 빗물에 젖어 눅눅하기만 했다. 그의 머릿속에 모든 것은 뒤로 가고 있었다. 그날 지선에게 비가 오지 않았다면……. 그날 일찍 일이 끝났더라면……. 그날 청바지 가게 친구들과 야식을 먹었더라면……. 택시를 타고 집으로 갔더라면……. 계속해서 뒤로 밀려 마지막에는 나와 결혼을 했더라면 하는 생각에까지 가 있었다.

비가 멈추었다. 그리고 전화가 들어왔다.

"언제 들어올 거야?"

"이제 끝났어. 들어갈게."

"빨리 와, 애들이 아빠 올 때까지 안 자고 기다린대."

"아빠, 빨리 와요."

전화는 아내 지선에게 걸려 왔다. 잠을 자야 할 아이들이 아빠가 올 때까지 잠을 자지 않겠다고 생떼를 부리자 태석에게 전화를 걸었다. 전화기 너머에서 들려오는 아이들 목소리에 태석은 저절로 미소가 지어졌다. 그렇게 되었어야 했다. 처음부터 그랬더라면 서울에 불행한 아내도 생기지 않았을 것이고 딸 지영도 아빠 없는 아이가 되지 않았을 것이다. 모든 게 자기 잘못이었다. 생각은 거기에서 빠져나오지 못하고 더 깊이 빠져 들어가기만 했다. 비가 떨어지는 바닥에 고정된 시선은 떼어지지 않았다. 심장은 감정을 주체하지 못한 채 온몸에 뜨거운 피를 마구 뿌려대었다. 뜨거워진 피는 눈물이 되어 볼을 타고 떨어졌다. 태석의 인생이 그리고 지선의 비극이 모두 서러워 감정은 멈춰지지 않았다. 그런 마음을 아는지 종현은 차에서 내려 태석의 감정이 진정될 때까지 기다려주었다. 남자의 눈물 소리가 차 밖에서도 들리는 것 같았다. 어깨까지 들썩거리며 태석은 서러워했다. 남자의 눈물은 빗물보다 무겁게 흘러 심장을 눌렀다. 얼마쯤 시간이 지나서야 태석은 눈물에서 빠져나올 수 있었다. 심장은 잦아들었고 뜨거워진 머릿속도 안정되었다. 시간을 준 종현이 고마웠다.

"종현아, 가자."

"팀장님, 한번 보고 가시죠?"

"뭘?"

종현이 주머니에서 열쇠를 꺼내었다. 집주인 방 사장이 없다고 했던 열쇠가 종현의 손에 쥐어져 있었다. 처음 만났을 때 눈치 빠른 종현이 집주인을 끌고 구석으로 갔었다. 거기에서 반협박이 있었던 모양이다. 허가 없이 영업한 사실에 대한 추궁은 열쇠로 돌아왔다. 영장 없이 들어가는 것을 태석이 허락하지 않을 것에 대비해 숨기고 있다가 놈이 검거되자 꺼내 든 것이었다.

"영장 받기 전까지는 안 된다고 하시는데 놈이 잡혔잖아요. 한번 보고 가죠. 궁금한데."

"열쇠는 어떻게 난 거야. 없다고 했는데."

"집주인이 열쇠가 없을 리 있어요? 눈치가 이상해서 한번 떠보았는데 내놓더라고요."

종현과 태석은 정상규의 방 앞으로 갔다. 과연 안은 어떻게 생긴 것일까. 벽을 뜯어 갔던 놈이고 자신의 흔적을 한 점도 남겨놓지 않았던 완벽한 놈이었다.

전자 키를 자물통에 대자 띵 소리를 내며 자물쇠가 밀려나는 소리가 들렸다. 손잡이를 아래로 내리자 덩 소리를 내며 잠금장치가 풀리고 문이 안으로 밀려 들어갔다. 불이 꺼져 있어 안은 어두웠다. 어둠 속에서 먼저 빠져나온 것은 냄새였고, 그것은 방 안을 떠도는 죽은 자들의 비명 소리였다. 스위치를 올리자 빠르게 어둠이 밀려가고 형광등 아래 놈의 생활이 맨 얼굴을 드러내었다. 네 평 정도 작은 방바닥에 이불이 깔려 있고 구석에는 작은 상이 놓여 있었다. 이불은 정리 정돈 되어 있고 상 위에도 책들이 몇 권 놓여 있을 뿐 말끔했다. 신발장은 따로 없어 바닥에 신발들이 있었다.

"바닥을 다 뜯어내었습니다."

운동화 바닥의 무늬를 모두 칼로 뜯어놓았다.

"이거 혈흔 같은데요?"

종현이 운동화 끈에 찍힌 작은 점들을 가리켰다. 놈이 범인이라고 죽은 자들이 남겨놓은 표시가 박혀 있었다. 화장실 불을 켜자 환풍기가 같이 돌며 윙 소리를 내었다. 주경철처럼 사체를 훼손한 흔적은 없었다.

방 안에서 가장 눈에 띄는 것은 한쪽 벽을 가득 채운 신문 조각들이었다. 고산동 원룸에서 벽지를 통째로 뜯어 와 그대로 붙여놓았고, 그 옆으로도 계속해서 수집한 내용들이 연달아 붙어 있었다.

"팀장님, 이건······?"

"죽은 자들을 모두 모아놓은 거야."

"죽은 자요?"

"일종의 서명 행위야. 사람을 죽이고 기사가 나야 놈의 살인이 완성되는 거지."

"기사가 나면요?"

"기사가 나면 수법을 바꾸어 다른 살인 사건으로 만들었던 거야. 엉뚱한 수사를 하는 경찰을 비웃으면서 말이지."

스크랩된 기사들 중에는 10년이 넘은 것도 있었다. 백여 장이 넘는 사진과 기사는 태석이 모두 동일범의 소행이라고 외쳤던 사건들로 채워져 있었다. 폴리스 라인이 둘러쳐진 현장 사진에서는 이제 막 죽은 자의 피 냄새가 빠져나오고 있는 듯했다. 벽은 죽은 자들을 가두어놓은 감옥이었고 무덤이었다. 울부짖는 비명 소리가 거기에서 들려왔다.

"팀장님, 여기 고창 것도 있고 곡성 것도 있습니다. 저희가 송유관 사건할 때 발생한 사건도 있는데요. 주유소 앞에서 찍힌 사진이 그놈이 맞습니다. 그 새끼, 거기까지 뛰어간 거예요. 그런데 이건 서울 것입니다. 날짜를 봐서는 10년도 넘었는데, 유정기에 대한 기사입니다. 유정기도 그놈이 죽였나 본데요. 이것까지 한 거면 도대체 몇 건이야, 미친 새끼."

종현은 기사를 모아놓은 것이 신기하다는 듯 휴대전화를 꺼내어 군데군데 사진을 찍었다.

태석은 바닥의 상으로 시선을 옮겼다. 놈이 보고 있는 책이 궁금했다. 상 위에 놓인 책들을 보고 태석은 왜 놈이 지금까지 잡히지 않았는지 알 것 같은 생각이 들었다. 책들은 모두 범죄와 관련된 서적들뿐이었고 공부를 한 흔적이 남아 있었다. 〈과학수사입문〉, 〈완전범죄를 바란다〉, 〈한국의 CSI〉, 〈범죄인간〉 그리고 시리즈로 된 과학수사 잡지들은 놈으로 하여금 잡히지 않도록 조언을 해주고 있었던 것이다. 그중에서 〈국제과학수사연구〉라는 책자는 낯이 익었다. 파란색 표지에 사람의 뇌를 그려놓은 책자였다. 어디서 보았더라, 봤던 것 같은데. 생각이 날 듯하면서도 머릿속에 떠오르지 않았다. 그러나 분명한 건 그 책에도 경찰의 수사 기법과 연구 자료가 들어 있다는 사실이었다. 옷장을 열자 몇 벌 되지 않는 옷들이 가지런히 줄을 지어 있었다. 옷들에도 죽은 자들이 남겨놓은 흔적들이 충분히 있을 것이다.

"팀장님, 정상규를 데리고 고산동 원룸으로 가고 있다는데요."

밖에서 기다리던 중호가 급히 방으로 왔다. 구 팀장은 정상규가 주거지라고 말한 곳으로 증거를 수집하기 위해 이동하고 있었다.

"거기는 전에 살던 데잖아. 근데 거기를 왜?"

"범행 도구를 찾으러 간다는데요."

"무슨 말이야? 놈이 살고 있는 현장은 여기인데. 그대로 두고 나가. 입구에 폴리스 라인 쳐버리고."

태석은 밖으로 나와 구 팀장에게 전화를 걸었다. 그러나 곧바로 끊어져버렸다. 일부러 끊고 있는 것이다. 정상규 그놈은 왜 거짓말이 들통 날 게 뻔한데 그곳으로 가고 있을까. 태석은 계속해서 전화를 걸어보았지만 받지 않았다.

32

"정상규, 네가 그런 거야?"

"예, 제가 그랬습니다. 그 여자가 저를 기억한다면서요?"

"그래, 인마."

놈의 태연한 자백에 구 팀장은 아무렇지도 않게 대답했다. 그러나 구 팀장의 얼굴은 비를 맞은 것처럼 땀을 흘리고 있었고 다른 형사들도 입이 닫혀버렸다. 이미 지선의 사건은 주경철이 저지른 것으로 검찰청에 송치되었다. 억지로 맞춘 퍼즐이 잘못된 것이라고 놈은 설명하고 있었다.

"그런데 그거 주경철이 저지른 거야. 네가 착각한 거 아니냐?"

정상규가 착각하기를 빌었고 그래 주기를 원했다.

"그놈은 보기만 하다가 도망갔는데요."

"뭐야? 네가 하는 걸 보고 있었다는 말이야?"

"가까이 오지도 못하고 멀리서 보다가 도망갔어요. 겁쟁이 새끼."

주경철은 목격자일 뿐이라고 태석이 주장했던 것과 일치하자 얼굴은 더 뜨거워졌다. 자기가 한 것이라고 친절히도 설명을 하고 있으니 얼굴이 뜨거울 수밖에 없었다. 하태석을 만나면 뭐라고 해야 할까. 그런데 놈을 잡은 것은 나고, 놈에게서 자백을 받아낸 것도 나야. 구 팀장의 변명이었다. 룰은 누가 먼저 잡느냐지 누가 먼저 범인이라고 소리치는 게 아니었다.

"그 여자는 뭐로 그랬어? 칼이지?"

"예."

"그거 어디 있어?"

어디에 있냐는 말에 정상규의 입이 멈추어버렸다. 지선이 진술을 할 거라는 말에 쉽게 나오던 놈의 말이 끊어졌다. 구 팀장은 말을 어떻게든 이어야 했다. 나대철 형사과장에게 검거 상황을 설명하려 전화를 넣었을 때 과장은 주경철을 잡았을 때보다 더 흥분했다. 언론 브리핑을 해본 경험이 있어서 그런지 과장은 쇼를 할 줄 알았다. 놈의 행태로 봐서 조금 전 강도 사건과 사문동 사건만 저지른 게 아닐 것이 분명했기에 쇼는 주경철의 것보다 더 셀 수도 있었다. 모든 미제 사건의 범인이 정상규라고 말한 태석의 말이 이제는 모두 사실로 받아들여졌고, 그것을 해결한 사람은 구 팀장과 나 과장이 되는 것이다.

"서장님께 즉시 말씀드리고 기자들 모아놓을 테니까 시각 효과가 될 증거물을 모두 수거해 와. 그 새끼 집을 뒤져가지고 칼이랑 망치 같은 거 찾아오라고. 옷가지도 수집하고. 차가 경찰서 들어올 때부터 폴리스 라인 치고 포토 라인까지 잡아놓을 테니까 잘 데리고 오고. 주경철이하고 이거까지 터트리면 알지?"

과장의 말에는 끈적한 단물이 흘렀고 그것을 마다할 구 팀장이 아니었다. 단물을 받아 마시려면 정상규의 도움이 절대적으로 필요했다.

"상규야, 우리 쉽게 가자. 이미 네가 한 거라고 자백했잖아. 그럼 다 털고 가야지. 어디 있어?"

"……."

"상규야! 주경철이 그 새끼는 자백을 안 해가지고 우리가 애먹었어. 너는 그놈하고 다르잖아. 너 그놈처럼 소심한 놈이야?"

은근히 주경철을 넣어 정상규를 자극했다.

"너 그런 놈 아니잖아. 이미 끝난 건데 뭘 숨기고 말고야. 대범하게 하자. 내가 볼 때는 주경철보다 네가 한 수 위인 거 같은데. 너 주경철같이 한심한 놈이야?"

"고산동 원룸요. 거기에 있습니다."

"뭐가 있는데?"

"그 여자 죽였던 칼하고 망치요. 신발도 몇 개 있습니다. 피 묻은 옷도 있고요."

구 팀장의 자극은 맞아들어갔다. 태석은 놈이 주경철에게 자극을 받았을 거라고 했었다. 차는 빠르게 방향을 돌려 고산동 원룸으로 향했다. 과학수사반에 연락해서 지원을 요청하자 이미 과장이 모집해서 출발을 시켰고 호송 차량까지 추가해서 같이 간다고 했다. 구 팀장만큼 흥분한 나 과장이었다.

"그런데 몇 명이나 죽였냐?

"주경철이 몇 명 죽였다고 그래요?"

"그놈? 열세 명. 너는?"

"그놈보다 많을걸요."

담담한 정상규의 말에 형사들은 서로 얼굴을 쳐다보며 흥분했다. 주경철에 정상규까지 검거하고 지금까지 풀지 못한 살인 사건을 모두 해결한다면 팀 전원 특진 정도의 보상은 충분했다. 모두들 달콤한 상상으로 흥분하고 있을 때 구 팀장의 전화가 울렸다. 액정에는 '똘아이'라고 발신 번호가 함께 떴다. 받아야 할까 말아야 할까를 망설이다가 전화를 끊어버렸다. 다시 전화가 들어왔지만 마찬가지였다. 어차피 잔소리일 뿐이고 놈을 잡은 건 구 팀장이었다.

"누군데요?"

"하태석이."

"예에."

직원들도 이해한다는 듯 더 이상 묻지 않았다.

태석은 몇 번 더 전화를 넣어보고는 멈추었다. 왜 전화를 받지 않는지 알 것 같았다.

"팀장님, 들어가시죠. 어차피 거기 갔다가 없으면 이리 오겠죠."

공은 서로 나눌 수 없었고 나누어 줄 사람들도 아니라는 것을 알고 있었다. 검거만 해서 사건을 이곳으로 넘겨달라고 해도 내줄 사람들이 아니었다. 태석의 전화가 울렸다.

"예, 과장님. 그렇게 하겠습니다."

태석은 전화를 끊은 뒤로도 한동안 말이 없었다.

"뭘 그렇게 해요?"

"중부서 나 과장인가요?"

눈치 빠른 종현이 물었고 중호도 거들었다.

"나 과장이 수고했다고. 들어가자. 가서 중부서에 넘겨줄 수 있게 서류 정리해."

"아이 시발, 좆같네. 지금까지 훼방놓을 때는 언제고. 놈이 잡히니까 사건을 다 넘겨달래요? 개새끼네. 우리 대장한테 전화해봐요. 거기는 방금 잡힌 강도 건만 하라고 하고 나머지는 우리가 하겠다고 하죠. 그냥 신병 인계받으면 될 것 같은데. 이럴 땐 대장이 나서야지, 씨발!"

"시발, 우리를 정신병자로 취급하던 놈들이 잡고 나니까 사건을 달래? 뻔뻔하네, 진짜. 팀장님, 빨리 대장님께 전화 걸어봐요. 이 사건은 우리가 해야 한다고요. 일한 게 아깝잖아요."

상욱이 화가 난다는 듯 소리를 질렀다. 막내가 다쳤을 때 가보지도 못하고 잡으려 했던 놈인데 고스란히 중부서에 넘겨주게 된 것이 아쉽고 화가 났다. 종현도 그를 거들어 한마디 했다. 대장 귀가 가려웠는지 그에게서도 전화가 왔다.

"하 팀장, 고생했어. 그리고 중부서 나 과장 전화 받았지?"

"예."

"좀 서둘러서 빨리 넘겨줘. 오늘 밤에 사건 정리해서 브리핑까지 하려고 그런 것 같아. 자네가 저번에 사건 정리한 것은 내가 먼저 넘겨주었어. 브리핑하는 데 참고하라고. 그러니까 원서류는 오늘 밤 안으로 넘기라고. 그리고 자네 징계는 없던 걸로 할 거야. 지방청 형사과장님과 얘기 다 되었으니까 그렇게 알라고."

"……."

"내 말 듣고 있어?"

"……네."

대답과 함께 그대로 전화를 끊었다. 대장은 적어도 태석에게 위로 정도는 할 줄 알았다. 태석이 얼마나 고생을 했고 또 놈을 얼마나 잡고 싶어 했는지 대장은 알고 있을 것이다. 그런 태석에게 대장은 너무도 쉽게 사건을 내주라고 말하고 있었다. 그러나 이해할 수 없는 것은, 그런 말을 듣고도 그대로 사건을 넘겨주려는 태석의 반응이었다. 벌써 화를 내고도 남았을 태석이 오히려 힘이 더 빠져 있었다. 의욕이 넘쳐 놈을 죽일 것처럼 달려들던 태석의 얼굴이 그냥 슬퍼 보이기만 했다.

*

"무슨 일이야, 이 새벽에?"

"안으로 들어가시면 제가 설명드리겠습니다."

새벽에 연락을 받고 나온 서장을 나 과장은 경찰서 현관에서 우산을 들

506

고 서 있다가 차에서부터 받쳐 들었다. 서장은 복도에 늘어선 기자들과 눈인사를 나누었다.

"구 팀장이 또 한 건을 해냈습니다."

서장실에 들어가자 나 과장은 들떠서 보고를 했다.

"뭐 엊그제 그거는 아버지가 범인이라고 했잖아. 자백했다는 거야?"

"그놈이 아니고, 정상규라고 서른네 살 먹은 놈입니다. 그놈이 자기가 저지른 것이라고 자백을 했고요. 그것보다 서부서 관할에서 엄마하고 딸이 사망한 사건이 있었는데 그것도 그놈이 했다고 자백했습니다. 전남청하고 저희 광주청에 있던 최근 10년 내 미제 사건은 모두 그놈이 한 것 같습니다. 최소 열다섯 명 이상은 살인을 했다고 자백한 상태입니다."

"누가 받아낸 거야, 자백은?"

"구 팀장입니다."

"참 그 친구 일 하나는 끝내주게 잘해. 내 복이야. 자네도 마찬가지고. 그렇게 일 잘하는 직원이 내 밑에 있는 게 얼마나 행운이야. 그럼 자료 정리된 거 있어?"

"여기."

나 과장은 태석이 작성한 서류를 서장에게 내밀었다. 서장은 대충 내용을 훑어보다가 마지막에 하태석이라는 이름에서 시선이 걸렸다.

"하태석이면 이거 광수대에서 하던 거 아니야?"

"뭐 같이 했다고 봐야죠. 광수대장하고 제가 긴밀하게 의논하면서 한 것이니까요. 사건도 모두 우리에게 이첩하기로 했습니다. 신병을 우리가 데리고 있으니까요."

"그래, 이대로만 정리하면 구 팀장은 뭐 주경철로도 특진이 충분했는데 도장을 찍는구먼. 자네도 올해 승진에 좋은 결과가 있을 거야. 내가 나가고 자네가 서장 되는 거 아니야?"

"무슨 그런 말씀을……. 허허."

서장이라는 말에 나 과장의 얼굴에 꽃이 피었다.

"청장님께는 내가 보고할게. 그리고 언론은 어떻게 할 텐가?"

복도에 기자들이 들어찬 것을 떠올리고 물었다. 주경철에 이어 두 번째 전국적인 이슈를 만들어낸 중부서인 만큼 서장인 자신이 뭔가 해야 할 것 같았다. 사건 브리핑을 하는 것도 좋은 방법이었고 얼굴을 알려 나쁠 건 없었지만, 생방송 카메라 앞에 서서 기자들과 이야기를 하는 것은 쉬운 일이 아니었다.

"중앙지인 동양일보 유 기자하고 단독 인터뷰를 준비해놓았습니다. 특집 기사로 신문 한 면에 인터뷰를 실어주겠다고 약속했습니다. 제목도 '새벽의 현장 인터뷰'로 하겠다고 하던데요. 새벽에도 일을 하는 경찰관이라는 이미지에도 어울릴 것 같습니다. 동영상도 인터넷에 같이 올려주겠다고 하네요."

"새벽의 현장 인터뷰? 그거 좋은데. 그래, 그걸로 하지."

"사건 개요는 제가 정리해서 드리겠습니다. 기자에게도 주고요. 서장님은 경찰서 운영 철학이라든지 경찰 리더십 같은 평소 지휘 모습을 보여주시는 게 나을 것 같습니다. 아래 그림에는 주경철하고 정상규 검거 모습을 넣으면 좋을 거고요."

나 과장은 이미 기자와 인터뷰까지 약속을 받아놓았다. 주경철로 기자들을 모아놓고 브리핑을 할 때 좀 서툴렀던 게 많이 아쉬웠었다. 조금만 여유를 가지고 준비를 했더라면 훨씬 세련돼 보이는 고품격의 경찰 모습을 보여줄 수 있을 것 같았다. 그렇게 된다면 자신의 입지는 물론이고 하반기 심사에 승진은 따놓은 당상이었다. 나 과장은 현관에 기자들을 위한 포토 라인까지 지정해놓았다. 기자들은 현관 중앙을 원형으로 싸고 사진 찍을 준비를 했고, 몇몇 카메라는 차에서 내릴 정상규를 기다렸다. 호송차에서 정상규가 내려 사진을 찍은 다음 조사를 받고 나면 아침 일곱 시에 정식 브리핑을 할 수 있을 것 같았다. 주경철 사건 때를 생각해서 그런지 언론사들도 쉽게 결정을 했고, 현장에서 생방송 준비를 해주었다. 압수품으로 망치와 칼을 증거물로 깔아놓고 아침 일찍 설명을 한다면 경찰이 얼마나 고생을 하는지 시민들이 알 수 있을 것 같아 생각만으로도 흥분되었다. 그런데 올 시간이 되었는데도 도착하지 않자 구 팀장에게 전화를 걸었다. 그러나 통화음이 여러 번 가도 전화를 받지 않았다.

'개새끼, 전화를 왜 안 받아. 내가 지금 여기서 얼마나 큰 것을 준비하고 있는데.'

현관에 나와 서성이던 나 과장은 가로등에 떨어지는 빗방울을 바라보았다. 가로등 전구의 온도에 빗물은 하얀 김이 되어 빗물 사이로 사라졌다.

*

"씨발럼들아! 빨리 뛰어 찾아봐! 저쪽으로 갔잖아!"

"코뼈가 부러진 거 같아서……."

"개새끼야, 안 죽어. 그 새끼 못 찾으면 우리가 죽어. 빨리 찾아보라고! 수갑을 차고 갔으니까 멀리 못 갔을 거야. 빨리!"

순식간이었다. 차 문이 열리고 최정만 형사가 먼저 내려 우산을 들고 정상규의 손을 잡아주려 할 때였다. 수갑을 찬 정상규는 최 형사의 손을 거부했다. 작은 체구에 힘이 없어 보였고 손을 피한 건 잡힌 것에 대한 투정으로 생각했지 속임수라고는 생각하지 못했다. 그런데 정상규는 차에서 발을 내딛자마자 최 형사의 얼굴을 머리로 박고 그대로 달려가 버렸다. 수갑을 차고 있으면서도 사라지는 데는 불과 3초도 걸리지 않았다. 바로 앞에 있던 정상규는 순식간에 가로등 너머로 들어가버렸다. 곧바로 뒤를 쫓아갔지만 놈의 걸음을 따를 수 없었고 골목 안으로 들어가서는 아예 자취조차 찾을 수 없었다. 텅 빈 골목길은 가로등 아래로 떨어지는 빗물만 보였다. 비에 옷이 흠뻑 젖어가며 형사들이 골목 안을 아무리 뛰어다녀도 정상규는 처음부터 없었던 것처럼 어디에도 없었다. 태석이 경고했던 발이 빠르다는 말이 그때서야 생각났다. 수갑을 차고 있었지만 달아나는 데는 아무런 방해가 되지 않았다. 나 과장에게 계속 전화가 들어와도 받을 수 없어 화를 이기지 못하고 쓰레기통을 걷어찼다. 시간이 지나 포기 상태가 되자 어쩔 수 없이 과장에게 전화를 걸었다. 시간은 새벽 세 시를 넘어가고 있었다.

형사 몇 명이서 정상규를 찾아낸다는 것은 불가능했다. 서장에게 보고하지도 못하고 나 과장은 전 직원 동원을 지시했다. 당초 기자들을 부르지 않았으면 이렇게 당황스럽지는 않을 텐데. 자랑을 하려고 모아놓은 기자들의 펜 끝이 오히려 중부서와 나 과장을 향할 수도 있었다. 기자들은 정상규의 도착이 늦어지자 다른 소식이 없는지 형사과 사무실을 기웃거렸고, 현장에 나가 있을 구 팀장과 직원들에게도 계속 전화를 넣어보았지만 아무도 전화를 받지 않았다. 현장 사정이 누구에게도 알려져서는 안 되었다.

"미친 새끼야, 너 어떻게 하려고 그래! 그 새끼를 놓쳐버리면 어떻게 해! 지금 여기 모여 있는 기자들이 그 사실을 알면 어떻게 되는지 알아! 시발럼아, 네가 책임져! 알았어?"

"그러게 기자들을 왜 불러요!"

"잡았으니까 부르지, 병신 새끼야! 차라리 잡지를 말든가. 너 어떻게 할 거야, 어떻게! 우선 과수팀하고 호송반이 도착하면 함께 찾아봐. 직원들 소집해서 그쪽으로 보낼 테니까. 너 반드시 잡아야 돼. 아니면 너 죽고 나 죽고야. 알았어, 개새끼야!"

화를 내는 목소리를 크게 내지도 못했다. 상황실로 찾아간 과장은 조용히 상황실장에게 고산동으로 순찰차를 집결시켜 정상규를 찾도록 지시했다. 외부에 피의자가 도주했다는 것이 새어 나가지 않도록 입단속을 철저히 했다. 과장의 지시에 상황실장은 무전을 날려 중부서 순찰차를 모두 집결시켰다. 거기다 순찰차로는 속이 차지 않는지 타격대까지 경찰서 뒤편으로 집결시키고 동원되어 나온 직원들과 함께 현장으로 보냈다. 버스 두 대에 타격대까지 밖으로 나가는 것을 보고 기자들이 고개를 갸웃거렸다.

"기자님들, 죄송합니다. 정상규의 주거지가 수도권에 있었던 것으로 확인이 되어서 현재 그쪽으로 이동하고 있는 상태입니다. 모두 확인하고 내려오면 아침은 돼야 할 것 같으니까, 제가 다시 시간을 공지할 테니 그때 다시 오시기 바랍니다."

"여기서 계속 있던 게 아니고요? 수도권 어디요?"

"서울 쪽이라고 하는 것 같은데. 수고스럽더라도 아침에 공지를 할 테니까 그때 다시 오시죠. 간단히 요 앞 야식집에 가서 식사하시고 사우나 좀 하고 와요."

과장은 억지로 밀어내듯 기자들을 밖으로 빼내었다. 청사 내에 있다 보면 아무래도 눈치를 채기 십상이었다. 벌써 몇몇은 눈치를 챈 것 같기도 했다.

"과장님, 다른 이유가 있는 것 아닌가요? 타격대에 직원들까지 동원했던데."

눈치 빠른 남운철 기자가 마지막으로 나가면서 물었다.

"남 기자, 왜 그래. 아니야. 지원을 좀 해달라고 해서 보낸 거야."

"수상한데요?"

"뭐가? 남 기자는 특별히 내가 한잔 사지. 앞에 야식집에 가서 내 이름 달고 한잔 해. 카메라 기자하고 같이. 한잔 먹고 사우나 하고 나오면 시간이 딱 맞을 거야."

"무슨 일 있죠? 혹시……?"

"아니야. 놈이 얼마나 큰 덩어린데, 우리가 그럴 리가 있어? 더 신중하게 하려고 하는 거지."

남 기자는 계속해서 고개를 갸웃거리며 믿지 못하겠다는 표정이었다.

"자네가 어제 올린 그 사문동 피해자 기사 읽었어. 곧 피해자 진술 할 수 있겠지?"

"예? 그렇죠 뭐."

"그런데 말이야, 남 기자, 그게……."

"과장님 속아주는 척하고 가는 겁니다."

"그래그래."

남 기자는 과장의 질문이 계속될 것 같아 가겠다는 말로 입을 막고 자리를 떴다.

남 기자는 그렇게 속였지만 서장실에 들어간 기자들은 어쩔 수 없이 기다려야만 했다. 나 과장은 서장실 앞에서 한 시간 가까이를 기다렸다. 그 시간은 1년도 더 되는 것처럼 느껴졌다. 구 팀장에게 계속해서 전화를 걸어보지만 돌아오는 내용은 최악이었다. 수색 중에 있지만 보이지 않는다는 말만 반복될 뿐이었다. 새벽의 서늘한 날씨에도 손과 이마에 땀이 계속해서 배어나왔다.

"그러게 기자들을 뭐하러 그렇게 빨리 불러요? 확인하고 불러도 되는데."

"뭐야? 그럼 내가 잘못했다는 거야!"

"그럼 그게 잘한 겁니까. 준비를 다 해서 부르면 되는데 무슨 새벽에 그렇게 기자들을 불러요. 밤중에 하는 기자회견에 맛 들렸어요?"

"뭐, 인마! 그 새끼를 놓친 건 너야, 새끼야. 네가 책임질 일을 내가 막고 있는데 무슨 그따위 말이야. 구태만, 너 미쳤어!"

"죄송합니다. 개고생을 하니까 그렇죠!"

짜증을 내던 구 팀장은 과장에게 큰 소리를 듣고서야 다시 정신을 차렸다.

서장실 문이 마침내 열렸다. 인터뷰를 마친 기자들도 나 과장의 설명을 듣고 모두 청사 밖으로 나갔다. 새벽에 인터뷰를 해서 그런지 서장은 피곤한 기색을 보였다. 그러나 자신을 특집 기사로 다룬다는 말에 기분을 감출 수가 없었다.

"어, 나 과장, 기사가 나가기 전에 모니터링을 할 수 없을까? 내가 좀 보고 어색한 부분은 미리 정리를 했으면 좋겠는데. 오늘 왔다 간 기자들 잘 알지?"

"아니요, 잘 모르는데요."

"자네가 섭외를 해놓고는. 뭐 잘 내준다고 하니까 알아서 해주겠지. 아, 이거, 기사 보고 전화 많이 오겠는데. 저번에 주경철이 때는 말이야 전화를 일부러 꺼놨다니까. 하도 전화가 많이 와서. 그런데 이번에는 더 크게 내준다는데 어떡하지? 히히."

"서장님."

"왜? 도착했어? 나가볼까?"

"아니요. 그게 아니고……."

"아직까지 안 왔어? 내가 인터뷰를 꽤 오래했던 것 같은데 아닌가? 뭔데? 빨리 얘기해."

"그게, 저……."

나 과장은 한껏 들떠 있는 서장에게 도저히 보고를 할 수가 없었다. 그러나 그렇게 하지 않으면 감당이 되지 않는 일이었다.

"뭐야! 씨발! 구 팀장, 개새끼!"

"서장님 목소리를……."

33

태석은 사무실로 들어가지 않고 중부서로 향했다. 직원들에게는 넘겨줄 서류를 정리하게 하고 자신은 정상규를 보기 위해 차를 돌렸다. 마음에 있던 짐을 내려놓기 위해서라도 한 번은 보고 왜 그랬냐고 물어야 했다. 시계는 새벽 세 시를 넘어 정상규는 이미 도착해 조사받고 있을 시간이었다. 고산동 원룸에서는 허탕이었을 텐데. 성운동 원룸은 찾아갔는지 알 수 없었다. 만약 거기를 모르고 있다면 그것도 알려주어야 할 것 같았다. 비는 조금씩 잦아들기는 했지만 여전히 내리고 있었다. 와이퍼는 쉴 새 없이 움직이며 빗물을 닦아내었다. 차는 오르막을 올라 중부서 경찰서 앞에 섰다. 그런데 열려야 할 바리케이드가 열리지 않고 그대로 있었다. 라이트를 올리고 경적을 울리자 정문을 지키던 대원이 비옷을 입고 차로 다가왔다.

"광수대 3팀장인데."

"지금 들어갈 수 없습니다."

"뭐? 왜?"

"외부인 아무도 들이지 말라는 지시가 있었습니다."

"난 직원이야."

"중부서 직원 외에는 들이지 말라고……."

"그런 게 어디 있어. 문 열어!"

"안 됩니다."

몇 번을 더 열라고 했지만 대원은 말을 듣지 않았다. 어쩔 수 없이 차를 길 옆 공터에 대고 차 밖으로 나왔다. 비가 제법 내려 우산을 빼어서 썼다. 많은 취재진이 와서 사람들과 방송 차량들이 많을 줄 알았는데 없었다. 모두 어디를 간 거지.

"범인 데리고 서울에 간다고, 그래서 늦을 거라고 해서 모두 야식 먹으러 갔습니다. 브리핑이 아침이 있을 거라는데요."

"뭔 소리야, 그게! 비켜봐."

"안 됩니다."

"비키라고! 지금 엉뚱한 짓을 하고 있잖아!"

정문에서 고성이 오가고 실랑이가 있었다. 태석은 안으로 들어가 확인을 해야 했다. 분명히 무언가 잘못된 게 있었다. 그러나 안으로 들어갈 수는 없었다. 정문이 시끄러워지자 시선들이 하나씩 그곳으로 향했다. 차 안에 대기하던 몇몇 기자들도 궁금증에 고개를 내밀었다.

"과장님, 하태석 팀장이 정문에서 들어오겠다고……."

"뭐야? 그 재수 없는 새끼."

"시끄러우니까 기자들이 뭔 일인가 하고 모여드는데요."

"빨리 들여보내. 나한테 오라고 해."

재수 없는 인간이었다. 주경철을 잡고 나서부터 그렇게 머리를 들이밀더니 지금같이 위기 상황에서 또다시 머리를 밀고 들어오려 하고 있었다. 하태석이 처음부터 떠들어대지만 않았어도 일이 이 지경까지는 되지 않았을 것 같았다. 주경철 사건까지 초를 치더니 끝내 정상규까지 걸고넘어지려는 하태석은 지긋지긋한 개새끼였다.

"뭐야, 너!"

"정상규는 지금 어디 있습니까?"

"그게 너하고 무슨 상관인데?"

"정상규는 서울에 연고가 없습니다. 주거지도 고산동이 아닙니다. 거기는 이미 제가 확인했던 곳인데 그곳을 왜 다시 갑니까? 놈은 성운동 원룸에 살고 있습니다. 거기로 가야 한다고요. 그런데 지금 어디에 있는 겁니까. 잡기는 한 겁니까?"

"나는 네가 여기에 왜 있냐고 묻는 거야. 정상규가 어디에 있는지를 너에게 확인해주려는게 아니라. 놈은 구 팀장이 검거를 했고 이후 수사는 중부서에서 할 거야. 너는 사건이나 인계해. 그것도 하기 싫으면 그냥 집에나 가. 우리가 각 서에 연락해서 다 받아 오면 되니까."

"과장님! 정상규 어디에 있습니까?"

말도 되지 않는 소리만 늘어놓고 있는 나 과장의 말을 더 이상 들어줄 수 없었다. 자신을 무시하고 비아냥거리는 것은 참을 수 있었다. 그러나 지선에게 상처를 준 정상규가 잘못되는 것은 그대로 볼 수 없었다.

"왜 기자들까지 모아놓고 정상규를 데려오지 못하는 겁니까. 그리고 구 팀장은 왜 전화를 받지 않고요. 무슨 일이 있죠? 그게 아니라면 지금 상황이 설명이 안 됩니다."

"그만해! 그건 네 맘대로 생각하고! 가! 더 이상 네 이야기 들어줄 수 없으니까. 네 얼굴 보고 있으면 재수가 없어. 꺼져. 가라고, 인마!"

"과장님!"

태석은 더 이상 과장실에 있을 수 없었다. 오히려 빨리 그곳을 나와서 상황을 알아보는 게 나을 것 같았다. 복도를 나오는데 강력팀 사무실에 아무도 없었다. 기자들까지 저렇게 많이 데려다놓고 경찰서가 텅 비어 있다니. 그런데 주차장에 차들은 꽉 차 있었다. 그것도 새벽에 직원들의 차들이 가득 차 있다는 것은 직원들 대부분이 출근했다는 증거다. 그런데 모두 어디로 갔을까? 타격대 버스도 어디로 갔는지 버스 주차장이 비어 있었다. 정문에서 고개를 돌려 경찰서를 올려다보았다. 전 부서가 불이 켜져 있는데 사람이 없다. 구 팀장에게 다시 전화를 넣었지만 여전히 받지 않았다. 태석의 마음이 바빠졌다.

"종현아, 어디냐?"

"서류 정리 끝나서 들어가려고요. 팀장님은요?"

"너 중부서에 아는 직원에게 전화해서 무슨 일이 일어나고 있는지 알아봐. 특히 정상규가 어디에 있는지도."

태석은 차로 들어가 종현에게서 전화가 오기를 기다렸다. 서울을 갔다는 건 변명이고 놈이 도망을 친 것이 아닌가 불길한 생각이 들었다. 시간이 새벽 네 시를 향해 가고 있었다. 유리창에 떨어지는 빗소리가 두두두거렸고 흐려진 창문이 태석의 심란한 마음 같았다. 놈이 잡히면서 모든 게 끝날 줄 알았는데. 빗소리만 들려오던 차 안에서 전화벨이 울렸다.

"팀장님, 큰일 났습니다. 정상규가 도망을 쳤답니다. 동기가 그러는데 지금 중부서 직원들 다 동원돼 가지고 고산동을 전부 다 뒤지고 있다는데요. 수갑을 차고 도망쳤답니다."

"시발! 알았어. 빨리 그쪽으로 와."

여기에서 기다릴 게 아니라 처음 도망쳤을 것 같은 예감이 들었을 때 출발을 했어야 했다. 차는 굉음을 내며 방향을 돌려 도로로 빠져나왔다. 쏟아져 내리는 비에 앞이 잘 보이지 않았다. 비도 새벽어둠도 모두 놈을 숨겨주려는 공범처럼 느껴졌다. 바퀴에 밟힌 비들이 비명을 지르며 부서져 흩어졌다. 죽은 자들이 놈의 도망에 다시 비명을 지르는 것 같았다. 처음 놈이 잡혀 고산동으로 이동한다고 했던 시간이 두 시였다. 그런데 지금은 세 시가 넘어 네 시가 되어가니 한 시간은 족히 넘었다. 놈은 달리기로 한 시간에 수

킬로미터를 이동하는 놈이다. 아무리 수갑을 차고 있더라도 고산동은 충분히 벗어났을 것이다. 완전범죄를 꿈꾸는 놈인데. 생각이 거기에 미치자 놈이 갔을 곳이 짐작이 갔다.

"종현아, 차 돌려서 그 새끼 집으로 가. 그놈 거기로 갔을 거야."

"저희 고산동에 다 도착했는데요. 여기 중부서 직원들이 쫙 깔렸습니다."

"거기 아니야. 놈은 집으로 갔어. 빨리!"

차가 다시 방향을 돌려 성운동으로 향했다. 놈은 분명히 집으로 돌아왔을 것이다. 그리고 전처럼 아무것도 남기지 않고 사라질 게 뻔했다. 차는 더 속도를 내었다. 방 사장에게 전화를 넣었지만 받지 않았다. 벨소리가 잠들어 있는 방 사장을 깨우지 못하는 것일까? 불길한 생각이 들기 시작했다. 정상규가 방 사장의 방문을 두드리지 않았기를 빌며 속도를 높였다.

성운동으로 차가 들어설 즈음 뒤에서 사이렌 소리가 급하게 쫓아오더니 앞을 추월하려 했다. 먼저 달려온 사이렌 소리에 이어 큰 덩치의 소방차가 눈을 올려 뜨자 태석은 옆으로 비켜주어야 했다. 육중한 덩치에 뱃고동 같은 우렁찬 소리를 내며 소방차는 빠른 속도로 태석을 앞질러 갔다. 소방차가 가는 방향은 태석과 같은 방향이라 뒤를 바짝 따라 달려갔다. 우연일까. 골목에 도착해서도 태석과 같은 방향이었다. 골목길에는 전부터 불을 끄고 있는 소방차가 더 있었다. 불길한 예감은 적중했다. 방 사장의 건물은 화염에 싸여 검은 연기와 붉은 불길을 쏟아내고 있었다. 소방관들이 건물 안으로 소방수를 계속해서 뿌려대도 불길은 쉽게 잡히지 않았다. 방 사장이 비싼 절연재를 사용해 리모델링을 했을 리 없었다. 저렴한 자재는 오히려 연소재가 되어 불을 뿜어내었다. 발화가 정상규의 방에서부터 시작되었으리라는 점은 확인하지 않아도 알 것 같았다. 놈이 지금까지 벌여놓은 살인 사건의 증거가 화염에 사라지고 있었다. 벽 안의 죽은 자들은 놈이 범인이라고 절규하지만 그것마저 무참히 불을 질러 사그라트려버렸다. 죽은 자들은 더 이상 소리 지르지 못하고 화염 속에서 다시 죽어갔다. 시간에 쫓기던 정상규는 물건을 가져가는 대신 태워버리기로 결정했다. 이불을 모아놓고 불을 붙이자 순식간에 방 안을 태우고 옆으로 건너갔다. 붉은 뱀은 건물을 기어다니며 거만하게 몸집을 키우더니 건물 전체를 휘감고 소방관들에게 맞섰다. 전화를 받지 않던 방 사장은 저 안에 그대로 남아 있는 것은 아닐까.

"형사 양반, 나는 이제 어떻게 헌데. 경찰이 책임지야 혀."

"방 사장님."

검은 얼굴의 방 사장이 초췌한 모습으로 다가왔다. 울 것처럼 구겨진 얼굴로 다 부서진 우산 하나를 들고 태석의 옆으로 왔다. 부인은 구급차에 태워 병원으로 보냈고 그는 건물 걱정에 남아서 지켜보고 있었다.

"그 새끼여! 그 새끼가 들어오고 얼마 안 있어서 불이 난 거여. 시발럼이 나허고 어떤 원수를 졌다니 불을 다 지른데. 잡아주쇼. 그 새끼, 아조 죽여주쇼. 보험도 못 든 건물인디."

"빠져나오셔서 그래도 다행입니다. 큰일 날 뻔했어요."

태석은 방 사장을 보자 반갑기까지 했다. 불길 속에 남아 있을 수도 있다고 생각했었다.

"놈이 왔었어. 놈이 지 방으로 올라가고 금방 내려옵디다. 내가 막 형사님한테 전화를 걸까 하는데 우리 방 초인종이 울리더라고. 안 나갔어. 나갔다가 무슨 변을 당허게. 렌즈 구멍으로 보다가 그 새끼허고 눈이 마주쳤다니까. 얼마나 무선가. 그러다 문이 안 열린게 그냥 가더라고. 피가 흥건한 손으로 긴 사시미 칼을 들고 말이여. 문 열어줬으면 나는 죽었을 거여. 근디 그놈이 나가고 막 지나서 불났다는 소리가 났는디 나가도 못허고 안에 있었어. 연기가 시커멓게 차기 시작허는디 나가면 그놈이 칼을 들고 죽일 것 같고. 진짜 죽는지 알었네. 안에서 타 죽느니 나가자고 결정을 허고 잠든 마누라 깨워서 빠져나왔어. 다행히 어디를 갔는가 없더만. 두 번 죽을 뻔했네. 여기

봐, 닭살 오른 거."

아직도 소름이 끼친다는 듯 방 사장은 떨고 있었다. 대범한 듯 말을 쏟아
내기는 했지만 죽을 뻔했다는 생각에 온몸을 부르르 떨었다. 불길에 싸인
건물을 바라보면서도 혹시 정상규가 다시 칼을 들고 나타날까 사방을 살피
다가 구급차를 타고 아내가 있는 병원으로 사라졌다.

"팀장님, 이제 어떡하죠?"

팀원들이 뒤늦게 현장에 도착해 태석의 옆으로 왔다. 놈이 여기에 왔다
갔다는 것은 확실해졌다. 중부서 직원들이 아직도 고산동 일대를 수색하고
있다는 게 이해되지 않았다. 태석은 구 팀장에게 전화를 넣었다. 그러나 그
는 여전히 받지 않았다.

"종현아, 전화기 좀 줘봐."

태석은 구 팀장이 일부러 전화를 받지 않는다는 것을 알고 있었다. 태석
의 전화번호로는 계속 전화를 넣어도 받지 않을 게 분명했다. 전화기 너머로
다급한 구 팀장의 목소리가 전해져 왔다.

"내 전화는 왜 안 받아!"

"너냐, 끊어!"

"시발! 정상규가 여기 와서 불을 지르고 도망을 갔는데 멍청하게 거기
만 수색하고 있을 겁니까! 여기 있던 증거가 다 날아갔는데 어떻게 할 거냐
고?"

"무슨 개 같은 소리야, 그게?"

태석의 말을 이해할 수 없다는 듯 구 팀장이 되물었다. 아직도 정상규가
근처에 있다고 믿고 있는 구 팀장이었다.

"거기는 그놈이 예전에 살던 곳이고 지금은 여기 성운동 원룸이라고. 이
제 어떻게 할 거야! 놈이 와서 불을 지르고 또 도망을 갔다고. 이쪽으로 와
서 여기를 수색해야지 병신같이 거기서 뭐 하는 거야! 거기가 아니라 여기

라고, 시발럼아!"

"하 팀장, 이제 그만하지. 여기서 거기가 어디라고 간단 말이야. 수갑 없이 뛰어가도 내일 아침이나 도착할 곳이야, 거기는! 차를 타지 않는 이상 거기에서 불을 질렀다는 것은 불가능해. 거기다 놈은 수갑을 차고 있다고. 말이 안 돼."

"여기가 놈이 살던 곳이라고. 불을 질렀고! 더 이상 얼마나 설명해줘야 내 말을 들을 거야?"

"그만해!"

구 팀장과의 입씨름은 계속되었다. 아무리 잘못된 것이라고 해도 믿으려 하지 않았다. 놈은 분명 거기에 없는데도 구 팀장은 끝까지 믿지 않았고 믿고 싶어 하지도 않았다. 태석이 전화기를 든 채로 골목 깊이 걸어 들어갔다. 골목 안에 뭔가 떨어져 있었다. 골목 가로등 불빛을 반사시키며 은빛을 내는 둥근 쇳덩이는 비를 맞고 있었다. 짐승의 손목에 있어야 할 그것이 이곳까지 와서 떨어져 있다니.

"여보세요. 여보세요? 얌마, 하태석!"

"101번!"

"뭔 소리야? 101번이라니."

"수갑! 101번이라고 써 있어. 누구 거야?"

"……."

욕을 해대던 구 팀장의 목소리가 사라졌고 101번이라는 말에 그대로 얼어버리고 말았다. 대답이 나오는 데는 시간이 필요했고 조금 전처럼 큰 소리도 낼 수 없었다. 식은땀이 섞인 목소리가 전화 너머에서 전해졌다.

"직원들 다 데리고 그곳으로 가겠다. 그건…… 내 거야."

수갑이 구 팀장 자신의 것이라는 사실은 부인할 수 없었다. 수갑 안쪽으로 박탈된 정상규의 표피가 피를 묻힌 채 달라붙어 있었다. 어떻게 손이 빠져

나올 수 있었을까. 방 사장은 정상규의 손이 빨갛다고 했었다. 가죽이 벗겨지지 않고는 수갑에서 손이 빠져나올 수 없었다.

*

수갑을 찬 채로 얼마를 달렸는지 알 수 없었다. 골목길을 달리는 것은 눈을 감고 달려도 집까지 찾아갈 만큼 쉬운 일이었고, 단지 시간이 문제였다. 비와 어둠은 친절하게도 남자가 드러나지 않게 숨겨주었고 가로등도 눈을 감았다. 도착한 곳이 집 앞이라는 것은 한참이 지나서야 알았다. 가로등 빛에 손목이 빛나고서야 수갑에 손이 불편하다는 것을 느꼈다. 손을 꽉 쥔 수갑은 힘을 줄수록 움직이지 말라고 경고하듯 더 조여왔다. 그러나 작은 구멍으로 손목이 빠져나가지 못하는 것은 아니었다. 이가 부러질 듯 짓이겨진 비명에 손을 싸고 있던 가죽이 찢어지고 근육이 드러났다. 남자를 움켜쥐고 있던 수갑에 뱀이 허물을 벗겨놓듯 붉은 가죽이 빗물과 함께 섞여 바닥으로 떨어졌다. 검은 웅덩이에서 아빠라고 부르라던 사람에게 맞았던 것보다 아프지 않았다. 남자의 신음 소리가 덫에 걸린 짐승이 신체의 일부를 떼어주고 빠져나올 때 들려오는 소리 같았다. 철커덕 소리를 내며 덫이 바닥에 떨어졌다. 덫에 물린 가죽과 피가 빗물에 빠르게 섞이며 주변을 붉게 만들었다. 웅덩이가 붉어지더니 골목으로 퍼져 가로등까지 붉어지기 시작했다. 짐승의 세상이 온통 붉은색으로 변해 마지막을 향해 가고 있었다. 짐승은 가죽이 벗겨진 손으로 쥐었다 폈다를 반복하며 건물로 올라갔다. 계단을 오르면서 짐승이 쏟아놓은 붉은 반점이 뒤를 따라 올라갔다. 노란색 폴리스 라인. 경찰이 여기까지 어떻게 왔지? 의심은 곧바로 정답을 찾았다. 방 사장, 그 멍청한 영감탱이다. 방 안에 물건은 모두 그대로 있었고 옮기는 것은 불가능했다. 증거를 없애는 손쉬운 방법이 있다. 생각이 들자 주저할 것이 없었다. 이불을 죽은 자들 앞에 모아놓고 불을 붙였다. 싸구려 이불에 순식간에 타오른 화염은 죽은 이들을 또다시 불구덩이에 넣고 태워 죽였다. 짐승이 범인이라고 외치던 목소리도 긴 침묵 속에 빠져 들어가 다시는 소리 내지 못할 것이다. 어두운 방 안에서 그 아우성을 듣는 것도 즐거운 일이었는데. 문을 닫지 않았다. 저번처럼 닫힌 문에 공기가 통하지 않아 자연소화되는 일은 없어야 했다. 남자의 손에는 긴 칼이 쥐어 있었고 손목에서 흘러나온 피에 벌써 붉어져 있었다. 집을 알려준 방 사장에게 왜 그랬냐고 물어야겠다. 어차피 불에 타 죽을 것이지만 마지막으로 얼굴을 보는 게 좋을 것 같다.

*

정신없이 놈을 찾았다. 놈이 흘렸을 손목의 피를 빗물은 공범이 되어 모두 지워내고 있었다. 골목으로 도로로 빈집으로 놈이 갈 만한 곳은 다 뒤지기 시작했다. 어디로 갔을까. 골목을 뒤지면서도 정상규의 방에서 보았던 〈국제과학수사연구〉라는 파란색 책자가 머릿속에서 빠져나오지 않았다. 분명 그 책을 어디선가 본 적이 있었다.

"종현아, 정상규 방에서 사진 찍었지? 그것 좀 보여줘봐."

사진을 본다면 생각이 날 것 같았다. 잿더미가 되기 전 죽은 자들을 품고 있던 놈의 방을 다시 살폈다. 바닥의 상 위에는 파란색 표지에 〈국제과학수사연구〉라는 제목의 책자가 있었다. 사진은 거기에서 멈추어 넘어가지 않았다. 어디, 어디서 보았지? 머릿속으로 시간을 빠르게 거꾸로 돌렸다. 장소는 김대중컨벤션센터였고 한 교수가 그 책자를 들고 강의를 했었다.

"국과수 세미나!"

"예, 국과수요?"

"그래, 이 새끼 거기에 갔었어. 그 세미나를 들었던 거야."

태석은 그때 교수의 강의 내용이 생각났다. 교수는 목격자의 진술이 얼마나 중요한가를 강의 주제로 설명했었다. 무죄를 받기 위해 목격자를 살해하려 했던 미국의 범죄자를 예로 들었었다. 옆자리에서 목격자를 어떻게 모두 관리하느냐고 투덜대던 한주석 팀장도 있었다. 놈이 그 강의를 들었다면……. 태석은 아직 도착하지 않은 구 팀장에게 전화를 넣었다.

"너 정상규에게 뭐라고 했어?"

"무슨 소리야?"

"도망치기 전에 그놈한테 무슨 말 했냐고 묻잖아!"

태석의 다그침에 구 팀장은 주눅이 들었고 놈을 놓친 죄인이 되어 있었다. 놈에게 물었던 사문동 사건에 대하여 말을 해주어야 할 것 같았다.

"그놈이 최지선 씨를 죽이려 했다고 자백했어."

"그런 말을 왜 하게 되었는데?"

"최지선 씨가 의식이 돌아와서 진술을 할 거라고 했지."

"뭐!"

"의식이 돌아왔다고. 자네한테는 잘된 거 아니야? 기사도 그렇게 났고."

"그래서, 병원 이야기 해줬어?"

"한국병원에 있다고 했지."

"야 이 개새끼야!"

태석에게서 욕이 튀어나왔다. 더 이상 통화는 필요 없었다. 놈이 어디로 향했는지 알 것 같았다. 놈은 그때 교수가 설명한 대로 목격자의 진술을 막으려는 것이고, 그것은 생각만으로도 끔찍한 일이었다. 태석이 차로 뛰기 시작했다. 불이 났다는 신고가 언제 들어온 것일까? 30분은 된 것 같은데, 그 시간이면 놈이 달려 한국병원까지는 충분히 갈 수 있었다.

"팀장님! 팀장님! 어디 가세요?"

"……."

태석은 대답이 없었다. 놈을 처단하는 데 방해받고 싶지 않았다.

"팀장님!"

"……."

여전히 대답 없이 태석의 차는 굉음을 내었다. 어디를 가는지 알아야 한다. 태석이 전화를 받지 않자 종현은 방금 태석이 통화를 한 구 팀장에게 전화를 넣었다.

"한국병원이라는 말밖에 하지 않았는데."

"최지선 씨가 있는 병원 말인가요?"

비도 어둠도 태석에겐 방해가 되지 않았다. 태석의 차는 골목을 빠져나와 도로에 들어섰다. 신호등도 보이지 않았고 주변에 차들도 눈에 들어오지 않았다. 차들이 빵빵거리며 태석의 질주를 방해하려 했지만 거친 운전에 옆으로 비켜섰다.

"중호 형님, 빨리 팀장님을 따라잡아야 해요!"

"왜?"

"팀장님이 먼저 그놈을 만나면 안 된다고요! 정상규 그놈을 팀장님이 죽일지도 몰라요."

다급한 종현의 목소리에 중호의 차는 속력을 높였다.

*

빗물 속에서 빠져나온 짐승이 건물 안으로 들어섰다. 증거는 없애면 되는 거였다. 그때 국과수 교수는 그렇게 설명했었다. 집에 불을 질렀으니 이제 증거라고는 아무것도 없다. 다만 병원에 누워 있는 정신 나간 년이 다시 정신을 차려 진술을 한다고 하니 조용히 만들어주면 되는 거였다. 다시 얼굴을 보고 공포에 휩싸일 여자를 생각하자 그것도 나쁘지 않았다. 왜 살아서 주둥이를 나불거리는 거야. 그냥 죽어버렸으면 좋잖아. 사람을 죽이려 왔는데 병원은 한가하게도 잠들어 있었다. 로비로 들어가는데도 아무도 보이지 않았고 왜 찾아왔느냐고 묻는 이도 없었다. 손에서 계속 피가 흘러내리자 간호사실 앞에 놓인 고무장갑을 집어 들어 손에 끼었다. 주머니 안이 핏물로 미끌거렸다. 계속해서 뒤를 따라오며 붉은 핏물이 자국을 남겼다. 저걸 어떻게 하지. 핏속의 유전자는 내가 여기에 왔었다고 알려줄 텐데. 여자를 죽이고 나갈 때 병원에 불을 질러버려야겠다. 그러면 불에 타버리든지 소방차가 물로 씻어주든지 말끔히 없어질 것이다. 병실이 어디인지는 쉽게 알 수 있었다. 간호사실 뒤편에서 최지선의 이름이 적힌 병실의 호수를 확인했다. 멍청한 팀장은 알 것 없다면서도 여자의 이름을 알려주었다. 여자 병동인 5층 엘리베이터에서 내려 병실까지 가는데 아무도 없었고, 병실도 모두 불이 꺼져 어두웠다. 환영받지 못한 방문을 어둠만이 맞아주었다. 병실로 들어서자 희미한 취침등 아래 여자가 이불을 둘러쓰고 누워 있었다. 잠이 들었는지 움직임은 없었다. 그때 죽어야 했던 여자인데 목숨이 질기게도 붙어 있다. 주경철, 그 겁쟁이가 쳐다보고 있다는 것에 긴장을 해서일까. 충분히 죽일 수 있는 여자를 놓쳐버렸다. 다음에는 절대 이런 실수를 하지 말아야지. 짐승은 잔인한 반성을 했다. 병실에 많은 사람이 다 같이 죽었으면 좋겠다. 진작 불을 질러 더 많은 사람들을 죽이고 다닐 걸 그랬다.

침대에 걸린 명찰이 최지선이 맞았다. 죽은 줄 알았던 여자가 여전히 숨을 쉬고 증언까지 하려고 하다니. 이제 그만 죽어. 넌 내가 아니라 경찰이 죽인 거야. 그건 알고 죽어야지. 손에 든 은빛 쇳덩이를 들어 올렸다. 머리 위까지 올려 가슴을 향해 무한의 속도로 내려갔다. 쇳덩이의 끝은 모포를 뚫고 안쪽 깊숙이 들어가 박혔다. 쇳덩이가 빠져나와 위로 올랐다가 다시 내려가 박히기를 반복했다. 여자에게서는 비명도 없었고 움직임도 없었다. 여자

526

가 깨어났다고 했는데 아니었나. 움직임조차 없는 것은 이상했다. 이미 죽어버린 것일까. 얼굴을 봐야겠다. 이불을 내려 얼굴을 들여다보았다. 이게 뭐야? 사람이 아니잖아!

"야 이 개새끼야!"

덩치 큰 사내가 병실로 뛰어 들어왔고 짐승은 피할 겨를도 없었다. 사내는 짐승을 잡아서는 벽 쪽으로 던져버렸다. 그 힘이 얼마나 세던지 멧돼지에 받혀 공중으로 날아가는 것 같았다. 날아간 짐승을 쫓아가 다시 잡아서는 또다시 던져버렸다. 침대에 부딪히고 바닥에 떨어져 정신을 차리지 못했다. 이게 무슨 일인지 상황도 알 수 없었다. 그러나 앞에 멧돼지 같은 놈이 죽일 듯 공격을 하고 있다는 것은 분명했다. 다시 공격해오면 반격을 하고 도망쳐야 한다. 이길 수 없는 존재와는 절대 싸움을 해서는 안 된다. 은빛 쇳덩이를 사내의 옆구리에 넣었다. 사내는 몸을 돌려 다행히 살갗만 베고 지나갔다.

"개새끼야!"

태석의 주먹이 짐승의 얼굴을 뭉개자 놈은 뒤로 나가 떨어졌다. 벌에 쏘인 것 같은 따끔한 아픔에 옆구리를 보자 피가 쏟아져 내렸다. 바보같이 또 칼에 찔리다니. 태석은 아랑곳하지 않았다. 이미 고통에는 익숙해져버린 몸뚱이다. 짐승이 정신을 차리고 밖으로 뛰어나가자 태석도 자리를 차고 뒤를 쫓아나갔다. 반드시 잡아서 죽일 것이다. 복도로 나오자 짐승은 쫓아오는 태석을 피해 인질로 잡을 여자 환자를 찾고 있었다. 병실 문을 열고 안으로 뛰어 들어가려다 텅 빈 것을 보고 허둥지둥 다시 옆 병실 문을 열었다. 거기에도 아무도 없었다. 병실이면 환자들이 들어차 있어야 하는데 한 사람도 없다. 왜 아무도 없는 거야?

이미 간호사들이 태석의 전화에 환자들을 대피시켰다는 것을 짐승이 알 리 없었다. 입가에 쏟아지는 피를 닦으며 도망쳐보지만 뛰어오는 태석의 손을 벗어날 수 없었다.

"개새끼야, 여자들 찾고 있냐? 너 같은 새끼는 여자밖에 죽일 수 없는 놈이야. 치사하고 비겁한 새끼야!"

"놔! 놔, 시발!"

"병신 같은 새끼. 약자에게만 강한 비겁하고 유치한 새끼야."

목덜미가 잡혀서는 태석의 힘에 밀려 몸이 공중으로 떠 날아가 벽에 부딪혔다.

"시발, 가까이 오지 마! 죽여버릴 거야!"

말이 끝나기도 전에 태석의 발길질에 칼은 바닥을 굴렀다. 도망칠 생각도 하지 못하고 바닥을 기어 칼을 잡으러 가는 것을 붙잡아 들어 올렸다. 그리고 쓰고 있던 모자를 벗겨 던져버리자 짐승의 얼굴이 드러났다. 표정이 전혀 없는 그 얼굴. 죽은 자들이 두려워했을 저 얼굴을 알아볼 수 없게 뭉개버려야겠다.

"여긴 왜 왔어, 개새끼야!"

"안 죽었다며. 그래서 다시 죽이려 왔다."

"왜! 왜 하필 지선이었어! 왜?"

"혼자서 집에 가잖아. 그래서 그랬어."

"그게 이유야! 그게 이유가 돼?"

"왜 안 돼? 나는 죽이고 싶은데! 누가 혼자서 집에 가래!"

"시발럼!"

다시 주먹질이 시작되었다. 어떠한 자비도 관용도 없었다. 입안이 터지고 눈두덩이가 터져 피가 튀어도 태석의 주먹은 멈추지 않았다. 오히려 더 잔인하게 두들겼고 널브러진 놈을 끌어 지선의 병실로 향했다. 가면서 바닥에 떨어진 짐승의 칼을 들어 올렸다. 날에는 태석의 피가 붉은 자국으로 남겨져 있었다. 어쩌면 지선을 찔렀던 칼일지도 모른다. 지선이 상처 입은 만큼 놈에게도 똑같은 상처를 내줄 것이다.

"사과해, 개새끼야. 미안하다고, 잘못했다고 해!"

"뭐라고?"

"사과하라고! 사과한 다음에 이 칼로 똑같이 네 몸뚱이에 찔러줄게. 정확히 스물세 번이야. 가슴에 일곱 번, 옆구리에 여덟 번, 배에 네 번, 손바닥에 네 번! 똑같이 찔러주겠어."

"살려주세요."

치사한 놈이다. 죽은 자들은 얼마나 간절하고 처절하게 살려달라고 했을까. 그런데 아직 찌르지도 않았는데 살려달라고 하다니.

"살려주세요. 제발요."

"개새끼야, 살려줘? 살려줘? 넌 그래서 살려줬어?"

"제……발…… 살……."

살려달라고 하는 주둥이를 뭉개버렸다. 얼굴이 피범벅이 되어 널브러진 짐승은 간신히 숨을 쉬며 태석이 끌고 가는 대로 바닥에 몸이 질질 끌리며 지선이 머무른 병실로 향했다. 짐승이 가는 대로 바닥에 붉은 자국이 남았다.

"아아악!"

간호사가 구 팀장과 형사들을 끌고 5층으로 올라오다가 태석의 모습을 보고 비명을 질렀다. 그녀는 칼을 들고 있는 태석과 피범벅이 된 놈에게 놀라 손으로 얼굴을 가렸다. 뒤따라온 형사들 모두 태석의 모습에 얼음이 되어버렸다. 이 정도로 분노하고 있었나. 놈은 구 팀장에게 잡혔어야 했다. 놈을 죽일 거라는 태석의 말은 사실이었다.

"사과하라고, 개새끼야!"

"호호호!"

"웃어? 이 개새끼!"

직원들이 온 것을 보고 놈은 웃음기를 띠었다. 처음으로 바뀐 표정이 너무 비열했다. 칼을 잡고 있던 태석의 손이 위로 올라갔다. 지선에게 입혔던 상처 그대로 모두 돌려줄 것이다. 가슴과 배, 옆구리를 찌를 것이고 손바닥은 막고 있는 그대로 찔러 넣을 것이다. 지선이 받았던 고통 그대로, 지선이 흘렸던 피 그대로 놈도 똑같이 아파야 한다.

칼이 아래로 향하는 것을 직원들은 그대로 둘 수 없었다.

"놔! 놓으라고! 저 새끼 죽여버려야 돼!"

"하 팀장! 이제 그만해. 이제 됐어. 그만하라고, 이 친구야!"

"저 새끼 이리 데려와! 빨리! 개새끼야, 이리 안 와!"

태석의 힘에 밀려 직원들이 바닥에 넘어지기 일쑤였다. 그러다 더 많은 사람들이 태석을 말렸고 직원들에 밀려 태석은 바닥에 쓰러졌다. 일어날 수 있는 힘조차 빠져버렸는지 태석은 그대로 주저앉았다.

"이 정도면 되었어."

"팀장님, 이제 그만하세요."

종현이 태석의 옆에 붙어 위로했다. 그의 분노를 누구보다 잘 알고 있어 더 측은했다. 짐승은 중부서 직원들의 품으로 들어가 태석을 바라보았다. 동정하는 것인지 비웃고 있는 것인지 알 수 없는 무표정한 얼굴이지만 더 이상 태석이 자신을 공격하지 못하리라는 것은 알고 있었다.

"구 팀장님! 지선이에게 사과만 하게 해줘요. 저 새끼, 그것도 없으면 교도소 가서 웃고 있을 놈이라고요. 종현아! 중호야! 저 새끼 좀 데려와. 얼른!"

"팀장님……."

울먹거리는 태석의 분노를 모두 이해했다. 구 팀장은 놈을 끌어 태석 앞에 앉게 했다. 그렇게라도 해주어야 할 것 같았다.

"사과해, 새끼야! 여기서 힘겹게 죽어간 고인에게 사과하라고!"

"입이 아파서 목소리를 낼 수 없어요."

"가까이 가서 해!"

태석 가까이로 놈이 다가갔다. 그리고 태석에게만 들릴 만큼 작은 목소리로 속삭였다.

"네 여자도 좋아했어. 우리 엄마가 섹스에 비명을 지르는 것처럼 그년도 그랬어. 좋다고."

"개새끼야!"

중부서 형사들은 다시 짐승을 감싸 안고 병실을 빠져나갔고 종현과 중호는 흥분한 태석을 잡아야 했다. 태석은 짐승을 쫓아가려 했지만 직원들의 힘에 막혀 멈추어야 했다. 그렇게 하지 않았다면 놈은 태석에게 죽었을지도 모른다.

*

아빠를 만나고 온 날 오빠는 변해버렸다. 내가 무슨 일이 있어도 변하면 안 된다고 했는데 오빠는 무섭게 변해 나를 밀어내었다. 그날 갑자기 사라져서 그런 거라면 충분히 설명할 수 있다고 했는데도 오빠는 막무가내였다. 그날 밤 난 가슴이 너무 아팠어. 병원에 가지 않으면 죽을 만큼. 내 아픈 가슴 때문에 잠든 오빠를 깨우고 싶지 않았어. 그래서 그랬던 거야.

사랑의 반대는 무관심이라고 하던데. 오빠의 무관심은 너무 무서웠다. 내가 사라진 것 때문이라면 잘못했어. 그런데 내 말을 좀 들어보면 안 돼? 그러나 오빠는 침묵해버렸다. 그리고 나를 버리고 서울로 올라갔다. 나는 죽을 것 같은데 오빠는 그렇지 않은가 보다. 오빠가 없으면 숨도 쉬기 어려운데 오빠는 내가 없어도 숨이 쉬어지고 밥을 먹을 수 있어? 대답이 없는 오빠의 전화기에 대고 물었다. 아빠 때문인 거야? 아빠는 날 사랑하기 때문이야. 그것만은 꼭 알아줘. 서울로 오빠를 찾아가도 거기엔 오빠가 없었다. 거기에 있는데도 오빠는 없다고 했다. 내가 싫어 거기에 없어야 한다는 듯 그랬다. 오빠의 아이가 배 속에 있어 다시 돌아올 줄 알았다. 그래서 오빠를 찾아갔다. 오빠의 아이가 내 배 속에 있어. 우리 아이에게 아빠가 필요해. 돌아오라고 말을 해야 하는데 하지 못했다. 그때 오빠는 내게 결혼을 한다고 했다. 나는 수십 번 수백 번 내 배를 봐달라고 말하고 싶었지만 미련하게도 나는 오빠가 행복해지기를 빌었다. 오빠가 행복해지면 나는 불행해도 된다고 생각했다.

오빠가 결혼하던 날 내 아이는 세상에서 사라졌다. 나를 살리려 아이가 죽었다고 의사는 말했지만 난 반대가 되기를 원했다. 그리고 그때부터 나는 죽은 채로 살았다. 살아 있어도 살아 있지 않았고 숨을 쉬어도 숨이 막혔다. 정신을 놓았고 아빠의 강요된 결혼은 실패했다. 아빠는 범법자에 신용불량자가 되었고 많은 빚은 모두 내가 떠안아야 했다. 아빠와 대화가 사라졌고 더 이상 우린 예전 그때로 다시 돌아갈 수 없었다.

엄마와 오빠가 죽지 않았다면 난 지금 행복하게 살고 있을까. 엄마하고 오빠가 너무 보고 싶다. 아빠, 미안해요. 아빠를 너무 미워했어요. 저를 용서하세요. 이제 저는 엄마와 오빠를 만나러 갈게요. 아빠만 남겨놓고 왔다고 뭐라고 할지도 몰라요. 그래도 절 안아주겠죠. 이제 그곳에서 엄마와 함께 아빠를 기다릴게요.

오늘 태석 오빠가 왔으면 좋겠다. 오늘이 지나면 오빠가 날 볼 수 없을 텐데. 기다리는 게 너무 힘들고 무섭다. 이제 더 이상 내 숨소리가 들리지 않는다. 이미 내 숨소리가 빗소리보다도 시계 소리보다도 더 작아져버렸다는 것을 난 알고 있다. 나를 숨 쉬게 했던 장비들도 더 이상 나를 거들 수 없나 보다. 빨간 불빛으로 내가 이상하다고 소리치며 난리다. 당직 의사 선생님도 간호사 언니들도 모두 나를 보려고 달려왔다. 그들은 이미 알고 있었을 텐데. 미리 나에게 이야기를 해주지 그랬어요. 그럼 오빠가 왔을 때 인사라도 해두었을 건데. 오빠, 이제 오지 마세요. 고마웠어요. 그렇게 마지막 인사를 해주었어야 하는데. 내가 죽었다고 슬퍼하지 않았으면 좋겠다. 그냥 누군가 죽었구나 하고 지나쳤으면 좋겠다. 그냥 쉽게 잊어버리게. 오빠, 그렇게 잊어줘요. 내가 힘들지 않게.

병상에서 일어나 오빠의 손을 잡고 나가고 싶었다. 자랑하고 싶은 내 첫사랑이라고. 그렇게 하고 싶었는데. 내겐 너무 큰 욕심이었나. 오빠와 난 어쩔 수 없이 이루어질 수 없었던 걸까. 첫사랑은 이렇게 이루어지지 않는 건가 보다.

이제 쉬고 싶다. 오빠가 수줍게 고백을 했던 그 벤치에 앉아 있으면 시원한 바람이 불겠지. 답답한 여기서 나가 그곳에 있으면 그럴 거야. 옆에 오빠가 앉으면 고개를 기대고 싶다. 그리고 노을을 바라보며 웃어야지.

오빠, 잠시였지만 오빠가 옆에 있어서 행복했어요. 고마워요, 오빠. 이제 안녕.

*

브리핑을 하기 위해 나 과장이 단상 앞에 섰다. 쉴 새 없이 플래시가 터지고 카메라가 돌아갔다. 방송국에서 나온 기자들은 뒤로 돌아 진행을 했고 실시간 뉴스로 전송이 되었다. 헛기침을 몇 번 하고 나 과장은 브리핑을 시작했다. 주경철에 이어 두 번째 브리핑이기에 여유가 있어 보이려 애썼다.

"저희 중부서에서는 오늘 새벽 04시 50분경에 부녀자 열네 명과 아동 두 명을 살해한 연쇄살인범 정상규를 검거했습니다. 놈을 상대로 조사한 결과 부녀자 등 열여섯 명을 살해한 혐의가 모두 인정되고 이 모두를 자백하였습니다. 더불어 일곱 건의 중상해와 강도 혐의도 사실 확인 중에 있습니다."

나대철 과장은 관련 사진을 제공하며 사건 하나하나를 설명했고 기자들은 관련 사실을 빠르게 전송했다. 가장 오래된 사건은 6년 전이었고, 10년 전 양아버지와 동생을 살해한 혐의는 자백하지 않아 조사 중에 있었다.

"살인의 이유가 무엇인가요?"

"아직 뚜렷한 동기는 밝히지 않고 있습니다만 프로파일러를 동원해 확인 중에 있습니다."

"새벽에 놈이 도망을 했다는 말도 있던데 사실인가요?"

"그건 사실이 아닙니다. 정상규는 새벽에 관선동 주택에 들어가 피해사와 격투를 하다가 잡혔고, 이를 현행범으로 인수를 하고 그동안 저희가 축적해놓은 놈의 자료를 확인하자 모두 자신이 했다고 시인을 하였습니다."

"피의자가 많이 다쳤다고 하던데요."

"그것은 검거 과정에서 반항하는 피의자를 제압하던 중에 발생한 부상입니다."

"사문동 최지선 씨 사건은 어떻게 되는 건가요? 주경철은 자신이 범인이라고 했는데."

"사문동 사건은 검찰 쪽에서 공소장 변경이 있을 겁니다. 정상규가 잡혔다는 말에 주경철도 곧바로 혐의를 부인했습니다. 자신이 저지른 것이 아니라고요."

"이번에도 중부서에서 해결했고, 그것도 같은 팀에서 했는데 소감 한번 말씀해주시죠."

"경찰관으로 당연한 수고를 했을 뿐이라고 생각합니다. 이상입니다."

나 과장은 간결하게 공에 대한 평가를 했다. 스스로 공치사할 수 없는 처지라는 것을 너무도 잘 알고 있었다.

"구태만 팀장이 이번 공으로 특진을 할 거라고 하던데, 맞습니까?"

"예, 저는 그렇게 알고 있습니다."

구 팀장에 대한 과장의 답변은 너무도 짧았다.

"더 이상 질문이 없으면 브리핑은 이것으로 마치겠습니다."

"잠깐만요. 최지선 씨 사건은 죄명이 살인미수에서 살인으로 바뀌는 건가요?"

"예, 유감스럽게도 최지선 씨는 중환자실에서 계속 치료를 받아오다가 정상규를 검거하기 이틀 전에 사망했습니다. 죄명은 살인으로 변경될 겁니다."

"상태가 좋아 진술을 할 거라는 기사가 있었는데요."

"그건 정상규를 유인하기 위한 트릭이었습니다. 최지선 씨는 이미 사망했지만 목격자가 진술을 한다고 알리면 이를 막기 위해 정상규가 병원을 찾아올 것으로 예상한 작전이었습니다. 이상입니다."

"그 작전은 누가 한 것입니까?"

"수사 사항이라 확인해줄 수 없습니다."

나 과장은 서둘러 브리핑을 마치고 내려갔다.

34

차는 경기도 성남으로 들어섰다. 지선이 왜 이곳까지 왔을까. 가을 하늘
은 맑았고 공기는 차갑지 않을 만큼 시원했다. 꽃을 달라고 할 때 꽃집 아
가씨가 웃었다. 그녀의 얼굴엔 아내분이 좋아하겠어요라고 쓰여 있었다. 정
말 그렇게 되었으면. 꽃을 받고 한참 바라보다가 쓸쓸한 미소로 대답해주었
다. 그리고 제과점에 들러 크림빵을 샀다. 어릴 적 지선의 입술을 하얗게 만
들었던 크림빵을 가져다주고 싶었다. 주차장에 차를 대고 중앙 현관에 들어
서자 드디어 지선이 죽었다는 생각이 들었다. 안에서 빠져나오는 향이 죽은
자의 마중처럼 손짓하는 것 같았다. 어서 와, 오빠. 속삭이듯 지선은 향기로
인사를 건네었다. 걸음이 무거우면서 가벼웠다. 지선이 무겁고 의식이 없던
몸을 벗어났다는 사실이 불행히도 태석을 가볍게 해주었다. 지선은 안쪽 가
장자리에 자리를 하고 있었다. 그녀가 가장 아름다웠던 때의 모습이 거기에
있었다. 노을이 지던 바닷가에서 청혼을 받던 모습이 상자 안에 들어가 있
었다. 그때의 지선은 밝고 편하게 웃고 있었다.

"최은석?"

시선이 지선의 옆 칸으로 갔다. 사진 속 남자는 어릴 적 태석과 너무 닮아

536

있었다.

"지선이 오빠네. 어릴 적 둘이 같이 찍은 사진이야. 자네와 닮은 것 같지 않은가?"

"예……."

지선의 아버지 최병호가 옆으로 와 섰다. 그는 태석이 오기를 기다리고 있었다.

"동생을 잘 챙겨주던 아이지. 아마 오빠 옆에 있고 싶었을 거야. 그래서 여기로 데려왔네. 은석이 옆이 애들 엄마야. 지선이가 제 엄마를 꼭 닮았지. 이야기하지 않던가?"

"……."

"우리 은석이가 자네하고 나이가 같아. 제 엄마처럼 녀석도 심장이 좋지 않았네. 엄마 혼자 있기 싫어 아들놈도 데려간 거겠지. 내 옆에는 지선이를 남겨놓고 말이야. 애 엄마는 지선이를 낳다가 죽었어. 그렇게 엄마 없이 자란 지선이가 은석이를 엄마처럼 따랐었지. 그런데 갑자기 오빠가 엄마와 같은 병으로 죽어버리니 얼마나 충격이 컸겠나. 유명한 병원이란 병원은 안 다녀본 곳이 없네. 그래도 살려주지 못했어. 지선이가 얼마나 슬퍼하던지. 난 그 녀석도 잃어버리는 줄 알았네. 은석이가 죽고 학교에도 가기 싫다고 하는 것을 내가 억지로 끌고 고향으로 내려갔지. 오빠가 있던 곳과 멀어지면 좀 나을 줄 알고 말이야. 그런데 전학을 하고 며칠 후에 울면서 집으로 뛰어온 거야. 심장도 안 좋은 것이. 난 깜짝 놀랐지. 너무 힘이 드는 줄 알고 말이야. 그런데 그게 아니었어. 좋아서 그런 거였어. 오빠가 학교에 있다는 거야. 우리 은석이가. 그래서 내가 학교까지 가서 확인을 했지. 그게 자네더구먼. 나도 자네를 처음 보았을 때 우리 은석이가 살아 있는 줄 알 정도였으니까. 그 때부터 다시 원래대로 돌아왔던 것 같더라고. 얼마나 좋아하던지. 너무 좋아했어. 그런데 그놈의 심장 때문에 서울에 올라와야 했지. 상태가 아주 안 좋아졌었어. 그렇게 병원에 몇 년을 있었지. 지선이 엄마가 그렇게 원망스러울 수 없었네. 그러다가 조금 호전이 되어서 녀석을 데리고 미국으로 가려고 했지. 수술을 하려고 말이야. 그런데 그놈이 도망을 쳐서 자네에게 갔어."

"그때가 1999년 겨울이었나요? 혼자서 내려왔고요?"

경찰서 앞에 나타난 지선의 모습이 보였다.

"맞네. 비행기 표와 병원 예약까지 해놓고 거기를 간 거야. 미국에서 죽을지도 모른다고 생각했었나 봐. 난 수술을 하지 못하게 만든 자네가 원망스러웠어. 그런데 사실 자네를 좋아하지 않을 수도 없었지. 자네 때문에 우리지선이가 살고 있다고 생각했으니까. 며칠간 몸이 좋지 않았지만 다행히 호전되었어. 그런데 자네가 옆에 있어서는 안 될 이유가 생겨버렸어. 나는 어떻게든 자네와 떼어놓아야 했고."

"그 이유가……?"

"지선이가 임신을 했네. 녀석은 아이를 낳을 수 없는 몸이야. 녀석의 심장은 배 속에 아이를 가지고 있을 만큼 튼튼하지가 않아. 애 엄마가 녀석을 낳다가 죽었던 것처럼 말이야."

"……."

"지선이가 아이를 낳겠다고 버텼어. 나는 허락할 수 없었네. 난 녀석을 너무 잘 알아. 지선이가 누구를 선택할 거라고 보나?"

"아이……."

"그래, 지선이는 아이를 낳고 자기가 죽으려고 했어. 미안하네. 난 자네를 반대할 수밖에 없었어. 자네를 떼어내야 했거든. 물론 그것 외에도 내 정치적인 입장과 판단이 없었다고는 할 수 없지. 모두 내 욕심이었다고 지금은 이렇게 후회하지만, 그때는 멍청하게도 그게 제일 중요하다고 생각했거든. 그러지 말았어야 했는데. 안타깝게 아이는 지선이를 살리고 죽은 거네."

"죄송합니다."

538

태석은 고개 숙여 사죄했다.

"그리고 장례를 미루자고 한 것도……."

"아니야. 어차피 가족들하고만 조용히 하고 싶었어. 그 덕분에 정말 우리 지선이가 살아서 진짜 진술을 할 거라는 생각까지 들었지. 그랬으면 얼마나 좋을까 하는 기분 좋은 상상까지 해주고 말이야. 녀석도 자네를 도왔다고 좋아할 거야."

"기사를 보고 놈이 찾아올 거라 믿었습니다."

"지선이가 살아 있었다면 무서워했겠지만 자네가 있으니까 그러지 않았을 거야. 마지막 가는 길에 자네가 있어서 다행이야. 자네를 더 만나려고 질기게 버텼나 봐. 처음에 의사가 한 달 버티면 많이 사는 거라고 했었거든. 그런데 자네가 오고서 두 달을 더 버텼으니까 석 달을 더 산 거지. 녀석이 말은 하지 못해도 행복했던 거야. 그러니 그 상처로 버텨낸 거지. 고맙네."

"……."

"이렇게 한 번씩 와주겠나? 그래 주면 좋겠네."

"예, 그렇게 하겠습니다."

"크림빵이구먼. 우리 지선이는 크림빵 먹지 못하네. 우유 알레르기가 있어 소화를 잘 못 시키지. 어릴 적 자네가 우리 지선이에게 크림빵 먹는 모습이 예쁘다고 했다더군. 그 말에 미련하게 자네 앞에서는 그걸 먹었어. 배가 아프면서도 말이지. 바보같이."

"좋아하는 줄 알았습니다."

"자네가 좋아해주니까 그랬을 거야. 불쌍한 아이지. 남자라고는 유일하게 자네뿐이었어."

"……."

35.

비가 온다.
사람을 죽이고 싶다.
죽여야겠다.

*

연쇄살인범 정상규가 독방 안에서 목을 매 자살했습니다. 교도소에서는 사고 당일 빗소리 때문에 아무 소리도 듣지 못했다고 합니다. 그런데 한국대학 박주민 교수는 정상규가 자살을 할 거라고 교도소에 각별한 관심을 요청한 사실이 있어 수형자 관리에 구멍이 난 것이라는 지적입니다……

작가의 말

　유영철은 2003년 9월부터 검거가 된 2004년 7월까지 1년이 채 되지 않는 기간 동안 무려 20명을 살해하였고 정남규는 2004년 1월부터 검거가 된 2006년 4월까지 약 2년 4개월 동안 총 13명을 살해하고 20명에게 상해를 입혔다. 살아남은 20명도 사망한 사람만큼이나 중한 상해를 입었으니 그가 죽이거나 죽이려 했던 사람은 무려 33명에 이른다.

　처음 유영철이 잡혔을 때 그는 17건에 21명을 살해한 것으로 수사 결과가 발표되었다. 그런데 이상하게도 그중 2004년 2월 6일 저녁 서울 이문동에서 발생한 살인 사건에 대하여 증거도 제시되지 않았음에도 불구하고 자신이 살인을 한 것이라고 진술하였다. 당시 수사관들은 그의 진술을 토대로 기소하여 검찰에 송치하였다. 그를 범인으로 특정한 이유는 그곳에 있지 않고는 알 수 없는 현장 상황과 희생자의 상태를 거리낌 없이 설명했기 때문이다. 더구나 그는 현장에서 태연히 망자를 죽인 모습을 재연까지 하였으니 범인으로 보는 것은 너무도 당연했다. 그러나 사실 이문동 사건의 진범은 유영철이 아닌 2년 뒤에 검거된 정남규였다. 정남규는 그런 유영철의 행동에 의아해하면서도 자신이 완전범죄자가 된 것이라고 우월감을 느꼈다고 한다.

만약 유영철이 이문동 사건의 진범이라고 거짓 자백을 하지 않았더라면 정남규는 이보다 훨씬 일찍 잡혔을지도 모른다. 아이러니하게도 유영철은 정남규를 늦게 검거하게 만든 공신이라고 할 수도 있을 것이다.

이 소설은 '왜?'로부터 시작했다. 유영철은 왜 그랬을까. 유영철은 법정에서 "어디선가 진범이 웃고 있을 것이다"라고 말하여 경찰 조사를 부인했고 법원은 무죄를 선고했다. 검찰이 항소하자 정남규는 "내가 완전범죄자가 되었다"라고 했다. 아직까지 두 사람 사이에 이해관계 혹은 인과관계는 밝혀진 바 없다. 그런데 유영철은 현장에 있지 않고는 알 수 없던 상황을 어떻게 알았을까. 사건 당시 유영철과 정남규가 서로 마주 보고 있었던 건 아닐까라는 생각은 점점 사실처럼 다가온다. 서로의 목적이 같았던 두 사람, 사람을 죽이기 위해 어두운 밤거리에서 사냥감을 찾았던 두 사람. 그들은 어쩌면 그 시간 그곳에서 영역 다툼을 하며 으르렁거리는 들짐승처럼 거리를 두고 상대를 읽으려 했던 것은 아닐까. 그리고 서로를 알아보고 그들끼리 침범하지 않을 불가침의 영역을 만들어 살인을 계속 이어갔던 것은 아닐지. 두 짐승들은 모두 사형을 선고 받아 유영철은 복역 중이고 정남규는 자살을 했다. 흔히 정남규의 살인을 쾌락살인이라고 칭한다. 아마도 마지막 살인의 쾌락을 자신을 죽이며 느꼈을지도 모른다.

지금 이 시간에도 증거를 남기지 않고 사라진 수많은 범죄자들을 찾아 밤낮으로 뛰어다니는 전국 형사들의 노고에 감사드리며 아울러 허무하게 목숨을 잃은 수많은 피해자들의 명복을 가슴 깊이 기원한다. 이 글로 남겨진 자들의 상처가 덧나지 않기를 바라며 다시는 대한민국에서 끔찍한 범죄가 일어나지 않기를 바란다.

2017년 여름
박영광

시그니처─나비사냥 SEASON 2

1판 1쇄 발행 2017년 9월 1일
1판 2쇄 발행 2017년 12월 18일

지은이 · 박영광
펴낸이 · 주연선

총괄이사 · 이진희
책임편집 · 강건모
편집 · 심하은 백다흠 이경란 최민유 윤이든 양석한
디자인 · 김서영 이지선 권예진
마케팅 · 장병수 최수현 김다은 이한솔
관리 · 김두만 유효정 신민영

(주)은행나무
04035 서울특별시 마포구 양화로11길 54
전화 · 02)3143-0651~3 | 팩스 · 02)3143-0654
신고번호 · 제 1997-000168호(1997. 12. 12)
www.ehbook.co.kr
ehbook@ehbook.co.kr

잘못된 책은 바꿔드립니다.

ISBN 978-89-5660-040-6 03810

* 매드픽션(Mystery And Drama Fiction)은 문학성과 대중성을 함께 갖춘 작품을 소개하는
  은행나무출판사의 새로운 장르문학 브랜드입니다.